70 YEARS

**NEW CHINA
EXCELLENT LITERARY
WORKS LIBRARY**

1949–2019

新 中 国 70 年
优 秀 文 学 作 品 文 库

中 篇 小 说 卷
NOVELLAS

梁 鸿 鹰 / 主 编

7

第 七 卷
2008–2017

中国言实出版社

本卷目录

状元媒

—

叶广芩

好一位吕状元颇有预见，论计谋称得起诸葛一般。

——京剧《状元媒》八贤王唱段

一

天下夫妻轮得上状元做媒的不多，且不说状元本就稀少，难得的是这稀少的人群还与人说媒，这就更微乎其微了。传统京剧《状元媒》是状元给人做媒的一例，说的是宋朝柴郡主跟随皇叔去狩猎，被番邦掠走，多亏杨六郎奋战群敌，救郡主得以生还。柴郡主以珍珠衫赠杨六郎，以示爱意。回銮后，救郡主的功劳被叫作傅丁奎的小将窃取，皇上主婚，将郡主许与傅丁奎。柴郡主不得已托新科状元吕蒙正从中周旋做媒，说服皇上，如愿以偿。

《状元媒》是戏，是杜撰的故事，而现实生活中，我父母的婚姻却真正是由状元做的媒。"男女非有行媒不相知名，非受币不交不亲"，本不相知的父母，由状元做媒，走到了一起。执子之手，与子偕老，他们相携着经历了叶家平淡的日月，走向了衰败，走向了人生的终点，淡出了后辈人的视线，化作了清风，了无痕迹。

在北京城内留下了"状元媒"的一段佳话。

提及母亲，我不能不说说北京朝阳门外的南营房。南营房四甲 57 号，是母亲的娘家，现在，那里已经变成了一片居民小区，与北京众多小区如出一辙地相似，如出一辙地陌生。那些低矮的灰瓦房没了，成为记忆；那些熟识的老街坊们也散了，无处查找了。上世纪八十年代我还回过那里，去看望意识已不甚清晰的舅舅，尽管那时母亲已经故去十几年，南营房的街坊们见了我还在盛赞母亲的婚姻，怀念从这里走出去的母亲，谈论着状元媒人刘春霖。

记得我最后到南营房的时候是个温暖的冬日，舅舅陈锡元和他的朋友老纪正坐在小炕桌前喝酒，下酒的是老纪带来的一包"怪味胡豆"，胡豆来自老纪儿子从四川出差回来的奉献，在北京是一种新兴食品。俩老头喝得都有些高了，情绪有些不稳定，被某些悲壮的气氛包围着，引得炕上的黄猫也张牙舞爪有些亢奋。我进门的时候，两人都是眼泪汪汪的。

舅舅一见面就告诉我，南营房被划入了拆迁范围，开春这儿就将变成一片平地，陈列在朝阳门外几百年的南营房将不复存在。舅舅在说话的时候声音低沉，喉咙里压着痰，很简单的事半天才说清楚。屋内的生铁炉子泛出煤烟的气味，有点儿呛人。南窗污浊的玻璃闪烁着历史的辰光，不是没有擦拭，是压根儿就擦不出来了。推溯玻璃的历史，年龄肯定比我要大，母亲在做姑娘的时候一度曾经将它作为镜子。两个苍老的人，抿着没牙的嘴在吃豆，伴随着胡豆的还有一包用黄糙纸包着的豆制品——素鸡。低劣的白薯干酒，从钉了铜镏子的小酒壶里源源倒出，两个质地、样式不同的酒盅，老旧的图案，在酒的洇润下显得有些生动。红漆的炕桌上积满了油腻，墙上挂着两年前的盆景挂历，空气中飘浮着尘埃……这就是南营房，我母亲的娘家。

我安慰舅舅说，拆了旧的可以住新的，新楼房有暖气，有卫生间，清新亮堂。

舅舅喃喃地说，新缸哪有旧缸腌菜香……

他念叨的是清末街头小戏《锔大缸》里的戏词。

老纪将一颗怪味胡豆搁在嘴里，眨了半天眼睛，嘴捯了又捯，说不出一句话。炸了一辈子开花豆的他，很难将怪味胡豆一语说清，说不清怪味胡豆就如同说不清他眼前的日子，说不清他那些穿喇叭裤、戴蛤蟆镜的儿女们。他的儿女们先后都从各自的单位出来了，老纪到底也没搞清他们扔了铁饭碗，究竟要从事什么职业。

我跟舅舅谈了安置父母骨灰的事情，老北京的风俗，这样的事情必须舅舅来做主，没有舅舅的首肯，一切都不算数。明知道跟糊涂的老舅舅说了也是白搭，可是我不能不说。果然，舅舅愣愣地看着我，半天没言语，大约是没听明白。末了他说，我不搬，他们在墙上防狼一样画满了白圈，只能是吓唬狼，吓不着我。

老纪也说不搬，他要和我舅舅摽着，一块儿为保卫南营房而战斗。

我说，我说的不是拆迁，是我父母骨灰的安置，现在老两口的骨灰还在家里放着，小辈们已经有话了，说"害怕"。舅舅这才问，骨灰要安置在哪儿？我说西山，舅舅说西山不好，最好安置在东大桥南边的芳草地，那儿是专门埋人的地方，离南营房也近，说我母亲什么时候想家了什么时候就能回来看看。老纪说，芳草地如今早已不是坟地，成了学校了，再说，那过去的乱葬岗子也不是盘儿该去的地方，盘儿是有身份的人了。

他们说的"盘儿"，就是我的母亲，母亲小名叫"盘儿"，这是她临终的前一天晚上告诉我的。

舅舅说，我姐姐嫁到你们家就是扔了，她再不是我姐姐了。

老纪说，西山风景好，有山有水，盘儿歇在那样的地方，不亏。

我给老纪斟了一杯酒，恭恭敬敬地端过去，老纪穿着光板军棉袄，身上满是油渍和饭汤，酒糟鼻，老年斑，一双烂眼圈，一肩头皮屑，属于典型的糟老头子系列。老纪并没接那酒杯，却抓过我的手，用那皲裂的糙得像锉一样的掌心小心地摩挲着，一股强烈的油腻味儿直冲我的鼻孔。老纪说我的手像母亲，修长细腻，绵软无骨，于是，烂红的眼圈变得更加红润，如同沾了露水的桃花，闪烁在下午的阳光中。我有些别扭，按说老纪是长辈了，长辈的老纪这样做是对晚辈的亲切和疼爱；别说摸手，就是亲一口我也说不出什么，可这会儿却总觉得腻味。

哪儿跟哪儿啊，这是。

老纪说，刘状元的媒做得好，我早就说过，盘儿命中注定要遇着贵人，人家该着走出去，活在南营房，生生就把她沤坏了。她走的时候，我往轿子里塞了五斤炸开花豆，搁在她脚旁边，给她压轿。

舅舅说，人家正儿八经压轿是用银子的，哪儿有用开花豆的。

老纪说，我不是没银子嘛。再说了，压轿的银子也不该我出哇，我算老几！

两个老头开始抬杠，老纪说状元刘春霖来南营房放定，连警察都动用了，害得刘状元是随着彩礼挑子一步一步走进胡同的，汽车根本开不进来，满街的人都是看状元的。舅舅让老纪再不要提什么"状元"，说没有"状元"就没有他"文革"两年的牛棚和九次半的批斗会。单位人都说他没心眼儿，其实一回回的批斗他都在小本上记着呢，谁也跑不了，有他算账的时候。

我知道，舅舅那个"变天账"总共写了没有三页，还是他二年级孙子的代笔，其实就是交代，交代他在日伪警察署当巡警的事。内中没有别人，写的全是他自己。"清理阶级队伍"一结束，本子就被他的儿子烧了，儿子不愿意让人知道他爸爸当过日本人的警察。老纪说，刘状元不介绍你去当警察，盘儿也嫁不出去，生生地把盘儿拖在家里当老姑娘。还是人家状元看得准，不把你推出去就没你姐姐的前途，状元的这步棋走得高妙，非常人能比。大凡状元都是被魁星点过的，魁星点斗，状元是天上的星宿，不是一般凡人。

舅舅和老纪谈论刘状元，却绝口不谈我的父亲。其实父亲的名声不比状元小，父亲是皇上的亲戚，有着"镇国将军"从一品的头衔，论和舅舅的关系，应该比状元更近。刘状元在日本将投降的时候去世了，我的父亲却是活到了解放以后，还当了政协委员。舅舅和父亲的关系十分微妙，每回我去舅舅家，我进门后舅舅都要往外看，看我后头是不是还跟着父亲，可每回都很失望。舅舅在我跟前肆无忌惮地说着父亲的坏话，他说父亲势利刻薄、狡诈不仁，是个小人，这样的人物是不得好死的。然而我却没听到过父亲说舅舅的坏话，自然也没谈论过南营房的街坊们，看得起也罢，看不起也罢，自母亲过门以后，父亲从未到过母亲的娘家，这倒是事实。

父母亲的婚姻谈不上门当户对，穷门小户的母亲，嫁入天潢贵胄之家，本身就是一个不和谐，更何况还是续弦。父亲前边的妻子已经有一帮儿女了，这让母亲一生都很别扭。满腹经纶的父亲与目不识丁的母亲在文化上反差极大，完全是失衡的。以这样的差距作为婚姻的基础，对母亲来说，应该是一出悲苦戏的悠悠慢板，甭管说媒的是什么状元，甭管出嫁的场面是多么的风光，日子还得自个儿过，岁月还得慢慢儿磨。清朝有律例，"良人奴婢相为婚姻，各离异改正，良自为良，贱自为贱"。虽然已经到了三十年代的民国，但"柴门对柴门，木门对木门"在国人的婚姻缔结中仍旧是定式。

刘状元做的媒当是一个特例。

我成年以后问过母亲，问她对自己婚姻的感受。

母亲说，好。

我说，真的很好？

母亲说，真的很好。有什么不好吗？

我不能再问下去，再问下去将是一场糊涂的对话。母亲为她衣食无忧的日月而满足，为丈夫的温和儒雅而陶醉。南营房的女儿思想简单，没有那么多惆怅和矫情，没有那"断送一生憔悴，只消几个黄昏"的自作多情。我的顾虑，都是文人心态。古人说得对，"人生识字忧患始，姓名粗记可以休"，世间真的没那么多麻烦。母亲不在乎文化，母亲在乎日子。

母亲就是母亲，南营房就是南营房。

可惜，我一直没有机会跟父亲谈到他繁杂的多重的婚姻，如若有，我相信那一定是两个文化人的交流。从父母完满的婚姻结局，我体会了"恩爱"的含义，"恩"在先，是责任和义务，"爱"在后，是基础和铺垫。或许如母亲所说，真的很好。

二

今天，朝阳门外南营房已无人提及，作为一个历史地名留在了北京城市的记录中，南营房的消失不过是十几年的事情，假如宇宙有支点，我们跳离时间的长河，远远地观望，一定可以看到在滚滚尘嚣中，存在过的一片片整齐划一的平房和演绎在其中的贫穷市民的酸涩故事。

那些故事都很精彩。

南营房是清代留下的正白旗兵营，位于日坛的西北部，过去每年春分，皇帝或者大臣都要路过此地去祭神。我的外祖母姓钮祜禄氏，世代居住在南营房。清朝时候，哪个旗住在北京哪一块地方是不能随便挪动的，所以钮祜禄外祖母就一直住在朝阳门外，她那些钮祜禄的亲戚们，也都分散住在东城，各家有各家的活法，各人有各人的日子。我的母亲除了一帮穷困的表亲之外，再没别的交往，直到母亲去世，我也没搞清钮祜禄那些庞杂的亲戚们。随着旗兵的衰落，南营房逐渐沦为穷杂之地，所住人物有旗兵后代，有做小买卖的，唱大鼓的，捡破烂的，还有妓女和盗墓贼，多是穷苦人物。以我母亲所住的四甲而论，有卖炸开花豆的老纪，卖炸素丸子的老安，戏园子扫堂的刘大大，澡堂修脚的白师傅，收旧货打小鼓的葛先生……五花八门，各有特色。与南营房相对的是北营房，北营房几乎没有什么房屋，大概是兵们的操练场。没有房屋就没有住户，北营房北边是大粪场，北京东城住户的粪便由淘粪的淘了，大都集中在东直门外和北营房，在这里晾晒发酵后再出售。别小瞧这粪场，所得的利润却是不低，完全由粪霸控制，别人不得插手。北营房一年四季永远是臭气熏天，只要一刮北风，南营房便笼罩在一片臭气之中。

出朝阳门不到一站地，往南是坛口。坛口是日坛入口的意思。坛口有条南北方向的街，叫景升街。在十字交叉处分为景升东街和景升西街。景升街是市场的云集之处，热闹程度可以和天桥媲美。幼时我是这里的常客，跟着母亲回娘家，一多半是冲着这热闹来的。这里有说相声的，耍狗熊的，说评书的，拉洋片的，卖针头线脑的，也卖各种小吃。小吃以"豆汁黑"的豆汁和"切糕张"的切糕最为有名。三甲拐角有个叫井大姨儿的，专卖炸饹馇，蘸着蒜汤酱油，外焦里嫩，咬一口能把人香一个跟头。

市场中间有个"虫子铺"，就是卖打虫子药的。那时候，好像人人肚里都有蛔虫、绦虫什么的，卖虫子药的买卖就很兴旺。现在没听说谁肚里有虫了，我们吃的菜都使用了杀虫剂，杀虫剂杀了小白菜上的虫子，也杀了人肚里的虫子。现如今的人，畏杀虫剂比畏砒霜更甚，为买到不使用杀虫剂的菜，花大价钱也愿意。那时候，我最怕的就是过市场的"虫子铺"。"虫子铺"门口摆了张铺着红布的桌子，桌上陈列着两个大玻璃瓶子，瓶子里用药水泡着许许多多从人体里打下来的虫子，蛔虫和蛔虫在一起，绦虫和绦虫在一起，虫子们都是淡粉色的，互相缠绕扭曲着，看着让人恶心。我知道，那些虫子里面也有我们家老五的一条，我们家老五脾气大，无端地爱发火，母亲跟"虫子铺"掌柜的一说，掌柜的就给包了包药，母亲回家把药烙在发面饼里，专给老五吃，老五吃独食，自然很得意，结果拉了一脸盆扁虫子。母亲这举动很有"下毒"意味。我后来看过许多文学作品，投毒者都是用这种方式下毒的。用饼下毒，不知是母亲从文学里学的还是文学向母亲学的，反正可怜的是我们家老五，据说拉虫子的时候肚子疼得满地滚，自己还不知道是怎么回事，就像有人被害死了到底还不知道是怎么死的。母亲把老五拉的虫子提到"虫子铺"，掌柜的认真检查了，看虫子脑袋打下来没有，若没有打下来还得再吃药。老五还算幸运，拉了一条全须全尾的绦虫，没再受二茬罪……我每回从虫子们跟前过，都低着脑袋快走，如果那时嘴里还啃着糖葫芦什么的，也一定屏住气息，不再咀嚼。偏偏的，母亲和"虫子铺"的掌柜有交情，住斜对门，一到那儿母亲就要停下来跟他说一会儿话。他们说来说去，就会从桌子上的虫子说到我肚里的虫子，仿佛我肚里虫子的数量绝不会比瓶子里的少。末了，掌柜的就像治老五那样，也送我一包打虫子药，说我要不吃他的药，肚里的虫子就会把我吃了。"虫子铺"掌柜的打虫药无外两种——"宝塔糖"和"山道年"。"宝塔糖"是个三角形的小糖堆儿，不难吃，是专给小孩子准备的。"山道年"是小白片，看着不起眼却厉害，吃了肚子拧着疼，大虫子一条一条往下拉，都是活着的，那感觉颇恐怖。"虫子铺"是坛口市场留给我的最不美好的记忆，跟它对面拔牙的地摊，大木头盒子堆积的拔下来的各种牙一样让人不愉快。

四甲北口有个戏园子，叫"群众剧场"，离舅舅家近，不到二十米。"群众剧场"很群众，它没有"吉祥""广和楼"那样压人的气势和严肃，有的是随和与亲切。比如我看《天河配》看到一半，回舅舅家喝几口白开水，吃一个"驴打滚"，回来可以照旧坐下看，也没人管，这搁其他地方可能不行。剧场最早是个戏棚，后来加了座椅和新式舞台，搞得很像个样子了。这里一般以演评戏为主，我所接触的有限评剧基本是来自"群众剧场"。在这儿经常演出的演员一个叫鲜灵芝，一个叫吴佩霞，都是坤角，长得很漂亮，每回来演戏都坐着专用的三轮车，用毯子盖着腿，嘴唇抹得鲜红鲜红的。我看过她们演《秦香莲》《大劈棺》《小女婿》什么的。还记得秦香莲见了皇姑的唱词，"她好比三春牡丹鲜又艳，我好比雪里的梅花受尽了霜寒"，甚是悲切凄惨。父亲管评剧叫"落子"，他说他不喜欢落子，喜欢京剧。我说我也喜欢京剧，说这话其实是讨好，为的是父亲能多带我去看戏。其实我从心底里是喜欢评剧的，评剧通俗易懂，更接近老百姓，比如"天黑了"，就唱"鸟入林，鸡上窝，黑了天"。搁京剧就得跟人绕圈子了，说什么"海岛冰轮初转腾，见玉兔又早东升"，不知道"冰轮"和"玉兔"是什么的早就被绕糊涂了。京剧"天黑了"唱半天也不说"天黑了"，故意卖弄文字，以示学问。跟父亲谈此看法，父亲说评戏是小戏，戏词浅显直白，不登大雅之堂，缺少艺术的含蓄。

母亲也爱听评剧，我们都喜欢"浅显直白"。我们共同喜好的曲目是《小老妈儿》，"小老妈儿在上房洒扫尘土，扫完了东房扫西房……"我在群众剧场还看过《马寡妇开店》，里面的小寡妇可怜又可爱，拍着一个小布人儿在台上边走边唱，"你好半天没吃到妈妈的乳哇"，为什么没给孩子吃奶呢，是因为跟住店的小白脸调情去了。回到家我拍着我的小布人儿也唱，"你好半天没吃到妈妈的乳哇"，我的七哥，就是我们家的老七，从后头给了我一脖拐。这出戏解放后曾经被禁演，原因是"内容不健康"。

南营房的格局是一排排平房，分作一甲二甲到五甲五条胡同，每条胡同近四百米长，从高处往下看，如同一个整齐的棋盘。母亲家院门坐东朝西，小小的木门，没有油漆也没有门环，两层台阶破烂得只可垫脚，门槛全被磨圆了，当中成了一个凹，可见是曾经经历了千百万个旗兵的踩踏，属于"曾经沧海"的系列。对着街门内里是个白影壁，小得可怜，影壁顶上用瓦码出了一条花边，算是装饰，影壁前头种了几棵水葱，傻绿傻绿地戳在绿瓦盆里。院内五间北房五间南房相对而立，每两间一组，多出来的是堆房和茅房，这些房间低矮，窗户狭小，北房内顺西墙一条大炕，占了几乎一间屋的位置。其他的房屋原先都有炕，想必是住兵的，大部分被我舅舅拆了，它们太占地方。院里的南房已经坍塌殆尽，成了一片瓦砾，瓦砾中偶尔会钻出一两只大青兔，是我那群叫不出名字的表兄弟们豢养的宠物。兔子大了，可以吃也可以卖钱，他们的学费基本都是来自兔子。我舅舅最恨兔子，说兔子不叫唤，看着温文尔雅，其实蔫坏，性情太冷，满院打洞。他一见兔子就踢，兔子一见他就跑。这辈子跟兔是结了仇。小院唯一可以欣赏的就是东墙下的一棵枣树，严格说，它应该是隔了一道墙，属于五甲院里的树，却很不知趣地把枝丫全探到了这边院里。我从未见过那棵枣树结枣，倒见过那些树的枝杈上爬满了"杨剌子"。"杨剌子"是北京孩子们最怕的一种虫子，浑身硬毛，色彩狰狞，那毛要是碰到皮肤上，一片红肿，又疼又痒，让你哭都哭不出来。

南营房近百个院落基本是一个模样，要是你忘了门牌号走错了门，且得找呢，找大半天也未必能找到自己的家门；就是找到了，站在院里你也会奇怪，这是我们家吗？

舅舅家有股不好闻的馊臭之气，气息的来源是炕桌上的糨子盆，糨子盆是舅母做补活的重要工具之一。"补花"是朝阳门外妇女们的手工专项，也是家庭的主要生活来源。女人们到领活处领来彩布，按照贴在布上的纸样剪了，抹上糨糊，用砸扁了头的拨针将毛边窝进去，再将一个个花瓣组成花朵，将叶子和叶梗连接起来，然后交回去。自有另一批人把花朵和叶子组合在布料上，缝纫成床单、桌布各样工艺品。舅母一天可以拨几张彩布，但跟母亲比，还是不行，母亲在出嫁之前就是靠这个养活着她的娘和兄弟的。舅母说我母亲是快手，一天能拨六个大子儿。六个大子儿大概相当于今天的六毛钱，那时候一个大子儿能买一斤棒子面。但是我跟母亲回她的娘家，却从没见母亲拿起过拨针，也从没见她靠近过那些枝叶。其时的母亲已经很清楚，很认可自己的身份了，她是学者的太太，得随时保持着"太太"的清醒和做派，人哪，一旦攀上去下就下不来了。

钮祜禄外祖母自小长在南营房，一双大脚，一口京片子，所以母亲也如南营房的丫头们一样，有着旗人姑奶奶的性情，麻利泼辣，敢作敢当。母亲跟她的兄弟陈锡元是同母异父的姐弟，他们的两个父亲都姓陈，都是山东人。我的第一个外祖父是山东文登人，光绪年间来到北京，大概是没什么根底，来了没两年，就入赘在南营房我的外祖母家。后来做买卖有了点儿钱，在东安市场弄了间门面，专卖核桃、大枣、柿饼之类的干货，也卖北京的果脯蜜钱，这些东西禁搁，不怕坏，很少赔钱。那时候的东安市场不像现在。现在都是高楼大厦，高级得几乎卖不出什么东西。光绪时代的东安市场是一片地摊，地摊的范围东到现在的美术学院，南至同升和鞋店，北到金鱼胡同，西临王府井大街，经营方式像现在的无序早市，乱哄哄地挤塞成一片。小摊上卖什么的都有，梳子、篦子、绑腿带、辫穗、旱烟、假首饰……想要什么就能在这儿找到什么。东华门是清朝文武百官每天上朝的必经之路，官员们见天儿要费力穿越自由市场，既有碍观瞻，又不方便。后经住在金鱼胡同的尚书那桐上奏皇帝，光绪二十九年才划出了东安市场的范畴。有了市场就算有了组织，我那位文登的外祖父因为人的正直干练，被推举为东安市场商会的会长。现在一提"商会会长"一准是个腰缠万贯的老板，是个和政界密不可分的伟大人物，可那时的会长，照旧是每天从王府井走到朝阳门，回家吃窝头啃咸菜的普通买卖人。

一九一二年，我的母亲三岁，三岁的母亲在她生日那天命运发生了变化。

跟袁世凯有关。袁世凯当了中华民国大总统，为了不南下，不离开他的北方老根据地，指使部下曹锟在城里发动了兵变，二月二十九号在北京闹腾起来。曹锟驻帅府园的炮兵和驻禄米仓的步兵，跑步直奔王府井，在东安市场挨户抢劫。抢完了，兵们又从市场西门顺义斋煤油铺提出两大桶煤油，泼在东安电影院的木墙上，放起了大火。大火将东安市场燃成一片火海，没有一家商贩得以逃脱。据说，大火过后，狼藉一片，整个市场找不出一件整装东西。

火烧起来的时候，外祖父并没在现场，那天他正在家和女儿一块儿吃打卤面，吃面的还有店里的伙计刘德贵。刘德贵从京庄杂货摊上给三岁的小丫头买了副镀银的手镯，还没给小丫头套上，就听到了东安市场着火的消息。两个人撒腿就往火场跑，谁也没想到，这一跑，竟然跑得没了踪影。

外祖父自一九一二年二月二十九号离开家再也没有回来，这其中也包括他的伙计刘德贵。外祖父就这样消失了，以致母亲连她父亲的名字也没记住，只知道姓陈，山东文登人。前几年，我查找过东安市场的史料，查到了那场人为的大火，却查不到山东籍的陈姓会长。我也曾托山东的文学朋友到文登县探寻，亦无下文。

外祖父的下落至今是个谜。

外祖母带着母亲再嫁，再嫁的还是山东人，依旧姓陈。继外祖父是个教私塾的先生，胖，爱喝酒，对母亲不好，母亲很讨厌他。再婚后的外祖母一直没有生养，直到母亲十一岁了，她的异父兄弟陈锡元才出生。我和母亲到东岳庙烧香，母亲不止一次地指着送子娘娘案前抬香炉的童儿对我说，你看他像不像你舅舅？

送子娘娘跟前那个童儿傻呵呵的，龇着牙，不知是哭还是笑。光光的秃脑袋上梳两个抓髻，除了富态，别的跟我舅舅沾不上边。母亲说，外祖母在娘娘跟前烧香求子，香灰正掉在童儿的光脑袋上，老太太心一动，忙用手胡噜着童儿的脑袋说，小子，烫了你吧？

谁想，竟然把这个童儿给招来了，转过年，外祖母就给母亲产下一个弟弟，谁都知道，她这个兄弟是送子娘娘案前端香炉的童儿。

三

母亲长得美，这是老天爷的赐予。我没见过那位失踪了的山东外祖父，或许母亲的长相随他也未可知。我常常惊奇，小家出身的母亲，何以能有如此精致的相貌？母亲一生所生三个女儿，其中两个都像她，只有我和父亲接近。这让我觉得遗憾，倘若我有母亲的相貌，父亲的才华，那将何等了得！姐姐们说，天下的精彩哪能都给了你，老天爷右手给你一块金子，左手就会剜去你一块肉！

母亲的美丽是美在她的头发上，她那一头浓浓的头发，让当今任何一个秀发模特儿广告无法与之相比。母亲告诉我，她做姑娘的时候，梳一条长辫子，辫根扎着红头绳，辫子粗得一把攥不过来，一直垂到脚后跟。因辫子粗而长，母亲不得不把辫子一圈一圈盘在头上，如同顶了个大盘子。这种发式让母亲在南营房有了个小名，叫"盘儿"。南营房的街坊们都知道盘儿，都喜欢盘儿，她是那儿大众的闺女。母亲在我的印象中一直是梳着发髻的，别人，比如刘妈的发髻里面都藏着假发，母亲却没有，她用的全是自己的真头发。母亲的发髻上不戴首饰，夏天是两枝院里的白玉簪棒，春天是一簇紫丁香，两朵红石榴，只有正月过年的时候母亲才戴花，是一朵精致的红绒花。红绒花是老北京的特产，以东安市场出售的最为地道，一根栽着红绒的铁丝，盘成了各式花样，精致、喜庆、温馨、亲切。可惜，北京的红绒花现在已成绝品，六十年代以后再没见过。母亲死后，我为她梳理头发，彼时她已改变了发式，变作了半边有发，半边光秃的阴阳头。梳理有发的半边，我发现母亲那乌黑浓密的头发，竟无一根杂色，在灯下闪烁着光泽，至死不变。

父亲跟母亲比差了许多，娶我母亲的时候他已谢了顶，被小辈们叫为"秃爸爸"。"秃爸爸"不是儿子们叫的，是侄子们叫的，满人喜欢将亲近的人喊作"爸爸"，此爸爸非彼爸爸，真正的爸爸得叫"阿玛"。我管我的姑姑叫"姑爸爸"，除了亲切还有尊敬的意味在其中，正如同光绪管慈禧叫"亲爸爸"一样，绝没有父亲的含义在其中。我的长相随父亲，头发也随父亲，稀少柔软，不加修饰，一脑袋黄毛便太阳神一样地张扬着，绝无秀美可言。看着姐姐们满头的大波浪，除了嫉妒便是觉得造物的不公。

美丽的母亲一直待字闺中，到了三十岁才出阁。这样的老姑娘别说在七十年前，就是在今天也属于"老大难"范畴了。我问过母亲为何不嫁，母亲说，你姥姥、姥爷都去世了，你舅舅还没成年，我嫁了，他靠谁?

母亲的确是等到舅舅立业以后才结婚。母亲结婚那年舅舅十九岁，十九岁的小伙子应该能顶门过日子了，可是却没有。我舅舅心存高远，却不喜欢念书;对什么都有看法，却不敢出头。属于心比天高、命比纸薄一类。他干什么都没长性，至今我说不清楚我这位舅舅究竟是从哪个岗位上退休的。他当过巡警(伪的)，跑过五金小买卖(全赔)，开过酒铺(有始无终)，卖过棺材(被抢)，当过中学工友(杂役半学期)，做过话剧演员(龙套)，解放后在国营食堂炸过油饼，在农场养过猪，在家具厂当过设计，在马路上铺过沥青……成为我母亲一生的包袱和心病。

我问母亲，在她三十年的南营房生涯中，遇没遇到过让她心仪的人。母亲问我什么叫"心仪"，我说就是喜欢的男朋友，初恋的情人，甚至是单相思的对象，比如我上小学二年级的时候喜欢我们班的男生刘大可，到了呢，什么结果也没有。

母亲想了半天，最后摇摇头。

三十年的女儿生活竟是一片空白，不可思议。我说，男朋友女朋友总是有吧?

母亲说，男女朋友当然有，多着呢。

我说，拣关系最近的说。

母亲说，关系最近的，男的叫李震江，女的叫"碟儿"。

我说，就说说这个李震江。

母亲说震江的故事可多了，他是我外祖父的学生，家在朝外东森里住，是种藕的农家子弟。

我查了北京旧地图，东森里在南营房的西南边，秀水河东边，那里的确有片水洼叫莲花池。听老人说，莲花池旁边有十几家妓院，属于四等窑子，那里的妓女多是年老色衰，进门就上炕的角色。莲花池妓女所接的客人是赶大车、拉排子车的苦力，也有在京东八县作案的土匪和盗墓的贼人，警察常常在这里抓获到有命案在身的要犯。我后来跟老纪说过李震江，老纪的看法与母亲不同，老纪说李震江是莲花池妓女的孩子，是有人暗地里出钱，让这孩子念书，所谓"种藕的农家子弟"，都是假说。

相比较，我更相信老纪的话，真是"农家子弟"，不会有那么多时间儿子一样地陪在我外祖父身边，不会唱只有妓女才会唱的小曲儿。我听过一段母亲跟李震江学的曲子，说的是一个妓女死了，被人用席一卷扔到了芳草地的乱葬岗：

> ……
> 前头露着青丝发，后头露着绣花鞋。
> 南来的乌鸦鸧了奴的眼，
> 北来的饿狗掏了奴的怀。
> 一个说"掩上几把土吧"，
> 另一个说："人家交代得清楚，
> 咱们是管抬不管埋。"
> ……

曲子很长，连说带唱，我能记住的也就这么多，这样的曲子除了妓女以外，别人大概编不出来。

我从母亲的叙述中，感到了李震江这个人物的诡秘虚幻，他往往和一些灵异事件联系在一起，所以他的短命是必然的。母亲说有一天天还没亮，她到东大桥去给她的继父买油炸鬼。本来坛口的烧饼铺旁边就有卖的，她的继父说坛口的油炸鬼不如东大桥的焦脆，就得绕远出荣盛夹道去东大桥。东大桥是朝阳门外街铺的东极限，过了那座不高的白石头桥就是一片荒地，萤飞狐窜，乱冢杂陈，是处决犯人的刑场。清朝，刑场带有震慑作用，一般都选在人口密集的市场附近，宣武门外的骡马市大街，菜市口，都是杀人的地方。到了民国，刑场就改到了东大桥的南边，芳草地的北边，这片相对空旷的地界。为此，朝阳门外便应运而生了棺材铺、寿衣店、裱糊铺、杠房。

母亲说她和震江最爱看的就是"出大差"。"出大差"就是杀人，把犯人从交道口的顺天府，即现在的教师进修学校押出来，走东四牌楼，过小街口，出朝阳门，专挑热闹的地方走，带有游街性质，到了东大桥就算是到了终点，当然也是犯人人生的终点。所以，一出朝阳门，犯人自知路快走完，没有多长的活头了，往往要闹些节目出来。逢有"出大差"的时候，李震江必定要逃学，带着我的母亲早早地等在朝阳门门脸儿，站在人群的最前头，眼巴巴地朝西瞅。远远地看见"出大差"的队伍从小街口那边过来了，驷马狼烟地走得很快，为什么快呢，是怕有人劫法场。我对这点很能理解，少年时看《水浒传》，那些英雄们多是从法场上被救走的，比如宋江、卢俊义什么的。到了民国这会儿跟宋朝就不太一样了，"出大差"最前头走的是马队，十几匹马走得很威风，中间是背枪的士兵，脸上淌着热汗，跟在马后头，一溜小跑。兵后头是三匹马拉的胶皮轱辘大车，有时候一辆，有时候几辆，这要由处决犯人的多少决定。被杀的人坐在车当间，五花大绑，背后插着招子，招子是白木头排子，上头写着处决的由头和姓名，字上画着红圈。但凡谁背上了这个玩意儿，那是必死无疑，绝没有挽回的余地了。车过朝阳门，有的犯人吓得屎尿全出，脸色青绿，人还没有死，魂魄已经飞了。这样的"出大差"让观众失望，觉得不过瘾，有人就挑唆着犯人折腾。母亲说，平日震江挺腼腆的，连大声说话也会脸红，可是这会儿，却好像换了一个人，变成了另外一个震江了，他朝车上的犯人使劲喊："爷们儿，唱一段嗨，别老闷儿着！"

一个西山的土匪，走到朝外"顺永油盐店"门口不走了，要喝酒吃肉。油盐店哪有酒肉，掌柜的让伙计给沏了碗红糖水端过去，犯人喝了糖水还不走，人群知道这边有乐子，都往这边拥，一时就有点儿乱。那个犯人看见挤在前头的一个胖娘儿们，张口便说，美人儿，跟我一块儿走吧！

那娘儿们也不含糊，立即回应道，我嫌你没脑袋！

喝了红糖水的西山土匪，后来披了"顺永油盐店"旁边"同聚隆布店"送过来的七尺红布，才往前走了。

朝阳门外的人管油条都叫油炸鬼，大概跟刑场在此的心态有关。母亲说那天她买完油炸鬼正要往回走，却看见震江直直地跪在桥底下，母亲过去叫他，他不理，拉他，他也不起来，眼睛傻愣愣地瞪着。母亲说震江跪了有些时候了，夹袄都让露水打湿了。一个赶大车的从桥上过，见了这情景，二话没说，围着李震江转了两个圈，把鞭子甩了几声响，这一来，李震江的眼珠才会转了，长长地吁了口气，瘫坐在地上。母亲问他跪在这儿干什么，李震江说他在"等着挨头刀"。赶车的说这是"撞克"了，也就是撞上了游荡的孤魂野鬼，让鬼给拿住了，幸亏是遇上了他，换了别人，李震江的小命早叫恶鬼揪走了。赶车的说他每天出来早，天不亮，路上没人，什么都能碰上，马耳朵一支，他就知道周围有不干净的鬼魅了，啪啪甩两下鞭子就把什么都破了。母亲说，赶车的鞭子梢都是狗皮做的，狗能破邪，平常说的"狗血淋头"就是指这种事儿，任甚妖魔鬼怪都嫌恶狗身上的东西。

我说李震江的表现是典型的癔病症状，大概是"出大差"看得多了，发生了角色转换，这个李震江，平日身体大概不是太好。母亲说震江身体很棒，冬天穿条单裤在雪地里跑，头上还冒热气。

可是"头上冒热气"的李震江却突然地死了，听说死的时候连《论语》的第一篇"学而第一"还没有念下来。李震江的死因是给母亲家修房，和泥的时候光着脚在掺了麻刀的泥浆里踩，不知被什么划破了脚板，也没在意，不几天却死了。我说李震江是得了破伤风，这样的事情搁现在打点儿疫苗，绝不至于要命。母亲却说震江是碰上了鬼。

外祖父在东岳庙的西跨院教书，晚上不回家，就住在庙里，外祖母带着襁褓里的陈锡元每天下午过去陪着外祖父。天天晚上，母亲要挎着筐子，里面装着陈锡元的尿褯子和父母晚上的夜宵给送到东岳庙去。李震江的任务是陪着母亲送东西，再把母亲护送回南营房，然后自己回家。

东岳庙供奉的是东岳大帝，东岳大帝是百鬼之帅，专门主管死生的大神，东岳泰山，是连皇上也要去封禅的重要地界。北京东岳庙气势肃穆阴森，前后六进，院落层层相套，内里有十八层地狱，有各样恐怖狰狞的塑像。母亲将李震江列为她的男朋友，我可以想象，一对小男女在夜晚的时刻穿越大街小巷，进入鬼气森森的东岳庙的情景，恐怖、压抑，再加上惊慌，共同造成了一种特定的情感氛围，不是男朋友也是男朋友了。

东岳庙因为在京东，在大路边，交通方便，还承担着一个任务——停灵。北京人有习惯，死在外地的人叫"外死鬼"，灵柩不能进城进家，必须停在城门以外。东岳庙的地理位置是比较理想的，这种做法叫"停灵暂厝"。与此同时，有些客死京城的外地官员、商人，也将灵柩停在庙内，以备择日还乡。东岳大帝是主管阴间事务的神，将灵柩停放在庙里既便于探望、祭奠、启运，又能得到神的垂护保佑，对庙里来说，也是一笔收入。

母亲说，那天她和震江到庙里给外祖父送东西的时候夜已经很深了，外祖父的房里还亮着灯，跨院北屋，也亮着两盏油灯，照着下午才停进来的两口棺材。听说是宋哲元手下一个姓张的师长和他的副官，不知为什么死了，临时停在这儿。宋哲元是著名爱国将领，那时候在北平，是个头等大的官儿。大官儿底下这两个人的棺材却枹薄得可怜，自抬进来便有股股的血迹渗出，把整个西跨院弄得满是血腥之气。母亲说，那天她和震江一进院，头发就发乍，身上起鸡皮疙瘩。西跨院的北屋常停灵，新的旧的，有的一搁十几年，习惯了也不觉得怎么的。可这回不一样，往里头越走心里越发瘆，棺前两盏半明半灭的油灯，远远望去，鬼火一样闪烁，她和震江谁也不说话，加快了脚步往东屋走。母亲说可就那么巧，一抬头，他们同时看见了西墙根底下站着两个人，两个人见他们进院，立即背过脸去，面墙而立，一动不动。震江镇不住了，大喊一声，见鬼啦！

母亲和李震江一下钻进房内，将所见跟外祖父学说，外祖父不信鬼，说他在庙里教了十几年书，十几年来在西跨院停过的灵柩不下百数，从没见过什么鬼魅。说着推窗而望，只见西墙下一片月光，哪里有什么人影。

母亲说，震江千不该万不该，不该发出那声喊叫，或许那两个鬼还不知道他们已经死了，让震江一喊，点破了，一股冤气就扑过来了，要不震江怎会第二天就扎了脚……

我是不信鬼的，让母亲一说，从后脊梁冒凉气，打听过这个故事就再也没进过东岳庙，当然也进不去了。解放后东岳庙被某个单位占用了，听说是警察学校之类。我想，真要这样也挺好，警察们能镇得住一切东西。李震江的逝去究竟给母亲带来多少伤感，至今让我揣摩不透，从母亲带有神秘色彩的叙述中，我感到很大成分是在给我讲一个鬼怪故事，而不是在谈自己的情感历程。那个走进母亲视野的，出身模糊不清的青年，过早地消逝在了朝阳门外的土地上，除了我在本篇文章中的提出，大概世界上没有谁再记得他，再知道他。写下以上文字，是替母亲存念，也是对曾经短暂生活在朝阳门外一个普通北京青年的追记。

他叫李震江。

四

朝阳门外的人物中，不能不说的还有一个叫作"碟儿"的。碟儿的名声比李震江大多了，想必曾经在那片地界生活过的老人至今还会有人想起她。

母亲将碟儿列为她的朋友，女朋友。

除了我母亲以外，谁也不知道碟儿的正式名字叫什么，但碟儿告诉过母亲，说她叫王彩蝶。

母亲是个宿命论者，宿命的母亲说"彩蝶"这个名不好，"蝶"就是"蝴蝶儿"嘛，蝴蝶儿能活几天？王家老家儿不知怎么给姑娘取了这么一个名字，彩蝶，彩蝶的，听着像个大鼓妞。大概是"彩蝶"与"菜碟"同音，于是"彩蝶"

就被叫成了"菜碟",继而被简化成了"碟儿"。"小菜碟儿"是北京人对受气包的称呼,如果说谁谁像个"小菜碟儿",谁谁准是个受人欺负,甚没起色的角色。饭桌上的小菜碟儿,大多是萝卜干、酱苤蓝、熟疙瘩一类咸菜,谁的筷子都能往里戳,又小又贱,连躲闪的份儿都没有。

我问母亲,碟儿长得漂亮不?母亲说瘦小枯干的,像块搁陈了的姜。我说,姜搁陈了就抽抽了,还不如像中国大作家老舍说的,"长了毛的窝窝头"。

母亲想了想说,碟儿还是像搁陈了的姜。碟儿的脸是姜黄色。

碟儿是丁家的新媳妇,过了门还不到三天就出来挑水,在新媳妇和新姑爷应该回门的日子,碟儿却担着两个水桶出现在了井窝子,这让南营房的街坊们对碟儿的婆家、娘家多少有些看不起。我分析,这个甚不起眼的碟儿,对母亲的影响是至关重要的,母亲之所以老大才嫁,生计固为其一,对婚姻的躲避,对为人妻的恐惧,是碟儿带给母亲挥之不去的阴影。

碟儿的男人人称"锔碗丁",是沿街锔盆锔碗的手艺人。北京锔盆锔碗的以外地人为主,都是一辈一辈祖传的技艺。朝外操这营生的就碟儿的男人一个,就显得很珍贵,很重要。锔碗丁早出晚归,生意很忙,当然也挣了些钱,跟南营房的街坊比,日子属于富裕的。中国人的特点是气人有笑人无,丁家在这一片地域就显得有点儿各色,人们形容锔碗丁是"上炕认得老婆,下炕认得鞋",意思是跟周围人不打交道,群众关系极差。

穷人家吃饭的碗都是有数的。居家过日子,盘碗常常破裂,裂了、破了,只要能对上,一般都不扔,等着锔盆锔碗的过来修补。锔盆锔碗的挑着担子过来,被主家叫住,拿出破碗来看,锔盆锔碗的根据盘碗破损情况,估计要钉几个铜子,跟主家谈好价钱再开工。锔盆锔碗的自带小马扎,坐下后拿块布将腿盖了,取根细绳将破碗拼好,用绳捆紧,用腿把碗紧紧夹住就开始了关键性的操作。锔碗的拿出一张小弓,弓弦上缠绕着一个轴,轴的下端嵌着金刚钻,拉胡琴一样地扯那弓,在裂缝的两边钻出对称的两排细孔,然后用大小合适的铜锔子将裂缝铆上,抹一层白瓷膏就算齐活了。修好的碗跟新的一样,照样滴水不漏。俗话说"没有金刚钻,不敢揽瓷器活",就是说的这行手艺。锔过的碗上大蜈蚣一样地爬着一排锔子,肯定不如新的美观,但那一排闪亮的铜锔子会给人一种陈旧的沧桑感,人们见到这样的碗常常会说:"是使熟了的老物件了。"

锔碗丁是个孝子,他家里人口简单,除了媳妇就是妈,锔碗丁孝顺的具体表现是帮着他妈打媳妇。打媳妇似乎是旧社会底层家庭约定俗成的习惯,那时候没有妇联,媳妇挨打就得忍着,人说"打到的媳妇揉到的面",意思极为简单，整治媳妇就要像揉面一样，反复再反复，方方面面都治理到家，让媳妇彻底服输，使起来才顺手。"多年的大道走成河，多年的媳妇熬成婆"，一个"熬"字，贯穿了做儿媳妇的始终：压抑的媳妇发展为变态的婆婆，难保对自己的儿媳妇不再变本加厉，没有为什么，什么也不为，旧社会就是这么一个规矩。南营房地界，打媳妇是普遍现象，如果谁家的媳妇进门没挨过揍，意味无非两层，一个是婆婆没权威，二个是爷们儿窝囊。

北京的井水苦涩，能饮用的有限，偶有甜水井便为稀罕，人们都到水井那儿挑水，你来我往甚是热闹，公众的水井被叫作"井窝子"。民国年北京安了自来水，但也不能通到各家各户，多是几个胡同共用一个水站，专门有送水的，推着独轮车，装两个扁木桶，往人家里送水。送水的并不收现钱，用粉笔在用户门口的墙上画记号，小鸡爪子一样，五个一组，到年终结算。南营房各家都是缺钱不缺人的，使水自己到水窝子去挑，没谁肯花送水的冤枉钱。每天，只要水窝子的水闸一开，就排满了大大小小的桶，一个接满了顶上另一个，挨个往前挪，称得上是井然有序。

母亲挑不动一担水，就得等她的兄弟陈锡元放了学，一块儿去抬。姐弟俩一大一小，一高一矮，抬着水晃晃悠悠地回来。那桶自然是靠近母亲这头的，母亲心疼她的兄弟，怕把前头的小嫩肩膀压坏了。据说陈锡元到了十五六，长成高大排场的小伙子，也没自己挑过水，依旧跟他的姐姐共抬一桶水回家。姐弟俩一高一矮，桶依旧靠近高的一头，不同的是这头换作了陈锡元。

母亲在水窝子每天要碰见的人就是碟儿，母亲有她的兄弟帮忙，碟儿就是一个人，一个人挑两大桶水。后来人们传说，碟儿用的水桶底儿是尖的，为的是不能在半道上停歇，母亲说这都是杜撰，碟儿用的水桶跟大伙的一样，洋铁皮的，也不比谁的大，不大的水桶让碟儿一个人挑，可就有点儿吃力了。碟儿是小脚，粽子一样的脚要撑起两桶水来，那颤颤巍巍的模样谁看了谁都为她捏一把汗。没人敢帮碟儿，尤其是男人们，大伙都知道碟儿婆婆的厉害，不大的事儿，她那个一脸横肉的婆婆，操着外地口音，能把一条胡同骂翻了，说她是母老虎便宜了她，准确说得叫"母夜叉"，红嘴蓝脸，会吃人的夜叉。母亲年龄与碟儿相近，在情感上对碟儿就多了些关注。母亲每每送过去亲切的目光，碟儿都闪过脸去不接。有时母亲有意将碟儿的桶让在前面，碟儿都执着地退着，不肯接受母亲的好意。看水窝子的老肖说，别让了，她在这儿排着还能消消停停歇会儿，回去指不定什么等着呢！

母亲不再谦让，她从碟儿胳膊上的青紫猜得出小媳妇在家受的罪孽，那不是人过的日子。有一回碟儿来担水，牙床都被打破了，满嘴是血，不住地往地上吐血水。本来水窝子的街坊们还有说有笑，一见了碟儿这模样，谁也不言语了。碟儿排在母亲身后，母亲止不住低声说，你们家老太太怎把你打成这样？

碟儿不说话，眼里有泪光在闪。

母亲说，找你的娘家人来跟他们论理，告诉我地方，我替你去叫。

碟儿摇摇头。

母亲说，实在受不了就跑吧！

碟儿说，我往哪儿跑哇？姐姐！

碟儿的一声"姐姐"，母亲就以为自己真是人家的姐姐了，最直接的表现是送了碟儿一副棉袖筒。棉袖筒是两个棉筒，接在棉袄袖口处，以遮挡手背，也可以把手指头缩进去，实际是袄袖的延长，方便又实惠。旧时的孩子们没戴过棉袖筒的几乎没有，袖筒就像母亲的手，在冷天，时时地给孩子捂着。母亲说，那年冬天太冷，滴水成冰，西北风一刮，刀子似的。水窝子周围冻成了大冰溜子，站都站不稳。碟儿来担水，小脚在冰上几乎站立不住，母亲便过去帮忙，替碟儿把桶从冰上提出来，把桶用铁钩子钩好，将扁担移到碟儿的肩上，看着碟儿一步三晃地往家走。老肖说，这个碟儿啊，她活不长了。

母亲问为什么，老肖说碟儿的眼睛里泛着死光。

母亲没想到碟儿会死，母亲只是觉得碟儿可怜，碟儿那双手，裂了几条口子，往外翻着红肉……母亲心疼，回家当晚就做了棉袖筒，第二天，见了碟儿二话没说，就给她套上了。

第三天，碟儿没来。

中午传来消息，说锔碗丁的媳妇夜里扎了水缸，自己把自己淹死了。死的头一天，听说婆婆把猫装在媳妇裤裆里，扎上裤腿打猫，猫把媳妇的下体抓得稀烂，媳妇受不了，半夜把自个儿头朝下，栽进水缸。满满的一缸水，都是她白日挑来的，自己给了自己一个了结。

母亲跟我说，她一直怀疑，碟儿的死是由她送的那副棉袖筒造成的，心里觉得怪对不住碟儿的。

碟儿的非正常死亡，使她的娘家人不答应了。在碟儿受苦受难的时候从来没见他们出过头，这会儿却借着碟儿的死大闹特闹了，北京人将这种做法叫作"闹丧"，是借着死人的由头来达到活人的目的。旧社会，每个女子都有自己的"人主"，在家是父母兄弟，出嫁是丈夫儿子，这种关系在相应的时候才显出它的重要。人死之后，必须报知人主，人主得问清死因才准入殓盖棺。就是正常死亡，人主也要为亡者争些权益和脸面，不是那么轻易好说话的。碟儿威风八面的娘家人除了要一笔钱以外，还要丁家为碟儿大办丧事。他们提出，碟儿的装殓必须是柏木七寸大棺，而且要内棺外椁，僧、道、喇嘛三棚经，出殡要三十六人大亮牌杠，清音锣鼓外加洋鼓洋号。出乎所有人预料的是，碟儿的人主还要丁家娘儿俩披麻戴孝，儿子打幡，婆婆抱罐，一点儿不能含糊。通常打幡的是至亲长子，举着一根挑着白纸幡的杆，杆上写着死人的姓名生卒年月和佛家偈语，为死者灵魂引路；抱罐的应该是长媳，罐里装着供奉在死人灵前的饭菜，叫"焰食罐"，半尺高的挂釉小罐，发引前由亲朋每人夹一箸菜肴，撷到罐里，用烙饼和红布封口，下葬时搁摆在棺材前头。碟儿娘家这样要求，是有意寒碜丁家，以显示自己的能耐。丁家母子理亏，只好答应。

碟儿出殡那天热闹非常，不啻一次社火游行，据说观看者不下数万人，成为轰动京城的一件大事。旧时的朝外大街街面低洼，一下雨满街泥水，铺子都是高台阶，最高的"五福楼"首饰店是七层，说是"多年的大道走成河"一点儿不假。母亲站在"五福楼"的台阶上，这里的位置最突出，她不是要看清楚出殡的队伍，她是要碟儿看清楚她。在水窝子彼此就是心照不宣的，现在这是最后一面了，她和碟儿的心里都会有所感应。出殡的队伍过来了，因为有悖于常理，看热闹的便指手画脚，执事的也嘻嘻哈哈，没有肃穆可言。光鲜热闹，五光十色中，碟儿的棺椁在人流中缓缓移动。一群穿绿驾衣的杠夫，抬着盖着锦绣棺罩的棺椁，在阳光下成为亮点。棺前头是碟儿那位打着引魂幡的丈夫，幡上带有讽刺意味地写着："西方速去也，善路早登程。听经闻法语，逍遥自在行。"碟儿丈夫低着脑袋，腰里扎着麻绳，一路走一路号啕。那个夜叉婆婆披散着头发，一脸泥水唾沫，抱着小黑罐，狼狈地跟在她儿子后头，任人指骂。

母亲一阵心酸，挨打受气的碟儿此刻正平平稳稳地躺在里头，再不用担惊受怕，再不用拧着小脚去担水，她用自己的死为自己挣来了这份安稳。盘儿和碟儿都是贱命，是最卑微最渺小最不值钱的女子，碟儿如此，盘儿又将如何？就是在碟儿的棺木与母亲相错的那一刻，母亲为自己订下了一条原则：绝不能嫁给有婆婆的人家儿！

这大概是碟儿临走前的告诫。

碟儿可能到了也没想到自己的身后是如此辉煌，而且这个辉煌余韵绵长。有好事的文人将碟儿的事写成了戏，叫《锔碗丁》，在京城演出。丁家人认为有辱名声，花钱将《锔碗丁》买断，所以这出戏演了几场就不演了。丁家经此折腾，彻底衰败，将房卖了，不知搬到哪儿去了。我们家的老二，即我同父异母的哥哥看过这出戏，我问过他戏怎么样，他说"没劲"。我七舅爷的女儿大秀也看过这出戏，她说好看，她是和母亲一块儿去看的，两个人把手绢都哭湿了。

我为没能看上《锔碗丁》而遗憾，想象着它的情节，应该是比父亲喜爱的《逍遥津》《盗御马》们更可信，它就是朝阳门外母亲身边发生的事情，不像汉献帝，不像黄三泰，离得太远，只在戏台上才能见到。《锔碗丁》的女主角是碟儿，"搁陈了的姜"一样的碟儿，不知在台上是什么模样？

五

如果顺理成章，母亲应该嫁给炸开花豆的老纪。

老纪那时候是小纪，在纪家排行老二，上头有个哥，下头有个弟，他娘死了几年了，他爹老老纪带着三个儿子过日子，挺不容易。纪家三个儿子中数老纪实诚憨厚，有内秀，会打算盘会记账，全是自学成才的本事。老纪记的账是真正的"豆账"，戏棚的刘大大，书场的老宋，茶馆的周三，谁拿了多少开花豆全有记录。记录是用小人代替的，小人有的长脸有的圆脸，有的穿黑裤子有的穿坎肩。有一个脸上还点了两个点，那是坛口摆小摊的冯麻子。这些账别人看不明白，老纪和他爸爸却一目了然。老纪的算盘属于"一上一""五下一去四"的水平，简单得用手指头都可以代替。老老纪认为他的老二很有文才，是个可以做"文字工作"的材料，属于纪家的重点培养对象。纪家是61号，与我母亲家隔了一个门。因为曾经是兵营，各家的格局都是一样的，不同的是纪家南屋并列了三个半截埋在土里的大缸，三个缸里都装着蚕豆，一个是正用水发着的，一个是发好切了口的，再一个是炸好了晾在那里的。小的时候我曾经目睹过老纪炸开花豆热烈壮观的场面，万千的蚕豆倒进油锅，噼啪炸裂，翻滚跳跃，如战场上万千激战的兵。老纪剃着板寸，穿着粗布汗褡儿，青布裤绑着腿带，一双靸鞋，一胳膊腱子肉，挥动着大笊篱，将军一般，和锅中的豆儿混成一体。特别是老纪将笊篱里的开花豆隔着好远抛向墙角的大缸时，一道由豆子们组成的喷香弧线，唰啦啦长了眼睛般，竟然没有一颗出轨的，利落潇洒，就如同《三岔口》里任堂惠和刘利华那场精彩默契的短打，熟练准确，不差一丝一毫。这时候的老纪在我眼里真是太了不起啦，相比较，我父亲简直不如老纪的一个小手指头。

老纪的爸爸老老纪是个善良人，附近孩子们没有没吃过老老纪的开花豆的。老老纪不唯爱孩子，还爱小猫，看到有人扔了的猫一准抱回去养着。老老纪跟人不太说话，跟猫的话却是多，闲了的时候总是端着一碗"高末"坐在院里跟他的"大白""花脸""黄毛"聊天。"高末"是茶叶铺子打扫出来的茶叶末子，喝一碗就没色了，便宜实惠，是北京穷人的最爱。"大白""黄毛"们是老老纪捡来的"宠物"，有了这些"宠物"就有了看家的，有了拿耗子的，老老纪家没有白吃饭不干活的。

老老纪的大儿子在朝外大街大美理发馆当学徒，理发馆由剃头挑子进化为"馆"，就如同现在蹬三轮的开起了"现代"，文明高雅，登上了大雅之堂。民国初年，北京只有大宾馆里才有理发馆，都是为洋人服务的，后来日本人在京城开了几家理发馆，理发馆才渐渐为中国人接受，接受者也多是有钱有身份的人。纪家老大在"大美"跟着老板学烫头，那时候女子正兴"飞机头"，两鬓蓬松如机翼，一脑袋小卷，要爆炸般地张扬，十分摩登。纪家老大聪明勤快，"大美"老板已经将其内定为上门之婿，入赘"大美"只是迟早的问题了。为女性服务多了，老大身上就多了些女气，说话柔声细语，留着长指甲，小分头上总是打着发蜡，身上永远是一股"双妹"牌花露水味儿。这些让老老纪不待见，他心里早把这个娘娘腔的儿子踢出去了。一锅豆里还有几个泡不开的死豆子呢，儿子也是一样。

老老纪的三儿子是煤铺摇煤球的，地道苦力。在旧北京开煤铺的多是河北定兴人，煤铺的外墙上无一例外用白地黑字写着"块末原煤"，说的是经营煤炭的种类。北京的煤炭大多来自京西门头沟地区，也有大同的。块煤也叫"硬煤""钢炭"，禁烧但是价格贵；煤末子贱，老百姓居家过日子多用煤末子做的煤球，做煤球的任务由煤铺承担。将半湿的煤末子摊平斩成小块，放在筛子里，搁在花盆上用手摇，摇成煤球晾干了论斤卖。摇煤球的一般是外地来的打短工的，北京的爷们儿没谁肯下这个死力。纪家老三其实也没把摇煤球当个永久职业，他的理想是去当兵，摇煤球是为了学着吃苦。老老纪说好铁不打钉，好男不当兵，反对老三去扛枪杆。老三说，咱住在南营房，祖上不是当兵的又是什么？以前能当兵，现在怎就不行啦？

纪家老三到底还是走了，参加了国民二十九军军训团。这一走就跟我的外祖父一样，再没有音讯，解放以后老纪曾经找过他兄弟，去过民政部门，问过台湾回来的老兵，还在广播电台上广播过，都没结果。老纪说，他兄弟只要活着就忘不了南营房，就必定得找回，南营房是他兄弟的根！这也是老纪后来不愿搬离南营房的原因之一。

母亲说老纪在纪家三个儿子里长得是最好的，长方脸，浓眉大眼，像戏台上的吕布。吕布的戏我看过叶盛兰的《白门楼》《辕门射戟》，还有他儿子叶少兰演的《小宴》。吕布穿粉袍，一脑袋粉绒球，跟老纪比，风流倜傥有余，泼实麻利不足。

我后来从舅舅嘴里知道，当时母亲跟老纪已经到了谈婚论嫁的地步，那边出面的是老老纪，这边就是我舅舅了。舅舅虽然初中还没毕业，但是他知道他姐姐的婚事得他做主。母亲是一九〇九年生人，己酉年属鸡的，老纪是壬子年生人，属鼠的，就是说母亲比老纪大了好几岁。老老纪欣赏母亲的端庄贤惠，欣赏母亲的勤俭持家。老老纪说，大几岁没什么，女大三，抱金砖，只要母亲从 57 号搬到 61 号，纪家、陈家就是一家人了，陈锡元就成了他的老儿子。老纪本人更没意见，母亲的漂亮在南营房是数一数二的，娶个漂亮姐姐，有人疼他，他求之不得。

舅舅为促成这件事两院跑，吃了人家不少开花豆，拿水舀子舀着吃，撑得一个接一个地放大屁，十七八岁的青年，胡子还没扎出来却已经学会就着开花豆喝酒了。母亲就这事始终没松口，她总觉得心里头缺了点儿什么……

老老纪自然知道母亲的顾虑，知道碟儿的遭遇对母亲的影响，放出话说母亲一过门就当家，把他们爷儿俩挣的钱都管起来，他们家也真该有个理财的媳妇了，他们家那些沾了油花的钱不是塞袜筒里就是压炕席底下，让耗子拉去都不知道。

纪家没有婆婆压着，这点合乎母亲的标准。

可最终，事儿没成。

母亲嫁给了我的父亲。

差一点儿，我就成了炸开花豆的后代，命运就是这么微妙，想想也挺有意思。母亲结婚以后老老纪十分失落，老纪快三十了还没结婚，媒婆给说合了几个，他老跟我母亲比，闹得老老纪跟他发火说，盘儿现在已经姓叶啦，儿子，你死心吧！

最失落的是我的舅舅，母亲的出嫁宣告了他无节制地吃开花豆的时代已经结束，新的姐夫对南营房淡漠疏离，对他的一切几乎从不过问，与老纪家比，关系差远了。

两年后我的五姐，也就是母亲的长女出生了，母亲到娘家去的次数渐渐减少，老纪也娶了坛口打烧饼的闺女当媳妇，闺女叫张金枝，比老纪小八岁，张金枝没带来什么陪嫁，却带来了好手艺，纪家索性在门口支起了吊炉，开花豆之外还卖芝麻烧饼，整得四甲整条胡同都是香喷喷的。舅舅说，他一看见打烧饼的张金枝就想起姐姐来，猛一看，张金枝和母亲还真有点儿像，这大概也是老纪有意挑的。张金枝子孙娘娘一样给老纪生了无数孩子，我跟着母亲回娘家，晚上到老纪家串门，只看见梯子一样挨肩高的一群孩子，在灯光下，围坐成一个圈，挤挤挨挨地正给蚕豆切口。老纪见了我，两手捧了一大捧开花豆让我吃，我很矜持地捏了两个，老纪说，敞开吃，管够！

我看那群孩子，都是一个模样，个个长得像老纪。老纪的孩子们远没有老纪热情，孩子们的妈张金枝对我和母亲也爱答不理的。老纪把开花豆搁在锅台上，张金枝说，人家是讲卫生的，说着拿来一块报纸垫在下头，报纸比锅台还脏，不知张金枝的卫生标准是什么。老纪的孩子们冲我挤眉弄眼，甚不友好，他们的脸脏兮兮的，花狸虎一样，拖着鼻涕，趿拉着鞋。我想，我要真成了老纪的孩子，难道也是其中的一个？大概不会，母亲毕竟不是张金枝。

上世纪七十年代，我在陕北农村"大有作为"地挣扎的时候，老纪的孩子们则都成了有用的人物，运输公司的司机，副食店的售货员，煤铺的工人，街道办事处的干事……那时候物质贫乏，我往陕北带了一罐子大油，是舅舅走老纪儿子的后门弄来的。我招工汉中以后，那个当司机的还到陕南工厂看过我，舅舅托他给我带了一瓶北京王致和的臭豆腐和两条"灯塔"牌肥皂。

我们活得不如人家。

改革开放以后，老纪的儿女们出息更大了，我还在为三十、五十的稿费爬格子的时候，那些人便已经发展到了"非等闲人物"的程度。开车的自己不开了，组织了出租车公司，当起了老板；卖芝麻酱的搞起了外贸，大批地往日本、欧洲出口花生酱；卖煤的弄起了石油钻探，陕北那些产油的井大部分是他钻的眼儿；办事处那位到外国当了参赞……

活得都比我精彩！

没当成老纪的孩子，我真应该后悔。

鸦窝里出凤凰，粪堆上长灵芝，天下理无常是，事无常非。

打乱母亲生活轨迹，改变母亲命运的就是刘春霖。

六

以我母亲的生活范畴，绝和状元搭不上边，南营房那五方杂处的穷杂之地更非状元的涉足之处。可偏偏的，毫不搭界的人就遇上了，用"永星斋"饽饽铺冯老掌柜的话说是"缘分"。

　　"永星斋"是朝外大街坐北朝南的大点心铺,前店后厂,雇用着伙计几十号人,还有几家分店,生意相当红火。"永星斋"最早的老掌柜叫王芝亭,王芝亭祖上在宫里当过御医,他本人却没什么特长,就是喜好交结名人。一开始他在朝阳门外开了这个饽饽铺,之所以叫"饽饽铺",是因为经营的全是满式糕点,跟南式、洋式点心不一样。满族人管点心叫"饽饽",饽饽铺又叫"达子饽饽铺",萨其马、百果花糕、芙蓉奶糕、细品小饽饽、酥皮点心,都属于达子饽饽。饽饽铺一开张,王掌柜就凭着祖上的关系让当朝翰林戴思淖题写了"永星斋"几个大字,又请庆亲王和工部尚书陈璧写了"风味不群"和"翠凝朝露"两块匾,都是烫金大字。朝阳门是朝阳之门,阳光下,巨匾金光闪耀,使"永星斋"饽饽铺在朝外大街滚滚的尘路上,光彩夺目,鹤立鸡群。上至宫廷王府,下至黎民百姓,一提"永星斋"没有不知道的。有皇上的时候,内务府的饽饽房每年都要"永星斋"做专供,作料由内务府提供,制作时需掌案亲自动手,可见其饽饽的精细讲究。此外,"永星斋"还给恭亲王、庆亲王和荣禄荣中堂府上加工饽饽,满族人的饽饽很大作用是用来祭祀,上供用的饽饽桌子是金龙绣套,桌子上每节码二百块糕点,往上摞十三层,有五六米高,还得用水果、绢花做顶子,这些工作当然都由饽饽铺承担。母亲说,她嫁入叶家第一年的正月,"永星斋"的掌柜就以娘家人的身份,给叶家送了一台红丝万字蜜供,蜜供是沾了糖蘸的点心,被码成了一人高的吉祥图案,谁见了谁说好,朝阳门外的"永星斋"给南营房的盘儿挣足了面子。

　　"永星斋"的具体位置在我的记忆中是在吉市口附近,东岳庙的西边。今天的"永星斋"已无从查找,被现代楼房替代,跟满族饽饽全没了关系。"永星斋"最让我思念的是一种贫民点心"七宝缸炉"。"七宝缸炉"说白了就是点心渣子重新组合烤制的无馅圆饼,火烧一样的,但松软可口,甘美异常,特别是刚出炉的热缸炉,那香味一里地以外都能闻到。"闻香下马"者大有人在,我母亲那位住在东四六条的七表舅钮七爷就是被"七宝缸炉"的香味勾来,跟饽饽铺的掌柜成了朋友的。"永星斋"离东四六条隔了一道城门几条胡同,"被香味勾来"的说法实属夸张,但事实是,常常"永星斋"的缸炉一出炉,钮七爷就掀门帘进了铺子,说是"赶上了",实则是早算计好了的。七爷来了,两个缸炉一碗清茶是必须要款待的。七爷会说会唱,不招人讨厌,北京城里哪儿有什么新鲜事没有他不知道的,那时候没有电视,话匣子也不普及,报纸是少数人看的,用现在话说是"传媒业相当落后"。所以钮七爷就显得很重要,北京城里,马长犄角、羊上树一类新鲜,钮七爷会一件一件地掏给大家听。铺子里上上下下的人都喜欢他，时间长了他不来"永星斋"，大伙还念叨他。

我母亲管钮七爷叫表舅，所以后来我们都随着母亲叫，叫他七舅爷。母亲和七舅爷有着亲戚的名分却没什么交往，年节也不走动，只是跟舅爷的闺女大秀在交领补活的时候偶有碰面，交换些彼此的情况。我父亲叫七舅爷"牧斋"，在父亲和母亲结亲之前，牧斋是我父亲的朋友，吃喝玩乐的朋友，他们的共同爱好是京戏，是美食，都属于八旗子弟序列，七舅爷属正白旗，我父亲属镶黄旗。不同的是，民国后我父亲有家底，有薪水；七舅爷是坐吃山空，倒驴不倒架，面子上还撑着，其实日子很窘迫，就如同算计"永星斋"的缸炉一样，"秋风"打得自然顺畅，不让别人尴尬，自己也不尴尬。

父亲和七舅爷共同的朋友是刘春霖。刘春霖在性情上跟两位"子弟"不同，比较务实，不说不靠谱的话，在行为上也比"子弟"们严谨，这大约与他直隶石宝村的生长环境和状元及第的出身有关系。父亲和七舅爷请他"东兴楼"赴宴，他注定要问清楚"两位带钱了没有"才进门。表面上都是父亲在"请"，其实父亲一回也没掏过钱，无论到哪儿，商家一看刘状元来了，笔墨纸砚早在后头偷偷备好了，吃完饭不写幅字断然是出不了门的，而状元那幅字，价值不菲，值几十顿"盛宴"。就是在今天，香港拍卖刘春霖的一幅四屏，也拍到了二百二十万港币。刘春霖的字之所以在社会上流传甚广，是他碍于面子，不便拒绝，还没有像现代人一样学会说"不"。社会上一致认可刘春霖的字，有"大字学颜（真卿），小字学刘（春霖）"的说法，更有"楷法冠当世，后学宗之"的美誉。有传说，慈禧在点状元的时候就是看上了刘春霖答卷上的一笔好字，爱不释手，钦点甲辰恩科一甲一名状元。当了状元的刘春霖后来给老佛爷着实写了不少字，今天我们在故宫游览，还时时能看到状元的墨迹。也有人说，刘春霖的状元是"捡"来的，是沾了名字的光，他只是进入了前十名，头名叫谭延闿，老佛爷马上想到了闹变法的谭嗣同，扔一边了。排谭延闿后头的是朱汝珍，广东人，老佛爷反感广东人，洪秀全、康有为、梁启超、孙中山全来自广东，自然不能当选。临到了刘春霖，时值当年大旱，老佛爷一看，高兴了，春风化雨，普降甘霖，乃大吉之兆，御笔点朱，刘春霖就当了状元。我后来跟父亲谈起过这事，那是父亲将刘春霖的一幅字送给我的时候，父亲说所谓"春风化雨"都是以讹传讹，卷子的名号都是封着的，说沾了字的光尚有可能，沾了名的光不可信。在刘春霖当上状元的第二年，清代废除科举考试，中国从此再无状元，自隋代以来浩浩荡荡的科考大军，在清光绪二十九年画上了句号，中国产生的五百九十二名状元中，刘春霖是最后一人。用他自己的话说，他是

"第一人中最后人"。一九〇七年刘春霖和几名同科进士及朝廷认为有培养前途的八旗子弟，被送到日本留学，父亲和刘春霖同船而往，在横滨登陆。刘春霖进的是东京政法大学，法律学科，我父亲进的是东京帝国大学，古典讲习学科。他们那一船留学生，后来成为名人的有很多，著名的有汉奸王揖唐，企业家王国甫，政治家沈钧儒……推算年龄，一群人中年龄最大的也不到三十岁，而我父亲和王国甫这些没有功名的子弟们，还只能称作少年。

我父亲学的是文科，又喜好书画，在东京和刘春霖走得就很近，对刘师兄的书法到了近乎痴迷程度，将师兄的各类"习作"搜罗不少。我后来有幸得到的墨宝当属这一类，那是一副四尺联，"樱花和烟暖，富士带月寒"，想必是在日本创作的。二十世纪七十年代，我有孕待产，丈夫不知从哪儿将这副对联寻出，挂在简陋的斗室中，说时时看着状元的字，对未出世的孩子是一种太难得的胎教。我就天天看，有时还临摹。儿子生下来了，对什么都有兴趣，就是对学习没兴趣，招猫逗狗、逃学早恋，说瞎话、不及格，哪里有状元的半点儿风度，一笔字写得歪扭如狗爬，中学毕业了竟然背不出一首完整的唐诗，不知道宋太祖是哪个朝代人！最让人糟心的，还是个网虫，快三十的人了，不止一次让我揪着耳朵从网吧里轰轰烈烈地当众拽出来。当然，后来成了日本社会学的博士，我却总觉得歪打正着的成分多于刻苦钻研的成分，跟刘状元的书法胎教没一点儿关系。

这是题外话了，还是回过头来说我的父母，我儿子的姥爷姥姥。

我父亲从日本回国后先是赋闲在家，后来帮着王国甫办了几年织布厂，他的"古典文化学科"专业只能钻故纸堆，没有别的用处。后来他的师兄刘春霖在北京创办了直隶书局和群玉山房，我父亲将自己所长投入其中，也算是有了归宿。和我母亲的认识，就是他在群玉山房的时候。

母亲说她头次见父亲是在盛夏，荷花池的荷花开得正好。父亲则说是深秋，东岳庙的金桂将要凋谢，却香气正浓。母亲说不是金桂的香气，是"永星斋"七宝缸炉的香气，父亲记错了。甭管孰对孰错，他们在"永星斋"饽饽铺见的头一面应该是没错的。

父亲说那天他和牧斋、润琴（刘春霖）听下午戏出来，时间还早，就到朝阳门外金台看日落。

"金台夕照"是著名的燕京八景之一，套用的是燕昭王"置千金其上，延天下士"的典故，故称"金台"。真正的金台在河北，在易水河边，"风萧萧兮易水寒，壮士一去兮不复还"，送别地点就是金台，朝阳门外的金台不过是个附会，是京城外的一个高台罢了。就这个金台，在一片低矮灰房顶的旧北京也算是一个值得登临的去处了，有人专门写诗赞颂说："高台百尺倚都城，斜日苍茫弄晚晴。千里江山回望迥，万家楼阁入空明。"在难见高楼的旧北京，登斯台，低回眷顾，亦能给人以千秋灵气之想。但父亲和刘春霖们那天在台上抒发的不是怀古之情，却是婚娶的余韵，他们看的戏是昆曲《钟馗嫁妹》。

七十多年前的"金台夕照"是怎样一种景致，今人已很难想象，如今地铁线还有一站叫作"金台夕照"，沿着滚梯上去，钻出地面，哗地立刻被轰鸣震撼，车来人往，高楼耸立，不见高台，没有"夕照"，谈不上"千里江山"的回望……当年七舅爷在相对平坦的土台上边舞边唱，重复着《钟馗嫁妹》的戏词，"摆列着破伞孤灯，乘着这蹇驴儿跂能，似一幅梅花春兴……权当个冰人系赤绳，权当个月老为盟定，权当作氤氲使巧撮合，权当作斧柯媒证……"在我的意念中，老舅爷就是在今日车水马龙的马路上舞蹈，时空的叠加常常让人感到滑稽和不可思议，但历史就是这么绕着圈往前走的，不知什么时候，我们便踩在了昨天的脚印上。

七舅爷在金台上到位的表演让刘状元再一次领略了八旗子弟的"精彩"，一再地夸赞"好！好！"父亲说，不是牧斋唱得好，是《扑灯蛾》词写得好，"俺与他一旦契合，恁与他五百年前石上结三生"，颇有松尾芭蕉俳句的韵味，没点儿文字功底是写不出来的。

刘春霖说钟馗也是懂情，做了鬼还没忘记妹妹的婚事，充作冰人，替妹妹了却终身，是个有爱有恨的汉子。父亲说他回去要画幅"钟馗嫁妹"的工笔，那"破伞"和"孤灯"一定是要有的，萧条的冷雨也不可缺少。几个人正陶醉在"嫁妹"的情节中，有浓云飘来，正遮头顶，呼雷闪电中洒下了瓢泼大雨。雨水在土台上砸起一片烟尘，正在舞蹈的七舅爷大叫一声"钟馗寻来也"，领头朝下跑，刘春霖和父亲紧随其后，白雨中三人在朝外大街上跑成了一条线。七舅爷在前头猛蹿，父亲在中间大步流星，刘状元远远地落在后头使劲喘……

我对父亲的叙述持怀疑态度，刘春霖从日本回来当过大总统秘书，当过直隶教育厅长，以这样一个身份不可能在朝阳门外的雨地里奔跑。父亲说不可能的事情多着呢，他们是同学，同学之间什么不可能的事情都会成为可能！

七舅爷轻车熟路，照直奔了"永星斋"，舅爷聪明，他知道，到别的铺子就是避雨，到"永星斋"却是有吃有喝的好去处。三个人水鸡子一样狼狈不堪地进了饽饽铺的门，刘状元埋怨七舅爷跑得太快，七舅爷说他是怕在高台上被雷击着，大家这辈子都没干甚缺德的事，划不来不是。

饽饽铺的冯掌柜见来了巨星级人物，很是有些受宠若惊，招呼伙计赶紧找干净衣裳，在后头东屋摆了茶水点心桌，西屋自然也摆了笔墨纸砚桌。

那会儿母亲正好也在饽饽铺内避雨，她是到吉市口交补活，回来夹着一抱原料遇上了暴雨，躲进了饽饽铺，就这，头发衣裳和一卷纸样也淋湿了。母亲将盘在头顶的湿辫子松下来，那根长长的粗辫子就垂在脚后跟。垂着长辫子的母亲从玻璃后头焦急地望着街面，雨水在街上击出一片片水泡，檐下的水哗哗地流成了一条线。母亲担心南营房简陋的屋顶，能否经得住这场暴雨的肆虐，低矮的门槛怕是已经进水了；担心手里这一卷湿透了的活计，全砸在手里，非但挣不到一个子儿，怕还要赔钱。至于后来跑进来的我的父亲一行，则根本没有进入母亲的视野和心中，母亲一如既往地看着外面的雨水发愁。水汽朦胧的玻璃，刚出炉的七宝缸炉的香气，母亲苗条的背影，一条长长的辫子，氤氲出"遥望蓬莱，一半儿云遮，一半儿烟霾"的意境。父亲看得呆了。我想，父亲在那一刻并不是看上了母亲，而是看上了他意念中泛起的带有古旧温馨色彩的图画。在我的记忆中父亲画了不少有水汽玻璃背景的画作，玻璃的前头有美人的背影，当然也有三两个沙果或是一只睡猫，甚至还有一枝扭曲的病梅……父亲喜爱的是色彩和氛围，父亲的失态引起了刘春霖的注意，他问掌柜的可认识站在玻璃跟前的女子。未待掌柜的回答，七舅爷说那是他的外甥女，刚才净顾着往里跑，没看见窗户跟前还站着人，原来还是亲戚。七舅爷喊"盘儿"，母亲转过身来，见是舅爷赶紧请安问好，依着旗人的规矩，将七舅爷家的蛐蛐和鸟都问到了。

母亲姣好的面容让父亲惊异，那天他几位应冯掌柜之邀在西屋"留下墨宝"，父亲写的竟是"清素若九秋之菊"，冯掌柜有些迷惑，父亲说他赞的是"永星斋"的七宝缸炉，其实父亲夸的是母亲，跟人家饽饽铺没一点儿关系。刘春霖喝了半碗茶，坐在八仙桌前默默地动开了心思。后来饱蘸浓墨给饽饽铺题了一副联：

> 翠烟金台，细品钟馗嫁妹；
> 白雨永星，和鸣凤凰于飞。

同样跟饽饽铺没关系。

七舅爷懵懵懂懂吃了冯掌柜半盘子新出炉的缸炉，得了两匣子芙蓉糕和萨其马，心满意足，坐在太师椅上有些犯困。

雨过天晴，冯掌柜给雇了车，三个人高高兴兴散了。

母亲回到了南营房的家，屋内并没有漏得一塌糊涂，因为屋顶上被老纪盖了苫布，母亲自是感激，到61号院里认真地谢了。老纪的爹说，你们家的事就是我们家的事，用不着分那么清楚。

其实老老纪的话已经说得再清楚不过了，母亲在喷香的开花豆冲击下，思想防线完全垮塌，她想，如果这个时候老老纪跟她提起纪家老二的婚事，她会一口答应。可偏偏的，那天老老纪错过了这个好机会，老老纪什么也没说。

我舅舅那会儿正在书场听书，听的是《薛里征东》，直到天黑才回来。

七

中国有"月老系红绳""千里姻缘一线牵"的说法，谁跟谁是一家子，早已是命中安排好了的。陈家、纪家本已成熟的姻缘却因月老的执意，有了改变。我跟母亲谈论她一百八十度婚姻扭转时，母亲说这是命，任谁也争不过命去。母亲还给我讲了个故事，说古代有个人晚上看见一个老头倚着布口袋在月光下翻书，他问老头看的什么书，老头说"天下婚书"，书上写着谁和谁成夫妻的事。但凡书上写了，他便用布口袋里的红绳把一对男女的脚踝拴在一起，两个人即便相距千里万里，也会因这绳子走到一起。这人问他的未来媳妇是谁，老头说，明天集市上有个捡烂菜的婆子，婆子领的女孩就是他将来的媳妇。第二天这人到集市上转，果然看到了一个又脏又烂的婆子，拉着一个黄毛小丫头。这人甚不满意，为了不缔结这场婚姻，就用刀砍了那女孩，自己逃走了。若干年后，他当了官，娶了上司的女儿，那女儿花容月貌，高贵贤淑，只是眉心有一伤疤，一问，是小时家里遭难，随奶母上街乞食，被人砍的。这人遂信月老的话不虚……

母亲信命，她一直坚信，月老没把她和老纪拴在一根绳上，没嫁给老纪，她并不遗憾。

避雨后没多久，刘状元就通过七舅爷传来了话，要亲自做媒，把"盘儿"说给东城戏楼胡同的叶四爷做夫人。

来传话的七舅爷先说媒人是多么的有身份、有名气，又说了我父亲是多么的有钱、有学问，说他们都是留学外洋的精英，是中国不可多得的人才，这样的人物打着灯笼都难找。我那位只有中学肄业水平的舅舅闹不懂"精英"是什么东西，但是他知道《状元媒》这出戏，知道状元是很伟大的人物，很多戏曲里是有不少状元娶了千金小姐，甚至招赘驸马的。我舅舅很想看看真的状元是什么模样，就要求媒人刘春霖一定要亲自登门提亲而不是让人传话。七舅爷说，人家刘状元是天上星宿，岂是谁想见就能见的，状元不可能降贵纡尊，到南营房这寒门穷舍来，你要想目睹状元真容，除非是婚事敲定，人家作为媒人来放定，也算是事出有因，不辱没了状元身份。

舅舅说他姐姐的亲事得问问隔壁的老老纪。七舅爷说，老老纪是谁？他能做得了咱们钮祜禄家的主吗？我是你舅舅，你娘死的时候虽没有交代，你们家的事也是我说了算，今天状元要来做媒，这婚事不成也得成了。

舅舅干瞪着眼睛说不出话，此刻他心里已把刘状元和戏台上蹬着皂靴穿着红袍晃着纱帽翅的英俊小生闹混了，一心想着刘状元而忽略了未来的姐夫叶四爷。我问母亲七舅爷来家说这件事情的时候她在哪里，母亲说姑娘怎能参与这样的事？七舅爷一提亲，她就借机躲了。可是舅舅说我母亲根本就没躲，她一直坐在炕桌前拨补活，把七舅爷的话一字不落地全听了去。我问舅舅母亲当时发表了什么意见，舅舅说什么意见也没有，连头也没抬，他把母亲的沉默看作是认同。

我相信舅舅的判断，这桩婚事隐隐与母亲的心劲儿、与母亲的朦胧憧憬相吻合，才子佳人，是母亲有限认知中的理想搭配。"三春牡丹"和"雪里梅花"，哪个女子不想当富贵牡丹，开在当时。当冬天的梅花，哆嗦在风雪里，除非是有病。

事情有了眉目，刘状元便以媒人的身份出现了，嫁娶双方代表是在安定门茶馆见的面，母亲这方是我十九岁的舅舅和七舅爷，父亲那边是他的大学同学，在北京开工厂的王国甫，刘状元是中间媒人。介绍情况时刘春霖说，我父亲是属兔的，山林之兔，五行属金，农历六月十六生日。舅舅一推算，母亲属鸡，父亲比母亲大了六岁，还算年龄相当。刘状元说，瑞福（我父亲的字）曾经袭有镇国将军的封号，虽然清廷已经不在，毕竟也是个有根底的人家，前妻瓜尔佳氏去世近十年了，留下了四个孩子，长子大学已经毕业，两个女儿在燕京大学读书，平时住校很少回家，小儿子也高中毕业……孩子们懂事勤谨，家道殷实富裕，和和睦睦的一个书香门第。

舅舅知道以自家的情况无法和"镇国将军"相比，气势上就有些短，有些高攀的尴尬。他望着茶馆外头斜对面成贤街金龙和玺的牌楼，想着国子监那辉煌的殿宇，对那陌生的群落产生了一种闯荡的冲动，他知道那个领域不属于他，他没有也永远不会有资格落脚其中，但是他的姐姐可以，这个"可以"必须要借助刘状元的撮合，借助皇亲叶家的势力……跟卖炸开花豆、拉洋片、烙烧饼的是两个世界，大相径庭。

七舅爷看舅舅不说话，认为是拿不定主意，将舅舅拉到外头说，傻小子，还犹豫什么？过了这村没这店，这样的人家儿全北京也没几户。别人不知道叶四爷我还不知道吗？我们成天在一块儿听戏放风筝，他们家的狗什么脾性我都清楚！

舅舅说，叶家前头还有几个孩子呢，合算我姐姐进门就给人当后妈……

七舅爷说，是续弦，又不是做小，你姐姐明年就三十了，三十的老姑娘还想嫁个小白脸？不是我说你，都是你把盘儿耽搁了，晃晃荡荡一个大小子，没个正经事由，靠姐姐养活着，什么时候算个头呢？作为一个老爷们儿我都替你寒碜！

七舅爷的一番话把我舅舅说得脸红一阵白一阵，十几年来他浑浑噩噩，从来没想过谁养活谁的问题，跟姐姐在一块儿过日子似乎理所当然，如今让七舅爷一点破，细想还是真对不住姐姐了。

这样一来，我舅舅彻底没了底气，他用商量的口气对七舅爷说，那您的意思到底是嫁还是不嫁？

七舅爷说，嫁呀！这还用含糊吗？四爷是我朋友，人品一顶一的好，那胡琴拉的，托、随、领、带，精湛至极，不会唱的都能唱成马连良；画也好，工笔花鸟，跟恭亲王孙是至交，徐悲鸿要成立北平艺专，还聘请四爷当教授呢……到时候你姐姐就是教授夫人，是太太，你们南营房的穷丫头做梦都梦不到这一步！

舅舅再没什么好说的，进屋再面对刘状元的时候，他表示了对这门亲事的认同，但是他觉得对那个坐在一边一言不发，只是闷头喝茶的男方代表应该说点儿什么。说什么呢？他一时找不出合适的话题，情急中不知怎的想起了老纪家在美容院的老大，那个梳分头的形象此刻鲜活起来，也是有心要难为表情严肃的男方代表，舅舅指着王国甫说，你对那个要娶我姐姐的人说，你们既然是喝过洋墨水的，娶亲那天就要穿带尾巴的大礼服，戴高帽子，以示郑重！

舅舅这样说是按照市场上拉洋片匣子里的画提出的，吉市口市场拉洋片的老常是个很有特色的人物，我在小时候还见过他。瘦高的一个老头，模糊不清的胡子和嘴，弄一个大匣子，里面全是西洋的风景，有高楼有喷泉，还有骑着马的洋人。匣子前头有数个镜头，交了钱就可以趴在镜头上往里看，里面的画可以放得很大，连洋人的袜子花样都看得很清楚，如同真的一般。这也还罢了，最吸引人的是老常本人，他手脚并用，锣鼓齐鸣，那张嘴也不闲着，"往里瞧来往里看，翻过这片又是一片……"有时候我不看那片子，专听老常唱，老常的唱远比那些粗糙的西洋景强。现在有了电视，拉洋片的时代被甩远了，但我总觉得这个行当失传很可惜，那通俗诙谐的唱词，来自社会底层，唱者荒诞夸张的扮相，未张嘴已让人喷饭，锣鼓响起，眉飞色舞，嬉笑怒骂，闻之观之，听得过瘾，野得牙碜。我舅舅这样要求王国甫是有作弄的成分在其中，他对面前的叶家"代表"和那个未露面的叶四爷没有一点儿好印象。

王国甫未置可否。刘春霖说，那女方也是西式?

舅舅说，我们要坐花轿，要凤冠霞帔。

刘春霖说，怕是不般配。

舅爷说，有何不般配，孔子七十七代孙孔德成不久前成亲，新娘是白纱礼服，新郎就是长袍马褂，一样的热闹，一样的和谐。

我舅舅就这样把他的姐姐给出去了，放定那天是状元亲自来的。知道状元要驾临，那天胡同口围了不少人，谁都要一睹状元郎风采，连卖豆汁炸糕的也收了摊子，戏棚的戏也把日场改作了夜场。母亲家的街门口挂了六尺红布，低调地表示出这家有喜事，准备嫁闺女了。

隔了一道门老纪家的街门紧关着，内里也没有炸豆的香气溢出，老老纪坐在屋里炕上运气。他的儿子小老纪则不管这些，抄着手没心少肺地夹杂在看热闹的人群中静等状元出现。

秩序越来越乱，巡警出来干预了，把等着看热闹的人搡得一个趔趄又一个趔趄。快中午时分，刘状元从南口出现了，本来人们认定状元要进北口，孰料状元改变了路线，在神路街就下了车，硬是一步一步随着礼担走进了胡同。人们一下反而安静下来，在"天上星宿"的光芒辉映下，心内满是谦恭和敬仰，那是贫穷百姓对文化的一种仰视，是两个阵营的近距离相触，因为婚姻产生的机缘，使彼此相投、认可，继而理解。状元在南营房的街坊中缓缓地走着，简朴的春绸大褂，黑礼服呢的布鞋，和善的面孔，使他和南营房的距离一下拉近。人们只从媒人的装扮就已经认可了这桩婚事，都说陈家的盘儿等了三十年，等来了好姻缘。

跟在状元身后的是二十四个红漆描金的抬盒，由穿吉服的抬夫们抬着，摆了半条胡同，红了半条胡同。我后来曾经好奇地问过舅舅抬盒里的内容，舅舅说都是些华而不实的东西。我问怎的华而不实，舅舅说有染了红胭脂的活鹅一对，代替古礼聘娶用的雁。还有花雕一坛，绸缎若干，木头如意一个，手镯两对，龙凤喜饼一双，干鲜果品四碟……

我想，叶家的聘礼热闹尽管热闹，却是不太实际。送鹅送酒送喜饼，不如送钱，现在男方给女方送的聘礼可是实惠多了，哪个小子倘敢用鹅来搪塞丈母娘，当下就得被踹出门去。不拿出硬通货，结婚别想！

中国婚嫁有六礼之说，六礼者，纳彩、问名、纳吉、纳征、请期、迎亲，在放定之前有庚帖交换一个很重要的环节。父亲的生辰八字是应该在放定之前送过来的，舅舅说省了，都在茶馆里核过了，状元保的媒，不会有错。

八

母亲为她辉煌的婚礼而陶醉。

在我还是小丫丫的时候就一遍一遍地听过母亲对她婚礼的细节描述，大红的海水江崖吉服袍，红缎凤穿牡丹绣裙，满头的绒花珠钿，镶着宝石的绣鞋，颤悠悠的花轿，那是她一生中最幸福最美丽的时光，以至让我对那样的婚礼充满羡慕与神往，一度我让母亲许诺，将来我的婚礼也得搞成大红的、珠钿的、颤悠悠的……母亲的装扮都是来自戏楼胡同的婆家，就是说我的父亲在很短的时间内，将新娘的成套穿戴全备齐了，送了过来。据母亲说，她出门子那天，除了贴身小衣是大秀帮着缝制的，其余对她都是陌生的。

母亲说，她的花轿在进入朝阳门的时候被警察拦住，说是要进行检查。官事无人敢拗，只好由人检查，但是给母亲送亲的大秀不干了。大秀比母亲小，还没有出阁，作为送亲太太是不合格的，但是母亲的娘家实在找不出一个可以出头露面的女性了。七舅奶奶倒是合适，但是病得起不来炕，别说是送亲，就是站立都成了问题。大秀虽说是女孩家，却是拿得起放得下，当得了七舅爷的全部家，自然也当得了陈家的家，是满族姑奶奶中的典型。

大秀站在花轿前头不许警察们掀轿帘子，一帮警察们闲极无聊，正想找个乐子，双方僵持在城门洞。来迎亲的是王国甫，王国甫用十块大洋打发了警察们，警察们为了下台，派出一个女警察，探进轿内，落实公务。孰想那个女警察手脚不老实，探身进来一把就掀开了母亲的盖头，反身惊呼：新娘子是个大美人啊！

母亲向我诉说这些的时候年纪已经五十有五，五十五岁的母亲自然早已退出了美人的行列，然而，她那喜形于色的表情却再现了彼时的得意。母亲的容貌再姣好，出嫁时也近三十岁，三十岁的新娘在那个时代已是半残的花儿，值不得女警察大惊小怪。更何况，母亲的盖头不是被父亲揭开而是被警察揭开，这点也令我不满意，我视此为不祥。

舅舅的讲述则跟母亲完全不同，那是另一种版本，他说母亲出门子那天是哭着上轿的，不是一般礼节的哭，是痛彻心脾的哭，陪着哭的还有七舅爷的闺女大秀。大秀在母亲出嫁前三天来到了南营房，陪伴着她的表姐度过这女孩儿的最后几日。

母亲的嫁妆在结婚的前两天送到了戏楼胡同的叶家，嫁妆中有灯一盏，茶叶罐一对，尿盆一个，衣裳一箱，这是相当简陋的陪嫁了。北京人嫁闺女，再穷也得备夜净儿（尿盆）、子孙盆、长命灯三样东西，这些东西让专门送嫁妆的用方桌顶在头上，一路送到婆家去。母亲那个木头衣箱里有七舅奶奶送给母亲的一件紫缎地大镶边女氅衣和一件蝴蝶花褂襕，两件衣裳都是舅奶奶的婆婆当诰命夫人时的披挂，一代代传下来，极少见阳光，一股浓重的樟木箱子味儿。民国时代这些繁杂的清朝服饰早已退出了历史舞台，但作为压箱底的物件却是珍贵之物。舅奶奶自己有两个闺女，大秀、二秀，她从秀儿们将来的嫁妆里分出一份给我母亲，足见疼爱之深。除了衣裳以外，附近几户街坊合伙送了一对描红漆的脸盆架子，其中也有老老纪的份子，两块猪胰子是卖炸饹馇的井大姨送的。母亲嫁妆出门的时候，人们围在门口看，猜测着箱子里的装填，有小孩围在门口唱：

> 月亮月亮照东窗，陈家姑娘好嫁妆。
> 金漆柜、银皮箱，虎皮椅子象牙床。
> 锭儿粉，棒儿香，棉花胭脂二百张。
> ……

在孩子们的歌声里，母亲心里多少有些满足，想的是七舅奶奶的奉送至少让她在娘家的地盘上揽尽了风光。如果母亲知道，在她嫁入叶家三年后，叶家大格格出嫁的嫁妆，怕是要汗颜了。我那位同父异母的大姐出阁时，父亲陪嫁了全套花梨，紫檀家具，顶箱立柜、方案圆桌、绣墩沙发、座钟挂表、字画挂屏，金银盾饰……和南营房来的尿盆、茶叶罐不可同日而语。

老老纪视舅舅与叶家的联姻为对纪家的背叛，提了一壶开水把自家院里的玉簪花浇死了，这样的行为非善良的老老纪所为，之所以能做出，是心伤得狠了。老纪本人倒无所谓，照旧来57号串门，跟舅舅分食喜饼，给充作雁的鹅们拔毛，那罐陈年花雕，大半被老纪就着开花豆喝了……

第二天便要上轿，晚上母亲在试穿叶家送来的那些戏服般的行头，没有穿衣镜，母亲便对着灯光下的窗户玻璃，扭过来掉过去地看。凤穿牡丹、富贵多子、百鸟朝凤、瓜瓞绵绵，各样锦绣色彩斑斓，精美绝伦，让母亲幸福又快乐。大秀坐在炕桌前，就着昏暗的灯在仔细研究放定时的过礼大单。半天，大秀推过礼单，点着其中一行严肃地对母亲说，这里不对了。

母亲除了自己的名字以外，其余一字不识，她根本看不出哪里"不对"，催促着大秀快说。大秀说，叶家四爷是属兔的？

母亲说，没错，锡元回来说了，山林之兔，五行属金，这帖子上不也是这么写的吗。

大秀说，这上头属兔的不假，却是蟾宫之兔，五行属木。

母亲说，反正都是兔，蟾宫的，山林的，待的地方不一样罢了。依我看，蟾宫的比山林的还好呢，一个在天上，一个在地下，一个是神仙，一个是草莽，能成为月宫里的兔子只能说明他命好。

大秀说，姐姐你别犯糊涂了，山林的兔子跟蟾宫的兔子都是兔子不假，却相差了一轮，十二年，就是说叶家的四爷不是比你大六岁，是整整大了十八！

母亲一下蒙了，她隐隐记起那天在"永星斋"饽饽铺里盯着她看的那位"四爷"，瘦高的个儿，头发近乎秃顶，看年龄似乎跟老纪他爸爸相仿。母亲愣了半天，想过味儿来都快疯了，大呼上当受骗，她把那些花团锦簇的衣裳扔得满地都是。舅舅赶了来，一听这情景也傻了眼，没了一点儿主意！

刘春霖的两只兔子……

舅舅只好厚着脸皮请老老纪拿主意，老老纪正为他那棵长了六七年的玉簪花伤心，听了舅舅的话说，花死了再活不过来，除非换棵新的，但终归不是原先那棵。

舅舅问老老纪是什么意思，老老纪说，人家连定都放了，你们还能反悔吗？

舅舅说状元明明说的是山林之兔，帖子上咋变啦？老老纪说，怪你当时没长眼，上了人家偷梁换柱的当，还以为自己捡了个香饽饽，跟状元玩文化，你小子还差得远！

舅舅说，那就没一点儿办法啦？

老老纪说没有，水泼出去就收不回来了，他这辈子也不会再种玉簪花了。

连老老纪都没法子，母亲彻底失望了，她整整号啕了一个晚上，直哭得一丝气息悠悠欲断。怕出嫁，怕出嫁，拖了十几年，十几年到头来等了这样一个结局，母亲怎能心甘？大秀不住地埋怨她爸爸糊涂，成天和叶家四爷一道厮混，竟然不知四爷是属于哪类兔子。舅舅知道母亲性子烈，怕母亲走碟儿的路，让大秀看着她，不离半步。

第二天是出嫁的正日子，上午花轿到了南营房，吹鼓手在外头一通吹奏，院里院外里三层外三层地围了不少街坊，都来看南营房最排场的婚礼。状元没来，迎亲的是王国甫，他的那辆"道奇"停在胡同口，开不进来，他没有刘状元的亲和力，是昂首挺胸，凡人不理，背着手走进来的。王国甫进来就问新人收拾好了没有，收拾好了就上轿。七舅爷说，今天是外甥女一辈子的大事，得好好捯饬捯饬，女孩儿家家，不必催她，反正时间还早，先喝茶！

王国甫和七舅爷就在院里树底下喝茶等待，舅舅站在旁边一脸不高兴，质问的话几次到嘴边却又说不出口，急得冒出一脑袋汗。

屋里我母亲死活不肯换衣裳，摔了叶家定礼送来的银盾，被摔过的那个银盾我后来在舅舅家见过，不是真银，连收破烂的都不要。原本是在玻璃罩子里的一个银质造型，上面刻着"百年好合"的吉祥话儿，硬是让母亲给摔得扭曲不堪，难以入目。从破烂的银盾看，我相信舅舅的说法，母亲的婚事绝不像她自己叙述的那样完满，临上轿的母亲内心也并非得意而幸福。

那天，母亲非让她兄弟跟媒人讨个说法，否则不上轿。一道门帘，里面闹翻了天，外面冷得找不着话。

听着屋里叮咣乱响，王国甫不动声色，一切仿佛已在预料之中。倒是七舅爷有点儿绷不住说，女孩儿，没出过门，临走总得使点儿小性儿不是。

王国甫看看表说，时候不早了。七舅爷让舅舅到里屋催，舅舅进屋，看母亲还是蓬头垢面，连新媳妇必走的仪式"开脸"也没做。按规矩，姑娘上轿前要用丝线将脸上的汗毛，额前的碎发绞去，以一张光鲜明亮的脸应对众人，表明此女子已经是妇人不是姑娘了。母亲站在炕上正和来帮忙的女人们对峙，开脸的婆子拿着一根线哪里逮得着躁动的母亲，任谁劝也不行，母亲说她不嫁了！

舅舅窝囊地站在炕沿下头，一句话说不出，一切全是他的错，此时此刻他哪里抬得起头。母亲问他不在外头跟叶家论理，跑进来干什么？他说人家在催，母亲呸了一口，抄起上轿要抱的瓶儿朝他砸过去，舅舅一闪，瓶子摔在墙上，碎了，五色粮食流了一地。

上轿的新娘怀里要抱个装了五色粮食的瓷瓶，以示平安富裕，这是北京的习俗。母亲的瓶子被她自己摔了，让众人很抓瞎，就有了后来老纪包了一包开花豆塞进轿子的插曲，有些驴唇不对马嘴。

见屋里的"戏"愈演愈烈，老纪赶紧将屋门关了，让院里的吹鼓手们演奏《炒麻豆腐——大咕嘟》，立刻唢呐笙笛停止，只剩下鼓、镲的声响，鼓不是在敲，是在揉，镲不是在击，是在磨，咕嘟咕嘟，真如同锅里咕嘟的麻豆腐。这一手吹鼓手们都会，他们知道这是在给新媳妇拖延时间，主家为这个是要给赏的，"麻豆腐"炒得时候越长，赏钱越多。

一个《炒麻豆腐》把王国甫炒得心烦意乱，坐立不安，急不得，恼不得，只得随着"炒麻豆腐"的节奏在院里踱步，一步一步正好踏在鼓点上。鼓点越来越快，越来越快，竟让他着了魔一般，停不下来了，这是吹鼓手们故意戏弄迎亲的老爷，如果给赏钱便罢了，不给就没完没了地"咕嘟"着。吹鼓手们两头拿钱，王国甫哪儿知道这个，在中国，在外洋，纵横南北东西，任何场面他没有打理不下来的，却栽在朝阳门外南营房一帮人的手里，其窝囊程度不亚于我舅舅。

好不容易"麻豆腐"完了，老纪又提出演奏《屎壳郎爬竹竿——节节高》。王国甫不知"屎壳郎"还会玩出什么花样，站起身高声说道，该走了！

这时门帘一挑，大秀走出来，大秀冷冷地说，有件事情得让叶家说清楚，提亲的时候媒人说姑爷是"山林之兔"，怎么放定的时候竟然成了"蟾宫之兔"，这不明摆着坑我们吗？

七舅爷说，有这样的事？

大秀拿出庚帖说，上头写得明明白白。

王国甫冷笑一声说，帖上写得明明白白就是明明白白，既然都明白了，怎能说坑？

大秀说，媒人说的可不是这样，明明说的是"山林之兔"，我们有人为证。大秀说着将我舅舅推过来说，你告诉他们，刘春霖是怎么说的。

舅舅的见不得世面就在这个时候充分表现出来了，他紧张得浑身哆嗦，他的这个毛病也遗传到我身上，我紧张了也爱哆嗦，止也止不住。舅舅不唯身上哆嗦，嘴也哆嗦，只说"兔……兔……吃草……"

老纪着急地喊，天上的兔子也未必不吃草！

王国甫说，一切以帖子为准，不是我们骗婚，是你们愿意，昨天连嫁妆都过去了，现在轿子到了门口，岂有变卦的道理？

大秀一时语塞，将目光转向她的爸爸。七舅爷说这事他来处理，说着进了屋。舅爷对母亲和大秀说，他也忽略了两只兔子的差异，光想着外甥女一生的荣华富贵，想着姑爷的品位学识，没承想闹出了这么件事，掰开了说是咱们理亏，谁让咱们当时没仔细看帖就把礼收了呢。母亲抽泣着说，我不识字，锡元他干什么去了？

七舅爷说，你指望那位爷替你把关？姥姥！他连自个儿的关全把不了。这回还不是托刘状元的关系，在巡警上给他找了个事由，好让他自食其力，你不嫁，他永远长不大。

母亲低了头不说话了，开脸婆子借机将线在母亲脸上拉过，七舅爷捡起地上的衣裳往母亲身上一扔，转身出去，对院里的吹鼓手吩咐：《百鸟朝凤》！

《百鸟朝凤》是新娘上轿的信号，院里的人都松了一口气，七舅爷像完成了一件什么大事，美美地喝了一碗茶。

母亲在轿子里哇哇地哭，从吉市口哭进了朝阳门，大秀在轿外头抹眼泪，不像送亲像送殡。

老纪跟着轿子走了一程，走到市场北口，停住了，眼巴巴地看着花轿往西拐了。

我的舅舅陈锡元把着轿杆，压着步子，努力使轿子走得平稳，这本应该是新娘兄长所为，母亲没有兄长，只好让小兄弟代劳了。没有人把轿杆，轿夫们会将轿子弄得上下颠簸，左右摇晃，因为这是轿夫们卖弄和露一手的时刻，这不光是为自己的铺子争光，创牌子，也是向本家讨赏的条件。

双方都没有老家儿，父亲母亲的婚礼就在"六国饭店"举行。我舅舅提出要"西式"，所以作为新郎的我的父亲和伴郎王国甫便分别穿上了黑色燕尾大礼服，雪白衬衣，硬领，系黑领花，戴白手套，把高礼帽在手里托着，不戴。两个人在人众中如同傀儡，彼此看着都想乐，只是忍着。媒人的身份太显赫，装扮却很普通，仍旧是那身春绸大褂。众人都称赞刘状元这个媒做得好，才子配佳人，天造地设的一双。媒人说："权当作氤氲使巧撮合罢了，是四爷走了桃花运……"

好一个"巧撮合"，母亲不知道，更巧的还在后面。

母亲那天实在称不上"佳人"，红肿的眼泡，皱褶的衣裙，冷漠的面容，让所有的来宾大跌眼镜。母亲看着应酬中的"蟾宫之兔"恨不得变作猎狗，扑过去咬一口。回身再寻找"巧撮合"的媒人，早早地不见了踪影，撤了。

回到戏楼胡同的婆家，已经到了下午，父亲让前房的子女们出来跟新母亲见了，儿子女儿一二三四五六七……那长子，年龄已近乎和母亲相当，母亲糊涂了，自己不认字却是识数的，怎的呼呼啦啦出来一群？大大小小近乎十个！

洞房花烛夜母亲张嘴咬了父亲，因为父亲告诉母亲，偏院还住着一位如夫人，姓张，比母亲大十二岁，人家才真正比父亲小六岁。母亲要晕过去了，此时的母亲已经手脚冰凉，欲哭无泪，她只是要求见见刘春霖，要当面问个清楚，这媒是怎么保的。父亲说刘春霖的话没错，他头房的夫人瓜尔佳氏的确过世十几年了，留下四个子女；二房的夫人张氏也有几个孩子……母亲含着眼泪问，那我算怎么回事呢？小老婆吗？

父亲说母亲是明媒正娶的，状元保媒岂有保个小老婆的道理，续弦就是续弦，母亲续的是瓜尔佳氏……

没等父亲说完，母亲照着父亲的胳膊就是一口，那一口咬得真是狠，没有夹袄隔着，得掉下一块肉。

许多年，母亲对刘春霖一直耿耿于怀，刘春霖再也没进过我们家的门。母亲说他是不好意思。父亲说，润琴确是躲了，他的同科进士王揖唐邀他出来一块儿做事，润琴不干，躲到天津去了。王揖唐是华北政务委员会委员，是给日本人干事的汉奸，润琴岂能同他共事！

母亲的嘴不软，说只要见到刘春霖，定要跟他没完！

刘春霖之后，中国再无状元，我父母的"状元媒"姻缘便成了千古绝世的终结。

原载《北京文学》2008 年第 12 期

第十四届《小说月报》优秀中篇小说"百花奖"

状
元
媒

最慢的是活着

乔 叶

一

那一天，窗外下着不紧不慢的雨，我和朋友在一家茶馆里聊天，不知怎的她聊起了她的祖母。她说她的祖母非常节俭。从小到大，她只记得祖母有七双鞋：两双厚棉鞋冬天里穿，两双厚布鞋春秋天里穿，两双薄布鞋夏天里穿，还有一双是桐油油过的高帮鞋，专门雨雪天里穿。小时候，若是放学早，她就负责烧火。只要灶里的火苗蹿到了灶外，就会挨奶奶的骂，让她把火压到灶里去，说火焰扑棱出来就是浪费。

"她去世快二十年了。"她说。

"要是她还活着，知道我们这么花着百把块钱在外面买水说闲话，肯定会生气的吧？"

"肯定的，"朋友笑了，"她是那种在农村大小便的时候去自家地里，在城市大小便的时候去公厕的人。"

我们一起笑了。我想起了我的祖母。——这表述不准确。也许还是用她自己的话来形容才最为贴切："不用想，也忘不掉。钉子进了墙，锈也锈到里头了。"

我的祖母王兰英，一九二〇年生于豫北一个名叫焦作的小城。焦作盛产煤，那时候便有很多有本事的人私营煤窑。我曾祖父在一个大煤窑当账房先生，家里的日子便很过得去。一个偶然的机会，曾祖父认识了祖母的父亲，便许下了媒约。祖母十六岁那年，嫁到了焦作城南十里之外的杨庄。杨庄这个村落由此成为我最详细的籍贯地址，也成为祖母最终的葬身之地。二〇〇二年十一月，她病逝在这里。

二

　　我们一共四个兄弟姊妹，性别排序是：男，女，男，女。大名依次是小强、小丽、小杰、小让。家常称呼是大宝，大妞，二宝，二妞。我就是二妞李小让。小让这个名字虽是最一般不过的，却是四个孩子里唯一花了钱的。因为命硬。乡间说法：命有软硬之分。生在初一十五的人命够硬，但最硬的是生在二十。"初一十五不算硬，生到二十硬似钉。"我生于阴历七月二十，命就硬得似钉了。为了让我这钉软一些，妈妈说，我生下来的当天奶奶便请了个风水先生给我看了看，风水先生说最简便的做法就是在名字上做个手脚，好给老天爷打个马虎眼儿，让他饶过我这个孽障，从此逢凶化吉，遇难呈祥。于是就给我取了让字。在我们方言里，让不仅有避让的意思，还有柔软的意思。

　　"花了五毛钱呢。"奶奶说，"够买两斤鸡蛋的了。"

　　"你又不是为了我好。还不是怕我妨了谁克了谁！"

　　这么说话的时候我已经上了小学，和她顶嘴早成了家常便饭。这顶嘴不是撒娇撒痴的那种，而是真真的水火不容。因为她不喜欢我，我也不喜欢她。——当然，身为弱势，我的选择是被动的：她先不喜欢我，我也只好不喜欢她。

　　亲人之间的不喜欢是很奇怪的一种感觉。因为在一个屋檐下，再不喜欢也得经常看见，所以自然而然会有一种温暖。尤其是大风大雨的夜，我和她一起躺在西里间。虽然各睡一张床，然而听着她的呼吸，就觉得踏实，安恬。但又因为确实不喜欢，这低凹的温暖中就又有一种高凸的冷漠。在人口众多川流不息的白天，那种冷漠引起的嫌恶，几乎让我们不能对视。

　　从一开始有记忆起，就知道她是不喜欢我的。有句俗语："老大娇，老末娇，就是别生半中腰。"但是，作为老末的我却没有得到过她的半点娇宠。她是家里的慈禧太后，她不娇宠，爸爸妈妈也就不会娇宠，就是想娇宠也没时间，爸爸在焦作矿务局上班，妈妈是村小的民办教师，都忙着呢。

　　因为不被喜欢，小心眼儿里就很记仇。而她让我记仇的细节简直俯拾皆是。比如她常睡的那张水曲柳黄漆大床。那张床是清朝电视剧里常见的那种大木床，四周镶着木围板，木板上雕着牡丹荷花秋菊冬梅四季花式。另有高高的木顶，顶上同样有花式。床头和床尾还各嵌着一个放鞋子的暗柜，几乎是我家最华丽的家具。我非常向往那张大床，却始终没有在上面睡的机会。她只带二哥一起睡那张大床。和二哥只间隔三岁，在这张床的待遇上却如此悬殊，我很不平，一天晚上，便先斩后奏，好好地洗了脚，早早地爬了上去。她一看见就着了急，把被子一掀，厉声道："下来！"

我缩在床角，说："我占不了什么地方的，奶奶。"

"那也不中！"

"我只和你睡一次。"

"不中！"

她是那么坚决。被她如此坚决地排斥着，对自尊心是一种很大的伤害。我哭了。她去拽我，我抓着床栏，坚持着，死活不下。她实在没有办法，就抱着二哥睡到了我的小床上。那一晚，我就一个人孤零零地占着那张大床。我是在哭中睡去的，清早醒来的第一件事，就是接着哭。

她毫不掩饰自己对男孩子的喜爱。谁家生了儿子，她就说："添人了。"若是生了女儿，她就说："是个闺女。"儿子是人，闺女就只是闺女。闺女不是人。当然，如果哪家娶了媳妇，她也会说："进人了。"——这一家的闺女成了那一家的媳妇，才算是人。因此，自己家的闺女只有到了别人家当媳妇才算人，在自己家是不算人的。这个理儿，她认得真真儿的。每次过小年的时候看她给灶王爷上供，我听得最多的就是那一套："……您老好话多说，赖话少言。有句要紧话可得给送子娘娘传，让她多给骑马射箭的，少给穿针引线的。"骑马射箭的，就是男孩。穿针引线的，就是女孩。在她的意识里，儿子再多也不多，闺女呢，就是一门儿贴心的亲戚，有事没事走动走动，百年升天脚蹬莲花的时候有这双手给自己梳头净面，就够了。因此再多一个就是多余——我就是最典型的多余。她原本指望我是个男孩子的，我的来临让她失望透顶：一个不争气的女孩身子，不仅占了男孩的名额，还占了个男孩子的秉性，且命那么硬。她怎么能够待见我？

做错了事，她对男孩和女孩的态度也是截然不同。要是大哥和二哥做错了事，她一句重话也不许爸爸妈妈说，且原因充分：饭前不许说，因为快吃饭了。饭时不许说，因为正在吃饭。饭后不许说，因为刚刚吃过饭。刚放学不许说，因为要做作业。睡觉前不许说，因为要睡觉……但对女孩，什么时候打骂都无关紧要。她就常在饭桌上教训我的左撇子。我自会拿筷子以来就是个左撇子，干什么都喜欢用左手。平时她看不见就算了，只要一坐到饭桌上，她就要开始管教我。怕我影响大哥二哥和姐姐吃饭，把我从这个桌角撵到那个桌角，又从那个桌角撵到这个桌角，总之怎么看我都不顺眼，我坐到哪里都碍事儿。最后通常还是得她坐到我的左边。当我终于坐定，开始吃饭，她的另一项程序就开始了。

"啪！"她的筷子敲到了我左手背的指关节上。生疼生疼。

"换手！"她说，"叫你改，你就不改。左耳朵进，右耳朵出！"

"不会。"

"不会就学。别的不学这个也得学！"

知道再和她犟下去菜就被哥哥姐姐们夹完了，我就只好换过来。我咕嘟着嘴巴，用右手生疏地夹起一片冬瓜，冬瓜无声无息地落在饭桌上。我又艰难地夹起一根南瓜丝，还是落在了饭桌上。当我终于把一根最粗的萝卜条成功地夹到嘴边时，萝卜条却突然落在了粥碗里，粥汁儿溅到了我的脸上和衣服上，引得哥哥姐姐们一阵嬉笑。

"不管用哪只手吃饭，吃到嘴里就中了，什么要紧。"妈妈终于说话了。

"那怎么会一样？将来怎么找婆家？"

"我长大就不找婆家。"我连忙说。

"不找婆家？娘家还养你一辈子哩。还给你扎个老闺女坟哩。"

"我自己养活自己，不要你们养。"

"不要我们养，你自己从石头缝里蹦出来的？自己给自己喂奶长这么大？"她开始不讲逻辑，我知道无力和她抗争下去，只好不作声。

下一次，依然如此，我就换个花样回应她："不用你操心，我不会嫁个也是左撇子的人？我不信这世上只我一个人是左撇子！"

她被气笑了："这么小的闺女就说找婆家，不知道羞！"

"是你先说的。"

"哦，是我先说的。咦——还就我能先说，你还就不能说。"她得意扬扬。

"姊妹四个里头，就你的相貌稀肖她，还就你和她不对路。"妈妈很纳闷，"怪哩。"

三

后来听她和姐姐聊天我才知道，她小时候娘家的家境很好，那时我们李家的光景虽然不错，和她王家却是绝不能比的。他们大家族枝枝杈杈四五辈共有四五十口人，男人们多，家里还雇有十几个长工，女人们便不用下地，只是轮流在家做饭。她们这一茬女孩子有八九个，从小就大门不出，二门不迈，只是学做女红和厨艺。家里开着方圆十几里最大的磨坊和粉坊，养着五六头大牲口和几十头猪。农闲的时候，磨房磨面，粉坊出粉条，牲口们都派上了用场，猪也有了下脚料吃，猪粪再起了去壮地，一样也不耽搁。

到了赶集的日子，她们的爷爷会驾着马车，带她们去逛一圈，买些花布、头绳，再给她们每人买个烧饼和一碗羊杂碎。家里哪位堂哥娶了新媳妇，她们会瞒着长辈们偷偷地去听房，当然也常常会被发现。一听见爷爷的咳嗽声，她们就会作鸟兽散，有一次，她撒丫子跑的时候，被一块砖头绊倒，磕了碗大的一片黑青。

嫁过来的时候，因为知道婆家这边不如娘家，怕姑娘受苦，她的嫁妆就格外丰厚：

带镜子和小抽屉的脸盆架，雕花的衣架，红漆四屉的首饰盒，一张八仙桌，一对太师椅，两个带鞋柜的大樟木箱子，八床缎子面棉被……还有那张水曲柳的黄漆木床。

"一共有二十抬呢。"她说。那时候的嫁妆是论"抬"的。小件的两个人抬一样，大件的四个人抬一样。能有二十抬，确实很有规模。

说到兴起，她就会打开樟木箱子，给姐姐看她新婚时的红棉裤。隔着几十年的光阴，棉裤的颜色依然很鲜艳。大红地儿上起着淡蓝色的小花，既喜悦，又沉静。还有她的首饰。"文革"时被"破四旧"的人抢走了许多，不过她还是偷偷地保留了一些。她打开一层层的红布包，给姐姐看：两只长长的凤头银钗；因为时日久远，银都灰暗了。她说原本还有一对雕龙画凤的银镯子，三年困难时期，她响应国家号召向灾区捐献物资，狠狠心把那对镯子捐了。后来发现戴在了一名村干部的女儿手上。

"我把她叫到咱家，哄她洗手吃馍，又把镯子拿了回来。他们到底理亏，没敢朝我再要。"

"那镯子呢？"

"卖了，换了二十斤黄豆。"

她生爸爸的时候，娘家人给她庆满月送的银锁，每一把都有三两重，一尺长，都配着繁繁琐琐的银铃和胖胖的小银人儿。她说原先一共有七把，"破四旧"时，被抢走了四把，就只剩下了三把，后来大哥和二哥生孩子，生的都是儿子，她就一家给了一把。姐姐生的是女儿，她就没给。

"你再生，要生出来儿子我就给你。"她对姐姐说，又把脸转向我，"看你们谁有本事先生出儿子。迟早是你们的。"

"得了吧。我不要。"我道，"明知道我最小，结婚最晚。根本就是不存心给我。"

"你说得没错，不是给你的，是给我重外孙子的。"她又小心翼翼地裹起来，"你们要是都生了儿子，就把这个锁回回炉，做两个小的，一人一个。"

偶尔，她也会跟姐姐聊起祖父。

"我比人家大三岁。女大三，抱金砖。"她说，她总用"人家"这个词来代指祖父，"我过门不多时，就乱了，煤窑厂子都关了，你太爷爷就回家闲了，家里日子一天不如一天。啥金砖？银砖也没抱上，抱的都是土坷垃。"

"人家话不多。"

"就见过一面，连人家的脸都没敢看清，就嫁给人家了。那时候嫁人，谁不是晕着头嫁呢？"

"和人家过了三年，哪年都没空肚子，前两个都是四六风。可惜的，都是男孩儿呢。刚生下来的时候还好好儿的，都是在第六天头上死了，要是早知道把剪刀在火上烤烤再剪脐带就中，哪儿会只剩下你爸爸一个人？"

后来，"人家"当兵走了。

"八路军过来的时候，人家上了扫盲班，学认字。人家脑子灵，学得快……不过，世上的事谁说得准呢？要是笨点儿，说不定也不会跟着队伍走，现在还能活着呢。"

"哪个人傻了想去当兵？队伍来了，不当不行了。"她毫不掩饰祖父当时的思想落后，"就是不跟着这帮人走，还有国民党呢，还有杂牌军呢，哪帮人都饶不了。还有老日呢。"——老日，就是日本鬼子。

"老日开始不杀人的。进屋见了咱家供的菩萨，就赶忙跪下磕头。看见小孩子还给糖吃，后来就不中了，见人就杀。还把周岁大的孩子挑到刺刀尖儿上耍，那哪还能叫人？"

老日来的时候，她的脸上都是抹着锅黑的。

"人家"打徐州的时候，她去看他，要过黄河，黄河上的桥散了，只剩下了个铁架子。白天不敢过，只能晚上过。她就带着爸爸，一步一步地踩过了那条漫长的铁架子，过了黄河。

"月亮可白。就是黄河水在脚底下，哗啦啦地吓人。"

"人家那时候已经是通讯员了，部队上的人对我们可好。吃得也可好。可饱。住了两天，我们就回来了。家属不能多住，看看就中了。"

那次探亲回来，她又怀了孕，生下了一个女儿。女儿白白胖胖，面如满月，特别爱笑。但是，一次，一个街坊举起孩子逗着玩的时候，失手摔到了地上。

第二天，这个孩子就夭折了。才五个月。

讲这件事时，我和她坐在大门楼下。那个街坊正缓缓走过，还和她打着招呼。

"歇着呢？"

"歇着呢。"她和和气气地答应。

"不要理他！"我气恼她无原则的大度。

"那还能怎么着？账哪能算得那么清？她也不是蓄心的。"她叹气，"死了的人死了，活着的人还得活着。"

后来，她收到了祖父的阵亡通知书。"就知道了，人没了。那个人，没了。"

"听爸爸说，解放后你去找过爷爷一次。没找到，就回来了。回来时还生了一场大病。"

"哦。"她说，"一个人说没就没了，一张纸就说这个人没了，总觉得不真。去找了一趟，就死心了。"

"你是哪一年去的？"

"五六年吧。五六五七，记不清了。"

"那一趟，你走到了哪儿？"

"谁知道走到了哪儿。我一个大字不识的妇女，到外头知道个啥。"

四

因为是光荣烈属，建国后，她当上了村里的第一任妇女主任，妇女主任应该是党员。组织上想发展她入党，她犹豫了，听说入党之后还要交党费，还要参加各种各样的活动和会议，她更犹豫了。觉得自己作为一个寡妇，从哪方面考虑都不合适。"我能管好我家这几个人就中了，哪儿还有力气操那闲心。"她说。

她谢绝了。但是后来时兴人民公社大食堂，她以烈属身份要求去当炊事员。

"还不是为了能让你爸爸多吃二两。"她说。

随着我们这几个孩子的降生，家里的生活越来越紧巴。在生产队里的时候，因为孩子们都上学，爸爸妈妈又上班，家里只有她一个劳力挣工分，年终分配到的粮食就很少，颗颗贵似金。肯定不够吃，得用爸爸的工资在城里再买。这种状况使得她对粮食的使用格外细腻。她说有的人家不会过，麦子刚下来时就猛吃白面，吃到过了年，没有多少白面了，才开始吃白面和玉米面杂卷的花馍。

后来花馍里的白面也吃不上了，就只好吃纯黄的窝窝头，逢到宾来客往，还得败败兴兴地去别人家借白面。到了收麦时节，这些人家拿到地里打尖儿的东西也就只有窝头。收麦子是下力气活儿，让自己家的劳力吃窝头，这怎么说得过去呢？简直就是丢人。

她从来没有丢过这种人。从一开始她就隔三岔五让我们吃花馍，早晚饭是玉米面粥，白面只有过年和收麦时才让吃得尽兴些。过年蒸的白面馍又分两种，一种是纯白面馍，叫"真白鸽"。主要用于待客。另一种是白面和白玉米面掺在一起做的，看起来很像纯白面馍，叫"假白鸽"。主要用于自家吃。

"人过留名，雁过留声。客人当然得吃好的。"她说，"自己家么，填坑不用好土。——也算好土了。"

杂面条也是我们素日经常吃的。也分两种：绿豆杂面和白豆杂面。绿豆杂面是绿豆、玉米、高粱和小麦合在一起磨的。白豆杂面是白豆、小麦和玉米合在一起磨的。杂面粗糙，做不好的话豆腥味儿很大。她却做得很好吃。一是因为搭配比例合理，二是在于最后一道工序：面熟起锅之后，她在勺里倒一些香油，再将葱丝、姜丝和蒜瓣放在油里热炒，炒得焦黄之后将整个勺子往饭锅里一焖，只听刺啦一声，一股浓香从锅底涌出，随即满屋都是油亮亮香喷喷。

那时候没法子吃新鲜蔬菜，一到春天就青黄不接，她就往稀饭里放榆叶、黑槐叶、曲曲菜、马齿菜、荠菜和灰灰菜，还趁着四季腌各种各样的酱菜：春天腌香椿，夏天腌蒜苗，秋天腌韭菜、辣椒、芥菜，冬天腌萝卜和黄菜。仅就白菜，她就又分出三个等级，首先是好白菜，圆滚滚，瓷丁丁。其次是样子好看却不瓷实的，叫青干白菜。最差的是只长了些帮子的虚棵白菜。她让我们先吃的是青干白菜，然后是好白菜。至于虚棵白菜，她就放在锅里煮，高温去掉水分之后，再挂在绳子上晾干，这时的白菜叫作"烧白菜"。来年春天，将烧白菜再回锅一煮，就能当正经菜吃。有几年春天，她做的这些烧白菜还被人收购过，一斤卖到了三毛钱。

"它们喂人，人死了埋到地下再喂它们。"每当吃菜的时候，她就会这么说。

一切东西对她来说似乎都是有用的：玉米衣用来垫猪圈，玉米芯用来当柴烧。洗碗用的泔水，她从来不会随随便便地泼掉，不是拌鸡食就是拌猪食。我家要是没鸡没猪，她就提到邻居家，也不管人家嫌弃不嫌弃。"总是点儿东西，扔掉了可惜。"她说。内衣内裤和袜子破了，她也总是补了又补。而且补的时候，是用无法再补的那些旧衣的碎片。"用旧补旧，般配得很。"她说。我知道这不是因为般配，而是她觉得用新布补旧衣就糟蹋了新布。在她眼里，破布也分两种，一种是纯色布，那就当孩子的尿布，或者给旧衣服当补丁。另一种是花布，就缝成小小的三角，三角对三角，拼成一个正方形，几十片正方形就做成了一个花书包。

路上看到一块砖，一根铁丝，一截塑料绳，她都要拾起来。"眼前没用，可保不准什么时候就用上了。宁可让东西等人，不能让人等东西。"她说。

"你奶奶是个仔细人哪。"街坊总是对我们这么感叹。

这里所说的仔细，在我们方言中的含义就是指"会过日子"，也略微带些形容某人过于吝啬的苛责。

她还长年织布。她说，年轻时候，只要没有什么杂事，每天她都能卸下一匹布。一匹布，二尺七寸宽，三丈六尺长。春天昼长的时候，她还能多织丈把。后来她学会了织花布，将五颜六色的彩线一根根安在织布机上，经线多少，纬线多少，用哪种颜色，是要经过周密计算的。但不管怎么复杂，都没有难倒她。五十年前，一匹白布的价是七块两毛钱，一匹花布的价是十块六毛钱。她就用这些长布供起了爸爸的学费。

纺织的整个过程很繁琐：纺，拐，浆，落，经，镶，织。织只是最后一道。她一有空就坐下来摩挲那些棉花，从纺开始，一道一道地进行着，慢条斯理。而在我童年的记忆中，每每早上醒来，和鸟鸣一起涌入耳朵的，确实也就是唧唧复唧唧的机杼声。来到堂屋，就会看见她坐在织布机前。梭子在她的双手间飞鱼似的传动，简洁明快，娴熟轻盈。

生产队的体制里，一切生产资料都是集体的，各家各户都没有棉花。她能用的棉花都是买来的，这让她很心疼。一到秋天，棉花盛开的时节，我和姐姐放学之后，她就派我们去摘棉花。去之前，她总要给我们换上特制的裤子，口袋格外肥大，告诉我们："能装多少是多少。"我说："是偷吧？"她就"啪"地打一下我的脑袋。

后来，她织的布再也卖不动了，再后来，那些布把我们家的箱箱柜柜都装满了，她的眼睛也不行了，她才让那架织布机停下来。

她去世那一年，那架织布机散了。

五

小学毕业之后，我到镇上读初中。三里地，一天往返两趟，是需要骑自行车的。爸爸的同事有一辆半旧的二十六英寸女车，爸爸花了五十块钱买了下来，想要给我骑。却被她拦住了。

"三里地，又不远。我就不信会把脚走大了。"

"已经买了，就让二妞骑吧。"

"她那笨手笨脚的样儿，不如让二宝骑呢。"此时我的二哥正在县里上高中。他住校，两周才回家一次。我可是每天两趟要去镇上的啊。

爸爸不说话了。我深感正不压邪，于是决定要为自己的权利做斗争。一天早上，我悄悄地把自行车推出了家门。谁知道迎头碰上了买豆腐回来的她，她抓了我一把，没抓住，就扭着小脚在后面追起来。我飞快地蹬啊，蹬啊。骑了一段路，往后看了看，她不追了，却还停在原地看着我。

我知道这辆车我大约只能骑一次了，顿时悲愤交加。沿路有一条小河，水波清澈，浅不没膝，这时候，一个衣扣开了，我懒得下车，便腾出左手去整衣服，车把只靠右手撑着，就有些歪。歪的方向是朝河的。待整好衣服，车已经靠近河堤的边缘了，如果此时纠正，完全不会让车出轨。鬼使神差，我突然心生歹意，想：反正这车也不让我骑，干脆大家都别骑吧。这么想着，车就顺着河堤冲了下去。——在冲下去的一瞬间，我清楚地记得，我还往身后看了看，她还在。一阵失控的跌撞之后，我如愿以偿地栽进了河里。河水好凉啊，河草好密啊，河泥好软啊。当我从河里爬起来时，居然傻乎乎地这么想着，还对自己做了个鬼脸。

那天上学，我迟到了。而那辆可爱的自行车经过这次重创之后，居然又被修车师傅耐心地维修到了勉强能骑的地步。我骑着它，一直骑到初中毕业。

很反常的，她没有对此事做出任何评论，看来是被我的极端行为吓坏了。我居然能让她害怕！这个发现让我又惊又喜。于是我乘胜追击，不断用各种方式藐视她的存在和强调自己的存在，从而巩固自己得之不易的家庭地位。每到星期天，凡是有同学来叫我出去玩，我总是扔下手中的活儿就走，连个招呼都不跟她打。村里若是演电影，我常常半下午就溜出去，深更半夜才回家。若是得了奖状回来，我就把它贴在堂屋正面毛主席像的旁边，让人想不看都不成。如果还有奖品，我一定会在吃晚饭的时候拿到餐桌上炫耀。每到此时，她就会漫不经心地瞟上一眼，淡淡道："吃饭吧。"

她仍是不喜欢我的。我很清楚。但只要她能把她的不喜欢收敛一些，我也就达到了目的。

初中毕业之后，我考上了焦作市中等师范学校。按我的本意，是想报考高中的，但她和爸爸都不同意。理由是师范只需要读三年就可以参加工作，生活费和学费还都是国家全额补助的，而上高中不仅代价昂贵且前程未卜。看着我愤愤不平的样子，爸爸最后安慰我说，师范学校每年都组织毕业生参加高考。只要我愿意，也可以在毕业那年参加高考。于是去师范学校报到那天我带上了一摞借来的高中旧课本。我暗暗发誓：一定要考上大学。

但是，毕业那年，我没有参加高考。我已经不愿意上大学了。我想尽早工作，自食其力。因为我师范生活的最后一年冬天，我没有了父亲，我知道自己面临的首要任务就是养活自己。

大约是为了好养，父亲是个女孩子名，叫桂枝。小名叫小胜。奶奶一直叫他小胜。

第一次看见父亲的照片成了遗像，我在心里悄悄地叫了一声"小胜"，突然觉得，这个名字和我们兄弟姊妹四个的名字排在一起非常有趣：小强小丽小杰小让，而他居然是小胜。听起来他一点儿也不像我们的父亲，而像我们的长兄。

父亲是患胃癌去世的。父亲生前，我叫他爸爸。父亲去世之后，我开始称他为父亲。——一直以为，父亲，母亲，祖母这样隆重的称谓是更适用于逝者的。所以，当我特别想他们的时候，我就在心里称呼他们：爸爸，妈妈，奶奶。一如他们生前。至于我那从来未曾谋面的祖父，还是让我称他为祖父吧。

如果用一个字来形容奶奶对于父亲这个独子的感觉，我想只有这个字最恰当：怕。

从怀着他开始，她就怕。生下来，她怕。是个男孩，她更怕。祖父走了，她独自拉扯着他，自然是怕。女儿夭折之后，她尤其怕。他上学，她怕。他娶妻生子，她怕。他每天上班下班，她怕。——他在她身边时，她怕自己养不好他。他不在她身边时，她怕整个世界亏待他。

父亲是个孝子，无论她说什么，他都俯首帖耳。表面上是他怕她，但事实上，就是她怕他。

没办法。爱极了，就是怕。

从父亲住院到他去世，没有一个人告诉奶奶真相。她也不提出去看，始终不提。我们从医院回来，她也不问。一个字儿都不问。我们主动向她报喜不报忧，她也只是静静地听着，最多只答应一声："噢。"到后来她的话越来越少，越来越少。父亲的遗体回家，在我们的哭声中，她始终躲着，不敢出来。等到入殓的时候，她才猛然掀开了西里间的门帘，把身子掷到了地上，叫了一声："我的小胜啊——"

这么多天都没有说话，可她的嗓子哑了。

六

我回到了家乡小镇教书。这时大哥已经在县里一个重要局委担任了副职，成了颇有头脸的人物。姐姐已经出嫁到离杨庄四十多里的一个村庄，二哥在郑州读财经大学。偌大的院子里，只有我、妈妈和她三个女人常住。父亲生病期间，母亲信了基督教。此时也已经退休，整天在信徒和教堂之间奔走忙碌，把充裕的时间奉献给了主。家里剩下的，常常只有我和她。——不，我早出晚归地去上班，家里只有她。

至今我仍然想象不出她一个人在家的时光是怎么度过的。只知道她一天天地老了下去。不，不是一天天，而是半天半天地老下去。每当我早上去上班，中午回来的时候，就觉得她比早上要老一些。而当我黄昏归来，又觉得她比中午时分更老。本来就不爱笑的她，更不笑了。我们两个默默相对地吃完饭，我看电视，她也坐在一边，但是手里不闲着。总要干点儿什么：剥点儿花生，或者玉米。坐一会儿，我们就去睡觉。她睡堂屋西里间，我睡堂屋东里间。母亲回来睡东厢房。

每当看到她更老的样子，我就会想：照这样的速度老下去，她最终会变成什么样呢？一个人，每天每天都会老，最终会老到什么地步呢？

她的性情比以往也有了很大改变。不再串门聊天，也不允许街坊邻居们在我家久坐。但凡有客，她都是一副木木的样子，说不上冷淡，但绝对也谈不上欢迎。于是客人们就很快讪讪地走了。我当然知道这是因为父亲的缘故，就劝解她，说她应该多去和人聊聊，转移转移情绪。再想有什么用？反正父亲已经不在了。她拒绝了。她说："我没养好儿子，儿子走到了我前边儿，白发人送黑发人，老败兴。他不在了，我还在。儿子死了，当娘的还到人跟前举头竖脸，我没那心劲儿。"

她硬硬地说着。哭了。我也哭了。我擦干泪，看见泪水流在她皱纹交错的脸上，如雨落在旱地里。这是我第一次那么仔细地看着她哭。我想找块毛巾给她擦擦泪，却始终没有动。即使手边有毛巾，我想我也做不出来。我和她之间，从没有这么柔软的表达。

如果做了，对彼此也许都是一种惊吓。

父亲的遗像，一直朝下扣在桌子上。

有一天，我下班早了些，一进门就看见她在摸着父亲那张扣着的遗像。她说："上头我命硬，下头二妞命硬。我们两头都克着你，你怎么能受得住呢？是受不住。是受不住。"

我悄悄地退了出去。又难过，又委屈。原来她一直是这么认为的！原来她还是一直这么在意我的命硬，就像在意她的。——后来我才知道，她生于正月十五。青年丧夫，老年丧子，她的命是够硬的。但我不服气。我怎么能服气呢？父亲得的是胃癌，和我和她有什么关系？！我们并没有偷了父亲的寿，为什么要自己给自己栽赃？我不明白她这么做只是因为无法疏导过于浓郁的悲痛，只好自己给自己一个说法。那时我才十八岁，我怎么可能明白呢？不过，值得安慰的是，我当时什么都没说。我知道我的委屈和她的悲伤相比，没有发作的比重。

工资每月九十八元，只要发了我就买各种各样的吃食和玩意儿，大包小包地往回拿。我买了一把星海牌吉他，月光很好的晚上就在大门口的石板上练指法。还买了录音机，洗衣服做饭的时候一定要听着费翔和邓丽君的歌声。第一个春节来临之前，我给她和妈妈各买了一件毛衣。每件四十元。妈妈没说什么，喜滋滋地穿上了，她却勃然大怒。

——我乐了。这是父亲去世后，她第一次发怒。

"败家子儿！就这么会花钱！我不穿这毛衣！"

"你不穿我送别人穿。"我说，"我还不信没人要。"

"贵巴巴的你送谁？你敢送？"她说着就把毛衣藏到了箱子里。那是件带花的深红色对襟毛衣。领子和袖口都镶着很古典的图案。

九十八元的工资在当时已经很让乡里人眼红了，却很快就让我失去了新鲜感。孩子王的身份更让我觉得无趣。第二个学期，我开始迟到，早退，应付差事。校长见我太不成体统，就试图对我因材施教。他每天早上都站在学校门口，一见我迟到就让我和迟到的学生站在一起。我哪能受得了这个，掉头就回家睡回笼觉。最典型的一次，是连着迟到了两周，也就旷工了两周。所有的人都拿我无可奈何，而我却不自知——最过分的任性大约就是这种状况了：别人都知道你的过分，只有你不自知。

每次看到我回家睡回笼觉她都一副忧心忡忡的神情：一个放着人民教师这样光荣的职业却不好好干的女孩子，她在闹腾什么呢？她显然不明白，似乎也没有兴致去弄明白。她只是一到周末就等在村头，等她的两个孙子从县城和省城回来看她。——她的注意力终于在不知不觉间从父亲身上分散到了孙子们身上。每到周末，我们家的饭菜就格外好：猪头肉切得细细的，烙饼摊得薄薄的，粥熬得浓浓的。然而只要两个哥哥不回来，我就都不能动。直到过了饭时，确定他们不会回来了，她才会说："吃吧。"

我才不吃呢。假装看电视，不理她。

"死丫头，这么好的饭你不吃，不糟蹋东西？"

"又不是给我做的，我不吃。"

"不是给你做的，给狗做的？"

"可不是给狗做的么？"我伶牙俐齿，一点儿也不饶她，"可惜你那两只狗跑得太远，把家门儿都忘了。"

有时候，实在闲极无聊，她也会和我讲一些家常话。话题还是离不开她的两个宝贝孙子：大哥如何从小就爱吃糖，所以外号叫李糖迷。二哥小时候如何胖，给他擦屁股的时候半天都掰不开屁股缝儿……也会有一些关于姐姐的片段，如何乖巧，如何懂事。却没有我的。

"奶奶，"我故意说，"讲讲我的呗。"

"你？"她犹豫了一下，"没有。"

"好的没有，坏的还没有？"

"坏的么，倒是有的。"她笑了。讲我如何把她的鞋放在蒸馍锅里和馒头一起蒸，只因她说她的鞋子干净我的鞋子脏。我如何故意用竹竿打东厢房门口的那棵枣树，只因她说过这样会把枣树打死。我如何隔三岔五地偷个鸡蛋去小卖店换糯米糕吃，还仔细叮嘱老板不要跟她讲。其中有一件最有趣：一次，她在门口买凉粉，我帮她算账，故意多算了两毛钱。等她回家后，我才追了两条街跟那卖凉粉的人把两毛钱要了回来。她左思右想觉得钱不够数，也去追那卖凉粉的人，等她终于明白真相时，我已经把两毛钱的瓜子嗑完了。

我们哈哈大笑。没有猜忌，没有成见，没有不满。真真正正是一家人在一起拉家常的样子。她嘴里的我是如此顽劣，如此可爱。这是我万万没有想到的。

但这种和谐甚至是温馨的时光是不多的。总的来说我和她的关系还是相当冷漠。有时会吵架，有时会客气——一个人随着年龄的增长也会获得某种自然而然的程度加深的尊重，她对我的客气显然是基于这点。

我的工作状态越来越糟糕。学年终考，我的学生考试成绩在全镇排名中倒数第一。

平日的邋遢和成绩的耻辱构成了无可辩驳的因果关系，作为误人子弟的败类我不容原谅。终于在一次全校例行的象征性的应聘选举中，我成了实质性落聘的第一人。惩罚的结果是把我发配到一个偏远的村小教书。我当然不肯去，也不能再在镇里待下去，短暂的考虑之后我决定停薪留职。之前一些和我一样不安分当老师的师范同学已经有好几个南下打工，我和他们一直保持着联系。

正犹豫着怎么和她们开口，一件事加速了我的进程。那天，我起得早，走到厨房门口，听见妈妈正在低声埋怨她："……你要是当时叫大宝给她跑跑关系，留到县里，只怕她现在也不会弄得这么拾不起来。"

"她拾不起来是她自己软。能怨我？"

"丝瓜要长还得搭个架呢。一个孩子，放着关系不让用，非留在身边。你看她是个翅膀小的？"

"那几个白眼狼都跑得八竿子打不着，不留一个，有个病的灾的去指靠谁？"

——一切全明白了。原来还是奶奶作祟，在清晨明媚的阳光中，我气得脑门发涨。

我推开厨房的门，目光如炬，声音如铁，铿锵有力地向她们宣言："我也是个白眼狼！别指靠我！我也要走了！"

七

我一去三年没有回家，只是十天半月往村委会打个电话，让村长或村支书向她们转达平安，履行一下最基本的告知义务。三年中，我从广州到深圳，从海口到三亚，从苏州到杭州，从沈阳到长春，推销过保险，当过售楼小姐，在饭店卖过啤酒，在咖啡馆磨过咖啡，当然也顺便谈谈恋爱，经历经历各色男人。后来我落脚到了北京，应聘在一家报社做记者。

人在江湖飘，哪能不挨刀。吃过几次亏，碰过几次壁之后，我才明白，以前在奶奶那里受的委屈，严格来说，都不是委屈。我对她逢事必争吵，逢理必争，从来不曾"受"过，哪里还谈得上委和屈？真正的委屈是笑在脸上哭在心里的。无处诉，无人诉，不能诉，不敢诉，得生生闷熟在日子里。

这最初的世事磨练让我学会了察言观色，看菜下碟。学会了在第一时间内嗅出那些不喜欢我的人的气息，然后远远地离开他们。如果迫不得已一定要和他们打交道，我就羽毛乍起，如履薄冰。我知道，某种意义上讲，他们就是我如影随形的奶奶。不同的是，他们会比奶奶更严厉地教训我，而且不会给我做饭吃。而在那些喜欢我的人面前，我在受宠若惊视宠若宝的同时也是小心翼翼的。生怕失去了这些喜欢，生怕失去了这些宠。——在我貌似任性的表征背后，其实一直长着一双胆怯的眼睛。我怕被这个世界遗弃。多年之后我才悟出：这是奶奶送给我的最初的精神礼物。可以说，那些日子里，她一直是我的镜子，有她在对面照着，才使得我眼明心亮。她一直是我的鞭子，有她在背上抽着，才让我不敢昏昏欲睡。她让我知道：这个世界上，总会有人不喜欢你，你会成为别人不愉快的理由。你从来就没有资本那么自负，自大，自傲。从而让我怀着无法言喻的隐忍、谦卑和自省，以最快的速度长大成人。

我开始想念她们。奇怪，对奶奶的想念要胜过妈妈。但因记忆里全是疤痕的硬，对她的想也不是那种柔软的想。和朋友们聊起她的时候，我总是不自觉地怂怨着她的封建、自私和狭隘，然后收获着朋友们的安慰和同情。终于有一次，一位朋友温和地斥责了我，她说："亲人总是亲人。奶奶就是再不喜欢你，也总比擦肩而过的路人对你更有善意。或许她只是不会表达，那么你就应该去努力理解她行为背后的意义。比如，她想把你留在身边，也不仅仅是为了养老，而是看你这么淘气、叛逆，留在身边她才会更安心。再比如，她嫌你命硬，你怎么知道她在嫌你的时候不是在嫌自己？她自己也命硬啊。所以她对待你的态度就是在对待她自己，对自己当然就是最不客气了。"

她对待我的态度就是在对她自己？朋友的话让我发愣。

我打电话的频率开始密集起来。一天，我刚刚打通电话，就听见了村支书粗糙的骂声："他娘的，你妈病啦！住院啦！你别满世界疯跑啦！赶快攥着你挣的票子回来吧！"

三天之后，我回到了杨庄。只看到了奶奶。父亲有病时似乎也是这样：其他人都往医院跑，只有她留守在家里。我是在大门口碰到她的，她拎着垃圾斗正准备去倒。看见我，她站住了脚。神情是如常的，素淡的，似乎我刚刚下班一样。她问："回来了？"

我说："哦。"

妈妈患的是脑溢血。症状早就显现，她因为信奉主的力量而不肯吃药，终于小疾酿成大患。当她出院的时候，除了能维持基本的吃喝拉撒之外，已经成了一个废人。

妈妈病情稳定之后，我向报社续了两个月的假。是，我是看到她和妈妈相依为命的凄凉景象而动了铁石心肠，不过我也没有那么单纯和孝顺。我有我的隐衷：我刚刚发现自己怀了孕。孩子是我最近一位男友的果实，我从北京回来之前刚刚和他分手。

我悄悄地在郑州做了手术，回家静养。因为瞒着她们，也就不好在饮食上有什么特别的讲究和要求。三代三个女人坐在一起，虽然我和她们有十万八千里的隔阂，也免不了得说说话。妈妈讲她的上帝耶稣基督主，奶奶讲村里的男女庄稼猪鸡狗。我呢，只好把我经历的世面摆了出来。我翻阅着影集上的照片告诉她们：厦门鼓浪屿，青岛崂山，上海东方明珠，杭州西湖，深圳民俗村和世界之窗……指着自己和民俗村身着盛装的少数民族演员的合影以及世界之窗的微缩模具，我心虚而无耻地向她们夸耀着我的成就和胆识。她们只是默默地看着，听着，没有发问一句。这在我的意料之中。我知道自己已经大大超越了她们的想象——不，她们早已经不再对我想象。我在她们的眼睛里，根本就是一个怪物。

讲了半天，我发现听众只剩下了奶奶。

"妈呢？"

"睡了。"她说，"她明早还要做礼拜。"

"那，咱们也睡吧。"我这才发现自己累极了。

"你喝点儿东西吧。"奶奶说，"我给你冲个鸡蛋红糖水。"

这是坐月子的女人才会吃的食物啊。我看着她。她不看我，只是颠着小脚朝厨房走去。

报社在河南没有记者站。续假期满，我又向报社打了申请，请求报社设立河南记者站，由我担任驻站记者。在全国人民过分热情的调侃中，河南这种地方一向都很少有外地人爱来，我知道自己一请一个准儿。果然，申请很快就被批准了，我在郑州租了房子，开始了新一轮的奔波。每周我都要回去看看妈妈和她。出于惯性，我身边很快也聚集了一些男人。每当我回老家去，都会有人以去乡下散心为名陪着我。小汽车是比公共汽车快得多，且有面子。我任由他们捧场。

对这些男人，妈妈不言语，奶奶却显然是不安的。开始她还问这问那，后来看到我每次带回去的男人都不一样，她就不再问了。她看我的目光又恢复到了以前的忧心忡忡。其实在她们面前，我对待那些男人的态度相当谨慎。我把他们安顿在东里间住，每到子夜十二点之前一定回到西里间睡觉。奶奶此时往往都没有睡着。听着她几乎静止的鼻息，我在黑暗中轻轻地脱衣。

"二妞，这样不好。"一天，她说。

"没什么。"我含糊道。

"会吃亏的。"

"我和他们没什么。"

"女人，有时候由不得自己。"

似乎有些谈心事儿的意思了。难道她有过除祖父之外的男人？我好奇心陡增，又不好问。毕竟，和她之间这样亲密的时机很少。我不适应。她必定也不适应——我听见她咳嗽了两声。我们都睡了。

日子安恬地过了下来。这是我期望已久的日子：有自由，有不菲的薪水，有家乡的温暖，有家人的亲情，还有恋爱。在外奔波的这几年里，我习惯了恋爱。一个人总觉得凄冷，恋爱就是靠在一起取暖。身边有男人围着，无论我爱不爱他们，心里都是踏实的，受用的。虽然知道这踏实是小小的踏实，受用是小小的受用，但，有总比没有要好。

"没事不要常回来了。我和你妈都挺好的。不用看。"终于有一天，她说。

"多看看你们还有错啊。我想回来就回来。"我说。

"要是回来别带男人，自己回来。"

"为什么？不过是朋友。"

"就因为是朋友，所以别带来。要是女婿就尽管带。"她说，"你不知道村里人说话多难听。"

"难听不听。干吗去听！"我火了。

"我在这村里活人活了五六十年，不听不中。"她说，"你就别丢我的人了！"

"一个女人没男人喜欢，这才是丢人呢！"

"再喜欢也不是这么个喜欢法。"她说，"一个换一个，走马灯似的。"

"多了还不好？有个挑拣。"

"眼都花了，心都乱了。好什么好？"

"我们这时候和你们那时候不一样。你就别管我的事了。"

"有些理，到啥时候都是一样的。"

"那你说说，该是个什么喜欢法？"我挑衅。

她沉默。我料定她也只能沉默。

"你守寡太多年了。"我犹豫片刻，一句话终于破口而出，"男女之间的事情，你早就不懂了。"

静了片刻，我听见她轻轻地笑了一声。

"没男人，是守寡。"她语调清凉，"有了不能指靠的男人，也是守寡。"

"怎么寡？"我坐起来。

"心寡。"她说。

我怔住。

八

我和她之间再次陷入了冷战期。我长时间地待在郑州，很久才回去一次。回去的时候，也不再带男人。我开始正式考虑结婚问题。一考虑这个问题，我就发现奶奶是多么正确：因为经历太多，我已经不知道什么人适合和我结婚。我面前的男人琳琅满目，花色齐全，但当我想要去捉住他们时，却发现哪个都没有让我付账的决心。

我确实是心寡。

其间有个男孩子，各方面条件都很不错，要说结婚，似乎也是可以的。但我拒绝了他的求婚，主要原因当然是不够爱他，次要原因则是不喜欢他的妈妈。那个老太太是一个落魄的高干遗孀，大手大脚，颐指气使，骄横霸道。她经常把退休金花得光光的，然后让孩子们给她凑钱买漂亮衣服和名贵首饰。她的口头禅是："吃好的，买贵的。人就活一辈子，不能委屈自己！"

是，这话没错。人能不委屈自己的时候是不该委屈自己。我也是这样。可我就是不喜欢她这个腔调，就是不喜欢她这个做派，就觉得她不像个老人。一个老人，怎么能这样没有节制呢？怎么能这么挥霍无度呢？怎么能这么没有老人的样子呢？——忽然明白，我心目中的老人标准，就是我生活在豫北乡下的奶奶。如果她和我的奶奶有那么些微一样，我想，我一定会加倍心疼她，宠她，甚至会为此加重和她儿子结婚的砝码。但她不是我的奶奶。我的奶奶不是这样。我不能和这样的老人在一起生活。

常常如此：我莫名其妙地看不惯那些神情自得生活优越的老人，一听到他们说什么夕阳红、黄昏恋、出国游，上什么艺术大学，参加什么合唱团，我心里就难受。后来，我才明白：我是在嫉妒他们。替奶奶嫉妒他们。

两年之后，当我再带男人回去的时候，只固定带了一个。后来，我和那个男人结了婚。用奶奶的话，那个男人成了我的丈夫。他姓董。

和董认识是在一个饭局上。那个饭局是县政府为在省城工作的本籍人士举办的例行慰问宴。也就是定期和这些人联络一下感情，将来有什么事好让这些人都出力的意思。

所谓"养兵千日，用兵一时"，这饭局就是养兵的草料。那天，我去得最晚。落座时只剩下了一个位置。右边是董，左边是一个女人。互相介绍过之后，我对左边的女人说：

"对不起，我是左撇子，可能会让你不方便。"对方还没有反应，董马上站起来对我说："我和你换换吧。"

他坐在了我的左边。吃饭期间聊起家常，他告诉我他大学毕业后工作没有着落，就留在郑州做了一家报社的记者。偶尔回县城看看退休的父母。和我一样，他也只是个应聘记者。

"好听的说法是随时会跳槽。"他说。

"不好听的说法是随时会被炒。"我说。

我们相视而笑。有多少像我们这样貌似齐整的流浪者啊。没有锦衣，就自己给自己造一件锦衣。见到生客就披上，见到自己人就揪下。

后来我问董对我初次的印象如何，董说："长相脾气都在其次。我就是觉得你特别懂事。"

"懂事？"我吃惊。哑然失笑。第一次听到有人这么评价我，"何以见得？"

"我吃过的饭局千千万，见过的左撇子万万千，仅仅为自己是左撇子而向自己左手位道歉的人，你是第一个。"

只有懂事的人才能看到别人的懂事。活到一定的年纪，懂事就是第一重要的事。天造地设，我和董一拍即合。关系确定之后，我把他带了回去，向奶奶和母亲宣告。奶奶第二天就派大哥去打听董的家世，问得清清白白，无可挑剔之后，才明确点了头，同意我和董结婚。

"这闺女这般好命，算修成正果了。"她说，"真是人憨天照顾。"

妈妈什么也做不了，奶奶就开始按老规矩为我准备结婚用品：龙凤呈祥的大红金丝缎面被，粉红色的鸳鸯戏水绣花枕套，双喜印底的搪瓷脸盆，大红的皂盒，玫瑰红的梳子……纺织类的物品一律缝上了红线，普通生活用品一律系上了红绳。做这一切的时候，她总是默默的。和别人说起我的婚事时，她也常常笑着，可是那笑容里隐隐交错着一种抑制不住的落寞和黯然。

两亲家见面那天，奶奶作为家长发言，道："二妞要说也是命苦。爹走得早，娘只是半个人。我老不中用，也管不出个章程，反正她就是个不成材，啥活计也干不好，脾气还傻倔。给了你们就是你们的人，小毛病你们就多担待，大毛病你们就严指教。总之以后就是你们多费心了。"公公婆婆客气地笑着，答应着，我再也坐不住，出了门。忍了好久，才没让泪滚出来。

婚礼那天清早，我和女伴们在里间化妆试衣，她和妈妈在外面接待着络绎不绝的亲友。透过房门的缝隙，我偶尔会看见她们在人群中穿梭着，分散着糖果和瓜子。她们脸上的神情都是平静的，安宁的，也显示着喜事应有的笑容。

我略略地放了心。

随着乐曲的响起和鞭炮的骤鸣，迎亲的花车到了。按照我们的地方风俗，嫁娘要在堂屋里一张铺着红布的椅子上坐一坐，吃上几个饺子，才能出门。我坐在那张红布椅上，端着饺子，一眼便看见奶奶站在人群后面，她的目光并不看我，可我知道这目光背后还有一双眼睛，全神贯注地凝聚在我的身上。我把饺子放进口里，和着泪水咽了下去。

有亲戚絮絮地叮嘱："别噎着。"

到了辞拜高堂的时候了，亲戚们找来她和妈妈，让她们坐在两张太师椅上。我和董站在她们面前。周围的人都沉默着。——我发现往往都是这样，在男方家拜高堂时是喧嚷的，热闹的，在女方家就会很寂静，很安宁。而这仅仅是因为，男方是拜，女方是辞拜。

"姑娘长大成人了，走时给老人行个礼吧。"一位亲戚说。

我们鞠下躬去。在低头的一瞬间，我看见她们的脚——尤其是奶奶的脚。她穿着家常的黑布鞋，白袜子，鞋面上还落了一些瓜子皮的碎末儿。这一刻，她的双脚似乎在微微地颤抖着，仿佛有一种什么巨大的东西压在她的身上，让她坐也不能坐稳。

我婚后半年，妈妈脑溢血再次病发，离开了人世。

遗像里的母亲怎么看着都不像母亲。这感觉似曾相识——是的，遗像里的父亲曾经也让我感觉不像是父亲，而像我们的长兄。原谅我，对于母亲，我也只觉得她是一个姊妹。我们的长姊。而且因为生了我们，便成了最得宠的姊妹。父亲和奶奶始终都是担待她的。他们对她的担待就是：家务事和孩子们都不要她管，她只用管自己这份民办教师的工作。柴米油盐，人情世故，母亲几乎统统不懂。看着母亲甩手掌柜做得顺，奶奶有时候也会偷偷埋怨，"那么大的人了！"但是，再有天大的埋怨，她也只是在家里背着母亲念叨念叨，绝对不会让家丑外扬。

因为他们的宠，母亲单纯和清浅的程度几乎更接近于一个少女，而远非一个应该历尽沧桑的妇人。说话办事毫无城府，直至已经年过半百，依然在不经意间流露出一些浓重的孩子气。——多年之后，我才明白，自己其实也是有些羡慕她的孩子气的。这是她多年的幸福生活储蓄出来的性格利息。

父亲像长兄，母亲像长姊。这一切，也许都是因为奶奶太像母亲了。

母亲去世的时候，奶奶哭得很痛。泪很多。我知道，她把对父亲的泪也一起哭了出来。——这泪水，过了六年，她才通过逐渐消肿的心，尽情释放了出来。

"对不起，也许我的命真是太硬了。"办完丧事之后，我看着父亲和母亲的遗像，在心里默默地说，"这辈子家里如果还有什么不幸的事，请让我自己克自己。下辈子如果我们还是一家人，请你们做我的儿女，一起来克我。"

九

母亲的丧事之后，报社又进行了机构改革，河南记者站被撤并，我不想服从调配去外省，于是顺理成章地失了业，打算分娩之后再找工作——我已经怀孕三个月了。我们都劝奶奶去县城：大哥二哥和我都在县城有了家，照顾她会很方便。可她不肯。

"这是我的家。我哪儿都不去。你们忙你们的，不用管我。"她固执极了。

没办法，只有我是闲人一个。于是就回到了老家，陪她。

那是一段静谧的时光。两个女人，也只能静谧。

正值初夏，院子里的两棵枣树已经开始结豆一般的青枣粒，每天吃过晚饭，我和她就在枣树下面闲坐一会儿。或许是母亲的病逝拓宽了奶奶对晚辈人死亡的认知经验，从而让她进一步由衷地臣服于命运的安排；或许是母亲已经去和父亲做伴，让她觉得他们在那个世界都不会太孤单，她的神情渐渐呈现出一种久远的顺从、平和与柔软，话似乎也比以往多了些。不时地，她会讲一些过去的事："……'大跃进'时候，村里成立了缝纫组。我是组长。没办法，非要我当，都说我针线活儿最好，一些难做的活儿就都到了我手里。一次，有人送来一双一寸厚的鞋底，想让缝纫组的人配上帮做成鞋，谁都说那双鞋做不成，我就接了过来。晚上把鞋捎回了家，坐在小板凳上，把鞋底夹在膝盖中间，弯着上身，可着力气用在右手的针锥上，一边扎一边拧，扎透一针跟扎透一块砖一样。

"扎透了眼儿，再用戴顶针的中指顶着针冠，穿过锥孔，这边儿用大拇指和食指尖捏住针头，把后边带着的粗线再一点一点地拽出来……这双鞋做成之后，成了村里的鞋王。主家穿了十几年也没穿烂。"

"那时候，有人追你么？"

"我又没偷东西，追我干啥？"她很困惑。

我忍不住笑了："我的意思是，有没有人想娶你。"

她也笑了。眼睛盯着地。

"有。"她说，眼神涣散开来，"那时候还年轻，也不丑……你爸要是个闺女，我也能再走一家。可他是个小子，是能给李家顶门立户的人，就走不得了。"这很符合她重男轻女的一贯逻辑——她不能容忍一个男孩到别人屋檐下受委屈。

睡觉之前，她习惯洗脚。她的脚很难看，是缠了一半又放开的脚。大脚趾压着其他几个脚趾，像一堆小小的树根扎聚在一起，然而这树根又是惨白惨白的，散发着一种莫名其妙的恐怖气息。

"怎么缠了一半呢？怕疼了吧？"我好奇，又打趣她，"我一直以为你是个挺能吃苦的人哩。"

"那滋味不是人受的。小脚一双，眼泪一缸……是四岁那年缠上的。不裹大拇哥，只把那四个脚指头缠好，压到大拇哥下头。用白棉布裹紧……为啥用白棉布？白棉布涩啊，不会松动。这么缠上两三年，再把脚面压弯，弯成月亮一样，再用布密缝……疼呢。肉长在谁身上谁疼呗。白天缠上，到了晚上放放，白天再缠，晚上再放。后来疼得受不了了，就自己放开了，说啥都不再缠。"她羞赧地笑了，"我娘说我要是不缠脚，就不让我吃饭，我就不吃。后来还是她害怕了，撬开了我的嘴，给我喂饭。我奶奶说我要是不缠脚就不让我穿鞋。不穿就不穿，我就光着脚站到雪地里。……到底他们都没抗过我。不过，"她顿了顿，"我也遭到了报应，嫁到了杨庄。我这样的脚，城里是没人要的，只能往乡下嫁，往穷里嫁。我那姊妹几个，都比我嫁得好。"

"你后悔了？"

"不后悔。就是这个命。要是再活一遍，也还是缠不成这个脚。"她说。

有时候，她也让我讲讲。

"说说外头的事吧。"

我无语。说什么呢？我不知道该说什么。转了这么一大圈，又回到这个小村落，我忽然觉得：世界其实不分什么里外。外面的世界就是里面的世界，里面的世界就是外面的世界，二者从来就没有什么不同。

偶尔，街坊邻居谁要是上火头疼流鼻血，就会来找她。她就用玻璃尖在他们额头上扎几下，放出一些黑黑的血。要是有不满周岁的孩子跌倒受了惊吓，也会来找她，她就把那孩子抱到被惊吓的地方，在地上画个圆圈，让孩子站进去，嘴里喊道："倒三圈儿，顺三圈儿。小孩魂儿，就在这儿。拽拽耳朵筋，小魂来附身。还了俺的魂，来世必报恩。"然后喊着孩子的名字问："来了没有？"再自己回答："来了！来了！"

有一次，给一个孩子叫过魂后，我听见她在院子里逗孩子猜谜语。孩子才两岁多，她说的谜语他一个都没有猜出来。基本上她都在自言自语："……俺家屋顶有块葱，是人过来数不清。是啥？……是头发。一母生的弟兄多，先生兄弟后有哥。有事先叫兄弟去，兄弟不中叫大哥。是啥？……是牙齿。红门楼儿，白插板儿，里面坐个小耍孩儿。是啥？是舌头。还有一个最容易的：一棵树，五把杈，不结籽，不开花，人人都不能离了它。是啥？……这都猜不出来呀……"

这是手。我只猜出了这个。

我的身子日益笨重起来，每天早上起床，她都要瞄一眼我的肚子，说一句："有苗不愁长呢。世上的事，就属养孩子最见功。"

董也越来越不放心，隔三岔五就到杨庄来看我，意思是想要我回县城去。毕竟那里的医疗条件要好得多，有个意外心里也踏实。但这话我无法说出口。她不走，我就不能离开。我知道她不想走，那我也只能罩着。终于罩到夏天过去，我怀胎七月的时候，她忍不住了，说："你走吧。跟你公公婆婆住一起，有个照应。""那你也得走。"我说，"你要是不想跟哥哥们住，我就再在县城租个房子，咱俩住。"

"租啥房子，别为我作惊作怪的。"她犹豫着，终于松了口，"我又不是没孙子。我哪个孙子都孝顺。"

她把换洗的衣服打了个包裹，来到了县城，开始在两个哥哥家轮住。要按大哥的意思，是想让奶奶常住他家的。但是大嫂不肯，说："万一奶奶想去老二家住呢？我们不能霸着她呀。人家老二要想尽孝呢？我们也不能拦着不让啊。"这话说得很圆，于是也就只有让奶奶轮着住了。这个月在大哥家，那个月在二哥家，再下一个月到大哥家。

她不喜欢被轮着住。我想，哪个正常的老人都不会喜欢被轮着住。——这真是一件残酷的事，是儿女们为了均等自己的责任而做出的最自私最恶劣的事。

"哪儿都不像自己的家。到哪家都是在串亲戚。"她对我说。

有我在，她是安慰的。我经常去看她，给她零花钱，买些菜过去，有时我会把她请到我家去吃饭。每次说要请她去我家，她都会把脸洗了又洗，头发梳了又梳。她不想在我公婆跟前显得不体面。在我家无论吃了什么平凡的饭菜，她回去的表情都是喜悦的。

能被孙女请去做客，这让她在孙媳妇面前，也觉得自己是体面的。——我能给予她的这点辛酸的体面，是在她去世之后，我才一点一点回悟出来。

在大哥家的日子让她这辈子的物质生活到达了丰盛的顶端：在席梦思床上睡觉，在整体浴室洗澡，在真皮沙发上看电视，时不时就下馆子吃饭。大哥让她吃什么，她就吃什么。大哥让她喝什么，她就喝什么。当着他们，她只说："好。"大哥很是欣慰和自豪，甚至为此炫耀起来。他认为自己尽孝的方式也在与时俱进。我不止一次听他说："奶奶说她喜欢万福饭店的清蒸鲈鱼。""奶奶说她喜欢双贵酒楼的太极双羹。"

我不信。悄悄问她，她抿嘴一笑："哪儿能记住那些花哨名儿，反正都好吃。"不过，对日本豆腐她倒是印象深刻："啥日本豆腐，我就不信那豆腐是日本来的。从日本运到这儿，还不馊？"

夏天，大哥家里的空调轰轰地响着。他们一出门，她就把空调关了。

"冬天不冷，夏天不热。就不是正经日子。"她说。

"热不着也冻不着，不是福气么？"我问。

"冬天就得冷，夏天就得热。"她说，"不是正经日子，就不是正经福气。"

吃着大棚里种出来的不分时节的蔬菜，她也会唠叨："冬天就该吃白菜，夏天就该吃黄瓜。冬天的黄瓜，夏天的白菜，就是没味儿。"

"你知道这些菜有多贵么？"

"是吃菜，又不是吃钱。"她说，"再贵也还是没味儿。"

看到大嫂二嫂都给儿子们买名牌服装，她就教训我："越是娇儿，越得贱养。这么小的孩子，吃上不耽误就中，穿上可别太惯了。一年一长个子，穿那么好有什么用。"

"你就只会说我，怎么不说她们？"我说，"吃柿子拣软的捏！"

"看你这个柿子多软呢。"她不由得笑了，"好话得说给会听的人。媳妇的心离我百丈远，只能说给闺女听。"

"你的好话还不就这几句？我早就背会了。"

"好文不长，好言不多。背会了没用，吃透了才中。"

那天，小侄子的随身听在茶几上放着，她突然有些不好意思地指了指，问我这是做什么用的。我说可以听音乐。她害羞地沉默着，我明白过来，连忙去找磁带，找了半天，都没有合适的。只好放了一盘贝多芬的《命运》。

听了大约十几分钟，她把耳机取了下来。

"好听。"她说，"就是太凉。"

她也看电视。有时候，我悄悄地走进大哥家，就会看见她正规正矩地坐在那台三十四英寸的大彩电面前，静静地看着屏幕，很专注的样子。边看她边自言自语。

"这嗓子真亮堂。一点儿都不费力。"是宋祖英在唱歌。

"可不是，那时候穿的就是这衣裳。"画面上有个女人穿着旗袍。

"哎呀，咋又死了个人？"武侠片。

大哥回来，看的都是体育节目。她也跟着看。一边叹息：滑冰的人在冰上滑，咋还穿那么少？不冻得慌？那么多人拍一个球，咋就拍不烂？谁负责掏钱买球？开始我们还解释得很耐心，后来发现这些问题又衍生出了新的问题，简直就是一个无穷无尽的连环套，不由得就有些气馁，解释的态度就敷衍起来。她也就不再问那么多了。

一九九八年"法兰西之夏"世界杯，我天天去大哥家和他们一起看球。二哥也经常去。哥哥们偶尔会靠着她的肩膀或是枕在她的腿上撒撒娇。——她现在唯一的作用似乎只是无条件地供我们撒娇。多年之后，我才明白：能容纳你无条件撒娇的那个人，就是你生命里最重要的人。她显然也很享受哥哥们的撒娇。球赛她肯定是看不懂的，却也不去睡，在我们的大呼小叫中，她常常会很满足地笑起来。

看到球员跌倒，她会说："疼了吧？多疼。快起来吧。"

慢镜头把这个动作又回放了一遍，她道："咋又跌了一下？"

球进了网，她说："多不容易。"

慢镜头回放，她又道："你看看，说进就又进了一个。"

我们大笑，对她解释说这是慢镜头回放，是为了让观众看得更清楚些。

"哦，不算数啊。"她不好意思地笑了，"这我哪儿懂。"

刚才进球的过程换了个角度又放了一遍慢镜头。

"看看，又进了。又进了。"她说。听我们一片静默，她忐忑起来，"这个算数不算数？"

住了一段时间，她越来越多地被掺和到两个哥哥各自的夫妻矛盾中。——真是奇怪，我婚后的生活倒很太平。这让我觉得，每个人都有不安分的毒，这毒的总量是恒定的，不过是发作的时机不同而已。这事不发那事发，此处不发彼处发，迟不发早发，早不发迟发，早早迟迟总要发做出来才好。我是早发类的，发过就安分了。哥哥们和姐姐却都跟我恰恰相反。一向乖巧听话的姐姐在出嫁后着了魔似的非要生个男孩，为此东躲西藏狼狈不堪，怀了一个又一个，流产了一次又一次，现在已经有了两个女孩，那个儿子的理想还没有实现。大哥仕途顺利，已经由副职提成了正职，重权在握，趋奉者众，于是整天笙歌艳舞，夜不归宿，嫂子常常为此猜疑，和他怄气。二哥自从财经学院毕业之后，在县城一家银行当了小职员，整天数钱的他显然为这些并不属于自己的钱而深感焦虑，于是他整天谋算的就是怎么挣钱。他谋算钱的方式就两种，一是炒股，二是打麻将。白天他在工作之余慌着看股市大盘，一下班就忙着凑三缺一，和二嫂连句正经话都懒得说，二嫂为此也是怨声载道。

没有父母，奶奶就是家长。她在哪家住，哪家嫂子就向她唠叨，然后期望她能够发发威，改改孙子们的毛病。她也说过哥哥们几次，自然全不顶用，于是她就只有自嘲：

"可别说我是佘太君了，我就是根五黄六月的麦茬，是个等着翻进土里的老根子。"

我每去看她，她就会悄悄地对我讲：这个媳妇说了什么，那个媳妇脸色怎样。她的心是明白的，眼睛也是亮的。但我知道不能附和她。于是一向都是批评她："怎么想那么多？哪有那么多的事？"

"哼，我什么都知道。"她很不服气，"我又没瞎，你怎么叫我假装看不见？"

"你知道那么多有什么用？你懂不懂人有时候应该糊涂？"终于，有一次，我对她说。

"我懂，二妞。"她黯然道，"可世上的事就是这样，想糊涂的人糊涂不了，想聪明的人难得聪明。"

"这么说，我奶奶是糊涂不了的聪明人了？"我逗她。她扑哧一声笑了。

最后一次孕前检查，医生告诉我是个男孩。婆家弟兄三个里，董排行最小。前两个哥哥膝下都是女孩。

"这回你公公总算见到下辈人了。"奶奶很有些得意地说。

儿子满月那天，她和姐姐哥嫂们一起过来看我，薄棉袄外面罩着那件带花的深红色对襟毛衣。我刚上班那年花四十元给她买的这件毛衣，几乎已经成了她最重要的礼服。

她给了儿子一个红包。

"放好。钱多。"她悄悄说。

等她走后，我把这个红包拿了出来，发现除了一张一百元，还有一张十元。——那一百元一定是哥哥们给她的，那十元一定是她自己的私房。

我握着那张皱巴巴的十元钱，终于落了泪。

<h1 style="text-align:center">十一</h1>

儿子一岁的时候，我找到了一份新工作，被聘为北京一家旅游杂志驻河南记者站的记者。杂志社要求记者站设在郑州，那就必须在郑州租房子。我把这点意思透露给奶奶，她叹了口气，"又跑那么远哪"。

和董商量了一下，我决定依然留在县城，陪她。董在郑州的租住地就当成我的记者站处所，他帮我另设了一个信箱，替我打理在郑州的一切事务。如果需要我出面，我就去跑几天再回来。

工作进展得很顺利。因为打着旅游的牌子，可以免费到各个景区走走，以采访为借口游玩一番。最一般的业绩每月也能卖出几个页码，运气好的时候甚至可以拉到整期专刊的版面。日子很是过得去，很对我的胃口。闲时还能去照顾照顾奶奶，好得不能再好了。

仿佛是为了应和我留下来的决定，不久，她就病了，手颤颤巍巍的，拿不起筷子，系不住衣扣。把她送到医院做了 CT，诊断结果是脑部生了一个很大的瘤，虽然是良性的，却连着一个大血管，还压迫着诸多神经，如果不做手术切除，她很快就会不行。然而若要做，肯定又切不干净。我们兄弟姊妹四个开了几次会，商量到底做不做手术——她已经七十九岁，做开颅手术已经很冒险。总之，不做肯定是没命。做了呢，很可能是送命。

我们去征求她的意见。

"我的意思，还是回家吧。"她说，"我不想到了了还光头拔脑，破葫芦开瓢的，多不好。到地底下都没法子见人。"

"你光想着去地底下见人，就没想着在地面上多见见我们？"我笑。

"我不是怕既保不了全尸又白费你们的钱么？你们的钱都不是好挣的。"

"我们四个供你一个，也还供得起。"大哥说。

"那，"她犹豫着，"你们看着办吧。"

两周的调养之后，她做了开颅手术，手术前，她果然被剃了光头。她自言自语道：

"唉，谁剃头，谁凉快。"

"奶奶。"我喊她。

"哦。"

"你知不知道现在很多女明星都剃了光头？你赶了个潮流呢。"

"我不懂赶啥潮流。"她笑，"我知道这是赶命呢。"

被剃头时她闭着眼躺着的样子，非常乖，非常弱。像个孩子。

瘤子被最大程度地取了出来。手术结束后，医生说，理论上讲，瘤根儿复发的速度很慢，只要她的情绪不受什么大的刺激，再活十年都没有问题。她的心脏状况非常好，相当于二三十岁年轻人的心脏。

我们轮流在医院照顾她。大哥的朋友，二哥的朋友，我的朋友，姐姐的亲戚，都来探望，她的病房里总是一番欣欣向荣的景象。大约从来没有以自己为中心这么热闹过，一次，她悄悄地对我说："生病也是福。没想到。"

总共两个月的术后恢复期。到后一个月，哥哥们忙，就很少去医院了。嫂子们自然也就不见了踪影，医院里值班最多的就是我和姐姐。姐姐的儿子刚刚半岁，三个孩子，比不上我闲，于是我就成了老陪护。

"二妞，"她常常会感叹，"没想到借上你的力了。"

"什么没想到，你早就打算好了。当初不让大哥调我去县里，想把我拴在脚边的，不是你是谁？"我翻着眼看她，"这下子你可遂了心了。"

"死牙臭嘴！"她骂，"这时候还拿话来怄我。"

渐渐地，她能下床了。我就扶她到院子里走走，说些小话。有一次，我问她："你有没有？"

"有啥？"

"你知道。"

"我知道？"她迷惑，"我知道个啥？"

"那一年，我们吵架。你说有了不能指靠的男人，也是守寡……"

"我胡说呢。"她的脸红了，"没有。"

"别哄我。我可是个狐狸精。"

"还不是你爷爷。"她的脸愈发红了。这说谎的红看起来可爱极了。

"我不信。"我拖长了声音，"你要再不说实话，我可不伺候你了。"

她沉默着，盯着脚下的草。很久，才说："是个在咱家吃过派饭的干部，姓毛……"

"毛干部。"

"别喊。"她的脸红成了一块布，仿佛那个毛干部就站在了眼前。然后她站了起来："唉，该吃饭了。"她拍拍肚子："饿了。"

她是在夜晚关灯之后，接着讲的。

那是在一九五六年底，县里在各乡筹建高级农业生产合作社，派了许多工作组下来。村里人谁都想要工作组到自己家里吃派饭，一是工作组的人都是上头下来的，多少有些面子。自家要是碰到了什么事，好跟他张口。二是工作组的人在哪家吃饭都不白吃，一天要交一斤粮票：早上三两，中午四两，晚上三两。还有四毛钱：早上一毛钱，中午和晚上各一毛五。这些钱粮工作组的人是吃不完的，供派饭的人家就可以把余额落了，赚些小利。

她原来没想去争，只等着轮。"可等来等去发现轮到的总是你小改奶奶那几个强势的人家。我心里就憋屈了。"她说。那天，她在门口，看见村长领着一个戴眼镜的人往村委会走，就知道又要派饭了。她就跟了去，小改已经等在那里了。一见她来，劈头就说：你一个寡妇家，还是别揽这差事吧。

"我一听就恼了。我就说：我一个寡妇家怎么啦？我为啥当的寡妇？我男人是烈士，为革命掉的脑袋！我是烈属！为革命当的寡妇！我行得正，走得端，不怕是非！我就要这派饭！我能完成任务！"

话到这份儿上，他们也只好把这派饭给了她。派饭期是两个月，吃住都在一起。

"有白面让他吃白面，有杂面让他吃杂面。我尽量做得可口些。过三天他就给我交一回账。怕我推辞，他就把粮票和钱压在碗底儿。他也是迂，我咋会不要呢？……开始话也不多，后来我给他浆洗衣裳，他也给我说些家常，慢慢地，心就稠了……"

再后来，县里建了耐火材料厂，捆耐火钢砖的时候需要用稻草绳，正好我们村那一年种了稻，上头让村民们搓稻草绳支援耐火厂，每家每天得交二十斤。那些人口多的家户，搓二十斤松松的，奶奶手边儿没人，交这二十斤就很艰难。

"到了黄昏，他在村里办完了事，就替我把稻草领回来，先沤上水，沤上水草就润了，有韧劲了，不糙了，好搓。吃罢了饭，他就过来帮我搓草绳。到底是男人的手，搓得有劲儿，搓得快……""搓着搓着，你们俩就搓成了一根绳？"

"死丫头！"她笑起来。

我问她有没有人发现他们的事，她说有。那时候家家都不装大门，听窗很容易。发现他们秘密的人，就是小改。她记挂着没抢到派饭的仇，就到村干部那里告了他们的黑状。他们自然是异口同声地否认。

"他不慌不忙地对大家伙儿说：你们听我姓毛的一句话，这事绝对没有！你小改奶奶说：你姓毛的有啥了不起！说没有就没有？你就不会犯错误？这可让他逮住了把柄，他红头涨脸地嚷：你说姓毛的有啥了不起？毛主席还姓毛呢！你说毛主席有啥了不起？你说毛主席也会犯错误？我看你就是个现行反革命！一句话把你小改奶奶吓得差点儿跪下，再也不敢提这茬了。"她轻轻地笑出来，"看他文绉绉的，没想到还会以蛮要蛮。也对。有时候，人不蛮也得蛮呢。"

"还怀过一个。"沉默了很久，她又说。

我怔住。

"那该怎么办啊？"半天，我才问。

"那一年，就说去打探你爷爷的信儿了，出去了一趟。做了。"

原来她说那一年去找爷爷，就是为了这个。

"那他知道不知道？"

"没让他知道。"她说。她也曾想要去告诉他，却听村干部议论，说他因在"大鸣大放"的时候向上头反映说一个月三十斤粮食不够吃，被定性是在攻击国家的粮食统购统销政策，成了右派，正在被批斗。她知道自己不能说了。

"他知道了又咋的？白跟着受惊吓。"

"你就不怕自己有个三长两短？"

"富贵在天，生死由命。不想那么多。"

"你不恨他？"

"不恨。"

"你不想他？"

"不想。"

"要是不想早就忘了，"我说，"还记得这么真。"

"不用想，也忘不掉。"她说，"钉子进了墙，锈也锈到里头了。"

"你们俩要是放到现在……"我试图畅想，忽然又觉得这畅想很难进行下去，就转过脸问她，"是不是觉得我们现在的日子特别好？"

"你们现在的日子是好。"她笑了笑，"我们那时的日子，也好。"

我再次怔住。

十二

她去世后的第二年，一天，我去帮婆婆领工资，正赶上一帮老人的工资户头换了代理银行，所有储户都需要重新填详细资料。其实也没几项，但对于那些得戴着花镜才能看清字迹的老人们来说，就很是琐碎辛苦。先是一个老人让我帮着填，我就填了，结果一发而不可收，很多老人都挤过来让我帮忙。在人群中，有个老人也递来了身份证。我一看，他姓毛，一九二〇年出生。

"你当年下过乡吃过派饭？"

"你咋知道？"他说，"你认得我？"

"不认得，冒猜的。"我说，"你在哪里下过乡？"

"高村，马庄，五里源……"

"杨庄去过吗？"

"去过。"

我没再问，他也没再说，他看着我的脸。一眼，又一眼。我规规矩矩地给他填好表，双手递给他。

"谢谢。"他说。

"谢谢。"我也在心里说。我就是想感谢他。哪怕就是因为奶奶为他堕过胎，流过产，我也想感谢他。哪怕他不是那个人，仅仅因为他姓毛，我也想感谢他。

十三

她很快就恢复了健康。住院费是两万四，每家六千，听到这个数字，她沉默了许久。

"这么多钱，你们换了一个奶奶。"

生活重新进入以前的轨道。她又开始在两家轮住，但她不再念叨嫂子们的闲话了——每家六千这笔巨款让她噤声。她觉得自己再唠叨嫂子们就是自己不厚道。同样的，对两个孙女婿，她也觉得很亏欠。

"你们几个么，我好歹养过，花你们用你们一些是应该的。人家我没出过什么力，倒让人家跟着费心出钱。过意不去。"

"你的意思是说，我以后也不该孝敬公婆？"我说，"反正他们也没有养过我。"

"什么话！"她喝道。然后，很温顺地笑了。

冬天，家里的暖气不好，我就陪她去澡堂洗澡，一周一次。我们洗包间。她不洗大池。她说她不好意思当着那么多人赤身露体。我给她放好水，很烫的水。她喜欢用很烫的水，说那样才痛快。然后我帮她脱衣服。在脱套头内衣的时候，我贴着她的身体，帮她把领口撑大，内衣便裹着一股温热而陈腐的气息从她身上弥漫开来。她露出了层层叠叠的身体。这时候的她就开始有些局促，要我忙自己的，不要管她。最后，她会趁着我不注意，将内裤脱掉。我给她擦背，擦胳膊，擦腿，她都是愿意的。但是她始终用毛巾盖着肚子，不让我看到她的隐秘。穿衣服的时候，她也是先穿上内裤。

对于身体，她一直是有些羞涩的。

刚刚洗过澡的身体，皮肤表层还含着水，有些涩，内衣往往在背部卷成了卷儿，对于老人来说，把这个卷儿捋展也是一件很吃力的事。我再次贴近她的身体，这时她的身体是温爽的，不再陈腐，却带着一丝极淡极淡的清酸。

冬天过去，就是春天。春天不用去澡堂，就在家里洗。一周两次。夏天是一天一次，秋天和春天一样是一周两次，然后又是春天。日子一天天过去，平静如流水。似乎永远可以这样过下去。

但是，这个春天不一样了。大哥和二哥都出了事。

大哥因为渎职被纪检部门执行了"双规"，一个星期没有音讯。大嫂天天哭，天天哭。我们就对奶奶撒谎说他们两口子在生气，把她送到了二哥家。一个月后，大哥没出来，二哥也畏罪潜逃。他挪用公款炒股被查了出来。二嫂也是天天哭，天天哭。我又把奶奶送到了姐姐家。

她终于不用轮着住了。

三个月后，哥哥们都被判了刑。大哥四年，二哥三年。我们统一了口径，都告诉奶奶：大哥和二哥出差了，很远的差，要很久才能回来。

"也不打个招呼。"她说。

一个月，两个月，她开始还问，后来就不问了。一句也不问。她的沉默让我想起父亲住院时她的情形来。她怕。我知道她怕。

她沉默着。沉默得如一尊雕塑。这雕塑吃饭，睡觉，穿衣，洗脸，上卫生间……不，这雕塑其实也说话，而且是那种最正常的说。中午，她在门口坐着，邻居家的孩子放学了，蹦蹦跳跳地喊她：

"奶奶。"

"哦。"她说，"你放学啦？"

"嗯！"

"快回家吃饭。"

孩子进了家门，她还在那里坐着。目光没有方向，直到孩子母亲随后过来。

"奶奶还不吃饭啊？"——孩子和母亲都喊她奶奶，是不合辈分规矩的，却也没有人说什么，大家就那么自自然然地喊着，仿佛到了她这个年岁，从三四岁到三四十岁的人喊奶奶都对。针对她来说，时间拉出的距离越长，晚辈涵盖的面积就越大。

"就吃。"奶奶说，"上地了？"

"嗳。"女人搬着车，"种些白菜。去年白菜都贵到三毛五一斤了呢。"

"贵了。"奶奶说，"是贵了。"

话是没有一点问题，表情也没有一点问题，然而就是这些没问题的背后，却隐藏着一个巨大无比的问题：她说的这些话，似乎不经过她的大脑。她的这些话，只是她活在这世上八十多年积攒下来的一种本能的交际反应。是一种最基础的应酬。说这些话的时候，她的魂儿在飘。飘向县城她两个孙子的家。

我当然知道。每次去姐姐家看她，我都想把她接走。可我始终没有。我怕。我把她接到县城后又能怎么样呢？我没办法向她交代大哥和二哥，即使她不去他们家住，即使我另租个房子给她住，我也没办法向她交代。我知道她在等我交代。——当然，她也怕我交代。

二〇〇二年麦收后的一个星期天，我去姐姐家看她。她不在。邻居家的老太太说她往南边的路上去了。南边的路，越往外走越靠近田野。刚下过雨，田野里麦茬透出一股霉湿的草香味。刚刚出土的玉米苗叶子上闪烁着翡翠般的光泽。我走了很久，才看见她的背影。她慢慢地走着。路上还有几分泥泞，一些坑坑洼洼的地方还留着不少积水——因为经常有农民开拖拉机从这条路上压过，路面被损害得很严重。我看见，她在一个小水洼前站定，沉着片刻，准确地跨了过去。她一个小水洼一个小水洼地跨着，像在做着一个简单的游戏。她还不时弯腰俯身，捡起散落在路边的麦穗。等我追上她的时候，她手里已经整整齐齐一大把了。

"别捡了。"我说。

"再少也是粮食。"

"你捡不净。"

"能捡多少是多少。"

于是我也弯腰去捡。我们捡了满满四把。奶奶在路边站定，用她的手使劲儿地搓啊，搓啊，把麦穗搓剩下了光洁的麦粒。远远的，一个农民骑着自行车过来了，她看着手掌里的麦粒，说："咱这两把麦子，也搁不住去磨。给人家吧。给人家。"

我从她满是老人斑的手里接过那两把麦粒。麦粒温热。

那天，我又一次去姐姐家看她。吃饭的时候，她的手忽然抖动了起来，先是微微的，然后越来越快，越来越剧烈。我连忙去接她的碗，粥汁儿已经在霎时间洒在了她的衣服上。

她的脑瘤再次复发了。长势凶猛。医生说：不能再开颅了，只能保守治疗。——就是等死。

奶奶平静地说："回家吧。回杨庄。"

出了村庄，视线马上就会疏朗起来。阔大的平原在面前徐徐展开。玉米已经收割过了，此时的大地如一个柔嫩的婴儿。半黄半绿的麦苗正在出土，如大地刚刚萌芽的细细的头发，又如凸绣在大地身上的或深或浅的睡衣的图案。是的，总是这样，在我们豫北的土地上，不是麦子，就是玉米，每年每年，都是这些庄稼。无论什么人活着，这些庄稼都是这样。它们无声无息，只是以色彩在动。从鹅黄，浅绿，碧绿，深绿，到金黄，直至消逝成与大地一样的土黄。我还看见了一片片的小树林。我想起春天的这些树林，阳光下，远远看去，他们下面的树干毛茸茸地聚在一起，修直挺拔，简直就是一枚枚排列整齐的玉。而上面的树叶则在阳光的沐浴下闪烁着透明的笑容。有风吹来的时候，她们晃动的姿态如一群嬉戏的少女。是的，少女就是这个样子的。少女。她们是那么温柔，那么富有生机。如土地皮肤上的晶莹绒毛，土地正通过她们洁净换气，顺畅呼吸。我和奶奶并排坐在桑塔纳的后排。我在右侧，她在左侧。我没有看她。始终没有。

不时有几片白杨的落叶从我们的车窗前飘过。这些落叶，我是熟悉的。这是最耐心的一种落叶。从初秋就开始落，一直会落到深冬。叶面上的棕点很多，有些像老年斑。最奇怪的是，它的落叶也分男女：一种落叶的叶边是弯弯曲曲的，很是妖娆妩媚。另一种落叶的叶边却是简洁粗犷，一气呵成。如果拿起一片使劲儿地嗅一嗅，就会闻到一股很浓的青气。

"到了。"我听见她说。是的，杨庄的轮廓正从白杨树一棵一棵的间距中闪现出来，越来越近，越来越近。

十四

那些日子，我和姐姐在她身边的时间最久。无论对她，对姐姐，还是对我，似乎只有这样才最无可厚非。三个血缘相关的女人，在拥有各自漫长回忆的老宅里，为其中最年迈的那个女人送行，没有比这更自然也更合适的事了。

她常常在昏睡中。昏睡时的她很平静。胸膛平静地起伏，眉头平静地微蹙，唇间平静地吐出几句含混的呓语。在她的平静中，我和姐姐在堂屋相对而坐。我看着电视，姐姐在昏暗的灯光下一边打着毛衣一边研究着编织书上的样式，她不时地把书拿远。我问她是不是眼睛有问题，她说："花了。"

"才四十就花了？"

"四十一了。"她说，"没听见俗话？拙老太，四十边。四十就老了。老就是从这些小毛病开始的。"她摇摇脖子："明天割点豆腐，今天东院婶子给了把小葱，小葱拌豆腐，就是好吃。"

我的姐姐，就这样老了。我和姐姐，也不过才差八岁。

她在里间叫我们的名字，我们跑过去，问她怎么了。她说她想大便。她执意要下床。我们都对她说，不必下床。就在床上拉吧。——我和姐姐的力气并在一起，也不能把她抱下床了。

"那多不好。"

"你就拉吧。"

她沉默了片刻。

"那我拉了。"她说。

"好。"

她终于放弃了身体的自尊，拉在了床上。这自尊放弃得是如此彻底：我帮她清洗。

一遍又一遍。我终于看见了她的隐秘。她苍老的然而仍是羞涩的隐秘。她神情平静，隐秘处却有着紧张的皱褶。我还看见她小腹上的妊娠痕，深深的，一弯又一弯，如极素的浅粉色丝缎。轻轻揉一揉这些丝缎，就会看见一层一层的纹络潮涌而来，如波浪尖上一道一道的峰花。——粗暴的伤痕，优雅的比喻，事实与描述之间，是否有着一道巨大的沟壑？

我给她清洗干净，铺好褥子，铺好纸。再用被子把她的身体护严，然后我靠近她的脸，低声问她："想喝水么？"

她摇摇头。

我突然为自己虚伪的问话感到羞愧。她要死了。她也知道自己要死了，我还问她想不想喝水。喝水这件事，对她的死，是真正的杯水车薪。但我们总要干点什么吧，来打发这一段等待死亡的光阴，来打发我们看着她死的那点不安的良心。

她能说的句子越来越短了。常常只有一两个字："中""疼""不吃"。最长的三个字，是对前来探望的人客气，"麻烦了"。

"嫁了。"一天晚上，我听见她呓语。

"谁嫁？"我接着她的话，"嫁谁？"

"嫁了。"她不答我的话，只是严肃地重复。

我盯着黑黢黢的屋顶。嫁，是女人最重要的一件事。在这座老宅子里，有四个女人嫁了进来，两个女人嫁了出去。她说的是谁？她想起了谁？或者，她只是在说自己？——不久的将来，她又要出嫁。从生，嫁到死。

嫂子们也经常过来，只是不在这里过夜。哥哥们不在，她们还要照顾孩子，作为孙媳妇，能够经常过来看看也已经抵达了尽孝的底线。她们来的时候，家里就会热闹一些。我们几个聊天，打牌，做些好吃的饭菜。街坊邻居和一些奶奶辈的族亲也会经常来看看奶奶。奶奶多数时间都在昏睡——她昏睡的时间越来越长了。她们一边看着奶奶，一边聊着各种各样的话题，偶尔会爆发出一阵欢腾的笑声。笑过之后又觉得不恰当，便再陷入一段弥补性的沉默，之后，她们告辞。各忙各的事去。

奶奶正在死去，这事对外人来说不过是一个应酬。——其实，对我们这些至亲来说，又何尝不是应酬。更长的、更痛的、更认真的应酬。应酬完毕，我们还要各就各位，继续各自的事。

就是这样。

祖母正在死去，我们在她熬煎痛苦的时候等着她死去。我甚至怀疑自己是否曾经恶毒地暗暗期盼她早些死去。在污秽、疼痛和绝望中，她知道死亡已经挽住了她的左手，正在缓缓地将她拥抱。对此，她和我们——她的所谓的亲人，都无能为力。她已经没有未来的人生，她必须得独自面对这无尽的永恒的黑暗。而目睹着她如此挣扎，时日走过，我们却连持久的伤悲和纯粹的留恋都无法做到。我们能做到的，就是等待她的最终离去和死亡的最终来临。这对我们彼此都是一种折磨。既然是折磨，那么就请快点儿结束吧。

也许，不仅是我希望她死。我甚至想，身陷囹圄的大哥和二哥，也是想要她死的。

他们不想见到她。在人生最狼狈最难堪最屈辱的时刻，他们不想见到奶奶。他们不想见到这个女人，这个和他们之间有着最温暖深厚情谊的女人。这个曾经把自己的一切都化成奶水喂给他们喝的女人，他们不能面对。

这简直是一定的。

奶奶自己，也是想死的吧？先是她的丈夫，然后是她的儿子，再然后是她的儿媳，这些人在她生命里上演的是一部情节雷同的连续剧：先是短暂的消失，接着是长久的直至永远的消失。现在，她的两个孙子看起来似乎也是如此。面对关于他们的不祥秘密，我们的谎言比最薄的塑料还要透明，她的心比最薄的冰凌还要清脆。她长时间的沉默，延续的是她面对灾难时一贯的自欺，而她之所以自欺，是因为她知道：自己再也经不起了。

于是，她也要死。

她活够了。

那就死吧。既然这么天时，地利，人和。

反正，也都是要死的。

我的心，在那一刻冷硬无比。

在杨庄待了两周之后，我接到董的电话，他说豫南有个景区想要搞一个文化旅游节，准备在我那家杂志上做一期专刊。一期专刊我可以拿到八千块钱提成，是一笔不小的数目。奶奶的日子不多了。我知道。或许是一两天，或许是三四天，或许是十来天，或许是个把月。但我不能在这里等。她的命运已经定了，我的命运还没有定。她已经接近了死亡，而我还没有。我正在面对活着的诸多问题。只要活着，我就需要钱，所以我要去。

就是这样明确和残酷。

"奶奶，"我尽力让自己的声音明朗和喧闹一些，"跟你请个假。"

"哦。"她答应着。

"我去出个短差，两三天就回来。"

"去吧。"

"那我去啦。"

"去吧。"

三天后，我回来了。凌晨一点，我下了火车。县城的火车站非常小，晚上觉得它愈发地小。董在车站接我。

"奶奶怎样？"

"还好。"董说，"你还能赶上。"

我们上了三轮车。总有几辆人力三轮此时还候着，等着接这一班列车的生意。车到影剧院广场，我们下来，吃宵夜。到最熟悉的那家烩面摊前，一个伙计正在蓝紫色的火焰间忙活着。这么深冷的夜晚，居然还有人在喝酒。他在炒菜。炒的是青椒肉丝，里面的木耳肥肥大大的。看见我们，他笑道："坐吧。马上就好。"

他的眼下有一颗黑痣，如一滴脏兮兮的泪。

回到家里，简单洗漱之后，我们做爱。董在用身体发出请求的时候，我不假思索地就接受了。他大约是觉得歉疚，又轻声问我是否可以，我知道他是怕奶奶的病影响我的心情。我说："没什么。"

我知道我应该拒绝。我知道我不该在此时与一个男人欢爱，但当他那么亲密地拥抱着我时，我却无法拒绝。也不想拒绝。我也想在此时欢爱。我发现自己此时如此迫切地需要一个男人的温暖，从外到里。还好，他是我丈夫。且正在一丈之内。这种温暖名正言顺。

奶奶，我的亲人，请你原谅我。你要死了，我还是需要挣钱。你要死了，我吃饭还吃得那么香甜。你要死了，我还喜欢看路边盛开的野花。你要死了，我还想和男人做爱。你要死了，我还是要喝汇源果汁嗑洽洽瓜子，拥有并感受着所有美妙的生之乐趣。

这是我的强韧，也是我的无耻。

请你原谅我。请你，请你一定原谅我。因为，我也必在将来死去。因为，你也曾生活得那么强韧，和无耻。

十五

第二天早上，我赶到杨庄，奶奶的神志出现了将近半个小时的清醒——这是她生前最后一次清醒。有那么一小会儿，房间里没有一个人。我静静地守着她，像一朵花绽放一样，我看见她的眼睛慢慢睁开了。我俯到她的眼前，她的眼睛定定地看着我。眼神如水晶般纯透、无邪，仿佛一双婴儿的眼睛。

她就那么定定地看着我，好像我是她的母亲。

"我回来了。"我说。

"好。"她说。她的胸膛有力地鼓动了几下，似乎是在积攒力气。然后，她清晰地说："嫁了。"

"谁？"

"让她们，"她艰难地说，"嫁了。"

我蓦然明白：她是在说两个嫂子。我的大愚若智的奶奶，她以为她的两个孙子已经死了。她要两个嫂子改嫁。她怕她们和她一样年纪轻轻就守寡。

我不由得笑了。原来，对她撒谎没有一点儿必要。在她猜测的所有谜底中，事实真相已经是一种足够的仁慈。

我把嘴巴靠近她的耳朵。我喊："奶奶。"

"哦，"她最后一次喊我，"二妞。"

"你别担心。"我说，"他们都没有死。"

她的眼睛一下子亮得吓人。

"他，们，两，个，都，好，好，的。"我一字一字地说。

她不说话，眼睛里的光暗了下去。我知道她是在怀疑我。用她最后的智慧在怀疑我。

"他，们，都，不，听，话，犯，了，错，误，被，关，起，来，了。"我说，"教，育，教，育，就，好，了。"

慢慢地，奶奶的嘴角开始溢出微笑。一点一点，那微笑如蜜。

"好。"她说。然后她抬起手，指了指床脚的樟木箱子。我打开，在里面找出了一个白粗布包袱，里面整整齐齐地叠放着一套寿衣。宝石蓝地儿上面绣着仙鹤和梅花的图案，端庄绚丽。寿衣旁边，还有一捆细麻绳。孝子们系孝帽的时候，用的都是这样的细麻绳。

下午四点四十五分，奶奶停止了呼吸。

那些日子实在说不上悲痛。习俗也不允许悲痛。她虚寿八十三，是喜丧。有亲戚来吊唁，哭是要哭的，吃也还要吃，睡也还要睡，说笑也还是要说笑。大嫂每逢去睡的时候还要朝着棺材打趣："奶奶，我睡了。"又朝我们笑："奶奶一定心疼我们，会让我们睡的。"

棺材是两个，一大一小。大的是她，小的是祖父。祖父的棺材里只放了他的一套衣服。他要和奶奶合葬，用他的衣冠。灵桌上的照片也是两个人的，放在一起却有些怪异：祖父还停留在二十八岁，奶奶已经是八十三岁了。

守灵的夜晚是难熬的。没有那么多床可睡，男人们就打牌，女人们就聊天。有时候她们会讲一些奶奶的事。大嫂是听大哥说的：小时候的冬天仿佛特别冷，每天早上起床的时候，奶奶都会把大哥的衣服拿到火上烤热，然后合住，尽力不让热气跑出来，她紧着步子跑到他的床边，笑盈盈地说："大宝，快起来，可热了，再迟就凉了。"大哥赖着不肯起，她就把手伸到被子里去胳肢他，一边胳肢还一边念叨："小白鸡，挠草垛，吃有吃，喝有喝……"好不容易打发他穿好了衣服，就把他抱到挨着煤灶砌着的炕床上，再从温缸里舀来水，给他洗脸。然后再喂他饭吃。温缸就是煤灶旁边嵌着的一个小缸，缸里装着水，到了冬天，这缸里的水就着炉灶的热气，总是温的。

二嫂说的自然是二哥的事，她说二哥小时候很胆小，每当在外面被人欺负了，就哭着回家喊奶奶，边喊边说："奶奶，你快去给我报仇啊。"她还讲了二哥小时候跟奶奶睡大床的事，说因为奶奶不肯让我睡大床，二哥为此得意了很久。

"那时候你是不是有老大意见？"二嫂问。

"没意见没意见。"我说，"我要是在她棺材边还抱怨小时候的事，她会半夜过来捏我鼻子的。"

她们就都笑了。笑声中，我看着灵桌上的照片，蓦然发现，二哥的面容和年轻的祖父几乎形同一人。

因为是烈属，村委会给奶奶开了追悼会。追悼会以重量级的辞藻将她歌颂了一番，说她爱国爱家，遵纪守法，和睦相邻，处事公允。说她的美德比山高，她的胸怀比海宽，她的品格如日照，她的情操比月明。这大而无当的总结让我们又困惑又自豪，误以为是中央电视台在发送讣告。

追悼会后是家属代表发言。家属就是我们四个女人。嫂子们都推辞说和奶奶处的时候没有我和姐姐长，不适合做家属代表。我和姐姐里，只有我出面了。我说我不知道该说什么，姐姐道："你是个整天闯荡世界的大记者，你都不会说，那我去说？"

众目睽睽之下，我只好站了出来。大家都静静地候着，等我说话。等我以祖母家属的身份说话。我却说不出话来。人群越发地静，到后来是死静，我还是说不出一个字。

我站在她的遗像前，像一个木偶。

"说一句。"主持丧礼的知事人说，"只说一句。"

于是，我说："我代表我的祖母王兰英，谢谢大家。"

然后，我跪下来，在知事人的指挥下，磕了一圈头。回到灵棚里，一时间，我有些茫然。我刚才说了句什么？我居然代表了我的祖母，我第一次代表了她。可我能代表她么？我和她的生活是如此不同，我怎么能够代表她？

——但是，且慢，难道我真的不能代表她么？揭开那些形式的浅表，我和她的生活难道真的有什么本质不同么？我看着一小一大两个棺材。它们不像是夫妻，而像是母子。我看着灵桌上一青一老两张照片。也不像是夫妻，而是母子。——为什么啊，为什么每当面对祖母的时候，我就会有这种身份错乱的感觉？会觉得父亲是她的孩子，母亲是她的孩子，就连祖父都变成了她的孩子？不，不止这些，我甚至觉得村庄里的每一个人，走在城市街道上的每一个人，都像是她的孩子。仿佛每一个人都可以做她的孩子，她的怀抱适合每一个人。我甚至觉得，我们每一个人的样子里，都有她，她的样子里，也有我们每一个人。我们每一个人的血缘里，都有她。她的血缘里，也有我们每一个人。

——她是我们每一个人的母亲。

不，还不止这些。与此同时，她其实，也是我们每一个人的孩子，和我们每一个人自己。

十六

这些年来，我四处游历，在时间的意义上，她似乎离我越来越远，但在生命的感觉上，我却仿佛离她越来越近。我在什么地方都可以看见她，在什么人身上都可以看见她。她的一切细节都秘密地反刍在我的生活里，不知道什么时候就会奇袭而来，把我打个措手不及。比如，我现在过日子也越来越仔细。洗衣服的水舍不得倒掉，用来涮拖把，冲马桶。比如，用左手拎筷子吃饭的时候，手背的指关节上，偶尔还是会有一种暖暖的疼。比如，在豪华酒店赴过盛宴之后，我往往会清饿一两天肠胃，轻度的自虐可以让我在想起她时觉得安宁。比如，每一个生在一九二〇年的人都会让我觉得亲切：金嗓子周璇，联合国第五任秘书长哈维尔·佩雷斯·德奎利亚尔，意大利导演费里尼……那天，我在一个县城的小街上看到一个穿着偏襟衣服的乡村老妇人，中式盘扣一直系到颈下，雪白的袜子，小小的脚，挨着墙慢慢地认真地走着。我凑上前，和她搭了几句话。

"您老高寿？"

"八十有六。"

我飞快地在脑子里算着，如果奶奶在，她比奶奶大还是小。

"您精神真好啊。"

"过一天少一天，熬日子吧。坐吃等死老无用。"

那天，我采访到了安徽歙县的牌坊村，七座牌坊依次排开，蔚为壮观。导游小姐给我们讲了个寡妇守节的故事，其实也都听说过：一个壮年失夫的少妇每到深夜便撒一百铜钱于地，然后摸黑一一捡起，若有一枚找不到，就绝不入睡。待捡齐后，神倦力竭，才能乏然就寝——只能用乏然，而不能用安然。

我微笑。这个少妇能够以撒钱于地的方式来转移自己和娱乐自己，生活状况还是不错的。而我的祖母，这位最没有生计来源的农妇，她尚没有这种游戏的资本和权利。一个又一个漫漫长夜，用来空落落地怀想和抒情，这对她来说是太奢侈了，她和自己游戏的方式多么经济实惠：只有织布。只有那一匹又一匹三丈六尺长二尺七寸宽的白布。

那天，我在图书馆查阅资料，翻到一本关于小脚的书，看作者叫方绚，清朝人。书名叫《香莲品藻》，说女人小脚有三贵，一曰肥，二曰软，三曰秀。说脚的美丑分九品：神品上上，妙品上中，仙品上下，珍品中上，清品中中，艳品中下……还说了基本五式：莲瓣，新月，和弓，竹荫，菱角。而居然那么巧，在这层书架的下一格，我又随便抽到一本历史书，读到这样一条消息："……光绪十三年（公元一八八七年），七月，梁启超，谭嗣同，汪康年，康广仁等发起成立全国性的不缠足会。不缠足会成为戊戌变法期间争女权、倡导妇女解放的重要团体，它影响深远，直至民国以后。"

那天，我正读本埠的《大河报》，突然看见一版广告，品牌的名字是"祖母的厨房"。一个金发碧眼满面皱纹的老太太头戴厨师的白帽子，正朝着我回眸微笑。内文介绍说，这是刚刚在金水路开业的一家以美国风味为主的西餐厅。提供的是地道的美式菜品和甜点：鲜嫩的烤鲑鱼，可口的三明治，美味的茄汁烤牛肉，香滑诱人的奶昔，焦糖核桃冰激凌……还有绝佳的比萨，用的是特制的烤炉，燃料是木炭。

我微笑。我还以为会有烙馍，葱油饼，小米粥，甚至腌香椿。多么天真。

那天，我在上海的淮海路闲逛，突然看到一张淡蓝色的招牌，上面是典雅的花体中英文：祖母的衣柜 Grandmother's Wardrobe——中式服装品牌专卖店 Brand Monopolized Shop of the Chinese Suit，贴着橱窗往里看，我看见那些模特——当然不是祖母模特——她们一个比一个青春靓丽——身上样衣的打折款额：中式秋冬坎肩背心，兔毛镶边，一百三十九元。石榴半吐红中绣花修身中式秋衣，一百六十元……"小姐，请进来吧，喜欢什么可以试试。"服务生温文尔雅地招呼道。

我摇摇头，慢慢向前走去。

还会有什么是以祖母命名的呢？祖母的鞋店，祖母的包行，祖母的首饰，祖母的书店，祖母的嫁妆……甚或会有如此一网打尽的囊括：祖母情怀。而身为祖母的那些女人也许永远也不会知道，她会成为一种商业标志，成为怀旧趣味的经典代言。

当然，这也没什么不好。

我只微笑。

我的祖母已经远去。可我越来越清楚地知道：我和她的真正间距从来就不是太宽。

无论年龄，还是生死。如一条河，我在此，她在彼。我们构成了河的两岸。

当她堤石坍塌顺流而下的时候,我也已经泅到对岸,自觉地站在了她的旧址上。我的新貌,在某种意义上,就是她的陈颜。我必须在她的根里成长,她必须在我的身体里复现,如同我和我的孩子,我的孩子和我孩子的孩子,所有人的孩子和所有人孩子的孩子。

——活着这件原本最快的事,也因此,变成了最慢。生命将因此而更加简约,博大,丰美,深邃和慈悲。

这多么好。

原载《收获》2008 年第 3 期

第五届鲁迅文学奖

国家订单

——

王十月

终于，李想这一天对小老板提出了辞呈。小老板坐在租屋的旧沙发上，眼睛盯着电视里吴小莉那职业的微笑，沉默许久。他想说什么来着，想说一说李想的诺言？说一说让李想再帮帮他？可他终究什么也没有说。他理解李想，并不责怪他。李想有自己的生活，没有理由被绑死在他这辆眼看就要倾覆的破车上。

小老板说，工资的事，过几天好吗，赖查理……

小老板说到赖查理，说不下去了。他不止一次用赖查理来搪塞工人，说赖查理就要来了，赖查理一来就有钱了，公司也就渡过困难期了，弄得全厂的工人都知道有个赖查理，知道他是工厂的救星。可是这个赖查理，已许久没法联系上了。连小老板自己都对赖查理的到来失去了信心。可是他又觉得赖查理不是那样的人，这几年的交往，赖查理给他的印象不坏。不过话又说回来，这世道，人心隔肚皮，谁又敢保证小老板看人没看走眼呢。

李想的鼻子一酸，他太理解小老板的心情了，毕竟是多年的朋友了。他差点就改变了主意。小老板待他不薄，可以说从来就未曾把他当属下看待，说是亲如兄弟也不过分。可是想到身怀六甲的妻子，想到周城那边催得急，想到到处都要花钱，他狠下了心，说，我做到月底吧。工资不急，你现在需要用钱。

刘梅快要生了吧。小老板还是盯着电视屏幕。

八个月了。李想说。

小老板问到了刘梅，李想就知道，小老板再难，也会在刘梅生产之前把工资给他的。从家里来的时候，刘梅反复对他说，一定要提钱，半年的工资，趁他还拿得出来，再过一段时间他破产了，杀他无肉剐他无皮，他想给也没的给了。李想"嗯嗯"地答应着。刘梅说，别拉不下面子。李想说，我知道。刘梅说，有什么不好说的，欠债还钱，他欠你的工资，不好意思的是他。李想说，我知道。刘梅说，你就说我要生孩子了，缺钱用。李想说，我知道了。

小老板已欠下了供应商不少的货款。最要命的是，工人的工资也欠了四个月。开始的时候，小老板还对工人信誓旦旦，说赖查理很快就可能结清货款的，到时把工资一次性算给大家。可是一个月过去了，又一个月过去了，赖查理杳如黄鹤，工资只有一拖再拖。和工人交涉的重担，就落在了李想的肩上。李想对工人们动之以情，晓之以理，但还是不停有工人在辞工。辞工当然要结工资，不结算工资就要告到劳动站去，再不行就喊打喊杀的，现在的工人，也不好糊弄了，不像李想和小老板当初出门打工时那样，人为刀俎，我为鱼肉，现在的工人，对付起老板来，办法一套一套的。小老板倒不怕那些供货商，却怕这些工人。终还是有工人离开了，厉害的角色，自然拿到了工资，次一点的，打一张欠条，还有老实一点的，干脆拍拍屁股走人。小老板一天无数遍拨打赖查理的电话，电话从来没有接通过。

李想说，我知道，这时候我不该走。谁都可以走，我不该走。可是……

小老板张了张嘴，嗓子里像有鸡毛一样，痒。干咳着，终于咳出几个字：大家都不容易。

还说什么呢。但小老板多少是有些失望的，李想一走，等于少了他的一条胳膊，他的局面将更加难以应付，倒闭是迟早的事。只是，小老板终究是不甘心，他在等着奇迹出现。十年前，小老板背着一个破蛇皮袋离开故乡，那是一个清晨，天刚蒙蒙亮，初春的风，吹在脸上，像小刀子在割。路两边，都是湖，湖睡在梦中，那么宁静，他的脚步声，惊醒了一两只狗子，狗子就叫了起来，狗子一叫，公鸡也开始叫，村庄起伏着一片鸡犬之声。小老板在那一刻停下了脚步，回望家门，家里的灯还亮着。他在心底里发下了誓言，一定要发财，当老板，衣锦还乡。出门打工，小老板吃过许多的苦，受过许多的难。这些，都不提了罢，小老板从来没有埋怨过生活，也没有恨过生活给他的苦，乡里人有一句话，"吃得苦中苦，方为人上人"。他一直在寻找机会，先是当工人，当技术工，跑业务。终于是有机会了，他有了自己的业务网，特别是赖查理的出现，改变了他的生活。他有了自己的制衣厂，十几号人七八条枪，一路这么走过来，终于有了一定的规模。他打过工，知道打工的苦，待工人不坏。他对工人说，将来工厂发展大了，我不会亏待大家。他是这样说的，也当真是这样想的。

小老板盯着电视画面，思想却飞得很远。李想想再说一些抱歉的话，但觉得这样的话说出来就显得虚伪，显得多余，也就不再说什么。两个男人，就这样一言不发，盯着电视画面发呆。他们没有想到，此刻，在遥远的大洋彼岸，正在发生一件惊天动地的事情，这件事，改变了世界。

就在李想觉得自己该走了时，凤凰台的电视画面，出现了奇怪的一幕：大洋彼岸，美利坚合众国那著名的双子座大楼，那无数好莱坞影片中出现的标志建筑，此刻却像是两个大烟囱，在冒着滚滚浓烟。两位心事重重的中国男人，在这一刻都呆住了，他们忘记了自己正面临的困境。很快他们就明白了事情的原委。李想跳了起来，尖叫着，打电话通知自己的朋友。李想还拨通了妻子刘梅的电话，只说了一句话，赶快看凤凰台。挂了，又拨了周城的手机，也还是那一句，快看凤凰台。周城的手机信号似乎有问题，声音断断续续的，问，看什么？你说看什么？李想高声说，快看凤凰台。周城这一次听清了，说他在外面谈很重要的事情呢。周城问凤凰台有什么好看的，李想说，别问那么多了，赶快打开电视机看凤凰台，不然你会后悔的。小老板很冷漠地看着李想，嘴角甚至泛起了一丝冷笑。他想到了那封信，没有署名，但措辞很强硬，限他三天之内把工人的工资发了，否则，后果自负。随信一起的，还有一把水果刀。刀很锋利，闪着寒光。信肯定是他厂里的工人写的，但是谁写的，小老板不知道。他本来是想和李想谈一谈这封信的，没想到李想提出了辞职，这让小老板的心里多少生了些许的疑惑。理论上来说，厂里所有的员工，都有可能写这封信，所有的员工，当然就包括了李想。看着李想，小老板又觉得，这写信的人不可能是李想。怎么说，他也算得上是李想的恩人，李想不至于如此恩将仇报。

又一架飞机撞向了大楼，画面给了尖叫着的惊慌的人群，给了五角大楼，给了白宫，给了一面在风中飘扬的星条旗……李想再一次尖叫了起来。李想还想说什么，但这一次李想觉出了不对劲，小老板的眉头皱了起来，有些悲哀地说了一句，不知要死多少人。小老板的话一出口，李想一时语塞。和小老板分手的时候，沉默的格局还是因为这事件的发生而打破。他们交流了对于这次事件的感慨，也共同关心了大楼里有没有中国人，关心了这次事件中死亡的人的数字，然后道别，一切都显得有些陌生而漠然了。

李想回到家，问刘梅有没有看过凤凰台。

刘梅说，跟小老板说了没有？

李想说，说了。

刘梅说，小老板生气了吧？

李想说，倒也没有生气，不过他心里肯定不好受。在我们最难的时候，是

新中国 70 年优秀文学作品文库

中篇小说卷

小老板帮了我们，现在他有了难，我却要辞职，总觉得有点不厚道。

刘梅说，你不会对他说我要生了吗？再说了，这些年来，你为他打工，没有白天黑夜，也帮了他不少，算是报恩了。

李想说，话虽这么讲，可心里总是难受的。你没有看凤凰台吗？

刘梅说，看了，小老板没有说多久给你结工资吗？

李想说，没想到，美国的双子楼被撞了。

刘梅说，别在这里打马虎眼了，肯定是没有谈工资的事吧？你呀你，我就知道你这人，把面子看得比什么都重要，说几句话会死人？

李想就把头低了下去，像一个做错了事的孩子，说，我答应了，做到月底。

嘁！刘梅冷笑一声，月底，你们厂还能做到月底？

李想不再说话。本来他是想和刘梅谈一谈美国双子楼被撞的事，现在却一点谈兴都没有了。洗了正准备睡呢，周城的电话打来了，问李想和老板谈得怎么样了，什么时候辞职了跟他一起干。李想说谈了，月底就离开小老板。李想问周城，看凤凰台了没有。周城说没有看，说他今天晚上和一个美国基金会的代表在谈判，合同都签好了。

咱们要发财了，周城说，晚上有活动吗？

李想说，都几点钟了，还活动？

周城说，嫂子怀了几个月，憋坏了吧。出来，我请客，帮你把那戒给破了。

李想还想说什么，周城已说了声西子足疗馆见，把电话挂了。

这么晚了还往外跑，刘梅自然是一脸的不高兴。何况是跟周城跑，刘梅更加不高兴。

刘梅一直觉得周城这人不踏实，虚头巴脑，咋咋呼呼的，又爱吹牛。担心李想跟他在一起学坏，还担心他吃亏。刘梅说真想不通，周城怎么那么大的能耐，名利双收。可是想到老公将来跟了周城，赚的钱要比跟了小老板多，也就不怎么反对了。

到了足疗馆，周城一脸喜色，在那里和咨客聊天。见李想到了，便问李想，是按摩还是洗脚。李想说洗脚。周城说，那就洗脚吧，下次一定要帮你破戒。李想笑笑说他早就没有戒可破了。要了房间，咨客问周城有没有熟悉的技师，周城叫了三十八号，又指着李想说帮他叫个漂亮点的小妹。咨客笑盈盈地答应了，不一会儿回来，对周城说，对不起老板，三十八号出钟了，您再叫一位吧。周城说那你随便安排吧。

等候技师时，周城神秘地对李想说，我那事成了。

李想问什么事。周城说就上次对你说的那事，从现在起，我免费为打工者打官司了，免费，你知道吗，一分钱也不收。老子再也不用担心那些打工仔赢了官司不给钱了。

说话间，技师来了。给李想洗脚的技师长得不错，而给周城洗脚的技师，却是一位大嫂。李想嘴角泛过一丝笑，望了周城一眼，周城皱了皱眉头，朝李想摇了摇头，长叹一声，哎呀，命苦呀。也不同技师说话，只是对李想说，我今天跟那假美国佬把合同签了，我只管打官司，所有的律师费都由老美出。接下来我这里肯定忙不过来，缺一个又能干又放心的帮手，你最好快点过来。

李想说没办法，做人不能太绝情，当年我被治安抓，差点送收容所了，是小老板帮了我。李想又不无担心地问周城，拿美国人的钱，会不会有什么问题。

周城笑了，说，你呀你，这也是为打工者做一件大好事，名利双收，你就放心吧。

从洗脚城出来的时候，已是凌晨了。路过海华工业区前的十字路口时，就看见前面围了一圈人。李想一个激灵，说，妈的，又是查暂住证的。把手摸向了口袋，身份证暂住证都在。多年前，他刚来南方，工作没有找到，手中的钱又花光了，屋漏偏遭连阴雨，晚上又被治安队抓了。他就是那时认识小老板的。那时的小老板还没有当老板，还在工厂里打工。萍水相逢的小老板帮他出了一百五十块的罚款，让他免了收容之苦，还把他介绍进了他们厂做工。从此，开始了他们长达八年的友谊。小老板从厂里出来创业，李想也跟了出来。想到自己今天向小老板提出辞职，想到小老板的工厂已是风雨飘摇，想到当初自己被小老板帮助时说过的话：今后您要有用得着我李想的地方，我赴汤蹈火都在所不惜。李想禁不住一声长叹。南国的风，带着咸腥的海的气息扑面而来。街道两旁那高大的大王椰，在风中沙沙沙地响。李想突然觉得内心凄惶莫名。

一群治安员围着两个人，他们现在对李想和周城不感兴趣。李想却差不多患了治安员综合征，见了治安腿就发软。现在他唯一想做的就是快点离开这是非之地，却发现不见了周城，回头望，见周城在看热闹。李想等了一会儿，见周城似乎没打算离开，想一想，把身份证、暂住证拿出来再确认了一遍，才走过去，说周城你干吗哩，你……呀！张怀恩！李想看见，那被治安员折腾的居然是厂里的车衣工张怀恩。

张怀恩正在同治安员辩解，说他手中的刀子，当真是削水果的，不是用来行凶的。说着就激动了起来，手开始比画着。

张怀恩正在百口莫辩，突然听见有人叫他的名字，原来是厂里的经理李想，那兴奋无异于溺水的人抓住了一根浮木，喊了一声李经理，对治安员说，他是我们厂的经理，他可以证明我是好人的。

治安员把注意力转移到了李想和周城的身上，目光像锐利的刀子，把李想从头到脚刮了一遍，又把周城从头到脚刮了一遍。然后指着李想，说，暂住证，身份证。

李想迅速把证件递给了治安员。治安员看了一眼，还给了他。指着周城要看证件。周城却没有把证件交给他们看的意思，只是慢条斯理地说，你们是哪个派出所的，把你的证件给我看看。

这简直是在太岁头上动土。治安员天天查看别人的证件，大约从来没有被人查看过证件，一下子倒愣住了。又拿目光刮周城，就没有先前那么锐利了。心里有些虚，不知道周城是何方神圣。周城看出了治安员的心思，冷笑了一声，说，你们为什么要为难他？谁给你们的权力？

治安员之一说，他带着刀子。

张怀恩说，是水果刀，用来削水果的。

治安员之二说，水果刀就不能行凶了？

周城说，真是好笑，带了水果刀就会行凶吗？那我说你是强奸犯。

我怎么是强奸犯？

你有强奸的工具呀。周城说。

周围的人都哄地笑了起来。

治安员闹了个大黑脸，被周城这么一唬，有点蒙了。眼前这人，看穿着也不像是什么了不起的大人物，哪有大人物深更半夜在街上闲溜达的呢，慢慢有些回过神来了。首先回过神来的，大约是治安员头目，他指着周城说，丢雷个嗨，你在这里装什么大头鸟，你干吗的？身份证，暂住证！

周城不慌不忙，从腰上取下手机，说，问我是谁？是让李世贤来告诉你们，还是让黄标告诉你们？

周城说的李世贤，是这城市的公安局长，黄标，就是这片区的派出所所长。周城报出这两个人的名字，治安头目再一次慌了。周城把手机递给那治安头目，说，要不要给李世贤打个电话让他为我证明身份？

治安头目慌忙说，对不起对不起，您讲笑了。

周城见好就收，说，你们这么晚出来执法，也很辛苦，可是你们要文明执法，看见他手中有刀子，拦住盘问，都是对的，说明你们工作很认真。可你们怎么能没来由欺侮人呢？欺侮人就是你们的不对了。治安队伍这么辛苦保一方平安，为什么老百姓还这样不待见你们呢？还是你们的执法态度有问题啊。

治安头目低头垂手，像一个犯了错的小学生，连声说是是是，下次注意。挥手让手下的治安员放了张怀恩。张怀恩千恩万谢。李想说，这么晚了出来瞎转悠什么呢，你又不是刚出门打工的，出来就算了，还带一把刀子。快点回厂里去吧。张怀恩又谢了李想，说李经理，要不是您，我今晚就惨了。

车衣工张怀恩并不知道，刚才跟着李经理的，并不是什么大人物，不过是一个专帮打工者们打官司的律师罢了。他更不会想到，和李经理在一起的那个大人物，根本就不认识什么公安局局长和派出所所长。他不过是看准了治安员的心态，诈了他们一把。他要是知道了，当时怕是吓得都走不动了。

这个晚上经历的一切，对车衣工张怀恩来说，是一个警示信号，他得认真想一想下面的路该如何走了。回到工厂，睡在铁架床上，张怀恩的手脚还在发软。如果不是李经理他们赶到，他坚持不了几分钟，就会如实招供了。

张怀恩想到了另外的一把刀子，还有和刀子放在一起的那一封信。几个月没有发工资了，工友们陆续在离开，许多人都没有拿到工资。张怀恩不想找劳动站，他早就听说，老板被一个叫赖查理的香港人骗了，几十万的货款都没有要到。就算到劳动站去告，老板也拿不出钱来发工资了。何况，天地良心，他张怀恩跟了小老板也有三年了，小老板待他们这些工人当真不错。张怀恩也不想把事情弄大，他只是想吓唬一下小老板，然后要到自己的工钱。

晚上，他去未婚妻打工的厂子，两人在厂外面的香蕉林里亲热了半天，打算国庆节就回家结婚。说到回家结婚之前，无论如何要把工资拿到手。未婚妻劝他，好好跟老板说，把要结婚的事说清楚，也许老板会把工资结了呢。再说了，你的身体一直不大好，要早点去医院检查检查。张怀恩摇摇头，苦笑，说，小老板人是不错的，他要拿得出钱来，也不会拖我们这么久的工资了。又说，我没什么病，不过就是有点贫血，结了你天天给我做好吃的就行了。未婚妻偎在张怀恩的怀里，无限幸福，说，结婚了我们在外面租个房子，我天天给你煲汤，把你养得胖胖的。

张怀恩并没有告诉未婚妻关于刀子的事。未婚妻抱着他时，碰到了那把水果刀，吓了一跳。张怀恩说，没什么，用来防身的。未婚妻就不说话。上个月，他们俩也是在这厂外的香蕉林里亲热，结果被几个烂仔抢了，抢了钱不说，那烂仔还摸了未婚妻的胸。当时的张怀恩，没有做出任何的反抗。未婚妻倒没有责怪张怀恩，张怀恩却感到极度的愧疚，说他不是男人。未婚妻说，我只要你好，平平安安的。你要真和他们打起来了，有个三长两短，我也不想活了。话是这么说，张怀恩的心里却更加难受，总觉得自己不算个男人，连自己的女人都保护不了。当张怀恩说他的刀子是用来防身时，未婚妻沉默了一会儿说，以后别带刀子了，带了刀子更危险。也是在那时，张怀恩听到了一个让他又喜又忧的事，未婚妻怀上了他的骨肉。当真让他又是欢喜又是惶恐。

张怀恩决定，用温和的方法去向小老板要工资。他要对小老板说他的未婚妻，说他未来的孩子，当然，还可以编造一下，比如说家里有一个八十岁，不，七十岁的老母，有一个正在读高中，明年就要考大学的妹妹，我张怀恩一家人的幸福，都寄托在小老板您的身上。实在不行了，就算给老板下跪也是可以的。然而第二天，小老板并没有来工厂。张怀恩找到了老板娘，老板娘说要工资你去找老板。张怀恩说，那老板去哪儿了？老板娘说，我还在找他呢。看着老板娘火药一样，仿佛一触就要爆炸，张怀恩退出了办公室，见文员李兰朝他吐舌头做鬼脸，便凑过去，用嘴努老板娘的办公室，问怎么回事。李兰小声说，和老板吵架了，早上在办公室里哭呢。

这一天，张怀恩带来的消息，像一股暗流，在工人中引起了不小的骚动。

老板不见了！

连老板娘都不知道老板去哪里了。

老板会不会跑掉了？要是跑掉了，我们这些人就惨了，四个月的工资呢。

工人去找经理李想，问经理，老板是不是跑了。李想安慰大家，说怎么可能呢，怎么会跑呢，老板不可能跑的，他有这个厂在这里，还有这么多的设备，跑得了和尚跑得了庙？工厂不过暂时遇到了一些小困难，赖查理马上就要来了，赖查理一来，大家的工资都有的发了，一分钱都不会少你们的。再说了，我不也还欠着工资么，你们欠四个月，我还欠了六个月呢，张怀恩你说是不是这个理？

张怀恩昨晚才受了李想的恩惠，现在没有理由不站在李想的这一边帮他说说话，张怀恩于是对工人们说，李经理说得有道理。老板可能是帮我们弄钱去了哩，我打工十年，干过七八间厂，在这个厂干了三年，这个老板是最好的了。

工人们的从众心理是比较强的，有人说老板跑了，就人心惶惶，觉得老板真的跑了；有人说老板不可能跑，大家一听，又觉得在理，老板要跑早就跑了，还会等到今天？

小老板的确没跑，跑到哪里去呢，这厂子是他的命和心血，他怎么会抛下呢？只是他现在觉得很累，前所未有的累。昨天晚上，和妻子吵了一架，心情坏到了极点。他现在只想找一个安静的，没人知道的地方，好好睡一觉，积蓄力量。和妻子吵架后，小老板离开了家，给阿蓝打了电话。问阿蓝晚上有空没有。阿蓝说有空。小老板就去了阿蓝那儿。阿蓝一见小老板，就偎在了他的怀里，紧紧抱着他。小老板轻抚着阿蓝的长发，说，我有点饿，给我做点吃的吧。

阿蓝烧得一手好菜。小老板每次来这儿，阿蓝都会下厨烧上几个小老板爱吃的菜。

阿蓝说，看你的脸色很差，我给你放点热水，你泡个澡吧。

小老板说好，倒在阿蓝的床上休息。小老板每次一倒在阿蓝的床上，就觉得瞌睡，倒下就能睡着，而且还睡得格外的香。就像现在，他睡在了阿蓝的床上，就像到了一个温暖宁静的港湾，工厂里的烦心事，都仿佛与他无关了，他现在只想好好地享受这温馨的时刻。阿蓝在浴室里放好了水来叫小老板时，房间里已响起了轻微的鼾声。

阿蓝不忍心叫醒他，下厨房去做菜。做好了菜，看小老板还在睡，阿蓝就坐在床边，看着小老板。

不知为何，阿蓝觉得自己是渐渐喜欢上这小老板了，这种喜欢是危险的，她知道这不同于一般的感情，也不同于她对其他客人的感情。这些年来，她就在这里安了个窝，接待一些熟悉的客人。遇上喜欢的男人还会为他们炒两个菜。也有客人提出过把她包起来，她只是笑。她似乎是喜欢上了现在的这种生活，为那些事业小有成就，却又心灵孤独的男人们，营造一个家的氛围，做他们临时的妻子。可是小老板出现后，阿蓝的心有些乱了，她开始减少和其他客人交往。小老板并没有给过她多少的钱，只是每次会送给她一些小礼物，这礼物有的比较值钱，有的不值钱。但这些对于阿蓝来说，似乎都是无价的。有时阿蓝也想，这个平时总显得心事重重的男人，到底有什么样的魅力，让她心乱如此。想来想去，阿蓝觉得，是小老板的真实。小老板在阿蓝面前，从来不掩饰自己的内心，也不掩饰他的困窘。不像有的男人，一来就对她吹嘘又赚了多少钱，说要和老婆离了婚娶她。小老板却总对她说，不能一个人一直这样下去，碰到合适的，就嫁了。他情愿那时和她做一个朋友。说他的生意遇到了困难，但一切都会过去的。说他喜欢到这里来，是喜欢这里有家的感觉，可以让他忘了那许多的烦恼。难道只是这些吗？阿蓝自己也不清楚，于是只能对自己说，人的感情，当真是很奇妙很复杂的。

小老板猛地醒了，看着阿蓝，笑，说，我又睡着了。每次来你这里，都有打不完的瞌睡。

阿蓝说，饭好了，吃饭吧。

于是他们吃饭。吃完饭，小老板洗了个热水澡。抱着阿蓝，做爱。小老板做爱总是很小心，像在抚摸一尊绝品的瓷器。然而这一次，小老板一反常态了，风狂雨骤的。小老板喊，阿蓝啊阿蓝，阿蓝啊……小老板居然哭了。但小老板没有让眼泪泛滥，泪刚出来，便被他止住。小老板仔细地抚摸着阿蓝细瓷一样的肌肤，说，阿蓝，我恐怕是最后一次来你这里了。阿蓝抱着他，拿手指抚摸着他的胸肌，不问为什么。小老板说他的工厂这次真的坚持不下去了，他明天回去，就宣布破产。把厂里的东西卖了给工人发工资，欠供货商的钱，那就只有欠着了。小老板说他反正是死猪不怕开水烫，只是对不起阿蓝，有钱的时候，为什么没有想着多帮帮她。

这个晚上，小老板睡得格外的香，连梦都没有做一个。次日拥别阿蓝的时候，他把腕上那块戴了五年的手表脱下来，作为给阿蓝最后的留念。

小老板回到了工厂。现在他的内心很平静，他做好了坦然面对这一切的准备。工人见到老板回厂了，都长长地吁了一口气。老板果然没有跑。老板没有跑，大家的心也就安了。张怀恩的心却并没有安妥下来。小老板刚坐回办公室，张怀恩就去找他了。小老板很客气地让张怀恩坐下。张怀恩站着。小老板说，你坐吧，坐下说。张怀恩很拘束地坐下。小老板拉开了抽屉，里面静静地躺着一封信，还有一把闪亮的刀子。信上的每一个字，其实都像是一把刀子，一刀一刀，扎在小老板的心头。可是现在，爱也好恨也好，这一切似乎意义都不大了。小老板把抽屉合上，平静地盯着张怀恩。张怀恩被小老板盯得有点发毛了，惶恐地低下了头，恨不得把头都低到两条腿中间了。

怀恩，有什么事，你说。小老板说话和风细雨，但这和风细雨里，却透着疲惫与失望。

张怀恩想好了许多的话，可是一下子，居然一句都说不出来了。脸涨得通红，过了好一会儿才说，老板，我要回家结婚了。

小老板笑了笑，露出一口好看的牙。这么多年来，小老板保持了许多美好的品德，不抽烟，不喝酒。三十有五了，身体一点也没有发福。

恭喜你。到时要给我派喜糖哦。我还得给你包个红包的。又说，日子定好了吗？

定好了，就在国庆节。张怀恩的眼四处游走，就是不敢看小老板的眼。

哦，我知道了。工资的事你放心，我会尽快发给你的。你看，我厂里还有那么多设备，那么多布料，怎么说也能卖点钱，发工人的工资还是够的。

张怀恩没有想到，事情会是如此的简单。他甚至还没有来得及说他未婚妻肚子里的孩子，没有说他那虚构的七十岁的老母亲，还有那凭空造出来的读高中的妹妹，更没来得及说他的贫血。这样一来，张怀恩反倒觉得有点空落落的感觉，仿佛攒足了劲，一拳打出去，却打在了棉花上。

还有事吗？小老板问。

张怀恩站了起来，突然说，我，要做爸爸了。说完脸更红了。

小老板笑得很开心，说，那是双喜临门了。我得包一个大点的红包。

张怀恩说，老板，那……我走了。

走到门口时，张怀恩又站住了。

小老板说，还有什么事吗？

我……张怀恩差一点就对老板说，对不起，那封信是我写的，还有那把刀。然而张怀恩没有说，只是突然冲小老板鞠了一个躬。

张怀恩离开后，小老板又拉开抽屉，拿出那把锋利的刀子，眯着眼睛看着。电话响了起来，他不想去接。可电话铃声响得很固执。小老板看着电话机，突然觉得这些年的创业生活，当真像是梦。他想起多年前，他离开故乡的那个清晨。小老板拿起了电话，突然像被人在屁股上扎了一刀一样，蹦了起来。

赖查理！小老板的声音很古怪，说不清是愤怒还是激动。

赖查理，你在哪里？你可把我害苦了。小老板的手都在发抖了。

赖查理没有说话，让小老板发脾气。等小老板的脾气发得差不多了，才说，骂够了吧，骂够了，给个大单你做。

大单？小老板苦笑了一下，真正的大单，赖查理是不会给他做的。给他做的，要么是工价很低，别的厂不愿接，要么是要货急，像催命一样，别的厂不想接。但就是这些鸡零狗碎的订单，让小老板一步步走到了如今。可以说是成也赖查理，败也赖查理。

赖查理不是老外，是个香港人，多年以前，他也只是一家港资制衣厂的高管。那时小老板打工的厂和他打工的港资厂有业务往来。两人打交道多了，赖查理就鼓动小老板投资办一个小厂子，他呢，也绕开了老板，把自己接到的一些小的订单下给小老板做。小老板的制衣厂壮大的同时，赖查理的贸易公司也做得顺风顺水了。但有了制衣方面的单，他总还是想着小老板的。

小老板没有追问赖查理这几个月为何不见了，连公司的电话也打不通。赖查理也没有去解释。在江湖上，各人有各人的混法，只要赖查理来了就好了。赖查理来了！这个消息像风一样，在小老板的制衣厂里吹遍了。每个员工的心都被吹皱了，九月南方的酷热，也被这一阵风吹散了。赖查理果然是小老板的救星，小老板的救星就是百十号工人的救星。打工者和老板，看似对立的两个阶层，其实又是紧密的利益相关者，是拴在一条绳上的俩蚂蚱。用老祖宗的话说，这叫大河涨水小河满，大河落水小河干。当然理是这个理，实际上却是，大河涨水了，小河会不会满倒是不一定的，大河落水了，首先干涸的却肯定是小河。

赖查理带来了欠小老板的部分货款，外加一个大订单。用赖查理的话说，这可不是一般的订单，这是国家订单，而且不是一般的国家订单，是美国的国家订单。你要感到荣幸哦。

赖查理说的所谓美国国家订单，是生产二十万面美国国旗。

赖查理实话实说，他接的订单是一百万面星条旗，这样的单，本来是不会给小老板分一杯羹的。一是看在小老板的忠厚本分，二来呢，这批货也实在要得太急了些。这才匀出了二十万面的单给小老板。二十万面星条旗，五天交货。

小老板听说一百万面星条旗时，微微一笑。和赖查理打了这么多年交道，他太了解赖查理了，人不坏，也有信誉，就是爱吹点牛，用现在流行的话说，是喜欢忽悠。他说什么一百万面星条旗，估计也就是那二十万面。

不就是二十万面旗子吗？五天交货，一点问题都没有。小老板说得斩钉截铁。

赖查理狐疑地看着小老板，说，二十万面，你真能按期交货？

小老板说，我们也不是一年两年的朋友了，这么多年，我什么时候说过大话？只是，怕是要加班加点了。你这一消失就是两个月，弄得我的工人天天去劳动站告我的状。我的那些货款……

赖查理说，阎王少了小鬼的钱？

小老板笑，说那是那是。又说，工人不拿钱不肯开工，加两个班时间长一点，早把我告劳动站去了。

赖查理说，你还怕劳动站？你这当老板的，从来不都是和劳动站串通一气的吗？

小老板说，我要有这样的关系，还怕工人告我？

赖查理说，这倒是实话。你放心让工人加班吧，劳动站那边小意思啦，我一个电话就摆平了。

赖查理来了。小老板头上的乌云一下子就散了。当天就把欠工人的工资给发了，厂里又加了菜。也对工人们托了话，离开了，又想回来的工人，随时欢迎。辞了工，还没有走的，最好留下来别走了。接下来的货工价那可是前所未有的高，保证大家一天能挣上六十块。车衣工张怀恩拿到四个月的工钱后，做出的第一个决定就是继续留在厂里。

小老板现在想的是李想的去留问题。突然之间，工厂又死里逃生了，而且眼看着有了大的发展机遇。这让小老板的内心起了波澜，表面上，似乎风平浪静，可内心的波澜，却可以说波涛汹涌了。这一次的困难，让小老板对世事看透了许多。比如他的妻子，小老板和她结婚这么多年来，妻子对他是百依百顺，从未逆过他的意思。可这次，他差点翻船了，妻子呢，果真能够和他共患难吗？夫妻本是同林鸟，大难临头各自飞。这话说得还真有那么点意思。还比如李想，不就是半年的工资没有发吗？用得着这样？辞职？笑话！这就是把我当兄弟一样看的人吗？小老板忽然冷笑了一声，觉得他真该感谢赖查理失踪了两个月，是这件事让他看清了许多。

人逢喜事精神爽，小老板突然有了点想唱几句的冲动。但他没有唱，只是闭着眼，吹了几声口哨。想到接下了这么大又这么急的订单，现在如何少得了李想，小老板决定和李想谈一谈，好好安抚他，挽留他，最起码也让他死心塌地把这批货赶完。小老板把李想叫到了办公室，给李想倒了茶。小老板的目光盯在了李想的脸上，他没有意识到自己目光中流露出的得意。而这得意，像一把锋利的刀，将他和李想之间的裂缝切得更大了。

李想说，老板，您找我什么事？

小老板把李想的辞职书拿了出来，推到李想的面前，说，这个，你拿回去。

又从抽屉里拿出一沓钱，一万元，轻轻地推到了李想的面前，说，这个，是你的奖金。

小老板说，我不怪你，一点也没有怪你的意思。我只是希望你不要再提什么辞职的事了。

李想把辞职书和钱推回给了小老板，说，你现在渡过难关了，我的心里也好受一些了，不然我会因为辞职感到良心不安的。只是，好马不吃回头草，决定的事，我不想再改了。你放心，我答应了做到月底，说话算数。在这里做一天，就会尽全力的。

李想这话说得很有分寸，这话一出口，就注定了两人之间，裂痕真的越来越大了。李想的话说得很有水平，意思是，你小老板的心思我懂，不就是担心这批货赶不出来吗？你是怕我李想在这里混日子哩，我李想可不是那种人！

小老板把那辞职书收起来，钱还是推给了李想，说，人各有志，我这里是太小了，你是个有能力的人，应该谋个更有发展前途的位置，我也不强留。这个你收下，刘梅不是马上要生孩子了吗？在这里生孩子，可得不少的钱花。我也不说是奖金了，算是我给未来侄子的见面礼。

李想咧开嘴，笑，有些苦涩。但他还是把钱收下了。小老板这样说，他没有理由拒绝。其实，从赖查理出现的那一刻起，李想就有点后悔了。他意识到，他的辞职是个错误的选择，倒不是因为他舍不得这个职业，他只是觉得，要是再坚持几天，等赖查理来了，等小老板过了这难关再辞职，那该是多么美好的一件事啊。那么，他们的友谊，就会持续下去。可是木已成舟。他本来是觉得有些内疚的，走进小老板的办公室时，他都还在内疚，可是当小老板用那种得意的目光看着他时，那种内疚感一下子就消失得无影无踪了。那一瞬间，李想的心情是复杂的，由内疚到失落，再到坦然。他突然觉得他再也不欠小老板什么了，之所以决定帮小老板把这批货赶完，一是自己承诺过做到月底，二是要让小老板欠他一个情。两人的心情变化，都是一瞬间的事。但两人都是聪明人，都感觉到了，他们的友谊，已蒙上了尘。片刻的尴尬之后，小老板就开始谈工作了，问李想，二十万面旗，五天时间能不能赶出来。李想说，肯定不能，加点班，十万面没问题。

没有办法吗？马上招人呢？小老板问。

李想说，就算是满员，也不可能按时交货。

小老板说，你有办法的。

李想说，没有办法，能有什么办法呢？除非……

小老板眼睛一亮，问李想除非什么。李想摇了摇头，说不可能的。小老板说你还没有说呢，怎么知道可不可能呢？

李想说，我算了一下，如果满员，按我们的工人正常的进度，最少要十二天才能交货。现在只有五天的时间，除非外发一部分给别的厂加工。

外发绝对不行。小老板说得很坚决。他好不容易才等到这么一个单，订货方要货急，才给出了这么高的价，做好这一单，他的工厂就真的可以起死回生了。

李想苦笑，摇了摇头。要是在过去，他肯定会说服小老板，告诉他人不可能一口吃成个胖子，有时不该是自己的财也别强求。要是在过去，他说了这样的话，小老板也多半会接受的。可这半年来，小老板被钱逼得快疯了，哪里还能把到嘴的肥肉拱手让给别人？现在的李想，要是再这样劝小老板，小老板还听得进去吗？李想认为小老板是听不进去的了，因此他也不再劝小老板了。只是说，那就只有加班，拼命地加班。反正只是五天时间，大不了大家五天不合眼。

李想这话说得还是带点刺的，他觉得他有义务提醒一下小老板，人哪里能五天不睡觉呢。可是小老板没有想到这一层，却兴奋了起来，说，对，做完这一单，给工人放几天假，让他们好好睡几天。你看电视里，抗洪抢险，官兵不也是几天几夜不睡觉吗，人的潜能是无限的。把工人的伙食搞好一点，李想你给工人打打气，鼓鼓劲。

抗洪抢险？李想的嘴咧了咧。他想说这怎么能和抗洪抢险相提并论？但又觉得这样的话还是不说为好，只是拿眼睛看着小老板，觉得小老板突然变得陌生了起来。

李想去安排生产了。小老板想了想，又让文员把张怀恩叫来了。张怀恩再一次紧张地站在了小老板面前。这一次，他看见了小老板桌子上放着的那封信，还有那把刀子。张怀恩的手脚一下子就软了。小老板笑了笑，走到张怀恩的身边，拍了拍张怀恩的肩膀，将五百块钱塞进了张怀恩的口袋里。张怀恩说，老板，您这……小老板说，你马上要结婚了，又要做爸爸，双喜临门，可你决定留在厂里，这让我很感动，这个，是我的一点心意。张怀恩又看了一眼桌子上的信和刀，手脚还是没有劲。小老板说，你的技术很好，我一直想着让你做个主管，协助李经理把生产抓上去，我看现在是时候了。你去吧，一会儿我让文员出一个通告，把你当主管的事在厂里宣布一下。对了，这批货很紧，五天要做出十天的货，厂里好多工人都是你的老乡，你帮我带好这个头。小老板说着，又在张怀恩的肩膀上拍了拍，说，你下去吧。

张怀恩满心欢喜，诚惶诚恐地下去了。主管这个位置张怀恩不是没有梦想过，不是有句俗话，叫不想当将军的士兵不是好士兵吗？在这家厂子里，论技术，张怀恩算不上是最好的，可是论人缘，他是最好的，厂里好多工人都是他的老乡。从老板的办公室出来，张怀恩再看这车间，看面临的工作时，心境一下子大不一样了。他觉得他对这厂子有了责任，他不再只是一个车衣工，把自己的货做好，尽可能多地车衣，多挣工钱。并不是每个打工者都有机会当主管的，现在机会来了，就看自己能不能把握住了。当了主管，从此就不用再天天坐在车位前，不要命地车衣了。当了主管，吃的住的还有工资都会不一样了。张怀恩突然觉得，这一切来得太突然了，来得那么不真实。他又想到了老板桌子上的那封信，还有那把刀。老板要是知道，这信是我张怀恩所写，这刀是我张怀恩所寄，会怎么想呢？这样一想，张怀恩就后悔得要死，觉得自己干了一件天大的蠢事。重要的是，这事他干得并不隐秘，他对另外的一个老乡讲过了，当时讲时，他是很得意的。现在，这老乡，成了一个危险的存在了。好在老乡关系和他不错，大不了当了主管，在工作上照顾他一点。

回到车位上时，张怀恩有一点心不在焉。老乡问他，怀恩，怎么啦？老板叫你去干吗了？张怀恩一惊，说，没干吗，没干吗，就是问我结婚的事。老板真是好呢，你看我一个打工仔，结个婚，他还那么关心。老乡说，我也觉得我们老板人不错。张怀恩说，前一段时间，老板遇到了困难，厂子差一点就倒闭了，你知道那天我去找老板辞职，老板怎么说吗？老乡问怎么说。张怀恩说，老板说，回去告诉大家，让大家放心，我厂子就算倒闭了，卖设备卖原料，也要把工人的工钱都发了。老板说他也是打过工的，知道打工人不容易呢，哪里就能差工人的钱呢。老乡说，也是。张怀恩又说，所以，这一次老板遇到了好机会，听说这批货很紧，五天一定要交货，老板对我们好，我们也要帮帮老板呢。说到这里，张怀恩觉得自己说得太多了一点，便不再说话，只是埋了头车衣，把电车踩得飞快。

中午快要下班时，车间里的喇叭响了起来，宣布了对张怀恩的任命。老乡们都向张怀恩表示了热烈的祝贺。吃饭的时候，张怀恩拿着饭碗去员工窗口打饭，工友们就笑，说张主管，你还在这里打饭呀，去那边，和老板一起吃小灶呀。张怀恩憨笑，还是挤在员工队伍里，眼却不时地望着干部吃饭的小房间。老乡们把他从队伍里挤了出来，说，别在这里装啦，快点过去吧。张怀恩被挤了出来，他便去队伍的后面排队。李想刚好从车间过来，说，张主管，你怎么在这里排队，去那边吃吧。

张怀恩跟着李想去了。小老板和干部们一起坐着，见张怀恩去了，其他的干部站了起来，给张怀恩挪椅子。小老板说，怀恩你现在是主管了，要负起主管的责任来。有李经理带着你。当务之急，是把工人的积极性调动起来，加班加点，把这批货赶出来。大家有困难没有？干部们都表了态，说没困难。小老板说，怀恩，你呢，有什么困难就说。张怀恩说，没有困难。小老板笑，说，困难是有的，但大家要想办法克服困难，战胜困难，再苦再难也就是五天时间，赶完这批货，我请全厂员工去大鹏湾海边玩一趟，游泳、晒太阳、吃烧烤，怎么样？干部们齐声叫好。

小老板去了员工的饭堂，中午的伙食，明显比平时要好了许多。小老板又把加完了班放三天假，带大家去海边玩，去游泳、烧烤的事说了。员工们的情绪也都调动起来。

张怀恩猛地做了主管，有点不知所措，跟在李想的后面转了两圈，不知道该做什么，就又坐回到自己的位置忙碌起来。小老板看在眼里，并没有说什么，嘴角泛起了微微的笑。

小老板把该安排的事都安排妥当了，突然发觉，做了这么多年的生意，这一次，他才真正像一个生意人了，他学会了驭人之术。他自己都觉得自己有些陌生，这陌生让他觉出了一点点的危险，但转念一想，又觉得这是一种进步。

生意人嘛！小老板坐在办公室里，听着车间里的电车在轰鸣，心里像六月天喝了冰水一样，舒畅极了。他想起了阿蓝。他想给阿蓝打个电话，想一想，还是没有打。现在不是儿女情长的时候。打开了电视机，看电视。电视里还在播着九月十一日的那个恐怖的画面。那曾经雄视世界的双子座倒塌了。消防队员还在紧张地进行全力搜救，希望能从废墟中找出生还者。小老板第一次发现，现在的世界，没有什么事件是孤立的，比如这次发生在大洋彼岸的恐怖袭击，几天前，他何曾想到这样的一次恐怖袭击，会改变他的命运呢？在国难面前，美国人的爱国热情，出现了前所未有的高涨，家家户户都在门口悬挂着国旗，表示他们对国家的热爱。这时他们才发现，在美国国内，居然找不到生产国旗的工厂，突然涌现的对国旗的大量需求，竟成了他小老板的企业死而复生的机会。现在，小老板看着这电视画面时，心情就比往日复杂了许多。他走到窗口，盯着窗外，窗外是九月的南国，天空似乎有些异样，干涸了一个夏季的小镇，在骄阳的炙烤下，仿佛一揉就会散成粉末。小老板开始渴望一场雨的降临。

傍晚的时候，果真就下了一场久违的雨。这中国南方的小镇，在雨水的滋润下，顿时温和了起来。雨水洗净了布满尘灰的小镇的天空，小镇一下子新了起来，连路边的树也鲜活了，香蕉叶绿得肥硕温润，高大的大王椰的叶子在风中摇摆，发出沙沙的响。小老板让工人们早早吃过饭睡了。现在，他的工厂是万事俱备，只欠东风。赖查理给的消息是，最迟今晚，东风就到。当然，这东风并不是从东边吹来的风，而是在另外的一家印染厂里，正在加班加点印出来的制作星条旗的布料。布料一到，小老板一声令下，他手下的这百十号工人，加上他小老板，加上他的妻子，所有能上的都要上，他小老板的翻身仗，全在这五天了。只许成功，不许失败。

布料还没有到。天刚黑，工人们就奉命睡觉。睡不着也要睡，要抓紧时间睡。布料一到，再想睡也没得睡了。工厂里很安静，静得只有小老板不安的脚步声。布料迟到一分钟，就意味着他的工人要多加一分钟的班，意味着他多担一分钟的风险。小老板从未如此焦躁不安过，他是一个有着极好心理素质的人，从前，他自以为泰山崩于前也会面不改色，没想到，他的心理承受能力原来并没有想象中的好，二十万面星条旗，五天的时间，几乎就是他心理承受的极限了。谁说一口吃不成一个胖子，他咬着牙，恨不得一口把这世界咬住不放。

其实现在的小老板，完全也可以睡一会儿，闭目养神，或者好好欣赏一下这南方小镇的夜色。多美的南方小镇啊，多年前，他初到南方时，就惊异于这里的美丽，那么多新奇的植物，那么多漂亮的霓虹。现在的小镇依然是美的，这小镇的雨水、街灯，雨水中静立的厂房，荔枝树，香蕉林，吹过小镇的风，这一切，因了夜色和雨水而显得意象朦胧。就在一天前，他在决定了放弃这间厂，决定向命运投降的时候，他是有这样的心境去欣赏小镇的美丽的。真怪，那一刻，他是那么从容，安宁，居然有了长长地松了一口气的感觉，有马拉松终于跑到了头的感觉。突然之间，命运来了一个急转弯，他反倒躁动不安了起来。夜终于是沉下去了。他站在雨水中，看着他打拼出来的事业，过了眼前这一关，他将有能力把自己的事业做出声色来，他将不会满足于只是做一点来料加工，跟在别人屁股后面吃点儿残汤剩饭。迟早有一天，他会拥有自己的品牌，有自己的设计师，自己的专卖店，把他的品牌时装卖到北京，卖到上海，卖到美国，卖到巴黎。那时，当他回望自己的来处，回望那个清晨，回望那个背着蛇皮袋离开故乡的穷酸少年时，将会有着怎样的感慨？这样想时，小老板有了一些醉酒的感觉。

送布料的车，是在凌晨一点钟来到的。那时，许多的工人，刚刚进入梦中。在送货的人卸车的时候，工人们都被从梦中叫醒。顿时，厂里就闹哄哄地热闹了起来。几个月来，做工都是断断续续，工人们也有好久没有这样加过班了，大家都显得有些兴奋。裁剪，车工，尾段，整烫，包装，所有的工人都行动了起来。裁剪房里刚把一批布裁好，就被运到了制衣车间。工人们差不多是一哄而上，一车布料，转眼就被瓜分掉了。张怀恩还在叫不要抢不要抢，可是工人们才不管这些，早一点抢到手，就意味着多车一些货，意味着多挣一些钱，这个时候，谁会把张怀恩的话当回事？张怀恩说，你们一下子车不了这么多，抢这么多干吗，分点别人做，分点别人做。笑话！抢到的货，就像到嘴的肉，哪里还会吐出来。这一点张怀恩比谁都清楚，他平时就是有名的抢货大王。现在他大声地叫着，其实也无非是在显示他的存在，好让老板听见，他张怀恩不是没有起作用的，他是在安排生产的。

第二批货裁出来的时候，制衣车间里，基本上就变得有序了起来，差不多的工人都领到了货，有限的几位没有抢到货的，在张怀恩的干涉下，也从别人那里匀来了一些。一面面的星条旗，随着电车的轰鸣，堆到了车位下面，每一个车位前面的塑料筐子里，很快就堆起了一个个红蓝相间的布堆，像一堆堆闪烁的星星。

小老板也没有闲着，充当起了搬运工，把车工车出来的星条旗记了数，送到尾段。尾段车间，说是车间，其实就是一间不到二十平米的小屋，七八个女工。她们平时主要的工作，就是剪剪线头、钉钉纽扣这一类最没有技术含量的工序，实在没事可做就去做卫生，帮一帮厨房。做工的，都是一些年近四十的阿姨，正规的工厂不好进，就只好进这种小厂混日子。平时她们的工作是最闲的，手上剪着线头嘴巴也不闲着，无非是家长里短儿女情长，说说笑笑就把时间打发过去了。当然，她们的工资也是最低的。不过这一次，情况完全不同了，老板娘坐进了尾段车间，和这些妇人们一起剪起了线头，于是空气就显得有些沉闷。老板娘是一个话少的人，这些平时爱说爱笑的妇人们，也一下子都哑了声。

其实生产上的事，根本用不着小老板去操心，有李想安排着，就连他火线提拔的主管张怀恩，现在也显得有些多余，在车间里转了两圈，见老板、老板娘都在带头干了，哪里还闲得住，赶紧坐回自己的车位前当起了车工，手上的动作，比起平时来，更加的轻快利索了。

在平时，车衣工们都是做完手上所有的货，才转到下一道工序。现在不一样了，每隔一段时间，小老板就从车间清点出一些货，送到下一道工序。尾段刚剪出来一点货，他又忙着送到了整烫车间。整烫房里，热气腾腾，两个小伙子，光着膀子，挥舞着蒸汽熨斗，干得热火朝天。

这一晚，相对闲一点的是李想，他没有像小老板那样去当搬运工，也没有像张怀恩一样去当车工。制衣厂里的活，从画版、裁剪、车衣直到包装，没有他干不来的。可是他不会去动手做这些。他的职责是负责全厂的生产，而不是一个车工或者包装工。在安排好了所有的工作之后，他发现了问题，车工、尾段、整烫和包装工的比例，是按生产服装搭配的，现在变成生产星条旗了，车工就显得多了，而整烫和尾段的工人，就显得人手不足了。这是一个不好办的问题，车衣工是技术工种，工资是这厂里最高的，现在要是把车衣工调过去剪线头、整烫，除非给他们加工价。可是给他们加了工价，原来做整烫做尾段的工人，当然有权要求同工同酬。涉及加工价，李想就没有权力了，去请示小老板，小老板很快地算了一下，随便加一点工价，这么多货算下来，也不是个小数目，说，这事你来想办法摆平。李想看着小老板，没有走。小老板说，还站在这里干吗，该干什么干什么去呀！李想不说话。小老板有些恼火，说，不会只给调岗的车工加工价？李想张了张嘴，想说什么。小老板说，不是你的钱，你不会心疼的。李想见小老板把话说到这份上了，便不再说什么，去叫了一些技术比较差的车工，说好了给他们每天多少钱的补贴，这才把他们调到了尾段、整烫和包装车间。又交代了，不要对其他工人说给他们补贴的事。安排好了这一切，现在生产次序基本上就顺了，李想就坐回了办公室，闭着眼睛养神。平时他是这样的，现在赶货了，他还是这样。这多少让小老板有一点点不高兴，他觉得李想这样做，还是因为他李想辞了工的缘故，是没有把工厂的事当成他李想的事一样看的缘故。小老板心里这样想，脸上却没有表现出来。他盘算着的是，在这一批货做完之后，到哪里请一个合适的人帮他管生产。张怀恩显然是不行的，张怀恩根本就不是一个当主管的料，就算他有这个能力，小老板也不会重用他的。那一封信，那一把刀，可是字字见血、刀刀入肉的，是小老板心头的痛。

第一个夜班时间过得格外的快，小老板一点也没有觉得困，吃早餐的时候，他走到了张怀恩的身边，拍了拍张怀恩的肩，说，你呀你，你晚上也在做车位呀。张怀恩咳了一下，又咳了一下，说，反正生产有李经理安排，货又要得这么急，我还是做车位的好。

小老板说，好好干，你做得好，我心里是有数的。你怎么啦，怎么咳嗽了？

张怀恩说，没事，可能昨晚分货的时候出了汗，回了汗，有点感冒。

小老板说，不要紧吧，吃药了没有？

张怀恩说，没事的，没事的。

早餐时间被控制在了十五分钟以内。突然加了一个通宵，吃早餐的时候，工人们的脸上已经显出了疲惫。老板娘做到四点钟的时候，实在撑不住，回到办公室去睡觉了，这让小老板多少有一些不满。他认为妻子无论如何也该把这第一个夜熬到天亮的。熬不到天亮也就罢了，偏偏在站起来的时候，还打了个长长的哈欠，拿手揎着腰，说了一声实在受不了啦，困死了，我去眯一会儿。她这一哈欠，带得那些妇人们都打起了哈欠。小老板本想去责怪一下她的，可是想一想，又觉得没有这个必要。他是一个关注细节的人，平时爱说的一句话是细节决定成败，又常爱说，从一件事看一个人的品行。现在，他从这个细节上，对这个跟了他多年的女人产生了深深的失望。他想起了阿蓝，要是阿蓝，会不会坚持到天亮呢？

早餐伙食不错，这是小老板专门交代了厨房的，在平时早餐标准的基础上，每个人多加两个煎蛋。体力是加班的保障。他不能让工人从这样的细节上，对加班产生抵触的情绪。

接下来的事情，一切都进行得很顺利。其间，赖查理来过厂里一次，在每个车间都看过了，又拆开了几箱已包装好的星条旗。小老板说，我办事你放心。赖查理走后，小老板又投入到了生产中。他知道，现在工人的身体还吃得消，随着时间的推移，会越来越难的。他现在要给工人做一个表率。连老板都在加班，都没有睡觉，工人们也就无话可说了。其实这事说起来似乎很简单，可人毕竟是血肉之躯，不是铁打的，给他小老板加班，也不能等同于生死一线的抗洪抢险。这个白天还好，大家咬咬牙，也就坚持过去了。到了第二个晚上，小老板的本意，是要让工人再加一个通宵。他一直在关注着出货的速度，现在生产理顺了，出货的速度却有了一些减缓。车衣工们的手脚，比起第一个晚上来，已慢下来了许多，个个瞪圆了眼睛，咬着嘴，一声不吭，手和脚的动作，显得有些机械。尾段车间那些话痨一样的妇人们，现在没有了老板娘的监管，一样的说不出话来了，每个人的嘴唇都变得焦枯，脸色蜡黄，眼圈发灰，只听得见嚓嚓嚓嚓剪线头的声音。小老板进去走了一圈，想说一些给大家打气的话，可是他发现，他的嗓子里仿佛塞满了鸡毛，说起话来嘶嘶啦啦的，只说了一声大家辛苦了，坚持到底就是胜利，就什么也说不出来了。

到了晚上的十二点钟，李想终于是忍不住了，对小老板说，还是让工人休息一下吧。小老板望着李想，什么也没有说。吃夜宵的时候，工人们开始有些不满了，吃饭的速度明显变慢了。规定的十五分钟，结果吃了半个小时。有的工人先吃完了，回到车间，见其他工人还没有来，就趴到了车位上，抓紧时间眯一会儿。小老板吃得很快，十分钟就把饭吃完了。比小老板吃得还要快的，是张怀恩。小老板吃完饭回到车间时，张怀恩已经开始在那里车衣了。小老板以为张怀恩还没有去吃饭呢，说，怀恩，你怎么不去吃？张怀恩说，吃过了。小老板突然发觉，这两个夜班下来，张怀恩变了，变得苍老了，本来就巴掌宽的脸，更加地瘦了，头发乱七八糟地蓬着，眼里布满了血丝，还时不时地咳嗽几声。这让小老板生出了一些内疚，也从心底里原谅了张怀恩。

我不会亏待你的。小老板说。这一次，他说的是真心话。他真的想过了，把这批货赶完了，要给张怀恩放一个月的婚假，是带薪的。他这样想了，也这样对张怀恩说了。说了之后，又去办公室，给张怀恩找了一点止咳的药。忙完了这些，小老板发现，工人们还在吃饭，断断续续上来的几个，也在趴着睡觉，一看时间，半个小时都过去了。小老板说，怀恩，你去食堂催一下，让吃饭的快一点。又走到那些趴在车位上的车工面前，把他们一个个拍起来，说，别睡了别睡了，打起精神来。

张怀恩去到食堂。他觉得很为难，可是他必须完成任务。老板对他太好了，好得他把老板的事当成了自己的事，不，比自己的事还要重。张怀恩当然没有大声地对工人们说你们快点吃，他只是找了自己的老乡，一个一个地说，用的是几近哀求的口吻。他说没办法，老板让我来催你们，你们就算给我一个面子。老乡们还算给张怀恩面子。他们知道，就算不给张怀恩面子，胳膊拧不过大腿，他们还是得去加班的，顺水人情，不送白不送。老乡们一走，又带走了几个工人，其他在磨蹭的，见大势已去，就都慢慢腾腾地回到了车间。不一会儿，车间里又热闹了起来。空气中弥漫着一股焦煳的气味，那是机器长时间运转后发出的气味。空气明显地干燥了起来。天亮了，又是一个艳阳天。太阳从窗子外射进来，照着工人们一张张疲惫而苍白的脸。

周城打电话给李想的时候，李想连说话的力气都快没有了。他特别困，特别想睡，恨不得找两根火柴棍把眼皮子撑起来。工人们手上有活在干，疲惫是疲惫，相对还没那么瞌睡。李想不一样，他不用做什么体力活，就是到各车间转转，只要屁股一挨着椅子，眼皮就一个劲地往下沉。几次就这样睡着了，又猛地惊醒了。他觉得他这样撑着是完全没有必要的，他这样做，只是不想给小老板一个口实，再难也就剩三天了，怎么样也要把这三天撑过去。周城给他电话时，他差不多是在梦游了。周城说，你小子干吗呢？李想说，上班，还能干吗？周城说，你是病了吗？怎么有气无力的。李想说，两个通宵没睡觉了，加班加得没有白天黑夜。周城说，咦，你们厂不是快倒闭了吗？李想说，倒不了啦，老板又接到了一个大单。加了两天两夜，还要加三天三夜。周城说，你开玩笑吧。李想说，没开玩笑，我哪儿还有心思跟你开玩笑。周城说，那就是你们老板在拿工人的性命开玩笑。李想说，他要这样开玩笑，我有什么办法。周城说，你去让工人休息，老板要是敢对你怎么样，我来帮你打官司。现在我拿着人家美国人的美元，正要办几件漂亮的、有影响的事呢。李想突然笑了起来，他想起工人们现在正在赶的货——那些星条旗，想起过不了多久，那些星条旗就要飘扬在美国人民的窗口和屋顶。周城说你笑什么。李想说没什么，我赶完这批货就来跟你干了。挂了电话，想到要给刘梅一个电话。电话打过去，刘梅过了好一会儿才接。李想问刘梅好不好，说又加了一个通宵的班。刘梅说，这是把人不当人，你不会找个地方睡一会儿，管他那么多，反正做完这几天就要走人了。李想说算了吧，好人做到底。

李想终于还是没有把他的好人做到底。加班到第三天的晚上，别说工人，连小老板自己都撑不住了。他第十遍统计了装箱的数量，按这样的进度，按时交货是不成问题了，问题是，现在的进度是越来越慢了，小老板把能想到的办法都想到了。第三天的晚上，开始有工人不管不顾地睡觉了，在电车台上，在包装台上，或是趴在腿上，眯上眼打个盹，只要两眼一合，立马就能睡着。最先睡下的是尾段车间的几个年纪大点儿的妇人，毕竟年纪摆在那里，岁月不饶人。其实单是这一点，这些妇人们还没有集体罢工睡觉的胆，问题是，她们得知了，那些从成衣车间调来的车工们，和她们一样做尾段，一样加班，可是一个班要比她们生生多出了十五块钱。给你老板卖命也就罢了，出来打工，总是要加班的，又不是天天加班。可是同工不同酬，这样太欺负人了，太不把人当人看了。大家正愁找不到一个罢工休息的借口呢，现在借口有了，又是这样的特殊时刻，能拿老板一把，哪有不拿的道理。几个妇人开始叫了起来，也不知是谁先说的不干了，说不干就不干，倒在布堆上，也就是生产出来的星条旗上就睡。一个睡了，其他人也不甘落后，一分钟不到，就都睡得东倒西歪了。其时小老板实在困得不行，也在办公室里打了个盹，猛地醒了，一看时间，已是凌晨一时，慌忙到各车间看了一遍，还好，工人们都在有气无力地工作，来到尾部车间时，小老板的鼻子差点气歪了。小老板气得大叫，叫李想，可是叫不出声音来，嗓子已被什么塞住了一样，嘴唇也干裂得生疼。小老板不见李想的影子，就把妇人们一个个摇醒，摇起了这个倒下了那个，小老板又去叫张怀恩，让张怀恩来叫醒这些妇人们。妇人们终于是被摇醒了，却提出了要加工价，说老板太不讲良心了，一样的工作，一样的加班，凭什么从成衣车间调来的人一个班要多十五块，一天下来多三十块呢。小老板一时语塞，也没有了退路，只好说，你们先加班，工价的事好说。可是妇人们都在故意拖时间，说，什么叫好说？到底一个班加多少钱。小老板实在没有精力和她们再浪费时间了，只好答应了她们的请求。把这事一处理完，已是一个小时过去了。小老板还是没有见到李想的影子，有人说看见李经理出去了。小老板打了李想的电话，通了，劈头盖脸一顿骂，哑着嗓子说你跑哪里去了，有你这样做事的吗？小老板骂得很难听，他实在是心急上火，被尾段的工人们这样一折腾，早就是火上浇油了。骂到后来，实在说不出话来了，只听李想在电话那端说，我是个人，我不是你的奴才，我老婆半夜突然肚子痛，要生了……你爱怎么样就怎么样，老子不侍候了。最后我给你个忠告，你这样不把工人当人，工人也不会把你当人的。说完把电话挂了。小老板愣了好几分钟，才回过神来，觉得自己是太过分了，人家老婆要生孩子了，那当真是天大的事，可是两人话赶话，都说到这份上了，什么情分也都被撕破了。头痛得要裂了一样，突然又听成衣车间里传来了吵闹声，接着闻到了一股焦煳味，小老板的背上顿时出了一身的汗。跑到成衣车间时，就看见工人在乱哄哄地扑火。是机车太长时间地运转，发热了，都冒火了，火星点着了布料。工人们一通乱扑，幸好没有酿成大祸。

张怀恩的话提醒了小老板，人可以不休息，机器却不能不休息，再这样干下去，机器越来越热，保不定还会着火。小老板睁着血红的眼，看着那扑灭了的火点，终于说，大家就地休息。现在是两点，六点钟上班。小老板还想说什么，有一半的工人就已趴在电车上睡着了。车间里顿时安静了下来。小老板回到办公室，给闹钟上了时间，抱着闹钟倒在了沙发上，还想想一点什么问题，脑子里却短了路，一分钟不到就睡过去了。

四个小时的睡眠，仿佛只是一眨眼的工夫。小老板连梦都没有做一个，突然听见了滴滴滴的声音，好半天才猛地灵醒过来，天亮了。小老板觉得浑身都没有劲，可是不行，他必须要起来。小老板胡乱洗了把脸，觉得脑子清醒了许多，便去车间，工人们睡意正酣。张怀恩也睡了，窝在一堆布里。张怀恩的头发更乱了，胡楂子青乎乎的一片，脸色像纸一样，没有了一丝血色。小老板拿手去摸张怀恩的手，张怀恩的手是冰凉的，小老板的手触电一样地弹了回来，再看张怀恩，嘴张得老大，小老板把手放到了张怀恩的鼻孔前，这才放下心来。他有些不忍心叫醒他们，可是他必须叫醒他们。他觉得自己这一次真是欠他们太多了，可是又有什么办法，大家都不容易，打工不容易，当他这样的小老板也不容易，他终于是叫醒了张怀恩。张怀恩又一个个去叫醒了工人们，推醒了张三，又去摇醒李四。李四才摇醒，张三又倒下了。差不多用了半个小时，张怀恩急出了一身汗，才把工人们都叫醒了，胡乱洗脸，吃完早餐，已是上午的七点半钟。工人们睡了一觉，精神好了许多。生产进度也有了明显的提高。紧赶慢赶，在交货的最后期限，终于是把这一批货赶出来了。用不着老板吩咐，工人们以最快的速度把自己放倒在床上。

人当真是奇怪的动物，连续几天没有好好睡觉，以为这下可以一口气睡上三五天才解恨，可当真让你睡，睡了一个白天，又睡了一个黑夜，工人们都睡不着了。半夜三更的，宿舍里就有了叽叽喳喳的声音，东扯西拉的，最后扯到了大海，他们在等着小老板兑现诺言，带他们去海边玩。好多的工人，来南方打工都有七八年上十年了，却从来没有见过大海，没有去过海边。班终于加完了，加班的时候，在心里把小老板骂了何止一万遍，把他家所有的亲人都用最恶毒的言语问候过了，现在睡了一天一夜，大家精神了，把这加班的苦都忘了，觉得，小老板终究还是不错的，加了班还答应带大家去海边玩。何况这几天挣得的工资，相当于平时半个月的。出门打工，不就是为了挣钱吗。每个月来一次这样的加班才好呢。

小老板也决定实现他的诺言，带工人们去海边玩，还提议让工人们自己组织一下，到时候玩一些小游戏，把活动搞得丰富一点。至于李想，小老板觉得，现在他有必要给李想一个电话，当时大家都不冷静。现在想一想，李想这些年来，帮他的真不少，也不知他老婆生了没有，生男生女。可是李想的电话一直打不通，小老板也就没有继续打了。

工人们都休息得精气神十足了，去海边玩的事，就可以实施了。老板决定亲自带队。临到出发了，小老板突然发觉不对劲，觉得少了点什么东西，在办公室里走了两圈，又站在窗口，看着窗外一日日少去的香蕉林，一日日多起来的厂房，还是没有想起来差了点什么。等工人们都上了车，小老板才突然想起来，这两天没有看见张怀恩。小老板让文员去宿舍找，文员去了一会儿回来了，说没有看见，宿舍里没有人。问了他的同室，都说前天都只顾了睡觉，没有人注意他，昨天到今天，都没有看见他。说他女朋友也在这镇上打工，怕是去他女朋友那里了。小老板笑，说你们要向张怀恩学习，他当真是铁打的呢，加了这么多天班，还有精神去女朋友那里继续加班，哪里像你们，加两天班，一个个鸦片鬼一样没精打采的。工人们都哄地笑了起来。小老板说，这次去海边玩，他不去，实在是有点可惜了。

小老板带员工去的地方叫大鹏湾。这地方远离市区，游客稀少，不像深圳的大小梅沙，去了那儿哪里是看海，分明是看人，人挤人，活受罪。大部分的工人，这是生平第一次见到大海，兴奋地尖叫着，小老板还在叫着说大家相互照顾，注意安全……好多的工人都已扑进海里。有些女工从未在人前穿过游泳衣的，扭捏着不敢下去。小老板就鼓励女工们勇敢一点。羞涩的女工们终究是抵挡不了大海的诱惑，试探着把自己交给了海。小老板大声鼓励那些未婚的男工们抓住这机会。小老板说他当年打工的时候，做梦都想有这样的机会。有工人就问老板，当年追老板娘是不是在海边。小老板说，想得美呀，我们那时天天加班，生怕被老板炒掉了，哪像你们现在，动不动就炒老板。工人说，你还没有说你是怎么追老板娘的呢。小老板笑，说这个你们要问老板娘，当年可是她主动追我的。老板娘不苟言笑，工人不敢去和她玩笑，就都笑着，戏水。看员工们玩得开心，小老板心里美滋滋的，一种说不出的成就感在他心里油然升起，自己一个农民的孩子，从打工仔做起，到现在，有这么多的工人，他给了他们工作，还能让他们享受这样的休假，想想都觉得自豪，觉得自己了不起。小老板觉得他是一个给别人带来了欢乐与幸福的人。晚上，租了帐篷，在沙滩上围成了一个圈。很亮的月光，银子一样，照在沙滩上，照在海面上。海显得无限辽阔幽深。小老板带头唱了一首歌，又宣布了要给员工们发奖金。小老板有些豪情满怀了，他第一次对员工们说起了他的梦想，小老板说，等咱们生产品牌时装了，大家的工价要提高很多，也没有这么累了，但是对工艺的要求会更高，这就要求大家苦练技术。小老板在为自己描绘未来的蓝图，也在为工人们描绘未来的蓝图。快乐的小老板，并没有忘记李想。李想没有能和他一起分享快乐，这多少让他觉得有些遗憾。

李想这两天的心情并不好。妻子那天晚上肚子痛，结果只是虚惊一场，送到医院住了一晚就出院了。休息了一个晚上，李想就睡不着了。睡在床上，细数了多年前小老板从治安员手中救出他到如今，天地良心，小老板待他不薄，如果说小老板这次对他言语上有些过分了，那么过去，小老板对他的好却是难以计数的。人总是这样的，别人对他九十九次的好，也抵不过一次的不好。李想把他的想法对刘梅说了。刘梅说，你呀你，终究不是个干大事的人。小老板对你的好，都是好在一些鸡毛蒜皮的小事上，好在嘴皮子上，这些年来，也没给你拿多高的工资，赚了大钱也没说给你分一点，那么一点小恩小惠，就把你收买了？李想看着刘梅，觉得刘梅说得也有道理。做出的事，泼出的水，也没有什么好后悔的了。现在跟着周城好好干吧。总不能一直窝在小老板那芝麻大的厂里。这些年来，周城在南方很是折腾出了一些名气，专门帮打工者打官司，赢得了一个打工律师的称号，交了许多媒体的朋友，也得罪了不少的地方势力。打工者们把他奉为救星，老板们视他为眼中钉、肉中刺。

周城新搬了一处地方，办公室比之从前要漂亮了许多。见到李想来了，周城迎到了门口。李想坐下就问有什么工作要他做的。周城笑笑，说，不忙不忙，先饮杯茶。我这里有上好的铁观音，你品品看。周城的办公室里新添了一套茶具。周城不无得意地说，你看看这茶几，原木镂雕的，这壶，宜兴制壶名家的手笔。李想笑笑，说他不懂得茶道，喝茶只是牛饮，只是解渴。周城说，你过去在工厂里，一天到晚忙得尿湿鞋，现在到我这里，就用不着这样忙了。

李想也觉得，周城这里，和过去有了很大的区别。周城过去办公的地方，是巷子里的两套民房，一套用来办公，里面一张办公桌，几把椅子，实在有些寒酸。另一套是他的委托人住的，里面放了六七张高低床，一群因工伤致残的打工者，天天围在那里打纸牌。这些人可以说是周城的衣食父母。周城帮他们打官司，都是自己先垫付律师费，有时还要垫生活费。不过官司打赢之后，他收取的代理费用，也就相对高一些。

怎么样，我这里有点新气象了吧。周城说。

周城很熟练地煮着茶，两个小巧的紫砂壶茶杯，在他的手指间转动，煮茶点茶的动作，娴熟专业。

你尝尝这茶，嗯，先含一小口，噙在舌根下面，对，就这样，在舌尖上打三个转，再慢慢喝下去，是不是很香？

李想学着品茶，果然，这茶品出了特殊的滋味。

周城说，同样是茶，看你怎么喝，会品的人，能品出独特的味道，不会品的人，就是你说的牛饮。

见李想一脸疑惑的样子，周城又给李想续上了茶，说，你是想问，我这里的那些打工仔都住哪里去了吧？呵呵，现在我不会胡乱接官司了。那些没良心的打工仔，说句缺德的话，断手断脚那是活该，我供他们吃供他们住，忙活了几个月，他们倒好，赢了官司拿了赔偿，立马人间蒸发。

李想说，这样的人毕竟是少数。

周城笑，说，那你就错了，这样的人是多数，这些年来，老老实实交费的，只有三分之一，要么一分不给，要么打一些折扣。不过现在好了，现在，咱不跟那些穷打工仔玩了，咱们挣美元。咱现在也不用什么官司都打了，要打就打有影响的。听着周城在这里天花乱坠地吹，李想突然觉得，他怕是跟周城也干不长久的。在这之前，他对周城这人是很尊敬的，觉得周城的身上有点侠士的风范，以一己之力，在为打工者争取着权益。他也亲见过因周城的介入打赢了官司拿到了赔款的打工者，给周城下跪，感激涕零。

李想这微妙的心理活动，并未能逃脱周城的眼。周城说，律师这个行当，只对委托人负责，同样的一桩工伤案，我的委托人要是老板，那我就得为老板争取最大的利益。这里面无关道德，为委托人负责，就是律师的职业道德。两人闲聊了一上午。下午有了案子，周城带李想去见当事人，调查取证。案情很清楚，打工者在厂里断了四根手指，工伤认定也没有问题。周城说，按说现在我是不会接这样的小案子了，打出来也没有影响。但这个官司里有一个值得关注的地方，就是这个伤者是在我们B镇的××厂受的伤，这个工厂，只是××公司的一个部门，相当于一个车间。公司的总部在浙江，伤者也是和浙江的总部签下的劳务合同。如果按事发地的赔偿标准，也就是我们B镇的标准，四根手指，也就赔四万块钱。

李想说，一万块一根？

周城说，对，一万块一根。可是，这四根手指，到了浙江，就不是这个价了，一根手指，最少值这个数。周城伸出了五个手指，说，对，五万，四根手指，要赔二十万。我们现在要做的，就是争取帮委托人要到二十万。有难度，而且是前所未有的。不过，周城说，正因为有难度，这个官司才有价值，才会成为社会的热点。

李想听周城这样一说，心里沉沉的，感觉周城说话看似有那么点玩世不恭，甚至他做事的出发点，也不那么纯洁，可对于当事人来说，却是一件功德无量的好事，因此增加了跟着周城干的决心。而小老板，已经成为他生命中的一个过客。

从海边回来之后，小老板去了一次阿蓝那里。小老板的到来，让阿蓝多少有些意外。那一天的温存与诀别，让阿蓝以为，小老板此去将不再回来。这些，她都习惯了。她只是有些恨自己，怎么就那么傻，怎么会对客人动了真情，怎么在小老板走后，自己竟然有了一些被掏空的感觉。小老板那天的神态，让她深感不安，她越想越觉得不对劲，觉得小老板会走一条傻路。她是害怕小老板有个三长两短，也担心着小老板的企业破产。看到小老板笑盈盈的样子，阿蓝悬着的心一下子就放下了。她知道，小老板渡过了难关。果然，小老板对她说了他这几天命运发生的奇妙转变。小老板第一次像阿蓝其他的客人那样，在她的面前，描绘起了他未来事业的蓝图。阿蓝为小老板绝处逢生而高兴。阿蓝依然要去做小老板喜欢吃的菜，小老板却抓住了阿蓝的手，说我现在不想吃饭，我想吃你。小老板和阿蓝做爱，觉得体内有着无限的力量，看着阿蓝幸福尖叫的样子，他第一次有了长久的、独自拥有这美丽女人的冲动。他说，不许你再跟别人。阿蓝说，不跟。他说，你是我一个人的。阿蓝说，我早就是你一个人的了。

工人的电话，是在小老板快要入睡时打来的。工人在电话里说，老板，张怀恩死了。

什么？张怀恩，死了？小老板略显吃惊，不过他并没有多想，只是问怎么回事，是出车祸还是⋯⋯

不清楚。他死在车间里。我们在打扫车间时发现的。都臭了⋯⋯

小老板这才觉出了事态的严重。张怀恩死了，小老板也是关心的，毕竟他是自己厂里的工人。可是张怀恩死在了车间里，那事态的性质就不一样了。小老板问了一声，报警了没有。工人说没有，发现了就给老板打电话了。小老板说先不要报警，等我回来了再说。

小老板回到厂里时，厂里已炸了窝。工人们凭自己的判断，给张怀恩的死定了性，累死的。工人们都这样说。张怀恩一定是加班加死的。小老板最害怕的，正是这一点。但这差不多就是事实，他无可否认。好在，张怀恩不是死在车位上的，而是死在堆着一些碎布料的墙角。那么说他是加班加死的，并没有直接的证据，谁能保证他不是突然发了什么病呢？想是这么想，小老板毕竟是心虚的。他一时也没有了对策。这事情来得太突然了，现在，他要做的，是处理张怀恩的后事。通知张怀恩的家人，火化，当然，少不了要付一些抚恤金的。小老板有些后悔了，早知会出这样的事，当初听了李想的话，把这货匀一部分出去做就好了。现在，他要果断处理好这件事，把大事化小，小事化了，不要把这事的影响扩大了。然而事情并没有往小老板设想的方向发展。一条人命，可不是儿戏。何况厂里有那么多张怀恩的老乡，老乡们首先发难了，这事不能这样草率处理，张怀恩的死因，要弄个水落石出。警察很快就来到了厂里。随着警察而来的，是记者。第二天，小老板就上了报：黑工厂！不良老板！小老板从来没有想过，他的名字会和这样的词紧密相连。然而事实正是如此，五天五夜只休息了四个小时，这是铁的事实。张怀恩因加班而累死，也是事实。

张怀恩的未婚妻来了。她并没有大声哭号。毕竟，她现在还没有和张怀恩结婚。张怀恩的父母，是在第二天赶到南方的。小老板亲自去火车站把张怀恩的父母接到了厂里。张怀恩的父母亲年纪不大，也就是五十来岁的样子。这让小老板多少又放心了一点。一路上，他都没有敢对张怀恩的父母说，他就是那个黑心烂肺不把工人当人的老板。而张怀恩父母的沉默，出乎小老板的意料之外。他们没有哭。不过从他们红肿的双眼，可以想见，他们的眼泪早已流干了。甚至，张怀恩的父亲，还对老板能派车派人来接他们，表示了感谢。这让小老板的心又放宽了许多。二位老人都是善良之人，想必不会漫天要价。小老板问张怀恩的父母，吃过午饭没有。张怀恩的父亲说，吃不下。

小老板说，勉强也得吃一点，人死不能复生，二老要节哀。

小老板说，怀恩是个好孩子，工作负责，厂里刚升了他当主管。

张怀恩的父母只是听着，不说话。沉默得像两块石头。

小老板问张怀恩的父母，家里还有一些什么人，一年能有多少收入。张怀恩的父亲倒是一一回答了。

小老板问这些话，一是真心觉得对不起张怀恩，同时也在想着后事该如何处理。得知张怀恩的父母都是地道的农民，也没有什么背景，经济收入也很少，小老板对于将要支付的抚恤金，心里大小也有了一个数。

　　小老板把张怀恩的父母接到了早已为他们订好的宾馆。两位老人急着去厂里看儿子。小老板说，怀恩现在已不在厂里了，在殡仪馆。殡仪馆离这里还远，二老先吃点东西，休息一会儿再去看不迟。张怀恩的父母一切都听着小老板的指挥。中午饭很丰盛，小老板陪着。老人勉强吃了点，随小老板到殡仪馆，又看了张怀恩的遗体。老人还是没有哭，老人不哭，小老板的心里反而更不好受，也更没有底。从殡仪馆回到宾馆，张怀恩的未婚妻在门口候着，上前拉着张怀恩的母亲，叫了一声妈。张怀恩的母亲抱着张怀恩的未婚妻，叫了一声我苦命的儿，就瘫软在地上，哭得几次背过气去。这样又折腾了差不多两个小时，两位老人终于是平静了下来。现在，小老板开始提抚恤金的事了。张怀恩的父母说，这事要和老板谈。小老板说他就是这厂里的老板。这让张怀恩的父母感到很意外，大约是小老板的样子，与他们想象中的老板相差甚远吧，他们想象中的老板，大约是大腹便便，穿西装打领带，一口港台腔的。哪里想得到，老板会穿得这样朴素，又这样年轻，又这样单薄，对他们说话有礼有节，一点架子都没有。小老板还说，怀恩去了，从今往后，我就是二老的亲儿子。这样的话，哪里是一个老板说得出口的？他们的意识里，儿子的死，固然与加班有关，但也不能全怪老板，全厂那么多的工人，为何偏偏就是他们的儿子张怀恩累死了呢，还是他们儿子的身体弱啊。于是二位老人提出了要求，一是帮忙把儿子火化了，他们在这城里人生地不熟的，二是请老板帮他们买回家的火车票，至于抚恤金的事，请老板自己说给多少。小老板说出了一个让二位老人不曾想到的数额，七万元。对这二位农村老人来说，也算是一个天文数字。二位老人觉得，老板提出了这个数字，多少是可以往上加一点的，商量了一下，提出要十万，小老板还了一万的价，给八万。张怀恩的父母没有什么异议。这事就算是这样了结了。小老板为自己又躲过了一劫而多少有些庆幸。当然，也觉得这样做，有些对不起张怀恩。觉得自己当真像报纸上说的那样，是个黑心老板。

　　当然，价钱的事商量好了，小老板说还是要写个书面协议，白纸黑字写清楚才行。小老板让二位老人在宾馆里先住着，他回厂里去准备要签的合约。又问了二位老人，是要现金，还是帮他们办一张卡存着。小老板建议还是办一张卡，八万元的现金，不小的一堆，拿在手上不安全。两位老人觉得还是现金靠谱一点，小老板表示理解，答应拿现金来。

　　小老板前脚刚离开宾馆，李想和周城后脚就到，和他们一起进来的，还有张怀恩的老乡，也是小老板厂里的工人。还有某报的记者，这些天一直在跟踪

国
家
订
单

2761

着这个案子，写了不少的报道。听老乡介绍了李想、周城和记者，张怀恩的父母紧张了起来，说没有想到他儿子的事，还惊动了你们这么多的大人物，说你们这里的人可真好，都好，都是好人，刚走的那个老板，也是个好人，只怪咱儿子命不强，遇上了这样的好老板，又提他当了官，却没有命来享受。

老乡问，叔，老板答应赔多少钱？

张怀恩的父母不肯说。八万块，不是小数目，说出来了不安全。

老乡说，叔，你还不相信我？这个律师是来帮你的，还有这记者，你知道不，记者见官大一级，什么事都敢管。

张怀恩的父母看着老乡，又看了看李想、周城和那记者，这才说老板答应赔八万块。

周城和李想交换了一下眼神。那记者在不停地拍照。老乡说，叔，您是被骗了呢。怀恩是咋死的？是累死的。知道不，做事断了一只手，厂里都要赔八万块，一条命呢，八万块就打发了？

一只手就赔八万？张怀恩的父母望着周城。周城点头。

那，要赔多少合适？张怀恩的父亲问。

老乡抢着说，叔，你想想，一只手赔八万，一个身体当得多少只手？少说也要赔个一二百万。

张怀恩的父母不敢相信这老乡的话，也无法想象二百万是多大的一堆，不知道要了二百万怎么花，转过头看着李想。问李想，真能赔这么多？

李想不说话。他根本不想来，怎么说小老板和他也是多年的朋友，他觉得自己来办这事，不厚道，有点落井下石，有点恩将仇报。可是周城说这事一定要办，这是职业道德。再说了，你们那老板，为富不仁，拿打工人的生命当儿戏，不该受到应有的惩罚？我们现在为弱势群体提供法律援助，只是希望还这社会一点公道，维护弱势者基本的人权，这又有什么不对？你在情和法这两个问题上拎不清，那就别指望吃律师这碗饭了。周城这样一说，李想无话可说。何况周城只是说去看看，看张怀恩的父母有没有需要帮忙的地方，也不一定就是要介入这场官司。没有想到，小老板会这样黑，拿区区八万块就想买张怀恩的一条命，就想把两位老人打发走，这让李想心里的不安减轻了许多。

周城接过了话，说，也不能这样来算，八万元肯定是个不人道的数字，他要付的抚恤金，肯定比这个数字多十倍。

八万的十倍是多少，那就是八十万。想到这个数字，张怀恩的父亲突然觉得无限悲伤，说了一声可怜我们家怀恩，眼泪就下来了，拿手背去揩，怎么也揩不净。弄得大家都沉默了。李想的心情，也沉重了起来，觉得他是有义务为二位老人讨要这笔赔款的。只是，小老板，能拿出这么多钱吗？只怕，到时他真的要倾家荡产了。一时间，心里是五味杂陈。

老乡说，叔，您也别哭了，再哭咱怀恩哥也不能活过来不是。咱们要多想想赔钱的事，不能让怀恩白死了。您看咱那老板，人家这是在骗你们呢，叔和婶来了，不让你们去厂里，也不让见别人，就是怕人多嘴杂。

听他们这样一说，张怀恩的父母就把见到小老板的前前后后都想了一遍，觉得这老乡说得在理，觉得这外面的世道，果然人心险恶，差一点就被这老板给蒙骗了。一时倒急了，害怕了起来，怕这老板说的八万块到时都不能到手。老乡说，叔，婶，你们不用怕，这不有他们吗？有律师，有记者帮你呢。周城也说，您二老只要委托我们来帮您打官司，余下的事，就由我们来办了。张怀恩的父母望着张怀恩的女朋友，问她这事怎么办。张怀恩的女朋友觉得周城他们说得有理。再说了，她现在还怀着张怀恩的孩子呢，她是很喜欢怀恩的，她甚至打算了，要把怀恩的孩子给生下来。那将来这孩子的成长，可得要花钱。她也问过了周律师，周律师说她肚子里的孩子是第一继承人呢。当然她现在还没有想太远，她还沉浸在悲伤之中，在犹豫之中。不过她是坚决赞成和小老板打官司的。有了怀恩女朋友这话，二位老人就听了周城的安排，当即搬出宾馆，换了个地方住下来。又立了委托书，余下的事，就由李想、周城经办了。

小老板这些天差不多是心力交瘁了。可是他不甘心就这样认输，命运在他快要崩溃的时候，突然给了他希望，他不相信，这希望破灭得这么快。他要做最后的努力。厂子被封了，他被人骂为黑心老板，甚至有人在厂门口候着，扬言要打死他，可是他不甘心就这样服输。如果八万块真的能把张怀恩的后事处理好，劳动局那里肯定是要罚一笔款的，但他还是有东山再起的希望。

小老板打印好了两份张怀恩后事处理的协议书，取了钱，匆匆赶到宾馆，却不见了张怀恩的父母。问服务员，说是被几个人接走了。一种不祥的预感顿时把他淹没。他转身往宾馆外跑，刚到大堂，撞见了候在门口的李想和周城。

你怎么在这里？小老板狐疑地盯着李想。

李想低下了头，不敢看小老板。

周城走了过来，说，我们在等您。受张秋山、李银芝，也就是你厂员工张怀恩的父母的委托，来全权处理张怀恩加班致死案的赔偿事宜。

周城把话说得简明扼要，并且一下子道出了利害和关键，给张怀恩的死定了性，加班致死。小老板的脸色一下子煞白，手脚一点力气也没有了。周城指着大堂一边的茶座，说，我们去那儿坐坐吧。小老板屁股落在椅子上，浑身还是没有力气，服务员端来了水，他居然没有力气把那杯水捧到嘴边，双手握着杯子，支撑着身体。过了一会儿，他看着李想，说，你，现在和他一伙？

李想低着头，无言以对。

周城说，您这样说就不对了，什么叫一伙？仿佛我们是打家劫舍的不法分子。李先生是我的助手，当然，我也知道，他过去是您厂里的经理，但这些纯属私人恩怨，与我们要谈的事无关。

小老板突然很冲动地站了起来，厉声说，说吧，你们想怎么样，要多少钱？把我这条命给你们总可以了吧。小老板的冲动，惹来了大堂里众多异样的目光。小老板也觉出了自己的失态，重又坐了下来，颓然道，说吧，你们想怎么样？周城说，不是我们想怎么样就怎么样的，也不是你想怎么样就怎么样的，一切按法律办事，你要了张怀恩的命，我们并不想要你的命。我们只是想为张怀恩讨个公道，为社会伸张正义。

小老板冷笑了一声，说，得了吧，说得那么冠冕堂皇，你不也是为了那些代理费吗？

周城正色道，您又错了，我们是在为二位老人提供法律援助，分文不取，打官司期间，二位老人的食宿都由我们负责。周城说罢，把二位老人的委托书递给了小老板，上面果然写得清清楚楚，是义务提供法律援助。小老板长叹了一声，说，那，你们就去告吧。这官司，你们想怎么打，就怎么打。

周城说，我们还是希望这事能通过协商解决的，能不上法庭，最好别上法庭。

小老板慢慢站了起来，说，没有什么好协商的。小老板又盯了李想一眼，说，早知如此，何必当初。我他妈当真是瞎了狗眼。说完无限悲愤地离开了酒店。

李想低下了头。小老板的话让他无地自容。小老板走后，李想对周城说，索赔八十万，是不是太多了一点。

李想现在当真是很难了。他知道小老板一路走来的艰辛，真不想这样将他逼上绝路，觉得这样太残忍了。然而，如果不打官司呢，对张怀恩的父母来说，对张怀恩的未婚妻来说，对他那还未出生的孩子来说，是不是又太残忍了？李想把他的想法对周城说了，希望周城手下留情，给小老板一条活路。

周城冷笑了一声，说，李想啊李想，没想到你这人是如此婆婆妈妈，你这叫什么，这叫妇人之仁，你这性格迟早会把你害了。我是不会给这样的黑心老

新中国70年优秀文学作品文库

中篇小说卷

板留后路的，要痛打落水狗，把他打死了再踏上一脚，要通过媒体，把这事做大，让全社会都知道，不顾工人死活，当黑心老板，下场就是这样的。

周城的话，让李想觉得背后直冒凉气。他真的在为小老板捏一把汗了。

小老板现在反而什么也不怕了。等着他的，无非是破产。他突然觉得，这老天爷真会捉弄人，觉得这命运就像是一只猫，而他不过是一只老鼠，命中注定了是要被弄死，却不让他一下子死得痛快，却把他折磨得死去活来。小老板回到厂里，坐回办公室，办公室的桌子上还放着一面星条旗，他本来打算把这一面旗挂在样板室里，作为他公司起死回生的见证，将来在公司发展了，作为昔日的荣耀来激励员工的。现在，他拿起了这面星条旗，苦笑了一下。办公桌上，还放着劳动局开出的整改通知和罚单，上面的那个数字，让小老板突然觉出了饿，饿得心里发慌。他把那星条旗拿在了手上，苦笑了一下。觉得这星条旗里，浮出了上帝慈悲的笑，那笑是如此的宽广悲悯。

小老板有太多的后悔，其实命运是给了他机会的，可是他没有把握好。如果当时听了李想的话，略微把工人当人一点，拿出一部分星条旗外发加工，这一切，大约也就不会发生了。然而命运不可假设。小老板把自己关在了办公室里，坐了许久。他什么时候走出办公室的，也没有人知道。天快黑的时候，不知谁最先发现了，那高大的高压线铁架上，坐着一个人。大家以为，又是哪一家的老板黑心，拖欠了工人工资不给，于是工人要以死讨薪了。这年头，这样的事，大家见得多了。虽说是见得多了，但总还是有爱热闹的人，不一会儿，铁架下面就聚集了上百人。再过了一会儿，警察也来了。据说电力公司的人也来了，把这一片的电也切断了。警察拿着高音喇叭劝上面的人下来，说没有什么过不去的坎。上面的人却无动于衷。

高压线架上的人是小老板，小老板并不想死。他在办公室里坐到天快黑了，想在外面走一走，走到这大铁架下时，他突然产生了要爬上去的冲动。他真的只是想爬上去，爬得高高的，去俯瞰这个世界。他想知道，上帝在天上看人时，是一个什么样的视角。他希望能从另外的一个角度，把自己的命运看清，他就爬上去了。他果然从另外的一个视角看到了这个世界，突然觉出了人的渺小和可怜。下面聚集的人越来越多，他觉得这些人当真是很可笑。可是很快，他笑不出来了，他听到了他老婆的哭声，老婆在下面哭着喊着，劝他下来，说，大不了破产，破产了我们再去打工，有什么大不了的呢。小老板突然感觉一片温暖。他想到了阿蓝，阿蓝要是知道他现在在这高高的铁架上面，不知会说些什么。他这样想，就拿出了手机，打了阿蓝的电话。阿蓝接了电话，小老板说，你知道我在哪里给你打电话吗？阿蓝说不知道，在哪里？不会在我的门外吧。小老板说，我在高压线铁架上面，很高很高，往下望一眼，头都发晕。阿蓝尖声叫了起来，说你要干吗，你千万别干傻事。小老板说，什么叫傻事？阿蓝说，你不为自己想，也要为我想。小老板又看了一眼在高压线架下面哭喊着的他的妻子。城市的夜色降临了。他看见，这小镇，灯火是那么灿烂，但是有一片地方却是黑暗的，那是因为他的缘故，那里便成了黑暗的角落。小老板想他不要再待在上面了，要给那一片地方光明。这时他的电话却响了起来。是赖查理。赖查理在电话里说，他还需要十万面星条旗，不过这一次的时间更紧，赖查理问小老板，两天时间能不能交货。赖查理再一次说到了，这可是国家订单⋯⋯

去他妈的国家订单！小老板突然激动了起来，把手机扔得远远的，引得底下的人群一阵骚动和惊呼。小老板从口袋里摸出了那面星条旗的样板。国家订单！他苦笑了一下，把那星条旗用劲扔了出去。星条旗像一只巨大的黑鸟，在这南中国小镇的夜空中掠过。

原载《人民文学》2008 年第 4 期

第五届鲁迅文学奖

哭泣游戏

———

邱华栋

一

　　这座城市已经变得越来越华美了，我想，而且变得越来越阔大了。当我站在长安街边上的国际饭店顶层的旋转餐厅凝望的时候，我所能感受到的就是一种惊羡与欣悦。我的视线从东向西，我看到了中粮广场、光华长安大厦、交通部大厦、中国妇女活动中心，对外经贸部大厦和新恒基中心这些仿佛是一夜之间被摆放在那里的巨型积木，就加倍地喜欢上了这座城市。这时的北京仿佛是一座从地平线的尽头缓缓升起的城市，如同一座崭新的岛屿，带着它全新的面目超越了海平面。每一天，这座有四条环路的城市都在长高，在扩展，以天安门广场为中心，它就像古罗马角斗场那样向四周渐渐地高了起来，从而形成了一个巨大的城市盆地，而在这个城市盆地之中，越往外环走那些建筑就越高，而天安门广场就成了这个巨型城市盆地最低的地方。每一天，街上都涌动着人和汽车的洪流，使得城市看上去朝气蓬勃，生生不息。那些高楼大厦的深褐色或是幽蓝色的玻璃幕墙也反衬出了城市上空崭新的天空与白云，这使我更加喜欢加入到城市中涌动的人群当中去，去成为他们当中的一员。因为这是一群群携带梦想生活的人，哪怕这是一座绞肉机城市他们也从不畏惧。而我，则因为成为这城市中的人而激动不安，喜气洋洋。因为突然从某一天起，我就不再是个外省青年，我开始自由出入这座城市的巨型购物中心、大饭店、酒吧、地铁、银行、国家机关、医院、大学校园、快餐店而毫无陌生感。我有三张信用卡、一张本市身份证、一个邮局保密箱、一个汉字寻呼机、两张电话磁卡、一个数字式大哥大，我就像是生活在这里许久的真正的城市的主人。

有一天我走在王府井大街繁华的商业区，我喜欢看到人们被物质和欲望所驱使的急促表情，促销小姐脸上的笑容之花，使我感到这一切、这座城市中的一切都是伸手可及、真实无比的。但那天我忽然看见前面走着一个人，他穿一件深蓝色中山装，但背上缝着一块白布，上面用黑字写着一则寻人启事，还贴有一张七寸大的照片。我觉得有点儿奇怪，就追了上去，迅速地看了一眼那则寻人启事，我确信我刚才就在附近见过这个人，于是我立即伸出手拍了拍他的肩膀说："嗨，我见过你要找的这个人，他刚才……"他转过脸的时候我一下子愣住了，因为他就是寻人启事照片上的那个人，我有点儿糊涂了，我看到的是一张年纪约莫有三十多岁男人的脸。他猛然冲我笑了笑："我说朋友，我是一个行为艺术家，我寻找的正是我自己。谢谢你，再见！"他笑着走开了，很快就消失在了涌动的人群之中。我站在那里愣了半天，我明白这座城市里出现了行为艺术家，真正的行为艺术家，他们用自己的行为来作为艺术品。这座城市它包容一切，这座城市是真正宽容的。就像它对待刚才我看见的那个寻找自己的行为艺术家那样，什么人都可以在这里寻觅与开始。

二

我在大街上逛来逛去，一旦成为主人，这座城市的任何地方不过是我们家大院子里的一个角落而已，这种想法使我兴高采烈并且心安理得。我晃来晃去，像个无所事事的人，实际上我已完全为这座城市的节奏所俘虏了。我吹着口哨，假如阳光过于强烈了我就眯上眼睛。我像在自家院子里散步那样走在城市的街道上，欣赏着那些日益增多的各种牌子的外国商品广告牌，它们简直像是城市中新的森林，花花绿绿地悬挂在我们的头顶，指引着城市人们的生活向前方挺进。

我走到了崇文门大街，我看见了在同仁医院门口的黑压压的人群。往常那里总是聚集着很多刚刚来到北京的外地打工仔打工妹，他们打扮土气、神情木讷而又机灵地打量着过往行人，希望被某一个人雇走，从此开始了在城市里新的生活。尽管这里被视为非法劳务市场，可仍有很多年轻、肮脏而又新鲜的乡下面孔出现在这里，在匆匆走动的人群与车辆的空隙里浮动并四下张望。我向他们走去，我觉得他们脸上的某种东西是我已经遗失的。我看到的脸全部都是陌生的，充满了青年特有的朝气、梦想与疑惧，但大多数的面孔是肮脏的。我试图发现一两个漂亮姑娘，但那些农村姑娘们的两个被山风吹得红扑扑的脸蛋真叫我难以忍受，我立即又变得漠然了，因为对于我来讲，他们全是外地人，而我则是这座城市的新主人，我与他们是不一样的。我决定尽快离开这里，我从他们中间漠然地走了过去。很多人都在看着我，他们指望着我也许能给他们中的某一个带来好机会。可我会吗？我暗暗笑了起来。我忽然对我自己在大街上闲逛感到厌烦了，我决定到东单的一家电子游戏厅去玩玩电子游戏机，但这时我看到了一个女孩，她那独特的清纯与美丽让我愣了一下，她也站在那一群女孩子中间，在一群被农田上的风吹得脸蛋儿红扑扑的女孩中间显得鹤立鸡群。她好像还有点儿满不在乎，并不在意自己站在这里是为了什么。她绝对是那种南方女孩，秀气、冷艳、漠然、戒备而又充满诱惑与梦想。她的眼睛像商店里的塑料女模特儿的眼睛，漂亮而又无神，空洞却又暗含欲望地望着前方。她的穿着也比周围村妞们的要好些，像个受过一定教育的人，至少我敢断定她不是放羊养猪的那类农村女孩。莫非她也在这里寻找工作？我犹豫了一下，这时我突然想起了我所看见的那个行为艺术家，我想假如我帮助一个人在这座城市里实现他的梦想，那我也就是一个行为艺术家啦！因为我也一直想当一个前卫艺术家，可一直没有机会，这一瞬间的想法顿时使我激动了起来，我决定和她聊聊，那仿佛是一种魔力促使我向她走去。

"你好，"我说，"你是来这里找工作的吗？"

她警觉地看着我，眨了几下眼睛，点了点头，但旋即懒懒地打了一个哈欠，之后她又勾着她的大眼睛。"你要找个什么样的？保姆吗？我可不想干保姆。"她不容置疑地说，"我不愿意干保姆。哈哈，我刚刚从一家逃出来。"

"也许还可以干点儿别的。我肯定可以帮你，"我热情地说，"你说你想干什么吧。"

"你不是一个骗子吧？"她笑了起来，她笑的样子非常清亮，如同山涧里奔涌的一汪泉水。"骗子？我是一个骗子？"我假装生气了起来，"我是一个专门帮助人的人。我想成为一个行为艺术家。你只管告诉我你来这座城市里想干什么就是了，你……"我刚说到这里，突然响起了一阵警车的警笛声，就好像是从地底下冒出来的一样，一下子钻出来好几辆警车冲到了街边。从车上下来了一大群警察，他们风一样地扫过来，开始对这里进行围剿。人群乱了起来，像被捅着的马蜂窝，有些人向四处逃去，警察手中挥舞着橡皮棍子，从各个方向围堵他们，勒令他们拿出身份证，并且把那些没有身份证的外乡人立即塞入一辆面包车。我眼前的这个女孩子忽然也变得紧张和焦躁了起来，她正想离开这里，可一个警察已经冲到了我们的近前。"别走，拿出身份证来！"我亮出了我的身份证，我指着她对警察说："她是我的女朋友，我们一起在等 106 路电车。我们可不是他娘的打工仔。"那个警察看了她一眼，把身份证还给了我，转身走开了。等到我们再回头四下张望的时候，发现这里如同被一阵大风刮过了一样，几乎空无一人，只剩下几个人在风中缩起脖颈，在汽车站牌下等待着公共汽车。"谢谢你，"刚才还异常紧张的她松了口气对我说，"刚好我今天没有带身份证，要不然我今天就会被遣送回家的。谢谢你。"她真诚地朝我偏了一下头。我得说她有一双会说话的漂亮的眼睛。

"你刚才还说我是个骗子来着，"我眯起眼睛，"你叫什么？"

她好像对我有了些好感，但她仍迟疑了一下："我叫黄红梅。你是来找保姆的吗？我可真的不愿干保姆，我会让你失望的——我不太会干活儿。"

我笑了起来："不，不不，我今天突然有一个想法，那就是我想帮助一个人在这座城市里实现她的梦想。当我看到你的时候，我就决定来帮助你。而我不需要任何报偿，只是帮帮忙。我们找个地方坐一会儿好吗？"

"好吧。"她爽快地答应了。我带着她很快就来到了东单一家冰淇淋店，要了两份意大利奶油冰淇淋，坐了下来。"你说你要帮人实现梦想？这太叫人不可相信了。这可是一个交换的时代。我什么也拿不出来。"她噘了噘嘴，挑衅似的看着我，接过了侍者递来的冰淇淋。

"不，什么也不要，真的，我只是想帮助一个人在这座城市里实现梦想。这样我就变成一个行为艺术家了。而如果你实现了你的梦想，你同时也是我的一件作品。说吧，你来到这座城市有些什么想法？"我一边吃着冰淇淋一边问她。

她低头想了想，用食指支住她那小巧的下巴，那样子很单纯，也的确很美。她身上有一种尚未被城市文明与城市欲望熏染的气质，那是一种明亮与清纯的东西。"我有什么想法……至少我不想当保姆。你真的想帮我？"她扬起脸来问我，那样子还挺生动的，我想。

"对，是真的。"我说。

"那……告诉你吧，哈，我是从一个富人家跑出来的。我与那家的女主人处不好。因为她瞧不起我，她一开始以为我是个乡下人，我什么都不懂，其实我什么都懂，我从四川来，我过去生活在四川一个地级市里，我是那里一家医院的护士——我上过护理中等专科学校。可我实在忍受不了女主人的那种怀疑与蔑视的眼神，她总在怀疑我要偷她什么东西似的。有一天她把她自己的一支口红藏到卫生间里，非说是我偷的。我是在倒她那些肮脏的卫生巾时才发现它在那里。她就这样待我，于是后来我真的就变得坏了起来，我趁她不在家就煮上十个鸡蛋，吃五个扔五个，我用过她所有的口红，用一种就洗掉，然后再往嘴上抹上另一种。但有一天我用了一种很难用水洗掉的荧光口红，然后我就被她打了一耳光，然后我就跑了。所以我不做保姆。可我来北京已经一个月了，你说我想成为什么样的人？我想成为我给她当过保姆的那个女主人那样的人：住在华侨村的高级公寓里，房间里二十四小时都有热水供应，有一辆城市高尔夫牌子的汽车，养一大堆宠物。那个女人就养了一大堆宠物，有三条小狗和四只波斯猫。我真想把它们都毒死，因为我伺候了女主人还得伺候它们。我就想过那样的生活，那样我就不会再被人瞧不起了。我自己雇上一大堆用人来伺候我。我还想要什么？我还想要花不完的钱，我想买什么就买什么。比如我家那个女主人，她有一次上街买了一大堆衣服，回家后一试发现没有一件称心的，就吩咐我全扔掉了。全部扔掉？而那些都是新衣服，她哪怕是给我也好啊，可她叫我全部扔掉！她就是这样的一个随心所欲的女人。不过她倒嫁给了一个好男人，那个男人是一个房地产商，一个真正的有钱人，他总是对人和蔼可亲。我要是嫁给一个这样的人要多好……"她滔滔不绝地讲了起来，我认真地听着。即使是在说着这些，她仍是可爱的，虽然有点儿俗。我盯着她想。"你真的可以帮助我实现我的梦想？归根结底，在这座城市我什么也得不到。你真的要帮我？"她好像又想起来了什么似的问了我一句。

"当然。不过一切得从头开始。不干保姆，干点儿别的。你还能干点儿什么？"

"要去，去酒楼或夜总会当个领班什么的也行。我能干服务行业。或者去当个调酒师，不过这得从头学。谁教我呢？"

"你有多大，黄红梅？"

"二十岁，你呢？"

"我二十七岁。那么好吧，我们现在已经是朋友啦。明天下午四时我们仍在这里见面，然后我会告诉你帮你找了个什么工作。你住在哪里？"我接过了侍应生递给我的账单在找零时问她。这时天已经黑了。

"保密，"她说，"也许你真的是一个骗子。这是一个交换的时代。我在北京是孤身一个人，我才来到这里一个月，我可不想告诉男人们我住在哪儿。"

"好吧，"我笑了起来，"明天见，我们肯定会成为那种不需要任何交换的好朋友的。"她冲我做了一个鬼脸。"我就先相信你吧。那么明天见？"在门口她冲我扬了扬她的柳叶眉，跳下台阶，快步地消失在了城市的夜幕中。

我就要成为一个行为艺术家了。我竖起了风衣的领子，走在匆匆赶路的庞大的城市人群中这样想。这时城市里所有的灯都亮了起来，人们像幽灵一样在走动，他们全是欲望的容器，在城市里昼夜不息地活动。而我决心从他们中间脱身而出。我会成为一个艺术家吗？

三

我在王府饭店背后的中央美术学院的书店里买到一本奇特的书，这是一本黑色封面的书，但是它没有名字，这本二十四开本的一厘米厚的书，它记录了最近的中国先锋艺术家们所有的艺术活动，简直看得我眼花缭乱，因为那些装置艺术家、观念艺术家、行为艺术家的各种观念奇特的作品都非常有趣，其中最叫我震动的是一个叫谢德庆的华人行为艺术家，他是个台湾人，一九七四年二十四岁时泅水非法进入美国，从此他就待在了美国，开始变成了一个艺术家。一九七八年到一九七九年他把自己关在笼子里生活了一年，在这一年之中他不与人交谈、不阅读、不写字、不听收音机也不看电视，就躺在里面。一九八〇年到一九八一年，他每小时打卡一次，昼夜不停，持续了一年，每一次打卡同时都拍了照片，而打卡单全部经由律师签名认证。一九八一年至一九八二年，他又做了一个惊人的行为艺术，他一年时间全都生活在纽约的大街上，从不进入任何遮蔽物，这包括建筑物、地下通道、洞穴、帐篷、火车、汽车、船舱，等等。一九八三年至一九八四年，他与艺术家兰达·莫尼塔用一根八尺长的绳子互相捆绑在一起一年的时间，这期间不论任何时间、地点他们俩都在一起，但又不做任何身体上的触碰。一九八五年至一九八六年，他不做艺术、不看艺术、不谈艺术，仅仅生活一年。而从一九八六年十二月三十一日至一九八八年十二月三十一日，他这期间只做艺术，但不发表。更为叫人惊奇的是，谢德庆从一九七四年至一九八八年，他在美十四年间无任何合法居留身份。这简直是一个伟大的行为艺术家！一个受虐狂艺术家！

我看到这些报道和有关他的访谈，简直都被他给迷住了，我忽然明白了什么是行为艺术，这是一个有些类似于耶稣的家伙，他一年又一年地做他的行为艺术，以他独特的方式与角度观察人类，并承担人类背负的东西。这使我明白要当一个真正的行为艺术家是需要极大的勇气的。我决定帮助四川女孩黄红梅在这座城市中成为她想成为的人，我为此专门画了一个表，列出了我几年来在这座城市中建立的各种人事关系，这些人涉及行政、经济、新闻媒介、餐饮娱乐业的人士，我决定用我的这个已初步建立起来的城市蛛网把这样一个外省女孩变成城市的主人，而有一天她终于会成为我的作品，变成全新的形象向人们走来，到那一天我就会成为一个真正的行为艺术家。明白了这一点我非常振奋，我用大哥大与我的朋友于胖子联系了一下，约他立即来和平宾馆大堂咖啡厅与我见面。这将是我引见给黄红梅的第一个人。打完电话，我就坐在那里，耐心地搅动没有加糖的咖啡。于胖子是我刚来到这座城市的老朋友了，那时候他还是一个电视剧组里跑龙套的，尽演一些次要角色，原因是他太胖了，但他又丑得很有滋味，很多戏都需要这么一个角色。可就在去年，他找到了一个机会，拜一个退休的某个副部级干部当了干妈，而他干妈的亲家则又是南方一个退休的老将军，刚好想在北京开一家桑拿娱乐城，就让他当了总经理。于是他摇身一变，出有车、食有鱼了。有一天我曾经去过他那里一次，在他当总经理的天府桑拿按摩中心中我经受了一次全套的服务，从洗、泡、蒸、冲，到搓背、修脚、按摩，我享受了全新的服务。一开始我就想到黄红梅因为干过护士，也许她比较适合先从桑拿中心干起。这已成为二十世纪九十年代城市某种层次生活的一个特征了，而一个城市人则必须要了解与享受这些。我正在想着于胖子这人也是时来运转的时候，看见于胖子从饭店门外已经走了进来，背后跟着一个女秘书。他大摇大摆地走了过来。"华仔，我他妈的好久没见你了，你也胖了，脸蛋子上全是肉，哈哈哈哈……"于胖子大笑了起来。小姐又给我们端上来了两杯咖啡，他笑眯眯地看着我："说吧老兄，你找我有什么事？当年咱们穷的时候天天吃刀削面，那可是老交情，你有什么事我全为你办，没说的！"于胖子十分豪爽地说。

我凝视着他，他变化真大，越来越胖，但气色相当不错，拿着的是一台模拟式加厚电池的大哥大，还戴着一双金灿灿的黄金手链。他看上去过得不错，我想。"帮我一个忙，"我看了一眼他的女秘书，她长得也非常性感，在秋天里仍穿着那种开胸很低的套裙，露出了一道美丽的乳沟，"我有一个朋友……是个女孩，她刚从四川来，她需要找个工作，到你那里当个按摩小姐怎么样？"我看着他。

他看了我一会儿突然笑了："华仔，你小子也四处钓起女孩来了？怎么，打完炮了甩不掉打算发给我？好吧，我接收，这个没问题，这个非常好办，人呢？"他问我。

"待会儿我就给你领过来，我与她约好在东单那家冰淇淋店门口见面。"我看了看表，"你等我一下，我马上就回来。"

远远地我就看见她站在冰淇淋店的门口，她居然穿了一条火红的裙子，十分扎眼地站在那里，若无其事而又有些焦急万分，看见我从大街对面穿过来她非常高兴，她的笑容还是一朵朴素的花。我大步绕开那些汽车与行人向她走去。"我还以为你在骗我。"她幽怨地说。"等急了吧？我已约好了一个朋友，你可以很快就去上班了。跟我走吧。"

我们一起朝街的北面走去，她还真的打了一点口红，但这遮不住她浑身散发出的清纯的美。"吃晚饭了吗？"我问她。

"吃了，吃的是面条，我自己做的。"

"你住的地方有煤气吗？"

"不，有蜂窝煤的炉子，我还住不起有暖气和管道煤气的房子。"

"冬天快到了，到时候我给你找个有暖气和煤气的地方吧。""不，"她摇了摇头，"我自己想办法，谢谢你。"她意味深长地看了我一眼。那目光中含有着一种异乎寻常的自尊，我被震动了。到了和平宾馆，在于胖子对面坐下来，于胖子端详了她半天，黄红梅被看得不好意思了起来，于胖子迅速与我交换了个眼神，那意思是我的眼光不错。我把于胖子介绍给她。"你说过你想到夜总会干个领班，不过先去干一段时间，干好了你就能升领班了，对不对于胖子？"我对他说。

"当然，当然。既然是华仔介绍的，我就会好好照顾的。你可以今天就去我们那里看一看，可以今天就适应环境嘛。"他打量了半天黄红梅的穿着打扮，立即转身对他的秘书吩咐道："今天你领着黄小姐把咱们中心熟悉一下，另外给她买两套工作服，再安排好宿舍。你是从四川来的吧？"于胖子冲我眨了一下眼睛，又问了黄红梅一句，黄红梅点了点头。"四川是个好地方，那里漂亮姑娘太多了。咱们走吧？"整个介绍的过程黄红梅没怎么说话，她有点儿局促不安，我想这一定是于胖子那庞大的身体给她造成了压抑感。走到门口的时候胖子悄悄把嘴凑到我耳边说："这妞长得挺亮，你真的打炮都打腻了？"我有点儿生气，我压低了声音说："我从没动过她一个指头。你必须要好好对待她，他妈的，你可别叫我生气。""好好，好。"他奸笑着。他叫侍者挥了一下手，一辆丰田出租车开了过来。"嗨，黄红梅，你就跟他去吧，你放心，一切都会好起来的。有什么事就立即给我打电话。"

我冲她真诚地笑了笑，向她扬了扬手中的手机。她迟疑了一下，好像欲言又止，但她还是在看了我一眼之后，跟着于胖子钻进了汽车，他们在车中朝我摆了摆手，就迅速离开了。我忽然有一种失落感，因为这里又只剩下了我一个人，我最不愿意面对的孤独立即又像影子一样贴了过来。我看着汽车消失，决定去吃一顿新疆拉面和烤羊腰子。城市里的黑夜像大幕一样从地底下慢慢地升起来了，在这样的夜晚，我可以闻到夜空中飘散的欲望的气息，它和灰尘一起被每一个在黑夜中游走的人的鼻孔所呼吸。

四

当我决心帮助黄红梅去实现她自己的想法的时候，我又有些游移不定，因为我总是忘不了黄红梅脸上那种纯真无邪的笑容，以及她看你时那种清澈的目光：那种东西是在我这座城市已经遗失了的，这使我内心隐隐之中有一种疼痛。是什么样的东西触动了我的内心？我弄不明白。但这座城市有它固定的法则，如同一个轮盘的转动，也会有它自己的节律。我明白这一点，只有这一点是不可改变的。如果你想进入这座城市，在这座城市适应下来，能够生存得比别人好，你就要听从城市的法则。可这种法则有些什么特点与内容，也一直是我所思考的。总之城市更像是一个舞台，很多人都汇聚到这里来，带来了他们要扮演的角色，一些人成功了，另一些人则从此消失。就连观众也是流动的，并不是每一天的观众席上都坐着固定的人群，城市就是一个流动的宴会，人们来来去去，面孔常新，永无休止。

因此当我每一天早晨从梦中醒来，我就像个溺水者那样心脏狂跳不已，而新的一天又在我的脚下展开，我必须装束齐整、打扮一新地进入新一天的生活。我立即起床，像个机器人似的按照程序生活，洗脸、刷牙、刮胡子。我正在对着镜子刮脸，突然我的手机响了。谁这么早会给我打电话？我打开了它。

"喂？是谁。"

"……是我。"一个女孩呜咽的声音，我立即听出来是黄红梅的声音，我记起来我有一个星期没有见到她了，于胖子怎样对待她的？我有点儿担心："怎么了？慢慢讲，你好像哭了？别哭。"

"……我不想在那里干了……"

"为什么？不是挺好的吗？我听于胖子说一个月可以收入五千元，比我都不差，你怎么……"

"我不想在那里干了……因为，因为很多男人都太讨厌。于经理叫我干按摩员，我每天得工作到凌晨三四点，我总是打瞌睡，而且，那些男人总有其他的要求，我接受不了，我不干了，我要离开这里……"

"听着，你听我说，"我有些焦急，但我仍旧非常有耐心地说，"你不过是刚刚开始，你还没有适应环境呢。等你适应了，一切就会好起来。那些男人当然讨厌，但每一个男人都有讨厌的一面。你是一个不错的聪明女孩，我想你一定会有办法对付他们的。"我加重语气说，"你连怎么对付男人都学不会，你在城市中就站不住脚了。其实你只需稍微动一下脑子就行，你把他们全都当作发情的公羊，你一个也别怕，很快你就会学会驯服那些公羊的本领了。你要相信你自己好吗？你有这个能力，我相信你。"我在电话里循循善诱，我听见电话那头的呜咽声渐渐停了下来，她不哭了。"我想见你，"她说，"我有点儿想家了，我想回家。"

"我也想回家！我比你更想家，"我在电话中吼了起来，"可我们必须在这里生活，这里才是真正的家。你必须学会适应环境，"我气急败坏了起来，"你这个人到底是怎么搞的嘛，给人当保姆就与女主人闹翻，而在夜总会干却又不懂如何对付男人，你必须待在那里。我们要学会利用自己的优势与特点去生存，明白吗？而且我并不想见你，我要等你适应了环境再见你。半个月以后吧，好吗？你要相信你自己，对不对？"

她在电话中沉默了一会儿。"好吧。"她说。

"于胖子对你好不好？"我问她。

"他对我不错，只是我自己……"

"这就好。我挂电话了……"

"好吧。"她说。然后我挂断了电话，继续刮脸，穿衣，拿包，走出了房门。

半个月以后我与她又通了一次电话，我听到她平静而又喜气洋洋的声音，看来她已经习惯了在那里工作。我也非常高兴，我决定约她见一面，就在我住的地方。我在一幢漂亮的公寓楼下等她，远远地我看见她朝我走了过来，走到我的跟前我几乎都有点儿认不出她来了，因为她明显变漂亮了，我是说那种城市化的漂亮，那是一种塑料花似的美，艳丽、醒目，又带着一丝虚假。她穿着一条黑色的裙子，还挎着一个非常好看的坤包。她看见了我，就飞奔了过来，像一只小鹿那么轻快。我也有点儿激动，因为她将经由我一手塑造，被我一步步地推向了这座城市的前台。

"你还好吗？"我笑着看着她，她头发剪短了，眼睛因而就显得更大了。"还不错，至少我已经学会如何对付那些男人，像你说的那样。"她冲我眨了一下眼睛。

"太好了。"我热情地拉着她的手，绕过喷泉，向单元门走去。

我们很快就来到了我的寓所，我打开门，闪身进去，招呼她喝水。我的屋子里乱得不行，到处是书籍、CD唱盘、录像带和衣服。"嗬，你这里也够乱的。你为什么不结婚，找个女人帮你收拾收拾？"在环视了一周屋子里之后，她带着惋惜的口气对我说。我冲她摊开了手，表示无所谓又无可奈何。她看了我一会儿，就朝我走了过来，慢慢地扑进了我的怀里。

这是一瞬间发生的，我还没有完全回过神来。我可以闻到她身上好闻的气息，在这一刹那，我内心深处的孤独被动摇了。我们就这样静静地搂抱着，她的手在我的肩上轻轻移动着，如同土地测量员那样小心翼翼。"我很想你，真的。我在心中既恨你，又想你。是你叫我在这个城市中拥有了一次新的开始，让我步入了一种新的生活，让我学会了面对我自己。谢谢你。"她柔声地说。这一刻我也被一种柔情蜜意给打动了，我的周身掠过了一阵麻酥酥的感觉，我在她耳边亲了一下，但我立即又意识到她不过将是我的一件作品，我克制住了内心涌动的激情。"好吧，我们一起做点儿吃的，好吗？然后我们去奥尔菲斯俱乐部跳舞去。我教你跳迪斯科。"我推开了她，拍了拍她的脸蛋说。

"太好了！"她像小鸟一样跳了起来，"我们做点儿什么吃的？我会煎鸡蛋！"

"我教你如何做水果沙拉和三明治吧。我喜欢吃西式的便餐。"我说完，拉着她走进了厨房，我们立即一起干了起来。她的动作非常麻利，一边干还一边哼着歌。"说说看，这半个多月你都遇见了一些什么人？"她就开始给我讲她所遇见的各种各样的男人，她给我讲他们一个个长什么样，为什么要去按摩。她告诉我她已经学会了如何委婉地拒绝一些男人的非分要求，哪怕他们出再多的钱她也不干。"只是有一天我碰到了这样一个人，他一走进来就唉声叹气，而且后来他一个人还哭了起来。这是一个在生活中遭受了某种不幸的人。他只有三十岁左右的年龄，但他在那天却告诉我他不想活了。起初我以为他是说着玩儿的，但后来我发现他真的非常悲伤，他只是不停地说他已经一无所有，口袋里现在只剩下最后的几百块钱。到后来，我给他按摩的时候他提出来要和我做爱，我立即拒绝了，但他开始哭了，他说他不想活了，只想去死。他整整哭了一个钟（四十五分钟），他又要求再加了一个钟时我忽然心软了，我就看不得男人在我面前哭。我说，好吧，那我就给你打一次'飞机'吧。你一定知道什么是打飞机，就是我来帮他手淫。他点了点头……这可把我给累坏了，我的手酸得都有点儿抬不起来了。'我不想死了，'他庄重地穿好衣服对我说，'我谢谢你，是你……'""够了！"我吼叫了起来，我冷冷地看着她，"我不想听这个，这种臭男人纯粹是骗子，我不想听到你他妈的给我讲什么'打飞机'这种恶心的事！"我当真有点儿生气，我不能忍受她的粗俗，说到底她仍是一个小地方来的只上过护理中等专科学校的小女人。这时她看着我，眼泪一下子涌了出来。"我……错了吗？我怎么啦？"她的泪水像一些破碎的珠子一样坠落了下来，我立即又意识到也许我有点儿过分了。其实这并没什么。也许我已经爱上她了，如同罗丹渐渐爱上了他所雕刻的克洛岱尔？我不知道。"没什么，"我缓和了口气，"我们一起吃饭吧。你觉得我做的热狗怎么样？"她破涕为笑："我还以为你要撵我走呢。"

我们坐下来吃饭的时候她又高兴了起来，我们说了很多别的，在我们准备出门去奥尔菲斯俱乐部跳舞之前，她飞快地帮我收拾好了屋子，使我的屋子立即变得整洁了。"我还会养花呢，我要让你的屋子里变成一个小花园，明天我就先拿来一盆绿萝。我再给你买几只巴西龟，把你的环境改变一下，你这个邋遢鬼。"她有点爱惜地责备我说。

到了东三环兆龙饭店斜对面的奥尔菲斯俱乐部时，夜已经很深了。但这座古老而又崭新的城市同样已有了它的夜生活。我知道这座城市里已经出现了午夜狂欢一族，他们是一群只有到了夜晚才会精神振作的人。而北京，已经有越来越多的夜总会、歌舞厅、迪斯科广场、桑拿按摩中心与俱乐部开业到凌晨三点。我带她买了门票进了阔大的奥尔菲斯俱乐部的迪斯科舞厅。

我们走进舞厅时那里的迪斯科舞会已进入高潮，在几乎可以容纳上千人的迪斯科广场中到处都涌动着人。他们像触了电似的在音乐的轰鸣中狂舞，像一群奇怪的生物，而在舞场上空的二层围栏后面，也都跳动着人群。在广场中间的乐池上，有几个戴着奇形怪状的面具的家伙在领舞，他们像某种变形虫那样嘶叫着。我的血液中有一种什么东西立即被点燃了，好像我的血管中奔涌的是汽油，我一听到那种山洪暴发似的音乐就蠢蠢欲动，我一下子就跳到了乐池中，我冲着黄红梅叫道："过来，快过来，和我一起蹦啊！把你所有的劲儿都拿出来！"我看到她有些犹疑不定，也许她还并不熟悉这种场合，她像个真的乡下人那样胆怯地向我走来，这使我觉得很有趣。我拉着了她的手。"跟上节奏，对，就是这样，跺脚，扭动胯部。摆手，点头，太好了，就这样，跟上节奏！这就是他妈的城市的节奏！"我说。她和我面对面跳了起来，她在适应着鼓点，但我看得出她仍旧不能适应这种群魔乱舞的环境。而这时音乐的声音太狂暴了，简直都可以把屋顶他娘的掀翻。每一个人都在摇动，眼睛里喷吐着火苗，这就是城市的节奏，人们在被挤压的空间下到黑夜里来释放出他们那被压抑住的激情，而明天白天，他们照样会在这绞肉机的城市中，被城市巨大的传送带送上流水线并滚滚向前，哪怕被制成肉罐头也永不停息。我忽然看到有一个穿紧身皮裙的小姐扭动得非常狂放，她的头发飘散开来，像是黑色的蛇一样在空中飘动，她的腰肢柔软，在音乐中扭动如一条漂亮的鳗鱼，她的脸在灯光闪烁中忽隐忽现，她像一个完全的孤独的舞者那样沉浸在自己的颤动中。这简直是一个带电的肉体。我立即挤开人群，来到了她对面，和她对应着狂舞了起来。我使劲儿向前挺动胯部，这一刻我愿意向全世界挺动胯部，因为我有点儿疯狂了。在舞池中央的几个戴面具的人像山猫一样嘶叫着，蹦跳着，这里仿佛是一个奇怪的山洞，什么样的幽灵都在这里起舞。也许这里同时是一个战场，灵魂与暴躁的音乐在厮杀着，我想我的确有点儿忘乎所以了，我像只被通了电的玩具熊一样在人群中抖动，我开始笑了起来，但我却一点儿也听不见我的笑声。

半小时以后，我累了，我跳出舞池走到吧台前要了一杯"龙舌兰日出"，我这时才想起了黄红梅，我开始端着酒杯在舞厅里找她，我从一层找到了二层，我大声地呼喊她的名字，但我却找不到她，她一定是一个人悄悄走了。难道她不喜欢迪斯科舞厅中这些疯狂的人群吗？我一口喝干了那杯像是从蚂蚁体内挤出来的酒，我又挤进了人群，只有在人群中，我才是一个呼吸着的灵魂。一刹那间，我几乎可以看见所有人的蓝色灵魂，不，是舞厅中一千多人的蓝色灵魂在音乐中呼啸而来，又呼啸而去，像是一些破碎的星星，又像是一阵有生命的风，在半空中飞来飞去。

五

自从在那次去奥尔菲斯俱乐部跳舞的夜晚之后，有好长时间我都没有再见到过黄红梅了。我们每一个人都很忙，我说过整座城市就是一个巨大的自动绞肉机器，每一个人都在流水线上干他自己的活儿，只是第二天晚上我一回到我的居所，就发现屋子里真的多了一盆文竹，我知道这一定是黄红梅放的，但她没有我的门钥匙，怎么可能在我不在家的时候进门呢？我有些疑惑和恐惧，但我已经管不了那么多了，因为我的休假已经结束了，我将立即投入新的生活洪流中。我还没有说过我在给一个外国佬打工，我是学海商法的，毕业于上海航运学院，毕业后我在中国远洋航运总公司干过一段时间，就在今年早些时候，我毅然地跳了槽，给一个在新加坡和北京都注了册的私人航运业务公司老板——他是克罗地亚人——当狗腿子，而我还指挥着另外的五个人，昼夜不停地为生意奔忙。这个大胡子克罗地亚人叫布耐特，为了躲避战火，他把他一家五口——他有一个漂亮的太太和三个小孩，全都迁到了北京，在北京买了上等的公寓，打算从此就生活在这里了。而我正是他最得力的部门经理。这全归功于我优秀的英语、法律和汉语，但这家伙每月只给我八百美元，如果我做成了大笔买卖我还能再从中分一些，但我希望我能尽早结束这种高级打工的局面。我刚到亚运村的汇宾大厦公司办公室，秘书叫我立即去布耐特办公室。"啊哈亲爱的张，我有事要与你说。"布耐特热情地向我伸过来他挣钱时也同样伸得很快的大手，"请坐，玩得怎么样，这半个月？"

"相当不错。我天天游泳、跳舞、打壁球和保龄球、泡酒吧，再就是在大街上散步，我很快活。"

"好极了，"他说，一边用两只手的指头合拢着互相叩击，"密斯特张，我有一个想法，"他冲我眨了眨眼睛，"一个很好的想法，我想和你签两年合同，每月给你五百美元，"我听到这儿脸色立即变了，"别紧张，我可以一次给你两万美元，这样你就可以去买一套房子了，因为你还没有自己的房子，这是我想到的解决这个问题的最好的办法了。你觉得怎么样？"他微笑着看着我。

买一套房子！这当然是我一直的想法，我的大脑在飞快地运转着，我在计算着合算不合算，这样他每月从我的工资中扣去三百美元，两年就是七千二百美元，实际上还是多给了我一万两千八百美元，但要求我签一个卖身契，在两年之内我的智慧是属于这个克罗地亚人的。"让我想想，老板，我得仔细考虑考虑。"

"好吧，张，给你三天时间。不过我已拟好了一个合同，你先看一看吧？"他笑着递给我一张纸，拍了拍我的肩膀说，"我很信任你，张。"

签不签这个合同？我有点儿拿不定主意，因为我一直想自己开一个公司，自己当老板。但我的确需要尽快买一套房子，因为北京的房子太贵了，至少需要一百万块钱才能买上一套小房子，这对于我来说仍是一个大问题，但我知道布耐特需要我，我对于他来说是一棵摇钱树，我一年就可以为他挣几十万美元，而我仅仅靠打他的国际长途电话、用他的传真机同世界各个地方联系就可以挣这么多。我在中远时有一批老客户散布在全世界，这才是最重要的。但要单干对于我来讲还不是时候。再考虑两天吧。

但在随后的几天中我就做砸了一笔生意，有一个安徽佬要运一批东西到美国去，我想尽办法才从韩国给他找了一条船，但当那条船已确定下来，我们开始坐在一起进入实盘谈判时，那个安徽佬却说货再过两个月才能装船。由于已谈了实盘，那艘船已航行在奔赴上海港的路途上了，很快就将抵达上海，那艘船每天待在上海港的费用是六千美元。我真想揍死那个安徽佬，可他却夹起文件走了。看来只好通过法律手段去解决这个问题了，让承租方与包租方去打官司吧，因此这使我的情绪立即变得恶劣了起来。我回到家的时候发现屋子里又多了一盆很大的龟背竹，这是我很喜欢的绿色植物，我的屋子眼看着一点点地逐渐变成了一个花园了，这让我多少要好受些。到手的四万又飞走了。我坐在那里觉得很疲劳，我忽然决定给黄红梅打个电话。我立即拨通了桑拿中心的电话，总台小姐告诉我："对不起，黄小姐正在为客人服务。""那请立即转到她的房间里，我是她的亲戚，有急事找她。"

"喂，你是谁？"

"我找黄红梅小姐。"我立即用假嗓子说，"我听说你按摩得特别好，我想叫你……"

"我正为别的客人服务，客人要做三个钟，今天可能不行了，明天你来行吗？你可以告诉我你的名字，明天你可以早一点儿来，先生……"她的声音听上去娇滴滴的。

我挂断了电话，一种厌烦情绪涌了上来，我去打开了一瓶干邑，一口气喝了半瓶。我倒在床上，大口地喘着气，然后我睡着了，开始在睡梦中飞翔。

第二天一早，我找到老板布耐特："我要签那个合同，老板，我决定了。"

大约三个月后的某一天，这座城市骤然被一场鹅毛大雪所笼罩，我忽然接到了黄红梅的电话："我要找你谈一谈，我决定不在这里干了，我想从事餐饮业。我想开个餐馆，你得帮我，因为于胖子说我是个贼！他说我偷了一个人的劳力士手表和一个黄金手链。可我没偷，我绝对没偷！我要离开这里，这是在外面给你打的电话。你能来见见我吗？我在北海公园的后门，于胖子四处找我，他说他要杀我。"

"你待在那里别动，我立即就到。"我说。我刚挂断电话，于胖子就打过来了电话："黄红梅和你联系了吗？"我沉吟了一下说："没有，怎么啦？我好久都没听到她的消息了，她不是在你那里干得很好吗？"

"他娘的，她是一个贼！这几个月有一个书商迷上了她，那家伙也是我的好朋友，他这一段时间天天上我这儿洗桑拿，每回都叫黄红梅做按摩。每一次他给她小费就是一千块。可昨天我那哥儿们做完按摩突然发现价值三万多块钱的劳力士手表不见了。还有一条值一万块钱的金手链也不见了。可这些东西他都一直戴在身上的。黄红梅简直像变魔术一样在按摩房里把它们变没了。后来我们就到处找，哪儿也找不到，准是她偷走了。因为她今天突然就走了，只留下一个纸条说再不来了。她没与你联系？你瞧你给我介绍的是些什么人……"

"她不可能是贼，这一点我可以肯定，你他妈的要有证据。"我阴沉地说，然后我立即挂断了电话。我的心有点儿乱，我想黄红梅肯定不会干那种事情的，我立即打车去了北海公园的后门。我到了那里看不见一个人影。我站在 111 路电车站牌下四处张望，根本就看不见黄红梅的鬼影子。我正等得心焦，忽然有人从背后捂住了我的眼睛，一种我十分熟悉的气息冲进了我的鼻子。"放开我，黄红梅，我抓住你了。"我反手抱住了她的腰，她可能觉得有点儿痒，就放开了我。"你胖了，你都吃了些什么东西，几个月不见，脸上尽是肉。"她笑着奚落我。我看见她穿一件米黄色的风衣，她把头发剪短了，口红很鲜艳，正是这个季节最时髦的那种，她的眼睛仍是那么鲜亮，但多了一丝挑逗与狡黠。她越来越像一个漂亮的塑料女郎了，我想。"你在想什么？咱们去公园里走走吧。对了，你喜欢我放在你屋里的花花草草吗？"

"喜欢，可你怎么有我的钥匙的？"

"哈，我趁你没注意悄悄复制了一套，你不会生气吧？"她说。我点了一下头，说："没事。"我问她："于胖子给我打了个电话，他说就是你偷的那个人的劳力士手表和金手链。你真的没拿过那些玩意儿吧？"

她一下子睁大了眼睛："这怎么可能呢？我怎么会去偷东西！"她立即委屈地掉起了眼泪，"我在你眼中也是个贼吗？"她哭得如同梨花带雨，叫我多少有些心疼。"没偷就算了。你不想再去干了？"我问。

"我讨厌于胖子了。他的那些朋友没一个好东西，那个出版商才逗呢，他非要说他爱上了我，他还说要给我买一套房子让我住，他来养我，每次给我小费倒大方极了，但我怎么会爱上他呢。"

"那你爱谁？你爱我吗？"我突然半开玩笑地问了她一句。

"你？"她看着我，目光立即变得有些混沌了，过了好久，她摇了摇头，"不，我喜欢你。我谁也不爱。我喜欢你还不够吗？"她有点儿委屈，拉着我的手松开了，但我又抓住了它。

"够了，"我笑了笑，"你刚才说你要干餐饮业？"

"我手里有三万块钱了，全是我攒下来的小费。不少人对我很大方，这个世界有钱人真是太多了。我要用这笔钱开个餐厅。我想要找个合伙人，你可以给我找个生意合伙人吗？我想开个中式快餐店，我想有一天把它发展成连锁式的，我已想好了一种中式快餐的办法，就叫'天府快餐'，有米饭，然后配上十几种四川风味的菜，然后把它做成现炒现卖的快餐。一定非常火爆。我有这个信心。

你说过要一直帮我的，对吧？"

　　"当然。不过你真的没拿那个人的劳力士手表和金手链？"我突然在公园里一棵柳树下站住了，又问她。她的脸上掠过了一道阴霾。"你还是不相信我。你为什么也怀疑我呢？"她向我扬起了脸，脸上凝聚的全是那种一碰即破的忧伤和愤怒，一种没有被理解的哀愁。我想也许是我伤害了她。"对不起，"我说，"只是于胖子也是我的好朋友，我同样也相信他。不过我现在相信你了，好吧？咱们去吃比萨饼吧，算我错了，好不好？"我刮了一下她那颗被冻得红红的鼻头，拉着她向前走去。冬天的北海公园里游人稀少，大地一片苍凉，一种荒寂的美叫我为之动容，"我想起来了一个朋友，他叫张笑，原先在《中国引进报》当记者，后来下海弄了一个土耳其烧烤店，干了半年生意却并不怎么样。也许北京人更爱吃汉堡包和比萨饼，他们对土耳其烧烤兴趣不大。张笑上星期还给我打了电话抱怨他的生意清淡。咱们就去找他谈谈吧，也许把他的店盘下来自己干也行。不过你真的想干餐饮？这行当在北京可他妈的竞争激烈极了。你好像只会煎鸡蛋，对吧？"

　　"你总是小瞧人。我自然会聘厨师的。我在这个城市还有不少小老乡呢。我只是还缺一点钱，你那个朋友如果能合伙就太好了。"她沉思着说。

　　仅仅几个月，我发现她已经有了很多的变化，她好像已经掌握了对付城市的办法，她开始有了信心。她不再是个面对警察就手足无措的小姑娘了，我看着她心想，一切都在我的预想中发展着，她身上的每一丝变化都是我很关心的。好吧，我想，她很快就当上老板了。"我再也不会去当按摩女了，"坐在出租车里，她若有所思地看着窗外掠过的一座座商场、饭店、公寓楼，看着街上打扮入时的像纸片一样在风中飘动的城市人坚定地说，"我讨厌日复一日地去按摩各种男人的身体。他们大多已有了过多的脂肪，都有着过剩的精力，他们因为有钱而对一切都不在乎。我讨厌他们，想到我在为他们服务我就恶心，我再也不用当按摩女了。"忽然她又把脸转向了我，把她的小手放在了我的手心里，"不过我要为你按摩，我只为你一个人按摩，你说你喜欢中式穴位按摩还是喜欢泰式骨节按摩？"她笑嘻嘻地在我胁下胳肢我起来，我痒得受不了笑了起来。我看着她，我想她作为一件作品正在日趋完美与成熟，她已经逐渐学会了用一种新的眼光来看待事物，她已经有了一套新的价值标准。短短几个月，她已由保姆变成了按摩女，而她马上又要变成餐厅小老板了。在城市的垃圾场中她是善于吸收养分的，她成长得很快，我想，而这得全部归功于我！

六

"你是说开一个'天府快餐'店？你研究过快餐的市场吗？我可没有这个把握，我还是卖我的土耳其烧烤吧，虽然我这里的是假的，因为我请不起真正的土耳其厨师，我不赚钱，但我也不想赔钱，你说呢？"张笑搓着他的手说。我和黄红梅坐在他的土耳其烧烤店的大厅里。这时正是吃饭时间，可饭厅里简直像被人洗劫过了一样，一个人也没有。

"正因为如此，我才要和你合伙。你瞧，现在正是吃晚饭的时间，可你这里却一个人也没有来，这就说明经营思路有问题，对不对？我已全想好了，我这里有一个详细的策划书，要不，你先看看吧。"黄红梅从她的包里掏出了两张纸，递给了张笑。张笑属于那种书生型的人，他由记者摇身一变成了餐厅的经理，但他身上那种儒气仍旧存在，甚至还有些酸气，我想这恰恰就是他经营不善的原因，也许他还是接着去干他的小报记者要更合适些，我想。可当他看完了那两张纸以后脸上涌现出一丝潮红。"我与你合作，我们说干就干，我觉得你的想法很棒，很棒。"张笑忽然像变了个人似的，他立即又像想起来了什么似的，"他奶奶的，没有人来，咱们自己吃还不行吗？服务员，快给我们上烧烤！我要两盘小羊腰子，"他吼叫了起来，"咱们自己吃，对不对？"他沮丧地冲我们说，我和黄红梅都笑了起来。

"你就放心吧，我会很快就叫你赚钱的。你这个地段就很好，不赚钱可太可惜了。对不对？"黄红梅说。她说这话的时候她的手一直握着我的手，我可以感到她的小指的轻轻弹动。"我们立即操作起来，你是董事长，而我是总经理，我入股几万元，我们四六分成，因为你的股份多。"她说，"我们一定会赚钱的。开业那天的新闻发布会还得你们张罗喽？"她把脸转向了我，莞尔一笑。

我继续翻那本黑皮的艺术家画册，我又读到了一个行为艺术家的有趣作品。这是一个德国人，他的行为艺术就是让自己不停地飞到空中去，他每一次都从三楼或二楼的窗户里或者阳台上跳出来，然后在空中伸展躯体，就像真的在空中飞行那样，像一只鸟张开翅膀那样张开双臂，叫人拍一张照片，照片上的他西装革履，真的像一只向上飞的鸟那样停在半空。他的动作的确很漂亮，但有一天他就这么从半空中掉到了地下，然后就摔死了。他就是这么死的，我真为他感到惋惜。可为什么他总是想飞到半空中去呢？他是人，他是没有翅膀的，他不可能就飞到天上去，他不过是在一次又一次地做着徒劳无益的行动而已。但他的确是一个伟大的行为艺术家，就算和谢德庆相比也不差，你觉

新中国 70 年优秀文学作品文库

中篇小说卷

得呢？

很快地黄红梅和张笑合伙开的天府酒楼就开业了，黄红梅负责全面的经营管理。开业那天请了很多人，各种人物全都来了，因为开一个餐馆要涉及工商、税务、房管、供电供水等各个方面，还有我和张笑请来的一帮子新闻记者，这是一帮子又吃又拿的家伙们，红包少了根本就不行。而电视台来的那个家伙尤为可恨，他一接过红包就哗哗地当众点钱，一点儿也不难为情，点完了就立即说："我们还有一位在外面车里没下来呢，你们还得给我一份。"张笑赔着笑脸："那您吃完饭再走对吗？""吃饭？谁吃你那鸟饭，我还有事呢，马上就走，快把那份钱给我！"

由于不让放鞭炮，少了一些喜庆气氛，但门口仍旧摆了很多的花篮，这一刻简直是人来人往，热闹非凡。黄红梅把自己打扮成了一个交际花的模样，她穿一件大红的缎子旗袍，身材窈窕，应酬自如。我向布耐特请了一上午的假，在她这里帮忙，这时候天府酒楼已经面目一新，土耳其烧烤店的牌子已经摘了下来，整个二层的酒楼披红挂绿，在风中招展。吃饭的时候满满坐了八桌客人。张笑和黄红梅穿梭其间，忽然我看见于胖子也进来了，我立即招呼他坐到了我身边，我看到他阴沉着脸，"怎么，看到过去在你那儿打工的现在当了老板心里不高兴？"我对他说。于胖子看着我："这都是你一手策划的吧？"

"是啊，"我笑着看着她，"因为我想当一个行为艺术家，而她就是我的一件作品，我要把她引入城市的舞台，把她塑造成一个新的城市人。你觉得怎么样？"

于胖子看了我许久，突然笑了起来："傻×，我说你真是一个傻×。你要当一个艺术家？我一直想当一个一流的表演艺术家的，可我却当上了娱乐业的小老板。到头来你会蛋打鸡飞的，老兄，这个女人不寻常，我早看出来了。你会倒霉的。"

"是吗？"我饶有兴趣地看着她在邻桌一桌桌地敬酒，谈笑风生，收放自如，"你这是肺腑之气吧？我相信，可她现在干得不坏，对不对？你有点儿嫉妒吧，"我把脸上的笑容收住了，"你帮过她，她会牢记的。"

"她不喜欢我，我知道，而且我还知道你也鬼迷心窍了，你被她迷住了，这对你很危险，老兄……"他正说着黄红梅已经像一阵风一样地卷了过来。"于老板，我很感谢你来参加我们的开业典礼。"她举着一个装满了白酒的小酒杯，"我敬你一杯，谢谢你，你至少教我学会了怎么按摩。那块劳力士手表和那条金手链找到了吗？我猜肯定在某个按摩女的内衣里，但我从来没有拿过它们。"她柔中带刚地说，盯着于胖子："干了吧？"

"好，他娘的，干！"于胖子一仰脖喝干了那杯酒，然后他奸笑了起来，"可我知道你从不穿内衣，所以你就从没拿过那些东西……"

"他喝醉了，我喜欢他说醉话，你要帮我照顾好他哟。"黄红梅不为所动，笑吟吟地为其他人敬酒。于胖子坐了下来，他又干了几杯，然后瞪着眼瞧着我："可我就是不明白，你为什么要帮这种人，这种打工妹？总有一天她会像苏醒的毒蛇那样咬你一口的，你就等着瞧吧，你到底操过她没有？嗨，兄弟，你说你操过她没有？我一直想操她一下，可碍着你的面子我什么也没干，我要再喝一杯。"他又喝了好几杯，脸红得像个猪肝，"我干妈最近死了，我心里好难过好难过。"他向我怪笑了起来，"而且他娘的有人在搞那个退休的老将军，我不知道我还能不能再当经理了。"我看着于胖子，我也喝了不少，我想我是理解于胖子的，我明白他也不容易，他想当个伟大的丑角的梦想永远也实现不了了，我握住他的手："于胖子，如果我们全被炒了鱿鱼，那我们就一起从卖刀削面开始，我们当然是兄弟。"但于胖子不再听我说什么，他站起来一个人走了。

一个小时以后，开业典礼宴会结束了，一时杯盘狼藉，人去楼空。黄红梅松了口气，因为只过了一会儿，客人们便蜂拥着进来。在这栋两层楼中，一层卖各种快餐与小吃，二层则全是包房与大桌。我喝得昏昏沉沉，她把我扶进了一间有床的房间，我就歇在那里睡去了。我睡得很不安稳，我总觉得有人在一边看着我，有一双大眼睛总在半空中悬着，还带着一线爱怜与叹息。我挣扎着睁开眼睛，但我眼前是一片空茫，一双手给我盖上了一件衣服，然后我睡着了。

七

我们一起并肩在长安街上走，迎面吹来了猛烈的西北风，这是北京的冬天，这是一座冬天里冰冷的城市，我和她都穿着风衣，在风中竖起了领子，我请她在北京饭店对面的一家南北风味的餐馆吃了羊肉泡馍，然后决定在大街上走一走。当我们穿越一个过街通道的时候，有一群拿着玫瑰花的小姑娘都围了上来，"叔叔，给你漂亮的女朋友买枝玫瑰吧！"一张张脏乎乎但有一双闪亮的眼睛的小脸望着你，我笑了笑，看了一眼黄红梅，按每枝两元钱的价格买了九枝玫瑰，我把它递给了她；她的眼睛里闪动着从未有过的激动。"它们太美啦，"她说，"我就喜欢花，可我不喜欢她们在这里卖花。她们的父母都是外地人，为了生存不让她们上学，却叫她们来卖花。等我挣了钱，一定要叫这些失学的孩子全都能上学，再也不用到街上来卖花了。我小时候多像她们呀。"她凝视着远去的女孩子们对我说。

　　在经过一个过街通道时，我们看见有一对瞎子夫妇在卖艺，那个女的拉手风琴，而那个男人则拿着话筒在唱歌，他们唱的好像是《涛声依旧》，城市人行色匆匆，谁也没有理会他们，可黄红梅却拉住我的手站在那里听了一会儿："我爸爸也是一个盲人，可他已经死了，他多像我爸爸呀！"她说着就掏出了十元钱，放到了那个瞎女人眼前的毯子上。"我们走吧，我觉得有点儿不好受，看到那些卖花女孩和盲艺人，我就想起了我自己。我们快离开这里吧。"她央求我似的拉我向台阶走去。我们很快就来到了地面上，城市已经被黑夜所笼罩，但城市的冬夜凝重多于浪漫，所有的人都行色匆匆。在她的天府酒楼开业以来，生意兴隆，每个月都净赚十几万元，而且她已开始在西四开了一家新的快餐分店，连我都佩服她的经营手段，我不知道她怎么会有这么大的潜力。也许有些人就是这样，一旦你给了她机会，她就会给你扮演好任何一个角色。我想起来于胖子对我说的话："这个女人不寻常。"她当然不寻常了，我笑了起来，因为从一开始她就是我的作品。"你在笑什么？你是不是在笑我的发音？我的普通话说得够好的了，对吧？"她假装恼恨地对我说。这几个月我一见到她就给她纠正发音，她的普通话越来越纯正了，她正在变成一个北京人了。"下一步你怎么打算的？"我问她。

　　"下一步？我打算开上二十家快餐分店，遍布北京城的各个城区，与麦当劳、肯德基、意大利比萨饼、北京烤鸭这些店争一个高低。我就不信中式快餐打不过西式快餐，而且同时我也要再搞一个高档酒楼，因为川菜是大众菜，不像粤菜价格高，我要把它们都开起来。当然这仍旧需要钱。不过半年以后这一切都可办到了，只要有你帮忙，我的想法就可以实现，我当然会干得更好。"她柔情蜜意地抱住我亲了我一下。这使我相当快活。我决定去西单商场的电子游艺厅玩玩电子游戏机，我就带着她兴致勃勃地玩了一会儿游戏机，开飞机、赛车、拳击、枪战这种老套子我全都玩腻了，但我发现有一种更好玩的游戏，有一个日本人玩得很开心，那是一个奇幻的世界，在这个世界中，空中飞舞着巨石，地上倏忽冒出一些蘑菇类的怪物，空中也会突然出现奇怪的云彩和飞行的大蜈蚣。这个电子游戏程序如同小说家博尔赫斯笔下的迷宫一样，奇幻、神秘而又刺激，我就坐在飞来飞去的座椅上，快活地过了一关又一关，一会儿二百多块钱就给玩进去了。黄红梅就在一边欣赏着我的战斗。但当我打完了所有的币时，我突然感到一种深深的厌倦袭来，我觉得我越来越像是一个平面人了，我竟然沉溺到这种游戏中而陶醉万分。我还是一个学过海商法的英文相当过硬的外企白领吗？我情绪变化相当快。我拉着她向外走的时候她关切地问我："你怎么啦？你好像哪儿有点儿不太舒服，不要紧吧？"

"没事儿，周期性厌烦症发作而已。我要回去。"我说。我们坐着电梯下楼，整个商场之中到处都是物品，需要人们去购买！去享用！到处都是物质，人人都在拼命生产，又都在拼命地消费，可这些人忙碌的最终结果又是什么呢？这个世界上不过是多了一堆又一堆的垃圾与大便。想到这一点我更感到厌烦了，我决定尽快回家去，否则这个物质世界会一口吞吃了我。"明天是你的生日，你忘了吧？我要给你过一个生日。你总是抱怨我老是在你不在家的时候去你那里，可明天这种情况就有所改变啦。一大早我就到你那里去，你只管上你的班，下午回来你就会吃上我为你做的真正四川风味的饭菜了。行吗？"在出租车里她伏在我的耳边热烈地说。这使我猛然一惊，我已经二十八岁了，我想到我已经虚度光阴多年。

一月三号我下了班一回到屋子里，黄红梅真的像她说的坐在那里等我。她穿着一身白色的三件套，全身是雪白的，只是在胸前别了一朵鲜红的花。她笑吟吟地看着我。"你回来啦！"她立即像变魔术一样给我端上来一桌子丰盛的佳肴，我全都叫不上名字。它们花样繁多令我眼花缭乱，它们全都用小盘来盛装，我明白这里面隐含着不许浪费的意图。她今天可能是刻意打扮了一下，她那样子简直像朴素高洁的天鹅一样叫我头晕眼花。我承认我其实在内心之中早已经爱上了她。虽然我喜欢我的孤独，但当我像一个艺术家那样以城市为环境来雕刻她时，作为我的艺术品我越来越喜欢她了。我喜欢她身上渐渐起的变化，那是一种远离乡村与小地方的气质与经验，正在与这个城市的风貌相吻合。她又为我端出了一个小型蛋糕，上面插了一大堆彩色的小蜡烛。我走过去隔着桌子亲了一下她的额头。"谢谢你。"我的眼睛里燃烧着喜悦，我忘掉了我劳碌了一天的租船找船的业务，它们刚才还像一团乱麻一样在我的脑海里纠缠不休。我洗了手然后重新坐下来。我想到我已经二十八岁了，我既幸福又悲哀，如同每一个过生日的人那样。我吹灭了蜡烛，和她分吃了蛋糕。我和她品尝了她做的那些精美的川味饭菜。我觉得这一天应该在一种静默之中度过，因此我一直没有说话，只是我们的眼睛都特别亮。屋子里柔和的光线铺在我们的身上。那些花草们在昏暗的灯光之中则显得生机盎然。这一切全是她为我带来的，我想。过了一会儿，音乐声响了起来，我拉着她的手跳了起来，那是恩雅的极其舒缓的曲子，我们跳得很慢，但内心里充满了激情。这时候一切仍旧是静默的，可一种强大的力量俘获了我，我一把把她紧紧地抱住了，她"噫"地叫了一声，我已将她抱了起来，像捧着一架竖琴一样向床走去。我把她放在了床上，我给我自己脱衣服，也给她脱衣服，一直到她真的像一件雕刻出的作品呈献在我面前的时候，我和她紧紧拥抱了。可她突然说："我要给你按摩，今天我做最后一次按摩，是特为你做的。"我伏在枕头上，她开始给我做柔和的中式按摩。我觉得我就像一团棉花一样的融化，在飘飞不定。我浑身酥软了，但我的那玩意儿却硬得不行，我翻身就把她压在了身下。这一刻是大海起伏的时候，起风了，波浪一浪又一浪地涌过来，我们的身体像两道完美的海浪那样在运动，海啸也产生了，在我的胸膛和她的乳房之间共鸣。那的确是完美的一刻，在这之前我从来没有体验过性的完美的快乐，在这时我和我的作品合二为一，雕刻师和他的生动的雕塑合为一体，我们互相寻找与迷恋，彼此都像个老手那样不停地变换着体位，激情与死亡的意识在大脑深处奔涌。在激情来临的时刻我们像撕咬的兽类那样厮杀与奔腾，她在嘶喊中哭了。

激情过后，她停住了哭泣，我们仍旧长久地吻在一起。这仍旧是雕刻家和他的雕像之间的吻，那是一种爱恋与自恋，一种复杂的感情。她在我耳边喃喃地说："多年以前我就生活在医院里，那是一座潮湿的医院，在医院的一间屋子里，到处都是人的各种器官沉浸在福尔马林溶液中。我忘不了的是很多男人和女人的头颅漂浮在那种液体里，他们都睁着空洞的眼睛在看着我，这使我体验到一种既甜蜜而又恐惧的情感。我害怕这些头颅，但有一种力量却又引导我天天去那里看那些头颅。他们很快成了我的好朋友，因为在整个少女时代我并没有什么朋友。而那时我一直没有弄明白的是一些液体中浸泡的是些什么东西。它们总是那么奇怪，它们长成那个样子是为了什么？我一直弄不明白，直到我父亲的死给了我震撼。人死去就是他永远地消失，我再也见不到他了。我是那样的孤独。我的母亲是个医生，受她的影响我也喜欢上了医学。我从护理专科学校毕业后就日益地渴望外面的世界，我每一天都想着离开我生活的那个小地方，我越来越讨厌那里了。我父亲的死以及那些浸泡在福尔马林溶液里的头颅们都驱使我尽早离开那里。我是一个最喜欢做梦的女人，我在梦中爱过很多男人，可醒来之后发现是我自己的手夹在我的双腿之间。我终于来到了北京。我就像是一块木板一样漂浮在这座城市中，我有着很多的梦想，但我却没有机会去实现它们。城市就像对待一个敌人那样对待我，我根本没有力量去面对它，而这时你出现了，你说要帮我，于是你就真的帮了我，使我自己也明白我自己可以干很多我想干的事，我原本什么都会的，我从来都是一个能实现梦想的人。

我还有不少想法，而正是你给我带来了好运，我只可能信任你，我不相信任何
一个人，我已经明白了这座城市的真谛，是你激活了我内心的欲望，它们已经
像野兽一样地闯了出来，犹如洪水决堤，我一点办法也没有，我决定去实现它。
可我也许最终会伤害你，我唯一信任的人，最终也许我会变成一个陌生人，一
个你从来也不认识的人，但我毫无办法……"她喃喃自语，她的手在我的肌肤
上一寸一寸地轻柔地抚摸着，而且她还在哭泣，这如同她一个人在游戏一样，
她在进行着哭泣的游戏，但我已经睡着了。我梦见我行走在一座鲜艳的城市中，
城市里所有的建筑都被阳光覆盖，我一个人走在大街上，可是奇怪的是几乎很
多人都向我投来了惊异的目光，我这才发现我手里拿着一截绳子，这截绳子的
尽头拴着一个气球，可这个气球又好像是一个人头，是一个笑吟吟的大眼睛女
孩的头颅。我是拎着一颗头颅还是拎着一个气球？我弄不明白，但我已经有些
恐慌了。我一松手，那个头颅气球就飞快地向空中飞升而去，我抓不着她了。
可她是谁呢？那张脸我是如此的熟悉……

八

　　如何来描述北京这样一座城市呢？面对日益地变化着的它我感到有些困
难。北京完全是立体的，多层面的，它无比丰富，如同一片海洋一样容纳了各
种各样的生物，各种各样的人欢欣地在这里生长。我发觉北京比其他城市更宽
容，更具包容性，其实这里几乎没有几个人是真正的北京人。那些满嘴京腔的
人，只要上溯两代，他的祖籍立即就变成了外地人，即使是居住在北京上百年
的满族人也是明代末年从关外杀进来的。正因为北京能够比上海或者天津更加
包容外来人，就像历史学家汤因比所说的"异族入侵带来新鲜血液"，各个时
代涌入北京的外来人给这座古老的城市带来了永久的活力，那是一种常新的液
体，在城市之中涌动。去描述北京使我显得为难，因为北京正在日益分层，如
同拉开一个长长的散兵线那样。这座城市的富人与穷人之间的差距几乎是一个
天文数字。你想一个月收入一千五百元的工人家庭和拥有价值数百万美元的富
豪相距有多远？有资料显示，一九九二年以来才开始在北京的几个郊区、县兴
建的别墅竟达几十万套！而且其中有百分之六十的已经建成并开始进入销售期，
在一九九六年还有百分之四十的别墅在售出，而这些别墅的主人都是一些什么
人呢？当我默默地站在公寓楼里望向黑暗笼罩下的在黑暗大地上铺开来的灯火
辉煌的北京时，我仍旧可以为它而感到惊愕，我不过是它上空飘浮的一粒微尘，

我也许从来都不是它的主人。就在昨天,我在建国门外大街的比萨饼店吃比萨饼的时候,和邻座的一个外国人聊了起来。这是一个金发蓝眼的小伙子,当我问他是哪里人的时候,他却告诉我他是北京人,看到我诧异的目光,他说他绝对是北京人。"我在北京买了房子,我的老婆也从美国来到了北京,我在这座城市生下了两个孩子。他们是在同仁医院生下来的,我当然是北京人!"

他叫戴维·罗比,像他这样在北京购买了公寓房的外国人有五十万人之多!加上家属,在北京常年生活流动的外籍人士就有六十万人!当然北京有着如此众多的酒店和高档公寓楼,而北京的房地产价格也像漂亮姑娘的长筒袜一样高得吓人。在这样城市中生活,机会随处可见,可同样也到处都是有才能的人,还有野心家和梦想家,他们都想到这里来捞上一把,有的使出浑身解数,不过在机关里混了个刀笔小吏,而有的则胆大妄为,在这座城市盘根错节的人际关系的钢丝网上跳舞,四处逢源。这样一座城市,如同一个巨大的细菌培养基,只要有一点儿水和阳光之类的玩意儿,那些各种活跃的东西就呈放射状开始繁殖。这座城市是一个什么样的形象?它是一个盲目的巨人,一个自大的瞎子,它是一座轮盘城市,它的所有的高楼大厦都是积木一样的玩意儿,你可以在想象中恶毒地推翻它们,让它在一瞬间彻底垮掉,当然这是那些在这里没有捞到过多少好处的人的想法,更多的人则同意这座城市是一座轮盘城市的说法,它招呼着每一个人都到它这里来下注:来吧!来吧!你们都来下注吧!因而一下子吸引了七百多万流动人口盲目地来下注,每天都像输红了眼的赌徒那样在这座城市中窜来窜去,可人数却从来也不减少,一些人滚开了,另一些人则又扛着梦想来到了这里,周而复始,永不休止。

当我凝望这座城市时我内心之中充满了复杂的感情。就像我面对黄红梅时一样,我和城市都在互相塑造,说不清谁是谁的作品,谁的准则要更正确。在这座古筝与摇滚乐同时奏响、乞丐与富豪同时走在大街上、贩卖婴儿的罪犯与倒卖理想的人一同在电视上露面的城市中,好像有一把伸入天空的梯子,在这梯子的上端有着上好的风景,那些来这里的人则从下往上爬,从各个方向向上爬呀爬呀,他们一边丧失一边得到,但他们乐此不疲,就那样靠着欲望的火箭推力器在向上运动,向那美丽的月亮山爬去。我站在那里,好像真的看见了这样一群向上爬动的人群,他们如同庞大的蚁群,卑微而又密集,构成了蠕动的一条长河,向着黑暗的高空滚滚而去。

从那天以后,我突然和黄红梅更近了一步,这种变化是那样的微妙,以至于我都有些手足无措,无所适从。当她一天天按照她自己的想法,在这座城市中靠我的推动发展与变化的时候，我，把她当作我的作品的人，却渐渐地对她产生了迷恋的情感。情感的火焰是可怕的，一旦燃烧，它就是蓝色的，它可以把那些钢条都烧断。可不幸的是，在我的内心之中就产生出了这种火焰，突然有一天，我的胸口发烫，我就看见了那种蓝色火焰。而这个时代，性游戏却使爱凋零，当性变得像商品一样可以交换的时候，爱的火焰早就被一泡尿淋湿了。爱是被亵渎的纯真的孩子，你很难叫他重新露出未被伤害的笑脸。我渐渐变得像一个雕刻家迷恋他的雕刻作品那样，我对黄红梅身心的每一丝变化都感到心醉神迷。她越来越像我设计中的她。这个她是性感的、机智而又充满活力的，冷漠而又热烈、高雅却不脱俗，善与恶都协调地统一在她身上，总之她就是一个弄明白了城市的法则的人。我决定帮助她走得更远，而她和张笑开的天府酒楼生意兴隆，一切也像她设计的那样，在短短几个月中，她就开了八家连锁的"天府快餐"店，将四川风味的佳肴快餐化，在与麦当劳、肯德基和比萨饼、北京烤鸭快餐、加州牛肉面进行了一番激烈竞争之后，获得自己在快餐领域中的营业份额，并且把另一家雄心勃勃，打算在北京开设连锁店的西安饺子宴快餐店击垮，让它变成了龟缩在城市角落里的老鼠。黄红梅纵横开阖，应酬自如，除去我给她介绍的各种关系以外，她又认识了更多的人，他们全都围着她在团团转，而她仍像个按摩师那样，舞动她的手指头，把他们指挥得服服帖帖。在对待男人方面，她已越来越成熟了。我不能不承认她明白了什么是虚伪，并以虚伪为武器来对待各种各样的人。每周六她都要和我在一起，我们共度周末，并一起商定彼此面对的新的问题与处境，找出解决的办法。在我的眼睛里，在很多人的眼睛里，她都越变越漂亮，几乎是某种象征。当然这时候我更喜欢她，我喜欢她一往无前地向她的目标挺进。在第二年的夏天，北京一家地方性报纸以整版的篇幅报道了她在这座城市的成功史。她是如何很快就由一个打工妹变成了一个年收入可达百万元的餐饮业管理人员。那篇报道引发了一连串的反应，更多的人都知道了她，拿她当作这座城市中竖立起来的新的形象。很多人都慕名去她的酒楼吃饭，而她已将酒楼改成了分四个层次的高档餐饮设施，最高级的一桌几千元、上万元，甚至还可以吃到由金子打制的薄饼，而且的确是纯金的，如果你掏得起钱她这里就有。每天，她的酒楼都从南方直接用飞机运来各种海鲜、龙虾和各种新鲜的南方水果，只要你想吃，刚才还活灵活现的蟒蛇立即就变成了一道菜。由于来吃饭的人太多，必须要先订餐才有可能在"天府美食城"里吃上一顿，越来越多的记者都来报道她，把她称为是这座城市勤勉发家的典范，而这些，全都是由我一手策划的那篇长篇报告文学引发的。我是进行了第一次推动的人，于是接下来，哗的一下子，世界就像个永动器一样动个没完了，而这一切只对她的生意有好处，她会因此而赚进更多的钱。有一天，那仍旧是一个星期六，在我的公寓楼里，我们热烈而又温柔地做爱，然后我告诉她我和老板签了合同，我的老板掏钱给我买的期房已经盖好了，明天就可以给我交钥匙。"那是一套很大的两室一厅，客厅有三十平方米那么大，我都可以在里面自由地翻跟斗，我们明天就去看房子吧，然后我们就搬在一起住，好吗？"我把嘴唇从她如樱花一样美妙的胸脯上挪开时这么对她说。"好的，我们去看房子，然后，我就做你的新娘，做你的新娘，因为我已经离不开你了。"她说。她说这话时透出一股子玩笑劲儿和对爱情的嘲讽，这我可听出来了。

"怎么，你不愿意和我一起住？难道，难道我们不相爱吗？"我问她。

她躺在那里。"我当然，当然爱你。只是，我不能和你住在一起。我还不想结婚。我还有好多想法没有实现。我得朝前走。我在这座城市的公众面前已经树立了一个形象，我可不能让这个形象自己消亡，我得保持它。我们住在一起还为时太早，总有一天，只要你召唤一声，我就会到你的身边来。"她温柔地抚摸着安慰我说，"我马上要去当一个新的娱乐城的总经理了。有一个北京人投了巨资，我要扮演的角色太多了。"

我沉默了一会儿，我想起了我内心中飘动着的那些蓝色的火苗，我想如果我过几天见不到她一次我就会发疯的。我突然发现其实她早已经发生了变化。她与去年我刚刚在崇文门大街上第一次见到她时已完全是两个人，现在她已成了一个拥有巨额存款的女人，一个成功的年轻漂亮的女人，我已使出了我全部的力气将她向前推了很远，如同上升的火箭一样，在推动卫星进入预定轨道之后火箭就自行脱落了。我突然觉得我就是那个助推火箭，当她在这座城市中已进入她预定的轨道之后，我的使命已宣告完成。我有一种不祥的预感，因为我心中那蓝色的火焰在灼烧着我。我明白当我原地踏步的时候，她早已向前飞跃了。"你说你要去当娱乐城的总经理？"我忽然问了她一句。

"对，有一个很有背景的人开了一家公爵娱乐城，那是一家很大的俱乐部性质的豪华娱乐城。我要去当总经理了。"她说，"可餐饮我也不会放手的。"她的目光盯在天花板，仿佛看到了很远的未来，"一旦我把什么抓在手里，我就不会放松。"

"可你会离开我，"我突然变软弱了，我说，"你会离开我，我刚刚意识到这一点……"

"这怎么可能？"她吃惊地瞪大眼睛看着我，"我全靠你的帮忙才有了今天！你说你想要多少钱？要多少钱我都给你。你怎么会那样想！"她尖叫了起来。

"我不会要你的钱的。"我说，"我也有自己的办法去挣钱，只是你肯定要离开我了。"

"别这样说好不好？"她突然哭了，她坐起来拥抱住我，"好吧，我明天就和你去看新房子，好不好？"

"好吧。"我阴郁地说。

九

我忽然有了一种危机感，这是在和黄红梅一起去亚运村正北六公里的丽水桥王子花园看了我的新房子之后。"这房子太小了，我住在这里会不舒服的。"她如此评价道。我不露声色。"那你想住在什么样的房子里？"我知道最近几个月她大多数时间都住在三星级的亚洲大酒店里，她已经熟悉了星级酒店的全套服务。"我想自己盖房，盖那种很大的、真正的别墅。我已看了地皮，也在这附近，这里坐北朝南，压着龙脉，是最好的地方了。我要在这里盖最好的房子。"她向前走了几步，在靠近阳台的窗户边这么说。

"这么说你不喜欢我这套房子？"我偏头问她。

"它太小了。"她懒懒地说，"我喜欢很大很大的房子。"

"这是我买的房子，你说你真的不喜欢这套房子？"我仍旧偏着头问她。

"我要盖最好的房子，到时候我叫你住我盖的……"

"这不可能。"我铁青着脸，"请你从这里走开吧，立即，我不想再见到你了。请立即从这里走出去。"

她的脸色也骤然变了，她呆住了，过了一会儿，她凑近地说："你说叫我走开？"

"对。"我面无表情地盯着她，盯着这个我如此熟悉却又是如此陌生的漂亮女人的脸和眼睛。

"……好，我走，只是，我就再也不会回来啦……"她凄然地说，其实她早想这样了，我想。

"随便，"我说，"你走吧，就现在。"她又看了我一眼，突然横下了心似的拿起包朝外走去。她关上了门。我站在空荡荡的屋子里叹了一口气，泪流满面。

要让我灭掉我内心的那蓝色火焰会有多么难！到今天我才发觉我其实是非

常虚弱的，我是一个非常脆弱的男人，因为我竟然会喜欢上了我自己所塑造的作品，这个作品就是黄红梅，她的每一丝变化都叫我感到赏心悦目，这全是这座城市所赋予的，但我一步步将她引向这座城市广阔的社会场景中时，她自己发现了自己的潜力与前途，她开始渐渐有了自己的社交圈子，她有了她自己的方向！但到目前为止她还没像冻僵的蛇一样咬我一口，而且我猜想今后她也不会，但也许我就要失去她了，因为她从我自己花钱买的房子里走了出去，我发现也许我还完全算不上是城市的主人，因为有更为阔大的远方图景在召唤着每一个人，那是欲望的旗帜在人们头上高高飘扬，我觉得我还不行，我不过是一个高级打工族罢了。我明白我必须要赚更多的钱才会拥有自尊，拥有在黄红梅面前已日益萎缩下去的自尊，我必须要赚更多的钱！这是首要的问题。也许我应该提前行动了，我想。

我立即在银行里新设了两个美元账户，而且用的都是假名。我决定铤而走险，在布耐特的公司里为自己做事，而实际上本来我就是他的一棵摇钱树，要没有我，这个克罗地亚笨蛋根本就挣不了多少钱，尽管他自称他干过二十年航运。我开始用我自己过去建立的遍布全世界远洋运输业的老关系，在替布耐特做生意的时候，打着他的公司的旗号为自己做了几笔。我想我必须在三个月内让自己的存款达到六位数，而这是可能的，于是我就悄悄地开始干了，这就是商业社会，我要用我的大胆来把握我的命运。我隐约可以记起在黄红梅的眼角残存的一丝轻蔑，那是她不经意所流露的。当我作为这座城市新主人的光环一点点地消失的时候，我在她的眼中已正在变成一个平淡无奇的人。而这恰恰是我不能接受与容忍的，我必须要赢得她，一个外省女子的持久的敬佩！一个雕塑家反被他塑造的作品看不起，这是我绝对受不了的。

我一直没有再与她联系，有时候我在手机上接到了她打来的电话，当我听出来是她的声音的时候我立即就挂断了。我有时候仍旧可以从电视屏幕和报纸见到她的身影与消息，在中央台与北京台的有关她的两个专题节目中，她谈笑风生，神采飞扬，她好像真的已经成了千万富翁似的。电视台也把她当作在城市成功的外地打工妹来宣传，她成了新时代的一个榜样！你想想看，一个只受过中等教育的西南边远省区的一个干过护士的女孩，在北京用不到一年的时间就有了上百万的资产，并成了一个快餐业的行家，而她连二十五岁还不到。我阴沉地看着电视上的她，我觉得那的确是另一个她，这是一个新的当代神话形象。她一会儿给希望工程捐款，一会儿又援助养老院的老人，再不就给儿童福利院来一个"月饼大派送"，总之她已明白如何充分地利用好新闻媒介来为她做宣传，她从公益广告中捞取了更多的好处，这只会使她的生意兴隆。而有一天电视上的一个镜头叫我深深地为之吸引了。那是一个 MTV 音乐节目，是一首叫《物质女孩》的歌，一个二十岁的女歌手在一家庞大的娱乐城中唱这首歌，而那座金碧辉煌、内部装修也无比华丽的娱乐城正是公爵娱乐城！这个"物质女孩"穿着黑色皮裙，在性感的歌声中在娱乐城中穿梭流过，那灯光变幻的舞厅、幽暗的卡拉 OK 包间、英美式台球健身室以及晶光亮丽的酒吧成了这个歌手歌唱的背景。那些在那里醉生梦死的人的脸倏忽隐现，在拉远又拉近的镜头变焦中变得虚无了。这是一群沉溺于物质中的人们，也许他们的灵魂早已不知去向。黄红梅就在这样的地方当总经理，那简直是生活在繁华的噩梦中。

可是不管怎样，我自己的账户上的钱款却在迅速增加着，这当然使我感到高兴。我希望我能用钱重新买回面子，取回被别人搜走的自尊心。有一天布耐特约我去希尔顿酒店喝咖啡，他妻子最近病了，这使他心烦意乱。也许他打算叫我多为他干点儿什么，或者他打算和妻子一起回欧洲度假？要知道冬天已接近尾声，春天都快要来了。布耐特为我们要了两杯爱尔兰咖啡，他刚刚从新加坡回来，在那里他见到了德国籍的大老板。

"张，我很欣赏你，你是一个很有能力的年轻人，我向伯吉斯先生热情地汇报了你的成绩，他也很高兴。"布耐特用他宽宽的肩膀向我耸了几下，"你说那个女的在干什么？"

我顺着他的目光看去，只见十米远的另一个桌子边，有一个浓妆艳抹的中国女孩一边翻着一本英文辞典，一边和一个黄头发外国小伙子谈话。"也许她在拉客，"我笑了起来，"布耐特，我的老板，你怎么突然会关心起这个来了？"

"让我们看看她能不能成交。"他饶有兴味地看着他们说。我也不说话，我也看过去。那个拿着英文辞典的女孩与那个外国佬交谈了几个回合，两个人都点了点头，然后拿起衣服站起身向外走。"成交了，"布耐特说，"他们用了十分钟，终于成交了。"

我把目光收回来："可你今天一定要和我谈些什么事吧？"

"因为你也与人成交了，"他突然变得严肃了起来，那种斯拉夫人特有的八字胡子都要向上翘起来，"你可以告诉我，你自己的账户上已经有了多少钱，你自己刚刚得到的钱！"

我一下子就明白他发现了我的行迹，我突然变得颓丧了起来。"布耐特，你……你怎么知道我自己有账户？"我知道我无法向他撒谎。

"我去新加坡时见到了一个英国人，他说他刚汇了一笔钱给我们的公司，可我的账户上什么也没有。他告诉我他与你做成了那笔生意。你从这笔生意中挣了多少？"他严厉地对我说。"好吧，二万五千美元，还有五千美元我返还给他了。布耐特，我是做错了，你惩罚我吧……"

"你明天就得把这笔钱交给我。从明天起，你不用在我这里干了，我已向伯吉斯先生说了这件事，他希望在不诉诸法律之前让你把钱交出来，然后就炒你鱿鱼。"

"……好吧。可是布耐特，我还想在这里干……"

"你自己会干得更好，事实已经证明了这一点。"他虚伪地拍了拍我的肩膀，"我们之间的那个两年的合同可以废止了，但有一点，"他顿了一下，"给你买房的两万美元，由于你已买下了那套房子，我们就不再要了。这是公司对你的最后的报答。好吧，明天你把钱拿回来，我是说那二万五千美元。然后，你可以走了。再见。"布耐特微笑着站起身。

我知道我完了，我在第二天就把我账户上悄悄地挣的钱还给了布耐特的公司。我走在东三环那一片豪华的写字楼与商屋的楼群之中突然感到我是一个失败者。我除了有了那套离城区十五公里的公寓房，我现在口袋里只有几百块钱。这座城市一瞬间就叫我成了个穷人。在一年多以前我选择从国营的大企业、从体制内的企业中毅然跳出来的时候，我可没有完全承受体制外压力的心理准备。我茫然地一个人走在繁华的燕莎购物中心中，随着那些欢快地购物的人们上下楼，可我自己却很麻木。这时候我非常想见到黄红梅，我必须要向她倾诉，我渴望这时能有一个人安慰我，使我重新开始，去进行新的应聘。我立即给她的娱乐城打了电话，我说："我要见你，今天晚上五点钟，在中国大饭店的大堂里。我很烦，我被老板炒鱿鱼了。我想和你说说话……"

"好吧……我很忙，但我会来见你的。你怎么会这样？"

我们坐在中国大饭店的大堂酒吧里，我口袋只剩下喝咖啡的钱了。她坐在我的对面。"那你下一步会怎么样？"她有点儿慵懒地问我，"这种事你都经受不住，你什么时候变得这么脆弱了？"

"我想去摩托罗拉公司试一试，我当然得去不断地应聘，我外语好，这不成问题。但我感到很痛苦，我想要一个家，我太累了，我觉得我应该有个家了。你愿意嫁给我吗？"我盯着她认真地说。我不知道我是不是有点儿不对劲。

她也盯着我看了一小会儿，那目光之中充满了审视、游移和评判。她伸出了一只手，把它放在我的手上，柔情地抚摸着我的手："你真的想娶我？"

"是的，完全是真的。"我肯定地说。

“嘻，你失意的时候就想到女人了。你太脆弱了。那天你叫我走出你的公寓，我就决心再也不靠近你了。我不会叫自己难堪。”

“可，可是你不喜欢我的房子，你嫌它太小的呀！”她这真是倒打一耙，我想。

她收回去了那只手。“但我不会再靠近你了，”她漠然地说，“我感谢你，但今后我会用其他方式来表达。如果你缺钱，就到我这里来拿，好吗？今天晚上我有点儿急事，我得先走了。”她站了起来，整理了一下她的西服套裙，这裙子使她看上去像个职业妇女，“保持联系。”她几乎是冷漠地握了握我的手，大步向外走去。

我立即付了账，赶紧跟在她后面。“可是，黄红梅，我爱你，我要娶你，这我已决定了……”我们来到了屋外，那是中国大饭店高高的停车台，它如同航空母舰的甲板一样宽阔。这时天已经黑了，四周全是璀璨的灯光，照亮那一排排豪华的汽车。我跟在她后面，我从后面抱住了她。“你跟我走吧，我需要你……”这时从三十米外开过来一辆黑色的轿车，这是一艘跑起来悄无声息的巡洋舰一样的汽车，它在离我们五米远的地方停了下来，从车上下来了三个男人，两个膀大腰圆，一个冷峻傲慢，那个男人有三十出头，他穿一件暗色的风衣：“我们走吧，黄红梅。那小子是谁？让他滚开！他怎么抱着你？真见鬼！”

黄红梅奋力地挣开了臂膀，在我身边悄声说：“你千万别惹他们。他们是黑道上的，你快走吧。”这时那两个保镖已经扑了过来，企图把我扯开，可我却给了其中一个人一拳，但黄红梅已向车走去，她在钻进汽车的时候回头看了一眼，那一瞬间目光之中有一丝爱怜，但她还是和那个家伙钻了进去。这是一辆奔驰560型轿车，我被两个保镖用力地向后推去，我跌倒在了水泥地上，汽车尾气喷了我一脸，它立即就开走了。我站了起来，茫然地看着周围的一切，这里全是高楼大厦，可我的心都碎了，我可以听见我头顶掠过的城市风声，那样巨大而又孤独。我这一刻想把整座城市都推倒，可我自己却连站也站不稳。

十

在摩托罗拉和诺基亚电讯公司在北京的中层部门经理人员招聘中我败下阵来，强中自有强中手，北京这座该死的城市人才多得像夏天的苍蝇，如果城市是一块肥肉，那么它们就从四面八方都来到这儿来叮咬这块肥肉，谁也不让谁。当你变成了一个没有职业的人那种滋味可不好受，但我想我必须要挺住，我琢磨也许可以待在我买下的房子里，只要有一部传真机和一部国际长途，我就可以做起皮包的远洋运输生意了，可我却连买一台普通传真机的钱都没有了，我的信用卡都已透支，这是我去自动取款机上取零花钱时才发现的这一点，而我的手提电话也因为没有按时交费被停机了。因此，当每一个夜晚，我走在城市的边缘地带的一座立交桥下时，我感受到城市的喘息，我感到它这时就如同一只猛兽，准备随时将我扑倒咬死。我在蓝月亮酒吧喝了很多酒，这时候酒对我来说是很好的镇静剂，不一会儿我就喝醉了。我摇晃着出了门，脚下是发飘的大地，我想到我在一直跳着舞，我打了一辆车。"她娘的，把我拉到公爵娱乐城去。"我一边打着酒嗝，一边看着窗外飞逝的城市街景，却感到这一切很陌生。我通过朋友查车员，弄明白了那天在中国大饭店用一辆奔驰560把黄红梅接走的那个人的情况。他叫王保，在几年前因为倒卖武器被关进监狱过，可他现在又出来了。王保现在一直在经营着神秘的生意，大体上是一个黑道人物。而黄红梅却已经同这样的人搞在一起了，说不定还上床了呢。我冷笑着想，我根本不想见到黄红梅，但汽车却已把我拉到了那里，我下了车，摇晃着向欧陆式风格的豪华的公爵娱乐城走去，我一把推开了要拦住我的门卫，这类二狗子是我平生最讨厌的东西了。"走开，我是你们经理的朋友，是她请我来的。"我闯了进去，但我的脚下发飘，我几乎都有点儿站不稳。这座娱乐城简直像个小型迷宫。我想它也许是专门为了难倒我才建造的。什么东西都在我的眼睛里晃，在舞厅的门口坐着十几个一齐冲我抛媚眼的舞女，我笑了起来。"你们都很漂亮，小姐们，可今天是老板她陪我跳舞，我爱你们每一个，小妞们，但我得找到老板。"我拉过来一个漂亮女孩在她脸上亲了一下，"这一嘴记在经理账上，她会替我付小费的。"我离开了她，沿着那厚厚的发不出声音的地毯向里面走去。这里人很多，每一个男人都兴高采烈，看来他们他娘的至少用钱买到了快乐，我一把拽住一个跑堂的。"黄经理在哪儿？告诉她有人找她，我在酒吧里等她。"我走到了音乐酒吧里，这里雾气升腾，一些人在跳两步，沙发座上坐着的是一对又一对的狗男女。我坐在吧台的高脚椅上要了一杯威士忌，我就喜欢喝这种猫尿。我看见那个跑堂的匆匆进来。"黄经理说她不想见你，她很忙，她说你在这里随便玩玩，今天她请客了，你就随意吧。"

我脸色阴沉了下来。她为什么不想见我？这是毫无道理的。我坐在吧台感到自己很孤独。她不想见我。我的目光弯曲地扫过吧台上那一排排布满了流动的蝌蚪一样的外文的洋酒和吧台上像风铃一样倒悬着的酒杯，这些都反射出了醉人的光芒。既然有人付账，那么我就喝个够。我笑了起来。"把那种酒给我倒上一杯，要加冰。"我瞅准了最贵的一种酒，那是一种叫作"金花至尊"的上等洋酒。我要了一小杯一口就把它喝掉了，那种滋味真不怎么样，可既然有人记账，我就多喝一些，我就按着酒吧柜上那一排排酒一路喝了下去，我觉得很快活。我感到我体内燃烧着一团火，我把酒吧吧台内的那个侍者叫过来，叫他贴近我，然后我在他的耳边神秘地说："我操过你们的总经理黄红梅小姐。"

"真的？"他露出了很惊奇的神情，"那可真太好了，怪不得她为你付账。她从来没替别人记账过。"

"那当然，那滋味也不错，我是说操她的那种滋味，嘿。"我盯着他看，但他的脸至少有三个。我突然感到一阵怒火涌了上来，我怀疑定有人在捉弄我，要不然也不会有三张脸。我很用劲地推了他一把。"去你娘的。"我举起了小酒瓶，朝柜台里砸了过去。哗啦的一声响使我很开心，我决定把我头顶悬挂的酒杯全都弄下来，于是我就把它们全都弄下，我听见它们碎裂的声音感到很快活，然后我开始砸起东西来，什么漂亮我就把什么砸掉，到处都是一阵尖叫声，女人晃动着性感的身体从我的身边躲了开去，我笑了起来。"我操过黄红梅，可她却不见我，他娘的！"有几个保安人员向我猛扑了过来，我与他们混战在一起，然后我的头被猛击了几下，我什么也不知道了。

我醒来的时候已经是第二天早晨，我感到头疼得厉害，仿佛要炸开了似的。我爬起来环视四周，发觉在一间很漂亮的房间里的一张大床上。我下了床，到洗手间冲了一下脸觉得好受多了。忽然门响了，我走出来一看，进来的人是黄红梅。"好点儿了吗？昨天你喝多了，保安冲你动起了拳脚，要是我不赶到，你可能要被人打死。"我这才发觉自己浑身上下都很疼，我想也许我已经鼻青脸肿了。"昨天为什么不想见我？我很烦，我也没什么钱了，我得重新开始，可我没有勇气。"我沮丧地说，"我觉得我很需要你。我太需要一个家了。"

她把一杯咖啡递给了我，看了我一会儿："我没想到你会这样，我想你也许是个铁石心肠呢。你，你真的爱我吗？"她说这话的口气很冷静，好像她从来不相信这一点。

"当然，"我大声地说，"可是你却变了。"

"可是你让我一步步远离了你，"她对我说，"你从来就没有觉得吗？是你叫我去当了按摩女，从此我走上了一条迫不得已的道路。你知道我为什么要离开于胖子吗？他用一块劳力士手表和一条金项链为代价叫我和他上床。那天夜里我哭了，那是一个丧失的夜晚，可我决定从此以后不再真正地哭泣。我偷了他五万块钱，那才是我离开他的原因——我从没偷过他的劳力士手表和金项链，只是他那天没向你说实话罢了。他不是你的好朋友吗？我明白了只要我敢于交换，我就会得到我想要的东西。这是一个交换的时代，我用那五万元当起家的资本，加上其他一些积蓄，我与张笑开起了那家酒楼及一些快餐分店。你也知道张笑是个笨蛋，他根本就不会经营，是我让他的生意起死回生，我帮他赚了很多钱，然后我就从他手中买回了所有的股份，而张笑则回家吃利息去了。在开酒楼的时候我认识了更多的人。你说得对，城市就是一面巨大的蛛网，你必须去拼命营造你自己的蛛网，你才可以得到你想要的东西。爱情？这种字眼在今天已经过时了，欲望才是最根本的。我是离你越来越远了。从一开始你把我介绍给于胖子我就离你远了。我于是开始有了新朋友，有了在这座城市中更有权威、更有力量的朋友，你只要把他们的器官侍候好，他们就给你你想要的，这我在当护士时已经明白了。于是我就这样越走越远，短短一年多的时候，好像已过了几十年，我早已阅尽沧桑。因此没有什么新鲜事，对我来讲，我是赚了很多钱，但这还不够。一开始的时候，我就想挣一点钱，回到四川家乡去养猪、种花，叫家乡的女孩也一起致富，这个单纯的梦想要等到很久以后才会实现了。"她就给我说了这些，我注意到她流泪了，"因比我看见你，就想到了自己在这座城市屈辱的开始。我不可能嫁给你，我们是两种人。好吧，请你把劳力士表和金项链，同那五万块钱一同转交给于胖子，我不再需要这些了。"她递给了我一个袋子，"你可以在娱乐城里吃了早饭再走。"

"不，"我看着她，"我现在就走。"我把衣服穿好，我一言不发，她的话使我清醒了过来，我没什么好说的了。我朝门外走去时她突然又叫住我："你说过我是你的作品？"

我转过身看了她一眼："过去是，但现在不再是啦。再见，祝你好运。"我走出门去，我很快就来到了大街上，我坐进了一辆出租车，我想我要做的第一件事就是尽快把她忘掉，忘得一干二净，彻底从我的脑子里消失，虽然这很难，因为爱与恨的感情有一阵子都纠缠在一起了。我觉得我的眼角也溢出了两滴泪水，我怎么哭了？我呼出一口气，我想这不过是哭泣的游戏，对于时间来说，一切事物、情感和变化都是假的。我想我已经坚强起来了。

十一

一年以后，我与在北京交通大学图书馆工作的一个女孩子结了婚，和她一起住在我买的那一套位于昌平县境内的龙城花园中的房子里。我后来开了一家小的贸易公司，我的起步资金正是黄红梅叫我还给于胖子的那五万块钱。我用这笔钱与人合伙一起干，生意不好也不坏，但却够我的开支用度。而最为重要的是，如今我已心静如水，不再为很多欲望所驱动，一切都是平静的。我还买了一辆"昌河"小面包，使我可以接送妻子上下班，我过得还算不坏，我自己这么认为。

我很少再听到黄红梅的消息，但有时候我仍旧可以从报纸上见到她的消息，而且街上还流传有一本她的传记，与一本叫作《深圳的一百个女人》同样成为畅销书。我在一家书摊上见到了那本书，翻了翻，我觉得里面充满了伪饰与谎言，就不再去翻它。我觉得她早已离我远去，真正变成了她想成为的那种人，实现了占领城市、成为城市主人的梦想。她仍旧经营餐饮和娱乐业，而且还涉足了房地产，并打算以日本著名商人阿信自居。我在报上常读到她捐款的消息，她好像救助了九十九个失学的孩子，如果这是真的，这是唯一一件叫我高兴的事情。

有一天我忽然在我的住所后边发现了一个庞然大物。这是一幢真正意义上的花园别墅，它占地大约有近两百亩，有一百五十亩大小的绿茸茸的草坪，它是一幢乳白色的建筑，有四个小门，一个黄铜大门，如同一整座庄园。我是有一天站在卧室外面的阳台上才突然发现它的，而在此之前那里总是在施工，还一直看不出它是个什么东西，但今天我才看清楚它是一幢巨大的别墅，而且每一个门口边都有一条德国狼狗，一旦有人路过就会凶狠地狂吠。这会是谁的宅第呢？那天我怀着好奇的心情围着它整整走了一圈，我发现它已经完全落成了，带着一种神秘的色彩，院子里没有其他人，只有一些工人在修剪草坪。在草坪边上有一个椭圆形的流线型喷水式游泳池。我刚走进大门口，立即有一条狗冲我狂吠着，一个老头儿冲了出来。"大爷，这是私人的别墅吗？"我问他。

"我也不知道，好像是某个机关的培训中心，可我也听说它是一个有钱的女人盖的。我只管看门，我可不管那么多闲事。你要是没事，尽快走开吧。"那个老头儿和善地说。于是我离开了那里。

到了晚上，我忽然被一阵音乐声所惊醒。我妻子睡得正香，我下了床来到阳台上，发现那音乐正是从那幢大别墅的院子里传来的。那里灯光明亮，草坪中的隐蔽喷泉隐约可见，有一个穿晚礼服的乐队正在大院里演奏约翰·施特劳斯欢快的音乐，而一对对男女在翩翩起舞。在别墅东面的停车场，停了有几十辆各色轿车，它们如同华丽的琴键一样整齐。这种场景忽然使我想起了我在大学时代读到的一本书《了不起的盖茨比》，作者是美国人菲茨杰拉德，那部小说中同样也有一个别墅的欢庆场面。那遥远的音乐声随风而来，这个时代全部的华美与奢侈都在这里了。我久久地凝望着那里，一直到舞会结束，一辆辆汽车排着队，红色尾灯拖成了一条条长线，在黑暗之中消失。

后来只要到了周末，这里肯定会从城里开来很多小轿车，它们五花八门，显示了主人的兴趣，气质与身份，它们在半个小时之内一辆接一辆地到来，在这儿度过了狂欢的几个小时后又一辆辆开走。只有一辆长十几米的林肯房车却一直是在别墅的院子里停着的，它在所有的车都走了之后仍旧停在那里，如同一个庞然大物，傲然又神秘地待在那里。这更加引起了我的好奇心：是谁建造和拥有了这幢值几千万元的大别墅呢？

有一天当一辆辆汽车照例开过来的时候，我也穿戴整齐，决心成为它的客人了。我从正门进去，那个穿着制服的看门老头儿认出了我："你也被邀请了？你的汽车呢？"

"已经开进去了。我对司机说我想步行一会儿。"

"舞会就要开始了，快进来吧。"他说。

我走到那些在露天摆放的椅上坐下，这里已到处都是人了，而且很多人好像是全家都来到了这里，有一些小孩在座位间穿梭和嬉闹。很多男人和女人三五成群地或站或坐，一边喝着什么一边在交谈，他们大都保养得很好，一个个神采飞扬，像是收入稳定的中产阶级。一杯又一杯啤酒、果盘和新鲜的刚榨出来的果汁被端了上来，我也要了一杯。我发现这里的人我一个也不认识，有点儿无趣，就朝一个模样不错，穿着一条蓝色裙子的女孩走去。"嗨，我还没有认识你呢，认识一下吧，我叫张明。"我说，"你叫什么？"

"我？我叫苏可心。"她一边和我说话，一边有点儿不在乎地四处张望，好像在找什么人。

"这里的主人是谁，你知道吗？"

"我不知道。我是北京经济学院的一个学生，是我新认识的中央电视台的一个朋友把我拉来的。管他呢，吃吃喝喝，再加上跳跳舞，在这么热的天里可真带劲。不过，我要是这里的主人就好了。"她发自内心地环顾四周说。忽然一个高个子男孩跑了过来，他模样不坏，一把抓住了苏可心："我到处找你，咱们去里面看录像《引爆纽约》吧，这是一部刚出来的片子，非常好。"苏可心冲我笑了笑："待会儿请我跳舞吧，再见！"这个活泼的女孩子和她的男友向别墅的大门踱去。

我也向那里踱去。我走了进去，发现里面也有很多人，我听见不少人在谈论经济时政与生意，我猜着来这里的一个个人的身份。但我旋即把兴趣全都转移到了这幢别墅的结构上。它采用的是钢筋混凝土砖石结构，属不可燃烧。外墙用的是高级的石砖和贴面砖。大门采用的是实心雕花木门，另外一些层门采用的是柚木门。那些巨大敞亮的窗户采用的是高级铝合金配双层真空保暖玻璃。在二楼的大露台为落地玻璃推拉门。大厅里、客饭厅以及书房中铺设的是上等的柚木地板及墙角线。而二楼的走廊及睡房中铺了美洲地毯。在浴室中全部采用的是进口于意大利的高级地面砖，以及豪华双向激流式按摩浴缸、独立式淋浴间以及小型桑拿房、智能温控洗手盆、连体坐式马桶、净身盆等高级洁具。在厨房里则均配有豪华橱柜及不锈钢洗涤盆、抽气扇、抽油烟机和高级液化气四火头煮食炉、微波炉，并且在别墅中安装了独立进口中央冷暖气空调系统，以及中央温湿度控制系统，还有独立二十四小时热水供应系统。水电表是独立式，全部入墙暗线，安全保险总配电箱和安全插座一样齐备，并设置了卫星电视接收系统。在大门和院门设有密码防盗系统及警钟，由专人进行二十四小时保安，并有两个可以容纳四辆加长车的车房。别墅非常阔大，到处都是花草植物，在迷人的吊灯、壁灯、台灯、地灯的照耀下生机盎然。我不由得为这种巧夺天工的生活空间所震惊。突然我听见外面咣的一声响，舞会开始了。一些人陆陆续续都朝门外走去，那里开始跳上了欢快的华尔兹。我也反身去加入到他们当中，和那个漂亮的女孩苏可心跳了一曲，又和一个非常丰满的部队某文工团的歌唱演员跳了一曲，她的高耸的乳峰几乎要像兔子一样跳到我的鼻梁上。"我也真想住上这样的房子，可我这辈子都没希望了。你猜这幢房子的主人是谁？这个人竟然是一个打工妹，才几年的工夫她就盖了这样一幢别墅，而且用的是某个大机关培训中心的名义，可实际上全是她出的钱。她叫黄红梅，就是最近电视和报纸上经常报道的那个四川小女人。她可真的太厉害了，她在这座城市的关系是四通八达，什么人都不敢惹她，而且她白道黑道的人都混得很熟。要是有一天我能成为这里的主人就好了。我还不老，对不对？"她浑身散发着热气对我说，我却感到了真正的震动！这幢别墅真的是黄红梅盖的，看来她很快就实现了她的想法，她没有与我一起住在八十平米的房子里的选择是对的。一种遥远的痛楚击中了我，我感到胸口突突直跳，就推说有点儿不舒服，向一边走去。我要了一杯鲜苹果汁，一边喝着一边在人群中找寻黄红梅。我的目光几乎扫遍了每一个，但那里没有她，那一百多欢宴的人群中没有她。我决定到二楼那巨大的露台上去从上往下看，我有一种强烈的愿望想在今天见到她。我飞快地跑进别墅，踩着厚厚的地毯来到了二楼的大露台。我从上往下可以看见全部欢舞的人群，他们如同风中旋转的树叶一样欢乐，像这个时代的某个典型的画面。从上面看，所有的人都渺小不堪，但他们同有快乐，像某种自生自灭的生物。可我忽然听见耳边有一个声音说：

"你为什么不跳舞？你不开心吗？"

这声音熟悉得令我心跳，我甚至都不敢转过脸去，但我还是转了。我看见的正是黄红梅，她变化如此之大，已成了一朵娇艳的花朵。她穿着紧身长裙，身上有很多饰物，头发像某种爆炸物那样向四面散开，也许这是最时髦的发型了，我想。"不，我很快活。我只是想从上往下看那些人。这样会使我感到安全。"我几乎是嘶哑着说。我太激动，以至于我无法正常说话。可我发现她并没有认出我来，也许是我脸上的胡子帮了我，或者说我早已被她忘了。

"噢，这倒挺有趣的。一开始我与他们打交道也觉得不安全，可后来我找到了一条捷径。因为这完全是一个利益共同体。你只要给他们他们想要的，他们就像得到玩具的孩子一样安静。你好像从来没来过这儿吧？"

"我是你的邻居，我第一次来这里……"

"欢迎你经常来。你是做什么的？"

"……我做贸易。纺织品为主。来这里的商人多吗？"

"可太多了。有官商，也有私营企业家，干什么的都有。你来这里会发现有很多机会在等着你，你只要用手去接过来就是了。你慢慢会认识很多人的。这里什么人都有，演艺界、文化界、政界与工商界的人士都有，他们全是我的朋友。"

"你盖这幢房子花了多少钱？"我忍不住问她。她的目光在黑暗中闪烁了一下："大约两千万吧，不过大头是别人出。现在一定要借力打力，借鸡下蛋。你好像挺喜欢这儿的，干吗不去跳个舞？请我去跳上一曲吧。"她好像并不希望我问得过多，我摇了摇头："不，我有点儿不太舒服，我在这儿凉快一会儿就下去。"

"那你就好好玩吧，你也是这里的主人。"她冲我笑了一下，很优雅地转身离开了露台。

我仍旧站在露台上从上往下看那些欢快的人们，他们像影子的花朵一样在黑暗之中开放，在那巨大的别墅前面的空地上，随着音乐的一次次响起，他们重新组合像一盘人的棋子那样变动。黄红梅早已彻底把我忘了，我想她真的是一个非常独特的人。我不知道她这一年多来又经历了什么，总之她已经彻底成熟了，她用她全部的智慧才有了今天的现实。在我眼前欢舞的人们渐渐排成了一个链条，一个人物的链条，这个链条是城市人物关系的象征，构成了城市的真正图景，而她已走进城市的核心，成为这个链条上的一环，她再也走不出这个链条了。我在那里看了一会儿，悄悄离开了那里，因为我不认识那里的每一个人。

十二

在一个周末张笑从城里来看我，他在与黄红梅联手经营天府酒楼之后，由于后来黄红梅巧做手脚，使账目变得越来越混乱，张笑不得不离开了酒楼，和老婆一起开了一个时装店，但时装店叫他亏了血本，他只好再次包下了一个埃及烧烤城，当上了总经理。但不知怎么，只要他经营烧烤这玩意儿，他就亏得一塌糊涂。他只好来找我，并在我这里住下。第二天我们一起吃了早饭，我忽然想起来黄红梅的别墅就近在咫尺，我把他领到阳台上，叫他看到了那座庞然大物。他吃惊地张大了嘴巴："那真的是黄红梅的？这简直太漂亮了。它是白色的，我最喜欢的颜色。那个娘儿们真有本事。你进去过吗？"

"进去过，只是她已认不出我来了。"

"她谁都不会认得了，我算认识她了。这个女人真是厉害。她不认识你了？嘿。"

"每到周六，这里热闹得就像过节一样，来了很多车子与人，我不认识他们中的任何一个，他们就在这里进行他们的欢宴，相当热闹。"

"我们去散散步吧，在那个东西边溜达溜达，也许还可以和她打个招呼什么的。"

"好吧。"我说，"也许你很想见到她？"

这是凌晨七点钟，天色早已大白，晨露凝结在路边的草叶上，我和张笑一边聊天，一边向那栋白色建筑走去，那些露水迸射开来，打湿了我们的裤管。张笑决定再也不做生意了，他决定调到一家报社去。"《北京检察报》要我，我打算去那儿。"我们正说着话，已经走到了大门口。这时我忽然看见那个操河北口音的我见过的看门老头儿惊慌地从大门冲出来。"先生！先生！"他冲我们喊，"有人被杀了！先生！出事了！"我一听，立即向里面走去。我一进门就看见那条德国狼狗死在门内，脖子被刀几乎割断了。老头儿吓得眼泪都流出来了。"谁被杀了？"张笑还在问他，我已然明白发生了什么事，立即飞快地向别墅的大门跑去。张笑也在我后面追来。我沿着台阶飞快地来到了二楼，我一个房间

一个房间地找，我碰见了两个同样惊慌失措的女佣。"在浴室！在浴室！"她们尖叫着，"在浴室！"我扑到了浴室。我走了进去，我踩着的进口意大利地面砖上溢满了水，是那种混合着血液的淡红色，我看见了非常惨的一幕。我走近了那仍在哗哗流水的喷水式按摩浴池，我看见黄红梅裸体躺在那里，她的眼睛空洞而又惊恐地张大着，她的脖子那里有一道深深的刀痕，脖子都快要断成两截了，那些淡红色的血就是从她那里流出来的，她的血已经流干了，她浑身已变得苍白如同一张纸，她仰面躺在那里，水流仍在不停地溅上她凝脂似的胸脯，只是那里再也没有生命的起伏了。

"在哪儿？在哪儿？"张笑大叫着跑了进来，他踩着溢满了屋子的血水愣住了。他也看见了黄红梅的尸体。这时是一九九五年九月十二日上午七时十五分。

接下来的几天我变得昏昏沉沉的，在警察的调查当中我承认我认识她，并叙述了最初我和她的交往。我不是第一个发现她的人，是一个女佣发现了她。"那个凶手非常聪明，很可能是职业杀手干的。因为四个门的狼狗全被杀掉了。而且钱和首饰什么也没丢失。也许这是一次仇杀，可能不止一个人在昨天晚上来过这里。"警察告诉我杀人案目前只有百分之六十的破案率，使我深深地失望了。"这个叫黄红梅的女人的交往非常复杂，她那里别人的名片就有接近一万张，而她的一个记事本上也记录了三千个电话号码。这可真难查了。一个女人怎么认识这么多人？好像全北京的人她认识了一大半。"一个老警察对我说。我抄下了黄红梅留下的身份证的号码，经过警察默许，我取走了她的一张单照，那是她最初来北京时照的，一些阳光凝结在她身上。她清纯而又茫然，傻得可爱。

在后来的调查中，我不停地询问侦破部门，有一个答复是惊人的：她根本就不是她所持身份证上的那个人，四川某个地区根本就没有这个人，这是让我感到最吃惊的事了。也就是说她并不是黄红梅，可她又是谁呢？那幢庞大的别墅很快被查封了，各种各样的谣传风起云涌。有人说她与一起最近的巨额非法集资案有牵连，也有人说是黑社会的人干的。很快那幢别墅真的变成了某个大机关的培训中心，并且在门口还挂了牌子。只是黄红梅，很快就从所有人的嘴唇上消失了。凶手也一直没有抓到。

我找到了于胖子，这时候由于他的后台因贪污受贿被抓，他担任的那个桑拿中心经理也干不成了，他开了个电器商店，专门卖走私货。我找到了他，把一块劳力士手表和一条金项链交给了他。他变得更胖了，只是他有点儿吃惊。"黄红梅已经死了，她在去年就叫我把这转还给你，我拿它当股本用了一年，现在还给你，"我淡然地说，"她什么都告诉我了——她其实是偷了你的钱，而这手表和项链是你奸污她时所付的补偿。"我打心眼里瞧不起他，因为于胖子目光闪烁，我们早就不是朋友了。"她死了？"他虽然目光闪烁，可仍然有些吃惊，"怎么死的？"

"警察没有盘问你吗？"我笑着问他，"你别装了。警察不是吃干饭的，他们会盘问每一个与她有关系的人。我还以为是你干的呢。你有点儿讨厌她，是吗？"他像个泄了气的皮球一样低下了脑袋。"可这不是我干的，"他飞快地收起那块表和金项链，"我已经证明了这一点。"忽然他想起了什么，"是你使她走上城市舞台，后来她又把你甩了，对不对？你是她最初的引路人。"

我凝视着他："也许是，但她后来的发展我却一无所知，那是一个谜，我永远也猜不出来了。"

"你还挺喜欢她，对吧？可我早知道她会变成一个不折不扣的婊子，这就是她的下场，我早猜出来她会有这么一天的。你对这个结局，满意吗？"他笑着问我，"谁也占有不了这座城市，何况她是个乡下佬！乡下女人，那种臭女人。"

我真想在他的脸上来一下子，但我转身走了。

"你是说黄红梅死了！这可能吗？凶手还没有抓到吗？"那个非常漂亮的妇人问我。她叫章兰，是一开始黄红梅给她当保姆的女人，住在华侨村高级公寓中，她嫁给了一个华人富商。她是一个很有教养的迷人的女人，怀里抱着一条北京哈巴狗对我说："一开始她在我这里做的时候，非常勤快，什么活儿都会干，可渐渐地她越变越懒，到后来还偷用我的东西，她几乎什么都偷，而且好像专门是为了让我发现似的，这些东西总能在她那里找到。我看出来她非常嫉恨我。有一天她要问我借一万块钱，说要回到四川去养猪种地，自己致富，她不想再伺候人了，她要靠自己的本领富起来，我没有借给她；有一天她从我这里偷了一千块钱就跑了。你说她也许不叫黄红梅？那她叫什么？她的身份证都是假的？可她肯定是个四川人，她烧的菜也不错。那会儿我每月给她两百元，可现在我每月花三百元雇的河北保姆又懒又笨，我可没想到这个叫黄红梅的女人，姑且就这么叫她吧，会这么厉害，有了那么大的一幢别墅，至少要值六千万人民币——如果像你说的那样。凶手会是谁呢？可她交往的人肯定太多了，警察也束手无策。是不是后来政府把那幢别墅没收了？要不然我倒要想去看一看。归根结底她是个聪明女孩，因为在这座城市中生存是需要智慧的。可她却死了，这太可惜了。不过一死遮百丑，不会再有人去记住她了。我其实挺佩服她的。你是不是挺喜欢她的？这我看得出来，不过，一切都结束了，对吧？其实我要借她一万元就好了，这样她现在肯定在四川靠养猪发家了。不过她说不定，你说呢？"

我走在熙熙攘攘的人群当中，表情茫然，心头多了一分沉重。我像所有要归家的人那样在街道中沉浮，城市让我既感到恐惧又感到甜蜜，它是一个庞然大物，它不可逆转地改变了每一个人在这里的生活轨迹，如同"光遇到质量大容体会变得弯曲"，城市就是庞大的质量大容体，每一个人都会被它改变。在人海茫茫中我向前方泅渡而去，这时我忽然又看见了一个人，他的背上背着一张白布，上面写着"此人出售，价格面议"，我明白我又看见了一个行为艺术家，我立即追了上去，我在他的肩膀上拍了一下，我说："嗨，我要买下你，你说要多少钱？"

他转过身冲我淳朴地一笑："整座城市，我要你付出整座城市，你可以付得起吗？"

"不，可我拥有城市的一部分。这可以吗？"

"不行，必须要一整座城市才能买得下我。"他笑着对我说，"一部分，不行。"

我沮丧地冲他耸了耸肩："那我只好作罢了。"

他笑了起来："我只是一个行为艺术家，老兄，谢谢你，祝你好运，再见！"他转身又消失在人群中了。

我站在那里愣了很久，我忽然明白了我真的也是一个行为艺术家，我把黄红梅引向了城市的舞台，像电影院的领座员那样，用手电给她指路。而她也是一个行为艺术家，她用行动来解释了城市与人生。当行为都是艺术的时候，过程与当下就是最重要的东西了。很多人来到这座城市都是行为艺术家，他们表演了一个又一个过程，那样璀璨而又黯淡，构成了城市人生绚丽的图景，奏出了城市交响乐中最华美的乐章。我们全都是行为艺术家！我在这一刻对黄红梅，对这个时代每个企盼成功的人都充满了祈愿，那是一种复杂的情感。毕竟我们每一个人都在创造中毁灭，在毁灭中溅起激越的人生浪花，而在城市中行动，则成了我们唯一的纲领。哪怕有死亡，可仍旧有新的人在加入。当我看不见那个行为艺术家后，我又向崇文门走去，我看见那里仍旧站着很多表情茫然而又机警的姑娘，目光单纯明净如同阳光本身，她们好像刚下火车就来到这里，就好像我初次见到黄红梅那样。我又向她们走去，步态稳定而又牢固。"嗨，你需要我的帮助吗？"

美丽的日子

滕肖澜

一

吃饭时，卫老太发现，姚虹的手搭在卫兴国的大腿上。

桌子是正方形的，桌布四个角垂下来，刚刚好，垂到人的大腿那块，有些屏障的作用。可桌布到底不是屏风，又是纱质的，透光，卫老太一眼便看穿了那头的景象。卫兴国没事人似的，吃饭喝汤，只是一个劲地抿嘴，很不自然。姚虹真正是个小狐狸，面上还给卫老太舀汤呢。"姆妈，吃汤——"只一眨眼的工夫，手便到下面去了，像抹了油，动作都不带咯棱的。

卫老太的眼睛是把尺，一瞟，一测，便晓得那只手在儿子的膝关节上两厘米处——倒也不算顶顶要紧的位置，离警戒线还有些距离。卫老太心里盘算，姚虹进门不到一个月，手就摆到这个位置了。前阵子卫兴国看见她，说话还舌头打结呢，她呢，也是端着举着，卫老太让她和他握个手，"就算是认识了"，她死活不肯把手拿出来，老实得跟黄花闺女似的。现在倒好，一步到位，手直接上大腿了。

卫老太咳嗽一声，那只手顿时松开了，又摆到桌面上来，给她舀汤。"姆妈，再吃一碗汤——"卫老太心里哼了一声。她自然不会说穿，但适当的警示还是要的。跟大人一桌吃饭，多少该收敛些。卫老太朝姚虹看，来上海没多久，已经晓得化妆了，可惜眉毛画成一边高一边低，搞得神情也跟着有些怪异，像有事想不通似的。卫老太想笑，又有些鄙夷。想乡下人到底是乡下人，干脆清汤寡水倒也罢了，一打扮，就露了怯了。

姚虹是弄堂里张阿姨介绍来上海的。张阿姨是热心人，卫老太把意思跟她一说，她便张罗开了。卫老太不太喜欢北方人，说最好是江浙一带的。可江浙一带有点难度，模样周正的，瞧不上卫兴国，模样差的，卫老太也不要。张阿姨劝卫老太，不妨把范围扩大些。说到底人家还是图个上海户口，越是偏远的，越是把这个看得重，别的条件就上去了。好比做乘法，X 乘上 Y 等于 Z，Z 是常量，不变的。X 越是小，Y 就越是大。这是个道理，卫老太想想也没错。

张阿姨动作也实在是快，没几天便把照片带来了，是江西上饶人。卫老太一看，模样还过得去，便问几岁。张阿姨说三十四。卫老太问，结过婚没？张阿姨说，结过。卫老太问，有小孩没？张阿姨说，没。卫老太又问，前面那个男的，是离了，还是没了？张阿姨回答，两年前病死的。

火车票的钱是卫老太出的，两下里一敲定，人就来了。卫老太关照张阿姨，别把话说死了，好不好还不知道呢。张阿姨晓得卫老太的顾忌，隔着几百里，火车都要开一整天呢，又不是知根知底的，好自然不用说，倘若不好，连个退路也没有。张阿姨想来想去，教了卫老太一招——先把她安置下，付她工资，让她做些家务，相中了当然最好，要是相不中，再让她走，只当是找个保姆，大家都不吃亏。卫老太觉得这法子蛮好，就怕人家不愿意，伤自尊。张阿姨说，外头找工作还有试用期呢，她不愿意，有的是人排队。再说了，你们家兴国要是腿不瘸，上海女人哪里寻不着了？提着灯笼都难找的好事，她这是上辈子烧高香了！

姚虹来的第二天，卫老太便带她去医院体检。这么做有些直白了，但别的可以马虎，唯独身体是头一桩，半点玩笑开不得。依着卫老太的想法，没有孩子自然是好，省得累赘，但又怕她生育有问题。卫老太是快七十的人了，做梦都想抱孙子，卫兴国也四十好几了，拖不得。这女人要是生不出孩子，就算是天仙也要请她走人。

体检报告一切正常。卫老太放下心来，对着她只说是上海有这风气，定期要体检。

回去后，把朝北的小间腾出来给姚虹。说是小间，其实只是拿板隔出的一块豆腐干大的地方，再拉道帘子。放个三尺的小床，连走路都累。卫兴国改睡阁楼。姚虹拿余光偷偷打量——改造过的老房子，小归小，厨卫倒是独立的。

姚虹整理东西时，卫老太一旁看着。一个旧的尼龙包，里面几件换洗的衣服，都是旧得不能再旧的。胸罩是的确良的，那种没有钢托，最最原始的式样，洗得都出毛边了，连卫老太这个年纪都不戴的。毛巾和洗漱用品也没带全。卫老太找了两块新毛巾给她，让卫兴国去楼下小超市买了牙刷。又从抽屉里翻出一套真丝的睡衣睡裤给她。早些年买的，一直没穿，倒放旧了，也算是见面礼。

姚虹千恩万谢地接过，说，阿姨你真是好人。卫老太让她改叫"姆妈"——这里头有层意思，毕竟不是真的保姆，人家千里迢迢是来找婆家的，道理上不能太亏待。反正上海人"姆妈"也是混叫的，以前卫兴国的同学到家来，都叫她"姆妈"，并不见得真有什么。让人家叫一声"姆妈"，看着不拿她当外人，好歹也是份心意。

当然了，也因为不是真的保姆，卫老太有心理准备，不指望她能把家务干成一朵花来。姚虹是江西人，吃口重，卫老太特意关照她，不要放辣，不要放太多油和盐。也是应了"矫枉过正"这个词，姚虹做的头一顿饭像是直接从水里捞起来的，端上来时还说，姆妈，上海人吃得这么淡，怪不得皮肤好，水灵灵的。卫老太告诉她，上海人吃得淡是淡，但也不用这么淡，家里又没人得腰子病。于是第二顿，正宗的江西菜就上桌了，辣得母子俩一把鼻涕一把眼泪的。卫老太倒也不生气，晓得她还是太紧张，分寸把握不好，便亲自下厨示范。从菜场买菜，到择菜切菜配菜，再到烧菜，手把手地指导。一道水芹肉丝，水芹菜是最麻烦的，要一爿爿剥开，小心挑去里面的污泥，半斤水芹菜总得择个一阵子，洗个三五遍才行。而肉丝则必须配合水芹菜的宽度，切得极细，头发丝似的，否则装盘不好看。开油锅一炒，水芹菜里的水便出来了，滗去水，盛到盘里才半盘。却是极费功夫的。还有香煎小黄鱼，便宜东西，也是折腾人的，一条条鱼要开膛剖肚，把内脏拿掉，水龙头下冲洗干净，拿盐腌了，晾个大半日，再放到滚油里煎，一条条进去，香味顿时便出来了。煎的时候不能急，一急受热不均，肉质就不是外脆里嫩了。火也不能太大，否则皮焦了，卖相便差了。卫老太故意烧这两道菜，像新学期给学生上的第一堂思想教育课，把主旨提到一个高度。上海人过日子的意思，精致的简朴，絮叨的讲究——全在里面了。

关于家务活，卫老太对姚虹说，以前在老家怎么干，现在就怎么干，不用有压力。姚虹记下了——但毕竟是不同的。单说拖地吧，姚虹倒是勤快，趴在地上擦，抹布太湿，像写毛笔字，一笔一画都在那儿呢。卫老太说，不用这样，拖把不就在旁边？干拖把上稍微蘸几滴水，拖起来又干净又省力。窗户每个月擦一遍，用报纸。冰箱每两个月除一次霜。阳台要每天打扫。还有洗衣服，内衣分开洗是不消说的了，还要分颜色深浅，不能一股脑全扔进洗衣机，串色。床单被套每两个礼拜洗一次，晒干后最好是熨一下，服帖。卫老太自己的衣服是不用熨的，反正老太婆一个，也不用见人。卫兴国的衬衫外套是必须熨的，虽说在工厂传达室上班，算不上什么好工作，但男人的衣服领子要是软塌塌的，精神也会跟着软塌塌，就不上台面了。

姚虹拿纸笔一字一句地记下来。这个动作让卫老太挺满意，好坏姑且不论，态度首先要端正。态度对了，接下去的事情才好办。卫老太把第一个月的工资放到她面前。她微微一怔，迟疑了几秒钟，随即收下了，脸也跟着红了红。这个表情让卫老太有一丝内疚，多少是有些看轻人家了。倘若是上海女人，怕是早扭头走了。卫老太想到这里，话便软下来了：

"也别有啥负担，就当是自己家里一样——"

姚虹叫卫兴国"阿哥"，卫兴国头次见到她，眼睛里什么东西一闪，倏忽便飘了过去，像道光。姚虹对着卫老太说话没啥，可对着卫兴国，鼻音就出来了，像重感冒。好多音在鼻子里转，每次都要转好几个圈才出来，不肯爽爽气气的。卫兴国被她一通鼻音搞得一愣一愣的，也传染上了，话在嘴里打转，半天才出一个字。卫老太看在眼里，有些不爽，但再一想也好，儿子喜欢是第一条，否则她老太婆再张罗也没用，到底不是包办婚姻。

弄堂是通风的，还是穿堂风，藏不住事的。几天工夫，谁见了卫老太，都要关切地问一句："人来了是吧？"

卫老太点着头，嘴里解释："先看看，先看看——"那些人还要细问，卫老太已快步走了过去。八字还没一撇，她不想多谈。那些人的嘴，说多了，假的也成真的了。卫老太最怕这样。

姚虹倒是比想象中大方得多，见了人，总是客客气气地打招呼，既不多话，也不装聋作哑。碰到楼上楼下，搭把手帮个忙，买个小菜晾个衣裳，也是没二话的。时间一长，卫老太慢慢看出这小女人的好来——没有小地方人的扭捏，待人接物还是蛮得体的。原先担心那层不上不下的关系，怕彼此尴尬，倒也没有。姚虹嘴上叫她"姆妈"，却也拎得清，并不真把自己当儿媳，还是试用期呢，是学徒。媳妇也要学的呀，学会了，才能真的上岗。人家管吃管住，还给钱，比老家的师傅不晓得好多少倍呢。姚虹这么想着，心里便舒坦些。

临来之前，姚虹把卫家的情况问了又问，大大小小的事，查户口似的。她晓得介绍人是有些烦了，可嫌烦也没办法，这是大事。她问，卫兴国是生出来就瘸，还是咋的？介绍人说，生出来不瘸，得小儿麻痹症瘸的。姚虹问，传达室一个月能挣多少钱？介绍人说，千把块吧，也就上海最低工资线。姚虹又问，他家那套房子是自己的吗？有多大？介绍人说，弄堂晓得吧，就是电视里那种上海老弄堂，东家一个阁楼，西家一个亭子间，你自己想吧。这介绍人是张阿姨的一个远亲，撮合这事时并不十分热情，而是有些居高临下的，手底握着十来个女人，扑克牌似的，让谁去不让谁去，这可是天大的恩典。"他要是四肢健全，长得像许文强，家里住别墅，一个月赚几万块——他吃饱了撑的，找你？"介绍人最后这么说。姚虹并不生气，停了停，从桌底下递了个红包过去："您多关照——"

到上海那天，卫老太母子去火车站接她。人群中，卫兴国举了块牌子——"江西上饶，姚虹"，很醒目。姚虹看到卫老太，第一印象便是，这老太把自己拾掇得挺干净。稍稍放了些心，怕就怕碰到那种生活不能自理的老人。再看卫兴国，原地站着看不出腿瘸，鼻子很大，眼睛有些眯缝，不是那种很有男人味的长相，但也不太丑——姚虹又放了些心。火车站离家不太远，回去时叫了辆出租。卫兴国坐前排，她和卫老太坐后排。她是第一次坐出租，有些局促，一路上都紧贴车门，生怕碰着卫老太。卫老太身上有一股淡淡的雪花膏的香气，端坐着不看她，也不说话。她听介绍人说过，卫老太退休前是会计，也算是有文化的人。她只得朝前看。卫兴国后脑勺有些秃，顶上白花花的一小块，泛着光。姚虹想，这男人原来还是个癞痢头。

母子俩专程来接她，这个细节让她觉得挺窝心。后来向卫老太讲起这事时，姚虹用了非常夸张的语气："感动啊，姆妈这么大年纪，阿哥腿也不方便——真是很感动的。"卫老太还要客气："你大老远地跑来上海，总归要接的。这是道理。"姚虹说："所以呀，所以真的是很感动，感动极了。"她一连用了四个"感动"，说到后面，眼圈还红了红——三分好说成十分好，人家听了开心，自己也不吃亏，皆大欢喜——这也是道理。姚虹给家里人写信时，说她叫卫兴国"阿哥"，那边人听了都笑，说，怎么叫阿哥呢？是男人呀，不是阿哥。

她便解释，"阿哥"其实就是男人，是"情哥哥"的意思。叫"阿哥"也好，不生分也不尴尬，朴朴素素的，是个好称呼。

姚虹到的第二个礼拜，卫兴国就邀她去看电影了。是上午场，半价。走进去，整个场子就他们两个人。电影刚开场，灯一关，卫兴国的手就活动开了。起初像搔痒，不经意似的，蜻蜓点水，是在试探。姚虹朝旁边让，可再让也只有那么点地方，总不能离开座位。让到不能让的时候，姚虹就不再让了。于是卫兴国动作幅度更大了。姚虹朝他看，见他眼睛盯着电影屏幕，煞有介事的，手却很不老实。姚虹忽然想笑了。但这个时候不能笑，一笑就臊了，没意思了。

关键还是家里房子小，倘若只有两个人倒也罢了，可多了个卫老太，就相当不方便了。这一带的旧房子，老早就说要拆了，可雷声大雨点小，拖到现在都没动静。看早场电影这个法子，卫兴国还是跟厂里几个小青工学的，花几十块钱，坐上两小时。外面点杯咖啡都不止这个数。附近那家电影院搞噱头，每天早上十点场只要十元钱，很划算。

再划算，总归也是笔开销，卫兴国向母亲要钱。他的工资，还有残疾人补贴，都是卫老太替他收着。他不抽烟不喝酒，平常没啥花销，最多是剃个头，买张DVD片子什么的。卫老太掏了一百块给他。卫兴国说："妈，再多给点。"卫老太又加了一百，卫兴国还是嫌少。

卫老太朝他看，问："要这么多钱干吗？"卫兴国说："用呀。"卫老太问："干什么用？"卫兴国红着脸，说："看电影。"卫老太其实是明知故问，当着姚虹的面，给他们个钉子碰。隔三岔五便往电影院跑，卫老太看不惯。可儿子这么老老实实地说出来，卫老太又有些不忍了。到底是四十多岁的男人，也作孽。卫老太又多添了一百，如果再嫌少，那是无论如何也不行了。

卫老太说儿子，"公园里坐坐不也一样？电影院里坐还要花钱，公园里坐上一天，也没人问你收钱——"卫兴国嘴巴咕哝一下，没说话。姚虹插嘴说："姆妈讲得有道理，我本来也是这个意思——"卫老太斜她一眼，心想，你倒会充好人。

有了第一次，就有第二次、第三次。数目越要越多，周期越来越短。卫老太的脸色也越来越难看。到后来，卫兴国索性提出——由自己保管工资。厂里工资一千三百块，加上残疾人补贴两百多，总共一千五出头。"我又不是小孩，老是伸手要钱，傻兮兮的。"

卫老太一口回绝。理由很简单："没结婚就是小孩，钱放在我这里，要用的时候问我拿——你有什么不放心的？"卫兴国说："不是不放心，是没必要多此一举——姆妈年纪大了，管钱也老辛苦的。"卫老太嘿的一声："管钱有啥辛苦？多动脑筋，不会得老年痴呆症，多点钞票，手也不容易生冻疮。"卫兴国吃瘪，下意识地朝厨房看。姚虹在厨房烧饭，关着门。房里只有母子俩。卫老太晓得姚虹是避嫌疑，可越是这样，越是露了痕迹。

一会儿，姚虹端着饭菜出来，招呼两人吃饭。她厨艺最近有所长进，一道葱烤鲫鱼有模有样，只是味精还是放得多，吃的时候还行，吃完便不停喝水。卫老太前年腰椎间盘突出那阵，请过一个保姆，也喜欢放味精——其实这是保姆的通病，毕竟不是大厨，怕东家嫌自己手艺差，只好使劲放味精，吊鲜。卫老太跟姚虹说过几次，她答应了，可临到装盘又是一把味精撒下去，习惯性动作。

卫老太说："味精不好多吃的，要得肾结石的。"卫兴国说："姆妈帮帮忙，哪有这么吓人，味精呀，又不是毒药。"卫老太白儿子一眼，说："凡事都要有个度，过了这个度，就算是仙丹也要吃死人。"姚虹不吭声，心里晓得这话是说给自己听的——卫兴国三天两头要钱，现在又提出自己管账，在老人家眼里，是过了这个"度"了。

收拾完碗筷，姚虹把阳台上的衣服收进来。卫老太拆一件旧毛衣，让她帮着撑线。姚虹问："姆妈，织毛线啊？"卫老太说："给兴国织条围巾。"姚虹说："姆妈眼睛不好，还是我来弄吧。"卫老太嗯了一声，将绕好的线头给她。姚虹把毛线缠在膝盖上，一边绕，一边看电视。是韩剧《澡堂老板家的男人们》。看着看着，卫老太冒出一句："还是韩国好啊，有规矩，老人说一句话，小辈连个屁都不敢放，哪里像中国，都反过来了。"姚虹忙说："中国也是一样的。"

卫老太叹了口气，道："上海有句俗话，叫'若要好，老做小'，我现在就是老做小。小的都爬到老的头上去了。"

卫兴国在一旁看报纸，像是没听见。卫老太讲得激动，呛了一口，顿时咳嗽起来。姚虹放下毛线，到厨房倒了杯茶过来："姆妈，喝茶。"卫老太接过，瞥见她诚惶诚恐的神情，想，搞得跟童养媳似的，扮猪吃老虎。卫老太又朝儿子看，痴痴憨憨的模样，跟那小女人相比，真是有些马大哈的。卫老太想到这儿，更觉得不能把钞票交给儿子，交给儿子便是交给那小女人。好还罢了，倘若不好，那是要出事情的。

卫兴国放下报纸，用塑料袋包了一堆竹片上阁楼了——卫老太晓得他又要搞那些花样了，到外面捡些破竹片，编些小篮头、小车、小人什么的。房里堆得到处都是。卫老太不懂儿子怎么会喜欢这些名堂，劝过几次都没用，只得由他去了。说也奇怪，卫兴国对别的事不上心，唯独对这个例外，中了魔似的，一弄就是大半天。卫老太原先还以为有了姚虹，他会收敛些，谁晓得还是老样子。一次卫老太向儿子提起这事，说男人整天搞这些没用的，女人要看不起的。卫兴国笑起来，说："怎么会呢，她很支持的。"卫老太倒有些意外了。

"姚虹说了，"卫兴国有些兴奋地告诉母亲，"这是艺术，她老崇拜我的。"

卫老太把"崇拜"这两个字琢磨了半天，觉得这小女人门槛太精，专挑儿子喜欢的话讲，是个厉害角色。卫老太把这层顾虑说给张阿姨听，张阿姨倒是不以为然："小两口自己开心就好，你想这么多做啥？再说了，她捧着你儿子不好吗？难道你希望他们整天吵架？"

卫老太说自己不是这个意思："现在是还没到手呢，所以捧着顺着，等将来到了手，谁晓得会怎样？"张阿姨听了直笑："你儿子是人又不是东西，什么叫到手？你啊，想得太多，自己累，人家也跟着累。她要真有这种手段，又何必——"

张阿姨说到这里笑笑，停住了。卫老太晓得她后半句是什么。想想也是，现在这个世道，上海户口也不像过去那么吃香了，全国上下遍地是黄金，哪里挣不到钱了，何况小女人长得也不难看。卫老太想到这里，稍稍放了些心，可又有些不甘。想儿子又哪里差了，要不是幼时那场病落了残疾，现在怕是小孩都读中学了，唉。

一次闲聊时，卫老太问姚虹，上饶是什么样子？她道："就是个小地方，没上海这么多高楼大厦，马路要窄一点，车子也没上海多。"卫老太有些惊讶了，说："那里还有车子？"姚虹也惊讶了，随即笑道："姆妈，上海人是不是都这样，以为除了上海之外，其他地方都是农村？"卫老太给她说得挺不好意思，忙道："不是的，不是的。"姚虹说："上饶是个地级市，还没有上海一半大，不过绿化挺好的，空气也好，这两年房价涨得很快，市区那块也要一万一平米了。"卫老太啧啧道："那不是比上海好？绿化好空气好，房价也便宜。"姚虹笑了笑，说："不一样的，总归还是上海好，有外滩、东方明珠，还有金茂大厦，多漂亮啊——哪里也比不上上海。"

她说到这里停下来，叹了口气："姆妈，'上饶'和'上海'只差一个字，怎么就差那么多呢？"

卫老太朝她看，半晌，也叹了口气，道："其实都一样。上海睡大马路的人也多得是呢。外滩和东方明珠又不能当饭吃。小老百姓过日子，其实都差不多的。"

姚虹动作很快，一天工夫便把围巾织好了，交到卫老太手里。卫老太戴上老花镜，看了一遍，让她去给卫兴国。姚虹说："这是姆妈的心意，姆妈自己给他吧。"卫老太说："你给我给不是一样？我给又不会多块肉出来。"姚虹便拿去给卫兴国。一会儿，卫兴国戴着围巾出来，兴冲冲地向卫老太打招呼："姆妈，围巾老漂亮的，谢谢哦。"

卫老太晓得儿子平常大大咧咧，才不会这么讨喜，必定是姚虹关照的，心里不自禁地暖了一下，嘴上却道："谢什么，把你养这么大都没说过一声谢谢，一条围巾有啥好谢的！"

卫老太带姚虹去剪头发。姚虹一头长发毛毛糙糙，扎起辫子来像把扫帚，还是那种老式的笤帚，硬邦邦的。卫老太建议她剪成短发，清爽些。理发店的人说姚虹这种脸型，剪个 BOBO 头倒蛮合适——就是那种厚厚的一刀平。等剪完了，卫老太一看，说："这不就是蘑菇头嘛。"理发店的人笑起来，说："阿婆，你老懂经的，BOBO 头就是蘑菇头，是改良过的蘑菇头。"姚虹照镜子，自己觉得蛮好。理发店的人又说："阿婆，你们家阿姨这么一剪，最起码年轻五岁。"

上海人统称保姆为"阿姨"。卫老太听了，忍不住朝姚虹看去，见她抚着刘海在研究，应该是没听见，便问多少钱。回答是四十块。卫老太一边掏钱，一边啧啧道："剪个头可以买三斤大排骨了。"那人笑道："我们这里还算便宜的，外面找个什么沙宣专门店，手艺还不见得比我们好呢，几刀下去，十斤大排骨就没了。"

回去时经过菜场，卫老太说顺便买点小菜，问姚虹想吃什么。姚虹说："随便。"卫老太便开玩笑，说："那就买点大排骨。"姚虹也笑，说："好啊。"卫老太说："兴国喜欢吃油煎大排，味道好是好，就是胆固醇太高。"姚虹说："偶尔吃一顿，没事的。"

小贩拿了几块大排，放在秤上："一斤半多一点，二十块。"卫老太正要拿皮夹，姚虹已抢着付了："姆妈，我来。"给了小贩二十，又给卫老太二十："剪头发的钱。"

卫老太一愣："这是做啥？"

"我自己剪头发，不能让姆妈出钱。"姚虹说着，拿了排骨便走。卫老太在原地怔了一会儿，跟上去："计较这个干啥，你出钱我出钱不是一样——"姚虹回头笑道："所以呀，我出钱不也一样？"卫老太要把钱还给她，她让开了："姆妈你先走吧，我找老乡聊聊天，一会儿就回来。"

姚虹的老乡叫杜琴，三十来岁，在隔壁弄堂做保姆。姚虹空闲的时候，会去找她，两个女人一起说家乡话，聊聊心事。杜琴的东家是个孤老，无儿无女的，脾气很古怪，不好伺候。杜琴常向姚虹倒苦水，说死老头子又怎么了怎么了。姚虹劝她，干得不开心就换个人家，哪里不是赚钱。杜琴很羡慕姚虹，说天上掉馅饼，恰恰就砸中了她。姚虹撇嘴道："什么馅饼，你看卫兴国那满脸麻子，倒像个麻饼。"说着忍不住笑。

杜琴说姚虹新剪的发型很不错："这下真的像上海人了，卫老太要定你了。"

又问："老太婆啥时候给你们办事情？"姚虹说："谁晓得，八字还没一撇呢。"杜琴道："都好几个月了，还没一撇？"姚虹叹道："不是'八'字没一撇，弄不好连我这个'姚'字都没一撇。"杜琴忍不住道："老太婆也太把自己当回事了，房子比鸽子笼还小，儿子还是个瘸子，她就这么吊起来卖？"姚虹嘿的一声。

回家时，在弄堂口见到卫兴国，在跟面粉摊头的小英聊天，眉飞色舞的。小英两只手上都是面粉，聊到兴头上，就往卫兴国脸上一刮，两道白花花的印子。卫兴国笑得牙龈肉都出来了。姚虹待在角落里，等他走了，才跟着上楼。卫老太看到儿子脸上的印子，问怎么回事。卫兴国说是不小心沾了石灰。姚虹拿毛巾给他擦拭。他说："谢谢哦。"姚虹在他脸上抹了一把，幽幽地说："又不在工地上班，怎么沾的石灰？"卫兴国道："就是说啊，奇怪了。"

第二天，卫兴国又说要去看早场电影。姚虹没答应，说要洗被单。卫兴国道："被单什么时候不能洗？明天再洗吧。"姚虹道："天气预报说了，明天是阴天。"她故意说得很大声，卫老太听见了，过来说："去吧去吧，今天天气不错。"姚虹说："就是因为天气不错，才要洗被单啊。"转向卫兴国说："等哪天下雨再去看吧。"卫兴国哑然失笑，说："哪有专挑下雨天去看电影的？"姚虹不理，拆了被单去阳台了。卫老太本来还想做好人，没想到竟吃了个软钉子，有些胸闷，想这小女人怪得很。问儿子："你们吵架了？"卫兴国说："谁吵架了，莫名其妙的。"

姚虹洗被单时，想着刚才的情景——是杜琴教她的，说也别太低眉顺眼了，有时候也得稍稍摆些谱，要些小脾气，这才是过日子的样子。"你自己要摆正位置，你是他们家的媳妇，不是保姆。保姆要事事顺着东家，媳妇不用这样。时不时要对男人发发飙，给婆婆点脸色看，这才像是媳妇了——"姚虹听到最后一句，忍不住笑，说："你懂得倒多。"

姚虹把卫兴国叫到阳台上，让他帮着绞被单："我没力气，你帮个忙。"卫兴国一边绞被单，一边问她："好处费呢？"姚虹朝他白眼："是你家的被单哎，还要好处费？"

卫兴国说："这条是我姆妈的被单，不是我的。"姚虹说："那你问你妈要好处费去。"卫兴国嘿的一声，见旁边没人，凑上去在她脸上亲了一口，"啵！"姚虹忙不迭地躲开，卫兴国一手搂住她的腰，一手在她胸上抓了一把。"下流！"姚虹骂道。

卫兴国笑得贼忒兮兮。姚虹从盆里湿淋淋地捞起一条枕巾，用力一抖，水花溅了他满头满身。趁他睁不开眼时，姚虹抓住他顶上一撮头发，用力一拉。他痛得大叫。与此同时，她凑到他耳边，轻声说了句："天气预报说了，明天会下雨。"

二

居委会组织市内观光一日游。卫老太早早地便去报了名，一人八十块，包午餐和东方明珠的门票。她问姚虹想不想去——其实也是随口一问，钱都交了，哪有不去的理？姚虹来上海这些日子，除了去南京路逛过一圈，还没怎么出过门，卫老太觉得不妥当。姚虹时常写信回家，猜想亲家那边必然会问——城隍庙去了吗？东方明珠去了吗？金茂大厦去了吗——来了大半年了，统统没去，总归讲不通。现在好了，一次性搞定，虽说是走马观花，但胜在效率高，短短一天工夫，上海滩该去的地方都去了。

八点钟准时集合，在小区门口的空地。卫兴国原先也想去，被卫老太拒绝了："都是女人家，你一个男人挤在里面算怎么回事。"姚虹说卫兴国，"你要是真想去，我把名额让给你好了"。卫老太道："他要想去才怪——这些地方啊，只有你们外地人才感兴趣——"卫老太说溜了嘴，瞥见姚虹一副干巴巴的神情，忙掩饰道："这个，其实好多地方，上海人自己都没去过，现在外地人一个个混得都比上海人好，有钱的都是外地人——"自己讲着都觉得不伦不类。

姚虹晕车，车子开出不久便说想吐。卫老太问司机要了个塑料袋，一会儿，姚虹便把早上吃的东西全吐了出来。又说胃疼。前排两个女人扇着鼻翼，做厌恶状。卫老太本来也嫌姚虹麻烦，可看她们这样，又不免帮着自己人："晕车呀，有啥大不了的，人是吃五谷杂粮长大的，又不是神仙。"那两个女人嘴里还"啧啧"作声。卫老太促狭，趁着一个急刹车，把那袋秽物往她们面前一晃，两个女人咿里呀啦地尖叫起来："做啥啦做啥啦——"卫老太忍着笑："不好意思哦，刹车实在是太猛——"

午饭是在城隍庙吃小笼。姚虹说吃不下，卫老太硬塞到她碗里："你吃吃看，这边小笼很正宗的，来一趟城隍庙不吃小笼说不过去——"又倒了些醋在她碟里："多吃点醋，胃会舒服些。"姚虹勉强吃了两个。卫老太去找领队，说："我们小姚不舒服，吃完饭就不玩了，直接回去了。"领队提醒她，不玩门票钱也不退的。卫老太说："我晓得，身体不舒服有什么办法。"

两人坐地铁回去。路上，姚虹抱歉道："姆妈，对不起哦，害你也不能玩。"卫老太嘿的一声，说："不能玩就不能玩，有啥要紧的。"姚虹还是第一次坐地铁，启动时没拉好扶手，被巨大的惯性冲得后退几步，亏得卫老太一把抓住她："小心点。"姚虹拍拍胸口，不好意思地笑笑。

出站时，姚虹的票找不到了，上下口袋掏了个遍，像长翅膀飞了似的，没

新中国70年优秀文学作品文库

中篇小说卷

影了。卫老太摸出三块钱，又给她补了张票。姚虹跟着卫老太出站，窘得脸都红了。卫老太看在眼里，本来还要嘀咕两句，想想算了。只是告诉她，地铁不像公共汽车，票子一定得好好留着，出站还要查票呢。姚虹说："就跟坐火车差不多。"卫老太说："可不是，地铁说到底也是火车，在地下开的火车。"

回到家，卫老太让姚虹在床上躺着，烧了水，给她冲了个热水袋。又下了碗面条，热气腾腾地端过去："怕你胃吃不消，也不敢放浇头——多少吃一点。"姚虹心里一暖，说声"谢谢姆妈"，接过。卫老太在床边坐下来，问她："胃是偶尔疼呢，还是一直不好？"姚虹回答："冷天容易疼，或者吃了辣的也会疼。"卫老太又问："到医院查过没有？"她说："没有。"卫老太说："那不行，要查一查。胃病这东西，可大可小的。"

卫老太也是雷厉风行，第二天便拉着姚虹去医院做了个胃镜。结果是胃里幽门螺杆菌超标，还有轻微的十二指肠炎。医生说，幽门螺杆菌会传染，中国人不实行分餐制，很容易得这个病，没啥大事，不过还是要吃药。配了三种药，连吃半个月。

晚饭时，卫老太在每个菜盘里都放了把勺子："我们也来学外国人，先用公勺把菜舀到自己碗里，再吃。"卫兴国嫌麻烦，照样拿筷子夹菜。半空中被卫老太的筷子拦下了，两只筷子短兵相接。"说了用公勺，"卫老太强调道，"现在不像过去，要讲究些。对大家都好。"

姚虹在一旁不吭声，拿公勺舀了些青菜，就着把整碗饭都吃了。心想，卫老太是怕她传染给她母子俩呢。姚虹读书不多，听医生说幽门螺杆菌超标，一颗心便沉了下去，想胃里有细菌，那还了得？不免有些心灰意冷。洗完碗出来，见卫老太在小声跟卫兴国讲话。卫兴国抬头朝她看了一眼。姚虹猜想必定是说自己。

果然，一会儿，卫老太先洗脚睡觉了，只剩下她和卫兴国两人。卫兴国照例又往她身边蹭，上下其手——只是却不与她亲嘴。姚虹心里哼了一声，把他推开，说："我累了，要睡觉。"卫兴国说："才几点啊，你又不是老太婆。"姚虹没好气地说："我不是老太婆，难道还是青春少女？"卫兴国嘿的一声，拿白天编的小玩意儿给她看——是辆小轿车，用极细的竹片编成，染上颜色，车尾上居然还有个"奔驰"的标志，十分逼真。姚虹原不想睬他的，见了也忍不住拿过来看："啧啧，手倒是巧——"

卫兴国得意地说："那当然，你老公嘛。"

姚虹鼻里出气，哼道："老公？算了吧，我可高攀不上。"卫兴国道："不是你老公，难道是别人老公？"姚虹道："早早晚晚的事。"卫兴国讪笑着，又去搭她的肩膀。她皱眉，往旁边躲。他又去搭。来来回回好几趟，卫兴国说她："怎么跟泥鳅似的，滑不溜秋——"

卫老太其实没有睡着，躺在床上，外面两人的说话声都落在她耳里。她一听姚虹的口气，便晓得这人多心了。又不是什么大病，她再老糊涂，也不会计较这个。卫老太打个哈欠，忽听卫兴国啊的一声，似是吃痛，嘴里咝着气，直嚷"手断了断了"，又听姚虹压低了声音说"看你还敢不敢"，跟着，脚步声也有些纷乱了。应该是一个追一个逃，扶梯吱嘎吱嘎直响。一会儿，又嘻嘻哈哈地笑。卫老太晓得两人在耍花枪呢，想，男人天生都是贱骨头，给小女人这么打打骂骂，服帖得不得了。

又想到自己年轻时，和死鬼老头也有过甜蜜的光景，几十年过去了，还会像放电影那样在眼前绕来绕去。卫兴国长得像他爸，尤其是鼻子，简直一个模子里刻出来的。都说儿子像妈才有福气，他要是长得像自己，大概也不会吃那么多苦，得了那该死的病，五岁不到便瘸了腿。又碰上男人工伤丧了命，三十来岁年纪，便只剩下她一人，孤零零地带一个瘸儿子。那时卫老太真是连死的心都有了，硬生生挺了过去，脑子里只存一个念头——"别人怎么活，我便也怎么活"。孤儿寡母，好不容易撑到了今天。伤口早止了血，结了疤，厚厚硬硬的一块，倒比旁人还结实些。卫老太其实也没啥苛求——儿子找个好女人，结婚生子，安安生生地过下辈子，那便足够了。

张阿姨几次来问消息，卫老太都说"不急，再看看"。张阿姨道："怎么不急，你们兴国都四十好几了。"卫老太说："那也急不得啊，又不是挑大白菜——是挑媳妇，是大事，要谨慎些。"张阿姨说："我晓得是大事，可再大的事情，早晚也得拿个主意不是？我倒觉得小姚这人不错。"卫老太笑笑。姚虹隔三岔五便去张阿姨家，跑娘家似的，洗衣拖地做饭，还用自己的工钱给她买脆麻花和生煎馒头——这些她都是知道的。卫老太并不觉得有多么不妥，将心比心，换了谁都会这样，可以理解。再想想，找个有点心计的媳妇也好，儿子那样的傻瓜，是该有个能干事的女人撑着才行。卫老太是想自己说服自己。如今这世道，寻个好媳妇实在不是件易事。卫老太真想两手一摊，答应下来算了。大家省心，自己也省心。

外面一点点静下来，应该是睡去了。卫老太起来披上衣服，走到外面。小间的布帘没有拉严，留道缝，透出些光来。她停下来，朝里瞥了一眼——见姚虹坐在床上写信。被子有些软，她拿本台历垫在下面，微蹙着眉，写得很慢，一笔一画的，纸上密密麻麻已写满了大半。她握笔的姿势有些奇怪，中指抵着笔杆，倒像在写毛笔字，很用力，额头上隐隐都有汗珠了。卫老太还是第一次亲眼见她写信，她白天做家务时是那样，原来写信时是这个模样。有些好奇了。灯光在她头上镀了一层黄澄澄的暖色，长发垂下来，遮住了半边脸。

卫老太看了会儿，正要走开，手肘不留神在墙上碰了一记。"砰！"姚虹顿时察觉了，霍地抬起头，看见她。

两个女人一里一外，对望着。

"姆妈，我、我已经好了，马上关灯——"姚虹很快反应过来，慌乱地把信放在一边，躺下来，伸手去关台灯。

卫老太晓得她误会了，连忙摇手："不要紧，你写你的，我上厕所。"

从厕所出来，见那道布帘已完全敞开了，灯关了，漆黑一片，里面静得没有一点声响，似已睡着了——卫老太一怔，在门口站了片刻，不知怎的，竟有些心酸。慢慢地走回房间，心想，要是哪天真的讨了她做媳妇，一定要让儿子好好待她。

元旦时，卫兴国给母亲买了件羊绒衫，原价两千，打六折。姚虹帮着她换上新衣，在镜子前晃了一圈。卫老太觉得挺满意，嘴上还唠唠叨叨："啧啧，老太婆一个，花这个钱干啥——"卫兴国说："老太婆就不用打扮了？你儿子又不是没钱。"卫老太听了这话，心里咯噔一下，忽想起这阵子他竟不问自己要钱了，早场电影还是照看，逛过两次淮海路，上周还去了锦江乐园。工资和奖金好端端在抽屉里藏着——他哪来的钱？

卫老太反复想了两遍，竟有些担心了。怕他学弄堂口那些痞子——斗地主、二十一点、拨眼子、梭哈，没日没夜地赌。那可是要命的，弄得不好一家一当都要送进去的。卫兴国骨子里不是个让人省心的东西，读初中时跟一群坏孩子偷工厂的废铜烂铁去卖，那些人腿脚利索倒也罢了，可怜他瘸着腿，被人轻轻松松逮个正着。卫老太气坏了，也吓坏了，把他吊在房梁上，拿皮带往死里抽，一边抽一边抹眼泪，心想，要是真的走歪路，干脆打死干净，也省得操心了——总算是悬崖勒马，生生给扭了回来。

卫老太想到这些，汗毛都竖起来了。当着姚虹的面，不好开口，待她去阳台收衣服，才做贼似的问了。人家来上海是想找个本分男人，要是卫兴国真做了什么见不得光的，别说上饶女人，就是非洲女人，也不见得肯跟他。卫老太问的时候，声音都有些发抖了。谁知卫兴国听了大笑，"姆妈，你想到哪里去了——哎哟，真是天晓得了！"

卫兴国从床底下拖出一个小箱子，打开，里面都是他摆弄的那些小玩意儿。小车、小人、小动物——"哗"的一下，倒得满地都是。

"姆妈，艺术也可以挣钱的。懂吗？"卫兴国得意扬扬地说。

他说姚虹在网上办了个小店，专卖这些小玩意儿。起初只是抱着试试看的心思，谁晓得还真有人买。客人的意思是，东西做得不错，就是包装太老实，不上档次。姚虹便买来大红色的硬板纸，自己动手做成一只只红盒子，把玩意儿装进去，外面绑上金色的丝绸，再添上"喜"字——现在婚礼上都流行小游戏，拿这个当奖品最合适不过，价格不贵，又别致。事实证明姚虹的思路完全正确。这么包装一下，销路顿时上去不少，每周至少能卖出十来件。

"再这样下去啊，存货就不够了，非得再接着做不可。姆妈你老说我不务正业，还说要统统扔掉，嘿，亏得我们小姚识货——"卫兴国口沫横飞地说。

姚虹从厨房走出来，听见了，接着话头说："我也是随便试试，谁晓得真的行——瞎猫碰上死老鼠了。"卫兴国加上一句："关键还是你老公手艺好。"姚虹朝他白了一眼："少自吹自擂。"

卫老太本已放下心来，但瞥见两人极有默契的模样，不免又有些酸溜溜的。"做生意啊，"她慢腾腾地道，"好是好，不过也有风险，又不是包赚不赔。"卫兴国说："有啥风险，我们这是智力投资，不用本钱的。"卫老太嘿的一声："怎么不用本钱？硬板纸不是本钱啊，上网的电费不是本钱啊，脑细胞不是本钱啊，那些小竹片不是本钱啊？"

卫兴国蹬了蹬脚："哎哟，姆妈真是搞来——"

卫老太存心触他们霉头，说完了，心满意足地去厕所了。说到底心底还是高兴的，不偷不抢，坐在家里便能赚钱。那些搞七捻三的小名堂居然也有人要，这世道是越来越让人看不懂了。卫老太想，忘记问他们挣多少了，想来应该也不会太少，又是看电影又是逛街的，偶尔还要喝杯咖啡上个馆子。谈恋爱就要花销，没有比谈恋爱更让人快乐的花销了。儿子今年四十出头，比旁人整整晚了二十年才享受到这种快乐——总算是也享受到了。卫老太坐在马桶上，浑身轻松。

卫老太问姚虹："怎么想到在网上卖这个？"姚虹回答："三楼的阿美教的。"阿美在百货公司卖化妆品，碰到商家搞活动送试用装，便悄悄把试用装藏下，对着顾客只说派发完了，然后再拿到网上卖——这已是行业里公开的秘密了。卫老太平常很看不惯阿美，好好一个女孩，头发偏要染成五颜六色，指甲却是乌黑。"那样妖里妖气的人，能教出什么好名堂？"姚虹说，一开始是借她的店做的生意，后来渐渐做大了，自己便也注册了一个小店。"网上做这种生意的人不少，竞争激烈得很，亏得兴国手艺好，才做得下去。"卫兴国飞她一眼，得意道："你才晓得啊。"

卫兴国提议晚上去外面吃饭："庆祝你儿子发大财。"卫老太不肯，说钱要省着花，又说外面不卫生，家里烧几个小菜，干净又实惠。卫兴国说姆妈是死脑筋，"你当然无所谓了，反正也不用你烧——"卫老太听这话不顺耳，想，还没结婚呢，就已经向着她了。

"我烧也行啊，"卫老太淡淡地说，"让她歇着吧，我来。"

母子俩还在嘀咕，姚虹已飞奔着出去买了菜，回到家开始拾掇，晚饭时摆了满满一桌。香煎带鱼、糖醋排条、蚝油西蓝花、咸菜干丝，都是卫老太喜欢的。卫兴国拿起筷子便吃，大赞美味："我老婆的厨艺真是没话说。"火上煨着鸡汤，姚虹过去盛了一小碗过来，给卫老太："姆妈替我尝尝咸淡。"卫老太尝了一口，说"还好"。姚虹道："我放了点干贝，好像有点腥气。"卫老太便教她，干贝要先拿黄酒发一会儿，再一片片撕开，不能这么直接扔进去。"你当是大蒜头啊？"卫老太嘲笑她一句，姚虹笑笑，说："就是，又向姆妈学了一招。"

私底下，卫老太问儿子："到底能赚多少？"卫兴国还要卖关子，道："反正不少。"卫老太追问："不少是多少？"卫兴国说："不一定，要看货色，差不多一两百元上下吧。"卫老太吓了一跳，问："一件吗？"卫兴国嘿了一声，说："当然是一件，难不成还是一麻袋？你以为是卖给废品收购站？这是艺术，姆妈，你养了个艺术家儿子。呵呵。"

卫老太是真的有些吃惊了。一件一两百元，每星期卖十来件，那要多少钱啊？卫老太不禁感慨，自己在上海住了一辈子，都不晓得还有这种赚钱的门道。姚虹才来了几个月，已摸得清清楚楚，变废为宝。儿子原来还是个摇钱树。卫老太想到这儿，忍不住好笑。半是炫耀半是担心地说给张阿姨听。张阿姨趁势又说姚虹的好："多机灵的一个人啊，你挖到宝了——"

卫老太说："就怕是太机灵了，你看，小两口闷声大发财，就把我老太婆蒙在鼓里。"张阿姨说："低调点也好，过日子嘛。"卫老太想来想去，还是那句话："兴国是马大哈，怕是弄不过她。"

张阿姨劝她："一个愿打，一个愿挨，你管那么多呢。再说了，兴国是璞玉，要没有她，你还不是把他当石头？门卫一个月能赚多少钱？现在可好，收入都赶上小白领了。所以说世界上的事啊，都是配好的。你们家兴国拖到这么晚没成家，大概就是在等她。命中注定的。"

卫老太活到这把年纪，也是越来越信命了。张阿姨后面那句话，倒是说到她心坎里去了。本来嘛，好不好都是相对的，只要对儿子好，那便是真的好。儿子自己喜欢，她又是实心实意为儿子打算——那还有什么话说？卫老太心底里舒了口气，嘴上却对着张阿姨叹道："早晓得兴国有这本事，又何必大老远从外面物色呢，上海女人哪里找不到了？唉。"

张阿姨听了摇头，说她："一把年纪了，还要'作'。"

姚虹怀孕了。连着几天都吐得一塌糊涂，起初还当又是胃病，卫兴国陪她到医院一查，欢天喜地地告诉卫老太："姆妈，有了。"

卫老太高兴得一颗心像刚酿好的果酒，甜汁都快满溢出来了。面上还要装老派，板着脸："这个，还没结婚呢，你们两个小孩也真是胡闹——"瞥见姚虹羞红了脸，一副无地自容的模样，忙又道："算了算了，有都有了，总不能把它再变回去，对吧——都是你这个坏小子呀。"卫老太喜滋滋地在儿子身上捶了一下："这下要命了，出事了，出事了。"

好运气似乎是接踵而来的。没几天，便传出消息，老房子要拆了。这次是千真万确，居委会告示都贴出来了，预计在明年四月，让各家各户积极配合，做好拆迁工作。卫老太心里算了笔账，要是年前给儿子办了婚事，户口迁过来，那就是三个户口两个家，起码能多分十几个平方，折成现金就是好几十万。老天爷帮忙，时机掐得刚刚好。好事成双。

亲自去江西拜访是来不及了，卫老太预备先跟亲家通个电话，或是写封信，商量一下婚事。外地有外地的规矩，时间再紧，该讲究的还是得讲究，不能让人家觉得上海人不懂道理。卫老太问姚虹："你们那里是不是流行给聘礼？"姚虹说不用，"我爹妈都不看重这些，只要我自己过得好就行"。卫老太想这是客气话，总归要意思意思的。还有金银首饰，也得赶紧备好了。

卫老太带姚虹逛了趟金店，挑了一副手链，24K足金。又买了一枚钻戒，戒心是用碎钻拼成的，价格不算贵，看着倒也熠熠闪光。姚虹的手指肥肥白白，手寸快赶上男人的了。售货员夸赞说这是天生的贵妇手，有福气。卫老太想，有没有福气还不晓得，买个戒指倒是多用不少铂金，开销上去了——想归想，心里还是开心的。快七十岁的人了，总算等到给媳妇买首饰了。

穿堂风一刮，左邻右里都晓得卫家要办喜事了。卫老太不怕别人背后议论，说跛脚儿子找了个外地来的保姆媳妇。无所谓，反正各家过各家的日子，冷暖自知。将来的事情谁晓得呢，四肢健全找个上海老婆，也不见得能白头到老。卫老太是吃过苦头的人，晓得天底下顶顶要紧的，不过是"实惠"两字。兴国

新中国70年优秀文学作品文库

中篇小说卷

爸爸去世那阵，为了多得些抚恤金，卫老太也不是没豁出去过。面子是要紧，但敌不过孤儿寡母两张吃饭的嘴。倘若那时稍有犹豫，只怕就没这个家了——都是几十年前的往事了，隔了这么久，不提了。

卫老太让姚虹给兴国爸爸上炷香。死鬼老头的遗像从抽屉里请了出来，抹了灰，摆在五斗橱上。姚虹点了炷香，鞠了三个躬。卫老太在一旁说："这是你媳妇，现在肚子里已经有小的了，你在下面要多多保佑他们——"姚虹对着遗像，恭恭敬敬地叫了声"阿爸"。卫老太鼻子一酸，眼泪差点掉下来。

家务是不能再让姚虹做了，姚虹还要坚持，说多活动有好处。卫老太说："等将来孩子生下来，有你动的时候，现在先歇歇。"朝北的小间阴冷潮湿，卫老太把她挪到大间，宽敞，阳光也好。卫兴国直说"姆妈偏心"，说有了媳妇就忘了儿子。卫老太冲他一句："那好，今天起你睡下面，让我老太婆爬扶梯睡阁楼——"卫兴国还要摆弄那些小玩意儿，卫老太不许，说竹头木头都有碎屑，吸到气管里，要咳嗽的。"孕妇又不能吃药，万一生病了要吃大苦头。"

闲暇时，卫老太教姚虹说上海话。两个女人待在厨房里，一边剥毛豆，一边进行嘴型和发声的训练。上海话在方言里算是易懂的，入门快。但越是这样，越是难说得正宗。上海话其实是一门学问，掺杂着许多东西在里面，经年累月，像冲了几道后的茶，水浅浅绿绿，清冽得能照见人影，茶叶稳稳地落在杯底，很扎实很干净。卫老太让姚虹先别急着开口，多听别人说。听得久了，厚积薄发，自然而然就出来了。正宗的上海话，呱啦松脆，像一口咬开的小核桃，听得人浑身惬意。上海人说上海话，"人"与"话"是合二为一的。听见洋泾浜的上海话，就像看见西装下面穿球鞋那么别扭。

姚虹道："姆妈，上海话有点像日本话。"卫老太道："是吗？我可不觉得，小日本的话哪有我们上海话好听。"姚虹又道："上海的'吃饭'和上饶话差不多呢，姆妈我说给你听——"她用上饶话说了一遍，"是吧？"卫老太听了，也觉得像。"怪道'上海'和'上饶'只差一个字，原来还真有些讲究。"

姚虹说要教卫老太上饶话。卫老太连忙摇头："我这把年纪，脑子都生锈了，记不住。"姚虹不依，说："怎么会记不住，从今天开始，姆妈教我上海话，我教姆妈上饶话，大家一起学习。"她带着鼻音，这么撒娇似的说来，卫老太心里一动，想，嗲啊嗲啊，儿子应该就是这么被她勾了魂，所以连小把戏都勾了出来。

卫老太有些甜蜜地摇了摇头，伸手在姚虹头上轻轻抚了一下。两人还是第一次这么亲昵。姚虹条件反射似的，差点要弹开——总算是忍住了，受了未来婆婆的这一抚，有着里程碑式的特殊意义，划时代的。姚虹竭力让自己表现得自然，心里有什么东西直往上溢，一股接着一股，直冲到头上，先是脸颊，再是眼睛，都微红了一片。慢慢漾开来，浑身上下都是暖的。

除了上海话，卫老太还教姚虹怎么打扮、怎么穿衣——去书报亭买那些时尚杂志，《ELLE》《秀》《瑞丽》……让姚虹当成教科书看。看那些模特儿怎么搭配衣服，怎么摆弄发型。这比学说上海话还难得多，要靠天赋，不能生搬硬套。卫老太一门心思要把姚虹培养成一个上海媳妇，倒不是为了自己，老太婆了，不在乎那些虚头。这纯粹是为卫兴国。儿子年纪不大，将来的路还长。上海这个地方，有些讲不清，宽容的时候很宽容，刻薄的时候又很刻薄。许多根深蒂固的东西，像轮船靠岸时抛下的锚，牢牢在海底扎着；又似奶糖外的那层饴纸，看着无关紧要，可真要没了它，又觉得怪——这就是"体面"，锦上添花的玩意儿。儿子体面了，卫老太才能安心。说到底，好像也不全是"体面"，还应该牵涉到"尊严"，是自尊心的意思。

卫老太的自尊心，蛰伏在体内几十年，平常没声没息，现在一点点苏醒了，像冬眠的蛇。真正是春天到了，暖意融融的。卫老太本来话不多，现在慢慢放开了。几十年的话匣子，厚实得像本日记，一页页翻过去，都能闻到淡淡的纸香了。详写还是略写，全凭卫老太的心，但到底是写了，开心的，不开心的。话题由近到远，渐渐拉长开去，那些早就淡却的岁月，像暗室里新洗的照片，景物一点点浮现出来，清晰了。

姚虹是个很好的倾听者——原来上海的"日子"是那样的，和姚虹想象中完全不同呢。倒真有些"过日子"的意思了。原先姚虹以为，上海的"日子"是闪着光的，摆在橱窗里的那种，现在看来，好像也是落在实处的。撇去表面那层亮晶晶的东西，上海的"日子"其实是咖啡色的，沉甸甸的颜色，沉甸甸的质地，让人屏息凝神，说不出话来。上海的"日子"，初尝是有些苦涩的，可慢慢地，有香甜从里面一点点渗出来。这香甜，也是要尝过苦才能觉出的。苦涩落在舌根，香甜源自心底。苦是甜的先导，没有苦，又怎会有甜呢——这道理，其实到哪儿都是一样的。

两个女人在天井里晒太阳，一个缠线，一个绕团。冬日的阳光落在两人脸上，洋洋洒洒的，很美很温柔。

领证那天，也是个阳光灿烂的日子。卫兴国和姚虹早早地便出了门。卫老太叮嘱他们，办完事就早点回家，孕妇不能多操劳。晚饭在外面吃，已订了座，就在附近新开的本帮菜馆。

卫老太把家里整理了一遍，出去倒垃圾。还没走几步，在拐角处踩到一块香蕉皮，差点滑一跤。垃圾袋脱手飞出，掉在地上。卫老太骂声"要死"，正要去捡，忽地，看到垃圾袋掉出一小包东西——是块卷起的卫生巾，散开了，上面殷红一片。

卫老太一怔，下意识地，又骂了声"要死"。停了停，再去翻那袋垃圾——又发现了两小包同样的东西。卫老太站在原地，认认真真地看了一会儿，像是研究。心直直地沉了下去，秤砣似的，随即把东西捡起来。

卫兴国在民政局接到母亲的电话。

"证领了没有？"

"没，还在拍照呢。有事？"

"那就好——别领了，回家。"卫老太说完，"啪"地挂了电话。

三

姚虹收拾东西。衣服、裤子、鞋子，一件件地往旅行包里塞。头垂得很低，动作却很快。卫兴国在一旁看着，两人都不说话。卫老太出去散步了，临行前叮嘱儿子，把姚虹送到公交车站，也算是尽了情分。卫兴国嘟着嘴，像小孩那样不情不愿。卫老太晓得他心里疙疙瘩瘩，是舍不得小女人走。卫老太装作没看见，想，要是连这种事都不分轻重，那儿子也算白养了——故意连招呼都不打，径直出了门。

姚虹收拾完东西，朝卫兴国看。眼神像猫咪看主人，泪水在眼眶里一圈圈打转。心里清楚这是最后一搏，其实也不抱希望。果然，卫兴国避开了她的目光，拿起地上的包："走吧。"

两人一前一后，到了公交车站，已是晚上八点多了。这是卫老太的意思，说晚上走，人少，免得大家尴尬。卫兴国干咳一声，摸摸鼻子，很不自然的模样。姚虹想，又何必让他为难。上前接过他的包："谢谢你送我，你回去吧。"卫兴国嗯的一声，脚下却不动。

姚虹在旁边长凳坐下，把包放在膝盖上，朝车来的方向看。卫兴国愣了半晌。"其实——"才说了两个字，便又闭上嘴。姚虹只当没听见，想，这是个没用的男人。心里忽地有些气苦，这样的男人，到头来自己竟也抓不住。难堪得都想哭了。

她又道："你先走吧。"他说："我等你上车再走。"她道："你走吧，你在这里，我反而不自在。"话说到这个地步，卫兴国只有走了。本来就瘸，加上犹

美丽的日子

犹豫豫，走得一步三顾，艰难无比。好不容易转了弯，看不见人了。姚虹把头别过来。看表，快九点了。等车的人很少，路灯暗得要命，影子模模糊糊的，像鬼。

姚虹没等车来，折回去敲杜琴的门。杜琴的东家老头已睡下了，杜琴在看电视，把声音调得很轻，做贼似的。她说老头子不许她一个人看电视，费电。

她看见姚虹的旅行包，愕然。"穿帮了？"姚虹点头，随即一屁股倒在沙发上。

假怀孕的办法，是杜琴传授的。"现在万事俱备，只欠一阵东风，托你一把。"她说卫老太这把年纪了，没有比抱孙子更能让她兴奋的事了。老太婆一高兴，事就成了。姚虹还要犹豫，说肚子里没货让我怎么生。杜琴骂她笨："怀孕要十个月呢，谁能保证当中没个磕磕碰碰？只要生米煮成熟饭，结婚证一开，她能拿你怎样？"姚虹想想也是。她不是黄花闺女，青春谈不上多么值钱，可到底也是个女人，禁不起这么拖拖拉拉。索性搏一把，成了便是一步到位，上饶人变上海人。输了也得个痛快，回老家找个本地男人，好歹总是一辈子。

杜琴内疚得要命。"早晓得就不出这个馊主意——"姚虹手一挥："没啥大不了的，日子照样过，地球照样转。"她说先不回上饶，再待几天看看。杜琴明白她的意思，不走还有希望，走了就等于彻底放弃。

夜里，两个女人挤一张小床睡。怕吵着隔壁的老头，说话轻得像蚊子叫。姚虹说："家里人本来都欢天喜地的，现在搞成这样，还不知道失望成啥样呢。"杜琴说："先别告诉他们。"姚虹说："瞒得了一时瞒不了一世，早晚会知道。"杜琴说："拖一阵是一阵——还没到绝望的地步。"姚虹听了不吭声，半晌，又道："老太婆受了骗，肯定恨死我了。"杜琴说："她要是个女人，恨归恨，恨完应该会明白的。"姚虹叹道："女人跟女人也是不一样的，只怕她未必明白。"

杜琴又说起自己的事，东家老头查出有尿毒症，情况不大好，医生说要换肾。"肾是多么要紧的东西，平白无故的，你说谁会给他捐肾——居委会干部都找我谈话了，让我无论如何要挨过这个年，又夸我脾气好能干，我要是不干了，这么'作'的老头子，哪里再去找保姆服侍他？嘿，再给我戴高帽也没用，过年我肯定是要回家的，都几年没回家了——"

姚虹说："没儿没女的，也可怜。"杜琴说："可怜的人多着呢，我们不可怜吗？一个个可怜过来，老天爷都来不及。"又说："本来还想着沾你的光，也搭个上海亲戚，现在没戏了，转了一个圈，还是江西老表。"姚虹叹道："没这个命。"杜琴也叹了口气，说："就是，没这个命。"

这天晚上姚虹一直没睡着。床很小，躺两个人连转身都难。杜琴倒是睡得挺香，还打着小呼。她男人在工地上干活，夫妻俩咬紧牙关，连着几年没回老家。女儿都快读小学了，一出生便由外公外婆带着，还没见过几回亲爹妈。她男人勤劳肯干，这次升了个小工头，工资翻了倍，好心情也跟着翻倍——夫妻俩预备过年回家，再把女儿接过来，上海的房子贵是贵，可租间小屋，一家三口住在一起，划得来。杜琴说她女儿小名叫月牙儿，因为出生时一弯月亮挂在半空中，眉毛似的，很俏皮很漂亮。"月牙儿过年就七岁了，天天晚上做梦都梦见她。"

姚虹朝杜琴看，见她熟睡的脸上带着一丝笑意，应该真是梦见了女儿。

卫老太早起锻炼时在弄堂口撞见姚虹，小女人笑吟吟地叫了声"姆妈"，卫老太吃了一惊，像撞见了鬼。"你——没走？"姚虹没直接回答，说了句"天有点灰，大概快下雨了"。卫老太没理她，径直走了过去。

锻炼完回到家，还没进门，便闻到一股香味，再一看，姚虹在灶台上煎荷包蛋。卫兴国坐着吃泡饭，面前放着一碟生煎，应该是她买来的。卫老太在原地愣了足有十来秒。卫兴国见了母亲，不敢说话，埋头吃东西。姚虹倒是很热情，招呼卫老太："姆妈，吃生煎，味道不错的。"卫老太看看儿子，再看看她，心里哼了一声，依然是个不理不睬。上了厕所出来，见她还在擦拭灶台。

卫兴国吃完早饭，说："我上班去了。"姚虹从抽屉里拿了把伞给他："一会儿怕是要下雨，带上伞。"卫兴国犹豫了一下，还是接了。她又问他："晚上想吃什么，糖醋排骨好不好？"这回卫兴国无论如何不敢应声了，支吾两下，开门出去了。卫老太冷眼旁观，想这个小女人也忒皮厚。耐着性子，等她把灶台擦完，说："你可以走了。"姚虹叫了声"姆妈"，要说话，她手一摆，挡住了。

"说什么都没有用，"卫老太道，"走吧，别再来了。"

姚虹嘴一扁，两行眼泪齐刷刷地落下来："姆妈——我晓得我做错了，你原谅我，给我一次机会好不好？我保证一生一世对你和兴国好。"卫老太摇头："不用对我们好，你自己过得好就可以了。"姚虹眼泪没命地流："姆妈，我承认我有私心，想飞上枝头当凤凰，可我真的没恶意的，我是想早点结婚，好来服侍您老人家——"卫老太打断她："不敢当，我没这个福气，也别说什么'飞上枝头当凤凰'，是我们高攀不上，配不起你。我们兴国是草包，你才是凤凰。"

卫老太说到这里，忽想起那天张阿姨的话——"兴国是璞玉，要没有她，你还不是把他当石头？你们家兴国拖到这么晚没成家，大概就是在等她。命中注定的。"——不禁有些感慨起来。心口那里被什么揪了一下，唉，可惜了——

脸上依然是冷冰冰的，转过身，把个脊背留给她。

姚虹倚着墙，手指在墙上画啊画，眼睛瞧着地上，眼圈红彤彤的。不说话，也不走。卫老太等了半晌，见她没动静，心里也有些急了，又不能拿扫帚把她赶出去，左邻右舍都看着呢，卫老太丢不起这个人。可拖着也不像话，这算怎么回事。两人暗地里较着劲，安静得都能听见挂钟的嘀嗒声了。一分一秒都是煎熬。

卫老太坐下来，打开电视。姚虹顿时也活动开来，转身便去拿拖把。卫老太坐着，见她这样，头皮都麻了。姚虹认认真真地拖地，拖到卫老太那块，还说"姆妈，麻烦你抬抬脚"。卫老太抬也不是，不抬也不是，索性站起来，到厨房择菜。一会儿，姚虹也来了，摆个小凳子在她旁边坐下，陪她一起择菜。卫老太朝她瞪眼，脸色难看得要命。姚虹笑笑，说："两个人干快些。"卫老太心里"哎哟"一声，想真是碰到赤佬了，又不知说什么好。

两人齐齐择完了菜，卫老太打开房门，努努嘴，示意她离开。姚虹便是有这耐性，只当没看见，笑笑，又拿鸡毛掸子去掸灰。卫老太怔了半晌，只得关上门。姚虹整理房间时看见卫兴国换下的内裤，拿到水龙头下洗。卫老太一把抢过，说："让他自己洗。"姚虹笑吟吟地抢回来："男人哪会洗衣服，再说他下班那么晚，姆妈就别折腾他了。"三下两下便把内裤洗了。卫老太不禁好笑，看情形自己倒像后妈，眼前这位才是亲妈。

晚上卫兴国回到家，看见姚虹还在，大喜过望，也不敢多问，瞥见卫老太脸色不差，更是放下心来。晚饭是姚虹做的，味道没变，吃饭的人也没变，依然是三个人。姚虹本来不敢上桌，犹犹豫豫的，卫老太开口说"一起吃吧"，才坐下了。吃完又抢着洗碗，比之前还要殷勤三分。

洗碗时，卫兴国凑在姚虹身边，问她："好啦？"姚虹笑笑，不置可否。卫兴国又道："姆妈好像心情不错。"姚虹还是笑笑。一会儿，卫老太过来拍她肩膀，说："走，我们出去聊聊。"

姚虹嘴里应着，眼睛却朝卫兴国看，希望他能拦下。谁晓得这个马大哈兴高采烈："出去散散步蛮好，外头空气好——"姚虹只得苦笑，披上外衣，跟着卫老太出了门。

两人走下楼来。遇见几个邻居，打招呼，"散步啊"，卫老太便笑一笑，点头。姚虹也跟着笑，心里又多了些底气，晓得卫老太还未把那事说开。两人缓缓走着，路灯把人影拉得一会儿长一会儿短，橡皮筋似的。风不大，却刺骨的冷，脸和手露在外面，冻得通红，都木了。

"待会儿我一个人回去，你别跟着。大家都是成年人，要晓得分寸，别做过头了。"

卫老太边走边说，并不看她。姚虹勉强笑着，脚下不停，紧跟着。

"跟着也没用，我老太婆说话算话。你知趣点，别弄得大家脸上不好看。"

姚虹迟疑了一下，顿时与卫老太拉开一段距离。她咬咬牙，又跟了上去。两人一前一后地走着。卫老太像是没看见。走了一段，到了街心花园，姚虹陡地停下来。

"姆妈，我做错事情，应该要受罚。我罚自己在这里反思。姆妈你不原谅我，我就在这里坐一辈子。"她飞快地说完，一屁股在旁边的长凳坐下，两手抱胸。

卫老太愣了愣："你别这样，我这人不受威胁。"

"我这不是威胁，"姚虹摇头，"姆妈，我是真的想好好反思。我要是想威胁你，也不会坐在这里，直接搬张凳子坐到弄堂口了。"

卫老太嘿的一声，心想，说来说去，你这还是威胁。"随你的便。"说完转身便走。回到家，卫兴国凑上来问："姚虹怎么没回来？"卫老太积了大半天的闷气，一股脑在儿子身上发泄出来："人家养儿是防老，我养儿是受气。标标准准养了个憨大儿子。我看你生出来的时候一定少了根筋，那种女人你还念念不忘，我真是白养你了，真正气煞——"卫老太捶胸顿足。

卫兴国悻悻地离开。卫老太上了个厕所，洗了把脸，坐下来。越是不顺的时候，越要保持清醒。这是卫老太几十年总结下来的道理。这当口倘若沉不下气，那就乱了。

一会儿，窗外沙沙下起雨来，雨点密密麻麻——竟真的下雨了。

卫老太猜想姚虹未必真会那样硬气，做戏罢了，怕是一会儿便回家睡大觉了。无非是心理战，谁先撑不住谁便输了。

卫老太想起当年那个晚上——也是个下雨天，她抱着才五岁的卫兴国，去了安徽芜湖，刚下船便直奔厂长家。男人在船上做了一辈子，被一场台风夺了性命。抚恤金是多是少，厂长说了算。轻轻巧巧报了个数目，卫老太无论如何不能接受。虽说人命不能拿钱衡量，可除了钱，又有什么能弥补失去亲人的伤痛呢？卫老太把这话翻来覆去地同厂长讲，厂长听惯了类似的话，耳朵像长了茧，刀枪不入。卫老太也是绝，抱着儿子，在厂长家门口扑通跪下了。雨哗哗下个不停，她给儿子穿上雨衣，自己无遮无拦地在雨里淋了一夜。厂长倒是无所谓，厂长女人看不下去了，对她男人说："就多给些吧，孤儿寡母也不容易，这么跪着像什么样子。"厂长说："我要是答应她了，以后人人都给我下跪，你叫我还怎么当这个家？"后来还是警察把卫老太给带走了。卫老太倒没指望这一跪便能让厂长回心转意——是场持久战，她有思想准备，不指望一次成功。关键要在气势上先发制人，免得厂长不把她一个女人家当回事。卫老太来之前都关照过家里人了："这一去少说一个礼拜，弄不好两三个月也是有可能的——"她公公还算明理，说："你就放心去吧。"婆婆承受不了丧子之痛，就有些拎不清，说她是"掉到钱眼里去了，人都没了，要钱有什么用"？卫老太不怕被人戳脊梁骨骂"赚死人钱"，嘴长在人家脸上，想骂便骂。天底下最讨嫌的东西便是嘴，骂人的是嘴，吃饭的也是嘴，骂人的时候很痛快，吃饭时却又半分耽搁不得。卫老太也想骂人，骂那场百年不遇的台风，还有铁石心肠的厂长。可她晓得不能骂——男人死了，家里老老少少，都是吃饭的嘴。

卫老太一跪便是好几天。到后来警察都烦了，一个女人加一个孩子，打又打不得，说又说不通。警察也帮着卫老太劝厂长，说差不多就算了，跟个寡妇计较什么。厂长有自己的原则，不为所动。他女人倒是给卫老太送了几次水，还给了卫兴国两块糖。厂长女人有两个儿子，小儿子和卫兴国差不多大。她劝过卫老太几回，晓得没什么用，便也不劝了。又把过年拜祖宗的垫子拿出来，让卫老太垫在膝盖下："地板硬，小心关节跪坏了。"她也替自己的男人讲话，说："那么大的单位，一样样得照着规矩来，你要体谅他，他也是没法子，不是存心跟你过不去。"卫老太说："我体谅他，谁体谅我？我也不是存心跟他过不去，实在是没法子。"两个女人绕口令似的说话，絮絮叨叨的，一句又一句。那几天，卫老太跟厂长女人要好得像亲姐妹似的，一个屋里，一个屋外。后来，厂长女人索性也搬张凳子出来陪她，替她抱会儿孩子，聊会儿天，夜深了才进屋。卫老太晓得她是个善人，打心底里感激她。有垫子垫着，到底是舒服多了，否则只怕不到两日膝盖便磨碎了。

卫老太想起往事，便忍不住叹气。眼睛一眨，几十年过去了，如今竟也轮到自己受人威胁了。她想去街心花园看，犹豫着，还是忍住了。不能中小女人的计，她是存心要让自己睡不好。卫老太倒了盆热水，坐下来洗脚。卫兴国在一旁削竹片，削得歪歪斜斜。卫老太晓得他心思不在这上头，魂都掉了。"她在她老乡那里，"卫老太故意道，"就是隔壁弄堂做保姆的那个。"

卫兴国没说话。卫老太嘿的一声："要是舍不得，就去看看她好了。"说完进房了。躺在床上，听他在外面看电视，半晌都没动静，便有些奇怪，想他倒也忍得住。又过了许久，听电视声依然不停，卫老太按捺不住，爬起来，走到外面——电视机开着，竟然没人。电视是掩护，人早走了。卫老太一怔，竟又有些好笑，想这个傻儿子原来也会使诈。关掉电视，重又回去睡觉。

下了一夜的雨。次日吃早饭时，卫兴国都不敢与母亲目光相接。卫老太问他："见到了？"卫兴国讪讪地应了声"没见着"。卫老太瞥他一眼，晓得不是说谎。心里咯噔一下，想那小女人别真在花园里坐了一夜。这么大的雨，淋出病来，又是她的罪过。"大概死心了，回上饶了。"卫老太说。

买菜时，卫老太故意绕了个圈，到街心花园。远远瞥见姚虹坐在那里，一动不动，老僧入定般。不敢停留，快步走开了——这才担心起来。想，要命，来真的了。

姚虹其实并没有在花园里过夜。卫老太前脚走，她后脚便去了杜琴那里。她猜卫老太会过来查看，果然一会儿卫兴国便来了。杜琴挡在门口，说："我又不是她妈，怎么找到我这里来了？"姚虹躲在里屋，听卫兴国嗫嗫嚅嚅了半天，想这个男人对自己毕竟还是有些留恋的。等人走了，姚虹便铺床睡觉。养精蓄锐，日子还长着呢。杜琴担心卫老太会去花园。姚虹有把握："今晚不会，明晚倒是有可能。"

杜琴问："你料得准？"姚虹笑笑。

卫老太买菜回家后，一颗心七上八下，想，这下真是麻烦了，当年厂长还能报警，她连报警都不能，人家好好在花园坐着，碍着你什么事？心里存着万一的希望——小女人在耍花样。晚上，趁儿子睡熟后，卫老太悄悄去了街心花园。

路灯下，见姚虹端坐在长凳上，眼睛微闭，神情恬然，像尊菩萨。

卫老太不由得倒吸一口冷气。

弄堂里的人都晓得姚虹的事了。聪明人一想便明白了，有几个拎不清的，还要问卫老太——你们家小姚天天在花园里晒太阳，倒是蛮惬意。卫老太晓得这话是揣着明白装糊涂，存心逗自己玩呢。索性说开了："她现在不是我家的人了，爱做什么就做什么，我管不着。"

张阿姨没料到事情会成这样："聪明人做傻事，唉，真可惜了。"卫老太说："我家庙小，这尊佛太厉害，留不住。"张阿姨说："也怪你，早点定下来不就好了？"卫老太心里嘿的一声，想，不是你自己找儿媳妇，所以才说得这么轻松。

"现在怎么办？"张阿姨问，"那尊佛天天在花园里晒太阳，也不像样啊。"

"她喜欢晒，就让她晒去。"

卫老太嘴上这么说，心里还是有些抖豁的。好在姚虹只是坐坐，倒也不来烦她。街心花园离得近是近，但到底隔了几条马路。卫老太气是气的，气她把自己当猢狲耍，骗人时连眼都不眨一下，可平心静气的时候，又觉得这小女人其实还不算太过分，倘若她也在自家门口扑通一跪，那便真是糟了。

又想，她给卫家留了面子，等于也是给自己留了余地。到底不是上门逼债，真做绝了，吃亏的是她自己。卫老太想通这点，稍稍放下些心来。

卫兴国瞒着母亲，悄悄给姚虹送了几次饭，街头买的面包、熟菜之类。姚虹说："你越是对我好，我就越内疚。阿哥你是好人，姆妈也是好人。我骗了你们两个好人，心里难受得不得了。"卫兴国满不在乎："不叫骗，也就是耍点小手段，没啥。你要是不喜欢我，也不会这么做。"

姚虹叹了口气："阿哥你真是太善良了，怪不得姆妈不放心你。我跟你讲，以后别老是把人往好处想，会吃亏的。唉，也不晓得将来哪个小姑娘有福气，能嫁给你——"

卫兴国说："我不要小姑娘，我只要你。"姚虹低下头，眼圈都红了。卫兴国望着她，心疼得一塌糊涂："你真要在这里坐一辈子？"姚虹摇头："过几天我就走了。其实我也想通了，什么样的人，就有什么样的福气，强求不来。等我回去以后，阿哥你要好好过日子——我会经常给你写信的。"卫兴国声音都有些哽咽了："你真的要走？"姚虹说："我家又不在这里，不走还能怎的？"

卫兴国跺了跺脚，说："我不让你走。"姚虹笑笑："别像个小孩似的。阿哥我跟你讲，你人好，又会手艺会赚钱，到哪里都过得了日子，不用靠人——姆妈也不容易，你要好好孝顺她。"

卫兴国回到家，见到卫老太第一句话便是："我这辈子不结婚了！"卫老太怔了怔。卫兴国说下去："你要是让姚虹走，我这辈子就打光棍，死也不结婚。"卫老太听了心里一松："走？她自己说的？"卫兴国重重地哼了一声："她说的又怎么样？反正我是不会让她走的。"

卫老太有些好笑："你不让她走？那你把她留下来，你们两个自己买房子单过。这套房子我要留着养老，不会给你们。"卫兴国赌气说："不给就不给，我跟她回江西。"卫老太更加好笑："回江西？也好，好儿女志在四方——只要你们过得下去就行。"

"有啥过不下去的？"卫兴国想起姚虹的话，胸膛一挺，"我有手艺，会赚钱，走到哪里都过得了日子。不用靠人。"

卫老太一愣，瞥见他的神情，不像说笑，这才有些紧张起来。"翅膀硬了，会飞了，就不把老娘放在眼里了——姚虹教你的，是吧？"

卫兴国替姚虹说话："小姚真的是个好女人。你对她这样，她还让我好好孝顺你，一口一个姆妈，叫得比自己亲妈还亲。"卫老太忍不住了："我对她怎么样了？她假装怀孕骗我，我是请她吃耳光了还是跪搓衣板了？我一句重话也没说，好声好气地送她走，你还想让我怎样？我叫她姆妈，跪在她面前，八抬大轿把她请回来，好不好？"卫老太越说越激动，重重地一拍桌子，啪！

卫兴国吃瘪，只有闭嘴。

杜琴给姚虹送饭。姚虹挺不好意思，杜琴这阵子家里出了大事——工地老板拖着几百号工人的薪水不发，她男人是热心人，跑去与老板理论，说快过年了，大家都等着钱回家，不作兴造这个孽，却被老板雇的人打成重伤，几天起不了床。杜琴也是急性子，口口声声要上法院。可老板有人证，说是她男人先动手，最多判个防卫过当，打发叫花子般，扔了几千块钱当医药费。杜琴把钱狠狠摔到他脸上，说这事没完——找了律师正在谈。姚虹劝她算了，拿鸡蛋碰石头，吃亏的是自己。杜琴不依，说争的就是这口气。鸡蛋就算粉身碎骨，拼了命也要在石头上砸道印子出来。

医药费是钱。律师费也是钱。积蓄掏了个尽，连置办下的年货都拿到二手市场卖了，给老爹的烟和酒，老娘的羊毛衫，还有女儿的文具，统统卖了，还是不够花。

杜琴告诉姚虹——她预备把肾卖给东家老头。"老头子缺儿缺女缺个好肾，就是不缺钱。这是笔好买卖。"姚虹吓了一跳："别瞎说！"杜琴笑笑："谁瞎说了？都去医院验过了，在排日子。"

姚虹劝她考虑清楚："你自己也说过，肾是多么要紧的东西，你以为是头发啊，没了还能再长出来。"杜琴说："我晓得肾是要紧，可这口气更要紧。我要让那王八崽子明白，老娘不是好欺负的。"她停了停，反过来安慰姚虹："人有两个肾呢，少一个没啥，照样活得好好的。"

卫兴国又来找姚虹，说要和她私奔。"我妈不认你没关系，我跟你回上饶。"姚虹反对："姆妈把你当成宝，你怎么能这样做？会伤她的心的。"卫兴国坚持道："我不管，反正我只要你一个。这辈子我只要你一个。要是没有你，我宁可去当和尚——我陪你回上饶过年。"

当天下午，卫老太来花园看姚虹。姚虹有准备，连擦眼泪的纸巾都拿好了。卫老太还没说话，她眼泪便扑簌扑簌掉下来。是那种有些委屈的哭法，三分夸张七分发嗲，只有对着亲妈才会这样。"姆妈！"卫老太被她叫得汗毛倒竖，忍不住朝旁边看去——好几个人对着这边指指点点。卫老太叹了口气，想，方圆十里就数我老太婆最出风头了。正要开口说话，姚虹又是一声"姆妈"，眼泪下雨似的，止都止不住。卫老太愣了愣，从口袋里拿了块手绢给她。姚虹不接，指指手里的纸巾："姆妈，我有。"卫老太又是一愣，"哎哟"一声，把手绢硬塞在她手里。

"用这个，环保些。"卫老太话一出口，晓得这个回合是自己输了。

"谢谢姆妈。"姚虹趁抹眼泪的当口，偷偷瞥了一眼卫老太，见她也在看自己——两个女人目光相对，都停顿了一下。那瞬间完全是赤裸裸的，把外在的东西都抹去了，是互通的，直落到对方心底。姚虹稍一迟疑，愧疚从心底直逼上来，抹眼泪的动作便有些不自然，少了连贯性。卫老太看在眼里，想，你这个小女人是要我的命哩。两人都在心里叹了口气。

卫老太先开口："你吃定我儿子了，对吧？"姚虹想，是你儿子吃定我才对。"姆妈，不是吃定，是喜欢——"卫老太一摆手，打断她："好了，别在我面前说这种肉麻的话，我老太婆吃不消。"姚虹便闭嘴不说。停了停，卫老太又道："我儿子吵着闹着要跟你去上饶，这下你开心了吧？"说完便骂自己是傻子，沉不住气。果然，姚虹很委屈地说："姆妈，我也不想这样的，我劝过阿哥的呀——"卫老太嘿的一声："是呀，你是好人，天底下顶顶好的就是你了。"

姚虹撇了撇嘴。卫老太刹车，不说了。

片刻的沉默。

半晌，姚虹轻声道："姆妈，我不想回上饶——你应该晓得的。"

卫老太想，这倒是句实话。停了停，姚虹又道："姆妈你要是没发现那件事，现在我和阿哥已经领了证了，就算为了我自己，我也不会对你不好。你开心，我也开心，大家都开心。所以姆妈，有时候晓得真相未必是好事。"卫老太沉吟着，想，这也是句实话。

姚虹问："姆妈，你可不可以当那件事没发生过？"卫老太板着脸，没理她。姚虹说下去："我看电视剧里那些人，当皇帝之前做了许多坏事，可当了皇帝之后，照样是个好皇帝，对老百姓好得不得了。姆妈，我承认我错了，错得很厉害，可我这么做的目的只有一个，就是当你的媳妇。等我当上了你的媳妇，我会对你好，对阿哥好，把家里料理得妥妥当当的。我会成为全上海滩最好的媳妇。"姚虹说到这里，胸口有什么东西直往上漾，心跳也跟着快了，眼圈也红了。

卫老太朝她看。后面这两句话讲得有些煽情了。她没想到她这么会说话，还拿皇帝来比喻。卫老太故意大声哼了一声，显得很不屑。"太阳还不错，坐着吧。"说完，转身便走。

卫老太的背影渐渐远去，转了弯，不见了。姚虹站起来捶了捶背，坐得太久，腰酸背疼，浑身都麻了。下午两三点钟的太阳，倒真是不错，不刺眼，柔柔和和地落在身上，像披了条很轻很薄的毯子。太阳的味道，细细闻来，竟透着些许肉呷气。不是高高在上的，而是非常亲切，连随风飘来的尘屑都变得很温柔，像情人的手轻轻拂过。

一会儿，手机响了。是卫兴国的短信："晚上好像要下雨。我们去看电影。"

姚虹忍不住笑了笑。下雨了才能看电影，是两人之间的玩笑话。她拿出一个保温杯，打开盖子便喝——是中药，一个老中医开的方子，能提高怀孕几率。都喝了一段时间了。姚虹掐手指算日子——今天真是个很适合的日子呢。很适合看电影。杜琴跟她说过一些男女间的偏方，吃什么喝什么做什么，有些还涉及姿势，很露骨了。都是为她好。谁让女人每个月只有那一两天才能怀孕呢，错过了就要再等一个月。本来等等也没什么，可姚虹等不起。都说时间是金钱，姚虹觉得，时间更像是支票，不能在限期里兑现，便是一张废纸。支票上的数字，倘若不能兑现，看着更像是煎熬了，是讨命的符。

中药还是一如既往地苦。好在喝下去，落到心里，便成了满满当当的希望，一层又一层的。姚虹收好保温杯，长长吐出一口气。给卫兴国回了条短信：

"我听过天气预报了，今天晚上肯定下雨。"

尾声

过完年没多久，杜琴的官司总算有了眉目。上法庭那天，她男人坐着轮椅去的。黑心老板站在被告席里，看杜琴的眼神都要冒出火来。初审没定下来，但律师说情况不坏，值得再打下去。姚虹对杜琴说："律师是为了赚钱，撺掇你一直打下去，别上当。"杜琴满不在乎，说："打就打，让那王八蛋难受难受也是好的。"又说："到上海这么多年，也没长什么见识，现在好歹上了趟法院，回江西都能跟老乡炫耀了。"姚虹说她冒傻气。她满不在乎地笑笑："我这个人什么都能受，就是不能受欺负，要是受了欺负，肯定没完没了。我男人说了，这场官司就算打赢了，在上海也待不下去了。他吃工地饭的，这一行里谁还敢收他？只好换个地方试试。"

姚虹问她："准备去哪里？"她说："还没定，不是北京就是广州。"姚虹说："都是大城市啊。"她点头："嗯，在上海待了这么久，都养娇了，非得是大城市不可。"两人都笑。

　　拆迁小组决定分给卫老太一套两室户，在浦东三林。卫老太不依，说我在浦西住了几十年了，有感情了，浦东住不惯。拆迁小组说再多给她五万块钱补偿。卫老太还是不依。

　　于是双方陷入僵持阶段——姚虹每天搬个小板凳去拆迁小组门口坐着。一天三餐由卫老太送。原本的计划是，卫老太静坐，姚虹送饭。姚虹觉得，还是由她坐比较合适。"我一个大肚子，谁敢碰我？谁碰我就是自找麻烦。"卫老太一想不错。相比老太婆，怀孕的妇女显然更有优势。

　　姚虹的肚子一天天显山露水起来。居委会的人都找过卫老太几次了，说这样下去对孕妇没好处。卫老太说不会，"现在都什么年代了，大肚子不作兴一天到晚待在家里的，外面空气好，晒晒太阳还能补钙，连钙片也省下来了，多灵光"。居委会的人又说她年纪大了，一天到晚出来送饭太辛苦。卫老太说一点也不辛苦，"年纪大的人最怕懒得动，一懒骨头就僵了，散了。你们别看我年纪大，筋骨还是老好的，一天跑个七八趟不成问题——谢谢领导关心"。

　　补偿金都加到十万了，卫老太眼皮也不翻一下。十万块钱光吃喝是够花一阵了，可放在房子上，只能算是个屁。就算三林那样的地段，十万块也只够买个厕所。卫老太的目标是——再加一套两居室，也就勉强过得去了。卫兴国嫌麻烦，劝姆妈差不多就算了，别折腾了。姚虹坚决与卫老太站在同一战线："姆妈，你说啥就是啥，我听你的。"卫老太心里骂儿子没出息，房子是多好的东西啊，钞票存在银行里会贬值，可房子不会。房价一天天疯涨，那势头猛得吓人。多争一平方，差不多就是辛苦一年的工资。要是连这个都懒得折腾，那活着还有什么劲。干脆别活了。

　　天气一天天热起来。姚虹挑个树荫坐着，手里拿个竹片做的小车，在上颜料。卫兴国把雏形做好，她加工——纯手工转向流水线操作，能省下不少时间。网上的订单越来越多，卫兴国都利用上班空当赶工了，被值班长抓到过两回，弄了个警告处分。卫兴国有些抖豁，姚虹却说："怕个鬼，大不了不做了，你问问你们值班长一个月拿多少钱，我们翻他个四五倍都不止！"卫兴国得了鼓励，顿时豪情万丈，说："有手艺就是好啊，老子什么都不怕。"姚虹说："可不是，马克思都说了，技术是第一生产力。"卫兴国说："乖乖，你连马克思说的话都知道？"姚虹白他一眼，说："你以为我是你啊，除了看电影什么都不晓得。"卫兴国哧的一声，便去搂她，说："晚上好像要下雨——"姚虹一把躲开，啐道："你看看我这么大的肚子，就是下冰雹也没戏——"

姚虹静坐的姿势很笃定，一动不动，又是极有威慑力的。卫老太给她送饭的时候，想起几月前，她坐在街心花园里的情景。"那时是人民内部矛盾，现在是一致对外。"姚虹开玩笑。卫老太想，也好，大家都见识过这个小女人的难缠。谁都不会不当真。

那天，卫老太在花园里亲手扶起她——她的手，搭上她的手背。这一幕是有历史性意义的。扶她之前，她是江西的小女人，扶她之后，她便是上海的小媳妇了。姚虹竭力保持着平静，但也难掩心头的激动，声音都发抖了。卫老太竟也有些激动。

那一瞬，她眼前晃动的，是厂长女人的那只手——亲亲热热地搀起她来："好了好了，这下好了，都解决了。"厂长终究还是拗不过她，抚恤金足足加了一倍。她在厂长家门前跪了三个星期，站起来时，眼睛都发黑了，脚一软，差点又要跪下去。厂长女人扶住了她。这个好心肠的女人，竟似比她还要开心，欢天喜地的。"好了好了，解决了——"翻来覆去地说着，真心地替她庆幸。卫老太——那时还是个少妇，三十出头，颇有几分姿色，皮肤很白皙，一头乌黑的头发。厂长女人不会晓得，她带着孩子回娘家的那个晚上，卫老太从地上爬起来，敲了门，趁势上了厂长的床。天下的事情就是这么凑巧。厂长女人偏偏那晚回娘家，厂长偏偏又是那晚多喝了几杯，醉了。卫老太不是没有犹豫过，可只是一念之间的事，她不会让机会白白浪费。她把儿子放在地板上，盘起头发，一条蛇似的进了房间。片刻后，她从房间里走出来，知道自己完全跨过那条分水岭了。分水岭这边，还是个羞羞怯怯的少妇；到了那边，便成了坚强的女人，比男人还有力。想起厂长女人，卫老太很惭愧，但不后悔。

姚虹的手，有些粗糙。卫老太触到的时候，不自禁地打了个寒战。有什么东西在心头流转，只一瞬，便似穿越了几千几百个日夜。原来日子竟是流动着的呢——昨天是今天，今天便是明天，明天又是昨天，日子是打着圈过的。卫老太拿自己的心，去比照她的心，明镜般清清楚楚，一幕一幕都映在上面，都是不容易呢。为了这个"不容易"，卫老太牵起了她的手，放到自己手心。

"好好过日子吧。"卫老太说。

居委会的人，来了又走，走了又来，来来回回好几趟了。卫老太不会罢休，都预备好打一场持久战了。姚虹的身子越来越重，那一坐的分量也越来越重。拆迁小组成员的头都大了。姚虹坐得稳稳当当，早出晚归，上班似的，很有信心的模样。卫老太也有信心，愈是持久战，女人便愈是有优势。

杜琴终究还是没把肾捐出去。她男人用死来逼她，说要是捐了肾，他就死给她看。杜琴都在同意书上签了字了，结果还是悔约了。她男人坚持说，两个肾完完整整来的上海，走的时候也要两个肾，一个也不能少。杜琴笑说这话没道理，什么都要顺形势而变。她男人说："想想月牙儿——"这话触动了杜琴。月牙儿还小，才七岁，少了一个肾的妈妈，怎么能照顾好女儿呢？

老家的房子卖了，东拼西凑，总算是解了燃眉之急。杜琴对姚虹说："早晓得就不把那几千块钱扔了，收下来多好。"姚虹说："面子当不了饭吃。"杜琴说："就是，争口气有个屁用。饿死了两脚一伸，什么气都没了。"她开玩笑说去找那个王八蛋，把钱再要回来。姚虹笑她是十三点。

杜琴把女儿的照片给姚虹看："我的月牙儿，漂亮吧？"姚虹端详着照片，说："还是像你多一些。"杜琴得意地说："那当然。要是像他就糟了，大嘴巴，朝天鼻，将来肯定嫁不出去——"

杜琴夫妇走的那天，姚虹去火车站送他们。杜琴瞥着姚虹的大肚子，问："是男是女？"姚虹说："医生不肯说，不过我婆婆说肚子这么尖，像个枣核，肯定是男胎。"杜琴说："那你就真是好福气了。"姚虹笑道："上海人不讲究这些的，生男生女都一样。"

回去的车上，姚虹坐在靠窗的位置，想想便觉得好笑。什么肚子尖生男胎，都是胡说——她生头胎时，肚子也是尖的，却是个丫头。生的那天刚好是十五，月亮滴溜滚圆，取个小名便叫"满月"，今年快十岁了。杜琴的女儿叫"月牙儿"，她女儿偏就叫"满月"，也实在是巧——来上海前的那个红包，替她开了路，也封住了介绍人的嘴。有孩子的女人，换了别人，自然是想都别想。可姚虹偏不。路是人走出来的，心一横，遍地荆棘都敢走。那时是豁出去了，现在想来都有些后怕。不知不觉，便已走出这么远了。

眼下自然是不行。姚虹预备再过几年，便把"满月"接来上海。她的孩子，怎么能不跟着她呢？娘儿俩自然是要在一起的。到那时，"满月"就是上海的"满月"了。应该会有些麻烦，但姚虹不着急，还早呢，有的是时间。将来的事情，又有谁能吃得准呢？姚虹有信心。

窗外的风，温润中透着清冽。树叶摇摇摆摆，像微醺的人。阳光淅淅沥沥地洒着，一路泼墨，留下满地金黄色的印迹，很美很美。

原载《人民文学》2010年第5期

第六届鲁迅文学奖

长河

——

马金莲

一

秋天的一个下午，我和母亲在厨房炕边剥玉米棒子。

秋天是个令人陶醉的季节，莫说那漫天成熟得弯腰低头的糜子谷子，那埋在土里成串的土豆，单是门外麦场旁那一片玉米，就能让我们充分享受丰收的喜悦。

这一年的玉米秆子分外甜，只要母亲说晚饭咱们煮玉米吧，父亲就带着我去剁玉米，他用镰刀或者铲子将那些棒子成熟的玉米秆子剁倒，我就蹦蹦跳跳往家里拖。拖回屋，母亲已经坐起来，靠坐在窗户边，等着给我们剥玉米呢。她剥棒子，我就剥秆子，将玉米秆子上的叶子一片片剥去，露出光溜溜的身子骨儿来，像鞭杆一样。折下一截，用嘴唷着剥下皮，一口一口嚼里面的芯儿，满口清脆的甜香，可好吃了。尤其外面看上去发红的那种秆子，直往人心里甜呢。我脆生生地嚼着，母亲是不吃的，她剥棒子。一个个大棒子沉甸甸的，抓在手里，人心里就有一股喜悦水一样往外溢。其实，煮玉米棒子更好吃，想想吧，揭开热气腾腾的锅，只见半锅棒子胖乎乎热腾腾，金黄金黄的，咬一口，又软又甜又粘牙，就算你刚刚吃过饭，吃得很饱，也会禁不住淌口水，拿起来唷上一两个。

然而这一天我们没有吃上煮玉米，晚饭也是草草吃了点冷干粮凑合的。因为我和母亲还没剥完玉米，就有一个人噔噔跑进我家大门，冲我母亲慌慌张张说：你还有闲心剥玉米？不得了了呀，伊哈出事了！

撂下话，她就噔噔跑出门，不见踪影了。有一小股风随着她的脚后跟奔跑，很快被她踩在脚底下带走了。我看见母亲把一个大棒子已经掰开了，听了这一番突兀的话，她停下了。接着慌忙将掰开的叶片合上，合上才发现不对，忙又掰开，一把揪掉老汉胡须般的玉米缨子，扔到我脸上，母亲拧过身双手扒住窗台，扯长脖子向外望。我本来用牙齿咬着一截玉米秆，准备剥开了嚼。听了来人的话就愣住了，好半天觉得嘴上有东西热乎乎的，一摸，摸下一手心的血，我才醒悟是玉米秆的老皮划破了唇。疼痛随之明显起来。我哪里顾得上哭呢，撒开脚丫子就往伊哈家跑去。身后母亲的目光追着我，我知道她要是有着一双健全的腿，能够下地奔跑，这会儿她肯定跑得比我还快。正是夕阳将落未落的时节，我迎着夕阳跑了一阵，发现错了，伊哈的家在村子东头，该向东跑，我怎么向着西边前进呢？明白过来后我就掉了头，向着相反的方向狂奔。奔跑的过程中我看见好多男女老少，他们也正往东边赶。大家的后背上落满了夕阳的余晖。一张张劳作了一天的脸上尘土还在，还没来得及洗去，由于背着夕阳，在万丈的余晖反衬下，这些面孔灰沉沉的，带着惊讶、痛苦和一些难以说清的表情。

伊哈家的院子里一片金黄。我刹住狂奔中的脚步，傻愣愣地看。院子门外的庄稼、土地、黄土路，还有远处的山头，一律披上了金黄的色彩。我不知道这个傍晚的夕阳是怎么了，以从未有过的辉煌气势将我们庄子整个笼罩在一片无比富丽的金黄色之中了。

我听到了哭声。哭声从院子里飞出来，从高高的土墙上、洞开的大门口飘出来，在向晚的余晖里飘散。我抬头望望天上，天空一片湛蓝，这种蓝，清澈得刚用水洗过一样。有几朵云在远离夕阳的地方飘游，夕阳的余光斜射过去，云朵便恰似披上了辉煌的金缕衣，好看得惊人。

天气真是好啊，这样的好天气似乎只适合办喜气洋洋的事，怎么也不该出丧事呀。可是，真有人口唤了，是二十九岁的伊哈。等我赶进伊哈家的大门，院子里已经聚集了好多人。女人们三三五五聚成堆，悄声讨论着什么，一个个神情怪怪的。连向来大方、稳重的男人们也一个个蔫头耷脑的，都显得心里很难受。德高望重的乡老马三立老汉向来是料理丧葬的带头人，这类事情他经见得最多，最是能做到神态安详、稳重、处事不惊。按常理这会儿他应该带头和大伙商议埋体送葬的具体事宜。然而，我看到这老人坐在一个木墩子上，神情苦巴巴的，用青汗衫的袖子抹着眼泪。满院的人，一张张熟悉的脸上换了颜色，写满了深沉的疼痛、惊讶、惋惜、惶惑，还有很深的我说不上来的东西。

我觉得这些神情熟悉又陌生。庄子里每每有人离世，大家原本平静或喜悦的脸上就会露出这样的神情，有人甚至显得恍惚，似乎每一个生命的结束都在提醒活着的人，这样的过程每一个人都得经历，这条路，是每一个人都要去走的，不管你富有胜过支书马万江，高贵比过大阿訇，还是贫贱不如傻瓜克里木，但是在这条路面前，大家都是平等的。

这个傍晚，我敢肯定我的乡亲们又一次想到了这件事。他们每一个人的脸上，最初的讶然之后，换成了凄然、悲痛。特别在那些不善于流露感情的脸庞上，内心的悲伤外化成外表的冷淡、漠然，然而我觉得这种冷漠远比明显的沉痛更让人看着心惊。

当然，那是大人们的表现。

我们娃娃就不一样了，我们和大人完全相反。孩子们都兴冲冲的，此刻，我敢说，除了伊哈的那三个娃娃，所有的孩子都是高兴的。高兴是有缘由的，因为一旦有人去世，第二天或者第三天，埋体就会下葬，我们叫作送埋体。送埋体是庄子里的大事。不管有多忙，一般情况下男女老少都会来，集体送亡人上路。送埋体是行善的好事，想想吧，一个人在我们的村庄里出生、成长，与我们共同呼吸着村庄里的空气，晒着同一个太阳，吃一样的五谷杂粮，这一天他走了，不是去某个亲戚家走动，也不是去县城看病，是永远地别离，这一去啊，往后的岁月里再也无法见到他（她）了，所以得送送，无论如何也是该送一送的。我奶奶说过一句话：百人送一人，不上百年都成灰。意思是今天我们在送别人，百年之后，我们自己也会不存在，永远离开这个世界。所以我们村庄里的人都很看重送埋体这件事的。一旦有谁无常，消息传开，呼啦啦大伙全来了。这时候娃娃们的节日到了，我们大家挤在大人的缝隙间，这里瞅瞅，那里瞧瞧，互相打打闹闹，吵吵嚷嚷，平时不常见面的人也都能见到了，还有个好处呢，送埋体就会散海底耶，亡人的家人拿出的埋葬费，一部分扯来白布给亡人穿，一部分换成零钱分散给大众。前来送埋体的人，不管是大人小孩儿，人人有份。大人们接过钱，心思还沉浸在对亡人的缅怀或自我伤感里，随意装进口袋就是了。我们娃娃就不一样了，平日里我们的大人是从不会给我们一毛零花钱的，而送埋体这会儿散的钱是两毛，富裕点的人家便会是五毛。每个小孩都拥有了自己的钱，那是什么感觉？说不出的高兴啊，完全忘了送埋体本身是无限伤悲的，捏着钱兴冲冲去找独眼。

其实独眼非常好找，他就在人家大门外的场地边或者一棵大树下。你只要发现哪里簇拥着一堆孩子，哪里就有独眼。他被无数小脑袋包围了，像众多星星围拱在中间的月亮。其实我们的目标不是独眼这个人，而是他自行车后座上的那个大木箱子。木箱里装满了好吃的，还有好玩的，全是我们做梦都想得到的好东西。我们擎着自己的小手，把刚刚散来的钱纷纷递给独眼，换成了豆豆糖、爆米花、泡泡糖一类。等到我们把这些东西吃下肚子，舔着嘴巴，这才记起应该看看亡人的亲人们哭送亡人起身的最后场面的。

伊哈的亲人哭得十分悲痛，看得出来，他们是真正在痛，真心地哭泣，没有掺杂一丝的作假，因为大家都觉得伊哈太年轻了，远远没有到应该无常的年龄。还有，他是猝然遇难的，仓促得让人惊讶。他本来活得好好的，凭他那结实得犍牛一样的身板，谁都觉得他能活到八十岁。他本来在挖井。我们村庄地势偏高，吃水一直是个令人头疼的难题，得去水沟里担泉水，通往沟底的台阶弯弯绕绕一个挨一个蜿蜒至沟底，一共九十三个，抬水时我和姐姐数过。担上两桶水一口气爬上九十三个台阶，不管是身强力壮的大男人还是颤巍巍的老年人，都会累出一身臭汗来。台阶很陡，很危险，因为台阶的一边是高高的土崖，另一边是悬空的深崖。就因为这个，我们村庄吃水困难在远近出了名，所有附近的人家大多不愿把女儿嫁给我们庄里的小伙子。

伊哈是个孝子，本来他的父母靠双肩担水，把大半辈子都应付过去了，继续这样凑合估计也是过得下去的。但是伊哈说父母上了年纪，他要为双亲打一口井，把吃水苦难的问题给彻底解决了，这样他出去打工就能放得下心了。他在自家后花园的南墙下选中了一片地，划出个井口，然后就像地老鼠一样钻进去挖，女人在上面吊土。伊哈的女人也很壮硕，性情和丈夫一样老实厚道。他们两口子就这样一个挖，一个吊，挖呀，吊呀，一筐子一筐子的泥土吊上来，在井口边堆成了一座小小的山。眼看快要出水了，正是这个下午，我和母亲坐在炕沿边剥玉米的时候，伊哈女人搅动着辘轳，费力地往上来吊。一笼子土就要吊出井口来了，忽然啪的一声响，绳子断了，伊哈女人手底一轻，身子受不住，猛地向后来了个坐墩子，一屁股坐在了泥地上，她还没明白怎么回事，断线的筐子带着泥土呼啸着冲向井底，井底传来一声悲号，伊哈就这样送了命。

从前，我可从没见过伊哈的娘悲伤的模样，因为她是个乐呵呵的人，粗嗓门儿笑起来全庄子都能听到。这一天，她在哭，哭声粗粗的，沉沉的，给人感觉这个女人一直乐观惯了，不怎么会哭的。但正是这种悲伤看着最真实，惨痛，她给每一个走近她身边的人哭诉着儿子出事的过程。她一把抓住人的胳膊就说起来，边说边一把一把抹着鼻涕和眼泪。袖子早就湿透了，再也擦不净眼泪了，她干脆撩起衣襟擦，有时候鼻涕眼泪一大包，她就用手狠劲地擤一下，再顺手甩掉。好几回我看见她出手力道不足，那黏糊糊的鼻涕就甩在她自己的脚面上了。她哪里顾得上这些呢，她本来是个邋遢的女人，这一来彻底垮了，她不厌其烦地说本来好好儿的，她的伊哈在南墙下打井哩，媳妇儿在上头吊土，谁能想到那绳子会断了呢？年轻轻的娃，就这样殁了。

人们不断掀开上房的门帘进去看伊哈。再出来的人，脸上饱含着惊悸与悲伤。有人把感觉压在心底，只是脸色复杂难看。有的人忍不住连连感叹说真是惨啊，真个可怜。

我没有进去看。母亲吩咐过，说我们娃娃家太小，只怕看了夜里就会想起来，做噩梦呢。我看见好些同龄的孩子跟在大人的衣襟下进去了。

身上全是血，血把人糊了，看不出人的模样来！有个小女孩出来后蜡黄着脸给我比画。

就这样，伊哈离开我们这些活着的人群，加入到村庄里无数亡故者当中去了。

在我们的意识里，一个人从出生到长大到慢慢变老，老了无常了，那是正常的，活着的人可以平心静气地接受。而那些鲜活的年轻人，上有老下有小的中年人，不管是没病没灾地离开，还是寻了短见，比如上吊、跳崖、跳井或者喝毒药、抹脖子等，还是被车碰死等意外亡故，都是叫人很惋惜的。尤其正从青年往中年过渡的那些人，上有老人下有家小，最叫人痛惜。伊哈正在这个行列，他这一走啊，撂下的担子分外重，他女人肯定不会长期守寡，迟早会改嫁。留下三个儿子谁拉扯呢？父母都这么老了，家里的光景又那么困难，真正是倒了顶梁柱哇，往后一家老小的日子肯定不好熬啊。我听见女人们一边瞅着伊哈一家人哭，一边悄声议论着感叹着。她们中有的脸上挂着大颗的泪珠子，有的感慨万端地摇着头，喃喃说不好熬啊，老的老小的小，日子咋会不凄惶呢？

伊哈的三个儿子站在房门口，从大到小，挨次站着，个头就像高房的台阶一样。一个女人指着他们说还这么小呀，啥时候长成大人哩？不知道得受多少罪呀。顿时无数同情的目光聚在这哥儿三个身上。

在这弟兄三人当中，老大懂事了，脸上呆呆的，盯着一个地方一个劲儿出神，看来他心里装满了悲伤；老二也乖乖站着；只有老三他显得很高兴，时不时挖眼睛抠鼻子，伸手在头上摸一把，再摸一把，把衣襟扯歪，拉平，再扯歪，隔会儿就拧着身子冲身旁的小伙伴挤眉弄眼。他滑稽而不合时宜的举动并没有招来斥责，相反，引得不少女人抹起了眼泪，她们说看看吧，还这么小，这么瓜，就没有亲大大了，可怜他还啥都不明白。

送埋体时我们小孩子是很忙的，可以大摇大摆在主人家进进出出地自由活动，到他们的上房、厨房、仓房等平时没机会进去的地方游逛一番，看看他们家的摆设咋样，仓房里堆着多少口粮，柴房里积攒了多少干柴和牛粪。我们甚至还会借着解手的机会，跑进人家的茅房看看。看他们的茅房收拾得干净不，这可是最能体现一个家庭的卫生情况的地方。还会顺便看看人家的尿盆子，我们无聊而认真地干着这些事，大人们当然不会知道我们的心思，也没有空闲来过问。所以他们不会知道我们的内心是多么焦急，盼望埋体早一点抬出门，早一点散海底耶，这样我们就能快一点拿到那几毛钱。

　　遗憾的是这一天伊哈家没有散海底耶，这完全出乎了我们的意料。当村庄里的小孩们还有外庄的孩子们，我们密密麻麻挤在伊哈家的麦场上，跪成一行一行，主事的人开始散海底耶，一摞一摞的孝帽子散发到了大伙的手上，大家都戴上了，一时间麦场地里的人头由黑压压变成了白花花一大片，这时候我们发现只散了帽子，没有钱。当孩子们确认没有散钱的迹象时，人群里起了一阵细微的骚动。大伙儿掉头转脸互相之间查看着，全是这样，没有为大伙散钱。我觉得跪在地上原本发麻的腿这会儿疼起来，就站起来，好多的孩子站起来了，还有一些坚持跪着，似乎在等待散钱。大人们说话了，冲着孩子们喊：起来起来，就这样了，今儿不散海底耶啦。接着我就听到了不散海底耶的原因，伊哈家太穷，散不起！

　　我觉得有一个小手将我的心揪了一下，我敢肯定同伴们的心都被这样揪了一把，因为我看到许多小脸上写满了失望。不过我觉得今天我们不能有一丝怨言，我早就知道伊哈家是很穷的，然而百闻不如一见，今天亲自来看了，我发现现实远比听说的还要严重。伊哈家里除了一双老迈的父母，一个老实出了名的红脸颊女人，三个娃娃外，最值钱的家产可能就只有土院子里的一间土房子，一眼窑洞，除此之外你找不出更值钱的来。那房子也已经很破旧了，四堵土墙撑起个屋顶，屋顶上撒了一层瓦片，看来只是遮挡住了风雨，从屋里看，墙壁上光秃秃的，除了一层泥坯，连一片纸都没有糊。而那土炕上除了一面席子，连一片最破的毡都没有铺。什么叫家徒四壁，这就是真正的家徒四壁。在这灰秃秃的房里，给人感觉连光线都是黯淡晦涩的。抬伊哈的埋体时，马乡老喊：拿新毡来，快拿一页新毡来！伊哈的父母听了呆呆站着，就像忽然间被什么惊吓了，又好像在费神地寻思什么，好像他家本来是有新毡的，只是这会儿他们记不起放在了什么地方。大家四下里帮忙寻找，堆放在炕角的除了几个荞麦皮装得鼓囊囊的枕头，两床破被子外，没有新毡，哪怕是旧毡也没有。

　　大家很快就确定这家人没有羊毛毡。没有毡怎么行？我们有一个习惯，习惯把亡人的埋体裹在新毡里再徐徐抬起来，这毡子必须是没有铺过的崭新而干净的。清水洗浴过的埋体是最为洁净高贵的，大伙觉得只有洁净的毡子才配得上包裹。

可怜的伊哈苦了半辈子，竟然穷到了这地步，真是叫人看着心酸呐，女人们纷纷感叹起来，伊哈的娘哭得晕了过去。

邻居王老汉赶紧跑回去抱来了他家的一页新毡，才算解决了难题。

因这事葬礼稍稍停顿了一会儿。这足够我们将这家人的光景看得更为清楚。同时，一些和他家有关的往事也记起来了。伊哈的大儿子和我们都在邻村的小学里念书，学生娃都是每天背着馍馍去学校的，家长疼孩子，大家的馍馍不是香喷喷的花卷儿，就是烙得油汪汪的饼子，伊哈的儿子大半时间书包瘪瘪的，很显然只有书没有馍馍。我们在念书念乏了课间休息时拿着各种各样的馍馍大口吃，伊哈的儿子有时候默默看着，有时候趁人不备猛地扑上去抢某个小娃娃手里的馍馍，小娃娃被吓得哇哇哭，再看手里的馍馍已经被伊哈的儿子塞进了嘴里，大口大口吞咽着，那样子活活就是个饿死鬼。最后自然会引来一顿老师的饱揍。伊哈的儿子油皮是出了名的，一贯被我们瞧不起，可是今天亲眼看到他家的境况，我忽然觉得心里很不是滋味。

活着时候的伊哈，常年披一件灰衫子，光着脚去地里干活，手里攥着农具，默默地下苦，从不偷懒，也极少打骂别家人娃娃，是村庄里最老实厚道的人。

想起这些，我们就算是不懂事的娃娃，也知道伊哈家散不起海底耶是可以谅解的，这样的家境哪里拿得起这笔钱呢？

这样的人家，我们还能奢望给我们散钱吗？

独眼早就来了，候在一棵大树下。他将木箱子放在身旁，打开来，露出里面花花绿绿的小零食。独眼本来想和以往一样，趁着送埋体的机会，诱惑我们这些小孩子一个个捏着刚得到手的几角钱，一哄而上挤在他身边，用小手中还没焐热的小票子换取他木箱里的一块糖一个气球一截花头绳或者一包玉米花。独眼手里的钱会越来越多，积成那么厚一沓子，给人感觉他成了村里最有钱的人。独眼在人心里是个复杂的角色，我们觉得他可爱又可憎。一方面我们渴望得到他箱子里的零食，可当钱花完后舔着嘴里渐渐消融的糖块，我们常常禁不住后悔，刚到手的钱就这样容易地花出去了，等回到家免不了被母亲好一顿责骂，说我们这些馋嘴的孩子是败家子，而且这样的责骂会延续相当一段日子。

今天的独眼显然是扑了个空，兴冲冲谋算着来弄钱的，可他看到了，孩子们除了发干的嘴唇失望的眼神，小手手无一例外都是空着的。没有捏着预料中的钱，三角或者两角，花花绿绿的。独眼站在那里就显得分外尴尬，甚至是有些孤单的。他眨巴着唯一的那只眼，茫然地瞅着四周的孩子们，孩子们在他身边留恋一会儿，怀着遗憾离去，重新把注意力转移到送埋体上面。这时候阿訇已经站完了者那则，几个年轻力壮的小伙子抬起卷在新毡中放在门板上的伊哈，迅速向伊哈家的老坟院赶去。那里有一个已经挖好的坟坑在等着伊哈。男人们随着埋体集体起身了，身后女人的哭声响成了一条河。伊哈的娘晕死过去，有人端来一马勺凉水往嘴里灌，还是不顶事。一个大个子女人慌了，一把夺过马勺，美美噙一口水，对着伊哈娘失去血色的脸噗一口喷出，再喷，不断地喷，伊哈娘终于醒来了，悠悠地睁开眼，茫然地看着眼前，过一会儿，重新记起了什么，嘴一张又哭起来。

伊哈的小儿子始终没有哭。他抽空儿就转过脸来，在人群里寻找平时的玩伴，找到了就冲对方挤眉弄眼，狡黠地笑。在他幼小的意识里，可能觉得父亲的去世和以往我们送过的那些埋体没什么区别，和他自己没有关系，所以他高兴，他甚至想和别人家娃娃一样在人丛里窜来窜去，但是旁边的伯伯大爷们用凌厉的目光镇住了他，将他限制在伊哈的亲人圈子里，他只能待在哥哥们身畔，听着枯燥的哭声。我们看得出来，他很受罪，过一会儿就不安地扭动着身子，脸上写满不耐烦。当男人们抬着伊哈起身，走向坟地时，这小子被他一个姑姑抓紧手，她怕这孩子跑丢似的，哭着试图去抱他的头，她用悲切的哭声一遍遍说：娃娃呀，从今儿起你就没大了，你成了耶提目。这小子则茫然地不耐烦地甩着头，一次次挣扎着想要挣脱姑姑的束缚。当我们又在一起玩耍时，他说自己那天差点急死了，野惯的一个人一旦被管束起来，而且是一整天，那真的很难受。

伊哈家的贫寒致使他们家念不起接下来的苏热。自打亡人入土之后，活人就得对他进行搭救，头七、二七、三七、四十日、百日、一年……宰上牲灵，炸上油香，把阿訇满拉请来，上个坟，跪在家里的炕上念一阵《古兰经》，就算是完成了一个苏热，这样后世的亡人就能得到搭救。牲灵有牛有羊，小了就是鸡鸭鹅，实在不行可以不宰，甜念一个。可是，海底耶总是要散的。伊哈活着时候老实，死得这么惨，于是马乡老带头向村庄里的每户人家收了些白面和清油，凑了一些钱，散给伊哈家。这样，伊哈在他的忌日里得到了和别人一样的搭救。

半年后，伊哈媳妇改嫁了。这个脸色粗红的女人，竟然嫁给了川道里的一户人家，据说家里光景不错。庄里的女人们就禁不住感叹，说伊哈女人好福气，以前还真没看出来她是个命大人，这回算是苦尽甘来，要过好日子了。

伊哈女人出门时，我们重新记起和伊哈有关的往事，当她红着脸湿着眼睛低头走出伊哈家大门时，她的三个儿子，老大老二没有哭，老三瞪着红红的眼睛，想哭，看到好多人在看，就没有哭。三个娃脚上都穿着新崭崭的鞋子，衣服也浆洗缝补得很整洁，看来他们的母亲在临走前将他们精心打扮了一番。他们站成一排，看着母亲坐上一个陌生男人的自行车，车子走远了，被车轮卷起的土雾飞起来，向着后面的人群落下，我们的视线就模糊了。

伊哈女人改嫁了，我们说起来还是称她伊哈女人。刚嫁过去那会儿，隔些日子，她会赶到这里来看娃娃。给三个儿子带来新鞋子新衣裳，有时还有白馒头，油炸的糕点，都是很叫我们垂涎三尺的贵重东西。我们看着真是眼馋呐，就有人感叹说为啥我大不完，他完了我妈就能改嫁，她改嫁了我不就过上好日子了？

我们真诚地盼望那样的好日子也落在自己的头上。

然而，他们的好日子很快就画上了句号。半年后吧，那是伊哈女人最后一次出现在村庄里，奇怪的是这一回她只带来几个馒头，看过了孩子，胳膊窝下夹个包袱就匆匆离去，之后女人们议论说看她那笨笨的吃力样儿，八成有身子了。

从这以后似乎再没来过。

我们像淡忘伊哈一样慢慢地淡忘了他的女人。

女人们倒是常常提起来，只要看到伊哈的三个儿子一天比一天可怜，大家就情不自禁地提念起那个女人来。是啊，这女人有半年时间没来了吧。有一年没来了吧。有三年没露面了吧。连音讯也没有捎回来一个。她难道不知道，公公婆婆老两口拉扯三个孙子有多艰难，日子是越来越凄惶了啊。娃娃们早穿光了她留下的鞋子，常年光着脚丫子到处跑，天暖的时候还没什么，到了三九寒天，那手和脚都冻肿了，肿成了发面馒头，到了开春，河里的冰还没有完全融化，这哥儿几个的冻疮早早消了，破了，淌着腥臭的脓水。

女人们谁不摇着头说可怜呢，都说可怜，便提起那个女人来，免不了说她狠心，一定是又生了娃娃就把这前房的给忘了。有人说不一定吧，可能婆家管得严，不让她和这边继续来往也说不定呢。总之是彻底地没了音信儿。

也有女人会将自家娃娃穿过的旧鞋子送给伊哈的儿子穿，你一双她一双，弟兄三个就那么凑合着度过一个个漫长的寒冬。

那是十几年后吧，伊哈的大儿子已经长大成人，媳妇也娶了。一天小两口拉家常，新媳妇说她有个姨娘嫁在北山里，她去那里浪过亲戚。男人一听北山，禁不住问你听说过北山里有个叫李有录的人吗？媳妇想了想说知道，这个人命不太好，前后娶了两房女人都没长久，前一个害病完了，后一个是个寡妇，领进门半年多，倒是个很乖的女人，肚子里娃娃也怀上了，一天两口子往山顶上拉粪，半路上架子车翻了，美美一车粪土全压女人身上了，当时就把命要了。

这个女人是不是说话慢声慢气，左眼皮上有个肉瘊子？

男人一把扯住女人问。

女人被扯疼了，也吓了一跳。忙说就是的就是的，我姨娘也这么说过，你怎么知道得这么清楚？

媳妇看见男人的身子靠住墙慢慢往下溜，最后坐在地上了，竟然半天不吭声。她扳起他的头，惊讶地看见男人脸上的眼泪清水一样往下漫呢。

二

春天来了，脚步轻轻的，我却不知道。那时候我压根就不知道一年里有四季，而春夏秋冬是完全不一样的季节。不知道枯燥乏味的冬天过尽，万物竞生的春天就会降临。季节的更替，候鸟的来去，万物的复苏，都是很美好的。那时候我却不知道这一切。

我混混沌沌地活着，直到有一天，有一个扎着小辫子的姑娘走进了我们的生活。正是她告诉我，冬天的尾巴后面跟着的就是春天，而只有到了春天花儿才会开，青草才会绿起来。

她看见人的时候总是很害羞，但不胆怯，总是迎着你轻轻地笑，圆脸蛋上有两个浅浅的窝儿，一笑，出来了，不笑就消失了。那时候我不知道这叫作酒窝，但是觉得好看。

她叫素福叶，是田寡妇带来的。田寡妇嫁给了上庄的光棍麻雀，素福叶就成了麻雀的后女儿。

麻雀为什么有这么古怪的一个外号呢？大概是因为他嘴巴特别爱说话，说起来就不愿意停下，叽叽喳喳，叽叽喳喳，像树上吵闹不休的麻雀吧。麻雀的后女儿可一点不像麻雀，她话很少，与人打交道的方式就是轻轻地笑，老远便在小脸上露出怯怯的害羞的笑。麻雀前半辈子一直打光棍，所以把田寡妇很稀罕，像个宝一样地稀罕着，那程度，都过头了，村庄里的女人们看不惯了，说麻雀哪里取了个老婆，简直是接了位皇姑娘娘嘛。

田寡妇的女儿麻雀同样很稀罕。可是，素福叶不怎么喜欢她的后爸。

素福叶刚来的那个春天里的那个中午，我们眼前都亮了一下。当时我们在村口的大路上刨土土玩耍。这路常年被人畜践踏，车轮滚碾，积了厚厚一层虚土。一个人就是轻轻地走过去，裤脚上也会落一层尘土。而我们这帮孩子是不怕土的，就在这其中跑过来跑过去不停地嬉闹着，常常把自己弄得满身满脸都是土。这天我们正玩得起兴，锵啷啷——一阵铃声传来，越来越近，有自行车过来了，我们纷纷躲到路旁给来人让路。

来者是麻雀。他只是按响了车铃，却没有和别人那样骑着车一溜烟过去，他从车上下来了，后座上的女人也下来了，正是田寡妇。车前的横梁上坐着个小女孩，她没有下来，保持着原来的姿势，微微蜷着身子坐在那里。麻雀推着车子一步一步走来，距我们越来越近。我们一直盯着他们看。麻雀脸上喜气洋洋的，老远就冲我们喊道：你们这一伙碎球球子呀，在这里害啥着哩？！转过头向身后的女人笑道：这都是咱庄的娃娃，你看看，多害呐！一个个成了土猴儿啦——嗨嗨——说完又挣长脖子给前面的小女孩说：今后你可不敢学他们呐。

田寡妇没搭话，只是矜持地笑了笑。她穿着干净大方，脸白白的，细巧的身材，走路不像踩在土上，而是踩在了云朵上，每一步都轻飘飘的，带着股说不出是什么味道的味道。这女人，怎么说呢，第一眼就让人觉得她身上有着一种与众不同的地方。

麻雀似乎兴奋得不行，叽叽喳喳说着，还腾出一只手摸了摸小女孩的头发。

其实，不用他显摆，我们早就注意到这姑娘了，并且一个个看呆了。她明显和我们不一样。怎么说呢？把我们比作一团灰头土脸的野生狗尿苔的话，那么这姑娘就是一朵花。还不是路边杂生的无名野花，就是富贵人家养在花园里的一朵牡丹花。我被自己奇异巧妙的联想震惊了。同时自惭形秽起来，同伴们也都惭愧得不行，大伙甚至不敢正视这突然出现的小姑娘了。

麻雀却不容我们多看看，推车走了。他小心地迈着步子，显然生怕惊起尘土来呛着这娘儿俩。他嘴里还一个劲儿嘟囔：看看，这叫啥路嘛，简直就算不成个路嘛，叫人没法走嘛……田寡妇依旧抿着嘴角浅浅地笑着。终于走出那一段浮土了，她伸手拍拍裤脚，拍拍衣襟，又拍拍后背，给人感觉她身上落满了土。其实并没有多少土，我们庄子里的人平日里走过去，可不会这么拍拍打打地讲究，我们都是一身泥一身汗地活着，很少有空闲讲究这些。我们就发现这田寡妇和村庄里的女人们不一样。这不同究竟在哪儿呢？一时说不清楚，但是真正存在着。

就在我们略感失望的时候，麻雀记起了什么，停下车子，把小女孩抱了下来，放在路边，回头看着我们，说：把我们的素福叶领上耍去！又拍拍素福叶的头，笑笑地说：过去吧，和这伙土猴子混混也好。

素福叶拘谨地站着，她妈弯腰扯扯女儿的衣襟，说：去吧，不要怕。

麻雀吩咐我们：不准欺生！谁敢欺负我们素福叶回头我挑断他脚筋！

我们的头像被大风吹过的谷子头一样，齐刷刷忙乱地点着，做着应承。是啊是啊，谁会欺负这么个小姑娘呢？谁又会舍得呢？同时我们内心里有着说不出的欢欣，好像麻雀把一个巨大的礼物馈赠给了我们，我们一时不敢相信这是事实，就傻呵呵愣着，看着小姑娘。我们小心翼翼地打量她，从头上看到脚底下，又从脚到头往上看。呵，这小姑娘，身上有一种我们从来没有见过的美！你看，她小小的清瘦的脸上两弯儿眉毛细溜溜的，下面是一对明亮羞怯的眼睛。这双眼多么像清亮的月牙儿啊，闪着清澈透底的光。鼻子细细的高高的，鼻子下面的嘴巴更是小得让人担心，这样的小口怎么吃饭呢？她的脸、脖子、手，所有露在外面的皮肤一律很白，和我们不一样的白，像白面，是那种娇弱的苍凉的白。她站在那里，两只手背在身后向着我们看，迎上谁的目光，就对着谁浅浅地一笑。这种笑，一下子就把人的心抓住了，紧紧地，让人情不自禁在心里颤抖。她穿的是紫花衬衫粉色裤子，都很新。这时候我们不由得低下头打量自己的身上，再互相看看，我们整天在土里打滚，浑身上下全是土，头上脸上甚至连眼窝鼻孔耳朵眼里也几乎被尘土填满。

这个叫素福叶的小女孩，一个人把我们全都比下去了。奇怪的是，我们心里没有嫉妒的成分，一点也没有，有的只是惊叹，艳羡和爱慕。这样好看纯净的女孩儿世上真的有？而且来到我们的身边了？

一个叫癞头的小子瓮声瓮气地说：这、这不会是仙女下凡了吧？比大白脸还好看呐！说完，害羞地吐了吐舌头。

哎呀呀，癞头这出了名的厚脸皮，竟然也有害羞的时候，真是日头要从灶眼里出来啦。

大伙愣了一阵儿，接着就哗啦啦笑起来。

你知道大白脸是谁？正是癞头他妈，我们村庄的第一美人儿。

随着大笑，大家绷紧的神经放松下来，一个个变得自如了，恢复到素福叶出现之前的状态了。大伙开始叽叽喳喳地嘲笑癞头，说他不知天高地厚，他妈也就是一张脸大些，白些，比别的女人麻子少了些，可也不敢拿来和素福叶相比啊。

一个高个头男娃娃愤怒了，盯住癞头呸了一口，问：你妈那屁股比磨盘大，腰比水缸还粗，两根腿像柱子，凭啥和素福叶比？你说说，凭的啥？

哈哈哈……大伙儿又笑起来，有人笑得眼泪也下来了，经这男娃一提醒，我们才发现事情真是太可笑了，可笑到不可思议的地步了。因为大白脸和这小姑娘，根本就没办法比。一个是人高马大的女人，另一个是文弱娇小的小姑娘。前者只能让人从她身上看到柴米油盐的熏染，鸡狗牛羊的味道，甚至还有股子奶水的腥臊，就是个长了张大白脸的乡下婆娘嘛，已经是四个孩子的妈了。而这个素福叶，从她身上看不到人间烟火的气息。她站在那里，风吹过，轻轻掀动她额前的细发，那一溜儿黑头发就扑晃着，像有一个小手在抚着她的小脸。她显得那么单薄、孤瘦，弱不禁风。让人看着就对她产生出说不出的怜惜，想要冲上前去保护她，不让她受到任何一种欺负。

素福叶就这样走进了我们的童年生活。

素福叶和我们是不一样的，虽然她很快就赢得了大家的好感，成为我们中的一员，可她不能和我们一起疯子般地玩耍，我们打闹追逐时往往弄得尘土飞扬，她只能远远站着看，要么在树荫下看蚂蚁搬家。她从小就有病，叫心脏病。这是个什么病呢，有多严重，我们并不明白，庄里的大人几乎都告诫过自家的孩子，说不准欺负田寡妇的女儿，她有病。

听了大人的话，再仔细看素福叶，就真看出了病容。她苍白苍白的皮肤，怯怯的神色，有些倦倦的目光，眼睛望着远处时会浮起一层泪蒙蒙的薄雾。她纤细的手指像竹棍儿，细长的脖子那里有一根脉管高高突起，有时候在突突地跳跃着。

素福叶多可怜呀，大人们说那不是一般的病，稍不留意就会要了命，还说这孩子活不过十二岁，很早之前医生就这么说了。

我们这帮野孩子基本上没人欺负素福叶，对她敬而远之，或者小心翼翼地交往，尽量要一些简单文静的游戏，也还是处处让着她，绝少和她起纠纷。在我们心中，这个小姑娘就是一件珍贵而脆弱的瓷器，谁都怕一不小心给打碎了。所以，很多时候，素福叶显得很孤单，像一个影子，在远离我们的地方无声无息地存在着。

有一天下庄子马云会的大儿子开蹦蹦车去丈人家相亲，半途上车翻人亡。送埋体时，大人们照旧哭声震天，我们娃娃则穿梭在大人的间隙，盼望快一点儿散海底耶，好拿那几毛钱去独眼那里买零嘴儿解馋。

素福叶也在人群里，这么多人，场面又这么乱，她自然不敢跟上我们混，跟在她妈身后，安安静静站在上房门口看马云会女人鼻涕一把泪一把地哭儿子。

哭亲人的场面我们见多了，司空见惯了，所以不觉得有什么稀奇。可是素福叶一直盯着看，看着看着，她眼里腾起一层泪雾，凝成水珠，扑簌簌往下掉，摔碎在脚面上，过一会儿，又有一些水珠滚落而下。一般情况下，别人家完了人，大人都会哭上一哭，我们这些小娃娃是不屑于参与的，即便有时听着那哭声实在凄凉，心里也忍不住难过，但眼泪是不能让别人看到的，同伴们见了会笑话的，怪难为情的。

素福叶和我们不一样，她像个大人那样站在那里，怔怔地落着泪，也不见她擦一擦，任由那亮晶晶的泪珠儿在苍白的小脸上挂着。这让我们震惊，发现这个文弱的小女孩比我们谁都强，她竟然敢于在大众面前像大人一样地落泪。

埋体抬起来赶往坟地时，马云会的女人哭晕了，被女人们用凉水激活，她歪着头看了看眼前，又晕过去了。出事的是她唯一的儿子，这时候她的心里不仅仅是悲痛，肯定还有一种巨大的惊恐与空茫。她后半辈子的靠山倒了，她的生活里突然塌出一个洞，叫她如何应对接下来的日子呢？

看着这黑发人送白发人上路的惨景，送埋体的女人们都落了泪，这时候素福叶不哭了，她伸出一只手来，紧紧捏住我的手，她的手一片冰凉。

她望着男人们抬着埋体向坟地走去，忽然给我说：我大，我大也是叫蹦蹦车碰坏的。说完紧紧咬着嘴唇不再吭声。我默然了，不知道说什么好，悄悄打量她的神情，发现那苍白的小脸上泛起微微的潮红，眼里闪着泪花，我没敢追问她大的具体死亡过程。

过了三五天，马云会儿子坟头的新鲜黄土就被风吹得陈旧了。我们在玩耍时偶尔留心一下身后，素福叶规规矩矩坐着，眼睛望着马家老坟的方向。我们马家是庄里的大门户，坟院在北山的山腰里，那里面密密麻麻地坐落着好几十个土堆，每一个土堆下都有一个人，曾经在这世上活过，现在离开了，长眠在那里。

这些人当中，有上至清朝末年从陕甘一带逃难过来的太祖父，太祖母，下至刚出生的婴儿。早年亡故的那些人我都没有见过，他们在世上活了一遭，竟然连一张相片也没有留下。最早的是因为当时还没有照相技术，而后来者呢，可能是家里贫穷，花不起钱照相，而那些小孩子是因为来不及长大一点到集市上的照相馆里去照相。对于这些早就睡在黄土下的人，他们的容颜、身材、性格、品行等，在我们内心里是一片空白，没有想象的依据，随着年岁推移，就连那一个个坟头也都越发低矮了，被野草淹没了。我们只能凭着那一个个低矮的土堆知道，有一个我们的亲人，在世上来过，坟堆是他留给世界的唯一凭证。

日常时候看着那些土堆儿，我们的内心很平静，甚至是淡漠的。死亡离我们很遥远，而在送埋体时，最让我们动心的是散到手里的海底耶。可是有一天闲得无聊和素福叶一起看风时，素福叶告诉我，她很害怕，只要一想到有一天自己会和那些亡人一样，也要离开，离开她妈，在黑乎乎的坟坑里，一个人睡着肯定很害怕。

我不知道该怎么劝慰她。

这时候我们都想到了死亡。

离素福叶很近很近的死亡。

而我，还要一天一天一年一年地往下活，慢慢长大，像村庄里的每一个女子一样，长成大姑娘，嫁人，生娃娃，经历做母亲做奶奶的漫长人生，等这副身躯老成了一把干柴才会离开世界。这是每一个身体健康的人要走的路，除非半途遭遇不测，才能将这一常规打乱。按这一常规来说，我的人生还很漫长。所以死亡对我来说很遥远，遥远到人们从来不会将死亡和我这样的孩子联系在一起。可是素福叶不一样，所以，我想不起合适的话语来劝慰忧伤的素福叶。我的健康和想起来漫长得让人迷茫的后半辈子生命，使得我和素福叶没法相提并论。

迎面吹来的风里带着寒冬残留的气息，也有春天特有的味道。土地正在解冻，小河里的冰已经化开，向阳的田埂上，冰草芽儿顶破地皮，露出羞怯而调皮的嫩脸。杨树皮由僵硬的白色转为淡淡的青绿，显示着生命的迹象。杏树枝头的硬痂破裂了，挤出一簇簇鲜嫩的苞芽来，一朵朵鲜花正在那里面孕育着。性子急的人已经将春小麦种上了，还在盘算着挑个暖和日子将胡麻也给播种了。

有一天，起风了，西北风呼呼叫嚣着吹了一天一夜，天亮后窗玻璃上结着厚厚的霜花，门外的狗食盆子里有一层薄冰。给人感觉冬天没有走，重新回来了。大人说这叫倒春寒。倒春寒的危害非常大，当天看不出什么，等过上几天，寒冷褪尽，天气转暖，太阳暖洋洋晒上一天，你再看看吧，灾害的结果显现出来了，那些刚刚顶破地皮冒出头来的庄稼苗苗，本来正往上长呢，现在全蔫了，霜打了。再过几天，完全萎靡下去，干枯了，正是倒春寒冻死的。最不经冻的就是胡麻，这种作物刚出土时真是比初生的婴儿还娇嫩，轻微一冻就会死。所以每当到了春天，胡麻出苗这几天，庄里的人最担心了，连觉也睡不踏实的。

然而，就算大家整夜不睡地熬煎着担忧着，天气却是谁也无法左右的，倒春寒照例来了。这一年的气势要比任何一年都猛，连着三个凌晨都下了青霜，第四天，风停了，太阳出来了，人们纷纷上山去看胡麻，刚探出身子的小苗苗们，前几天还嫩嫩的翠翠的绿着，现在变成了青绿。几天后天气彻底暖起来，但人们的心情糟透了，还能干什么呢？除了抱怨这鬼气候外，就是赶紧补种。重新找来种子和肥料，吆上牲口，扛起耧，去把那胡麻拆了，第二次播下胡麻。

补种等于又花费了一笔种子和化肥，还把人累得不轻。

这一年的春天，我们村庄的胡麻地几乎全部经过了补种，连那些轻易冻不到的山旮旯里的青苗也难以幸免。补种的人们都很沮丧，胡麻种子一下子贵了许多，有的人干脆不种胡麻了，换成了糜子或洋芋。

等那些补种的苗儿探出地皮，羞怯怯地看着地面上玩耍的我们时，野草已经漫山洼绿起来了，向阳的地方尤其浓密，我们都可以赶着羊上山放牧了。

早春出生的羊羔能自己跑路，跟在母羊身后出山了。它们身上的毛细细的，软软的，还打着无数的细卷儿，跑起来时那满身雪白的小卷儿呼呼地抖，波浪一样的好看呢。姐姐她们出山时很乐意带上我们，有了我们这班小跟屁虫，她们当然会轻松不少，羊跑了，她们继续抓石子儿玩，有我们跑腿赶羊呢。不过，大家不想带上素福叶。几个大女子像商量过一样，只要看到素福叶在我们当中，就不约而同地皱起眉头。然而，这个她们不想带的人要是我们中的任何一个，她们肯定就挥着手中的鞭子说去去去，不想领你，趁早滚蛋吧！但是对于素福叶，她们不一样了，这个女娃娃站在那里文文弱弱的，一双盯着大伙的眼睛清澈纯净得像泉水一样，直映得人心里打颤，叫你怎么拒绝呢。再说，她不会继续纠缠，就那么呆呆站着，神情平静而忧伤。女子们禁不住怜惜起来，没有谁能硬得起心肠对着她发脾气喊一声滚蛋。

当素福叶和我手拉着手要跟上姐姐她们上山时，几个大女子作难了，其中一个稍大的嘴巴抖了半天，就是没说出一句话来。素福叶不说话，也没开口求她们，只是站在一边用左手绞着右手，右手绞着左手，晚春的小风儿掀动着她的裤脚，裤子在轻轻地抖动不停，她真是太瘦弱了，裤子显得分外宽大，裤管里空荡荡的，整个人就要随着风飘起来了似的。

你们得答应个事儿！最后姐姐她们同意了，但是有条件的，一个大女子指着我说你负责领上素福叶，你们走慢点，千万别累着了，记下了啊，你今儿一天不用赶羊了，就陪着素福叶耍，记住啊？

我高兴得几乎蹦起来。这可是美差，啥也不干，就陪素福叶耍，这轻松的活儿谁不愿意摊上呢？谁都愿意！

我拉上素福叶，我俩避开乱哄哄的羊群，拣了一条更小的路慢慢向山上走。

哎，要是你妈晓得我把你领上山了咋办？不会怪我吧？

半道上，我担心起来，问素福叶。因为我记起母亲告诫过我的话，她说你们和素福叶耍的时候要千万小心，那娃娃的病很严重，万一伤到了她，给咱家闯出大祸，我要你的小命儿！

她万一追究起来我就说是自个儿上山的，谁都没领我，再说上山的路就放在这里，难道我一个人就找不到了？素福叶调皮地眨巴着眼睛说，说完提议我们坐下缓一缓。

我发现走了这一段上坡路，她累得张着口喘气，脸也在发红。我们不敢快走，走走停停，等赶到山上，别人早就到了，羊群已经从山的这一边跑到另一边啃青草去了。女子们分成了几摊子，有抓石子儿的，有弹口弦的，还有几个是姐姐抱着妹子的头给抓虱子呢。

青草一片片的，顺山坡往下望，满坡都是绿意，有些野花儿性子急，赶在别人前头开了，星星点点散落在草丛里，给单调的绿意添了些明媚的色彩。我和素福叶开始摘花儿，黄的蒲公英，浅白的星星花，淡紫的鸡冠花，还有些是说不上名字来的。现在开放的都是不畏寒冷初春时节就开始结蕾的花儿，它们已经开得这样热烈了，其余的植物们才伸着懒腰慢腾腾准备开花的事情。

素福叶带着我专门找一种叫作马兰的花儿。这种花我以前没留心过，所以不认识。素福叶说那是花当中顶好看的花儿，折一朵插头发上好看，拿回家插花瓶里再倒点水能鲜灵灵开上好几天呢。

听她这么说，我就急不可耐地想见到马兰花了。我们在山洼上走呀走，找呀找，不断地走，不停地四处寻找，渴望看到马兰花。日头渐渐升高了，我们感到身上燥热起来，可我俩还在坚持寻找，心里焦急，脚底下不由得小跑起来，恨不能将整片山洼全给搜索一遍。素福叶说等找到了她折几朵拿回去，我不赞同，说插头发上吧，我俩都梳着小辫子，插辫子缝里多好。为此我们争执起来，甚至到了激烈的程度，互不相让，嘴巴争吵着脚底下也没闲下来，一刻不停地赶着路，爬上一道坡，再爬上一道坡，山洼其实是由无数道大小不一的陡坡连接而成的。我感到口干得厉害，嗓子眼里在冒烟，我说素福叶素福叶等找到马兰花咱们去山下沟里喝水吧，那里有我挖的渗渗泉，那水可清凉了，喝在口里甜兮兮的，可舒服了。

素福叶嘤了一声。

我说咱俩喝饱了还可以把马兰花插进泉里叫它们也吸点水分，这样就不容易蔫了。

素福叶没说话。

我回头看，素福叶落在后面，她双手在慌乱地抓着自己的胸口，嘴巴大张着，在呼喊什么，可是喊不出来，显得十分艰难，苍白的脸完全是青紫色的了。

素福叶素福叶你咋啦？你要干啥？我惊恐地喊。

她的手痉挛着胡乱地抓扯着，仿佛要扒开胸口，挖出那里的脏腑来。

姐呀——大姐呀——你们快来！呜呜——

我大喊大哭起来。顿时，辽阔的山洼上响彻着我的哭喊。

玩耍的女子们纷纷朝这边奔来，她们连身上的土都忘了打，随着狂奔那些土就扑簌簌往下飞舞，我看见每个人的屁股后面都带着一股子白色的尘雾，尘雾追赶着她们，急速而仓皇。

大家很快赶到了，我大姐一把抱住素福叶，但是素福叶软成了一团，像风中的嫩草叶子，怎么也扶不起来。大伙儿慌乱地呼喊着素福叶的名字。素福叶的眼瞪得很大，看着我们，似乎那眼珠要突破眼眶，奔到外面来。她的脸完全变成了青紫的颜色。

素福叶——素福叶啊——你咋啦？你咋啦啊——

几个大女子惊恐地呼喊着，但是素福叶撕扯着胸口的手松开了，软软地垂下来，脖子挣了几挣，断了气。

羊群仿佛受到了惊吓，不再好好吃草，乱纷纷往一起挤。大姐派一个腿长的女子奔跑去山下给麻雀报信。长腿女子号哭了一声，一溜烟下山去了。

我们一个个木头一样呆着，没有人说话也没有人哭泣，连呼吸的气息都静悄悄的，山洼睡着了一样。几个大女子给素福叶把眼睛和嘴巴合上，要下一个女子头上的干净头巾，苫在素福叶脸上。

素福叶的埋体当天就下葬了。大人们说亡人奔土如奔金，这么小一个娃娃，更得及早入土。麻雀骑上自行车去集上扯了些白洋布，等他回来，坟已经挖好了，晚春的泥土是活的，松软柔和，挖一个小孩子的坟一点也不费事。女人们议论着说医生当年预料的真准，这女子还真没活过十二岁的门槛。我们跟在大人身后看素福叶下葬。麻雀和田寡妇留在家里，马乡老抱起白布卷着的素福叶，到了坟上，阿訇接过去，把她轻轻地放进了坟坑下的一个小窑洞里。小洞里黑乎乎的，我想素福叶她睡在里面冷吗？刚挖的泥土还带着湿气呢。阿訇用几页大胡基插了窑洞口。阿訇和满拉们大声念着经文，同时另几个人挥着大铁锨铲土填进坟坑。坟坑很快就填平了，然后在上面堆了个小坟堆。

我们离开了，把素福叶一个人留下了。

时间过去两年后，我才见到了马兰花，它是紫色的，开在一条荒僻的小路畔。当姐姐告诉我这就是马兰花时，我望着它们瞅了瞅，想折几朵，终究没忍心下手。这天夜里我梦到了素福叶，她和我一样也长高了，一张脸迎着我笑，要给我说什么，奇怪的是不等我走近，她的脸一闪，闪远了，模糊了，我慌忙追上去，哪里有素福叶的脸呢，只是有一朵马兰花开在那里，我呆住了，望着花儿，这时候来了一阵风，轻轻一吹，花儿就随上风走了，越走越远，一直到消失在尘埃里。

三

夏天，各种各样的花儿开了。村庄的山洼、沟坡、田埂、地头等到处都是花儿。麦子豌豆胡麻洋芋，每一样庄稼都在开花，每一块田地都被花儿装扮起来了。蓝莹莹的胡麻花儿，紫莹莹的洋芋花儿，紫白相间相映的豌豆花儿，隐秘内敛的麦子花儿，还有各种各样的野花儿呢，也在争先恐后地开放起来了。村庄像一个忽然苏醒的女人，从头到脚都被花儿装扮了，装扮得艳丽而妖娆。我在野外放羊时拔了些狗尾巴花儿编了顶环形的帽子戴在头上，一路嗅着花香回到了家。母亲见了要过去，嗅了嗅，闭上眼说真香。其实它们被我戴在头上一个下午，经过阳光烤晒，花儿已经蔫了，只有那一股朴素的花香还残留着。

舍儿，母亲看着我，目光里满是恳求，说：下次回来给我拔一把豌豆，我想看看豆花儿。我顺从地点着头，不用质疑，母亲她一年四季下不了炕，自然出不了门去田间地头，当然见不上开放的花儿，闻不上花香。再回家时，我在一块豆地里拔了把开花的豌豆。豌豆是十分可爱的植物，嫩嫩的秆儿，嫩嫩的叶片，拔下来握在手心里感觉嫩生生毛茸茸的。我拔出的有白花儿的，也有紫花的。我赶着羊匆匆往家里赶，我想让母亲看到还带着泥土的嫩生生的豆花。果然，母亲笑吟吟的，伸手摩挲着豆蔓，又摸摸我的头，笑着点点头。我给她讲，今年雨水广泛，庄稼都长得很好，不管是阴洼还是向阳的陡坡地里，哪里的庄稼都长得很好，开花了，一片比一片好看，各样花儿像铺在地上的画布，把山村严严实实地围裹起来了，让人看着就有做梦的感觉。

母亲欠起身，扶着窗台向外望，透过玻璃，越过一道土墙，几棵杨树的枝叶，她也看到了好景象，远处，南山上的庄稼正在开花。美中不足的是太远了，只能看到满山的绿意，难以看到被绿色淹没的花儿。

母亲看了许久，叹一口气，溜倒睡下了。

我不知道母亲在遗憾什么，今年以来，母亲的变化越来越大，不仅仅是病情加重了，一双腿完全失去了知觉，她想从上炕挪到下炕也成为一件很艰难的事。更明显的是，她的脾气越来越坏，动不动就对着人发脾气，莫名其妙的。尤其对父亲，好端端的，她就会来脾气，有时候我们简直摸不着头脑，不明白父亲错在哪里。她发脾气不是打骂我们，她从来不打骂我们的，连一巴掌也没有打过。她生气的前兆是脸黑下来，忽然不说话了，说明她生气了。

对父亲，母亲往往能一整天地黑着脸，不和他说话，甚至还拒绝吃饭。父亲把饭端到母亲面前，她不接，父亲就放在窗台上，然后坐在母亲身边望着她恳求说：娃他妈，你就吃一口吧，好歹吃一口。母亲不看父亲，眼睛看着窗外远处的山头。碗里的热气袅袅地缭绕着，落在窗玻璃上，玻璃模糊了，过一会儿化成水，一些小小的水珠儿汇成了一道细细的河流，女人的眼泪一样缓缓地往下滑落。母亲还是不吃。我们吧唧吧唧吃着，她看着我们吃完了，吩咐姐姐把窗台上那一碗也撤下去。碗里的饭已经凉透了，姐姐说：再换碗热的吧，妈你得吃一点！母亲眼一瞪：端去喂狗！我饿不死的！

守在门口的大黑狗好像听懂了，乐得跳了个蹦子，喜滋滋冲门内的我们拼命摇尾巴。

但是它高兴得太早了，姐姐哪里会真的给它吃呢。她把饭扣在锅巷里，洗过锅灶出去忙别的了。母亲蜷在被窝里悄悄抹眼泪。我们吃过饭就蹦出家门，放羊的放羊，拔草的拔草，不会干活的可以满庄子疯了般地玩耍去。

那碗饭母亲最后吃了吗，我不知道，奇怪的是等我们晚上回到家，发现母亲父亲已经和好了，两个人轻轻地说着话，好像是在开一个玩笑，父亲端来一碗水伺候母亲吃药，母亲明明能够上，但她装作够不上，要父亲近一点，再近一点，等父亲近到跟前，母亲忽然伸出手，狠狠捣了父亲一拳。两个人哗啦啦笑了。笑什么呢？我们就不明白了。但是我们很高兴，老窑里除了那股常年不散的药丸味道和母亲的愁苦外，这又添了点儿亲密、热火，这才是家的味道，只有在这样的气氛里我们才觉得心里踏实。

但是保不定哪一天，母亲忽然又会发了脾气。她似乎看到父亲就来气，父亲要是去赶集或上山放羊，大半天没回来，她就不断扒在窗玻璃上向外张望，嘴里念叨个没完没了。怕父亲饿了，渴了，累了，一会儿又说他没有戴草帽，日头这么毒，把人热坏了咋办。给人的感觉，出门的父亲就是母亲唯一的牵挂，她无时不在牵念。可是等到父亲高大的身影终于出现，晃进屋子来，出现在父亲眼前的母亲已经完全换了一个人，她千方百计寻找茬口与父亲拌嘴，处处拿刻薄的话来挤对父亲。

父亲显得沉稳而麻木。母亲多年的瘫痪让他学会了如何应付这种生活现状，他不看母亲的脸，默默地喂牛、担水，接过姐姐双手递上的饭碗，埋头一个劲儿扒拉饭。黑瘦的手背上一个个血管鼓鼓地暴露着。母亲看着他吃完两碗饭，放下碗出去给牛添夜草，她叹一口气，说：真主呀，这么老实的人咋就摊上了我这样一个病秧子哩，我们的命真是苦到家了。

我们去山上拔草，背着背篓上北山，经过上庄的坟院，我看见素福叶的坟堆上长草了，密密的一层，几乎将整个坟头染成了碧绿色。她的坟头和几年前下葬的那些坟堆没什么两样了，她融入了那些亡者当中，要不是我亲眼看着那个坟包堆起来并记下了那个位置，可能就会分不清谁是谁，找不出素福叶的坟头了。

在北山上是自由的，风无拘无束地吹着，庄稼和野草在风里起伏着摇晃着，这时候我就会忘了家里的郁闷。事实上这些年来，每当农忙的季节，我们大半时间在野外，在父亲的带领下忙于播种、除草、收割、碾打。村庄四面的山头上到处洒满了我们的浸透汗水的脚印。

替我们守家的是母亲。最初那几年，她还勉强能够下地，站在门口扶住墙，看大门外山上的人，干些力所能及的家务；这几年下不来了，只能永远留在那面土炕上，眼巴巴看着窗外空荡荡的天空里日头从东边挪到西边，日子一天一天重复着。想起来，母亲也够可怜的，常年下不了地，这跟坐监狱有什么区别呢。

于是，背着一背篓青草回家的途中，我会忘不了顺手摘几朵野花儿，拿回去插在窗台上的玻璃瓶里给母亲看。我想看着这些花儿，闻着花香，就当母亲她亲自上了一回山。

夜里父亲和母亲开始吵架，把我们几个娃娃都吵醒了。我们醒了不敢出声，悄悄听着。基本上是母亲一个人在吵，她像在哭，说：我知道、我就知道，我成了这个模样，这么多年，你受不了，我不恨你，我只恨我自个儿，恨命！这样死人一样瘫着，倒不如早一天死了干净！嚷着嚷着，她的嘴被什么堵上了，吵闹变成了暗泣。过一会儿，父亲沉声说：给你说多少回了你还不信，我和那女人真没啥，你活着，我没那心思。母亲声调忽然提高了：这么说是我挡了你的道？好好好，我死，明儿就死！

不不不，我不是那意思，父亲慌忙辩解。但是母亲不依不饶，坚持说父亲就是这心思，她哭了起来。最后父亲翻起身，挨了过去。黑夜里，隐约看得见两个模糊的身影拥抱到一起，合成一个臃肿的黑影子。黑暗像薄纱一样轻轻摇曳着。母亲的哭声变成了如泣如诉的声响。

第二天，等我们醒来，看见母亲坐在窗口看外面，晨起的风吹得杨树叶子哗哗响，我跟过去向外细看，那些叶子真是奇怪，一会儿正面向着窗户，一树深绿；一会儿随风翻了身，一律是浅白的绿，像一张张善变的面孔，在不停地转换着脸上的表情，喜怒交替。多么像我们吵架的父母啊，就这样吵个没完没了，没完没了。

母亲却一脸平静，吩咐姐姐把刚做熟的早饭舀出一瓦盆，放在锅巷里热着，一会儿父亲回来也好吃口热的。姐姐不大情愿，鼻子里哼了一声，小声说：那个坏了良心的，让他吃饱了好去勾搭那些娼妇吗？眉来眼去的，不害臊！

母亲怒了，喝问道：你在嘀咕啥？再说一遍我听听！你这小婊子越来越没教养了，好歹他是你老子，再说我还活着哩，还轮不到你来数落他！

姐姐绿了脸，吐吐舌头不敢吱声。母亲望着外面的世界出神，许久许久，饭在枕头边放凉了，她都忘了吃。

父亲母亲的关系时好时坏，有时吵嘴有时平安无事。要我看啊，是好是坏完全取决于母亲，父亲没多大能耐左右局面。母亲的情绪呢，时好时坏，极不稳定，而且是越来越不好，糟糕透了。她常常趴在枕头上暗自伤心，抹泪。有时候我悄悄望着这个女人，想她这一对眼睛是不是一对泉眼呢，里头的泪水怎么就淌不完呢？今儿淌，明日流，永远没个尽头。

在山上拔草的时候，我常常会想到母亲，猜测她忧愁远远大过了欢乐的心情。她为什么不高兴？她的心事究竟是怎样的？我做着猜想，一遍遍。有时候能摸出一点儿头绪，有时候发现那完全是一个谜，很难摸得透。有一个大概的规律倒是谁都有体会的，就是：每当父亲忙于农活，苦得昏天黑地时，母亲对他分外疼惜，夜里喊我们老早给父亲铺被褥摆枕头，叫他早早地歇息。等到农事闲暇时候，父亲喜欢穿得整齐一点，去集市上走动，在村庄里串门子，一去就是一整天，直到擦黑才进门，这时候母亲十有八九会不高兴，问：一天没见你的人影儿，干啥去了？父亲搓着手笑笑，说在上庄口看一伙年轻人打牌；有时候说在马文义家门口看几个老汉下四码。看得出来，父亲是在心里做了准备的，他并不怕母亲的盘问。

母亲脸上慢慢地腾起一片阴云来，这一整天，这么长，她坐在炕头上教姐姐做鞋，大人和孩子的算起来，一共粘了十来双，手上糊满了油渣糊糊。

难道真看了一整天热闹？谁能保证你没有中途溜进哪个女人的家？说不定

还在炕头上陪着人家说了一天的贴心话呢？母亲期期艾艾地说。接着眼里起了雾，雾凝结成了水珠，水珠变大，眼睛里装不下，撑破眼皮，一粒一粒滚落下来，她无声地哭了。父亲装作没看见，接过姐姐递上的饭，蹲在灶台前呼噜呼噜往嘴里刨。

时光慢了下来。黑夜的大幕早已落下，慢慢包围了世界。姐姐点亮油灯，昏暗的一盏灯，像母亲的眼，含着淡淡的幽怨和愁苦，那束昏沉沉的光芒背后的窑墙上，落着几个巨大的影子，在绰绰地晃动着。

我觉得父亲可怜，母亲也可怜，作为他们的儿女，我们同样很可怜。我们的日子是一天天往过熬的。从前的时候，我们都太小，母亲病倒了，父亲在为我们做父亲的同时，把母亲该挑的担子也挑起来了。在这个家里，他简直是既当男人又当女人，男人女人的活计都压在他肩膀上。这些年他的腰驼成这样，母亲看不到吗？母亲她为什么要一直刁难父亲呢？女人的心思真是难猜呀，即便这女人是我们的亲娘。

一面土炕，我们是这样安睡的：姐姐在窗户跟前，紧跟着是我、大弟、大妹子、母亲，父亲在最边上，这样便于他半夜给母亲接送尿盆。白天里母亲的尿盆是我们接送的，最早是姐姐，后来轮到我，大弟弟调皮，嫌脏，他一次都没伺候过，现在轮到了大妹子。夜里我们睡得贼死，所以一直由父亲伺候母亲起夜。

这天半夜里，母亲挣扎着要起身，要自己下炕去小解。这可吓坏了父亲，他爬起来要点灯，摸索了半天就是摸不到火柴，借着窗口透进的微光看见母亲已经挪到炕沿边了，他慌了，一抱子抱住她，往炕上拖。母亲倔强地反抗着，两个人打架一样扭在一起，扭成了麻花。母亲在低低地哭泣，父亲压低声说着什么。我想侧耳去听这两个人究竟在说什么，可是实在太困了啊，瞌睡的波浪席卷了我，我就迷迷糊糊重新睡死过去。睡梦的间隙，似乎听到父母醒着，在悄悄嘀咕什么。

天亮了，母亲催促说：快起快起，日头都出来了，还敢睡懒觉！

我们就一个个爬起来，揉着眼窝看看炕上，父亲早就起来了，母亲腿上盖着的红绸被子，正是他们夫妇夜晚共同使用的。母亲在为我们其中的一个娃娃补衣衫，看一眼她的脸，风平浪静，一派祥和，丝毫没有昨天的风暴。我觉得疑惑，昨夜还鼓足了劲地闹呢，只一夜工夫，她就原谅父亲了？门外传来吱儿吱儿的声响，门口一暗，父亲担着一对桶子进来了，桶里的水清凌凌的，水花微微扑晃着。母亲横一眼父亲，娇嗔地说：说了多少回了，叫你别担这么满，这是对大桶子，这两桶水能把人压死，你咋就不听呢？

父亲回头冲她一笑，说：没啥，我没你想的那么娇气嘛。拍拍后裤脚上的泥巴，又出去忙活了，喂牛、扫院、铲粪，一大堆活计排着队等他去干呢。

这一年的夏天，母亲分外爱花儿，我每天放牧归来时就拔一把开花的庄稼，母亲把各种花儿看遍了，就不要我再拔了，说那是要长粮食的，拔了可惜，我就改拔野花儿。山里的野花种类多得数也数不清，我拔了铃铛形的牛铃花，它们的花瓣毛茸茸的，瓦蓝瓦蓝的，擎一把在手里，似乎摇一摇这些缀着的小铃铛就会叮叮当当响起来。还有一种无名的花儿，样子像喇叭花，但比喇叭花大，也是蓝色的，花瓣细薄，颈部细长而高，像天鹅高高扬起的脖子。还有黄莹莹的野大豆花，蜜罐罐花，真是太多了，我每天拔一束带回家，母亲笑吟吟接过花儿凑近鼻子嗅嗅，然后放在窗台上。夜里，我在睡梦里闻到淡淡的花香在幽幽地飘散。母亲的心情慢慢好起来，不再动辄找父亲的晦气，有时候喊我们姐妹过去，坐在炕边上，她趴着给我们梳头发，算头发丛里的虱子和虮子。有一回还给我扎了个老汉背娃娃的辫子，左鬓边还插了一朵野花儿。

母亲的病情在一天天恶化，甚至不能靠墙坐了，只得躺下睡着，吃饭时勉强爬起来坐一会儿，吃完饭就喊疼，需要我们赶紧扶她睡下。母亲躺着的时间越来越长，很快连爬起来解手也成为万分困难的了，终于有一天父亲抱着母亲帮她解手，累红了父亲的脸，父亲说你就睡着解决吧，这么经常抱不是个办法，要是我不在家，娃娃们就没辙了。母亲默默点着头，过一会儿，说我想尿一个。我将一个早就准备好的小瓦盆伸进母亲的身子下，用手捉住等她小解。母亲憋红了脸，就是尿不出来。我等得不耐烦了，催她快点。母亲闭上眼用力挣，终于唰啦啦尿出来了，母亲的眼泪同时流出一长串，她拧过头来看着尿盆，叹一口气说，唉，我这样子活在世上有啥用处，成你们的大累赘了，还不如早一天完了去。

父亲买回跌打丸，母亲不吃了，说你就别再买了，买了这些年，冤枉钱没少花，我苦巴巴吃了好几年，一点效都没见，现在倒好，全瘫了，早知道有这一天，我当初就一丸也不该吃。

母亲果然从此就不吃药了。这跌打丸，她从前天天吃，她吃过的药丸盒我们收起来玩耍，这种黑色的塑料圆盒，我们每人收着一大包，还给亲戚邻居的娃娃送出不少，我大姨娘家那几个娃娃，隔些日子就会来我家走动，其实并不是想念我母亲跑来看望她，而是为得到一些药丸盒拿回去玩耍。我想要是把我母亲吃过的所有药盒收集到一起，摆在院子里，足够摆出半院子的吧。

父亲不听母亲劝，照旧去保健员老袁那里买回药丸，母亲看到熟悉的跌打丸，脸黑了，几把撕碎包装盒子，将里面的十丸药全扔到地下，药盒骨碌碌满地滚。母亲哭了，说我这个药罐子，把你们害得少吗，这些年一直拖累着，你一个大男人过的啥日子，人不人鬼不鬼的，我盼着早点儿走，你也好再娶一个进门来，过几天舒心日子。

母亲怎么说出这样不吉利的话来，我和姐姐顿时哭了。

父亲跺了跺脚，一声未吭走出门去了。

夏天很快就结束了，忙碌万分的秋收开始了，母亲说："夏天忙不算忙，七月八月秀女请下床。"什么意思呢？说的是麦黄六月的忙要是和七八月份的收秋比起来，那就是小巫见大巫了。七八月的秋收有多忙呢？整整一个多月的时间，白天我们都没有在家里吃过饭，在何时何地吃呢？早饭是顶着星星起来做的，姐姐蒸一锅洋芋或玉米棒子，洋芋上面是馒头，出锅了给母亲枕边放一碟子，其余的装进一个大笼子，我们带到地里去，挖洋芋割高粱割糜子，等等，肚子饿了，坐在地里就吃。秋天天气短，没有午休，中午也不回家，一直在地里干活。等晚上回到家，头顶上又是一片星星，天早黑了，所以晚饭是摸着黑做的，在灯火地里吃，每人端起碗来摸着往嘴里扒拉就是了。这一种忙啊，真是叫人晕头转向。

我们在外忙碌的时候，那一个个乏味枯燥的日子母亲是怎么打发的，我们几乎没时间去想这问题，满山洼都是熟透的庄稼，我们哪里有时间照顾一个整日瘫在炕上的人呢，所以我们几乎遗忘了母亲。只有晚上回到家，进门闻到一股屎尿的臭味，才恍然记起家里还有一个病在炕上的活人。

母亲的饭量越来越小，有一天姐姐说她早晨出门前放在枕边的洋芋馒头，到晚上还好好儿放着。母亲吃什么呢？母亲说饱饱的，不想吃。晚饭只吃了两口就推开了饭碗。这样连续了几天，母亲吃得少，屎尿自然少了，被窝里干净多了。可是母亲连支起脖子的力气也没有了。父亲慌了，亲自端着饭要喂母亲，母亲睁眼看看，笑笑，说你个老东西啊，这些年还没被我折腾怕吗？今年收成好，我万一走了，你们记着给我念苏热，百日过了你就给自己张罗一个人，你这个年纪女儿亲自然是娶不上了，只能问寡妇了，你可千万打听好了，娶一个心肠好点的寡妇来，不然我这几个娃可就要受罪呢。

父亲说你胡说啥呢，忙过了这阵儿我就拉你去医院看病。

割完了糜子，割荞麦，荞麦收完，接着是秋燕麦，所有的庄稼收割完，就往家里拉，父亲用架子车一车一车往回拉。等我们将所有的秋粮碾完，装进口袋，将牲口的草料拉回来，已经是初冬了。

父亲在架子车前套上黑驴，将一张被子铺在车厢里，把母亲拉在车上，我们向着县城的方向进发。这是我平生头一回进县城，母亲也是，所以母亲和我都很兴奋，我们一路观看着沿途的风景，其实哪里有什么好风景呢，无非是光秃秃的树和光秃秃的山，都是我们再熟悉不过的黄土的颜色罢了。母亲睡着，我坐着，这样母亲看不到的一些风景我能看到，我就一惊一乍地给母亲讲述，父亲跟在架子车旁赶着驴子，甩开一对大脚板踢踢踏踏赶路。到了县城，父亲将我留在一个僻静的巷子里看车子和驴，他雇了辆三轮摩托，拉着母亲去找医院。

毛驴饿了，我拿出车上备用的草料袋子套在它脖子下，黑驴就喊喊嚓嚓吃起来。我坐在车辕上等父母，我等啊等啊，肚子咕咕地叫起来，我们带着干粮的，可是它们在路上给风吹了一路，又干又硬，我摸了摸，没心思吃，觉得又冷又饿。毛驴吃完了料，闭上眼睡觉。我爬上车钻进被子里，被子里留着母亲的味道，这是我熟悉的，这叫我觉得心里踏实多了，就闭上眼和驴子一起睡觉。

迷迷糊糊中，我想要是有一碗热汤就好了，喝下去可能全身就会热起来的。

也不知道过了多久，父母来了，父亲把母亲抱上车子，父亲赶着驴车上路了，我们向着来时的方向往回走。午后的天气变了，浅灰色的天空中凝聚了一些发黑的云朵，起风了，冷飕飕的，我坐在被子里也觉得冷，不知道风是从什么地方跑来的，不断掀起我们的被子，吹疼我的眼睛。

母亲显得困恹恹的，缩成一团在被子里躺着，我像早晨那样一惊一乍地给她讲述沿途的风景，可她根本就没兴趣，只是抬起眼皮看看我，又垂下眼皮，显得疲倦极了。我打量父亲，父亲背对着我们一心赶路，黑驴四个蹄子敲击在沙石路上，嗒嗒作响，车轱辘放欢了向前滚，父亲放开了步子噔噔噔小跑着才能赶上车速。风吹着，由于太快，到了脸上就像小刀子的刃片，劈得人脸上生疼。

我不知道父亲他疼不疼，我把脸埋在被子上，耳边听着风声呜呜地叫，车轮不断碾过石头，车厢里颠簸得厉害，我就在这颠簸中睡着了。

腊月二十七，正滴水成冰的时候，又下了厚厚一场雪，母亲病故了。

前来送埋体的人不多，大雪封了路，只有村庄里的男女老少都来了，我们那些远路上的舅舅姨娘姑姑等亲戚冒着风雪赶来了。哭得最泼实的是我的两位姨娘。母亲很小就没有娘，是孤儿，所以姊妹三个感情要比一般的姐妹深厚些，大姨娘哭晕了两回，碎姨娘哭哑了嗓子还在哭，她拉着我姐姐的手，边哭边诉说，说姐姐呀可怜的姐姐呀，你的几个娃娃都还这么小，没有一个长大成人的，你这一走，叫他们咋活哩？你就算趴在炕上不能干活，好歹是家里的主心骨啊，你这一走，娃娃们靠谁哩？！

女人们有的观看，有的陪着掉眼泪，有的议论着这个亡人一辈子的旧事。我跟在姐姐身后，我没有哭，我嗓子沙哑了，说不出话来，不是今天哭的，早在母亲无常前哭的。自打从县城看病回来，母亲的病情就一天天恶化了。父亲要变卖粮食牛羊，带母亲去更大一点的医院看病，母亲坚决不同意，说人家医生说得很清楚了，我吃了这么多年的药，五脏六腑早就朽了，苦撑了这些年已经不容易了，既然真主的口唤到了，我就走，我高高兴兴地走，剩下你们好好儿活着。她叫我们姐弟几个过去，挨个儿摸我们的脸，摸完了看着我们的眼睛，说娃娃呀你们要好好儿活着，听你大的话，娘把你们闪在半路上，你们不要恨娘……

我们一齐哭起来。

那是母亲对我们说的最后的话，说完不久她就说不出话来了。

母亲不吃不喝躺在炕上咽气，这样的过程足足延续了一天一夜，阿訇等在一边，要在最后时刻给她念临危，可是母亲就像一只高高飘在云端的风筝，牵着生命的那根线早就细若游丝，可是没有断裂，吊着一口气，悠悠的，这是多么熬煎人的时刻啊。看着母亲命若游丝痛苦但说不出来的情景，我甚至暗暗祈求真主，叫我的母亲早一点走，少受些疼痛。我睡在黑暗里一直哭，哭着哭着睡着了，一会儿惊醒过来，接着哭。脸上被泪水一遍遍冲刷，变得干巴巴紧绷绷的，舔一舔嘴唇，咸咸的，记不起有多少眼泪淌进了嘴里，有多少流进了衣领。

当母亲在阿訇大声诵念清真言的声音中咽下最后一口气，我已经哭哑嗓子。我没有放出声音哭过一声，可我的嗓子哑了，眼泪干了，眼皮干巴巴的，就是想挤出一滴眼泪，也做不到了。

我看到我的同伴们来了，跟在大人身后打打闹闹，嬉笑着，追逐着，一会儿工夫他们每人拿到了五角钱，然后他们揣着钱包围了我家麦场地边的老杨树，杨树下独眼早就守候着了，他和他自行车后的木箱子还有箱子里那些花花绿绿的零食早就候着了。

看着同龄的娃娃们吃着零食，我忽然觉得嘴里说不出的苦涩。

我眼睛干巴巴地站在寒冬的冷风里，看着来来往往的乡亲们送我母亲离开。

母亲的坟坑是什么样儿，我没有去看，我曾经跟着小伙伴们看过无数亡人的坟坑，老人的中年的，男人的女人的，八九岁的孩子的，刚出世的婴儿的，大大小小，我都记不清有多少了。

我从来没有想过，有一天，我们家中的某一个人会离开我们，睡进那黑洞洞的土坑里去，总觉得那是很遥远很遥远的事情，所以当这一天真正来临了，我觉得不是真的，肯定是一场梦。

姐姐拿着一些白线，给每个女人散一束白线几根针，意味着我们的母亲生前可能借过别人的针头线脑而忘了归还，我们借着送埋体一并给人家归还了，这样在后世的母亲就不会欠着别人的账债了。女人们深情庄重地接过针线，手上落满了雪，身上也都是雪，母亲活着喜爱的几只母鸡在院子里慢慢走过，它们的脊背上也落满了雪。

送母亲入土后，村庄里的男男女女都回去了，他们各有各的家，各家有各家的骨肉温情和团聚，他们回去了。

我走进家门，看看院子。看看屋子。看看地下。看看炕上。看看窗台。看看枕头。我觉得恍惚，一阵恍惚过后，清醒过来了，这几天家里亲戚邻人来来往往的，家里凄凉而热闹，现在，结束了，人群散了，留下我们一家独自面对结局，我觉得有人拿着一把刀子，猛然捅进了我的心脏，我感到疼痛了，那么真切。

院子还是那个院子，屋子里还是原来的样子，可是，你知道吗，炕上的被子叠起来了，再也没有一个人睡在枕头上，窗台也空落落的，那个挣扎着爬起来扒在窗户上向外张望的人不见了，那一张我们进门就迎着我们笑的脸面不见了，永远不见了，这辈子都见不到了。在这个世上，有那么多的女人那么多的母亲，可是，人海茫茫，我在哪里能再看到母亲的脸面和那一脸慈祥的微笑呢？

第二天，姐姐说她站在近处看了，母亲的坟后面是素福叶的坟，这样好啊，给人感觉她们就像亲生的母女俩睡在一起，这样母亲就不会孤单了。

过了几天，我上北山放羊时也留心看了，真的，母亲在前，素福叶在后，一大一小两个坟堆离得很近，真的就像是一对儿母女呢。

我忽然觉得心里很不是滋味，我发现自己在羡慕素福叶，甚至是嫉妒的，我痴痴地想，为什么睡在那里的不是我呢？

真的，只要能陪伴着母亲，我愿意睡到冰冷的黄土里面去。

四

冬天来了，风雪来了，寒冷来了。

每个冬天，或多或少都要落几场雪，那西北风嘛，老牛一样，常常是没日没夜地吼着。今年的雪似乎比往年多一点，进入三九，最寒冷的季节，开始下雪，谁知这一下就难以收住脚步，只见雪花断断续续地落了八九天，出了三九，进入四九，才算渐渐转晴。村庄被一层辽阔的白雪覆盖了，山峦、峡谷、水沟、树木、房屋都消失了。每一处的脊梁上都驮着雪，就像披着被子在酣睡的懒汉。只是这被子也太巨大了，无边无际，一片茫茫的白，向着四面延伸开去，一直蜿蜒出村庄，到我们看不到的远方去了。

穆萨老爷爷无常了。

他的两个孙子拄着铁锨，踏着积雪走出村庄去街市上扯孝布。我们站在大门口目送他俩走在白雪的世界里，越走越小，直到消失到白茫茫的深处。

男人们集体行动，扫开了村庄主干道上的积雪，为穆萨老汉准备葬礼。

这是一个很隆重的葬礼。尽管大雪封门，阻断了道路，附近村落的人没法儿赶来，只有我们一个村庄的人在送埋体，但是场面一点也不冷清。

大伙都来了。脸上挂着笑，乐呵呵打着招呼，互相问候着，不无喜悦地赞叹着这一场好雪。

整个葬礼的过程是肃穆庄重而又弥漫着一层喜悦意味的。

亡人停放在上房地下，谁要愿意就可以进去探望。

我看见大家都进去，也就随姐姐进去了。

地上只铺了一层干麦草，人就睡在麦草上，身上苫着一片干净的线单子。脸上苫了一块白布。儿孙们围绕着老人坐在脚底下。进来的人有谁想看看遗容也是允许的，有个老奶奶轻轻揭开了那片布，我就看到了亡人的面目。和平时见到的穆萨爷爷没什么两样，只是这会儿他闭上了眼，似乎是睡着了。

穆萨爷爷活了九十一岁，生前身子一直健壮，九十一还能直着腰板，拄着拐棍自己下地来坐到大门口晒暖暖，见了人老远就打招呼。他的眼睛不行了，据说像蒙了一层纱布那样，看什么都模模糊糊的，可是他能分辨出村庄里每一个人来，连四五岁的小娃娃也能猜出是谁的后代来。他是靠耳朵听，从声音上辨别的。

我们小孩子喜欢凑成一大群，呼啦啦跑到穆萨爷爷家大门口，老远问爷爷爷爷你猜我是谁家的娃娃？穆萨爷爷呵呵笑着，捋捋胸口那一大把白雪一般的胡子，说你嘛，叫我好好儿想想，嗯，没错的话应该是马文义的后人，是他的孙子吧！这个女娃娃嘛，声音这么好听，像雀儿一样，肯定是黑女子的女儿。最后那个娃嘛，有些磕巴，是结子二牛的儿子错不了……

这让我们觉得神奇又好玩。有一回一个娃娃调皮，故意捏住鼻子变了声调说话，穆萨爷爷侧着耳朵听了会儿，呵呵地笑了，说你碎狗日的，就是把嘴用牛粪糊上我也知道你是胡塞的孙子！我们一听顿时哗啦啦笑起来。那捣鬼的娃娃红了脸，不得不向穆萨爷爷讨饶。

穆萨爷爷这辈子经历的世事很多，近代中国农村的各种变革他都亲身经历了。真主是不会亏待忠厚老实人的，他一生养育了六个儿女，长大了都品行端正，为人正派，是村庄里最受尊重的人家。

他还干过一件让村里的人一直称赞不已的大事呢。

那是五八年"社教"的时候，全公社的阿訇大满拉都被抓起来，分散在附近的农场砖瓦场等地方进行劳动改造。有一天，有人从远路上带来个口信，说柯家老阿訇不堪凌辱，上吊了，死身子扔在个烂窑里，再不去收尸只怕要被野狗吃了。听到这个消息，村里人沉默了，一天一夜过去了，没有人说一句话。柯家在我们庄里是单门独户，老阿訇唯一的儿子早在老阿訇之后也被抓走了，现在生死不明，剩在家里的只有孤儿寡母，谁出面去找老人的遗体呢？

第二天夜晚，年轻人穆萨敲开了队长马三元家大门。

随即两个人起了争执。

马三元坚决反对：这事正在风头上，千万不敢管，万一走漏了风声，我这队长没法当是小事，闹不好你娃娃连命也得搭牵上。再说，这是柯家的事，你不要把事情往咱马家人身上扯，别人躲还来不及呢。

最后穆萨默默离开了队长家。那一夜没有月亮，黑漆漆的，穆萨记起自己小时候，父亲无常得早，家里穷，连个苏热也念不起，柯家老阿訇不嫌弃他家的穷，带着人来他家里念苏热，并且在主麻日讲卧尔兹时一遍遍强调，说不管是穷人还是富人，无常后都是平等的，都是尊贵的，都应该得到活人的搭救，作为阿訇更应该一视同仁。

有一年是父亲的五年，五年是个大忌日，可他母亲改嫁走了，剩下他一个在大伯家混肚子，整天饿得死去活来的，他甚至把父亲的日子都给忘了。那天他在山上给队里放羊，趴在草丛里看着山下，忽然听到山腰里传来念《古兰经》中关于上坟那个章节的声音，他漫不经心地往下看，看见马家的老坟院里跪着一个人，头戴白帽，一身青色衣裳，正朗朗地念诵着。那不是柯家老阿訇吗？他怎么一个人到马家老坟院里上坟来了，请他的主儿家呢？按村庄里的常理，只有主儿家去请了，老阿訇才会洗上大小净，穿戴整齐去主儿家的坟地里上坟。穆萨看着看着，呆了，老阿訇的眼前，不正是他父亲的坟头吗？

他才恍然记起，今天是父亲的五年忌日。

他目送着老阿訇慢慢离去，泪水迷离了眼睛，然后翻过身趴在草地上低低地痛哭起来。

现在，时间过去了很多年，穆萨长成大小伙子了，老阿訇却遭遇了这样的灾难，穆萨觉得如果自己再不出面，可能一辈子都要良心不安。

他一户户去敲马家人的门，苦苦地劝说。

夜深了，一行人出发了，清一色青壮年男人，背着几根绳子，肩扛几根椽子，悄悄越过村庄东边的山口，向着东北方向走去。

天快亮时他们赶到了一个砖厂，几经打听，才在一个废弃的砖窑里找到了几个死人，门口的一个已经被野狗吃掉了半个身子。他们借着微弱的曙光一具一具往过辨认，在第六具尸身上，他们看到了一把乱蓬蓬的白胡子，再一具具看，别人没有胡子或者没有这么白，同伴还犹豫着，穆萨早趴下哭开了，他断定这就是尊敬的老阿訇。

白天他们不敢公然抬埋体走，就躲在破窑里等天黑，外面是呜呜的西北风，天气冷得要命，四个年轻人蜷作一团，又冷又饿，熬到了天黑，用椽子绑成个简易架子，将老阿訇搬上去，怕剩下的尸身再遭野物的侵害，他们临走找了些破砖头将窑门稍稍堵住了些，然后抬起架子匆匆往回赶。

这一路上真是说不尽的艰难，几个人一天一夜没进一点水米，天气阴沉沉的，路黑得什么都看不清，他们只能摸着走。走了一段平路，翻过了一座山，爬了一道沟，又翻了四座山，斜斜跨过一道大河铺满冰的床子，翻过最后一道山，这才来到我们的村庄。

进了村口，听到了鸡叫声。几个人不敢声张，径直来到柯家门前，可是柯家人早就被运动吓破了胆，外面怎么拍门，就是不开门，最后穆萨越墙进去，在窗户上说清来意，柯家老奶奶才打开了门，一看不是搞运动的积极分子，真是老汉的埋体回来了，老奶奶顿时哭成了泪人。

大家不敢歇缓，忙赶到坟地里去打坟，老奶奶这边拿出存在箱底的几丈白粗布给亡人做穿戴，穆萨又去村东头马明礼家请来马明礼为老阿訇站者那则，鸡叫最后一遍的时候，老阿訇的坟已经挖成，大家抬着洗过大小净的埋体赶到了坟上。

天刚刚亮，队长马三元就吹着哨子喊大伙儿上工，寒冬腊月的上什么工呢，男人们去附近的水库上打坝，女人和娃娃们把饲养院门口的一大堆粪土往各个山头的地里背送，大家带着蒙眬睡意，提着饥饿的肚子，捆紧腰里的麻绳子，摇摇晃晃往上工的地方走去。

这一天竟是个分外晴朗的天气，日头出来了，第一道光芒照耀在村庄的各个山头上，一会儿移到了山腰，不久就照到了柯家的坟院里，大伙儿才惊奇地发现，柯家的坟院里多出了一个坟堆，一行凌乱的脚印中间是一个黄土堆，坟头上的泥土很新鲜，在阳光的照耀下还冒着淡淡的热气呢。

两年后，老阿訇的儿子回来了，可是一双腿废了，据说是砖窑塌了打坏的，胳肢窝下挂一对木叉才能蹦蹦跳跳地挪动，下地劳动是万万不能了。柯家五个娃娃都还是光屁股的年纪，能下地劳动挣工分的只有柯家媳妇一人。柯家儿子不忍心在家里吃闲饭，试图跳井，被媳妇发现了。事情闹得庄里人都知道了，就都感叹这一家人可怜，然而可怜终归是可怜，人人都饿着肚子，面对那一家人的困境，别人只能是爱莫能助空自叹息罢了。

一九六二年春天，三月里，大伙儿集体在北山上种豆子，队长马三元说柯家媳妇老是偷吃豌豆种子，不叫她撒种子了，抱着个刨子去打胡基。第二天，这女人打着打着被一个大胡基一绊，晕倒了。大伙儿揪着耳朵呼喊了半天，她才悠悠醒转过来。大家才知道她家里已经连清水一样的面汤汤也喝不起了。几个娃饿得趴在炕上起不来，就是起来，出门也是顺墙根走，风一吹就栽跟头。

女人们纷纷议论起来，队上的口粮是按劳动的工分分配的，柯家劳力最少，自然分到的口粮最少，家里有三五个劳力的人家都挨着饿，柯家就更不用去想了。

这天夜里，柯家老奶奶睡下了，听到院子里咚的一响，接着她的门口有脚步声，门环响了几下，她穿上衣裳出来看，门口放着一个毛线口袋，她赶紧拖进屋，里面是半口袋莜麦。老奶奶惊呆了，出门再看，大门好好儿关着，院子里月光清亮亮的，没有一个人影子。

老奶奶顾不上多想，当即叫醒儿媳，将莜麦炒了，在石磨上推了，连夜给一家人烧了一锅面汤。

那真是半口袋救命的粮啊，柯家人靠它度过了最艰难的时候。

这一年村庄里饿死了好几个人，穆萨一个三岁的儿子也在其中。

后来柯家老奶奶无常的时候给儿孙交代，要世世代代记着马家穆萨的恩情。

后来，大家日子好过了，能吃饱肚子了，秋后碾完粮食，柯家大孙子用架子车拉了几袋子麦子来到穆萨门上，说奶奶交代过，等日子好过了一定给您补还一下心意，就算现在用多少粮食也无法补上当年的大恩，现在只是表达一下心意。穆萨已经胡子一大把，是年过半百的人了，他拉着柯家孙子的手，说粮食我收下，我看上你这个娃了，如不嫌弃我的小女儿就许给你了，这粮食就当作彩礼，算我提前把彩礼给收下了。

柯家孙子傻了，瞅着穆萨老汉，好半天，才明白过来这是真的，没有开玩笑，他高兴地当时跳了几个蹦子，惊得穆萨老汉身后的狗也蹿了几个蹦子，它要不是被铁绳拴着，说不定蹿出门在柯家孙子腿上美美咬一口呢。

柯家孙子早就看上穆萨的小女儿了，苦于家境贫寒，一直不敢上门求亲，这一回穆萨主动提出来，可把这小伙子乐糊涂了。

现在，在穆萨爷爷的葬礼上，站在亲属行列里的，除了穆萨的子孙，还有柯家的后人。穆萨老汉的抬埋费马家出了一半，另一半柯家坚持要出，最后由他们出了。

穆萨老人的海底耶很丰厚，大人娃娃每人两块，这是我这些年见过的最丰厚的海底耶。女人们都在啧啧地赞叹，说穆萨老汉一辈子没干过歹事，老了德高望重受人尊敬，无常了照旧受人尊敬，这埋体送得多好啊。

我捏着钱，混在孩子堆里，到独眼跟前买了两块钱的麦板糖，一口气全给吃完了，嘴里的甜蜜残留了好久，我觉得把自己幼年时候难以实现的一个愿望给实现了。

然后，我踏着积雪慢慢往回走，我已经长大了，再也不适宜混在男孩子当中跑到坟地上看亡人下葬的过程了，我遥遥看着，看一大群人高高抬着一扇门板做成的床子，那上面的白孝布下睡着我们尊敬的穆萨老爷爷。男人们的大脚在白雪上踏出一道雪白的路，这路直通向马家的老坟院，也通向了另一个世界。

在白雪的映衬下，男人们头上的白帽子像一盏盏明灯，擦过漫长的生死路途，照亮了我们的眼睛。

我回来后坐在自家门口，一直看着他们埋完亡人，堆起一个高高的土堆，然后一个不剩地离去。我觉得心里出现了从未有过的平静，像清水一样缓缓流淌着，冲刷着郁积的泥土和砂石。我忽然觉得从前我们对死亡的认识太过片面，存在着误解，死亡的内容不仅仅是疼痛和恐惧，一定包含了更多我们没有认识到的内容，比如高贵、美好，还有宁静。我想象此刻穆萨老爷爷在黄土下面的模样，他一定像平时睡觉一样，微微蜷缩着身子，眼睛轻轻闭着，我们拿一根狗尾巴草凑过去在眼皮上扫一扫，他极力装着，再扫，装不住了，呵呵地笑……到了坟院里，还有人和他逗着玩吗？他会觉得寂寞吗？

天空里重新落起了雪，雪花大而稀疏，一片一片沉甸甸落下来，落在山头上，屋顶上，秃树上，枯草上，落在一切能够落脚的事物上。我肩上头上眉毛

长
河

上也都毛茸茸挂了一层。纯粹的洁白把人们留下的脚印淹没了，把刚刚堆起的黄土包淹没了，世界一片寂静，我看着暮色透过白雪缓缓降落，像一个女人的怀抱，用无尽苍茫把村庄包裹住拥进她宽阔温暖的胸腔。

尾声

日子一天一天过着，一年一年过着，春天我和姐姐跟在父亲身后下地劳动，父亲犁地，我们撒种子。收获的季节我们像大人一样挥着镰刀收割。冬天白雪覆盖了村庄的同时也把坟院覆盖了，等到残雪化尽，春草发芽，又一年拉开了帷幕。我把牛粪柴火背到场地上晾晒的时候，在菜园子里拔葱的时候，骑在杏树柯杈上摘杏吃的时候，目光偶尔会撞上坟院里母亲的坟堆，有时候我会认真地看一会儿，有时候我不叫目光停留，轻轻地划过去，移到别处去。

后来我长成了大姑娘，有了婆家，在出嫁前的最后一个傍晚，我家里挤满了帮忙的亲戚和邻里，榆木劈的硬柴在灶膛里可劲地燃烧，柴烟像一首婉转的山歌，在我家老厨房的烟囱里盘旋而上，牛肉在大锅里咕嘟咕嘟煮着。我借着出门抱柴的空闲，在麦场边站了会儿，我看着不远处的坟院，明天是我大喜的日子，我就要离开生养了我的村庄，母亲她能看到这些吗？

这些年母亲的坟堆在慢慢变化，低矮下去，当初的那个土包缩小了，坟头上长满了草，密密的，把黄土全都包裹住了，很难看到黄土了。

她身后的那个小坟，已经完全矮下去，不知道的人甚至不会想到那也是一个坟头，曾埋下过一个名叫素福叶的小姑娘。

时间过得多快啊，它携裹着我们，活着的，亡故的，我们像一粒粒尘埃，无不汇集在时间的长河里。

初冬的风干燥冷冽，迎着风，我抬头四下里望，村庄里的几个坟园都静悄悄的，里面那些大大小小的坟堆静静安卧着，没有一丝喧嚣。

只见远处的山洼上起风了，卷起干燥的黄土，慢慢地飞舞着，升腾起一束束苍黄的尘烟，像花朵在开放，开得寂寥，安静，悄无声息。

我长吁一口气，我的父老乡亲，在泥土里劳作一辈子然后到泥土下面安睡，睡得沉稳，内敛，静谧，一如他们生前所具有的品行和经历的生活。

我们来到世上，最后不管以何种方式离开世界，其意义都是一样的，那就是死亡。

村庄里的人，以一种宁静大美的心态迎送着死亡。

死亡是洁净的，崇高的。

　　我想起很多亡故的人，从我记事起到如今出嫁，期间有多少人离开了我们呢，我从来没有好好去想过这个问题，总之是时间的河水挟裹上他们，汇入了长长的河流。在奔流过程中，偶尔，他们中的一个，面容鲜活地涌在眼前，感觉就像一个浪花翻上来，打了一个滚儿，又消失了，随着激流奔向远方。

原载《民族文学》2013 年第 9 期
第十一届全国少数民族"骏马奖"文学奖中短篇小说奖

世间已无陈金芳

石一枫

一

那年夏天，小提琴大师伊扎克·帕尔曼第三次来华演出，我的买办朋友 b
哥囤积了一批贵宾票，打算用以贿赂附庸风雅的官员。没想到演出前两天，上
面突然办了个学习班，官儿们都去受训了。他的票砸在手里，便随意甩给我
一张：

"不听白不听。"

演出当天，我穿着一身体面衣服，独自乘地铁来到大会堂西路。正是一个
夕阳艳丽的傍晚，一圈水系的中央，那个著名的蛋形建筑物熠熠闪光。苍穹之
上，飘动着鸟形或虫形的风筝。穿过遛弯儿的闲人拾阶而上时，我身边涌动着
的就是清一色的高雅人士了，个个儿后脖颈子雪白，女士镶金戴银，一些老人
家甚至打上了领结。检票进入大厅的过程中，我忽然有点儿不自在，感到有道
目光一直跟着自己，若即若离，不时像蚊子似的叮一下就跑。

这让我稍有些心神不宁，频频四下张望，却没在周围发现熟面孔。走到室
内咖啡厅的时候，忽然有人扬手叫我，是媒体圈儿的几个朋友。他们凭借采访
证先进来，正凑在一起喝茶、讲八卦。我坐过去喝了杯苏打水，和他们敷衍了
一会儿，但目光仍在鱼贯而入的观众中徘徊。

"瞎寻摸什么呢？这儿没你熟人。"一个言语刻薄的秃子调笑道，"你那些
'情儿'都在城乡接合部的小发廊里创汇呢。"

这帮人哈哈大笑，我也笑了。片刻，演出开始，我来到前排坐下，专心聆
听。琴声一起，我就心无旁骛了。

大师与一位斯里兰卡钢琴家合作，演奏了贝多芬和圣桑的奏鸣曲，然后又独奏了几段帮他真正享誉全球、获得过格莱美奖的电影音乐。压轴曲目当然是如泣如诉的《辛德勒的名单》。一曲终了，掌声雷动，连那些装模作样的外行也被感染了。前排的观众纷纷起立，后排的像人浪一样跟进，当帕尔曼坐着电动轮椅绕台一周，举起琴弓致意时，许多人干脆喊了起来。

在一片叫好声中，有一个声音格外凸显。那是个颤抖的女声，比别人高了起码一个八度。连哭腔都拖出来了。她用纯正的"欧式装逼范儿"尖叫着：

"Bravo！Bravo！"

那声音就来自我的正后方，引得旁边的几个人回头张望。我也不由得扭过身去，便看见了一张因为激动而扭曲的脸。那是个三十上下的年轻女人，妆化得相当浓艳，耳朵上挂着亮闪闪的耳坠，围着一条色泽斑斓的卡地亚丝巾。再加上她的下巴和两腮棱角分明，乍一看让人想起凯迪拉克汽车那奢华的商标。

初看之下，我并没有反应过来她是谁。直到她目光炯炯地盯着我时，我才蓦然回过神来。这不是陈金芳吗？

音乐会散场的时候，陈金芳已经在出口处等着我了。此时的她神色平复了下来，两手交叉在浅色西服套装的前襟，胳膊肘上挂着一只小号古驰坤包，显得端庄极了。虽然时隔多年不见，但她并未露出久别重逢的惊喜，只是浅笑着打量了我两眼。

"你也在这儿。"

"够巧的……"

说话间，她已经做了个"请"的手势，往大剧院正门外走去。我也只好挺胸抬头，尽量以"配得上她"的姿态跟上。出门以后她问我去哪儿，我说过会儿我老婆来接我。她看看表，表示接她的人也还没到，刚好可以找个地方聊聊。聊聊就聊聊吧，尽管我实在不确定能跟她聊点儿什么。

大剧院附近的茶室和咖啡馆都被刚散场的观众们挤满了，我们步行了半站地铁的路程，才在劳动人民文化宫对面找到一家云南餐厅。走路的时候，她一直没跟我说话，高跟鞋坚定地踩着地面，回声从长安街一侧的红墙上反射回来。落座之后，她又重新看了看我，然后才开口：

"你也变样了。"

"那肯定，都十来年了，没变的那是妖精。"

"不过你还真不显老。"她抿嘴笑了，"一看就挺有福气，没操过什么心。"

"还真是，我一直吃着软饭呢。"

"别逗了。"

"你不信？那就权当我在逗吧。"我略为放松下来，恢复了固有的口气，同时点上支烟。

她又问我："现在还拉琴吗？"

"武功早废了。"

"过去那帮熟人呢，还有联系吗？"

"也没了。他们看不起我我也看不起他们。"

"这倒像你的风格。"她沉吟着说。

"我什么风格？"

"表面赖不叽叽的，其实骨子里傲着呢。"

这话说得我一激灵。类似的评价，只有我老婆茉莉和几个至亲对我说过，没想到陈金芳对我也是这个印象。要知道，我自打上大学以后就再没见过她呀。我不禁认真地观察起这位初中同学来，而她则毫不避讳地与我对视，两条小臂横搭在桌子上，那架势简直像外交部的女发言人。

很明显，陈金芳在等着我向她发问，比如问问她这些年过得怎么样，曾经干过什么事儿，眼下又在忙什么之类的。然而对于那些曾经生活在窘迫的境遇里，如今则彻头彻尾地改头换面的故人，我一贯不想给他们抒情言志的机会。倒不是嫉妒这些人终于"混好了"，而是因为他们热衷表达的东西实在太过重复。无非是"忆往昔峥嵘岁月稠"的顾影自怜，外加点儿"敢教日月换新天"的豪情，就算把自己"煽"得一把鼻涕一把泪，也藏不住他们眉眼间那恶狠狠的扬眉吐气。只要看看《艺术人生》或者《致富经》之类的节目，你就会发现电视里全是这些玩意儿。

于是，我故意说："你现在不拿烙铁烫头了吧？"

她愕然了一下："你说的是什么时候的事儿了？"

"上学的时候呀。那可是个技术活儿，我记得你在很长时间里只剩一条眉毛了。"

出乎我的意料，陈金芳既宽厚又爽朗地笑了："你还记得呢？现在我也想起来了。后来我只好往眼眶上贴了块纱布，骗老师说是骑自行车摔的。"

她的反应让我很不好意思。那种失态的挑衅更印证了我的肤浅和狭隘，而此时的陈金芳则显得比我通达得多。接下来，我便不由得说出了自己原本不愿意说的话：

"你可真是大变样了……刚才我都不敢认你。"

"也就表面变了，其实还挺土的。"

"这你就是谦虚了，不知道自己在别人眼里已然惊为天人了吗？"我舔舔嘴唇，几乎在阿谀她了，"你究竟是怎么做到的？"

更加令我意外，陈金芳反而对自己避而不谈了。她简短地告诉我这两年"刚回北京"，正在做点儿"艺术投资方面"的事儿，然后就又把话题引回了我身上。她问我住在哪儿，具体在什么地方上班，又感叹我把小提琴扔了"实在是太可惜了"。我则被弄得越来越恍惚，也越来越没法把对面这个女人和多年前的那个陈金芳对上号。

我们有一搭无一搭地聊了许久，普洱茶第二次续水的时候，陈金芳的电话响了一声。她看了看短信说："我得走了。"

我也欠身站起来："那回头再聊。"

我给她留了自己的电话，而她则递给我一张头衔相当繁复的名片。我陪着她走到街上，看到路边停着一辆英菲尼迪越野车。这两年有点儿钱的文化人或者有点儿文化的有钱人都喜欢买这种车，前不久还有一位大脸长发的音乐人因为醉驾被抓了典型，出事儿时开的就是这一款。陈金芳走向副驾驶座的时候，已经有一个身材高挑、二十出头的男人下来为她打开了车门。那小伙子穿着一件带网眼的紧绷T恤衫，遭受过膑刑的牛仔裤里露出两个瘦弱的膝盖，看上去倒像某个高级发廊的理发师傅。他对陈金芳颔首，压根儿就没看我，重新发动汽车之后绝尘而去，气流搅得路边的落叶旋转着纷飞了起来。夜风渐凉，再下两场雨，就要入秋了吧。

过了十几分钟，茉莉恰好也加完班，从国贸那边过来接我了。回家的路上，她问我晚上的音乐会怎么样，我随口说"还成"。我又问她今天忙不忙，她说："这不明摆着嘛。"然后车里就陷入了沉默。已经有很长时间了，我们之间没什么话可说。

借着立交桥上彩灯的光芒，我偷偷把陈金芳的名片拿出来看了一眼。刚才没有看清，现在才发现，她的名字也变了。陈金芳已经不叫陈金芳，而叫作陈予倩了。她的变化真可谓内外兼修呀。

二

我第一次见到陈金芳或陈予倩，还是在上初二的时候。

那天刚下最后一节课，教室里乱糟糟的。大伙儿正准备回家，班主任忽然进来，宣布来了一位新同学。但我们往她身后张望，看到的却是空无一人。老师也有点儿诧异，又探头朝门外寻摸了一圈儿，喊道：

"你进来呀。在外面哨着干吗？"

这才从门外走进一个女孩来，个子很矮，踮着脚尖也到不了一米六，穿件老气横秋的格子夹克，脸上一边一块农村红。老师让她进行一下自我介绍，她只是发愣，三缄其口。老师只好亲自告诉大家她叫陈金芳，从湖南来，希望同学们对她多多帮助，搞好团结。

学生们随即一哄而散。在我们那所部队子弟学校，像陈金芳这样的转校生，基本上每年都能碰上个两三位。他们跟随家人进京，初来乍到时与这里的一切格格不入，好不容易熟悉了环境，跟周围人能说上话了，但却往往又要离开。日子久了，我们这些"坐地虎"就学会了对这些学生视而不见。反正他们随时会从教室里消失，与其深交又有什么意义呢？交朋友也是要讲究成本的。

更何况这女孩一眼而知是从农村来的，长得又挺寒碜，不管从哪个方面说都非我族类。我们咋咋呼呼地从她身边涌过，就像绕开了一张桌子或一条板凳。班上的几个男生跑到操场打篮球，我则倚着篮球架子跟他们臭贫。自从一次打球戳伤手指，造成半个月不能练琴以后，我母亲就严禁我进行这种活动了。就这么消磨到夕阳开始下坠，半边操场都被染红了，我才拎上书包，跟朋友们打个招呼，往校门走去。

这时背后忽然传来一阵哄笑。我循着笑声回过头去，看见了陈金芳。她手上攥着一只印有"钾肥"字样的尼龙口袋，跟在我身后几米开外。当我前行的时候，她便迈着小碎步跟上来，当我站住，她也站住，支棱着肩膀，紧张地看着我。

面对陈金芳的亦步亦趋，我也有点儿不知所措。我本想呵斥她两声，让她离我远点儿，但又一想，那样可能会招来男生们更加夸张的起哄。于是我尽量让自己眼不见心不烦，加快速度回家。

九十年代的北京，天空还相当通透，路上也没什么车。大部分机关职工都骑自行车上下班，前车筐里放着装满萝卜青菜的网兜，透着一股过小日子的家常味儿。我穿过当时的铁道兵大院儿，到长安街的延长线乘上4路公共汽车，经五棵松到达西翠路，下车后再往南步行十分钟，就能看见从小居住的那个家属院了。一路上，共有三尊毛主席塑像扬着手跟我打招呼。这天我的步伐格外快，还像个没规矩的坏小子似的挤到排队乘客的前面。看见院门口那几栋红砖板楼的时候，我的身上微微冒出了汗，而一回头，陈金芳仍跟在我身后。

我有点气急败坏地站住，等着她走近。陈金芳面无表情地朝我挪了几步，像直立的豚鼠似的两手捏着"钾肥"袋子，置于胸前。她突然对我开口："我们家也住这里。"

我"哦"了一声，她又补充道："我姐夫是许福龙。"

好一会儿，我才想起许福龙就是食堂里那个特会和面的胖子。他是山东人，靠着一手做面食的手艺，志愿兵期满之后又留在了我们院儿，而且还结了婚，把老婆也弄了过来。这么说来，陈金芳她姐我也见过，就是在窗口负责盛菜那位。那是个丰满的少妇，长着一对相当霸道的胸部，夏天不爱穿胸罩，两个乳头很显眼地从迷彩短袖衫里面凸出来。打饭的时候，我总听到后勤系统的人逗她：

"你的奶都要喷到饭盆里啦。"

遭受调戏的陈金芳她姐也浑不懔，抢着勺子笑嘻嘻地和人打闹。由此可见许福龙两口子人缘不错。院儿里还有个段子，就是许福龙家里人口多，吃饭挑费高，许福龙便每天蒸出包子、花卷，先往肥大的军裤裤裆里塞上二斤，然后像鸭子一样火急火燎地跑回家里。天长日久，许福龙的生殖器相当于每天蒸一次桑拿，便被烫坏了，失灵了。这个段子的指向自然是陈金芳她姐，众人都认为她那对胸部"可惜了"。而我面对陈金芳，却很想问问她，假如这个故事是真的，那么从裤裆里掏出来的热气腾腾面食，他们又怎么能够吃得下去呢？

但这时候，陈金芳就转头离开了。我家住在东边某栋红砖板楼的一层，她则要前往西围墙边上的那排平房。后勤系统雇用的临时工都被安置在了那里。走之前，她还仿佛格外用力地盯了我一眼。

没想到，就在当天晚上，我又见到了陈金芳。那是在吃完晚饭之后，我父亲穿上军装去应付一个突然性的检查，母亲照例把我轰进自己的房间拉琴。到了初二时，我练习小提琴已经达到八年之久，因为技艺进展飞快，在乐团工作的母亲已经不能再指导我了。为了不"耽误"我，她领着我满北京遍寻名师，并且替我做出了明确的规划，那就是先拿下几个重要的青少年比赛奖项，然后考进中央音乐学院。这个目标无疑需要旷日持久地苦练，我关上包了一圈隔音海绵的房门，站在窗前，将琴托架在磨出了一层薄薄的茧子的下巴上。

那天我练习的是柴可夫斯基《d大调小提琴协奏曲》。1994年，大师帕尔曼首次来华，他热情地称赞过北京烤鸭之后，便在人民大会堂演奏了这首曲目，而那场演出的现场录音唱片已经被我听坏了好几张。此刻，头顶着被飞蛾搅乱的路灯灯光，我幻想自己就是坐在轮椅上的帕尔曼，而草坪上黝黑一片的颜色，则是如潮的观众们的头发和黑礼服。只不过一转眼，这种意淫就被隔壁老太太跟儿媳妇吵架的声音打断了。

也就是这时，我在窗外一株杨树下看到了一个人影。那人背手靠在树干上，因为身材单薄，在黑夜里好像贴上去的一层胶皮。但我仍然辨别出那是陈金芳。借着一辆顿挫着驶过的汽车灯光，我甚至能看清她脸上的"农村红"。她静立着，纹丝不动，下巴上扬，用貌似倔强的姿势听我拉琴。

也不知是怎么想的，我推开了紧闭的窗子，也没跟她说话，继续拉起琴来。地上的青草味儿迎面扑了进来，给我的幻觉，那味道就像从陈金芳的身上飘散出来的一样。在此后的一个多小时中，她始终一动不动。

当我的演奏终于告一段落，思索着是不是向她隔窗喊话时，一个女人近乎凄厉的喊叫声从远处的夜色中直刺过来。那是她姐在叫她呢。陈金芳嗖地一晃，人就不见了。

三

同学们是什么时候开始集体排斥陈金芳的？

她默默无闻地在我们班上耗了一年，尽管没交上任何朋友，但却没像前两位借读生一样陡然消失，这已经算是个小小的奇迹了。有一度，她的座位曾经空了半个月之久，大家都认为再也不会见到她了，不过也没人觉得遗憾；但某一堂课开始时，她又赫然出现在了那里，仍旧沉默无语，老师一开讲，她就趴到桌子上睡觉。

学校里的课程，她从来就没跟上过。但学习差并不是陈金芳成为众矢之的的原因。大家另有理由。

理由之一，是她们家什么都吃。说这个问题之前，得先介绍一下这家人的人口构成。除了陈金芳及其姐姐姐夫这三个固定成员，那两间小平房里还不定期地住过陈金芳的妈、舅舅、叔叔婶子、表哥表嫂等人。暂居者的面孔虽然常变常新，但总的来说有一条规律，就是许福龙一直生活在外戚当道的局面里。那些亲戚有的是来看病，有的是来找工作，还有的号称什么也不为，就是见到别人"进了北京"，自己也想来"看一看"。有那么一阵，我每天早晨上学的路上，都能看见一辆平板三轮从西平房的拐角驶出来。蹬车的是陈金芳的表哥，一个梨形脑袋，此人的前额被产钳夹得极其窄，窄得不到巴掌宽，头顶还被挤出了一个妙不可言的尖儿。车后坐着陈金芳的妈，她患有股骨头坏死，走路画圈儿；一旁跟着陈金芳的表嫂，作为梨形脑袋的妻子，此人脑袋的质量自然也不会太高，尽管形状无异，但却有轻度痴呆的症状，爱流口水。这一支浩浩荡荡的队伍披星戴月，干的是收废品的营生。而这也是陈金芳家族在北京唯一能够立足的领域了。她的舅舅，一个仅有的看似聪明的亲戚，曾经雄心壮志地企图挺进代订火车票的市场，后来被一伙安徽人揍了一顿，连裤子都扒了，寒冬腊月里只穿一条秋裤，满脸是血地蜷在马路牙子上哆嗦。

关于陈金芳家人口之多、之杂乱，还有一个很直观的说法，是我们班的班主任提供的。她装模作样地去家访过一次，回来感叹说："窗台上只有一只刷牙杯，里面插着七八柄牙刷。"

同学们诧异：这样一来，怎么能分清哪支牙刷是属于哪个人的呢？如果她们家人不介意混用，又何必七八把？一把足矣。但陈金芳一家所要迫切解决的问题还不是刷牙，而是吃饭。在春夏之交，我们看见陈金芳她妈沿着院儿里干道上那排杨树走到头，再走到尾，一边画圈儿，一边往塑料兜里捡嫩杨花。院儿东头那棵半死不活的槐树，也被她家人薅得够呛。那些年的八一湖还不是封闭公园，水势也大，夏天男生常常下湖游泳，这时却看见陈金芳和她姐、她表哥赤脚站在滩涂上捞小鱼、摸螺蛳，甚至用竹签子扎青蛙。

客观地说，以当时北京的生活条件，再怎么困难的家庭，大米白面总还是吃得饱的，再说他们家还背靠着食堂，还有许福龙的裤裆这个秘密武器呢。他们的自力更生，主要是为了丰富副食。再也许，他们在老家就有这个习惯，只不过带到北京来就显得突兀了。

院儿里上了岁数的人感叹说："三年困难时期，也就这个吃法儿了。"

更骇人听闻的一件事，是我们学校门口总游荡着一只交配过度、乳头耷拉到地上的野狗，这狗忽然有一天就不见了，而陈金芳家里却飘出了少有的肉香。

排斥陈金芳的理由之二，就直指她个人了。班上的女生恍然发现，原来她还是一个爱慕虚荣的人。这个迹象是逐渐显现出来的。最初，陈金芳一年四季的换洗衣服不超过三套，一件洗了另一件可能还没干，必须得穿着湿的来上学。后来衣服就多了起来，基本上来自于她姐，因此不是红配绿就是粉配紫，怯得要命。有一次，她居然穿了一件带垫肩的双排扣西服来上学，那衣服的下摆直垂到运动裤的膝盖上，简直像个唱戏的。这衣服还没穿够半天，她姐就风风火火地追到了学校，劈头给了陈金芳一个嘴巴，然后夺过西服出门办事。而陈金芳脸上印着几道红印，还若无其事地对旁边人解释说，她姐也准备"下海"了，准备开一个酒店。过了两个月，"酒店"还真开起来了，是菜市场旁边的一个小门脸，主营包子馄饨，一群菜贩子坐在露天条凳上吃。

陈金芳还是班上女生里第一个抹口红的，第一个打粉底的，第一个到批发市场小摊儿上穿耳孔的。后来我揶揄过她的烙铁烫头事件，也发生在初三那一年。那段时间，她简直把自己的脸当成了一片试验田，什么新鲜事物都敢往上招呼。她还穿过几天高跟鞋，那鞋不知是从谁家楼道里捡来的，一只鞋跟高，一只鞋跟矮，这导致她走路的时候也深一脚，浅一脚的，好像被遗传了股骨头坏死。在同学们之前，老师已经看不惯她了。"陈金芳啊陈金芳，"我们班主任说，"你们家那么个条件，还穷嘚瑟什么呀？"

孩子的态度更要比大人极端得多，那几乎可以称得上是一场逐渐升级的斗争运动。刚开始是班干部公然用"品质恶劣""忘本"之类的词汇斥责她，后来是女生对她翻白眼儿，喝来斥去，再往后居然发展到了动手的地步。一些男生用跳绳抽她，用粉笔头掷她，还用扫帚把儿捅她的后脑勺。干这些事儿的时候，大家都义正词严的，但作为旁观者，我必须得证明，陈金芳并没有招过谁惹过谁。时至今日，她每天在学校里说过的话都不超过十句。而说起虚荣，谁又没这个毛病呢？哭着喊着胁迫父母用半个月的工资给自己买一双"耐克"球鞋的大有人在。

对于一个天生被视为低人一等的人，我们可以接受她的任何毛病，但就是不能接受她妄图变得和自己一样。

"你们院儿的陈金芳"，这是别人对我提起她时常用的称呼。这么说的时候，他们挤眉弄眼，话里有话。有两个跟我关系不错的女孩儿遗憾地表示："你呀你，怎么跟那人住一个院儿啊？"听她们的口气，陈金芳就是一块时时作痒的烂疮，谁要是跟她扯上关系，那可真是人生的大不幸。

我暗自庆幸，别人没有发现我和陈金芳之间的隐秘联系。自从见面的第一天，我们就把"演奏者"和"听众"的身份固定了下来。她会在晚上八点钟左右出现在我窗前的树下，我在拿起小提琴试音之前，也会望一望外面有没有那个痴痴愣愣的人影。随着我的手上功夫变得越发纯熟，陈金芳面目不清的身影也在发生着渐进的变化。她的个头长高了，轮廓的弧线也有了明显的凸出和凹陷。如果仅看剪影，任谁都会认为那是一个美好的、皎洁如月光的少女。不知何时开始，我的演奏开始有了倾诉的意味，而那也是我拉琴拉得最有"人味儿"的一个时期。

试想一下，假如不是因为这点交情，我会不会也像其他学生一样欺负陈金芳，甚至因为她"是我们院儿的"而欺负得更狠呢？我可从来没在道德品质方面过高地信任过自己。

对于我的演奏，陈金芳当然无法做到每场必到。她们家人多活儿多，下了学，她还得到食堂帮助许福龙扛面粉，或者把她妈收来的垃圾分门别类装进蛇皮袋。最长的一次缺席，发生在初三的第二学期，当时陈金芳家里发生了一个挺大的变故：她在老家的父亲正在从鸡屁股里面往外掏鸡蛋，突然就一头扎在鸡窝里，没气儿了。按照城里人的知识推测，可能是突发性脑溢血什么的，但是村里人不计较死因，只在乎结果。他们描述，将死者拖出来时，脑袋上糊着厚厚的一层鸡屎，连头发都变成绿的了。陈金芳的父亲去世以后，她母亲也只好放弃了对股骨头坏死的治疗，打算回家侍弄那几亩水田，而她们家的其他亲戚也深感京城的居之不易，决定集体还乡。就在这个时候，陈金芳却拒绝回去。她坚决要求留在北京。

这个要求不仅遭到了她妈的反对，连她姐也不同意。家里的田不能不要，活儿不能没人干，而眼下，陈金芳已经成了唯一的健康劳动力。从长远打算，母亲一定还指望着她结婚招婿，充当顶梁柱呢。况且，在姐姐姐夫这里寄人篱下，她又能有什么出路呢？留下来总不能马上到社会上去漂着，总得上学。但初中阶段属于义务教育，所以我们学校才不情不愿地接收了她这个借读生，而到了高中，别说学校不收她了，就是收，她也考不上呀。一个初中毕业生，在北京就和文盲一样的。

但是陈金芳听不进去。她像是吞了秤砣，铁了心了。家里人便开始围攻她，逼迫她，那些天里，西平房频频传来打、骂和砸东西的声音，那是一个人对抗一家人的战斗。也实在想象不出来，在学校里不吭不响的陈金芳，居然有着如此坚韧而泼辣的劲头。有一天我正打算练琴，邻居家的老太太过来还毛衣针，顺便拉着我母亲扯点儿闲话，三言两语就扯到了陈金芳身上。

"没见过那么犟的孩子。"消息灵通的老太太感慨，"都闹腾了多少天了？他们家把她轰出去，她就窝在院儿里墙角睡觉……说是宁死不走。说来也是，外地人来了北京谁愿意走呀？在这儿受苦也比回家强……现在又打上了，窗户都砸了。"

我母亲假客气着敷衍几句，就关上了门，但我却不知为何坐不住了。那天白天，我还在学校看见了陈金芳，这时回想起来，她的脸和身上的确都格外脏，后背上还沾着黑乎乎的一块煤灰。这大概就是露天睡墙角的结果吧。

我随意拉了一段练习曲，便独自开门出去。母亲问我干吗去，我说擦琴弓的松香用完了，想到另一栋楼里一个练中提琴的孩子家借一块。出了门，我沿着白杨树的林荫道一路向西，很快就看见了陈金芳一家人租住的那两间平房。果然有块玻璃被打碎了，屋里的灯光像橘子汽水一样泼出来，同时还有她们家人七嘴八舌的喊叫。因为激动，所有人说的都是湖南土话，我只能听懂个大意。她妈说陈金芳"翅膀没硬就想飞"，还说她"忘本"；她姐的话更实际一点，表示已经供她吃、供她穿好几年了，以后不想再供下去，"不养吃闲饭的"。

陈金芳针锋相对地反击，指出自己一直都在干活儿，何来吃闲饭一说？又表示留在北京，她也不住姐姐家了，"死就让我死到街上，反正你们也不是没把我轰出去过。"她越说越激动，同样的意思颠来倒去地重复了好几遍，最后干脆变成了尖厉的叫喊。那简直是泣血的哀号，虽然站在远处，我只能看见她颤抖不休的身影，但我猜想，她的表情一定是目眦欲裂的，甚至仿佛从嘴里长出了獠牙。

她喊得最响的一句话，是用普通话说的："你们把我领到北京，为什么又让我走？为什么又让我走？"

这么喊的时候，她好像把体内所有的气一口喷出，随时都会晕倒在地。而没过两秒钟，陈金芳就真的倒了。她姐姐抄起了一根擀面杖，像在食堂抢勺子一样抢起来，划了个完整的弧线，落到陈金芳的天灵盖上。

打完之后，她姐也傻了，擀面杖扑棱掉到地上。门外两个看热闹的邻居叫起来："出人命啦！"而这时候，还是默不作声的许福龙比较冷静，他弯腰抱起陈金芳，撞开门，往医务室跑去。一大群人沸反盈天地经过时，我不由自主地往旁边让了两步，同时看见陈金芳在她姐夫胳膊上起伏的身体弧线，看见她的胸脯大幅度地隆起、下降。我还看见黑红色的黏稠的液体顺着她的脖子流下来，稀稀拉拉地洒在地上。此后的两天，在上学的路上，我都能看到陈金芳洒在水泥路面上的血迹。那些血滴还算新鲜的时候，被清晨的阳光照耀得颇为灿烂，远看像是开了一串星星点点的花，是迎国庆时大院儿门口摆放的"串儿红"。没过多久，血就干涸污浊了，被蚂蚁啃掉了，被车轮带走了。而那起家庭暴力事件的后果，则是陈金芳付出了惨痛的代价，终于留在了北京。她继续沉默着出现在学校里，被同学们排挤、欺负，也继续在暗夜里来到我窗下，听我拉琴。

但自始至终，我也没有隔窗与她说过一句话。

四

再后来，我们就毕业了。凭借小提琴这个特长，我被圆明园那边的一所重点中学招收，开始了平时住校，假期才回家的生活。作为"金帆乐团"的首席小提琴，我有了许多相当正式的演出机会，参加过和国外学校合办的音乐夏令营，还跟不少科教文卫系统的头头脑脑握过手。我与陈金芳那拉琴和听琴的关系自然就此终止。那就像一个无关紧要的秘密，转眼就被当事人忘得干干净净。

在此后的日子里，我们仅仅见过屈指可数的几面。

记得有一次见她，是在高一结束，快上高二的时候。当时我刚参加完暑期的"全国青少年音乐联展"，带着一身海腥味儿从青岛回来。连着游了几天泳，再加上刚下火车，我疲倦得很，经过大院儿斜对面那一排小卖部的时候，一不留神踢倒了两个立在马路牙子上的啤酒瓶。啤酒是半满的，洒了一地白沫，我赶紧弯腰把它们摆正，但为时已晚。两个穿着灯笼般的大肥裤子、脖子上挂着大串金属链子的野小子追了上来，他们骂骂咧咧地推搡我，问我"这事儿怎么办吧"。

那些孩子大都是从丰台来的，有的是职高的学生，还有的干脆辍学在家。很多次，我看见过他们把老实巴交的中学生堵在墙角，一边抽嘴巴一边搜兜儿，连人家脚上的球鞋也抢。对于我们这些"大院儿"里的孩子，他们仿佛怀有先天的仇恨，只要碰上落单的决不手软。我话也不敢说，只是一味心惊胆战地后退，而这时，一条刺满了文身、龙飞凤舞的胳膊已经搭到了我的小提琴琴匣上。

"拿来我看看。"那人笑着对我说，嘴里露出一颗缺了一半的门牙。

这人我见过，是个赫赫有名的痞子，因为门牙的原因，外号叫"豁子"。那几年里，附近的恶性案件似乎都跟这人有关。更让我害怕的是，他对我的琴产生了兴趣。那是一把德国仿制的"斯科拉迪瓦里"，是我母亲托了不少人才买到的。

琴匣被粗暴地从肩膀上拽下来，我赶紧把它抱在怀里，同时弯腰蹲了下去。这是宁可挨揍也不撒手的姿势，痞子们果然被我的态度激怒了。他们骂着脏话，揪着我的头发，过不了几秒钟，拳脚就会准确有力地落在我的脸上、肋骨上。

就在这个时候，头顶上有个女声响起来："你们丫撑的吧？"我保持着大便的姿势曲颈看去，望到了陈金芳的脸。

陈金芳穿着一双明黄色的塑料拖鞋，脚指甲都被涂成了艳红，它们星星点点地晃动，不知为何又让我想起了当初洒在水泥地上的血迹。再往上，是牛仔短裤下暴露无遗的大腿。她推开那两个小子，又把豁子拉开：

"算了算了。"

豁子似笑非笑地问她："你认识这孩子？"

"说不上认识。"陈金芳干脆地说，然后加上了一句，"不过他是我们院儿的。"

听到她这么说，豁子不知为何露出了乏味的表情。他点上一支烟，鄙夷地踢了我屁股一脚："滚蛋。"

我落荒而逃，连头都不敢回。跑到家里，心情渐渐平稳下来，我才开始诧异于陈金芳的巨大变化。让我诧异的倒不是陈金芳突然变得漂亮了，而是我当初从来没意识到她也是有可能漂亮的。她涂了透明唇膏，打了眼影，还染了一头耀眼的黄发，这样的装扮令她的脸棱角分明，甚至具备了西方人的立体感。她大面积暴露的肢体散发着蓬勃、咄咄逼人的肉感。更大的变化发生在她的眼神和表情上，过去那种食草动物一般怯弱、忍辱负重的神态早已无影无踪，取而代之的是肆无忌惮的泼辣与轻佻。再想起是这样一个陈金芳保护了我，我的耻辱感就更强烈了，那感觉比在音乐比赛上被技法更加纯熟的高手"盖"过去更加难以忍受。

当天晚上，院儿里的朋友在食堂的小灶为我接风。听说了我的遭遇后，两个虚张声势的小"顽主"先是号称要"灭了丫豁子"，但没几句话就把话题转到陈金芳身上了。在他们的描述中，陈金芳已经变成了一个著名的"圈子"，和公主坟往西一带大大小小的流氓都有过一腿。那些人中年纪小的和我们同龄，年纪大的足有四十多岁，是"文革"时期遗留下来的"老炮儿"。她被豁子"带着"，也就是近两个月的事儿。与这次转手相伴的，自然又是一场血案，豁子曾经趁夜奇袭过陈金芳上一个"傍尖儿"，用一头裹着布条的钢筋把人家的脚踝打碎了。

此时的陈金芳被塑造成了妖娆、轻浮的红颜祸水，同时还具有了莫大的传奇色彩。朋友们眉飞色舞地议论她的时候，已经忘了就在一年前，他们还把她当成一个土包子踹来踹去。她也早就不住在我们院儿的西平房了，而是被谁"带着"，就大大方方地跟谁住到一起。这倒也实现了她当初对她姐姐说过的，"留在北京也不住你们家"的誓言。对于这个臭名昭著的妹妹，也不知她姐姐姐夫作何感想，也许他们管过陈金芳，但管不了，更也许，他们连管都懒得管。她姐的包子馄饨摊儿已经发展壮大，开始兼营给附近的小商铺送盒饭的业务，本来就忙得团团转了。

在青岛那个啤酒之乡，我都没有偷偷从宿舍溜出去喝一杯，那天晚上却不知怎么就喝高了。朋友们还以为我遭到了欺负，还在闷头生气，便纷纷劝慰我说"君子报仇，十年不晚"。我没接他们的话茬儿，独自默默地回了家，坐在自己的床上，垂头看着窗外泻进来的斑驳的月光。

出了会儿神，我突然站起来，拿出琴来。我仍然有点儿晕眩，但竭力站稳双脚，让腰杆笔直，演奏了圣桑的《天鹅》。这是作曲家在一八八六年完成的《动物狂欢节》组曲中的一个段落，旋律凄美哀婉，叫人心碎。

如今想来，我颇为当时的自己感到不好意思：哪儿来的那一股子泛滥的纯情劲儿啊，简直像怡红公子一样，逮着个女的就能着脸对人家感时伤怀。我一边拉琴，一边抬眼望着窗外白杨树肃然的黑影，忧伤地寻觅着。我期待自己能像当初一样，发现陈金芳背手靠在树干上。如果这一幕出现的话，我会直视她早已大变的容貌，真诚地感受她浑身上下散发出来的少女的光彩。我还臆想着听我拉琴的时候，她那女流氓式的、满脸浑不懔的表情也消失了，取而代之的则是一派沉静与专注……她的脸上甚至还会带着和我一样的忧伤。可是很遗憾，那天晚上，陈金芳压根儿就没在我的窗外出现过。理性地想一想，她再也没必要来了啊。以豁子为首的那帮人刚刚向她拉开了新舞台的大幕，她不仅留在了北京，而且陡然意识到自己成了红人儿，晚上正是她忙得不亦乐乎的时候。我的朋友们声称在很多"上档次"的地方看见她，比如说民族饭店旁边新开的那家韩国烤肉，再比如首体南路上的滚轴溜冰场，甚至还有崇文门外久负盛名的马克西姆餐厅。"带上"她之后，豁子还买了一辆二手的菲亚特"乌诺"轿车，这在当时的年轻人中，绝对称得上是石破天惊之举了。要知道，在九十年代中后期，司局级干部才能坐上国家配备的老款"丰田"或者"尼桑"，而拥有一辆私家汽车，无论大小，都已经是典型的"成功人士"的标志了。

也就是说，变成了"圈子"的陈金芳再也不需要到我这儿来解闷了。我们演奏者和听众的关系就此宣告结束。想明白这一点之后，我终于停止了拉琴。我的心里突然涌上了被人抛弃的感觉，假如再矫情一点儿，我几乎要吟出一句"从此萧郎是路人"之类的屁话了。可是不得不承认，在此以前，我是从来没打心眼儿里看得起过陈金芳啊。如今人家不来了，我倒一厢情愿地煽起情来……我他妈什么玩意儿啊。

那也是我第一次意识到自己身上充满了虚伪的、专属于知识分子的恶劣脾性。也怪了，从这个角度认清自己之后，先前的羞耻感反而消失了。我几乎是如释重负地躺到床上，转眼就睡着了。

在那之后，我还见过几次陈金芳，都是在暑假或者寒假期间。朋友们对于她的传言，有一些在我这儿得到了证实，有一些则存在出入。比如说，豁子的确开了一辆"乌诺"轿车，带着她穿街过巷，但那车并不只是为了兜风而买的，他们还用它来拉货。万寿路南边有一个小商品批发市场，豁子使出泼大粪、扔砖头等一系列青皮手段赶走了几个浙江人，接管了人家的摊位，陈金芳顺势又摇身一变，成了一个老板娘，专卖广东生产的便宜服装。我到那市场去给谱架配螺丝时，曾看见她着装艳丽地端坐在摊位后面，豁子则满头大汗地跑进跑出，从停在门外的车里将鼓鼓囊囊的蛇皮袋扛进来。此时此刻，他们的形象就不是流氓和"圈子"了，而是像极了一对勤勤恳恳的小买卖人。尤其是陈金芳，她与顾客讨价还价时那副熟练、老到的口气，让人很难相信她连十八岁都不到。只是在有人问起她本人身上穿的、质地明显精致得多的衣服"有没有货"时，轻佻傲慢的表情才会回到她脸上。

"想买这个呀？那得奔'燕莎'。"陈金芳翻了个小白眼说，同时对豁子扑哧一乐。

看起来，陈金芳对眼下的生活状态充满了死心塌地的热情。按照这种趋势，她在此后几年、十几年中的轨迹几乎是可以想见的。比起现如今，当年的经济环境明显要宽松、公平得多，更关键的是机会遍地都有，只要能吃苦会算计，没有什么"背景"的人也能混得丰衣足食，甚至还能发笔小财，一跃进入暴发户的行列。陈金芳和豁子算不算得上情投意合谁也说不好，但起码，这俩人应该有一个共同点，就是都对金钱有着强烈的攫取欲；而在"兄妹开荒"的生涯里，他们的性格也会逐渐被磨砺得踏实、安稳。尤其是豁子，不大不小地吃几次亏，就能让他学会收敛自己的流氓习性和暴脾气。等到他们"姘"累了，会自然而然地结婚，繁殖后代，那时的豁子多半会梳上一个大背头，胳肢窝底下夹着真皮手包，整天忙活的事儿不是满嘴跑火车地谈生意，就是通宵达旦地打麻将；陈金芳呢，她的身体会发胖，她的皮肤和头发会一起变得干黄，她的手上脖子上还会戴个半斤八两的金首饰，她会满嘴脏话地骂丈夫骂孩子，但又随时随地琢磨着能为自家人占点儿什么便宜……

千万别认为我的这番形容有讽刺之嫌，告诉你，这就是那年头的男女"顽主"们浪子回头之后的典型形象。这也是我作为一个同学，对陈金芳报以的相当务实的祝福了。

可是无须展望多年以后，仅仅才过了不到两年，陈金芳就证明了我对她的预期是错误的。与此同时，我还让我母亲对我的预期也落了空。高中毕业后，我没有进入音乐学院，而是被迫改投了一所综合大学。尽管我从小到大拿过厚厚的一摞获奖证书，但却在最关键的"艺考"环节中被淘汰了。主持考试的教授对我的评价是：技巧有余但却缺乏灵感，如同一座过早发掘殆尽的贫矿，提升空间极其有限。他们断定我无论再怎么苦练，也不可能成为一个真正的演奏家，顶多作为一个娴熟的匠人在音乐圈儿里混日子。平心而论，这样的认识不可谓不客观，连我自己都心服口服。

也许是不忍心看到我那么多年的琴白练了，两个好心的老师还把我推荐给了普通高校的管弦乐团，为我换来了几十分的特长生加分。尽管最终拿到了烫金的录取通知书，但我的心情仍然颓丧极了，整个儿人沉浸在漫无边际的失败主义情绪之中。我对小提琴也迸发出了一种近乎生理性的厌恶，几乎一看见那玩意儿就想吐——这也是许多专业琴手改行之后的普遍反应。上大学之前的那个暑假，家人不爱搭理我，我也不想跟他们说话，整天不是把自己闷在屋里，就是骑着自行车在街上闲逛。我黑了一圈儿也瘦了一圈儿，骑车的时候也不抬头看路，而是低头盯着柏油路面上的斑点如蚂蚁迁徙般涌向身后。我还会恶狠狠地诅咒自己：让车撞死才好呢。

有那么一次，我骑着骑着，便真的撞上了什么东西。很遗憾也很庆幸，不是迎面而来的大卡车，而是前方的一辆三轮车。骑车那老头儿也没有嗔怪我，而是像掏自个儿裤裆那样捏着车闸，伸着脖子朝马路对面看热闹。

那里围了一圈儿人，尖厉的叫声不时响起。因为正在垂头丧气，我没心思看热闹，便想绕过那辆三轮车，继续漫无目的地游荡。但又一声女人的叫喊传过来，令我像听到熟人的召唤一样，不由自主地扭头。我果然在人堆里看见了陈金芳。

她斜坐在地上，背对着一家门脸崭新的服装店，店面的两扇玻璃门上分别印着血红的大字，一边是"精品"，一边是"时尚"。阳光滑过红字照在她脸上，仿佛流得一头一脸都是血。而她脸上确实还附着着许多汁液，大概是眼泪、鼻涕和口水混合而成的。陈金芳捂着她的腰，大口地喘气，旁边的豁子却揪起她的头发，令她像某种水鸟一样伸着脖子仰面朝天，同时用脚狠狠地踩向她的小腹与胯骨，发出了噗噗的声音，很像在踩一只暖水袋。男人打女人本来就很刺激，何况是打一个蜜桃般的年轻姑娘，群众发出轰然的感慨，有人不凉不热地劝架，却没人真上来阻拦一下。而在挨打的过程中，陈金芳始终是一言不发的，她只是尖叫，嗷一声，又嗷一声。我突然想起来，过去遭到班上同学欺负时，她也是这个反应。她就像个一捏就响的橡胶娃娃，当疼痛转瞬即逝，她便会归于平静。也不知是怎么了，血腾地充满了我的脑袋。我头晕眼花，四肢却几乎自主地运转了起来：下车、过马路、冲进人堆，照着豁子的肚子踹了一脚。我从来没有真正与人打过架，因此那一脚踹得很没威力，豁子条件反射地侧了下身，就轻易躲开了。但他还是不得不退开一步，与我对峙。我的表情一定是咬牙切齿的，心里却绝无英雄救美的豪迈气概，而是一片百草荒芜的颓丧。学琴不成、苦功尽废，对自己深深的失望在这一刻膨胀发酵，演变成了破罐子破摔的寻死欲望。陈金芳被打成什么样我才不管呢，我的真实念头，竟然是想借助豁子的手，让他一刀把自己捅了。

我的出现登时让旁观者们"哦"了一声，我猜，他们中的许多人一定把思路往情感纠纷上引了：俩小伙子为了个"圈子"当街动手，多么俗套又多么让人激动。而豁子果然挺配合我的想法，他嘟囔了一句"你丫作死吧"，眼眶里流出空洞的、狼一般的光来。他的右手则缓缓地向牛仔短裤的屁兜儿摸过去。这种人出门都是随身带刀的。从他的眼里，我仿佛已经看到了自己的下场：血溅五步，像狗一样趴在水泥地上，四肢间或抽一下筋。这副耻辱的样子是多么适合给虚无的、没有意义的人生画上句号啊，十八岁的我盖棺定论地想。我的两腿开始打战，括约肌几乎失灵，费了好大劲儿才没让自己当众尿出来。这不是因为我怕死，而是我正在准备受死。

但只一转眼的工夫，那让人血脉沸腾、灵魂出窍的时刻就结束了。豁子插在屁兜儿里的手刚掏出来，便被一个匆匆赶来的警察攥住。警察熟练地使了个绊儿，把他按倒在地，手反剪在背后上了铐子，然后一边擦汗，一边公事公办地询问怎么回事儿。

群众七嘴八舌，半天也没讲出个头绪。而此时，豁子却一反常态，露出近乎委屈的表情来。他撅着屁股，脸被按在水泥地上，斜着眼睛看向陈金芳，缺了个口儿的门牙发出嘶嘶的哨音来。

"你是不是不想过了……"他挣扎着对她说，口气与其说是质问，倒不如说像是哀求，"你还有什么不知足的？"

陈金芳呢，她仍沉默不语。她的手还捂在小腹与胯骨的交界处，但表情是淡漠的，近乎凛然。面对豁子被挤得变形的脸，她的眼神如同在看一个陌生人。无论是警察还是围观的人，都竖着耳朵等她说点儿什么，但陈金芳始终没开口。她就那么坐着，仿佛出神入定了。

"你还有什么不知足的？"豁子又叫唤了一声。

警察倒是一副见多识广的样子，他嗤笑一声，拽起豁子，塞进微型面包车改装成的110巡逻车："甭跟这儿散德行了，有话到所里交代去吧——那女的，你也得去。"

陈金芳便顺从着站起来，却没走向巡逻车，而是一瘸一拐地往店门里走进去。这时警察又把注意力转向了我："有你事儿没有？"

我还没说话，陈金芳头也不回地甩过来一句："没他事儿。"

"哦，那你算见义勇为的？见义勇为也得讲究方式方法是不是？"警察晃了晃从豁子那儿缴获的三棱匕首，换了种推心置腹的口气对我说，"听我一句话，国家少了你照转，你们家少了你——不行。"

然后他拍拍我的肩膀，让我哪儿来的回哪儿去。"就没工夫给你写表扬信了。"在众人的注视下，我仍浑浑噩噩，却没离开，而是跟在陈金芳的身后，拐进了店面。这是个新开的服装店，刚装修好，地砖的缝隙还勾着白边儿，不锈钢衣架上空空荡荡的，尚未来得及罗列任何商品。店面后面，有个简易的卫生间，陈金芳缓缓走到带镜子的洗手池前，仔细地梳洗。她拿毛巾把脸上的各种汁液擦拭干净，又长久地凝视镜子里的自己。站在她背后，我看见她眼眶和颧骨上泛起的大块瘀青，也看见她正透过镜子看着我。

毫无预料地，陈金芳转过身来，像鸟一样张开双臂。我便如同受到了什么神秘的召唤，一头扎过去和她拥抱。论个头儿，我已经比她高出不少，但身体却不知不觉地越陷越低，直到单腿跪着，脸埋在她的胸前。在摩挲的过程中，我感到她已经膨胀得相当可观的胸脯反复蹭着我的面颊、耳朵。我把它们挤得变形，它们则让我险些窒息。这还是我有生以来头一次与女性如此密切地肌肤相亲呢，那种气息和质感只在我的春梦里出现过。但是此时此刻，我却毫无邪念，就连少男下意识的血脉偾张也没有发生。我心里很清楚，这是一个失意人和另一个失意人的拥抱。陈金芳散发着近乎母性的慈爱，而我则想要从她那儿得到安慰。我希望有一个人和声细语地对我说：没关系，你所经历的都是小事儿，不妨碍世界照转生活照过……然而没人说话。我只能箍起臂膀，把陈金芳的腰越勒越紧。

和她相拥的时候，我是不是没出息地哭了，蹭了她一前襟的鼻涕眼泪？这个细节我是真忘了。但陈金芳的气味和触感却像冒烟的烙铁，在我的感官中留下了真切、不可磨灭的记号。

过了些日子，我顺理成章地到大学报了到。我父母大概认可了我这辈子必将沦为一个庸人的前景，从此对我的事儿不闻不问。我呢，更是年纪轻轻便开始学习着用混吃等死的心态应对生活，并且成效斐然。因为脾气出奇的随和，谈吐又不令人生厌，我在脂粉堆里相当如鱼得水，很快就交上了固定的和不固定的女朋友。记得第一次和女孩在路灯底下拥吻时，那姑娘突然推开我，认真地问：

"你以前没和别人这样过吧?"

我居然无言以对。这让她失望极了,那副表情简直像美国宇航员阿姆斯特朗跨出"人类的一大步"后,蓦然看到月球上插着苏联国旗。再往后我就学精了。当外语系的系花茉莉问出类似的话时,我先考虑了一下自己是否真的爱上了她,得到肯定的答案后,我笃定地说:

"当然没有,一直守身如玉地等着你呐。"

"骗人吧你?"茉莉既欣喜又羞涩地埋下了头。啊,原来她们在乎的只是一个态度。

在此情此景中,我会不可遏制地想到陈金芳。这时我陡然意识到,以前把她视为无关紧要的陌路人,这是在骗自己呢。陈金芳变成了我记忆中诡异的存在,她不是我的初恋,却又恍若初恋,她没跟我说过几句完整的话,却又是我绝无仅有的倾诉对象。这样的关系,从她第一次站在我窗外听琴的时候,就埋下了种子。然而现在琴已经被我束之高阁,陈金芳也不知去向了。周末从大学回家的时候,我曾经专门去过最后一次见到陈金芳的那条街。街道没怎么变样,但服装店的店门已经紧闭,挂着小孩儿手腕粗的链子锁,张贴着转租广告。许福龙倒是又在我们院儿的食堂干了两年,陈金芳她姐的馄饨摊儿则因为卫生不达标被取缔了。后来,这对夫妻也离开了北京,据说是回老家继续开饭馆了。至此,陈金芳和她的家人像是电线杆子上贴的小广告,拿高压水枪一冲,转眼就不留痕迹。对于北京这座城市而言,这也是大多数外来者的命运吧。

曾经"带着"陈金芳的豁子,倒是与我有过一次不期而遇。那是在我大学刚刚毕业的二〇〇二年,帕尔曼第二次来华,他先在上海音乐学院开设了为期三周的"音乐大师班",然后在北京举办名为"贝多芬之夜"的专场演出。因为小提琴已经成了我的心病,那次演出我本来不想去听,但又恰恰因为心病,开演当天,我便开始坐卧不安。踌躇良久,我最终还是坐车赶往人民大会堂。这时票已售罄,各路神仙正飘然入场,一队蛮横又神秘的豪华汽车直接堵住了会场入口,穿黑西服的警卫簇拥着一个打扮得像绣球似的胖老太太走出来,并厉声呵斥记者:

"别瞎拍。"

我在台阶下的小广场上晃悠着,想等黄牛上来搭讪。几分钟以后,果然有一个男人凑近过来,像电影里的特务接头一般掀开夹克衫的一角:"要票吗?"

"多少钱?"

"八百。"

"没那么多钱。"我说。这是实话，那时候我刚到一家国有事业单位上班，工资少得可怜，几乎每个月底都得到父母那儿蹭吃蹭喝。

那人转身就走，同时轻蔑地骂了一句："操，没钱到这儿干吗来了？"

正是这个"操"，让我留意起这个在黑暗中面目不清的票贩子来。他的上舌音发得很不标准，听起来好像是漏气了。我跟上两步，借着一辆汽车的灯光，果然看清了豁子门牙上的那个洞。

他也认出了我，愣了一下："你还好这口儿呢？"

我点点头，同时恍惚感到自己和他之间还有什么事儿没"了"。他不会再续前缘地捅上我一刀吧？豁子却咧开嘴，近乎粲然地笑了，然后以亲热的口气跟我谈起生意来。他表示，看在"过去在一片儿混"的情分上，可以给五百块钱把票转给我。

"这票我弄来也费劲，还得到院里找人去。"

但这个价格也超过了我的承受能力。我拒绝了他，索然地点上支烟，望着远处影影绰绰的人民英雄纪念碑发呆。

又过了一会儿，演出正式开始了，广场上的人群稀落了许多。豁子兜售了一圈儿，票仍没出手，便又绕回到我面前：

"一口价，二百。你还能听上上半场。"

我兜里的钱恰好还剩二百多。但这时我却改了主意："算了。"

"别再往下侃了，这票进价就得二百。"他抬手看了看表，焦急地说。

我还没有答复他，却望见大会堂的工作人员已经在关闭正门了。十五分钟的最后入场期限到了，豁子的票彻底砸手里了。他的两个嘴角滑稽地撇了下去，既像哭又像笑，但却什么也没说，垂头丧气地转身离开。

我却追上去，邀请他找地儿喝一杯。豁子诧异了一下，随后和我乘公交车来到西单电报大楼侧面的一家酒吧。两杯啤酒下肚，他的情绪好了起来，话又碎又密。我们聊到了过去"那一片儿"的几桩神人神事儿，发现共同认识的人还真不少。显而易见，豁子如今混得不怎么样，掏出来的烟已经不是"万宝路"而是两块五的"都宝"了。他在追溯自己当年是如何挥斥方遒时，透出一种滑稽的英雄迟暮的气息。随着生活越发光怪陆离，那一代"顽主"的好日子终于过去了。而我则看准时机，把话题引到陈金芳身上。

"当初为了个'婆子'差点儿跟你翻脸……用你们的话说，这就叫老鼠操猫×吧？"

"你跟她很熟？"

"真就是同学，在班上几乎不说话。你掏刀子的时候我差点儿都尿了。"

豁子爽朗地摆了摆手："没必要害怕，其实我也是外强中干，就想吓唬吓唬你……再说后来警察不是来了吗？"

说到陈金芳的时候，豁子倒是心态平和。他歪着脑袋思考了半天，最后下了这样一个结论："这女的，最大的优点就是——活儿好。"

"我没体验过……"

"那挺遗憾的。我前面'带'过她的那几个人也这么说。"

至于其他方面，豁子对陈金芳其人的评价基本是负面的。他认为她没见识、上不了台面儿，脑子也笨，甚至还不讲卫生。"为了把丫身上的泥儿搓干净，那阵儿没少买老丝瓜。"他还后悔拿出本金来让陈金芳做服装生意，那买卖看似红火兴旺，实则由于不善经营，很快就赔了个底儿掉。而陈金芳呢，丝毫没为俩人的生计考虑过，手头已经很紧了，却还一个劲儿地逛商场、吃西餐，每逢北京有小剧场话剧、音乐会之类的演出，都会死磨硬泡地让豁子给她买票。他如今干的这生计，就是当年蹚出来的路子。

"她整个儿一傻逼。刚进城的山炮儿我见多了，但就是没见过这么急吼吼地想要变成贵族的。"豁子越说越激动，索性既厌恶又懊恼地骂起街来，"我那时候真是色迷心窍，为了她跟老家儿都闹掰了，我妈干脆搬到我舅舅家住着去了……就这样丫还不知足呢，后来居然偷偷把店里所有的钱都拿出去，说是想买钢琴。我实在寒了心了，索性抽了她一顿，让她滚蛋……你那时候也够没眼力见儿的，上来就跟我参翅儿，现在你评评理，那事儿换你你不跟她急？"

我莫名其妙地一激灵："你说她要买什么？"

"操，钢琴。"豁子门牙漏气儿地说，"她也不知在哪儿认识了个乐团退下来的辅导老师，人家说她手长适合学乐器，她就死活非要买那玩意儿。当时我们刚刚把摊儿盘出去，租了个门脸房，手里就剩两万多块钱准备到广东上货呢。我刚开始也好好劝她来着，我说就算你真喜欢'音药'，你能保证自己变成钢琴家靠它吃饭么？顶多是一业余爱好，想买也得等挣了钱再说呀。可她就是不听，跟疯了似的，我把钱锁抽屉里她愣拿改锥撬开了……说实话，我到现在都不明白这人脑子里想的到底是什么……"至此，我总算知道了豁子当街暴打陈金芳的前因后果。实话实说，仅论这桩事情，大部分人都能体会到豁子的委屈和苦衷。他浪子回头，对陈金芳仁至义尽，这样的故事简直像是从九十年代的香港烂片儿里扒出来的——可惜遇人不淑，满腔热血奉献给了一条欲壑难填的白眼儿狼。但再想到陈金芳，我固然不能否认虚荣、肤浅这些基于公序良俗的判断，但仍然感到了一股难以言状的悲凉。她曾经像孤魂野鬼一样站在我窗外听琴，好不容易留在了北京，却又因为一架钢琴重新变成了孤魂野鬼。滑稽的是，力劝陈金芳买钢琴的那位"辅导老师"，我也是认识的。那人水平其实还算可以，给不少小有名气的美声歌手当过伴奏，只不过说话办事完全像个神棍。他有个副业，是充当一家日本琴行的"顾问"，说白了就是推销雅马哈钢琴，为了那点儿提成，每当遇上傻乎乎的妇女儿童，他都会摩挲着人家的手惊叹：

"这跨度，这力度，不弹钢琴就是暴殄天物。"

我自然还联想到了自己学习音乐的经历。与陈金芳相反，我自打懂事儿伊始，就被家人往脖子上按了一把昂贵的小提琴。我没有过选择爱好的权利，因此感受到了和陈金芳相同的、孤魂野鬼一般的寂寥。最戏剧性的，莫过于我们两人的结局：无论幸运与否，到头来都与音乐无缘。这么想来，当年我们那演奏者和听众的关系，又是多么的虚妄啊，虚妄得根本就不应该发生才好。

我那天晚上喝得酩酊大醉，自己的钱花光了，又揪着豁子的脖领子，抢了他的钱包继续买酒。豁子也喝高了，他嘴里吹着哨儿，把作废的帕尔曼音乐会门票掏出来，用打火机点着，和我对火儿抽了支烟。火苗把酒吧老板吓了一跳，他果断地把我们轰了出去。出了门，豁子犹在搂着我的肩膀抒情，含混不清地说"你这个朋友我交晚了"，我则把他甩在马路牙子上，头也不回地走了。

自从那次见过豁子，陈金芳在我的生活中便彻底断了音信。我到底没弄清她去了哪儿，也不再关心她去了哪儿。没想到，当我把她遗忘之后，陈金芳却又回来了。

五

在帕尔曼第三次来华的音乐会上偶遇后，我和陈金芳并没有马上建立起联系来。原因很简单，我本人陷入了前所未有的意志消沉。我离婚了。

离婚的责任当然在我，对于这一点，我从不讳言。经过多年的自我培养，我终于变成了一个彻头彻尾的混子。大学凑合着毕业以后，我父母最后对我尽了一次心，把我塞进了一家旱涝保收的国家单位，但只干了一年多，我就辞了职。打着"献身艺术"的旗号，我一边写着电影评论，一边做起了小剧场戏剧策划。在文化产业虚假繁荣的大背景下，我的几个创意还真被搬上了舞台，但很快，我就发现自己不是那块料。更要命的是，我跟几个编剧导演合股创办的那家皮包公司转眼就真的只剩了一只皮包，包里装着几部胎死腹中的剧本，此外还有一把欠条和两张法院传票。吃完散伙饭，我回到家，醉眼蒙眬地问我老婆茉莉：

"你在那个外企到底混得怎么样？"

结婚以后，这是我第一次打听她的收入，听到的数字差点儿把我鼻子气歪了——早知道守着这么个金矿，我还出去瞎折腾什么呀。进而，我潇洒地宣布：

"那我可开始吃软饭了啊。"

茉莉真是个侠骨柔肠的好姑娘。当初要跟我结婚的时候，她们家人就不同意，可她被猪油蒙了心，愣是谎称怀孕跟我把证儿领了。我辞职"搞文化"那阵，整天跟她云山雾罩地吹牛，而她却从来没跟我说过她早已经被提到了高级职员的位置。这是在照顾我那脆弱的自尊心呢。再后来，我连自尊都不要了，索性赖在家里吃她的喝她的，她也没表示过什么怨言。

"你这个人唯一的缺点，就是太不催人奋进了。"我曾经厚颜无耻地这样评价她。

她给我的回答则是："那你呢，如果说还剩一个优点的话，那就是特别惹人心疼。"

我一想，她说得还真对。在我们那不长的婚姻生活中，她一直充当着半个老婆半个妈的角色，从身体到心灵全方位地呵护着我。不过人的忍耐能力终究是有限度的，有一天，她犹豫地告诉我，那家跨国公司把她送进了美国的商学院，毕业之后将转到洛杉矶去工作。

我叹了口气，对她说："那我就不拖你的后腿了。"

茉莉哭了，执意把存款都留给我。她的钱我本来没脸再要了，可她却说："如果你不要，那就是你甩了我而不是我甩了你了。我是女的，我更需要自尊。"

我只好顺坡下驴："嗯，那我就让你甩一次吧。"

我那早已像破抹布一样的自尊，居然卖出了如此丰厚的"包圆价"。离婚的事宜处理得非常快，我把茉莉送到机场，心平气和地勉励她："祖国人民盼着你争光呢。"而把这事儿通知我父母后，他们的态度居然是基于恨铁不成钢的幸灾乐祸。

"活该，"我父亲痛快地说，"谁跟你过谁受罪，我坚决支持茉莉休了你。要搁三十年前，我还到居委会把你当盲流举报了呢。"

然后他们就把海南的房子装修好，到那边老有所乐去了。所幸，在一片众叛亲离中，和我臭味相投的大学同学 b 哥收留了我，将我聘为他控股的一份画报的"文化版副主任"。凭借这个施舍来的闲职和前老婆留下的积蓄，我的生计总算有了着落，而因为无人约束，我索性过上了昼夜颠倒的放纵生活。那一阵子，我成了好几个糜烂圈子里的"常委"，哪怕不是圈儿内的饭局，只要能拐弯抹角扯上点儿关系我也踊跃参加——坐下就开始灌自己，喝好了便天南海北地插科打诨。久而久之，我落下了个"散仙儿"的称号，半熟不熟的酒肉朋友如同过江之鲫。付出了酒精肝和大脑轻度缺氧的代价后，我终于成功地克服了那如影随形、让人几乎想要自杀的抑郁。

二〇一二年刚入冬，一位小有名气的画家在"798艺术区"开办个人展览，凑了大批闲人前去捧场，也给我打了电话。这人的画风就像他的经历一样复杂多变：最早是宏大题材油画，入选过好几个省宣传部的"重点扶持名单"；后来山东那边的官场盛行拿国画送礼，他就现学了半年"大写意"，牡丹花倒也画得雍容富贵；这两年大量游资涌向当代艺术领域，他又笔锋一转，创立了"立体现实主义的政治波普"这个流派——代表作是发廊小姐光着屁股学理论，点睛之笔在于画中人的阴毛不是画的，而是不知从哪儿找了一撮真毛粘上去的。"芬兰伏特加管够，糊弄完那帮人傻钱多的老帽儿，咱们在院子里铜锅涮鲍鱼。"画家热诚地撺掇我。

我打了个哈哈："就怕喝高了被你雁过拔毛。"

"放心，有女眷就不会用臭男人的毛。我可是如假包换的现实主义画家。"

我粗野地与其对笑，挂了电话出门。天色阴沉，太阳在鸡蛋壳似的云层后面透出些微光来，半空中飘洒着零零星星的雪花。车开到东四环上，恰好碰上某国主子携娘娘访华，警察封路造成了大范围拥堵。当我好容易蹭到画展现场，那个废弃厂房里已经挤满了秃子、大胡子和冷天里浑不懔地穿着旗袍的女人，众人像反刍的偶蹄科动物一样来回踱步，煞有介事地交头接耳。

"盛况空前吧？"画家踌躇满志地搂着我的肩膀，给了我一个俄罗斯式的"熊抱"。

"嗯，大家装×都装得很在状态，就不需要我再煽风点火了。"

"报道也不用你写，美院俩学生会把通稿发给你。"他塞给我一只酒杯，把我引到休息区，"留点儿量别喝高了，一会儿还有几位有分量的人要来呢。"

我靠在沙发上，和几个点头之交的"画评家"聊着天，不知不觉混到了天黑。这时，展区的普通观众已经基本散去，画家也接受完了采访，却仍庄重地站在门口，片刻从外面迎进一小队人来。

这就是所谓"有分量的人"了。领头那个我在新闻里见过，是个什么协会的副主席，他身后跟着的，则是几个艺术品投资商和画廊老板。在队尾，我赫然看见了陈金芳。她今天穿着一件纯白的雪貂短大衣，头发像宋氏三姐妹似的在脑后绾了个髻儿，正热络地和一个核桃般满脸皱纹的男人聊天。上次开车接她那个小伙子侍立在陈金芳身后，眼馋似的东张西望。

我站起来，对她扬扬手。陈金芳却对再次偶遇并不吃惊，她对我笑笑，继续与人说话。画家忙前忙后地招呼这群人，又开了两瓶"正宗的波尔多"。看画的过程中，一旦谁提出什么问题，他立刻会出现在那人身旁，详尽地解释自己的"创作动机"。一时间倒好像在七仙女中使了分身法的猢狲。

要客并不久留，副主席祝贺完画展圆满成功，就带着秘书翩然离去了。投资商们预订了几幅并不贵的作品，也集体告辞。只有陈金芳没走，她说自己公司恰好没事儿，回去路又堵，索性留下来蹭饭。

画家豪迈地挥手招呼工作人员："摆桌，支锅子。"

晚宴是在厂房一侧搭建的玻璃棚子里召开的，四面都是一片飘飘荡荡的雪景，大马力的空调暖风却让女客们脱了外衣，露出白晃晃的膀子，视觉效果相当奇异。有个风雅之士掉书袋，说《儒林外史》里也有异曲同工的赏雪亭。我端着酒杯坐在一只铜锅对面，陈金芳也凑了过来。她从包里拿出化妆镜，审视了一下自己的容貌，我给她倒了小半杯红酒。

这时她才跟我说话，上来就是嗔怪："你怎么也不跟我联系呀。"

"知道你现在是忙人。"

陈金芳嘟着嘴，攥起拳头打了我一下："你这人最没劲了，不就是不爱理我么。"

看到她跟我一派烂熟的模样，旁人不免对我有了几分艳羡。画家来到我们身后，搂着我们的肩膀往一块儿挤："你们以前认识啊？怎么也不告诉我？"

"……多少年的交情了。"我含糊着搪塞。陈金芳则面无表情地给自己夹着醋拌裙带菜。

"那我就省事儿了。"画家用力拍着我说，"替我照顾好她。要是人家有什么不满意，我拿你是问。"

话虽这么说，吃起来之后，画家还是殷勤得紧，屡次三番绕回来向陈金芳敬酒，并要求她一定要尝尝听音乐长大的雪花肥牛："嚼没嚼出勃拉姆斯的味儿？"他的举动很好理解：即使不是作为席间仅存的"要客"，陈金芳也称得上在场女性中最出彩的一个了。她不疏不密地笑着，坦然接受主人的恭维，显得仪态万方。

我有点儿坐不住了，站起来要给画家腾地儿："要不咱俩换换，你坐我这儿？"

陈金芳马上拽了拽我的袖子："咱们还有好多话没说呢。"

对面的两个人挤对画家"不识趣儿"，弄得他有点儿尴尬。陈金芳便主动跟画家碰了下杯，宣布自己已经跟柏林的一个基金会达成了合作意向，准备把中国"有创造性的"艺术家集体打包，推出去一批，名单上一定会有他的名字；假以时日，海外画展也是水到渠成的了。画家正忙不迭地表示自己"也不是那么在乎虚名"，陈金芳又随意指了指那个跟着她来的小伙子：

"这是胡马尼，虽然没上过美院，但是一个挺有才华的民间画家。现在他在我那儿帮点儿忙，以后还请你多提携。"

"名字挺有意思，"画家跟小伙子握手，"异族？"

"不不，艺名。"胡马尼双手递上名片。

他们寒暄的时候，陈金芳又扯着我嘀咕起来："这人你觉得怎么样？"

我瞥了瞥画家："你说的是人还是作品？"

"假如把人当成作品包装一下呢，唬不唬得住人？"

"没准儿吧……不过像这样的，宋庄那边一抓一大把，价钱都比他低。你要真签了他，最好让他再多说点儿过激言论，外国人喜欢这个调调。"

"那自然，在国内被禁了才好呢。"陈金芳很内行地与我相视而笑，再往下聊开去，口气就真像是贴心贴肺的"自己人"了。她说她刚转行做"艺术品"这个行当，虽然颇受几个半官方行会头目的赏识，但毕竟在圈子内人脉还不够熟。我说可以帮她介绍一些人，提了几个名字，果然让她大感兴趣。然后她又拉着我去给桌面上的其他人敬酒，倒把胡马尼撂在了一边。几杯下肚，我也孟浪起来，说了几个半荤不素的笑话，逗得那群人直拍桌子。

一顿饭吃完，已经近夜。雪下得越发大了，外面路灯下的空地亮如白昼。我果然喝多了，不能开车回去。打电话叫代驾，人家嫌天气不好不愿意来。画家劝我索性在展厅楼上的办公室凑合一夜算了，陈金芳却有个提议：她开我的车送我回去，胡马尼再开着她的车到我家门口接她。我说太麻烦了没必要，她却不由分说地从我手里抓过了车钥匙。

一行人出门上车。胡马尼钻进那辆"英菲尼迪"时，我分明看到他向我投来气鼓鼓的眼神。这让我有点儿惴惴的：谁知道那小伙子跟陈金芳是什么关系呢？每次都看见他们出双入对的。于是我对陈金芳说："不合适吧？那么使唤人家。"

"你说谁？那孩子？"陈金芳说，"不使唤他使唤谁呀——他以为他是谁呀，一天到晚的不知天高地厚。"

我倒不知道胡马尼到底怎么"不知天高地厚"了，但却明白，就像陈金芳过去的生活我不便再提，她如今的状况我也没必要多问。但是不问过去也不问现在，我和陈金芳眼下的这种熟稔，就像是无凭无据的空中楼阁了。我有点索然，把车窗打开条缝，呼吸了两口新鲜、刺激的空气。她的技术显然不大应付得了雪地，再加上我那辆咯吱乱响的雪佛兰很不好开，因此刚开始并没什么话，只是瞪着眼谨慎驾车。但没过一会儿，车驶上紧急撒了一层化雪剂的环路，陈金芳便开始喋喋不休地独白起来了。

我很难抓住陈金芳的谈话思路，那几乎就是杂乱无章的呓语，跳跃得堪比风行一时的"意识流写作"：上一句还在抒发她在事业上的雄心壮志，下一句就开始说她喜欢某家餐厅的装潢。对我的态度呢，也一会儿是孩子气的亲热，一会儿又变成混杂着傲慢的满不在乎了。总之颇让人有错乱感。但比之过去，她已经不再是一个内向的人了，而是变得很热衷于自我表达，并且对自己的生活相当满意。

就这么她说我听，车子开到了公主坟西边那个大院门口。离婚以后，我就搬回了父母的旧房子。陈金芳说："你还住这儿？"

"对，没怎么离开过。"

她忽然沉默了，门岗放行后缓缓开了进去。老家属院早已车满为患，连便道上都停得密密麻麻，我指挥她把车子横在了一块斑秃的草地上，然后立起领子，将她送出院门。

走过尚未拆建翻新的食堂时，陈金芳凝望了两眼，感叹道："都多久没回来了。"这自然让我想起了她姐和许福龙。然后，她又扭头往西望去，找了找过去那片衰败、杂乱的平房，可惜未果——"西平房"在几年前就被拆除了，如今变成了一栋租给保龄球馆和歌舞厅的综合性建筑。

"你可真是锦衣夜行了。"走回院门口，我低头看着她那亮得夺目的雪貂皮大衣，一半恭维一半取笑地说。

陈金芳一笑："说得跟我多想显摆什么似的。"这时胡马尼已经把车停在路边候着了，他正敞着窗子抽烟，也不嫌冷。陈金芳上了车，突然又探出头来，向我做了个打电话的手势："你要不愿意找我，我可找你了啊。"

我挥手和她作别，慢慢往回走去。晚上喝的酒有点儿上头，我的太阳穴一跳一跳地疼，脚踩在积雪上也深一步浅一步的，有两次险些滑倒。拐到某条岔道上，我猛然看见雪地表面上散落着稀稀拉拉的一串红色，第一反应居然是血，而且错乱地以为是陈金芳当年洒在地上的血。这个想法让我心惊肉跳，幸亏走近了，才看清是一只被扯得稀烂的超市购物袋。谁家狗又撒欢儿了。

<h1 style="text-align:center">六</h1>

那次以后，陈金芳果然主动约了我两次，一次是在东四十条的大董烤鸭店设宴为某个刚从国外回来的摄影家接风，另一次则是她公司开办的新年聚会。在第二个场合上，我说到做到地为她引见了几个文化口的记者和在绘画圈子里"相当有分量"的研究者，也见识了她的公司：地点在北五环外一个区政府开设的"创业产业园"里，三层小楼的一层和二层分租给了咖啡馆和书店，第三层是通透敞亮的办公场所。陈金芳在自己房间的墙上挂满了与各路头面人物的合影，不知是买来还是别人奉送的画作与雕像则杂乱无章地摆在外面的大厅里。一眼就可看出，她的公司还没有正式运转开来，地毯和墙面还散发着化学材料的味道。而在这个园子里，如此这般大大小小的公司起码不下二十家。

她那儿干活的人很少，除了永远在场的胡马尼，其余就是两三个大学还没毕业的实习生。不过这也符合这种公司的特点：人手并不必多，只要路子够宽，手头的现金充裕，便可以游刃有余地低买高卖。事实上，这也正是陈金芳给人们留下的印象。她与任何人都能自来熟，盘旋之间挥洒自如，俨然"摆开八仙桌，招待十六方"社交名媛。三言两语涉及"业务"的时候，她嘴里蹦出来的不是百八十万的数目，就是那些如雷贯耳的名号。

"这位女士是什么来头，你清楚吗？"端着高脚杯分头闲聊时，一个报纸副刊的编辑问我。

"其实真说不上熟，是她非想认识你们，我才招呼你们来的。"我说。

"像她这样的人，基本上逃不出两种可能性。"那位编辑沉吟片刻，一副见多识广的样子，"一是外地哪个土财主的外室，再不就是领导干部的家人。这种买卖投资未必小，赚钱却不见得有保障，有这些资金，开个饭馆要稳妥多了，所以一门心思钻进来的，不少人都是阔小姐开窑子——纯图一乐儿。"

我望了望大厅中央穿着小礼服的陈金芳，饶有兴致地问："那你看她是哪一种呢？"

"都像，也许两者都是吧。"

我笑了笑，不再多嘴，独自走向大厅角落里的那台"山水"音响。音箱上的实木架子里，竖插着好几排古典音乐CD，种类相当之全：莫扎特、贝多芬、门德尔松、西贝柳斯……我挑了张帕尔曼演奏的柴可夫斯基《a 小调钢琴三重奏》放进唱机。在这个版本中，与他合作的钢琴家是同样声名赫赫的阿什肯纳齐。但乐声刚一传出来，我便意识到自己的选择很不妥。那旋律太凄凉了，尤其是小提琴部分，简直是在眼泪汪汪地哭诉。事实上，这首乐曲是柴可夫斯基为悼念鲁宾斯坦而写的，是一首不遮不掩的挽歌。《日瓦戈医生》里也提到了这部三重奏，一曲未了，女主人公拉拉就得知了母亲死去的噩耗。

而眼下的场合可是新年聚会呀。满堂的红男绿女都被笼罩在一层古怪的气息里，两个敏感的人狐疑地朝我看过来。我慌了下神，赶紧把那张 CD 拿出来，随便换了张维瓦尔第的《四季》。直起腰来，我的眼前炸开一片繁花似锦的视觉效果，陈金芳笑盈盈地站在我面前。

因为兴奋，她的脸上直泛红光："谢谢你啊。"

我知道，她指的是我带来的那几位"有用的人"。方才她与他们应酬得很成功，没准已经预约下好几个版面的专访了。对于一个名大于实的行业而言，"牛皮能吹多大，舞台就有多大"，这是早年成功者的经验之谈。我不好意思地笑笑，谦虚道："真别客气，具体哪块云彩能下雨，还得看你善不善于挖掘了。""没看出来你成天无所用心的，其实能量还挺大。"陈金芳举起喝香槟用的郁金香形杯子，跟我碰了一下，"真是朋友多了路好走，我要是早点儿碰见你就好了。"

我意识到，我们之间的谈话正在向特别没劲的方向发展，便没接她的茬儿，掏出烟来点上。她却伸出两个指头，轻巧地从我的烟盒里捏出一棵叼在嘴上，等着我为她点火。

不远处的胡马尼又在不满地盯着我们了，此时他的眼神简直是凛然而愤怒的，让人想起刚撒尿画完地盘就被主人轰出去的小狗。这副模样反倒激起了我挑衅的欲望，我故作温存地笑着，响亮地拨开金属打火机的盖儿，欠身为陈金芳把烟点上。她轻轻吸了一口，在过滤嘴上留下了鲜红的唇印。我敢说，她夹着烟横置于脸颊一侧的姿态，多半是从奥黛丽·赫本在《蒂凡尼的早餐》里那张著名的海报上模仿来的。

"跟你说真的呢，我挺想感谢你一下的。"陈金芳重又开腔，"你眼下缺点儿什么，不妨告诉我……"

"第一缺德，第二缺性伴侣——忘了告诉你我前一阵刚离婚。"我条件反射似的打断她，"头一样你帮不上忙，第二样我不大好意思找你帮忙。咱们毕竟小时候就认识，杀熟的事儿我不爱干。"

她仿佛被我的流氓口吻小小地惊着了，半张着嘴一愣，但眼里涌出更多的笑意。随后，她斟酌着措辞道："你这是跟我客气呢吧？我看得出来——虽然我知道跟你说这些挺俗的，但眼下我并不缺钱，而你呢，看起来手头又不那么宽裕……"

"真不是客气。"我索性直抒胸臆，"比起你我肯定是一穷人，可我也没觉得自己过得有多凄惨。用崔健的话说，'反正不愁吃反正我也不愁穿，反正实在没地儿住就跟我父母一起住'，比起那些狠捞人间造业钱的主儿，我宁可把自个儿的欲望尽量降得低一点儿，当个无伤大雅的寄生虫，这也是一个混子、一个犬儒主义者最起码的道德标准了——我的普通话你听懂了么？"

"你这话有点儿偏激。"

"就算是吧……难道你认为我活成这样儿是通达的结果吗？"

陈金芳晃了晃手里的烟，表示不想与我争辩。但没过两秒钟，她又换上了一副真诚而又单纯的表情，对我说："我真觉得你不再拉琴特别遗憾。"

"没什么遗憾的。我在那方面其实没什么过人之才，成不了真正的演奏家，顶多就是一'伤仲永'……"

"你又在钻牛角尖了。"这次，陈金芳打断了我说，"拉琴就是为了成为演奏家么？你这么自诩脱俗的人，怎么考虑起这件事情又那么功利。难道你现在不还是喜欢音乐的吗？音乐完全可以成为你的爱好呀。"

我居然被陈金芳说得哑口无言。这是她头一次对我使用尖刻的语气，而说实话，她句句捅在了我的软肋上。气氛登时有点儿僵。我捏着行将熄灭的烟头，佯装四下找着烟灰缸。她舔了舔嘴唇，往回找补了一句：

"再说了，别人觉得怎么样我不管，对于我来说，你已经拉得美极了。"

这话让我再次恍惚，仿佛回到了从前，她站在窗外听我拉琴的那个年代。记忆中树下瘦小的人影，竟然与眼前这个仪态万方的丽人重合了起来。这时，前几天宴请过我们的那位画家凑了过来，热情地揽住陈金芳的肩膀，说有一件"神秘的礼物"要送给她。

"你猜是什么？"画家挤眉弄眼地问陈金芳。

"你还能拿出什么，无非是一幅画——她的画像。"我随口说。

"跟聪明人混在一块儿就这点不好。"画家哈哈大笑，"想卖个关子都那么难。"

我近乎恶毒地打趣："也不知道你给她粘了一撮什么样的毛。"

那幅画倒不是画家独创的"立体现实主义"，而是传统的人物静态油画——

文学杂志"封二"上常见的那种风格。画里的陈金芳穿了件纯白的连衣裙，侧坐在带靠背的木椅子上，背后是一扇阳光倾泻的落地窗，表情相当恬静。我认出那背景就是画家在小汤山附近的画室。看来这段时间里，他们也打得火热。

在众人的簇拥与恭维下，陈金芳直面画里的自己，夸张地拿手捂住两颊："你把我画得太漂亮了。"

"你是批评我画得不像喽？"画家说。

"那怎么可能。"

"这么说，你就是承认自己漂亮了。"

其他人也不遑多让，我带来的那几个朋友纷纷发表见解，主题无一例外，都是借画捧人。最初陈金芳还有点儿不好意思，但听得多了，便开始两眼熠熠闪光，浑身上下的每个毛孔都焕发着能量，使她的真人比画像更加璀璨。

"胡马尼，你看看人家——还说自己也是画画的呢，你画什么了？翻来覆去就是你们村儿那两头牛。"她还不忘对远处的胡马尼撇过去一句。

这时我发现，我和胡马尼都被甩在人圈儿外面了，我们一个守着音响，一个斜靠吧台，像棋盘上不尴不尬的两枚孤子。我又观察了一下那小伙子的脸，居然读出了类似于忍辱负重的意味。我并不是那种在哪儿都要充当焦点，受不了半点儿冷落的人，但还是对眼下的气氛感到不舒服。于是我趁没人留意，到门廊找到自己的大衣，匆匆溜走了。

新年聚会以后，陈金芳有两个多月没联系我。我想，可能是她觉得我的不辞而别很失礼，或者是对我那天谈话时的话里带刺儿感到不舒服了吧。如果是前者，我固然承认自己不够周全，但要是因为后者，我却不觉得有什么需要反省的。说真的，身处于如今这样一个环境、这样一群人中间，我还认为不能随时随地地破口大骂是压抑了自己呢。而这样的心态，也可被视为自己"仍然年轻"的表现吧。在那个千年极寒的冬季里，我照常到单位点卯，照常被拉去赴各种各样的饭局，照常往海南打长途电话"问阿玛、额娘的安"。我逐渐适应了有序但却杂乱、热闹但却孤单的离婚生活。

在一些有艺术圈儿朋友到场的饭局，我越来越多地听到人们提起陈金芳。当然，他们说的那个人名是"陈予倩"。关于她的传闻正在向离谱的方向发展，有人说她是某个国学兼房中术大师新收的入室女弟子，还有人说她靠和"异见分子"同居，从国外反华组织那儿骗来了大笔经费。根据我和陈金芳的接触判断，这些当然都是谣言，但也说明她混得越来越风生水起了。要是再有机会见面，我真应该恭喜她才对。到了春节临近时，场面上的事儿就少了下来。我的狐朋狗友不是回了老家，就是陪着亲戚准备过年了，只有我因为懒得到海南听我父母训话，继续孤零零地晃荡着。各个单位还没正式放假，但北京已成空城，大街上的汽车少得让人发瘆，天空中零星绽放着急不可待的焰火。全球性的经济衰退已经持续了两年多，各国股市哀鸿遍野，国内许多产业举步维艰，尽管政府狠狠地给基建领域打了几次鸡血，但却不敢再着脸显摆"这边风景独好"了。赵本山和他的弟子也宣布不再参加今年的春晚，四面八方的气氛倒显得消停了不少。

大年二十八那天晚上，我正给一家报纸赶稿写着"贺岁档"的电影评论，突然接到了陈金芳的电话。她问我过年怎么打算，我说预备了一些速冻饺子。她扑哧一笑，让我赶紧到民族饭店旁边的一家老牌韩式料理来："说得这么可怜，给你补补油水吧。"

我三笔两笔敷衍完稿子，开车沿复兴路向东，很快找到了那家餐馆。让人意外，陈金芳并不在包间里，而是一个人坐在大厅中的一张散台后面。她穿了件领口开得很低的洋红毛衣，薄呢子短大衣搭在旁边的座椅靠背上，脸似乎瘦了一圈儿，眼睛都被撑大了。

我向她招了招手走过去，问她："别人还没到？"

她说："没别人，就咱俩。"

我更意外了："连胡马尼也不来了？"

"回老家了。"陈金芳不以为然地撇撇嘴，"再说他又不是我什么人，干吗到哪儿都带着他啊？"

听这口气，她和胡马尼之间或许有了点儿龃龉。但我知道，这是我没必要感兴趣的事情，就是感兴趣也不合适问。于是我坐下来，呷起了大麦茶，陈金芳让服务员上菜。尽管饭就俩人吃，但她仍然安排得很丰盛，点了大块牛排、腌牛舌、羊纽约克、鳕鱼和肥瘦参半的五花肉。我还多要了两盘餐前小菜里的辣椒烧牛肉，并评价说："跟过去大院儿食堂做的一个味儿。"

我眼花缭乱地看着服务员操练各种兵刃对付炉火上的肉，间或抬头和陈金芳对视一眼。我发现自己看她时，她也总在看着我。我问她前一阵忙什么去了，她说就在北京"处理点儿事"，另外还到香港参加了一个规模不大不小的艺术展。"总之忙得马不停蹄的，刚回来就找你来了。"假如她说的是真的，那么可以判断，我上次的不辞而别并没有得罪她。

"在香港又有不少斩获吧？"我说。

她仿佛强打起精神，说自己又见到了哪些人：香港电视台一个新闻评论员，说话时假牙总有喷出来的风险；九十年代流窜出去的一个气功大师，现在还在给人看风水；几个艺术策展人，其中有一位正忙活着往维多利亚湾里放一只巨大的吹气儿鸭子。她还说自己住的地方就是当年"哥哥"跳楼的那家酒店，时至今日还有不少矫情男女前来烧纸。

随后，她立刻露出乏味的表情："也没什么大意思。"

她已经下了定论，我也就不好再品头论足了。我们一边吃饭，一边转而说起家常话题。我问她过年怎么也不回家，她说没有回去的必要了，反正家里也没人了。我说你姐和你姐夫呢，她随口说了句"也做买卖呢"，便扯回我的身上，问我为什么离婚。

"人的忍耐都是有限的，没跟你说我一直吃着软饭呢么？她能坚持这么久已经难能可贵了。"

"作为朋友，我真替你们可惜。"陈金芳像电视剧里的女配角那样贴心而诚恳地说，"而且我觉得错儿主要在你。人家当初跟你结婚，肯定既不是图你的财又不是图你的色，而是真喜欢你这个人——你们是有感情的。"

我说："你就别往我的伤口上撒盐啦，我已经对所有熟人都承认自个儿是一浑蛋了。"

"你这样的男的呀，"她说，"优点在于敢于贬低自己，这显得很有自知之明；缺点则在于你总是觉得贬低完自己，就有资格去伤害别人了。"

"你让我无话可说。"我对她的判断心服口服，并再次惊诧于陈金芳对我这个人的认识程度。那感觉，就好像她跟我共同生活了许多年，而且一直在观察我，琢磨我。这不由得又让我想起了当年。难道那隔窗而奏的琴声在我们之间建立了心有灵犀的默契，使得我本性中的懦弱、卑琐在这个女人面前暴露无遗？这近乎玄而又玄了，也说明所谓"知音"并非仅限于那些高山流水的典雅情操。

沉默半晌之后，陈金芳又对我提起了那个老话题："你现在真的不碰琴了么……哪怕一个人的时候？"

"嗯。"

"听我一句劝，没必要跟自己较劲。假如你想通过这种方式来否定自己以前的生活，那么也只能说明你还没长大。哪怕没机会当一个真正的演奏家，那也没什么呀，换个角度想，你毕竟掌握了一项特别的手艺，这已经让你比别人活得丰富多了……我挺羡慕你的。"

这一次谈到小提琴的事儿，陈金芳的话没有激起我的逆反情绪。我掩饰性地笑了笑，但自己明白脸上的效果一定是皮笑肉不笑。好在陈金芳也没有再接着说下去，而是又把话题转到了别人身上。她说起那个"立体现实主义"画家，毫不避讳地痛斥那人"太功利，太庸俗了"，但说到具体的事儿，却又语焉不详。据我的猜测，好像是画家想从她那儿预支一笔钱来租一处更好的画室，还催她赶紧把国外画展的场租费交了，然后安排他跑一趟欧洲。

"可是做这些投入之前，我总得先做个评估，搞清楚他有没有被国外那些人认可的潜质呀。这么火急火燎的，反而让我觉得他把我当成冤大头，只想从我这儿捞一票。"陈金芳皱着眉头抱怨说。

我跟那画家也不熟，便和了句稀泥："你得理解那个岁数人的心态，他们总觉得自己错失了许多机会，因此想要在各个领域揪住青春的尾巴。"同时，我忽然有点儿纳闷：难道陈金芳专门把我约出来，就是为了跟我闲聊天，扯这些不咸不淡的话题吗？

这个疑惑在晚饭结束后才被解开。炉火渐渐冷下来，铁板上冒泡的油脂凝结成了白色斑块。我和陈金芳起身出门，来到昏暗高耸的前厅，几个穿得像韩国电视剧人物的服务员双手护裆，向我们鞠躬告别口称"思密达"。我正不熟练地往脖子上捆着围巾，陈金芳半踮起脚尖帮我系好，又用戴小羊皮手套的手抚了抚我肩膀上的皱褶，突然道："还有个事儿想向你打听一下……具体说是想找你帮忙。"

"你说。"

"你是不是认识一个叫龚绍烽的商人？"

龚绍烽也就是我大学时期挚友b哥的本名，此人堪称我们这个时代特有的奇人，身上同时具有猥琐与超脱、唯利是图与理想主义等诸多相互矛盾的品质。上大学的时候，他就一边眼泪汪汪地给女同学抄录"妹妹你是水，无忧地镇日流"之类的滥情诗歌，一边为了每天中午多吃二两排骨把食堂的胖大婶给搞了；毕业以后他没找工作，依次干过书商、倒卖狂犬病疫苗、冒充领导亲戚等勾当，最终靠经营一家把发廊妹包装成"性感女主播"的准黄色网站发家致富，而在他穷得到处蹭饭的日子里，也仍然负担着河南老家一窝儿穷孩子的学费；现在他的公司养着一群三流女演员和平面模特，但比起跟那些女孩睡觉，他更热衷于把她们集中到自己的会所里引吭高歌……而这个名字突然从陈金芳的嘴里问出来，不免令我猝不及防。

我问她："你怎么知道我认识这人的？"

"你上班的那家画报，幕后的大股东不就是他么？"陈金芳意味颇深地淡淡一笑。我猜她已经知道了我和 b 哥的交情，更联想到她已经把我的"人脉"摸了个底儿掉，不免稍感心慌。

"你找他有事儿？"我说。

"我手里有笔闲钱，跟他达成了合作的意向，不过还没最后敲定。"陈金芳说，"你要是跟他说得上话，帮我打探一下他怎么想的。"

对于她的要求，我的第一反应是畏难和犹豫。在和有钱的朋友们打交道时，我一向有个原则，就是只当帮闲，不作掮客，也即把关系限定在吃吃喝喝、清谈务虚的层面，绝不靠给他们搭桥牵线来牟利。这么做，一来有利于维系自己那点儿虚幻的尊严，二来也是明哲保身——真出了什么娄子，我可担不起责任。尤其是 b 哥，据我所知，他近年来从事的都是些本大利高、游走于灰色地带的投机生意，比如充当"标头"组织人合股买矿之类。而陈金芳能跟他这样的人搭上，也证实了我先前隐隐的预感：她所涉的"水"相当之深，绝不仅仅是一个在文化圈儿打转的小富婆。

但也不知怎么搞的，在陈金芳的注视下，我没能拒绝她。她的眼里透出一股不容置疑、勾魂摄魄的光芒来。我不由自主地点点头。

我的郑重神态倒逗得陈金芳咯咯一乐。她立刻轻松得像没事儿人似的，打开"英菲尼迪"的后备厢，从里面拿出两瓶洋酒给我："最好的苏格兰单一麦芽，三十年陈酿，我从香港带回来的。"

"贿赂我？"

"这还叫贿赂啊？我跟你那朋友的事儿要是能成，肯定还会重谢你——我说真的。"

我耸耸肩和她告别。开车回到家之后，我把那两瓶酒开了一瓶，端着方杯坐在沙发上出神。酒的味道的确醇厚、清澈，但度数也高，不知不觉就让我醺醺然了。我漂浮在麻木的潜意识中，产生了不知今夕是何夕之感，并抬头看向衣柜顶上那早已束之高阁的小提琴。有多少年没摸过它了？伴随着这个想法，我站起来，踉跄着走过去，踮起脚尖摸向乌黑的木制琴匣。但刚碰到琴匣的把手，我就像挨了烫一样把手缩了回来，一声叹息地把自己拍到床上。

第二天醒来时，我看见几只手指上沾满了灰，连床单都蹭脏了。

七

过了半个多月，春节假期结束，北京重新热闹了起来。一些朋友过完年就突然消失了，把以前的债主和"情儿"们坑得叫苦不迭，另一些人则像闷热天气的蘑菇一样冒了出来，精神百倍地四处找路子。对于我来说，生活基本照旧，只是心态越来越疲沓了。机票便宜下来之后，我到海口看了一下父母，顺便拐到三亚会了会仍在猫冬度假的 b 哥。他弄了辆敞篷车，又叫上俩野模，带我去大东海下了两天馆子，然后去牛岭隧道以北的一个镇上吃"肥得把壳儿都撑裂了"的和乐蟹。在此期间，他还用电话遥控着北京和南方两个城市的生意，时而与人称兄道弟，时而破口大骂，尽说些我不懂的黑话。

折腾了两天，我们都因为摄取了过多的蛋白质而消化不良，便又回到了海滩上，臭屁滚滚地晒太阳。附近有出租四轮沙滩摩托车的，两个野模跨上一辆，叫嚣隳突地驰骋，浑身的蒜瓣肉波光粼粼。b 哥躺在长椅上，以极度猥亵的眼神打量她们，一只手伸到裤裆里挠痒痒。

总算有了单独聊天的机会，我便跟他提起了陈金芳的事儿。

b 哥坏笑着打岔："你跟她很熟？又找到新的软饭了？"但还不容我辩解，他突然显露出商人特有的狡黠和谨慎，反而向我盘问起陈金芳的底细来。

他这一问，我倒含糊了。虽然圈子里都把我和陈金芳看成交情深厚的"自己人"，但我知道，自己对她远谈不上知根知底。举个最简单的例子，我一直搞不清楚她的钱是从哪儿来的——她不像正经做过买卖的人，也没有傍上了哪个财大气粗的"瘟生"的迹象。假如以前不认识她也就罢了，但恰恰见证过陈金芳那寒酸窘迫的少年时代，她的发迹对我来说益发成了一个谜。

我只好向 b 哥粗略介绍了陈金芳目前的状态——当然是我了解的那部分。听到她是做艺术投资的时，b 哥眉毛一扬，眼里透出两点贼光。像他这样的人，自然不会对艺术真有什么兴趣，不过开画廊、办展览倒是个洗钱的好渠道。我说完以后，b 哥也和我交换了一下对陈金芳的印象：

"这女的我以前根本没听说过，是两个做'老鼠仓'的操盘手引见过来的。说实话刚一见面，我还真被她的风韵小迷惑了一下，只不过咱们是什么人啊？平日圈养着那些莺莺燕燕，为的就是修炼定力，别在正事儿上被荷尔蒙给害了……当然这是题外话了。那些操盘手说她很有道行，一旦看准机会就特别敢下手，建议我让她在手头的项目里加一磅，毕竟现金越多，和政府那边谈判时就越有话语权。我当然不能光听那些人的，自己也要对合作伙伴进行评估，不过也确实有点儿拿不准她。她在大多数情况下都显得底气十足，甚至还有点儿深藏不露的劲儿，但不经意间，又会暴露出新手的弱点来——最主要的表现就是着急。她托你来找我打听，这就是典型的沉不住气，甚至让人猜测她根本没有宣称的那么大财力和门路，只想靠着虚张声势在大买卖里掺和一把，搭个投机取巧的顺风车。"我向来佩服 b 哥的识人之术。他在那些冷酷的、尔虞我诈的行当里搏杀多年，眼光自然要比我毒辣得多。不过也得指出，我和他看待人的标准是不一样的。除了对我这样的旧故，他对所有人的判断都是基于"经济人"的利益标准，我则保持着孩子气的任性，仅以"有劲"或者"没劲"来决定是否与人深交。也就是说，即使以同一个人作为话题，我们也说不到一块儿去。我完成了陈金芳的托付，这就算仁至义尽了。

"总之你看着办吧。"我站起来抖抖沙子，对野模们挥手，"我就管传个话儿，你们之间那些具体的勾当，我可管不着。"

我向海滩走去时，b 哥在我身后沉吟了一句："先耗她一阵儿。我过些日子要跑一趟江苏，回北京再接着跟她往下谈。"

又盘桓了两天，我独自先回了北京，陈金芳到机场接我。天气还是料峭的倒春寒，她却早早穿上了羊绒筒裙，靴子上方露出小巧圆润的膝盖。一见面，她就撩开我的外套往里看看，嗔怪我"一点儿也不知冷知热"，然后从大号坤包里掏出一件新买的"杰尼亚"毛衣，不由分说地让我穿上。

回去的路上，她和我挤在后座上不停地说笑，聊着北京这边朋友们新的趣事儿。透过后视镜，我看见开车的胡马尼脸色铁青，面部肌肉不时神经质地抽搐，简直让人想起北野武扮演的那些即将被剁手指的黑帮打手。

接下来的一段日子，陈金芳又开始约我参加各种饭局和聚会，频率比以前还要高，几乎是三日一小宴，五日一大宴。如今不仅是我，就连那些真正八面玲珑的货色都承认她"的确挺能混的"：同时和好几条脉络上的人打得火热，许多圈子之间原本互相排斥，但提起她却都颇为认可；不管在哪儿，她一出场就能成为核心人物，几乎不用抢，风头就自然而然地转向她了；在她有意无意搭建的"平台"上，不少素不相识的人成了朋友，甚至原本有罅隙的人也能尽释前嫌。而这时距离我与陈金芳重逢，也就是半年多的时间呀。能够开创大好局面，究其原因，除了作为一个单身女人同时具备漂亮、热情、大方等优点之外，还有一个关键之处，就是她切实地做到了"喜新不厌旧"，不会因为攀了高枝而忽略先前的朋友。哪怕是一直充当"碎催"的胡马尼和那个见风转舵的画家，也一直享受着元老级别的优待，虽然心有怨言，但总能显示和她"关系不一般"而在另一些人眼里抬高身价。总而言之，陈金芳仿佛是在由衷地享受着人的社会属性，很多时候简直像个刚爱上幼儿园的孩子——和她相反的则是一些老资格"社会活动家"，那种人貌似人缘很好，但只要一不在场，就会有人将其鄙夷为"势利眼"。

"小陈这个人交朋友，如同韩信用兵——多多益善。"这是某个上过《百家讲坛》的三流大学教授对她的评价。

既让我虚荣也让我别扭的是，她如今对我更亲热了。不光是一同出现时常要挽着我的胳膊，而且还要在大庭广众之下和我咬耳朵——明明说的就是不咸不淡的套话，但非得摆出一副秘而不宣的表情。难道她看不出来，胡马尼宰了我的心都有了吗？而那个画家倒相当"现实主义"地承认了争宠失败，许多阿谀的媚态转而投向了我，并总拐弯抹角地打听陈金芳准备什么时候资助他去欧洲办个展。

"时间不等人，谁知道'政治波普'能流行几天啊，等到风向一转，我这几年的功夫不又白搭了吗？"画家焦虑地说，"她这人怎么这样，老放空枪也不动真格的……这话我也就跟你说说，别让她知道啊。"

画家的悄悄话揭示着这样一个真理：没有真金白银的利益链条作为支撑，那些鲜花似锦、烈火烹油的繁华都是他妈的扯淡。他在抓耳挠腮地等着陈金芳表态时，陈金芳一定也在等着 b 哥那边的消息呢。谁都有被拿在别人手里的地方。从海南回来没两天，陈金芳曾经包了她公司楼下那个咖啡馆，叫了一群人来品尝"不多见的葡萄牙红酒"，我在席间偷偷把她叫到窗边的角落，将 b 哥的态度转告了她。

"跟那种生意场上的老油条打交道，越急越没用。"我说，"他既然说了让你等着，那就说明相当有戏。"

听了我的话，陈金芳面无表情，甚至连头也没点一下，只是抬起手来，抓住我的手腕摇了摇。这样的举动她常对我做，但这一次我有明显的感觉，她格外地用劲儿，细瘦而坚硬的指骨硌得我都疼了。

在此以后，她就再没跟我提过投资方面的事儿。时间转眼而过，当那些老单位破败的大门口挂出"欢度五一"的横幅时，在南方兜了一大圈儿的 b 哥回来了。陈金芳不知从哪儿得到了消息，打电话让我再牵一次线。我正在单位跟电脑下五子棋，顺手抓过座机，拨通了 b 哥的私用手机，把陈金芳的意思说了。

这次 b 哥没再多说什么，只回答了一句"我让底下人约她"。我立刻又给陈金芳打了过去。这个传声筒的任务搞得我挺烦躁，鼠标点错了地方，转眼通盘皆输。

陈金芳那边显然很兴奋，连呼吸都重了。她又对我说："这几天别安排别的事儿了，等他找我的时候，你也一块儿去吧。"

我一边退出游戏一边说:"你们俩资本家共商大事,非拽着我一流氓无产者干吗呀?"

"帮忙帮到底嘛。"陈金芳坚持说,"再说,你也是我们共同的朋友呀。"

我犹豫了一下,但还是拒绝:"还是算了吧……西门庆和潘金莲搭上以后,王婆就别跟着裹乱了。这点儿眼力见儿我还是有的。"

陈金芳笑了:"再胡咧,看我不撕了你的嘴。"

她说完就挂了电话。照我的理解,无论是她先前说的"一定要重谢我",还是刚才非要让我作陪,都是嘴上的客气话而已。她不想造成把我用完就甩的印象,但事实上,我本来也没想通过帮她的忙而得到些什么。出于本能,我甚至不愿在这种事情里搅得太深。

又过了两天,我刚下班,正打算一个人去随便吃点儿什么,陈金芳的电话又打过来了。她让我火速赶往 b 哥在东四的四合院。我再次推托,她却说:

"叫你来,纯粹就是为了吃饭。你放心,事儿我们都谈完了,再不会麻烦你了。"

一旁的 b 哥也接过电话帮腔:"谈事儿你不来,吃喝玩乐你也不来,这就太不像一个称职的帮闲了。"没有办法,我只好掉转车头前去赴宴。b 哥那个地方很好找,就在团中央下属的一家出版社附近,是整条胡同里最具地主老财气质的宅院:朱门之上常悬着张艺谋风格的大红灯笼,左右两边各立一只汉白玉狮子。只可惜家里没人的时候太多,狮子上已被贴了不少"一针见效,三针痊愈"的小广告,还有不知谁家孩子稚嫩的书法作品"×××我操你妈"。穿堂过院,随处可见雕梁画栋,整套鸡翅木圈儿椅散落在树下任它日晒雨淋,不知从古代哪位显贵坟上偷来的石碑旁,趴着好几只没屁眼儿的蛤蟆。对于这些荒谬的摆设,b 哥自有他的解释:"蛤蟆是招财的,这个大家都知道。至于那个碑,我也不嫌它不吉利——雍和宫那边一瞎子说这宅子过去是一贝勒府,而我祖上贫寒,恐怕镇不住它,得请进一位有身份的帮忙压压场面。"

来到正厅,我看见 b 哥的某位姨太太正穿着大红苏绣旗袍,指挥丫头老妈子摆酒上菜。陈金芳和 b 哥也从厢房里踱了出来,脸上都挂着不甚自然的笑。我故意不提他们买卖上的事儿,见面就说起了废话,而他们也会了意,笑嘻嘻地东扯西扯。不过从陈金芳那如释重负的表情看来,她对这次约谈的结果很满意。

她又没带胡马尼一起来,所以偌大的八仙桌旁只坐了四个人。席间,b 哥携其姨太太频频举杯,刚开始还是分别敬我和陈金芳,后来就是同时敬我们两个人了。那位姨太太脑袋有点儿糊涂，甚至说出了"两口子敬两口子"这样的话，弄得我好不尴尬。后来她到卧房去"补补妆"时，我忍不住刻薄了一句："没一对儿是明媒正娶的。"

"我就喜欢你这张缺德的嘴。"b哥已经高了，哈哈大笑地再次举杯，"那就狗男女敬狗男女好了。"

陈金芳居然面不改色，端起仿古鸡缸杯跟我们碰了，优雅地一饮而尽。随即，我感到自己的胳膊被她狠狠地掐了一下。再往后，她和b哥又不自觉地谈起了生意细节，我也被迫听懂了他们那桩合作的来龙去脉：近些年来，欧洲各国对清洁能源投入很大，造成了我国的地方政府迫切地上马相关工程，从而也给一些闻风而动的投机分子留下了运作空间；b哥在北京聚拢了一些人的游资（陈金芳也是其中之一），到江苏控股了一个中等规模的市属企业，并放出风声，号称将其从塑料制品转型为太阳能光伏产业；他们真实的目的当然不是投产之后出口创汇，而是利用这个噱头拉到更多的银行贷款和风险投资，从金融领域套取暴利。听到这里，我不由得偷偷瞥了陈金芳一眼。b哥从事的勾当我早有耳闻，而眼看着陈金芳也"玩儿"到了这般境界，还是忍不住让人瞠目结舌。我对我们民族妇女的判断，也在她这个活生生的例子身上得到了印证：她们除了特别能吃苦特别能战斗这些传统美德，而且在每个时代、每个环境中都有着极强的适应能力和进取心，只要一有机会，她们必定会勇敢、果断地站到浪尖儿上。比起她们，大多数男人都应该感到汗颜。

而看着陈金芳那"花媚玉堂人"的样子，我也不知不觉地陷入了恍惚。在社会上混迹了这么些年，我曾经见过很多改头换面的成功者，但他们无论身份、相貌乃至举止发生了多么彻底的变化，终归无法将最初的模样完全抹掉。举个最近的例子，就是我对面的b哥。他如今已经贵为生意场上的"大鳄"，但我每次看见他，都会清晰地回忆起当年在大学宿舍里，他靠玩儿牌作弊骗我香烟的猥琐模样。而陈金芳不同。面对着现在的她，我已经无法想起十来年前站在我窗外听琴的那个女孩了。当年的她仍然在我的记忆里存在，但现在的她却获得了某种决绝的能力，把自己生命中的两个阶段完全割裂了——那类似于动物界的"变态发育"，人们都知道蝴蝶是毛毛虫破茧而出的结果，但有谁看到花蝴蝶时，第一反应是毛毛虫带来的恶心呢？在我的潜意识中，"过去的她"和"如今的她"已经变成了毫无瓜葛的两个人。当着外人的面，我会叫她的新名字陈予倩，并且叫得越来越自然，根本无须通过"陈金芳"这个旧代号转译了。

因为无须和不相干的人敷衍，那天的晚饭大家兴致都挺高，喝完一瓶白酒，

b哥又叫人开了两瓶红酒。不知不觉到了晚上九点多钟，忽然发生了一个意外事件。院儿外发出一声闷响，好像有什么东西碎裂了，接着，一个中年妇女操着字正腔圆的京腔骂起街来。

b哥问是怎么回事儿，片刻保姆进来回话，说是"咱们的客人"停车时把隔壁大杂院儿门口的咸菜坛子给撞了。大家跟着b哥踱出门去，只见陈金芳的英菲尼迪斜着停在胡同里，前保险杠底下散落着一摊乱瓦。在浓郁的咸菜味儿里，胡马尼正笨嘴拙舌地向那妇女解释着。看起来，他是为了躲避那俩石狮子，才制造了这起小事故。

那中年妇女倒很有不惧权贵的气节，看到b哥来了，益发跳脚儿乱骂。直到姨太太给她塞了几百块钱，她才心满意足地凯旋。而这时，陈金芳则不好意思地向b哥抱了个歉，然后把胡马尼叫到几丈开外的墙根说起话来。

俩人都压抑着嗓门，因此声音里带了一种紧张感。陈金芳好像在责怪胡马尼不请自来，胡马尼却一反常态地跟她争辩起来，说的是一嘴湖南土话。话赶话地饯饯了几个来回，陈金芳的声调高了起来，她指着胡马尼的鼻子说："你管得着我吗？也不看看自己是谁。"

受了呵斥，胡马尼僵着脸回到车上，咀嚼肌被咬得凸起来一块。陈金芳则嘘了口气，笑盈盈地回到我们面前，对b哥解释："真不好意思，给你们添麻烦了……这孩子一直跟着我，怕我喝多了回不去，就自作主张接我来了。"

"人家也是好意，精神可嘉。"我在一旁打了个圆场。

b哥就势宣布晚餐结束："反正正事儿也谈完了，往下咱们都上着点儿心就行了。"

陈金芳郑重地和b哥握了握手，忽然又凑近我，低声说了句"我肯定得好好儿谢你"，然后便娉婷地转身回去，上了胡马尼的车。他们驶走以后，b哥让姨太太赶紧泡上茶，要留我再坐一会儿。从正厅转移到一蓬郁郁葱葱的葡萄架子底下，我忽然察觉到b哥的脸上变了颜色，不再是一派虚伪的随和，而是三角眼里带着几分货真价实的关切了。在这般年纪看到他这副表情，我都有点儿不适应。

他拿出烟来递给我时，开门见山地来了这么一句："你跟那女的什么打算？"

我一激灵："你什么意思？觉得我们俩合伙儿骗你钱吗？"

"不不不，我说的是你们俩之间的关系。"

我像受了冤枉似的扬声道："没关系呀。你是不是看谁都有奸情啊？"

"我看你对她也挺有感觉的，眼神儿都迷离了。"

"我迷离的时候多了。"我顿了顿，低声说，"不过眼下的自在来之不易，我才不愿意再跟谁'绑定'呢。"

b哥的脸色缓和了一点儿，笑了："那就好。我就是提醒一下你，哪怕她对你有意思，也别轻易上套，她跟一般人可不一样。"我不想问，但又忍不住："你从她身上看出什么来了？"

"那当然。下午谈生意的时候，我已经把她的道儿给盘出来了。她对我说以前在广东办过服装厂，现在转到北京做艺术品投资，那些一听就是假的。她虽然说得天花乱坠，但关键性的地方全都含糊其词，骗骗外行或许可以，在我面前可耍不了花枪……不过这也不妨碍我允许她入股手头儿的这个项目，反正坐庄的是我，想跟进的必须得拿出现钱来。让我有点儿拿不准的，恰恰是她在这桩买卖上的态度——她的赌性太大了。我已经看出她没什么钱了，东拼西凑能拿出来的，统共也就那么一千来万，而她竟然想要把这些老本儿全都押进去。你知道，这种投机生意的风险很大，从坐庄的到跟庄的，没人把身家性命全扔里面，大家用的都是闲钱。亏了就伤元气的人，说白了根本不配跟着我们玩儿。我已经提醒过她了，可她坚持要参与进来，这几乎可以称为疯狂了……"

b哥的话让我倒吸一口凉气，但我没再说什么，醒了醒酒就告辞了。此后的几天，陈金芳没再联系我，我也尽量不去想她。她是一个突然冒出来的旧相识，跟我谈不上什么真正的交情，我帮过她一点儿忙，但帮过了也就算了。这是我和她之间关系的理性总结。哪怕她一意孤行，我也没有规劝她的义务，更没有干涉她的权利。

然而某天在办公室划拉着手机玩儿，我却又鬼使神差地拨通了陈金芳的电话。对方接了之后，首先传出来的是沸腾一般的嘈杂之声，远处还有大喇叭播放着雄壮的音乐。

陈金芳拐到一个安静点儿的地方，才对着手机喊话："有事儿吗？"

"也没什么事儿，"我的嗓门也随之高了起来，"就是问问你和b哥那个事儿进展得怎么样了。"

"非常顺利，"陈金芳喜气洋洋地说，"合同早就定下来了。"

她接着告诉我，看在我的面儿上，b哥许诺给她相当高的回报率。眼下，他们这些股东正在江苏出席和政府的签约仪式，她刚和一位副省级干部握过手。我没想到他们的行动有这么快，此时再劝她什么也是白搭了。于是我简短地说了些祝贺的话，就要挂电话。

"你放心，该谢的人我一定要谢到。"她叮嘱似的说。这话突然让我觉得非常不舒服。她不会认为我是在讨赏吧？

八

后来陈金芳的确"谢"了我。

她是在即将入夏的时候回的北京，此前据说和一起"做项目"的人又跑了趟广东，还乘着某个低调富豪的游艇到海上钓了几天鱼。再次见到陈金芳时，她果然黑了一些，肩膀和胳膊被晒成了小麦色。画家叫上我和另外两个熟人，在什刹海那边的一家越南菜馆给她接了个风，然后以陈金芳为中心的各种聚会便重新展开了。

假如说新一轮的声色犬马比之过去有什么不同，那就是越来越奢华了。无论是酒的档次还是菜的品类，都有了大幅度的提升。她曾经把新侨饭店的大厨请到公司里，现场为大家制作法式铁板烧，有两次在天伦王朝顶楼餐厅请客的豪阔之举，更是让我们这些耍笔杆子的人咋舌。作为聚会的主人，陈金芳依然挥洒自如，在不经意之间，又流露出了比原先更坚实的底气。和报社领导、画廊经理这些她本该奉承的人谈话时，她依然客气，不过骨子里已经有了隐隐的傲慢意味。这些变化都说明 b 哥那边的项目进展顺利，并且很可能已经让雪球滚动了起来，股东们开始坐地分赃了。人人都看出陈金芳发了一注横财。

以前对她颇有怨言的画家早就转了口风，即使私下与我聊天时，对陈金芳的溢美之词也令人肉麻。我听说他的欧洲画展已经正式排上了日程，陈金芳还付给他一笔订金，预订了他此后五年的全部作品。至于对我，陈金芳仍然是带着几分表演性的亲昵，倒也看不出和过去有什么不同。这倒让我揶揄着猜测：她屡次三番说要"谢我"，该不会也是我们这个圈子里通行的空头支票吧？

一个偶然的发现让我知道自己想错了。随着天气越来越热，我那辆老旧雪佛兰频频报警，终于在马路上开了锅。汽修厂的人告诉我得更换好几套元件，我只好回家找出工资卡，到附近的自助提款机上取钱。

因为日常开销靠零七八碎的外快就能应付，那张卡我很少用到，也知道每个月卡里都不会有多少进项。然而一查余额，吓了我一跳：陡然多了一个整数，足顶得上我几年的工资了。单位的会计自然不会抽风，我不由自主地想到了陈金芳。既然她认识了 b 哥和给我开过稿费的几个编辑，弄到我的账号当然很容易。我又到柜台对了下明细，那笔钱果然是在她从广东回来的第二天打进来的。

在这段时间里，我们见了好几次面，她不仅没跟我提过，就连一点暗示也没有。这份"感谢"来得既慷慨又得体。然而我没怎么思想斗争，就做了一个决定。我把那笔钱转存到另一个折子里，前往她公司还给了她。

之所以这么干，当然不是因为我有多么高风亮节。还是我常年坚守的那个原则起了作用，即宁当帮闲，不作掮客。我理想中的人生状态是活得身轻如燕，因而不愿与任何人发生实质性的利害关系；我知道我们这个时代的"辉煌事业"是通过怎样的巧取豪夺来实现的，而自己纵然无耻，却也还有迈不过去的坎儿。此前帮助陈金芳在她和 b 哥之间传话，已经突破我的底线了，我不想因为这笔钱彻底改变我这个人。人呐，活了三十多年，得知道点儿好歹。

假如还有其他原因的话，那就要具体到陈金芳这个人了。我尤其无法接受自己和她之间发生现钱交易的勾当。那么，我究竟想和她成为哪种关系呢……这我倒还没想好。

当我站在陈金芳面前，把折子放在办公桌上时，她抬着头，直勾勾地凝视着我。我没说话，她也没说话，我们大概都在等对方先开口。但这时候胡马尼突然进来了。自从陈金芳的项目敲定，这小伙子的打扮也越发光鲜了，此刻穿的是新款的迪奥卡腰小西装，头上的发胶抹得狗舔似的。他没有好声气地跟我打了个招呼，装模作样地拿着一份材料，请陈金芳审阅。我手指一滑，将存折塞到一本画册底下，转身走了出去。

在这以后，陈金芳照常会给我打电话闲聊，我呢，继续参加她召集的聚会。关于那笔钱，我们都没再提起过。按照我的想法，她已经尽到了"感谢"之心，可惜我不识抬举，这事儿也就可以作罢了。然而没过多久，她便有了新举动，这个举动才真正刺激了我。那是六月中旬的一天，我中午就接到了她的电话，让我下班后换身正式点儿的衣服，到她公司去吃晚饭。我问她又有什么装 × 盛事，她笑着说自己过生日。

"哟，你今年三十几了……咱俩是同岁吗？"

她娇嗔着抗议："别说这么扫兴的话行吗？弄得我都不敢过了。"

"你也不早点儿通知，我都没时间给你准备礼物。"我说，"只好两袖清风带张嘴过去了。"

下班以后，我先回家换了件干净衬衫，又想到以陈金芳如今的风格，过生日一定也会搞得煞有介事的，便从柜子里找出条西裤穿上。走到复兴路上打车之前，我还在大院儿门口的花店买了束花。很快赶到了她公司的楼下，我抬头望望，却看见三层的办公室黑着灯。

一楼咖啡馆的落地玻璃窗里传出轻轻的敲击声，我扭过头，看见陈金芳正坐在靠窗的座位上呢。她一个人，穿一条很显身材的黑色长款连衣裙，髋部以下的曲线被包裹得很像一条美人鱼。夕阳的光辉以几乎平行地面的角度投射进去，将她的脸与长长的脖子照得金光璀璨。我拐进咖啡馆，把花递到她手里。

陈金芳眯着眼睛端详了我几秒钟，随后扬手向服务员打了个招呼。两个小姑娘推着辆餐车过来，将沙拉、蔬菜汤、鹅肝酱配面包端上桌，冰桶里还斜插着一瓶香槟酒。

我诧异地环顾四周："其他人呢？"

"叫其他人干吗？就咱俩。"陈金芳说，"平常尽应酬了，这日子口儿还不能图个清静。"

"我受宠若惊。"

"别跟我玩儿虚的了。我知道你最不把我当回事儿了，所以我过生日还得讨好你。"

我打哈哈地笑了笑，没再说什么，开始吃饭。起初的气氛倒也颇为融洽，我主动举杯，说了些祝贺的话，她也回敬了我。片刻，主菜端了上来，我们挥舞刀叉，专心致志地对付起了牛排。在这两相无话的空当，我忽然感到陈金芳一直在看着我。当然，桌上只有我们两个人，她也没别的人可看，但我明显感到落在自己身上的目光与平日不同。她既像饶有兴致地揣摩我，又像暗藏着什么机锋。

她在卖着什么关子？随后，在我头脑里冒出来的居然是一个自作多情的想法：她不会打算向我示爱吧？但我却并不紧张，只是静观其变。而事后想起来，假如那天陈金芳真的如我所想，把我们已然近乎暧昧的关系再向前推进一步，那么我也不会有后来那些失措的反应。我们都是没有法定伴侣的成年人，男欢女爱一下没什么大不了的。尽管 b 哥曾经告诫过我"她和一般人不一样"，但我也并不担心。这倒不是我自恃聪明，而是因为我预感到，自己即使和陈金芳真发生点儿什么，充其量也是即兴而发的露水姻缘。在那种游戏里，谁又能真伤得了谁呢？

但我又一次错估了陈金芳。直到饭吃完了，她仍然没什么话，我只得茫然地抽起了烟。等我把烟掐了，她抬起手腕看看表，说："咱们上去吧。"

"还有节目？"我心里又生出隐隐的遐想来。

陈金芳颔首一笑，翩然走在前面。我跟着她上了三楼，却发现她公司的灯已经亮了，柔和的橘色的光从磨砂玻璃门里渗出来。陈金芳拉开门，对我做了个请的手势。

大厅已被清理干净，家具以及那些雕塑画框都被挪到了墙角。一览无余的空间里站着十几号红男绿女，画家、胡马尼和我常见的一些人都在场。他们中间围着的，是六位身穿黑西装、坐在木椅子上的男人。他们都是洋面孔，两人手持小提琴，另外四位则是中提琴和大提琴。标准的弦乐六重奏的配备。居中那位四十多岁、稍有些秃顶的看起来很面熟，我忽然想起他是一位法国演奏家，前几天的报纸还报道过他带队在国内几个音乐院校巡回演出的消息。

"这是马泽尔·法克先生。"陈金芳介绍说，"刚到北京，我就把他约来了。"

"一听这名字就有贵族血统。"我恭维着和演奏家握手，有点惶然地退到一边。

陈金芳对室内乐团点点头，演出正式开始。曲目是柴可夫斯基的《佛罗伦萨回忆》，旋律奔放而缠绵，各声部之间配合得极其默契，马泽尔·法克先生的手法更是堪称精湛。尽管学过十几年的琴，但我还是第一次在如此近的距离欣赏这么高水准的演奏。看着人家的运弓和指法，我又一次为当年的自己自惭形秽。与此同时，我的左手指尖也不可遏制地颤抖了起来。

那首曲子很短，不到二十分钟就结束了。余音未了，观众们便爆发出热烈的掌声。比起大剧院里只能远观的交响乐，室内乐虽然单薄，但却更有现宰现吃的生鲜味儿。画家尤为激动，一边鼓掌一边凑到陈金芳身边，赞赏她这个点子"太有腔调了"。陈金芳却没理会他，径直从背后绕过室内乐团，对一个翻译模样的人耳语了几句。

翻译把她的话转述给了演奏家们。马泽尔·法克先生忽然看向我，腼腆地笑笑，他身边那位年轻点儿、一头卷曲的金发的演奏家则把手里的小提琴递给了我。我下意识地接过琴，愣在当地，疑惑地看向陈金芳。

她熠熠生辉地笑着，对我说："你不是还没送我礼物呢吗？"说完抱起胳膊肘，做出预备聆听的姿态。

旁边那些闲人弄懂了她的意思，惊喜地掀起新一轮掌声。大部分人都不知道我还会拉琴，交头接耳地议论着，早有两个人搂着我的肩膀，把我架到室内乐团的成员当中。马泽尔·法克先生叽里咕噜地对我说了句什么。

翻译问我："还是柴可夫斯基《d 大调弦乐四重奏》？"

大提琴和中提琴演奏者里，已经各有一人将乐器放到了一边，他们和那位将琴给了我的小提琴手一起走到观众群里。演奏席上只剩下了两把小提琴，大提琴和中提琴各一把。而马泽尔·法克先生所提议演奏的那首曲目，几乎是所有专业学过琴的人都烂熟于心的，它的旋律柔美之至，难度又不大，特别适合即兴演奏。当年在金帆乐团的时候，我与人合作演出过这曲子不下十次。

马泽尔·法克先生对我扬了扬眉毛，率先拿起琴，奏出"如歌的行板"里的几个小节。那是柴可夫斯基这首曲子里最脍炙人口的段落。然后，他用对待孩子的目光启发性地看着我。

然而我却仍在发愣。脑子里乱成一团，耳中嗡嗡作响，心脏在胸膛里咚咚跳动。那一刻，我简直不知自己身在何方。我感觉到自己正在出冷汗，新换上的衬衫都被浸湿了。观众们又开始议论，他们大概是认为我太久没拉琴，因为技艺生疏而怯场了吧。陈金芳仿佛也有了一丝紧张，但眼神仍是期待的。

"你过去不是常拉这首……"我听见她对我说。她唇红齿白，嘴部动作如同慢镜头，一个字一个字地把话钉到了我的耳朵里。我突然感到意识深处有什么地方在疼，在流血。我确凿无疑地受伤了。

接下来，我的举动在众人眼里一定显得非常决然——把琴放在木椅子上，将他们甩在身后，走出了大厅。一楼的咖啡馆里空无一人，服务员们正靠在吧台上聊天。夜风清凉，从楼梯口直灌进来，但却没能让我醒过神来。我的头脑就像锅盖下的滚水，正在反复沸腾，但又处在巨大的压抑之下。背后有人在叫我，当然是陈金芳了。

她的高跟鞋发出咯噔咯噔的回响，转眼间把我拦在建筑物外的林荫道上。因为跑得急，陈金芳半张着嘴喘气，眼神竟然是含情脉脉的。

"你怎么了？"她问我，同时把手搭在我的胳膊上划拉着，"我还以为这么安排会让你高兴呢……我是真心想谢谢你，那不是空话。"

我没出声，木然地打量眼前这女人。天上难得有轮大月亮，她在银光下闪闪发亮，妙相庄严，简直像某种贵金属雕成的塑像。

见我没说话，陈金芳便锲而不舍地安慰着我，语调已经接近呢喃了："我知道你常年不拉琴，手生了，但这没什么要紧的，又没人会笑话你……再说就算别人不爱听，我也爱听，真的。现在也不知怎么搞的，岁数越大，我就越觉得小时候特别美好。我多想让过去的情景再重来一遍呀，那样才算这么多年的辛苦没白受……我一直也特别替你可惜……"

她说着，手便慢慢地攀上来，揽住了我的脖子。我不由自主地把头低下去，再低下去，像寻求保护一般往她怀里扎过去。我几乎被她搂在怀里了，她身上的气味像潮水一样涌上来，上面一层是香水味儿和昂贵服装的布料味儿，下面一层就是陈金芳特有的气息了。那味道我曾经狠狠地嗅过，历经岁月竟然没变。就像她说的，我们多想让过去的情景再重来一遍啊……

但转眼之间，我心里那迷乱的柔情便灰飞烟灭了。我像奋力游水的虾米一样直起躯干，将她的手弹开——这还不够，我的手也伸了出去，推了她一个跟跄。

"你有什么了不起的？"我咬牙切齿地说。

"你说什么？"陈金芳瞪大眼睛，惶然又委屈地看着我。

"我说——"我心里充满把什么东西碾碎的快意，"你有什么了不起的？"

她如遭电击，不认识似的看着我。而这正是我想要的效果。我冷笑了一声，头也不回地走了。

对于那天晚上的事情，我毫无悔意。我觉得自己做了一件特别不情愿，但又必须去干的事情。权且抱着自我剖析的态度分析一下失态的原因吧：我感觉受到了莫大的屈辱，与之伴随的，还有古怪的自我厌恶。把名气很大的国外乐团请来"唱堂会"，还让他们给我充当陪练，这样的手笔不可谓不豪迈。而陈金芳一掷千金，想要制造出怎样的效果呢？无非是，她以她汪洋恣肆的爱和善良拯救了我——一个消沉的半吊子琴手。这个模式像好莱坞电影一样俗套，她扮演的简直是他妈的圣母。她哪里知道，小提琴演奏对于现在的我来说，已经成了一段发炎的盲肠，只能凭空增加痛感。在我看来，她让"过去的情景重来一遍"的愿望也代表了某一类中国人特有的狂妄：他们自以为吃过苦中苦成了人上人，就有资格操控身边的一切，甚至敢于让时间倒流。

不能让他们如愿！我既恶意又理直气壮地想。与此同时，我突然又想到了我的前老婆茉莉。她当初心甘情愿地给我提供软饭，会不会也是出于某种自我奉献的表演欲呢？只不过后来她演腻味了。而我同意跟她离婚，是否并非出于爱，而是出于某种自己当时都没意识到的恨呢？

这个发现让我悲哀极了。对于生活，我只剩下了一项权利，那就是破罐子破摔。

从那以后，我就没有再联系过陈金芳，陈金芳也没有找过我。我们闹掰了的消息一定很快就在圈子里传开了，各路人马都主动与我疏远，就连我介绍给她的那些朋友也开始假装不认识我了。趁此机会，我重新整理了生活，每天准时上班，下班回家自己做饭，有了空暇就用于锻炼身体和闭门读书。从华而不实的应酬中脱身之后，我迅速瘦了一圈儿，但人却变得紧实了，精神也安稳下来，活像个洗尽铅华的从良妓女。

日子就那么过去。再次听到陈金芳的消息，又是半年以后了。

那天晚上十一点多，我已经洗完澡上床，正锲而不舍地啃着一本艰深晦涩的外国小说，手机突然响了。是那个"立体现实主义"画家。

"我都睡了。"听到那个久违的声音，我有些不知道该怎么和对方打招呼。

画家则明显喝多了，连舌头都大了一圈。他口齿不清地重复："就是想跟你聊聊……我就在你家附近呢。"

又威胁我："你要不出来，我就钻车轮子底下去。"

我只好披上衣服出门。又是一个冬天来了，长安街沿线路旁那些白杨树都落尽了叶子，树梢上却沉甸甸地耸动着大片黑影，原来是晚上来此栖息的乌鸦。夜风像飞溅而来的冰碴，吹在脸上，似有什么东西融化。我在翠微商场附近的十字路口找到画家时，他正抖搂着朝一根电线杆子撒尿。

看到我来，画家一边提裤子，一边凄然地说："兄弟，我他妈让人骗了。"

我把他拽到商场一楼夜间营业的麦当劳，要了杯咖啡让他醒酒。画家的确没少喝，屡次三番拿脑袋往塑料桌子上撞，毛衣前襟上挂满了亮晶晶的口水。旁边两个谈恋爱的中学生像看戏一样打量着我们。我有点儿不耐烦，打着哈欠威胁画家：

"消停点儿，要不我也管不了你了，只能打电话叫收容所的人。"

"别走别走。"画家挥舞着双臂拉住我，适时地停止了借酒撒疯，然后朝我倒起苦水来。他所说的上当受骗，指的还是陈金芳替他到德国办画展的事儿。她吊了画家一年的胃口，不仅没有兑现，而且还以"缴纳策展担保费用"为由，把以前付给他的订金都拿了回去。画家心里越来越虚，终于忍不住向陈金芳摊了牌，得到的答复却是德国那个基金会倒闭了，合同只能作废。画家一气之下想打官司，却被工商部门告知那个"艺术品投资公司"的法人不是陈金芳而是胡马尼，现在胡马尼已经不知道跑到哪儿去了。说起来，画家在这桩买卖里并没有吃什么实质性的亏，他只是感到自己偌大年纪还被人耍得团团转，很丢面子。而作为一个艺术工作者，这人也挺有自省精神：

"其实也怪我自己，太想在国外折腾出点儿名堂来了，艺术这个行当又没什么理性可言……结果糊涂油蒙了心，一点儿也没防备……"

我疑窦丛生，但嘴上也只能敷衍着劝他："也没什么，您还可以继续画，机会别处也有。"

画家捂住脸："要是别的地方看得上我，我也不至于被那娘儿们牵着鼻子走……我都这么大岁数了，估计也不会有什么起色了。"

然后，他又把手张开，好像对小孩儿做了个"变脸"的游戏："还是你聪明。你早就看出她是在招摇撞骗了吧？"

"那倒真没有……"

"她有没有管你借钱？听说她找不少人借过。"

"有人借她吗？"

"那当然不会了。那帮孙子都比猴儿还精。"

我忽然想到，如果当初没跟陈金芳断绝联系，画家会不会把我也看成她的同伙呢？如果是那样，现在的局面就不是他找我诉苦，而是跟我玩儿命了。我的心里忽然充满厌烦，冷冷地对画家说：

"那你往后也学精点儿呗。"

画家向我转述的那些情况，自然让我联想到了陈金芳与 b 哥的合作项目。回到家后，我本想给 b 哥打个电话，但想了想，还是作罢。没过两天，报纸上的新闻就证实了我的猜测。欧盟突然启动了对我国太阳能产业的"双返"调查，他们认为中国政府大量补贴某些光伏厂商，以超低价格垄断市场。欧方扬言对中国产品征收高额的惩罚性关税，而在这个消息正式公布之前，走漏出来的风声已经掀起了轩然大波。主要的影响是在金融方面。银行和风险投资纷纷逃离，许多在建项目所在地的政府也打起了退堂鼓，不久前蜂拥而入的投机分子变成了退潮后晾在沙滩上的鱼。

几天之后，我突然接到了 b 哥的电话。他嗓音干哑，说话出乎意料的简短，只是让我赶紧到四合院来一趟。一进正厅，我便看到红木家具都蒙上了厚厚的棉布罩子，b 哥正在给保姆和厨子纷发遣散费。他的脚下立着一只巨大的旅行箱。

"看见没有？哥哥我要跑路了。" b 哥不动声色地说。

"我会帮你照顾姨太太的。"为了缓解压抑的气氛，我开了个无聊的玩笑，"回来等着抱儿子吧。"

"丫跑得比我还快呢，早不知道哪儿去了，临走还顺走我好几样古玩。" b 哥坏笑了一下，"这帮女的就是这样，平常办事儿磨磨叽叽，大难临头各自飞的时候比谁都利索。她哪儿知道，我也想趁机甩了她——我告诉她这次玩儿砸了，倾家荡产了，没准儿还得坐牢，其实远到不了那个地步。江苏那个项目我只是牵头，自己根本没往里投入多少，玩儿的基本上都是别人的钱，等到风头过之后，照样是一条好汉……"

"那你跑什么路啊？"

"那帮人玩儿不起啊。我给他们分钱的时候都美着呢，现在亏本儿了，一个个跟死了亲妈似的，堵着家门口管我要钱，还有号称要找人卸我一条腿的……有这么不讲理的人么？投资有风险，入市须谨慎，这话我当初不是没提醒过他们，是他们非追着我要参股的，这时候翻脸不认人了……"

我木讷地听他骂着街，明白自己再说什么都是废话了。b哥拽起箱子，扔给我两副钥匙："这是我这院子的钥匙，车你也先开着。隔三岔五过来给花儿浇浇水，不怕麻烦就找人保养保养家具——碰上要债的就说我死了。"

我开着b哥的"捷豹"，把他送到了机场。临下车，他拿出烟来，跟我凑了个火儿，歪着脖子吧嗒吧嗒地抽。

"对了，还没说你要去哪儿呢？"我问他。

"恕我不能明言——这是原则。跑路就得有个跑路的样子嘛。"

我迟疑了片刻，终于又开口问："陈金……哦不陈予倩，她找没找过你？"

"没有。项目出事儿以后，她就再没露过面。"b哥突然叹了口气，语调也低沉下来，"假如我没看错人的话，她要承担的后果是最惨痛的。别人拿出来的都是闲钱，只有她，很可能把什么都压上了……还是那句话，我们这样的买卖，本来就不是她能玩儿的。"

我默默地把烟头扔了，没接他的话。b哥又说了几句"等我南霸天回来"之类的豪言壮语，然后就戴上墨镜，缩头哈腰地蹿下车，很像那么回事儿地跑路去了。自从机场高速改为单向收费，回城的那个方向总是很堵。还没到五元桥，车流干脆就停止不动了，前面的司机纷纷下车，伸着脖子张望着是不是出了事故。我溜了个边儿，开着"捷豹"从应急车道拐上了一座高架桥。

出了收费站前行几公里，便看见了熟悉的景色。那片地方恰好是在五环外的"文化创意产业园"附近，陈金芳的公司就在不远。我恍惚了一下，把车拐进了产业园正门。那栋三层小楼像没事儿人似的伫立在树荫里，楼上的灯却全灭了。我停车上楼，不出意料地看见了玻璃门上挂着的链子锁，还有一张简短的封条。物业公司声称，因为陈金芳的公司拖欠租金长达数月，已经收回了房屋的使用权。而就在几乎一眨眼以前的日子里，我们曾经在那扇门里觥筹交错、装疯卖傻、口吐莲花。那里面似乎永远有酒，有音乐，有不知忧愁为何物的红男绿女。在和陈金芳重逢的一年多里，我看着她起高楼，看着她宴宾客，看着她楼塌了。

凝视着封条和链子锁，我突然又回忆起了她在豁子的资助下，开过的那间服装店。虽然陈金芳早已改头换面，但最近的经历，只不过是把她的当年又重复了一遍而已。在那个服装店里，我曾经狠狠地拥抱过她；在眼前这个公司楼下，我又像浑蛋一样把她推开了。我曾经从她身上找到过安慰，也曾经把郁积在心里的怨气没头没脑地撒在了她身上。如今，我只能躲着楼下咖啡馆服务员狐疑的眼神，在暮色的掩护下匆匆离开。

我最后一次见到陈金芳，是在大约两个月以后。

那时天已经彻底转冷，但离过节还有段日子。中国与西方的多项贸易谈判还在胶着地进行，毫无进展。受此影响，很多原先呼风唤雨的大人物都破了产。加入跑路队伍的商人越来越多，b哥仍然不见踪影。面对经济领域的困局，国家高层发出了"共渡时艰"的号召。那天我正在办公室写稿，手机忽然响了。是个从来没见过的号码。我以为是推销房产或者保险的，便不耐烦地拒接。过了几分钟，电话又打了过来。我没好气地问："谁呀？"

"是我。"陈金芳的声音传了出来。

我的心往上吊了几寸："你……还好吧？"

"不好。"陈金芳停顿了一下，接着说，"我可能快死了。"

"别开玩笑了。"我说。

"真的……我以前骗过你吗？"陈金芳说，"我现在实在找不着别人了……"

她的口气让我不由得恐惧起来。我迅速问了她在哪儿，然后请了个假，开车出门。

陈金芳所说的那个地址，在东四环麦子店附近的一栋筒子楼里。那儿的房子十分老旧，租住的都是刚来北京不久的年轻人。逼仄的土路两旁摆满了小摊，生锈的自行车横七竖八地堆放着。离楼门洞还有半里路，b哥那辆"捷豹"车就再也过不去了，我只好步行。上楼梯的时候，我差点儿和两个香喷喷的姑娘撞了个满怀，她们翻开二两重的人造睫毛，用东北话问我"大哥咋不看着点儿呢"。

陈金芳所说的房间在三楼走廊尽头。我推了推门，门没锁，四十瓦灯泡的光亮稀薄地渗透出来。屋里除了一桌、一床、一张塌陷的沙发，就再也没有其他家具了。家具上端坐着陈金芳，她腰背挺直，在昏暗的背景中，脖子的曲线像某种水禽般婉转。

我叫了她一声，她像睡着了一样没吭气。这时，我才看见她的脸上有大片的青瘀，明显是被人打的，嘴唇都肿了起来。我还看见了沙发腿之间的那摊积血。血是顺着她的左手流下来的，把长筒袜都浸透了，并且还在以肉眼不易察觉的速度蔓延着。

我随即看见了她腕子上的伤口——半寸来长，下刀想必非常果决，皮肉都被豁开了。而陈金芳这时才意识到我来了，她睁开眼，歉意地对我笑笑。

"本来想自杀来着，不过我没有自己想象的那么胆儿大，一看见血就害怕了，不敢死了。"她说，"只好再麻烦你一趟了。"

我心里翻涌着，说不出话，弯腰一把揽起她。抱着她往外跑的时候，我感到她的体温比正常人低了许多，但搂在我脖子上的那条胳膊却还是那么有劲儿，手隔着外衣，抓得我的肩膀都疼了。跑过楼外那条小道时，熙攘的人群自动散开，人们瞠目结舌地围观着。在余光里，我看见陈金芳的血不间断地滴到地上，在坚硬的土路上绽开成一串串微小的红花。这么多年过去了，陈金芳仍在用这种方式描绘着这个城市，然而新的痕迹和旧的一样，转眼之间就会消失。

我把她送到了最近的一所医院。过了晚饭时间，医生终于结束了工作，出来告诉我"抢救基本成功"。又有一个工作人员催促我去补办住院手续。

等到一切忙完，天已经黑了。我踱进陈金芳的病房。她的临床是一位在小诊所刮宫造成大出血的女中学生，一直在满嘴脏话地喊疼；而陈金芳则紧闭着双眼，咬着嘴唇一声不吭，脸白得几近透明，连皮肤底下的筋络都浮现了出来。

但她的听觉却变得灵敏多了，迅速从女中学生的叫骂声中分辨出了我的脚步。她睁大眼睛，侧头朝向我，眼神向锥子一样。

"谢谢你啊。"

"没什么。"我舔了舔嘴唇，忽然脱口而出，"上次那么对你……实在是对不起。我太不识抬举了。"

陈金芳笑了笑，也许是失血过多的缘故，她的脸上出现了许多纵横发散的皱纹："你又没说错，我是没什么了不起的。"

"不不，比起我你已经……"

"当然你也不怎么样。咱们半斤八两吧。"她又接上一句。

我们有气无力地相视一笑。旁边那个女中学生的声音又高亢了起来：

"我操你妈的！我操你妈的！我操你妈的！"

我在医院的走廊守了一夜。第二天，医生说陈金芳的情况已经稳定了下来，我才回到单位去上班。这以后的两天，我每天晚上会到病房看看她，但她大部分时间都在昏睡，醒了也闭着眼睛，仿佛仍在虚弱地苦挨。我自然也不好跟她说什么。

到了第三天，我才走进病房走廊，就看见长椅上并排坐着两团人——的确是"团"，一男一女，身量都矮而肥胖，穿着鼓鼓囊囊的棉大衣。尽管多年不见，但我立刻反应过来，他们是陈金芳的姐姐和姐夫。

他们的模样也大变了。许福龙不再是那条精壮有力的汉子，他佝偻着腰，缺了几颗牙，连嘴唇都瘪了进去。陈金芳她姐呢，那对引以为傲的大乳房早就垂到肚皮的位置上去了。他们面无表情，脸上笼罩着脏兮兮的沧桑，一看就是常年都在干体力活儿。

我在他们面前站住脚，陈金芳她姐半张着嘴，打量了我半天，也没认出我来。我只好自我介绍是陈金芳的"朋友"。

陈金芳她姐的第一句话就是："她没欠你钱吧？"

得到否定的回答后，她的表情却变得恶狠狠的了："她坑的全是自己人。"

接着，这两口子便围住我，倒好像我是个能解决问题的大人物，东一嘴西一嘴地痛陈起来。他们的讲述解开了我长时间里对陈金芳的疑惑。

她从来就没正经八百地有钱过。十多年前离开北京后，陈金芳便南下广东，先是在服装厂里做工，后来又到了深圳。在那几年里，她先后和好几个男人姘居过，一直在尝试着做买卖，又一直在亏本。每次经营失败，她都要靠男人去还债或者积累下一轮本钱。"这和卖没什么不一样。"村里人说。她让她的家人长期抬不起头来。但不知从什么时候开始，陈金芳的形象就变了。她开始开着轿车回老家，有时还带着一两个西服革履的合伙人来"考察"。她翻修了老房子，给姐姐姐夫家添置了全套家电，母亲过世后还举办过十里八乡最辉煌的葬礼。花出去的可都是真金白银啊！亲戚朋友们又顺理成章地对她刮目相看，大家都觉得她如今是一个"能人"了。

几乎是凑巧，没过两年，她的老家掀起了一场浩大的造城运动。经历了反复的说服、恐吓、群殴、威胁自焚，村里的土地终于被一个工业开发园占用，乡民们被搬迁上楼，拿到了或多或少的补偿款。那些钱却成了乡亲们新的难题。本地民风勤勉，大家自知不能坐吃山空，但想要做点小买卖，又往往不得要领。有年轻一些的到县里去开过杂货店和录像厅，很快就铩羽而归，还染上了吃喝嫖赌的劣习。这个当口，陈金芳又回来了。她宣称自己和人在深圳那边搞项目，大家可以把钱交给她去投资，十五分的高额利息，不出几年就能翻番。刚开始，人们将信将疑，入股的人不多，只有她姐姐和几个堂兄弟，交给陈金芳的钱也很有限。但不出半年，返回来的"分红"就让越来越多的人动了心。又有人到陈金芳在深圳的公司去打探过，传回来的信息是她真成了大老板，办公室比镇长的还要大。"那时候哪知道她是非法集资……现在又被警察定性成诈骗。"陈金芳她姐痴愣愣地陈述道，"她给我们的分红都是拿自己那份拆迁款垫付的，办公室也是临时租的。"接下来，村里人争先恐后地到陈金芳那儿去"入股"，连村干部都加入了进来。有个民办教师还要求陈金芳把自己的儿子招进公司里，"学着做点事"——这么做，当然是有监视她的成分在里面。有文化的人心眼儿是要多一些。但一个刚从大专毕业的愣头青又怎么是陈金芳的对手？没过两个月，这个叫胡马尼的小伙子就被她收拢了过去，成了她的同伙兼新一任姘头。

陈金芳带着胡马尼，又在广东晃荡了两年。他们过得花天酒地，用乡亲们的钱投资过工厂，也炒过股票，但始终没有折腾出大名堂来，还被更"聪明"的人骗了不少。寄回村里的红利不能减少，募集来的本金则日益捉襟见肘。眼看着就要走到绝路，陈金芳决定最后一搏。她改了身份，离开深圳来到北京，一心开拓更"高端"的人脉，做些一本万利的大买卖。在此之后，她的生活就是我亲眼见证的了。她混进了天花乱坠的艺术圈子，又搭上了b哥那样的专业投机客，貌似有了逆转局面的机会，但最终彻底崩盘。

陈金芳把事情"搞砸了"以后，胡马尼突然悔恨万分，正义感也冒了出来。在藏身的筒子楼里，他代表全村人民怒斥了这个女骗子，将陈金芳推到沙发上，狠狠地揍了她一顿，然后就浪子回头地回村报信去了。

陈金芳她姐把话说完，便站起来走到病房门外，透过窗子呆滞地往里望着。因为身量矮，她需要轮番踮起脚尖，重心一会儿压在左脚上，一会儿压在右脚上，好像在跳芭蕾舞。我不知道陈金芳是否也在从里面看着她。又过了一会儿，警察就来了。两个老家市局的，一个北京派出所的协办人员。他们向医院的人出示文件，说明情况，一个老警察对许福龙吆喝了一声。然后，陈金芳的姐姐姐夫便走进去，把陈金芳的移动病床推出来，走到走廊门口。那里停着一辆外地牌照的依维柯警车，还放了一副担架。

陈金芳被抬上担架的时候，我意识到告别的时刻到来了，便默默地走了过去，从上往下看着她。陈金芳眯着眼，仿佛被太阳晃到了。

我局促了一下，说："再见。"

"再见。"她的声音出人意料地清脆，还有种一切都安顿好了的踏实的感觉。

这样的道别倒也平和，甚至还称得上有几分洒脱。然而被抬进依维柯的后备厢时，陈金芳突然欠起身来，直勾勾地盯着我。

"我只是想活得有点儿人样。"这是她对我说的最后一句话。这话让我震颤了一下，连车子开走都没有意识到。等我醒过神来，眼前已经空无一人。我的灵魂仿佛出窍，越升越高，透过重重雾霾俯瞰着我出生、长大、长年混迹的城市。这座城里，我看到无数豪杰归于落寞，也看到无数作女变成怨妇。我看到美梦惊醒，也看到青春老去。人们焕发出来的能量无穷无尽，在半空中盘旋，合奏成周而复始的乐章。

原载《十月》2014年第3期

第七届鲁迅文学奖

蘑菇圈

阿　来

早先，蘑菇是机村人对一切菌类的总称。

五月，或者六月，第一种蘑菇开始在草坡上出现。就是那种可以放牧牛羊的平缓草坡。那时禾草科和豆科的草们叶片正在柔嫩多汁的时节。一场夜雨下来，无论直立的茎与匍匐的茎都吱吱咕咕地生长。草地上星散着团团灌木丛，高山柳、绣线菊、小蘗和鲜卑花。草蔓延到灌木丛的阴凉下，疯长的势头就弱了，总要剩下些潮湿的泥地给盘曲的树根和苔藓。

五月，或者六月，某一天，群山间突然就会响起了布谷鸟的鸣叫。那声音被温暖湿润的风播送着，明净，悠远，陡然将盘曲的山谷都变得幽深宽广了。

布谷鸟的叫声中，白昼一天比一天漫长了。

阿妈斯炯说，要是布谷鸟不飞来，不鸣叫，不把白天一点点变长，这夏天就没有这么多意思了。

那个时候，阿妈斯炯还年轻，还是斯炯姑娘。

那时应该是一九五五年，机村没有去当兵的人，没有参加工作成为干部的人，没有去县里农业中学上学的人，没有抽调到筑路队去修公路的人，以及那些早年出了家，在距村子五十里地的宝胜寺当和尚的人，都会听到这一年中最初的鸟鸣声。听见山林里传来这一年第一声清丽悠长的布谷鸟鸣时，人们会停下手里正做着的活，停下嘴里正说着的话，凝神谛听一阵，然后有人就说，最先的蘑菇要长出来了。也许还会说别的什么话。但那些话都随风飘散了，只有这句话一年年都在被人说起。

也就是说，当一年中最初的布谷鸟叫声响起的时候，机村正在循环往复着的生活会小小地停顿一下，谛听一阵，然后，说句什么话，然后，生活继续。

那时，大堆的白云被强烈的阳光照耀得闪闪发光。

谁也不知道机村在这雪山下的山谷中这样存在着有多少年了，但每一年，布谷鸟都会飞来，会停在某一株核桃树上，某一片白桦林中，把身子藏在绿树荫里，突然敞开喉咙，开始悠长的、把日子变深的鸣叫。因此之故，机村的每一年，在春深之时的某一刻，日子会突然停顿一下。在麦地里拔草的人，在牧场上修理畜栏的人，会停下手里的活计，直起腰来，凝神谛听，一声，两声，三声，四五六七声。然后又弯下腰身，继续劳作。即便他们都被生存重压弄得总是弯着腰肢，面对着大地辛勤劳作，到了这一刻，都会停下手中无始无终的活计，直起腰来，谛听一下这显示季节转好的声音。甚至还会望望天，望望天上的流云。

不止是机村，机村周围的村庄，在某个春深的上午，阳光朗照，草和树，和水，和山岩都闪闪发光之时，出现这样一个美妙而短暂的停顿。不止机村，不止是机村周围那些村庄，还有机村周围那些村庄周围的村庄，在某一时刻，都会出现这样一次庄重的停顿。这些村庄星散在邛崃山脉、岷山山脉和横断山脉，这些村庄遍布大渡河上游、岷江上游、青衣江上游那些高海拔的河谷。

那个停顿出现时，其他村庄的人凝神谛听之余会说点什么，机村人不知道。但机村肯定会有一个人说，今年的第一种蘑菇要长出来了。那时，机村山上所有的蘑菇都叫蘑菇。最多分为没有毒的蘑菇和有毒的蘑菇。而到了这个故事开始的一九五五年或是一九五六年，人们开始把没有毒的蘑菇分门别类了。布谷鸟再开始啼叫的时候，在一九五六年，机村的人就说，瞧，羊肚菌要长出来了。

是的，羊肚菌就是机村那些草坡上破土而出的第一种蘑菇。羊肚菌也是第一种让机村人知道准确命名的蘑菇。

它们就在悠长的布谷鸟叫声中，从那些草坡边缘灌木丛的阴凉下破土而出。

像是一件寻常事，又像是一种奇迹，这一年的第一种蘑菇，名字唤作羊肚菌的，开始破土而出。

那是森林地带富含营养的疏松潮润的黑土。土的表面混杂着枯叶、残枝、草茎、苔藓。软软的羊肚菌悄无声息，顶开了黑土和黑土中那些丰富的混杂物，露出了一只又一只暗褐色的尖顶。布谷鸟也许就是在这个时候开始鸣叫的，所以，长在机村山坡上的羊肚菌也和整个村子一起，停顿了一下，谛听了几声鸟鸣。掌管生活与时间的神灵按了一下暂停键，山坡下，河岸边，机村那些覆盖着木瓦或石板的房屋上稀薄的炊烟也停顿下来了。

只有一种鸟叫声充满的世界是多么安静呀！

新中国70年优秀文学作品文库

中篇小说卷

所有卵生、胎生，一切有想、非有想的生命都在谛听。

然后，暂停键解了锁，村子上蓝色炊烟复又缭绕，布谷鸟之外，其他鸟也开始鸣叫。比如画眉，比如噪鹛，比如血雉。世界前进，生活继续。

经历了那奇幻一刻的名唤羊肚菌的那一种蘑菇又开始生长。

刚才，它用尖顶拱破了黑土，现在，它宽大的身子开始用力，无声而坚定地上升，拱出了地表。现在，它完整地从黑土和黑土中掺杂的那些枯枝败叶中拱出了全部身子，完整地立在地面上了。从灌木丛枝叶间漏下星星点点的光落在它身上。风吹来，枝叶晃动，那些光斑也就从它身上滑下来，落在地上。不过，不要紧，又有一些新的光斑会把它照亮。

这朵菌子站在树荫下，像一把没有张开的雨伞，上半部是一个褐色透明的小尖塔，下半部，是拇指粗细的菌柄，是那只雨伞状物的把手。这朵菌子并不孤独，它的周围，这里，那里，也有同样的蘑菇在重复它出现的那个过程——从黑土和腐殖质下拱将出来，头上顶着一些枯枝败叶，站立在这个新鲜的世界上。风在吹动，它们身上的特有的气味开始散发出来。阳光漏过枝叶，照见它们尖塔状的上半身，按照仿生学的原理，连环着一个又一个蜂窝状的坑。不是模仿蜂巢，是像极了一只翻转过羊肚的表面。所以，机村山坡上这些一年中最早的菌子，按照仿生学命名法，唤作了羊肚菌。

布谷鸟叫声响起这一天，在山上的人，无论是放牧打猎，还是采药，听到鸟叫后，眼光都会在灌木丛脚下逡巡，都会看到这一年最早的蘑菇破土而出。他们都会不约而同把这种蘑菇小心采下，在溪边采一张或两张有五六个或七八个巴掌大的掌形的橐吾叶子松松地包裹起来，浸在冰凉的溪水中，待夕阳西下时，带下山回到村庄。

这个夜晚，机村几乎家家尝鲜，品尝这种鲜美娇嫩的蘑菇。

做法也很简单——用牛奶烹煮。这个季节，母牛们正在为出生两三个月的牛犊哺乳，乳房饱满。没有脱脂的牛奶那样浓稠，羊肚菌娇嫩脆滑，烹煮出来自是超凡的美味。但机村并没有因此发展出一种关于美味的感官文化迷恋。他们烹煮这一顿新鲜蘑菇，更多的意义，像是赞叹与感激自然之神丰厚的赏赐。然后，他们几乎就将这四处破土而出的美味蘑菇遗忘在山间。

眼见得菌伞打开了，露出里面白生生的裙摆，他们也视而不见。眼见得菌伞沐风栉雨，慢慢萎软，腐败，美丽的聚合体分解成分子原子孢子，重又回到黑土中间，他们也不心疼，也不觉得暴殄天物，依然浓茶粗食，过那些一个接着一个的日子。

蘑菇圈

尽管那时工作组已经进村了。

尽管那时工作组开始宣传一种新的对待事物的观念。

这种观念叫作物尽其用，这种观念叫作不能浪费资源。

这种观念背后还藏着一种更厉害的观念：新，就是先进；旧，就是落后。

工作组展望说，应该建一个罐头厂，夏天和秋天，封装这些美味的蘑菇，秋末和冬初，则封装山里那些同样美味且营养丰富的野果。例如覆盆子，蓝莓和黄澄澄的沙棘果。在机村，那些野果，本只是孩子们的零嘴，更多，是满山鸟雀，甚至还有黑熊的食物。

基于这种新思想，满山的树木不予砍伐，用去构建社会主义大厦，也是一种无心的罪过。后来，机村的原始森林在十几年间被森林工业局建立的一个个伐木场几乎砍伐殆尽，但工作组展望过的罐头厂迄今没有出现在机村或机村附近的山野，那是后话。

在一九五五年—一九五六年间，蘑菇季一到，工作组率先大吃羊肚菌，机村传统的烹煮法和小孩们偶一为之的烧烤法，那都太单调了。他们自有特别丰富的做法。他们用猪肉罐头烩制的蘑菇更是鲜美无比。机村人不明白的是，这些导师一样的人，为什么会如此沉溺于口腹之乐。有一户人家统计过，被召到工作组帮忙的斯炯姑娘，端着一只大号搪瓷缸，黄昏时分就来到他们家取牛奶，一个夏天，就有二十次之多。也就是说，住在村里的工作组，一个羊肚菌季节，至少吃了二十回牛奶烹煮的鲜蘑菇。嚯嚯。至少是二十回呀。一个羊肚菌季节也就一个月多一点点。嚯嚯。哪止二十回啊，那是去到一户人家的次数，要知道机村可有二十多户人家。

答案简单明了：文明。饮食文化。

机村东头，对着一条通向雪山垭口的山沟。曾经有一条再过三十年会被称为茶马古道的驿道，从雪山垭口蜿蜒而下，经过机村，向西通向草原地带。所以，村子东头，曾经有过一条短短的街道。这驿道如今叫了茶马古道。街上有几家外来人开的代喂马代钉马掌的旅店，几家商铺，几家饭馆和一个铁匠铺。斯炯十二三岁时就到其中一家旅店帮佣，主要的工作就是每天到山前溪边割马草。那些在驿道上驮着货物走了一天的马会站在马圈里整整吃一个晚上的草。睁着眼吃，闭着眼睛打盹和做梦时也不停嘴。

斯炯在的那家店，掌柜姓吴。斯炯在店里学了些汉话，后来还认得了百十个汉字。有时闲下来，就在店里的板壁上写这些认得的字。马、草、斤、两、钱、糖、茶、客。

一九五四年，山里通了公路，政府建立了供销社，汽车运来丰富的货物，那条街道就衰落了。那些开店的外乡人都携家带口回了内地老家。吴掌柜也拖家带口回了内地老家。

　　小街一衰败，斯炯就回了家。因为认得些字，还会说汉话，就被招进了工作组，那时叫作参加了工作。那个在羊肚菌季节里，端了可以装一升牛奶的大搪瓷缸子到人家替工作组取牛奶的姑娘就是她。把斯炯这个名字，第一次用这两个汉字写下来，是工作组长。他从旧军装前胸的口袋里拔出笔来，说小姑娘很精神嘛，眼睛炯炯有神嘛，就用炯炯有神的炯吧。村里还有叫斯炯的，此前在工作组的花名册上都写成斯穹。

　　斯炯参加了工作组，她腿脚勤快，除了端着一只大搪瓷缸子去村中人家取牛奶，还会提一个篮子去各家各户讨蔬菜。那时的机村人不像现在，会种那么多种蔬菜。那时，机村人的地里只有土豆、萝卜、蔓菁三种蔬菜。工作组的人不仅能说会道，还会把萝卜和土豆在案子上切丝切片，刀飞快起落，声音犹如急切的鼓点，这也让机村人叹为观止，目瞪口呆。而那些裹满泥巴的土豆与萝卜，都是斯炯在村前的溪流里淘洗干净的。春天、夏天和秋天，溪水温和，洗东西并不费事，但到了冬天，斯炯的手在冰窟窿里冰得彤红，人们见她不断把双手举到嘴边，用呵出的热气取暖。

　　就有人说，斯炯，不要在工作组了，回家里守着火塘，你阿妈的茶烧得又热又浓啊！

　　斯炯一边往手上呵着热气，一边笑着说，我在工作！

　　那时工作是一个神圣的字眼，可以封住很多人的口。但也有人会说，工作是宣传政策教育老百姓，你洗萝卜洋芋，就算是在冰水里洗，也不算工作！

　　那时，工作组正帮着机村人把初级农业合作社升级成高级农业合作社。

　　春天的时候，布谷鸟叫之前，新一年的春耕已经是由高级社来组织了。机村的地块都不大，分散在缓坡前、河坝上。高级社了，全村劳动力集中起来，五六十号人同时下到一块地里，有些小的地块，一时都容不下这么多人。工作组就组织地里站不下的人在地头歌唱。嚯，眼前的一切真有种前所未有的热闹红火的气象。

　　高级社运行一阵，工作组要撤走了。

　　工作组长给了斯炯两个选择：一个，留在村里，回家守着自己的阿妈过日子；再一个，去民族干部学校学习两年，毕业后，就是真正的国家干部了。

　　斯炯回到家里，给阿妈端回一大搪瓷缸子土豆烧牛肉，她看着阿妈吃光了等共产主义来到时就会天天要吃的东西，问阿妈好吃不好吃。阿妈说，好吃，就是吃了口渴。那时机村人吃个牛肉没有这么费事，大块煮熟了，刀削手撕，直接就入口了。斯炯抱着阿妈哭了一鼻子，就高高兴兴随着工作组离开村庄，上学去了。

再往前三十多年吧，机村和周围地带有过战事。村子里的人跑出去躲避。半年后回来，阿妈肚子里就有了斯炯的哥哥。然后是一九三五年和一九三六年，红军爬雪山过草地，机村人又跑出去躲避战事，回来时，阿妈肚子里有了斯炯。两回躲战事，斯炯的阿妈就带回了两个没有父亲的孩子。更准确地说，是两个不知父亲是谁的孩子。

斯炯的哥哥十岁出头就跟一个来村里做法事的喇嘛走了，出家了。

这一回，斯炯又要走了。

村里人说，是呢，野地里带来的种，不会待在机村的。

想不到的是，这两个被预言不会待在村里的兄妹不久就又都回到村里。先是斯炯的哥哥所在的宝胜寺反抗改造失败，政府决定把一座八百人的寺院精简为五十个住寺僧人，其他僧人都动员还俗回乡，从事生产。斯炯的哥哥也在被动员回乡之列。但斯炯哥哥不从，逃到山里藏了起来。上了一年学的斯炯接到任务，让她去动员哥哥下山。后来，村里人常问她，斯炯，你在学校里都学过什么学问啊？斯炯都不回答。就像她生命中根本没有过上民族干部学校这回事情一样。其实，她清楚地记得，那天正在上政治课，有人敲开门叫她去楼下传达室接电话。她去了，连桌上的课本和笔和本子都没有收拾。电话里一个声音说，现在你要接受一个任务，接受组织的考验。这个任务和考验，就是要把她藏到山上的哥哥动员回家。她问，我怎么动员他？给他写一封信？电话里问，他认识你写的字吗？她说，那我给他捎个口信吧。电话里说，问题是，他藏起来了，找不到他。斯炯说，你们都找不到，我也找不到啊！电话里说，他要是再不下山，就要以叛匪论处了，叫你去动员，也算是仁至义尽了。斯炯就说，那我去找他吧。

斯炯连教室都没回，就坐着上面派来的车去两百多里外的山里找人了。

在哥哥出家的宝胜寺四围的山里，斯炯进进出出七八天，喊得声音都嘶哑了，她那当和尚的哥哥都没有出现。斯炯以为，哥哥一定是死在什么地方了。所以，她还一个人哭了好几场。在山洞前哭过，在温泉旁哭过。最后一天，她对着一大树盛开的杜鹃花想，花这么美丽，人却没有了，就又哭了起来。这回哭得很厉害，下山的时候，她眼睛还肿着。学校发的那身大翻领的有束腰的灰制服也被树枝划拉出了好几道口子，扎着两根大辫子的头发间，挂着一缕缕松萝。她对干部说，我找不见他了。

干部说，你没有完成任务。

斯炯问，我还能回学校去吗？

干部没有说可以回，还是不可以回，而是冷着脸说，你看着办吧。

学校里的教员和干部常常对一个自知自己可能犯了错，而手足无措的学员说这句话：你看着办吧。

斯炯对干部说，那我回家去，告诉阿妈，哥哥找不见了。

就这样，一九五九年，离开村子一年多的斯炯回到了机村。她是空着手回到机村的。她的课本什么的还留在教室里，衣服什么的都还留在八个人一间的宿舍里。她的床底下，塞着一口棕色皮箱，里面是她的几套衣服，藏式的衣服，和学校发的干部衣服。她的课本和衣服都留在学校，自己穿着一身在山里寻人时被树枝划拉出很多道口子的干部服就回到机村了。从此，再未离开。

她回到机村的那天，高级社的社员们正在村子旁最大的那块有六七十亩的地里松土除草。那时，地里一行行麦苗刚长到一拃多高。全社的社员都在地里弯腰挥动着鹤嘴锄。这时，有人说看看是谁来了。

大家都直起腰来，看见斯炯正穿过麦地间的那条路。

好几个眼尖的人都说，是斯炯回来了。

斯炯空着双手，看都不朝麦田里劳动的乡亲们看一眼，就朝自己家走去了。

有人就对她的阿妈说，看看，当了干部了，不朝我们看就罢了，也不朝自己的阿妈看一眼。

也有人说，像是很伤心的样子啊！

社长就对斯炯的阿妈说，你就回家看看吧。

第二天，斯炯还没有出来与村人们相见。

大家就在地里问她阿妈说，你女儿回来干什么啊。

阿妈就哭起来，说，她哥哥找不见了。他们要他还俗回家，生产劳动，他就跑进山里不见了。

村里人说，他又不是真在修行的喇嘛，一个粗使和尚，背水烧茶，回来也就回来吧。

可是他不见了，斯炯也找不见他，喊不应他。

第三天，斯炯就穿着那件带着破口的大翻领的有束腰的灰色干部服下地劳动了。

大家来和她说话，打探消息。

但她在山里喊哑了嗓子，人们问她什么，她都指指嗓子，我说不动话了。

斯炯就是这样回到机村来的。

机村的很多人物故事都是这样结束的。比如说雪山之神阿吾塔毗，故事的结尾就是，阿吾塔毗带着他两个勇敢的儿子，就是那一年到我们这里来的。哪一年呢？大概是一千多年前的某一天吧。

后来，斯炯的儿子胆巴问她，阿妈是哪一年回到村里的？

斯炯说，哦，很久了，我想不起来了。

儿子再问，她就说，真的很久了，都是生下你以前的事情了。

大概也是斯炯从民族干部学校回到机村那一年，传说距离机村很遥远的内地闹起了饥荒。

那一年的机村发生了三件事。

第一件，离开才两三年的工作组又进驻到机村，来提高粮食产量。工作组是大地正从冰冻中融化的时候来到的。那时，村子里那些刚刚解了冻的土路变得泥泞不堪，弄脏了工作组干部的鞋和裤腿。他们一边在火上烤被泥泞弄湿的鞋，一边召集高级社的村干部们来开会。工作组提出当年粮食产量要翻一番。这把高级社的社长和副社长都吓坏了。

社长说，上天不会让地里长出这么多粮食的。

工作组说，人定胜天，这是新思想。思想是最有力的武器。

副社长说，种庄稼不是打仗，武器没有用处的。

最后，社长和副社长都被说服了。他们和工作组一起想出了一个办法，多上肥料。每户人家的牛栏和猪圈都被铲除得一干二净。工作组说，这是一举两得。地得到肥料，爱国卫生运动也同时开展起来了。机村人第一次发现，原来自己长时期与粪便为伍而不自知。机村人还发现，其实自己也愿意过更干净的生活。村子里的人畜粪没有了。人们又上山去，把森林里的腐殖土背下山来，铺在地里。

当雪线一天一天往高处退去，退过了阔叶树的林带，又退过了针叶树的林带，徘徊在高山草甸时播种季节来到。种子播下不久，树林返青，先是柳树和杨树，然后是桦树和花楸。等到几场春雨下来，黑土地里就浮现出一层隐约的翠绿。那是麦苗出土了。当庄稼绿成一片的时候，布谷鸟叫了，除草时节来到。那时，大家都觉得，粮食产量真的可以翻一番。看看那些麦苗吧，因为地里上足了肥料，麦苗绿得那么深，像是某种绿宝石的颜色。到了夏天，麦苗抽穗时，每一个穗子都前所未有地硕大。人们都欢欣鼓舞，相信一个产量翻一番的收获季就会到来了。可是，社长还是忧心忡忡，他说，全靠肥料，全靠肥料，今年把多年存下的肥料都用光了，明年用什么呢？

机村人因此说这个社长真是个苦命人，该高兴时都不让自己高兴起来。他们想让社长高兴起来，因此都开玩笑说，我们一定要让牛和猪多拉屎，我们也一定要多拉屎，不让社长操心明年没有肥料。工作组说，农家肥没有了，有化肥，大工厂生产的化学肥料。

大家一面议论工厂制造的肥料该是什么样子，一面等待庄稼熟黄。可是，这些长得分外茁壮的庄稼还在拼命生长，不肯熟黄。后来人们回忆说，那一年的庄稼呵，真是长疯了。疯了一样地长，就是不肯熟黄。那些老农民就跟社长一样地忧心忡忡了。庄稼再不成熟，高原山地夜间就要下霜了。霜冻会使没有成熟的庄稼颗粒无收。这样的情形真的就在那一年发生了。连续三个夜晚的霜下下来，地里还在灌浆不止的麦子都冻坏了。

那一年，机村有史以来长得最茁壮的庄稼几乎绝收。上面却要按年初上报产量翻番的计划征收公粮。

社长扳着指头算算，最多到次年三月，机村人家家户户都要断粮，也要跟传说中的内地一样饿死人了。

算过这个账，社长觉得自己罪孽深重，上吊死了。

第二件事，阿妈斯炯的哥哥回来了。

他一出现在家里，斯炯就抱着他身子猛烈摇晃，我在山上喊破了嗓子，你倒是答应一声啊！

斯炯她哥哥虚弱地说，山上？我什么时候在山上？我被关起来了。

原来，这个烧火和尚并没跑到山上去。

那天，他已经收拾好东西了，准备回家了。整顿寺庙工作组的一个人给他和另几个和尚一封信，叫他送到县里去。他说，可是，我要回家了。工作组的人和颜悦色，说，去吧，送了这封信再回家。他是天空刚刚露出黎明光色时离开寺院的。

他怀里揣了工作组员给他的信，肩着一个褡裢，往县城而去。褡裢一头装着被褥，一头装了一口锅，一把壶，两只碗，这是他在庙里生活的全部家当。走出好几里地后天亮了，他回望一眼，寺庙已不可见，只可见一座白色佛塔立在寺庙后面的山上。

到县政府，传达室的人接过信看了，笑笑，又把信塞回到他手上，说，你自己送到公安局去吧。他问清了路,把信送到公安局。公安局的人看了信,从腰间拔出手枪,拍在桌子上,他就被戴上手铐了。他还声辩,工作组让我来送信的。公安说,信上说,这个人到了就把他关起来!

我没有犯法。

犯没犯法,写信送你来的人来了就知道了。

然后,他和好些人一同关在一个大房子里。后来,一起的人都处理了,有了各自的结果。有要坐牢的,也有教育一阵,无罪释放的。就剩他一个人了,始终没有人来看他。看管人的也松懈起来。一个晚上,电闪雷鸣之时,他从窗户上探出头去,没有人喊回去,没有手电光闪过来。他从窗口上跳出去,也没听到人拉动枪栓。他就跑到外面去了。第二天,他还在县城里晃荡了一天,也没有人来抓他。于是,黄昏时分,他就出了县城,往机村的方向去了。

他一进家门,妹妹斯炯就哭喊着摇晃着他,工作组让我到山上找你,你为什么不出来?你为什么现在又自己跑出来?

他还没有来得及辩解,妹妹又喊道,工作组在找你,你到工作组去!

他只好跑到工作组去。他想,人家又没叫他,自己跑去干什么呢?所以,就只在工作组住的那座房子门前徘徊。

这座房子是村子里最漂亮的房子。比村子里所有二层三层的房子都要高上一层。一般的房子是六根柱子,八根柱子,这座房子是十六根柱子。所以,这座房子的主人就成了地主。这座房子为两兄弟所有,他们共同娶一个老婆。工作组在村里作了很多调查研究,也弄不清楚这座房子的真正主人是这两兄弟和他们共同的老婆中的哪一个。本来只有一顶地主的帽子,因为弄不清这三个人哪一个是真正的主人,干脆就又从上面再申请了两顶帽子,这才解决了这个问题。

早在一九五四年,三个戴了地主帽子的人,就被逐出了这座房子。一层建了供销社,二层三层就成了工作组来村里时的临时驻地。

斯炯的哥哥在工作组驻地前徘徊了足足半天时间,看到一个人立在窗前用口琴吹着激昂的乐曲。看见一个穿了灰色干部服的姑娘,提着一个篮子到溪边洗菜。那姑娘唱着歌,蹦蹦跳跳地,都不看他一眼,就从他身边过去了。他想起,前些年,妹妹斯炯就是干这个的。然后,就去了民族干部学校。想到妹妹是因为他,失去了成为干部的机会,这个烧火和尚前所未有地伤心起来。他伤心得泪水迷离。他想,自己真是一个俗人了。早年进庙,落发,披上紫红袈裟,废了在俗家的名,得了法名,称作法海。但这个连老爹都没有的穷孩子,不要说投在名僧门下去学修行，因没有钱财供养上师，只能成为杂役僧，换取衣食，是为烧火和尚。听来一些经文，也都不知半解，自己琢磨，也就是叫人安于天命，少有非分之想的意思。心里起了什么欲念，便是按捺，再按捺。久而久之，人就变得懦弱，而且有些迟钝了。现在，他却悲从中来，任由情绪控制了。天黑下来，这是八月了，楼上飘下来烹煮蘑菇的香味。

这个季节，不是羊肚菌的时光了。

这时是从青杠林里来的松茸登场了。

那个时候，还没有松茸这个名字。那时羊肚菌之外的所有菌类，都笼而统之称为蘑菇。最多为了品种的区分，把生在青杠林中的蘑菇叫作青杠蘑菇，把生在杉树林中的蘑菇叫作杉树蘑菇。

楼上在用红烧猪肉罐头烧这种蘑菇。香味飘到楼下，楼下那个没人理会的法海和尚却因为妹妹和自己奇妙的遭际泪水迷离。

第三件事，斯炯在这一年生了一个孩子。

斯炯上了一年民族干部学校的意义似乎就在于，她有机会重复她阿妈的命运，离开机村走了一遭，两手空空地回来，就用自己的肚子揣回来一个孩子——一个野种。

和尚法海收了泪，回到家中，对妹妹说，没人来理我。

斯炯正在给孩子喂奶，便拍着孩子的脑袋说，舅舅回来了，叫舅舅啊！

孩子吐出奶头，咧开嘴笑，并发出模糊的音节，啊，啊啊。

法海便笑起来。他听到自己的心脏咚咚撞击胸腔。

斯炯说，和尚舅舅，给侄儿取一个名字吧。

法海就说，我亲爱的侄儿还没有名字吗？

斯炯笑道，家里男人不在嘛。

法海抱过侄子，把茶碗里正在融开的酥油蘸了，点在婴儿额上，说，你叫胆巴。

第二天，斯炯上山，滑倒在地，脚蹬开树丛间的青杠树边缘带着尖齿的浮叶，下面露出了一群蘑菇。密密麻麻挤在一起。斯炯不顾被树叶上的尖齿扎痛的双手，笑了，说，蘑菇在开会呢。

斯炯从这群蘑菇中采了十几只样子漂亮，还没有把菌伞撑开的，带下山来。

经过工作组的房子前，她取出一多半，放在院墙头上。一个队员从窗口望见了，说，乡亲，谢谢了！

斯炯怔了一下，他们真的把她看成一个村民，而不是干部了。以前，他们叫她斯炯，更不会为了几只蘑菇就客气地说谢谢。是啊，穿回来的干部服已破得不成样子，叫阿妈改成小裤子小褂子，穿在儿子身上了。

斯炯对楼上说，我哥哥回来了，他给我儿子取了名字，叫胆巴。

那个人听了她的话，扬扬手，从窗口消失了。

她不知道，楼上当年把她名字写成斯炯的人，那位名叫刘元萱的工作组长正在问，刚才斯炯在说什么？

她送了些蘑菇来。

我没问蘑菇，我问她说什么。

她说她哥哥回来了。

回来了，就回来了，叫他老老实实从事生产。

那人就到窗口喊，叫他老老实实从事生产！

可斯炯已经走远了，拐过一个弯，消失不见了。

那人又回过身说，她走远了，没有听见。

走远了还喊什么喊？

她儿子有名字了，叫胆巴。

哦，到底是庙里回来的，有点学问嘛！知道元代赵孟頫吗？知道《胆巴碑》吗？我看你们不知道，这个名字的喇嘛，当过元朝皇帝的帝师啊。你们不知道，我倒要问一问他。

过几天，斯炯上山去，不由得走到那个有很多蘑菇的地方去看上一眼。如果上次是蘑菇开小会，那这回开的是大会了。更多的蘑菇长成好大一片。斯炯知道，自己是遇到传说中的蘑菇圈了。传说圈里的蘑菇是山里所有同类蘑菇的起源，所有蘑菇的祖宗。她又采了一些。下山来，又把一多半放在工作组房子的墙头上。这时窗口上传来声音说，你，不要走，等我一下。

那是工作组长刘元萱，当年送她进了干部学校那个人。不一会儿，他披衣下来，站在斯炯面前，你哥哥回来了，也不来报个到。

斯炯问，现在吗？

随时。

法海和尚来了。

工作组长复又从楼上披衣下来。问他，出家多少年了。法海回话，十几年了。名叫法海。嚯，这名字也有来历。法海说，我们庙里好几个法海。跟的是哪位上师啊？我家穷，没有布施供养，吃穿都靠着庙里，拜不起上师，就是每天背水烧茶。哦，以前的汉地，有个烧火和尚，叫作惠能，得了大成就是成为禅宗六祖，你可知道？法海摇头。你给侄儿起名叫作胆巴，元朝时候，有个帝师，也是藏族人，也叫这名字，你可知道？法海复又摇头，说，村里还有几个男人，也叫胆巴。组长失望了。如此说来，你真的就是个烧火和尚。我是烧火和尚。那么回去吧，好好劳动，努力生产。

法海就转身离去了。

走了几步，和尚法海又回过身来，他对工作组长说，我十一二岁到庙里……组长在他犹豫的时候插话进来，到底是十一岁还是十二岁？说清楚点。

我十一二岁时就到庙里，除了背柴烧火劈柴，什么都不会干。

组长徘徊几步，放羊会吧！早上把羊群赶上坡吃草，下午把它们从坡上赶下来！

这样，和尚法海就成了村里的牧羊人。

进屋时，斯炯正在一只平底锅中把酥油化开，把白生生的蘑菇片煎得焦黄。这是她在工作组时学来的做法。蘑菇没下锅时，有奇异复杂的香味，像是泥土味，像是青草味，像是松脂味，煎在锅里，那些味道消散一些，仿佛又有了肉香味。机村人的饮食，自来原始粗放，舌头与鼻子都不习惯这么丰富的味道。所以，面对妹妹斯炯放在他碗中的煎蘑菇片，法海并无食欲。

斯炯说，吃吧，这样可以少吃些粮食。都说社里的粮食吃不到明年春天。

法海像个孩子一样抱怨，我们从来都只是吃粮食、肉和奶的。

斯炯像个上师一样说，也许一个什么都得吃点的时候到来了。

一九六一年，一九六二年，后来机村人回忆说，那时我们的胃里装下了山野里多少东西啊！原来山里有这么多东西是可以用来填饱肚子的呀。栎树籽、珠芽蓼籽、蕨草的根，还有汉语叫人参果本地话叫蕨玛的委陵菜的粒状根，都是淀粉丰富的食物。还吃各种野草，春天是荨麻的嫩苗、苦菜，夏天是碎米荠的空心的茎，水芹菜和鹿耳韭。秋天各种蘑菇就下来了。那也是机村人开始认识各种蘑菇的年代。羊肚菌之外，松软而硕大的牛肚菌，粉红浑圆的鹅蛋菌，还有种分权很多却没有菌伞的蘑菇，人们替它起个名字叫扫把菌，后来，刘元萱组长说，不用这么粗俗嘛，像海里的珊瑚树，就叫珊瑚菌吧。

是工作组和从内地的汉人地方出来逃荒的人教会了机村人采集和烹煮这些东西。

工作组略过不说，那个逃荒回来的人是吴掌柜，他当年是机村东头那条小街上的旅店掌柜。公路修通后，他们一家人就回内地老家去了。

那天，法海和尚上山放羊。

那天，他赶着羊群，经过人们不常去的那段石板铺就的荒废小街。那百十米长的街道上，石板缝里长满了荒草。羊群走过去，碰折了牛耳大黄和牛蒡，散发出一种酸酸的味道。街两边早年的店铺顶都塌陷了，板壁也在朽腐中，斯炯当年帮工时用木炭描在上面的字迹已经相当模糊了。这荒凉的废墟中，似乎有鬼魂游荡。法海口里念动咒语，心里就安定了。

下午赶着羊群再次经过这条废弃的街道时，他仿佛看见，某一座房顶上缭绕着若有若无的蓝烟。他耸耸鼻子，闻到了烟的味道。是湿柴燃烧的浑浊的味道。他心惊肉跳地催动羊群快速通过了那条街道。

晚上，斯炯煮了一大锅汤，里面只有很少的面片，其余都是蘑菇。

放下饭碗，法海开口了，我看见了奇怪的事，说出来怕人说我宣传封建迷信。

斯炯说，这是在家里，只有我和阿妈。

法海才说，我碰到鬼了。

斯炯没说什么，只看了阿妈一眼。阿妈也不以为怪。

他说，他在老街上遇到鬼了。那些鬼在破房子里生火，还在破窗户晾晒了野菜和蘑菇。

斯炯说，不要说了，再说，我以后不敢再去那地方了。

法海笑了，说，我看到你以前写在板壁上的字还在呢。

斯炯沉下脸来，那是另一个人写下的。一个鬼写下的。

连着下了几天雨。

天气也一天冷过一天。山下下雨，山上起了雾，把山林和天空都遮得严严实实。寒气四起。机村人知道，那是山上的雨已经变成了雪。但是地里的庄稼还没有收回来。空气中充满了那些没有结穗的麦草在雨水中沤烂的味道。那是令人绝望的味道。

终于，无有边际的冰凉雨水止住了，云缝中放出耀眼的阳光。

那时，斯炯正在屋里跟阿妈说话。

阿妈说，这么多雨，不要说庄稼，地里的草都沤烂了，没有指望了。

法海说，烂了就烂了吧，人反正也不能靠吃草过活。

斯炯说，我操心的不是这个，是雨把青枫和蘑菇都沤烂了，那才是不让人活。好在太阳出来了。

说完，她就把孩子塞到他外婆怀里，出门去了。

连续阴雨后的荒野真是凄楚。林子里的蘑菇都腐烂了。那么大一个蘑菇圈里，起码有两三百朵蘑菇，经过连天阴雨，只剩下十几朵没有腐烂。她赶紧把它们收集起来。斯炯觉得，蘑菇腐烂的气味令她有些心伤。于是，她抬起头来，把视线转移到树上，她看到青枫树籽还一粒粒挂在枝头上，拇指头那么大一颗颗的果实，紧嵌在褐色壳斗中，闪闪发光。斯炯想，不成熟的庄稼烂在地里，等太阳把树上的水汽晒干，就该到树林里来搞秋收了。她的心情立即就好多了，觉得笑容浮现在了脸上。她抬手在脸上抚摸一阵，把双手举在眼前，并没有看到笑容转移到手掌之上。

出了树林，斯炯对自己说，太蠢了，笑怎么会跑到手上。

但她知道自己笑得更厉害了，于是一边走，一边把手举在眼前，想看到上面确实有笑容出现。

她一路想青枫树上那些饱满的亮铮铮籽实，一面笑着。这是饥荒将要驾临机村的时候，她知道，有了这些籽实，他们一家就能熬过荒年。她在说，阿妈，看着吧，哥哥看着吧，儿子看着吧，我能让一家人渡过荒年。

等到她觉得走到了家门口，要抬手推门时，才吃了一惊。

她不在村子里自家的门前！

她发现自己站在那条荒废已久的小街上。她不敢对自己说，一定是遇见鬼了。那时的机村人相信，有一种鬼会把人引到它们的地盘上。

斯炯想起了哥哥的话，说她以前用木炭描在板壁上的字还在。她想，那是鬼在引我呢。脚步却止不住，很快就来到了她帮过佣的吴记旅店门前。她描下的字真的还在，但被风吹日晒雨淋，不止是字迹已经快淡到没有，连木板的棕褐色已将消失殆尽，变成了一片惨白。她伸出手，要去摸摸那些淡淡的字迹，木板就破碎了。不是她手碰触到的那一小块，而是整个一面板壁都塌下来。腐烂的板壁塌下来的时候，没有一点声响，就是悄然下滑，变成一些细碎的粉末，堆在她脚前。店铺的内部一下在她面前洞开。

接下来，她看到了一堆有气无力地燃着的火，看到了一个人，一个老人，面容悲戚坐在火边。

斯炯惊呆了，哥哥法海说有鬼，现在，一个鬼真的出现在她面前了。

那个鬼抬起眼皮，看着她，哑声说，是斯炯吧。

斯炯不敢惊叫，小声说，鬼啊！

那个鬼说，我不是鬼，我是吴掌柜。

斯炯想跑，却挪不动步子，恐惧把她的双脚钉住了。

那个鬼又说，你仔细看看，我是吴掌柜。

这回，斯炯从这个鬼身上看出一点过去那个掌柜的影子。小眼睛，山羊胡须。斯炯战战兢兢问，掌柜，你死了吗？

我没死。

那你的鬼怎么回来了？

掌柜的嘴里发出了哭声，我们一家七口人从这里走的，只有我一个人回来了，变鬼的那些人都回不来了。掌柜哭泣的时候，眼泪鼻涕从那沟沟坎坎的脸上慢慢滑下来，最后，都亮晶晶地挂在了那几绺花白干枯的胡子上。掌柜又伸出一双瘦脚，两只脚上套着不一样的鞋子，两只鞋底都已经磨穿。他说，要是捡不到这些鞋，我都走不到这里了。走不到你们蛮子地方了。

斯炯问了一句话，你走来这里干什么？

掌柜小心翼翼地问了一句话，我惹你不高兴了？

斯炯在民族干部学校学到的东西涌上心头，涌到嘴边，不准说蛮子地方，解放了，民族政策，要说少数民族地方。

是啊，是啊，解放了，说错话也是不允许的。我想我只有走到这里才有活路。山上有东西呀！山上有肉呀！飞禽走兽都是啊！还有那么多野菜蘑菇，都是叫人活命的东西呀！

听着这些话，斯炯也变得眼泪汪汪了。

以前的掌柜说，我想求你要点东西。

斯炯说，呀，掌柜，现在我们一家为省点粮食，吃得满身都是蘑菇味，哪里还有东西可以施舍给你呀！

掌柜笑了，斯炯长大了，会哭穷了。他笑着的时候，露出了通红的水淋淋的牙龈。

斯炯想起，以前掌柜的牙齿就不好，吃完饭，就用腰上挂着的一根象牙牙签剔牙。他从牙缝里剔出的都是牛肉羊肉或者野物肉的粗纤维。他会举着这些细肉丝在眼前，感叹自己的苦命。感叹自己在老家立足不住，来到这只能吃肉而少有菜吃的地方。他常常举着牙缝里剔出来的肉丝怀念家乡那些菜，豆腐、豆花、莲藕、笋、丝瓜、豆尖……这样的结果是，他的牙缝越来越宽，从牙缝里剔出的肉纤维越来越多。那时，掌柜就这样天天诅咒这个蛮子地方，诅咒自己开的这个店。

现在，他那些稀松的牙齿快掉光了，嘴里就剩下颜色鲜艳的让人恶心的牙龈。

他对斯炯说，给我一小块肉吧，我满身都是草的味道了。

斯炯想起以前他讨厌肉的样子，说，没有肉了。同时，嘴和喉舌间唾液泛起，生起了她对肉的怀想。

掌柜又哀求，我要盐，不然，往肚子里塞再多野菜和蘑菇，我也站不起来了。

斯炯笑了，有了供销社，盐可比以前便宜多了。

掌柜又露出他满嘴令人恶心的牙龈，他说，我吃了两只土拨鼠，好多泥鳅，和着野菜一起煮，但没有盐，身上还是没有力气，我都快站不起来了。他说，只要你给我一些盐，身上有了力气，我就能弄到更多的肉。

斯炯回家，告诉放羊的哥哥，说老街上没有鬼，是以前的吴掌柜偷跑回来了。斯炯包了些盐在旧报纸里，让哥哥放羊时顺便送去。

哥哥不同意，说，千里万里的，说回来就回来了，你怎么晓得他不是个鬼？

斯炯说，你是和尚，念两句咒，就是鬼也镇住了。

哥哥说，我不是大喇嘛，一个烧火和尚的咒怕是没有那么大法力吧。

而斯炯却抽不出时间往那条废弃了的老街上去。雨水一停，工作组就组织全部劳动力抢收地里那些因肥力过度而不能成熟的麦子。工作组在动员会上说，收不到粮食，但这些麦草都是很好的饲草，可以把集体的牛羊喂得又肥又壮，庄稼怕肥，难道牲口也怕肥吗？组长有学问，说了一句村里人不懂，工作组的人也大多不懂的话，失之东隅，收之桑榆。这句话经过多次解释，多重翻译，终于让村里人听懂了。这句经过多次翻译的话最后成了这样：太阳出来时没有得到的，会在太阳落山时得到。

有人说怪话，说太阳出来时失去的粮食，太阳落山时变成了草。

工作组说，草喂牛喂羊，就变成了肉，所以，太阳落山时就得到了肉。

收割下来的草太多了，晒在栅栏上，一束束挂在树上，整个村子充满了正在干燥的麦草散发的清香。放羊的法海和尚更忙了，夜里起来两次，往羊圈里添那些草。他的羊群吃着这些肥美的麦草，胀得都走不了路了。早上，羊栏门打开，它们都惺忪着眼睛，又肥又懒，赖在圈里不肯上山了。

斯炯只好在一个黄昏，带着满身的麦草香亲自把盐送给吴掌柜。

吴掌柜守着一坑微火，火上架着半边铁锅，里面的野菜都煮成了糊，他又流下眼泪，望眼欲穿，望眼欲穿呀！若大旱之望云霓呀！他直接把一撮盐放入口中，吃了。又往野菜糊里放了许多，也呼呼噜噜地喝了。他心满意足地拍着肚皮，说，斯炯，你的家乡真是好地方，这么大的山野，饿不死人的呀！

斯炯就想起他以前诅咒这蛮子地方的情形来。

还没等斯炯开口，提提这些旧事，掌柜又哭了起来，可是，这么好的地方，我是待不长啊！

斯炯说，你就待在这里，怎么待不长？

掌柜说，现在不是随便跑来跑去的时代了。我的户口不在这个地方。我的户口在饿死人的地方。

虽然不时有传言说，内地的汉人地方这两三年都饿死人了，她还是不能相信掌柜一家都死得只剩下他一个人了。掌柜吃了盐，更有力气絮絮叨叨了。这让斯炯有些不耐烦了。她看见月光越过墙头落在脚前，就要告辞离开了。掌柜说，你不要走，山里好多野菜都可以吃，你们不认识，我把那些野菜教给你。他从墙头上拿下晾得半干的野菜。斯炯一看，眼前就出现它们长在野地摇晃在风中的样子。她说，好吧，我知道它们可以吃了。然后，她就离开了。

吴掌柜说，过几天，你再来，我还教你认识更多的野菜。他说，你要再带些盐巴来啊！

斯炯没有回头，走在杂草丛生的老街上，前方的天空中半轮月亮在云彩中进进出出，她心里想，可怜的掌柜到底是个人还是个鬼呢？

回到家里，哥哥等在院门口不让她进门。他口里念念有词，端着一只燃着柏枝的香炉，把她周身细细熏过，这才放她进门。你不怕鬼，但不能把鬼气带回家里来。

熏完香，哥哥看她上楼，回身又往羊栏添草去了。

荒废的老街上有鬼的消息在村子里传开。

斯炯沉默不言，走在山野里，看到吴掌柜指给她的野菜，她心里就想，原来这些都是可以吃的。都是看见就认识却没有名字的。多少年后，在县里当了干部的儿子，想念山野的味道了，会捎信来说，请阿妈采些碎米荠来吧，请阿妈捎些荨麻苗吧。当然，也会捎信说，请阿妈带着新鲜的松茸来看孙儿吧。她才知道这些野菜和蘑菇的名字了。直到这时，她也才晓得，蘑菇是所有菌子的名字。她守了几十年的蘑菇圈里的蘑菇还有自己的名字。

但那是很久以后的事情了。

那时，她对这些还一无所知。她只是听凭逃荒的吴掌柜的指点，比村里人多认识了几种野菜。吴掌柜吃了盐，还是有气无力的样子，对她说，斯炯啊，还有蘑菇。蘑菇不像野菜，四出随风，无有定处。蘑菇的子子孙孙也会四处散布，但祖宗蘑菇是不动的。它们就稳稳当当待在蘑菇圈里，年年都在那里。

斯炯笑起来，我已经有一个蘑菇圈了。

真的，那你是一个有福气的人啊。

斯炯心里因他这话而有些悲伤，她想起民族干部学校干净的床铺，书，笔记本，但她随即转了话题，说，你都吃了那么多盐，怎么还是有气无力的样子啊！

吴掌柜沉默了，后来，他说，悲伤，是悲伤，我这几天才有力气想，这样活下去又如何呢？吴掌柜又笑了。他笑着说，我看我是活不下去了。这一回，他没有坐在破房子的火边不动，而是伴着斯炯穿过荒废的长满了荨麻、臭蒿和牛耳大黄的街道。走到当年的街口了，掌柜说，这棵丁香还在啊！斯炯就想起来，五六月份时，当年的街口真有一棵盛放的、香气浓烈的花树。现在，它只是纷披着盛密的绿叶，在太阳下闪闪发光。而山坡上的桦树林已经开始泛黄了。

吴掌柜说，好心的斯炯啊，你不用再来看我了，我要走了。

斯炯说，你又要回老家去吗？

吴掌柜说，冬天要来了。

斯炯回身，视线穿过那条短促而荒芜的街道，看到更远处的峡谷，和峡谷尽头那座雪山。吴掌柜的老家就在山那边什么地方。

斯炯说，多远的路啊！其实，她并不知道那路到底有多远。

吴掌柜笑笑，说远也远，说近也近，说不定一眨眼工夫就到了。

斯炯是个没心眼的人，听不懂吴掌柜是话中有话。又过了几天，她才明白掌柜说要走了是什么意思。

那天半夜，村外山坡上燃起了一大堆火。

工作组分析，这不是普通的火，是潜伏特务给反攻大陆的台湾蒋匪帮的飞机发信号。以前，台湾也有东西到山里来过，不是飞机，是大气球。大气球飞到村子山上空，就爆开了，撒得满山都是彩色纸片。这些纸片画了什么或写了什么，斯炯没有见过。传单都被上山搜查的民兵捡干净了。和传单一起从天上下来的还有包裹得花花绿绿的糖果，斯炯和村里人见过但没有尝过。工作组说了，这些糖果上沾了毒药，是蒋匪帮毒杀人民的诱饵。工作组得知山上燃起大火这一天，村里立即响起尖厉急促的口哨声。民兵集合，向山上掩杀而去。全村人都在山下观看。人们看到，在杉树和栎树混生的林子和草坡之间，民兵们形成了一个包围圈，把昨夜燃起火堆的地方包围起来。包围圈越来越小。斯炯开始担心了。她把手指头伸进嘴里，用牙齿紧紧咬住。有几个民兵再往右边的林子靠近一些，就要发现她的蘑菇圈了。他们端着枪，离她的蘑菇圈越来越近。斯炯都要叫出声来了。那几个端着枪的人距她那隐秘的地方实在是太近了。她想，要是那些蘑菇像人一样，懂得害怕，一定就会尖叫着四散奔逃了。

这时，山上有人发一声喊，民兵们齐齐扑向一个地方，齐齐把枪指在了地上。

后来，他们就两手空空下山来了。

大家又回到地里收割和搬运那些穗子没有成熟的肥壮麦草。他们什么也没说，但一股神秘的气氛还是在人们中间四散开来。村民们开始议论遥远的，他们一无所知的台湾。

这气氛也感染了斯炯。晚上，吃蘑菇野菜面片汤的时候，斯炯对哥哥说，山上一定有民兵没有捡干净的纸片。哥哥说有时会看到，但都被雨淋坏，被羊咬破了。

法海说，羊都不肯咽下去的东西，你要来干什么？

斯炯说，我就是想看看。

法海抱怨，吃了那么多麦草，羊都不肯上山，每天把它们赶上山，就把我累坏了，还要替你找什么纸片。

斯炯用汤里的面片喂饱了儿子，把他塞到法海怀里，稀里呼噜地喝起面片汤来。他们不知道，这时，民兵又按工作组的安排悄悄摸上山去了。白天，他们冲上山去，只在包围圈中心发现一些灰烬，一些浮炭，还有几根啃光的肉骨头。这一回，民兵们趁月亮还没有起来，摸上山去潜伏下来。但是，这个晚上，那个燃火的人没有出现。连着三个晚上，那个燃火的人都没有出现。于是，民兵也就停止了潜伏行动。

民兵停止潜伏行动的这个晚上，吃晚饭时，斯炯对哥哥说，对你侄儿笑笑，不要把脸弄得那么难看。

法海抱怨，吃这么多野菜和蘑菇，脸好看不了。

斯炯的脸也难看起来，不给他盛面片汤，也不把儿子塞到他怀中。

法海自己觉得没道理了，他说，斯炯啊，我好像丢了一只羊。

斯炯立即放下饭碗。

我数过，一百三十八。前天数，一百三十八，昨天数，一百三十八。本来是一百三十九只啊！

今天没数？

哥哥低下头，我不想数了。

斯炯起身，马上去数！

哥哥说，天黑，看不见啊！这时，他还不知道，今天他又丢了一只羊。

这时，儿子哭了起来。平时就是哭也只是小小地哭上两三声的儿子这回却哭个不停。

法海和尚没有侍弄孩子的经验，只一迭声地说，胆巴他怎么了，胆巴你怎么了。

胆巴继续哇哇大哭。

斯炯抱着儿子，絮絮叨叨，胆巴怪舅舅不懂事呢。舅舅嫌饭不好呢。舅舅丢了羊呢。舅舅让妈妈当不成干部了呢。说着说着，自己眼里的泪水就滑下来，挂在脸上。这时，村子里响起了急促的哨子声。金属口哨声响亮而又尖厉，刺得人耳朵生疼。

山上那个火堆又燃起来了。

全村人都从屋子里出来，望着山坡上那堆篝火。那堆火并不特别盛大明亮，而是闪闪烁烁，明灭不定。民兵们发起冲锋，散开战斗队形，扑向山上那一堆野火。

这一回，他们没有扑空，一个人坐在火边，眼光明亮贪婪，在啃食一只羊腿。这只羊腿来自法海放牧的羊群中的第二只羊。那个就是逃荒回来的吴掌柜。他的山羊胡须上沾着的羊油闪闪发光。民兵们打开了枪刺和没有打开枪刺的枪齐齐指向他。吴掌柜叹口气，脸上露出奇怪的笑容，他站起身来，自己把手背到背后，让人来绑。上绳索的时候，他又很奇怪地笑了一下，说，没想到，临了还能做个饱死鬼。

吴掌柜当时说的话，是后来从民兵嘴里传出来的，斯炯和别的村民一样，并没有亲耳听见。她和别的村民一样，当时只看到山上的火灭了，又看到一串手电光从山上下来，看到一个被反绑了双手的人被带进了工作组在的那座房子里。

那是机村少有的一个不眠之夜。很多人都认出来那个山羊胡须的吴掌柜。他们一家在村东头那条曾经的小街上开了十多年的店。他们在公路修通、驿道凋敝时离开机村，回到老家。人们还记得他离开时，带着一家老小转遍整个村子，挨家鞠躬告别的情形。但村里没人知道他何时回来，为什么回来，而且这样行事奇特，要偷杀合作社的羊，并于半夜在山上生一堆火，在那里烤食羊腿。只有斯炯知道他是出来逃荒的。知道他这么做是不想活了。

早上，民兵们要把吴掌柜押到县里去。

村里人都聚集在村中广场上，来看这个消失多年又突然现身的吴掌柜。他脸上仍然挂着奇怪的笑容。他已经变得花白的山羊胡须上仍然凝结着亮晶晶的羊油。

他的眼光在人群里搜寻。斯炯知道，他是在寻找自己。起初，斯炯躲在人群背后，不敢露脸，但她看到吴掌柜脸上露出了焦急的神情，斯炯想，这个可怜人是要跟自己告别。她便奋力挤进人群，站在了他面前。吴掌柜舒了一口气，他说，我回机村来是对的，临了还能做一个饱死鬼。

斯炯忍住眼泪，面无表情地站在吴掌柜面前。

掌柜说，斯炯啊，我看到你的蘑菇圈了。真是一个好蘑菇圈。吴掌柜又悄声说，你要去看看你的蘑菇圈。

斯炯说，天凉了，十几天前就没有蘑菇生长了。

吴掌柜很固执，去看看，说不定又长出什么来了。

民兵横横手里的步枪，说，住嘴！

本来想反驳吴掌柜的斯炯就不说话了。

吴掌柜被民兵押着上路了。

走到村口，往西北去，是开阔谷地，往东，河水大转弯那里，有一堵不高的石崖。崖顶上长着几株老柏树，树下面十几米，河水冲撞着崖壁，溅着白浪，激起旋涡。崖上的路，也在那里和河水一起转而向南。吴掌柜没有随着道路一起转弯，他一直往东走，走到了一株老柏树跟前。他回过头，看了尾随而行的看热闹的人群一眼，再转身直接往前，直到双脚踏空，跌下了悬崖，在河水中溅起了一朵浪花。只有两个押送的民兵看到了那朵短暂的浪花。等其他人也扑到崖顶，看那河水时，浪花已经消失了。跌进水中的人也消失不见了。后来，那个没有了魂魄的尸身从下游几百米处冒上了水面，没有人试着要去打捞这具尸体，只是望着他载沉载浮，往他家乡的方向去了。

斯炯害怕得要命，没敢走到崖前向河里张望。她浑身颤抖往家里走去。回家的路上，她看见法海正赶着羊群上山，羊群去往的地方，正是昨晚民兵把掌柜抓下山来的那个地方。

她也就跟着爬上山去。

她追上法海的时候，羊群已经在泛黄的秋草间四散开去。法海站在一摊灰烬前发呆。昨夜，那里还是一团闪烁不定的火光，现在却只是一些暗白色灰烬和一些黑色的浮炭。斯炯盯着那了无生气的火堆的遗迹，眼泪潸然而下。法海和尚却在笑。他说，幸好民兵抓住了他，不然，他们会说我破坏集体经济。他们会怀疑是我吃了那两只羊。

斯炯流着泪，说，吴掌柜跳河了。

法海和尚平静地说，他是解脱了。

斯炯说，我害怕，他最后的话是对我说的。

法海和尚说了让斯炯记得住一辈子的话，他说，你是怕他变鬼吗？没有庙，没有帮忙超度的人，他变鬼有什么用呢？他用脚拨弄灰烬旁那段羊腿骨，说出了心中的疑问，他杀了我两只羊，为什么只有一段羊腿骨，难道他饿到连那些骨头都吃了？

斯炯对法海这样的表现很失望，觉得他是个没脑子，同时更是个没心没肺的人，便离开他转身下山。这时，她耳边响起了吴掌柜最后的话，那嘶哑而又平静的声音在对她说，斯炯，去看看你的蘑菇圈吧。

她绕了一个弯，避开放羊的法海，钻进了树林，轻手轻脚，来在了她的蘑菇圈跟前。几株栎树，几丛高山柳之间，是一片湿漉漉的林中空地。曾经密密麻麻，采了又生，采了又生的蘑菇全都消失了。只有颜色变得黯淡的落叶，枯萎的秋草，显出一种特别凄凉的情景。蘑菇们都被秋雨淋回地下，要明年的夏末秋初才肯露头了。斯炯想，吴掌柜叫我来看什么呢？一定是他临死前害怕得神志不清了。

但她随即又否定了自己，今天早上吴掌柜的样子，是他潜回机村后最镇定自若的。斯炯不是一个脑子灵活的人，更不是个要强迫自己去想那些难以想清楚的事情的人。于是，她转过身来，带着一点失望的心情离开她的蘑菇圈。这时，她看见一只狐狸隔着一丛柳树探头探脑地向她张望。等她走出了二三十步，那只狐狸就从柳树丛后跳了出来，伏下身子在泥地上飞快地刨将起来，狐狸的头埋进了浮土和枯枝败叶中，斯炯只看到它高高竖起的尾巴在眼前摇晃不休，看到被狐狸刨出来的泥巴与枯叶在尾巴周围飞起又落下。

接着，她就闻到了肉的味道，带血的生肉的味道。

这一刻，她明白了吴掌柜那句话的意思。她冲上去，狐狸跑开。她从狐狸刨出的小洞中看见了一颗羊头。这回，是那只不甘心的狐狸隔着柳丛向她张望。她紧抓住两只羊角，口里哼哼有声，把一只羊从地下拖了出来。那是用一张剥下的羊皮包裹着的缺了一条腿的羊。也就是说，这只羊还有三条腿和一整个身子。而且，还是一只肥羊。

斯炯先是吃惊，然后就笑了起来。

她知道自己不能现在就背负羊肉下山，她更知道，要是把羊肉留在山上，那这只眼睛放光的狐狸什么都不会给她剩下。于是，她重新把羊肉埋在浮土中，把身子坐在上面，紧盯着狐狸开始歌唱。

她唱当地的歌。那歌唱的是春天到来时，草原上有三种颜色的花朵要竞相开放。蓝色的花，红色的花和金黄色的花错杂开放，那就是春天来到人间，犹如天堂。

她又用汉语唱这些年流行开来的歌。社会主义好，社会主义好。毛主席呀派人来，雪山低头向那彩云把路开。雄赳赳气昂昂跨过鸭绿江，保和平卫祖国就是保家乡。她不知道，那些跨过鸭绿江的军人早几年就已经班师回朝了。

她一直唱到盯着她不明所以的狐狸从眼前消失了。

那一天，闻到肉味来到她跟前的还有一只臭烘烘的獾，两只猞猁和好几只乌鸦。那几只乌鸦是一齐飞来的，它们停在栎树的横枝上，呱呱叫个不停。那声音让斯炯感到害怕，但她还是坚持坐在掩藏着羊肉的浮土上一动不动。她看见，躺在高处草坡上睡觉的法海被这群乌鸦吵得不耐烦了，站起身来，又是挥动手臂，又是长声吼叫，终于把那些乌鸦轰跑了。

斯炯想，这个和尚哥哥还是能帮上一点忙的。这样的想法使她感到安慰和温暖。

这样的温暖一直持续到她晚上把羊肉背回到家里。

回到家时，法海不在，工作组要调查那只羊是如何被吴掌柜偷走的，他被叫去问话了。这使斯炯有足够的时间把羊肉挂到房梁上，让火塘里的烟熏着。她有把握，法海和尚是不会抬头往黑黢黢的房顶张望的。他总是低着头，像总是在看着自己的心。这个烧火和尚总是以这样的姿势，在默诵他十几年的寺庙生涯中习得的简单的经文与偈咒。除此之外，这个家里不会有人来。

本来，她想煮一块羊肉，让家里每个人，母亲，儿子还有哥哥和自己都喝上一碗香喷喷的羊汤，但她克制住了这样的冲动。她知道，这样做会让哥哥感到害怕。而母亲看着这一切，一言不发。自从她和法海回到这个家，他们的母亲就像被夏天的雷电劈了，不关心身边的事情，甚至也不再跟人说话。

忙完这一切，法海回来了。他端着手里的蘑菇土豆和面片三合一的汤，还说怪话，来世我不会变成一朵蘑菇吧？

斯炯说，没听说过有这样的转生啊。

法海说，蘑菇好啊，什么也不想，就静静地待在柳树阴凉下，也是一种自在啊！

斯炯笑了，哥哥的话让她想起一朵朵蘑菇在树荫下，圆滚滚的身子，那么静默却那么热烈地散发着喷喷香的味道。

法海又说，明天，他们要找你问话呢。

斯炯说，人都死了，问就问吧。

几天后，村子里贴出来一张布告。说吴犯芝圃，身为剥削阶级，仇视社会主义，逃离原籍，四处流窜，响应国际反华逆流，破坏集体经济，被高度警惕的人民群众捕获后，畏罪自杀，罪有应得，遗臭万年！那张布告跟那年头流行的盖了人民法院大印的布告不一样，是用墨汁饱满的毛笔写下的。出自当年为斯炯的名字定下汉字写法的工作组长刘元萱的手笔。

听人念了，解释了布告的意思，斯炯和机村人才知道吴掌柜的全名，叫吴芝圃。

这个名字被机村人念叨了好几年。那一年正好是十来岁的那批机村孩子，行夜路时互相吓唬，就会用不准确的汉字发音发一声喊，芝圃来了！

饥荒年过去了三四年后，那批孩子自觉已经长大成人，不再玩这个看起来幼稚的游戏。一批新的半大孩子，在村中呼啸而来又呼啸而去时，有了新发明出来恐吓同伴的游戏。他们时兴的是，突然从一个隐蔽处蹿到同伴身后，把一截木棍顶在人腰间，大喝一声，缴枪不杀！这是他们从两三个月会来一次村里广场上放映的露天电影中学来的。

斯炯的儿子也快到上学的年纪了。斯炯的儿子长得比村里别的同年的孩子都白净高大。在这群饥馑年出生的瘦弱孩子中特别显眼。斯炯知道，都是吴掌柜留下的那头羊的功劳。

胆巴学那些大孩子，把一截木棍顶在舅舅腰间，说，举起手来，缴枪不杀！

他不知道舅舅是前和尚，一个并不明白高深教理的坚定佛教徒，所以，他坚决不肯举起手来。

没有得到响应的侄儿便咧开嘴哭了。

斯炯把儿子揽到怀中，你早该知道舅舅是没良心的人。

法海回击，动不动想用枪指人，喊打喊杀，才是没良心的人。

斯炯想说的是，家里这个男人除了上山放羊，几乎什么也不会干。但她不想把这样伤人的话说出口来。她只是说，请家里的两个男人不要吵闹，我们要吃晚饭了。

这已经是一九六五年了。

斯炯家的晚饭还是煮面片。但这是真正的煮面片。浓稠的汤，筋道的面片，里面有肉，还和着少许的白菜叶子。一碗吃得人身上发热，两碗下肚，斯炯面色潮红，法海的光头上已布满粒粒汗珠。胆巴笑起来，说舅舅的脑袋像早上院子里的石头。斯炯也笑了，她对哥哥说，这孩子怎么想起来这么一个比方。

舅舅把侄儿揽在怀中坐下，一本正经赞叹道，想得起奇妙比喻的脑袋是不一般的脑袋！

早晨，初秋时节，那些清冷的早上，院子里光滑的石头确实是会凝结满一颗颗珠圆玉润的露水，真还像极了法海和尚头上那些亮晶晶的汗珠。

斯炯突然像个少女一样咯咯地笑起来，傻儿子，石头结露水时那么冰凉，舅舅的汗是热出来的！

法海打了一个嗝，复又赞叹道，呀，都是麦子香和油香，我身上的蘑菇和野菜味快没有了。

斯炯说，要记住是蘑菇和野菜味让我们挺过了荒年！斯炯又说，还有一只羊。

法海念一声阿弥陀佛，说，为什么人只为活着也要犯下罪过。

也是因为哥哥这句话，第二天，斯炯瞅个空就上山去了。路上，看见可以充饥的野菜，想起都是那年吴掌柜教她认识的。掌柜穿着一样一只的鞋，指给她野荠菜，说这是吃茎的叶的，指着蕨说，这是要挖出根来取粉，混合了麦面一起吃的。吴掌柜年轻时，顺着驿道吃着这些野菜逃荒到山里来，后来成了驿道上的旅店掌柜。斯炯记得，旅店前面的柜台上还摆放着些针头线脑的小杂货，柜台后还有一只酒坛子，里面泡满了从山野里采来的草药。吴掌柜常常坐在柜台后面，舀一小碗酒，吸吸溜溜地喝着，满脸红光，目光明亮。第二次逃荒到山里，就再也指望不上这样的小光景了。

斯炯已经有几年没来看过这个蘑菇圈了。

新生的灌木丛把她当年频繁进入林中踏出的小路都封住了。她费了好大的劲，才钻进了那块小小的林中空地。阳光从高大栎树的缝隙间漏下来，斑斑点点地落在地上，照亮了那些蘑菇。蘑菇圈又扩大了一些，几乎要将这块林中空地全部占领了。一对松鸡各自守着一只蘑菇，从容地啄食。斯炯钻进树丛时，它们停顿了一下，做出要奔跑起飞的姿态。

经过了饥荒年景的斯炯，见了吃东西的，不论是人还是兽，还是鸟，都心怀悲悯之情，她止住脚步，一边往后退，一边小声说，慢慢吃，慢慢吃啊，我只是来看看。两只松鸡昂着头，红色眼眶中的眼睛骨碌骨碌转动一阵，好像是寻思着明白了这个人说的话，又低头去吸食蘑菇的伞盖了。

看到蘑菇圈还在，松鸡也安好，斯炯脸上带着笑容走下山去。

就在她下山的路上，她看到一辆卡车停在村前，人们正在从车上往下卸行李。这是撤走了几年的工作组又进村来了。

这一回的工作组名叫"四清"工作组。

斯炯走到工作组的驻地去看热闹。看村里新的靠工作组近的人把他们的行李搬进楼里。当年，她在工作组帮忙时，村里那些不进步的人就像她现在这样，懒懒地倚在院墙上，看工作组和积极分子楼上楼下，院里院外地进进出出。她不再是当年干干净净精精神神的样子了。现在的她，脸上黯淡无光，身上的衣服有些肮脏，一双套在脚上的靴子也松松垮垮。

当年把她的名字写成斯炯的组长刘元萱还在，还是穿着前胸口袋插着支钢笔的旧军装。只是这位已经四进机村的干部，这回已经不复以前的神气了。这回指挥若定，自信满满的是一个瘦小女人。

这个瘦小女人站在那里发号施令，刘元萱和别人一起进进出出楼上楼下地搬运行李。每一次，他都经过斯炯的面前，一副不认识斯炯的样子。斯炯并不在意，她从来没有让他认出来的期待。但在第三次经过她面前的时候，他停下了步子，把左手提着的网兜倒到右手，又从右手上倒到左手。这样倒来倒去的时候，网兜里的搪瓷脸盆和搪瓷缸子搪瓷碗相互碰撞，发出叮叮当当的声响。他想说句什么话，但始终没有说出来。斯炯看到他眼睛里出现了愧疚的神情。他的鬓角上出现了稀疏的白发。斯炯觉得，心脏被一只看不见的手狠揪了一下。没等他说出话来，斯炯就转身离开了。

那时的工作组每天都跟社员一起下地劳动。那个身材瘦小的女人领着大家唱歌，休息时，又给大家读《人民日报》上的文章。这在当年，都是刘组长的事情。现在，他和社员们一起坐在地边，口里嚼着草茎，神情茫然。

很多人都说，刘组长一定是犯了什么错误了。

斯炯的想法却不一样。她想，这个人反倒可以休息一下。不像那个女组长，把自己累得脸色蜡黄。

晚上开会，女组长讲得慷慨激昂，谁都不知道她那瘦小的身体里哪能储存那么多的能量。工作组把村里的干部都换过了一遍。晚上，或者不能下地的雨雪天，女工作组长还挨家挨户地走访。对斯炯的走访，是一个下雪天。

她脸色苍白，摇摇晃晃地出现在斯炯家的火塘边。她弯着腰，把硬壳的笔记本顶在肚子上，半天开不了口。

斯炯抱出被子来在她背后做成一个软靠，在热茶里多兑了些奶，放在她面前，斯炯说，不要忙着说话，喝点热茶。

那茶里面加了比平常多三倍的奶。

组长喝完奶，闭上眼，脸色红润了一些，说，谢谢，我好多了。

斯炯依然说，不要说话。

她又单烧了一壶不加奶的茶，里面加了两块干姜，她倒了满满一碗，看着女组长把那碗茶也喝了。斯炯说，我想你是肚子不舒服，这回肚子不痛了吧？

组长脸色柔和多了。

她掏出一块水果糖，剥掉上面的彩色玻璃纸，塞进斯炯儿子口中。看着孩子脸上浮现起幸福的表情，她问，孩子叫什么名字？

胆巴。他舅舅起的。

女组长说，我想起来了，我们工作组的人说，起这个名字的人有文化，知道历史上，呃，元朝的时候，就有一个《胆巴碑》。

组长打开了笔记本，神情也一下变得严肃了，胆巴的父亲是谁？

斯炯温暖的心房随着这句问话一下变凉了。她紧紧闭上了嘴巴。

也许我不该这么问，你有很多男人吗？

斯炯摇摇头，却紧闭着嘴巴。

我也相信你并没有交很多男人，那为什么不知道他父亲是谁？接下来，这个又来了精神的工作组长面对陷入沉默的斯炯说了很多话。中间，还穿插着姐妹、好姐妹、不觉悟的姐妹这种对斯炯的新称谓。组长带着因为奶茶与姜茶造成的红润表情失望地离开了。

斯炯却不明白，身为工作组长，那么多事情不管，却拼命打问一个孩子的父亲是谁。这个世界连一个孩子没有父亲这样的不幸事情都不能容许了吗？这个晚上的斯炯是多么忧郁啊！但是，那天晚上，她做了一个梦。她梦见了使她怀上胆巴的那件事，梦见了使她怀上胆巴的那个人。她醒来，浑身燥热，乳房发胀。想到自己短暂开放的青春，她不禁微笑起来。微笑的时候，眼泪滑进了嘴角，她尝到盐的味道。她想到，这个时候，屋子外面的草，石头，甚至通向村外的桥栏上，正在秋夜里凝结白霜。那也是一种盐，比盐更漂亮的盐。

她抚摸自己的脸，抚摸自己膨胀的乳房，感觉是摸到了时光凝结成的锋利硌手的盐。

工作组没有像以往一样，从村里调一个青年积极分子到组里，说是工作，其实是照顾他们的生活。像当年的斯炯一样，挨家挨户讨牛奶，蔬菜。这一回的工作组自律太严，也许是因为这个严肃的女组长，也许是因为形势更紧张了。

冬天，工作组仍然没有撤走的意思，一个大雪天，脸色蜡黄的女组长又登门了。

这时母牛已经断了奶，斯炯只给她烧了姜茶。

等她喝了茶，脸上起了红润的颜色，斯炯又把一只小陶罐煨在火边，她想煮一块猪肉给这个女组长。但她又掏出了笔记本。斯炯生气了，她说，你又要问谁是胆巴的父亲吗？我不麻烦别人也能把他养大。

组长涨红了脸，我只恨妇女姐妹如此蒙昧，任人摆布。

斯炯听不懂这句话，她说，你觉得我是可怜人，我觉得你也是个可怜人。

组长冷笑，听听，这都是什么话，是你的和尚哥哥教给你的吧。

斯炯后来挺后悔，当时怎么就把准备煨一块肉的罐子从火上撤掉了。

斯炯说，你可以问我别的问题。

组长说，有村民反映，盲流犯吴芝圃是你把他藏起来的。

他以前在这里开店十几年，不需要什么人把他藏起来。

那就是说，你跟他没有任何干系了。

我看他可怜，送了盐给他。

不止是盐吧？

他天天煮野菜和蘑菇，没有盐，也没有油，脸都绿了。我还送了一点酥油给他。

哦，还有油，酥油。

可他也帮了我，他一样一样把可以吃的野菜指给我，一样一样把可以吃的蘑菇指给我，那一年，地里颗粒无收，这救了我家人的命，也救了很多机村人的命。

等等，你说到蘑菇了。说是工作组教会了机村人吃蘑菇？说你天天挨家挨户去收牛奶。

不是天天，就是十几二十天，羊肚菌下来的时节。斯炯笑了，那可是工作组跟机村人学的。

你拿牛奶付钱吗？

有时付。

有时付是什么意思？

有时工作组每个人翻遍了衣兜，也没有一分钱。

后来还了吗？

有时还，有时也忘记了。

好，很好。再说说蘑菇的事吧。

其他蘑菇的吃法，真是工作组带给我们的。油煎蘑菇、罐头烧蘑菇、素炒蘑菇、蘑菇面片汤。说到这里，蘑菇这个词的魔力开始显现，斯炯脸上浮现出了笑容。组长那严厉的脸也松弛下来，现出了神往之情。她干枯的嘴唇嚅动着，轻声说，还有烤蘑菇。

斯炯笑了，不，不，那是机村人以前就会的。那就是以前的小孩子们，从家里带一点盐，在野外生一堆火，在蘑菇上洒点细盐，烤了，吃着玩。

不是说，以前机村人不认识蘑菇，也不懂得吃蘑菇。

哦，只是不认得那么多，也不懂得那么多的吃法。

组长问了这样一个奇怪的问题，你说吃蘑菇好还是不好。

斯炯想起前工作组对这个问题的表述，移风易俗，资源利用。于是说，好，很好。

听说你那时满山给工作组找最美味的蘑菇。

是啊，蘑菇真要分好吃和不好吃，羊肚菌、松茸、鹅蛋菌、珊瑚菌、马耳朵都是好吃的菌子。

组长冷笑起来，原来你在工作组工作就是采菌子去了。

斯炯以为她还要问自己上民族干部学校的事情，但组长已经合上了本子站起身来。

走到院子里，组长摔倒了。她躺在地上，满脸的虚汗。但她推开了斯炯拉她的手，说，我自己能起来。

斯炯见她一时爬不起来，又不要自己拉她，便回到屋子里，取来一串干蘑菇。组长已经站起来了，正仔细地拍去身上的尘土与草屑。斯炯把那串蘑菇塞到她手上，说，弄一点肉，煮一点汤。

组长生气了，把那串蘑菇挂在斯炯脖子上。那串干巴巴的蘑菇悬挂在她胸前，像一串项链。组长冷笑，说，这串项链并不好看。

斯炯也生气了，她说，你要是好干部，就让我们这些老百姓能戴上漂亮的项链。

组长的脸更加蜡黄了，她抬起的手抖索个不停，嘴里却说不出话来。最后，一口鲜血从组长两片干涩而菲薄的嘴唇间冒了出来。斯炯被吓坏了。组长抹一把嘴，看到手上的鲜血时，身子就软下去，昏倒在了斯炯脚前。斯炯背上她，一口气跑到工作组的楼前，开始大声哭喊。然后，自己也吓晕过去了。她醒过来的时候，先看见一盏昏黄马灯在头顶摇晃。然后才看见了工作组刘副组长俯看着她。

她问，这是在哪里？

车上，去县里的医院。

斯炯说，请告诉我哥哥，带好我的儿子。告诉他我回不去了。

刘副组长握住她的手，斯炯啊，你受苦了。

斯炯挣脱了手，我有罪，我把组长气得吐血了。

刘副组长眼光转到别处。顺着他的目光，斯炯看到了女组长的苍白瘦削的脸。因为没有肉没有血色而显得特别无情的脸。

刘副组长叹口气，说，那就得看她醒来怎么说了。

斯炯更加害怕，挣扎着要起来，要从行驶的卡车上跳下去。刘副组长说，真有什么事情的话，逃跑有什么用？你能比吴芝圃跑得还远？

这一来，绝望的斯炯又晕过去了。

再次醒来，她已经躺在医院里了。不是在病房，而是在医院的走廊里。她动了动身子，床就吱吱作响。身边，穿着白大褂的人来来去去，从她床头旁的门里进进出出。她闭上眼睛，感觉有什么冰凉的东西正从手臂上进入体内，使得她手脚冰凉。她想，也许，什么时候，自己就被冻住，变成一块冰，死去了。于是，她紧紧闭上了双眼。但她真的没有再晕过去，也睡不着。而且，到了下半夜，她感到了饥饿。于是，斯炯哭了起来。

她不敢放纵自己，只是低声饮泣。因可怜自己而低声饮泣，所以，没有人听见。那时，医生护士已经不再频繁进出自己头顶旁边左拐的那个房间了。长长的走廊灯光昏黄，干净的水泥地闪闪发光。斯炯听法海哥哥描绘过灵魂去往佛国的路，就是一条长长的充满光的通道。斯炯想，这就是自己的灵魂在往佛国去了。突然，她又意识到，灵魂去往佛国时，怎么会想到自己是在灵魂往佛国去？这下，她真正清醒了。

她一下翻身从病床上起来，把扎在手背上输液的针头也扯掉了。她看见一粒血从针眼处冒出来，越来越饱满，在这粒血炸裂之前，她把手凑到嘴边，吮吮掉了。她起身走到床头边那道门前，并没有注意到有第二滴血又从针眼里冒出来。那道用红色写着32号的白门上有一块玻璃，当她手上的血滴到地上时，她正隔着玻璃门向里面张望。屋子里没有灯，但隐约可见里面的床上躺着一个人。

突然，屋里灯亮了。

是床上那个人伸手打开了床头上的一盏灯。

灯光照亮的是女组长的脸。这张脸，在白色的枕头和白色的床单中间，苍白，松弛，而又宁静。这情景让斯炯感动得又哭了起来。

组长抬手招她进去。

斯炯站在组长床前哭得稀里哗啦。

组长用她从来没有听到过的轻柔的声音说，斯炯，你不要害怕。

我不是害怕，你那么漂亮，又那么可怜。

组长脸上的神情又在往严厉那边变化了，斯炯赶紧辩解，我不是说你真的可怜，我的意思，我的意思是……组长的表情又变回到可亲可怜的状态了，她笑了笑，说我明白你的意思，我的母亲也是一个佛教徒。只有佛教徒才会不知道自己可怜而去可怜别人。

斯炯低下头，捧住组长的手，哭了起来，我不该让你生气。

组长当然不承认是生气而吐了血，她说，不怪你，医生的诊断结果出来了：肺结核，营养不良，超负荷工作，在你们村染上了肺结核。她抽回手，头重新靠上了枕头，也许，上面会让我回老家去养病了。这时，她看到了斯炯手上的血，她递给斯炯一团药棉，让她摁在手背上。组长说，你回去吧，我一时半会儿不会回村里去了。

斯炯眼里流露出依依不舍的神情，不肯离开。

组长说，那你坐下吧。

斯炯就在床前的椅子上坐下了。

多少年过去了，斯炯也会在心里说，那是她这一辈子过得最美好的一个夜晚。在那几乎一切东西都是白色的病房中，组长的一张脸浮现出梦幻般的笑容，她的黑眼睛和黑头发在灯下闪闪发光。她柔声说，我不该那样说你，我知道你是要送我一串蘑菇。我知道，机村人数你最会采蘑菇，给我说说蘑菇圈是怎么回事吧。蘑菇真的在林子里站成跳舞一样的圆圈？

斯炯笑了。

斯炯说，蘑菇圈其实不是一朵朵蘑菇站成跳舞一样的圆圈。蘑菇圈其实就是很多蘑菇密密麻麻生长在一起。采了又长出来，采了又长出来，整个蘑菇季都这样生生不息。而且，斯炯说，本来以为今年采了，就没有了，结果，明年，它们又在老地方出现了。

组长笑了，是的，孢子和菌丝，永远都埋在那些腐殖土里，生生不息。

斯炯说，几年不采，它们就越来越多，圈子也越来越大，好多都跑到圈子外面去了。

斯炯又说，明年蘑菇季，我给你采最新鲜的蘑菇，你带着本子到我家来问话，我给你做最新鲜的蘑菇，牛奶煮的，酥油煎的，你想问什么话我都告诉你。

组长摇摇头，闭上眼，哑声说，医生说，我的肺都烂了，烂出了一个洞。明年你的蘑菇圈再长出蘑菇的时候，我说不定都死了。

面对如此情形，斯炯就说不出什么话来了。她就那样木呆呆地静坐在组长床前。

过了很久，组长又睁开眼睛，你放心回去吧。我不会再来打扰你了。不会再来问你那些你不想回答的问题了。

斯炯走出医院时，天正是黎明时分。柳树梢头凝着晶晶亮的霜，河面上流着嚓嚓作响的冰。

从县城回机村的路真长。她从黎明走到黄昏，灰白的路还在脚下延伸，风吹动树林，发出尖厉的哨声。饿得难受时，她从溪边上取一块冰，含在嘴里。冰不能饱肚子，但那锐利的冰凉却能使她清醒一些。半夜时分，她走到村子边上，全村的狗都叫起来。她看见一个人穿着厚皮袍，站在桥头上。那个人打开手电筒，照向斯炯的脸。然后，从耀眼的光柱后面传来了一个男人的哭声。她没有听出来那是法海哥哥。因为她从来没有听过他的哭。直到他说，你要是不回来，叫我怎么能照顾阿妈和胆巴啊！

斯炯这才问，你是法海吗？

我是没有用的法海，没有你，我们一家人该怎么过活？

从昨天离家开始，斯炯已经很长时间没有吃过一点东西了。她扶着桥栏说，我走不动了，你回家去取点吃的来吧，我吃了才有力气走到家去。

法海真的就转身往家跑。

跑开一段，他又转身回来，说，我这个笨蛋，我这个笨蛋！他在妹妹身前蹲下，听妹妹舒一口长气，身子软软地靠在他背上，他才猛然起身，把妹妹背回了家里。

斯炯在哥哥背上哭了，又笑了。

斯炯记得，那天晚上，哥哥给她吃了多少东西啊！他总是搓着手说，再吃一点吧，再吃一点吧。后来，斯炯实在是一点也吃不下了，才让哥哥扶着到了儿子床边，一头栽下去，搂着儿子就睡着了。

斯炯不知道这一觉自己睡了多久。当她睁眼醒来时，她知道，自己肯定不止睡了一个晚上。她一睁眼，站在床前的儿子就跑开了，喊道，阿妈醒了，舅舅，阿妈醒了！

法海赶紧过来，告诉她，工作组长要见你，原先的那个刘组长。

斯炯梳头洗脸，完了，却坐下来喝茶。

法海很吃惊，你不去见工作组吗？

斯炯说，你想去，就替我去吧。

我去了说什么？

你想说什么就说什么。

我没有什么要说的。

那你就说，我家斯炯想离他们远一点。

法海后来真把这话对刘元萱组长说了。某天，他赶羊上山时，恢复了工作组长身份的刘元萱出现在路口上，他说，怎么，我不是叫你转告你妹，我有事情要跟她交代吗？

法海说，我家斯炯说，你们工作组请离她远一点。

刘组长吃了一惊，我没有听错吧？她真这么说了？

佛祖在上，她真这么说了。

刘元萱重新当上组长，一改很久以来的倒霉样，重又变得像当年一样意气风发。所以，他大度地说，她是让那个女人弄害怕了，今天不来，明天会来的。

但斯炯始终没有在工作组面前出现，甚至在村中行走时，也故意不经过工作组在的那座楼房了。

春天到来的时候，机村经历有史以来前所未有的大旱。天上久不下雨，村里引水灌溉的溪流也干涸了。溪流干涸，是机村人闻所未闻的事情，可这不可思议的情形就是出现了。道路也简单，山上的原始森林被森林工业局的工人几乎砍伐殆尽，剩下的被一场大火烧了个精光。

那天，斯炯去泉边背水。在干旱弄得庄稼枯萎、土地冒烟的时候，这片藏在林子里，从几棵老柏树下汩汩而出的清泉使得这一小方天地湿润而清凉。斯炯把水桶放在台子上，躬身一瓢瓢把清冽的泉水舀进桶里。她动作很轻，不想弄乱了那一汪水中倒映着的树影与蓝天。她突然感到害怕，饥荒又要降临这个山村了吗？而且，这一回，不止是地里庄稼歉收，大地失去了水的滋养，野菜，特别是喜欢潮润的蘑菇也难以生长。这时的斯炯做出一个决定，她要去用水浇灌她的蘑菇圈，让蘑菇生长。

但是，第一次尝试就失败了。

从泉眼到林子中她的蘑菇圈，没有成形的路，等她满头大汗到达目的地，泉水早就从没有盖的背水桶中泼洒殆尽了。

斯炯央告木匠为她的背水桶加一个盖子。木匠惊诧地瞪大了眼睛，呀呀呀，斯炯啊，从古到今，谁见过背水桶加过盖子啊！我可不敢乱了祖传的规矩。不久，斯炯要替背水桶加盖的消息，成为一个笑话在村里迅速流传。

有些人甚至在斯炯背水回家的路上，拦住她问，斯炯不会背水了吗？斯炯会因为背水桶没有盖子，把水都泼洒到路上吗？

几天后的早上，太阳刚刚升起，天上没有一丝云彩，空气中充满了呛人的尘土味道，有人拦住斯炯又提起要给背水桶加盖子的话，以博大家一笑。这回，斯炯停下了脚步，她说，我是要给背水桶加上盖子呢，我怕有一天，水还没有背回家，就都被太阳晒干了。

那些年，人心变坏了，人们总是去取笑比自己更无助的人。所以，斯炯这样的人总是成为村人们笑话的对象。但是这一天，当斯炯说出了这句话，那些人再也发不出笑声。说完这句话，斯炯背着水走过那些可怜人，留下这些逞口舌之快的人在那里回味她这句话，想想自己的生活，为她这句话感到害怕。

时间回去十几年，不到二十年，是机村的土司时代。机村的老年人和中年人，都从那个时代生活过来，他们知道，在那个时代，如果有人像斯炯一样先是有了给水桶加盖般的荒唐新奇的想法，继而又说出有诅咒意味的话，那她就成了一个邪恶的女巫。旧时代的人和新时代的人有一样其实相当一致，就是相信现实中的灾难是因为一些灾难性的话语所造成的。土司时代，斯炯会被土司派遣来的喇嘛宣布邪祟附身，而从人间消失。今天，那些被她这话震惊的人们赶紧把情况汇报到工作组。

那一天，工作组刚收到气象局对天气咨询的复函。一、限于条件，气象局无法提供超过半个月的长程天气预报；二、可以预见到的半个月内，机村所在地区依然不会有降水。

这边正一筹莫展，村民们又来报告斯炯说的话。

当即有人拍案而起，要把这个恶毒的女人抓起来。

刚刚复任了工作组长的刘元萱这回却冷静，他说，跟土司时代一样，宣布她是女巫，赶到河里淹死，天上就会下雨吗？

说完，他就背着手去了河边。河边就在村庄下方，在庄稼地下方二三十米的河岸下滔滔流着，但没有提灌设备，水上不到高处。刘元萱又去到机村的泉眼，也许可以用水渠把泉水引来浇灌土地。这个时候，他有点责备自己的官僚主义了。算上这一回，他已经在机村工作了五年有余，喝了那么多机村的甜泉水，却没有到泉眼处来看过一眼。进到那圈围着泉眼的柏树丛中后，地面潮湿了，空中也弥漫着水汽。

刘元萱在这里碰见了斯炯。

斯炯刚刚盛满了水桶，正用东西封住没盖的桶口。她用来封闭桶口的是一张已经被水泡软的羊皮。她正用那羊皮盖住了桶口后，又用细绳紧紧地扎住，拴牢。刘元萱组长突然开口说话，吓得她惊叫一声从水桶旁跳开了。

还是刘组长伸手扶住了水桶，说，这样子水就不会被太阳晒干了？

斯炯捂住胸口，出口长气，一屁股坐在地上，不再说话。

刘组长放缓了声音，以后不要再说这种没头没脑的话。

斯炯闷在那里，勾着头一言不发。

刘组长又说，你不要害怕，那个女人不会回来了，不会再有人追着你问问题了。

斯炯突然抬头，说，都是可怜的女人，我不怕她，我喜欢她。

刘组长不高兴了，她连命保得住保不住都不知道，不管你喜不喜欢，这女人都不会再回来。我又是工作组长了。他见斯炯又不说话了，便拨弄着蒙在水桶上的羊皮，前些年缺粮，你存野菜，存蘑菇，今年天不下雨了，你老来背水，是要在家里存满水吗？

斯炯提高了嗓门，你不是爱吃各种蘑菇吗？天旱得连林子里的蘑菇都长不出来了。

刘元萱换了组长的口吻，困难总是会过去的，你要对党有信心。

这些日子，斯炯觉得自己开始在明明白白活着了，所以才能说出那种让全村人情感激荡的话。可眼下，又被这个人的话弄糊涂了，天下不下雨，跟共产党有什么关系，跟信心有什么关系？

说这种话的人真是可恨的人，但斯炯早就决定不恨什么人了。一个没有当成干部的女人，一个儿子没有父亲的女人，再要恨上什么人，那她在这个世上真就没有活路了。

刘组长又说，你也是苦出身，有什么困难可以找组织嘛。

斯炯背上了水桶，直起身，说，我不会来找你的。然后，就转上了山道。

刘组长看着她的背影消失在林中，摇摇头，释然一笑，转身便把围着泉眼下方挡着的木头挡板拔了，把那一泓水放得一干二净，为的是看清楚泉眼出水处有多大的流量。他看清楚了，不过是筷子粗细的三四股水从石头缝中涌出。他本来打算要开一条水渠，把泉水引去浇灌庄稼，但这水量也太小了，不等流到地里，真就像斯炯说的，不等流到地里就被太阳晒干了。

这回，轮到失望至极的刘组长垂头坐在了泉眼边。

而此时的斯炯正背着水桶往山上爬。山坡陡峭难行，但她很喜欢听到背上桶里水翻腾激荡时发出的好听的声音。她一边往山上爬，一边在心里排列这个世界上好听的声音，排在第一的就是水波的激荡声。一只鸟停在树枝上叫个不停，她抬起头来，说，你的声音也是好听的声音。这几天，那只画眉鸟跟她已经很熟悉了。每天都飞到这丛柳树上来等她。她知道，转过这片柳丛，就是那群栎树包围着的蘑菇圈了。这鸟它是来等水喝的。

斯炯到了蘑菇圈中，放下了水桶，一瓢又一瓢把水洒向空中，听到水哗一声升上天，又扑簌簌降落下来，落在树叶上，落在草上、石头上、泥土上，那声音真是好听的声音。洒完水，斯炯便靠着树坐下来，怀里抱着水桶，听水渗进泥土的声音，听树叶和草贪婪吮吸的声音。她特意在桶里剩一点水，倒在八角莲那掌形的叶片中间，那只鸟就从枝头上跳下来，伸出它的尖喙去饮水。看到鸟张开尖喙，露出里面那长长的善于歌唱的舌头，她禁不住露出笑容。

那些烈日当头的干旱天气里，不管是工作组还是村干部，再要催动眼看收成无望的村民参加集体劳作成了一件非常困难的事情。

男人们偷偷潜进山林打猎，女人们采挖野菜。只有斯炯的法海哥哥还得每天把羊赶到有水有草的地方。而斯炯每天两次背水，悄悄去浇灌她的蘑菇圈。八月的一天，斯炯刚背水到林边，她就知道，蘑菇出土了，因为那熟悉的好闻的蘑菇气息已经钻进了她的鼻腔。

那天，她浇完了水，便半跪在山坡上，把一朵一朵刚刚探头的蘑菇细心采下来，直到牵起的围裙装得满满当当。她心满意足地站在林边，看见吸饱了水分的土地，正在向她奉献，更多的蘑菇正在破土而出。那只鸟跳下枝头，啄食一朵蘑菇。斯炯对它说，鸟啊，吃吧，吃吧。

那鸟索性跳到蘑菇顶上，爪子紧抓着菌盖，头向下一口口尽情啄食。

斯炯又说，吃吧，吃吧，可不敢告诉更多的鸟啊！

鸟停下来，歪头看着斯炯，灵活的眼球骨碌碌转动。

晚上，斯炯把一朵朵蘑菇切成片，用酥油一片片煎了。香气四溢的时候，她想，这么好闻的味道，全村人一定都闻到了。饭后，本来她是想请哥哥法海帮她做一件事的，但天一黑下来，哥哥就急着要出门。他已经和村里一个斯炯一样的女人好上了。天一黑，心就不在自己家的房子里了。

所以，天一黑，等家里破戒和尚出了门，斯炯把剩下的蘑菇兜在围裙里，带着儿子胆巴出门了。每到一家人院门前，斯炯就取几朵蘑菇放到胆巴手上，让他穿过院子放在人家门口。胆巴把蘑菇放在人家门口石阶上，再敲敲别人家的门。胆巴人小，敲门声却很响。等到人家闻声开门时，母子俩已经走到下一家人的门口了。那个夜晚，斯炯带着儿子走遍了全村。在法海天天去过夜的那一家，母子俩偷藏在墙角，看那女人衣衫不整地出来，看见门前的蘑菇，发出了惊喜的声音。母子俩还看见法海光着和尚头也出现在门口，看见蘑菇，赶紧便把那女人拉进了屋子。

胆巴摇着斯炯的手，说，我看见舅舅了，法海舅舅！

斯炯憋着笑声，已经憋得喘不上气来了。

最后，是工作组的那幢房子。

连胆巴都知道人们把天干不雨的账也算在折腾人的工作组头上，所以不肯把蘑菇送进院里。斯炯就把最后几朵蘑菇放在了院墙上面。

斯炯对儿子说，那个人爱吃这个东西。

胆巴说，我不知道你说的那个人是谁。

他说你的名字有文化。

儿子说，我也不知道什么是文化。

斯炯说，那你就住嘴吧。后来，她又说，吴掌柜教会我认野菜，工作组教会我做蘑菇。

儿子真的就不再开口，不再理会她。

斯炯第三回把采来的新鲜蘑菇悄悄送到各家门口，回来的时候，发现自己家的门口石阶上也有一样东西。那是一块新鲜的鹿肉。

接下来，门口又悄然出现了野猪肉和麂子肉。

大家都心知肚明，是谁往他们家门口送去四回蘑菇。斯炯也知道，是村里哪家会打猎的人上山打猎，偷偷送来了鹿肉野猪肉和麂子肉。在炖了野猪肉吃的那个晚上，斯炯对胆巴说，邻居的好，你可是要记住啊！那时，村民们几乎都知道了这些蘑菇是斯炯背水上山养出来的。吃了她用水浇灌出来的蘑菇，人们才知道她要给水桶加盖的用意了。木匠自己带了尺子上门来，斯炯啊，把你的水桶给我量量尺寸吧。

斯炯心里的怨气上来了，水桶加了盖子，就像马生了角了。

木匠说，是我说的糊涂话呀，老脑筋哪想得到会出给蘑菇喂水的人哪！

斯炯叹口气，大叔呀，不必了，蘑菇季都过去了。

木匠说，明年还要用呀！

斯炯说，好心的大叔，可不敢这么去想！明年再这样，几朵蘑菇也救不了人了！

一句话，那时，机村人在背地里都叫斯炯是养蘑菇的人。

一天晚上，斯炯家门口又出现了一块肉。斯炯没有架锅生火，而是对法海说，拿着这块肉，去看她吧。

法海脸都笑开了花，说，妹妹你都不知道她那两个孩子有多馋！

早上，法海回来，斯炯问了他一句话，你也是男人，也可以上山去打猎啊！

法海却一脸认真地说，那怎么可以，我是和尚啊！

斯炯就笑了，她心想和尚也不该要女人啊，然后，她又哭了。

日子就这么过去了。

"四清"运动还没有结束，"文化大革命"又来了。

工作组还待在机村，却很是无所事事了。听说州里，县里，都有造反派起来斗争领导。那一阵子，工作组得不到新指示，不知道怎么开展工作了。

刘元萱组长日子难过，便披了大衣在村子里漫无目的地走动。不喜欢他的人就说，这人怎么像只找不到骨头的狗一样啊。

村子不大，他在村里带着不安四处走动时，难免要和斯炯碰见。

第一回，他说，哦哦，知不知道人们都叫你是养蘑菇的女人啊。

斯炯没有说话。

第二次碰见，正好胆巴跟着妈妈一道，刘元萱就蹲下来，孩子该上学了，但村里那个小学校的老师都进县城运动去了。

斯炯还是没有说话。

第三次碰见，刘元萱都瘦了一圈，他脸上露出悲戚的神情，斯炯啊，我想我该走了，这一走，这辈子怕是见不着了。

斯炯跟他错身而过时说，你还会来的，每一回你走了，都回来了。

刘元萱在她身后说，形势变了，形势变了。我赶不上趟了呀！

这一天，村里几个在外面上中学的红卫兵回来了。他们是开着卡车回来的。不止他们自己回来，他们还带来了更多的红卫兵。他们做的第一件事情就是冲进工作组那幢房子，把机村最大的当权派刘元萱揪下楼来。据说，刘元萱当时已经收拾好东西，背上背包准备下楼了。那个夜晚，村里的小广场上燃起了大堆篝火，由红卫兵开起了刘元萱的批斗大会。机村人真是恨这个刘元萱的。施肥过多使得庄稼不能成熟而造成第一次饥荒。刘元萱深深地低下头，以致纸糊的高帽子几次落在地上。说到去年天旱，又使机村陷入颗粒无收情形时，他却抬起头来，说，这个账不能算在自己头上，天不下雨他没有办法，森林工业局砍伐光了山上的树林，使得溪流干涸的责任也不在他。这种态度使从县城来的红卫兵愤怒不已，当晚，刘元萱就被打断了一条腿和两条肋骨。

当天晚上，这群红卫兵又把刘元萱扔上卡车，呼啸而去。

这一去，就再也没有了消息。

两年后，那些意气风发的红卫兵却灰头土脸地回到了村子，回来接受贫下中农再教育，当社会主义新农村的新农民了。

其中一个改了名字叫卫东的，成了村里小学校的民办老师。

关闭了三年的小学校又响起了钟声。胆巴和村里孩子都上学了。

胆巴第一天上学回来就拿一块木炭在家里墙壁上四处书写，毛主席万岁！他还会用据说是英语的话说这句话，朗里无乞儿卖毛！

法海对此发表评论，毛主席是大活佛。一次又一次转世，要转够一万年呢。

胆巴对舅舅大叫，我要告你！

舅舅当即吓得脸色苍白，我以后不敢乱说乱动了。

胆巴举起印了毛主席像的写字板，向毛主席保证！

法海说，我保证。

发生这事的时候，斯炯不在家。她没有去背水，也没有去看她的蘑菇圈，她是被邻居家的女人叫走了。那女人采回来很多水芹菜，怕里面混有毒草，把人吃出毛病，请她去帮忙辨认。

斯炯带着一把水芹菜回来，发现法海把胆巴灌醉了。前两天，他在放羊时，从一个树洞里掏到一个小小的野蜂巢。正是满山毛茛和金莲花盛开的季节，蜂巢里自然盛满了黄澄澄的蜂蜜。法海很珍惜这点蜂蜜。不珍惜不行啊。这时母亲已经去世两年了。但他这点甜蜜，想给妹妹，想给侄儿，又想给相好的寡妇和那两个总是吃不饱的孩子。所以，他把那带蜜的蜂巢藏了两天，也不知道该拿出来给谁。

但这一回，他知道自己说了不该说的话。他想让胆巴迅速忘掉自己说过的话，只好拿出了蜂蜜，找出了家里的酒。他不喝酒，家里是斯炯有时会喝上几口。他把蜂蜜挤到碗中，又调上了酒。胆巴很快就被蜜里的酒醉倒了。

法海想，等胆巴醒来，肯定就会忘记他说过的话了。

斯炯进了家门，便闻到酒香和蜂蜜香，她盯着法海，你这个和尚，怎么喝酒了？

法海摇摇头，眼睛却看着酣睡的胆巴。

斯炯便摇晃着撕扯着哥哥的身体，你哪里像个和尚啊！

十多年后，一九八二年，法海又回到了重建的宝胜寺当起了和尚。

胆巴从州里的财贸学校毕业，当了县商业局的会计。每次买了酒，买了糖果回家看妈妈，斯炯留下酒，让胆巴带上糖，去庙里看看你舅舅吧。

胆巴就去庙里看舅舅。

舅舅吃了糖，甜蜜得眼睛眯成一条缝。那时，大殿里正在诵经，鼓声咚咚，众多喇嘛的诵经声汇成一片，在那些赭红墙壁的建筑间回荡。胆巴问舅舅怎么不去参加法事。

法海用头碰碰小佛龛里的佛像，我老了，修不成个什么了。

法海其实就是在庙宇旁自己盖了两间房子，一日三餐之外，随着寺院的节奏，诵经礼佛而已。他自己都不知道自己究竟算不算寺里的正式喇嘛。不过，他的小屋洁净而光亮。他赤着脚在擦得干干净净的地板上走来走去。胆巴拿出了一本沉重的书，那是一本碑帖的拓片汇编。胆巴把沉甸甸的书打开了给舅舅看，你给我起的名字真的写在这书里呢。

然后，他把碑文用汉文一字一字念给舅舅听：师所生之地曰突甘斯旦麻，童子出家，事圣师绰理哲哇为弟子，受名胆巴。梵言胆巴，华言微妙。

舅舅就俯身下去，用碰触佛像的姿势碰触碑文。

这时，屋子里光线一暗，是寺里胖活佛和他的随从的身子堵在门口，遮断了光线。

法海赶紧起身，又用额头去碰活佛的身体。

活佛进来了，气喘吁吁地坐下，对胆巴一欠身子，官家的人来了，贫僧有失远迎啊。

胆巴笑了，舅舅替我起的名字，这个名字，七百年前就写在元朝的碑文上了，是那时帝师的名字啊！

活佛并不懂得历史学，也不懂得崇奉藏传佛教的元代宫廷中的事情，也不识得汉字，但还是对着摊在地板上的书赞叹，功德殊胜，功德殊胜啊！然后，活佛转眼示意随从开口说话。

那侍从躬躬身子，活佛请施主参观一下寺院。

胆巴心想，转眼之间，自己的称谓已从官家变成施主了。寺院的建筑都是这三四年间新修的。大殿、护法神殿、活佛寝宫、时轮金刚学院。以前的医学院和上密院还是一片废墟。参观完毕，活佛回去休息。侍从送胆巴回法海房里。胆巴说，你们一定有什么事情吧。

活佛的侍从说出了要求，希望帮寺院解决一些橡胶水管，把山泉水引到寺院里来。再建一个水泥的池子，就不用和尚们天天上山取水了。

胆巴听了，心里为难，但他没说商业局并不管橡胶水管。他只说，那我试试看能不能帮到你们。

那时，县里的各种机构已经很多了，商业局管很多东西，恰恰橡胶水管是生产资料，由物资局管，由水电局农业局管。这让胆巴这个刚刚工作不久的商业局会计就作了难。一拖两月，事情还没有眉目，让他寝食难安。

事有凑巧，一天，单位里突然骚动起来，人人都很激动，说县委县政府派了人来考察年轻干部。县里其实就来了三个人，组织部长、办公室主任和工会主席。他们占了局长办公室，一个个找人谈话。胆巴也接到通知，待在办公室，哪里都不要去，等人来叫。从早上到中午，到下午下班，好多人都去谈过话了，却还没有人来叫他。他是晚上九点才走进局长办公室的。

别人怎么谈的，他不知道。他的谈话完全是闲聊。

主谈的是办公室主任，他把一个卷宗摊开在膝盖上，第一句话就是，你是机村的人？

是。

你叫胆巴？

我叫胆巴。

你知道吗？通常胆巴这个名字，都写成旦巴，元旦的旦，而不是胆子的胆。

是，跟我一样的名字的人都写元旦的旦。

你知道这是为什么？

我不知道，我阿妈斯炯说，是那时的工作组长让这么写的。

这个写法有来历，元代时就这么写了，元代有一个喇嘛帝师也叫这个名字你知道吗？

我知道，我专门请县文化馆的老师帮我弄了一本胆巴碑帖。

年轻人不错，学财贸的，还能读碑帖。然后，侧身问组织部长和工会主席，两位还有什么话要问吗？

两位说，刘主任你是主谈，你说。

刘主任有点激动了，他说，胆巴呀，我就是那个把你名字写成这样的工作组长。你不认识我了。

胆巴却不知怎么就语塞，不知道怎么回应这句话。

工会主席见了，说，胆巴呀，还不谢谢刘主任，名字别具一格，人也要别具一格呀！中央精神，干部要知识化年轻化，自己要有进步的心啊！

胆巴还是语塞，我听阿妈和舅舅说过工作组的事，但那时我还小，记不得了。

刘主任感叹，你那舅舅可把你阿妈斯炯害苦了。他合上卷宗，站起来拍拍胆巴的肩膀，不要紧张，有什么事情来县委找我。他还把胆巴送到走廊里，什么时候回村里，问候你阿妈斯炯。记得给我带些蘑菇来，你阿妈是机村最知道蘑菇长在哪里的人！

刘主任又把手放在胆巴肩膀上，记得有事来找我！

不几天，局里就传开消息，胆巴要提升为商业局副局长。

听了这消息，胆巴就觉得该去看望一下在机村待过的刘主任。他先回了村子，把遇到以前工作组刘组长的事说给阿妈斯炯听。

阿妈斯炯时常神情迷离。这时又显得目光游移，沉默半晌，说，这个人还记得我们山里的蘑菇味啊。

胆巴说，他要我送些蘑菇给他。

胆巴没有说自己可能会被提升副局长的传言，只说舅舅挂单的宝胜寺让他弄橡皮水管的事，说为这件事情得去求这位刘主任帮忙。

阿妈斯炯又一次眼神迷离，你舅舅，你舅舅。

胆巴早早睡了，他要起个早，把该男人干的事情都帮阿妈干了。天刚亮，他就起来，先修理了有些歪斜的院门，又把一堆柴火劈了。这时，满院子都是栎木桦子的香气。这时，阿妈斯炯从院外进来，露水打湿了靴子和袍子的下摆。她一早上山，采来了新鲜蘑菇。

一朵一朵的蘑菇上沾着新鲜的泥土、苔藓和栎树残缺的枯叶，正好在新劈开的木柴堆上一一晾开，它们散发出的香气和栎木香混在一起，满溢在整个院子。母子俩吃完早餐，蘑菇上的水汽也晾干了。

阿妈斯炯对儿子说，我还是愿意你自己吃了这些蘑菇。

阿妈，这个刘主任真的特别关心我。

阿妈斯炯想对儿子说，这个人也曾经特别关心过你阿妈，但话到嘴边，她没说出来。这么美好的一个早上，天空湛蓝，河水碧绿，儿子又要出门，她不想说那些令人不高兴的话。于是，阿妈斯炯说，好吧，我的蘑菇圈里有采不尽的蘑菇。要有你的朋友喜欢，就回来告诉我吧。

阿妈斯炯还告诉胆巴，蘑菇圈里的蘑菇越长越漂亮了。

不会吧，村里人都上山采蘑菇，没听谁说，他们的蘑菇越来越漂亮了。

阿妈斯炯说，他们没有自己的蘑菇圈。他们上山只是碰见蘑菇，而从不记住，是哪一块地方给了他们蘑菇。

胆巴把这些蘑菇送到刘主任家去，他没想到刘主任会激动，而且激动到如此程度。

蘑菇整整齐齐地装在柳条篮子里，一朵朵躺在柔软干燥的松萝里。

刘主任涨红了脸，瞧，装一只篮子都这么上心，这么漂亮，你的阿妈斯炯可不是一般的乡下老太婆！

胆巴不知如何回应，只好沉默不语。

刘主任伸手，一一抚摸那一朵朵蘑菇，哦，哦，它们的样子都跟当年一模一样啊！

然后，刘主任提着这篮蘑菇亲自下了厨房，留他一个人在客厅里喝茶。那时的胆巴，还是一个没有父亲的乡下孩子的禀赋，怀着自卑，紧张不安，捧着茶杯，不知怎么和这家的女主人以及和自己年纪相当的这家人的漂亮女儿说话。

女主人说，和老刘谈恋爱的时候，我去过你的老家。

他终于没有说出一句得体的话。他想了几句话，自己都觉得那是不得体的，他知道，一定有句得体的话，但这话就是不肯来到他的嘴边。

这时，厨房里传来热油的滋滋声，飘出来蘑菇受热后的变化了的香味。女主人说，是个老实的娃娃。

他们家的女儿知道自己是干部子女，知道自己是城里人的那种高傲的女孩。她几乎不用正眼看他。

她对她妈妈说，老爹着了什么魔啊，就为了几朵蘑菇！

她妈妈制止她，丹雅！女主人又转头对胆巴说，还是你这样的吃过苦的孩子懂事。这句话让胆巴更局促不安了。这时，女主人让他帮助把折叠桌摆放起来。这简直就是对他的赦免。胆巴手脚利索地把折叠桌打开，摆开桌面，又依次打开四把折叠椅。

刘主任炒好的菜上桌了。三个菜有两个是蘑菇。一个蘑菇炒鸡肉片，一个生煎蘑菇片。刘主任自己先伸筷子，品尝后又赞叹。吃完饭，主任把他叫进书房。里面的确有很多的书。他先取了碑帖来，给胆巴看。说，你的名字就在这上面，你的名字可是有来历的！他要胆巴自己把胆巴两个字找出来。胆巴很快就找出来了。

刘主任有些吃惊，我不知道你也懂书法。

胆巴老实告诉，自己并不懂书法，但他听过刘主任给自己取名字的故事。所以，专门找了胆巴碑帖，找到了自己的名字。他又说，我还知道阿妈斯炯的炯也是主任当年选的字，而没有用别人常用的穹或琼。

刘主任看着他，很动情的样子，说，有心就好，有心就好。我老了，要退休了，你年轻，只要有心，会有出息的。他把骄傲的女儿叫进来，说，丹雅比你小两岁，不懂事，不努力，不晓得珍惜自己的福气，以后，你要多多照顾她！

胆巴说，我哪能照顾她。

刘主任告诉他，明天，组织部就下文了，你就是县商业局的副局长了。

靠在门口的丹雅就�“嘴说，看看，送几朵蘑菇，就当副局长了。

刘主任说，这事前天县委就通过了，今天他才送蘑菇，这有什么关系吗？

胆巴有话，想等丹雅退出去才对刘主任说，但她就靠在门上，用背顶着门摇晃身子，就不出去。

刘主任说，有话就说吧。

胆巴说，舅舅在的那个庙，想要些橡胶管子，把水引进寺院……刘主任打断了他的话，你舅舅，你那个舅舅，要不是他，你阿妈斯炯也是一个体体面面的国家干部！

胆巴低下头，阿妈斯炯不怪舅舅。

好人，好人哪，谁都不怪！好人哪！回家告诉你阿妈斯炯，我一定会照顾好你！

果然，不几天，胆巴的副局长任命就下来了。是组织部长在全局职工会上宣布的。第二天，胆巴就搬了办公室，就在局长的隔壁。一个月后，他就知道这个副局长该怎么当了。两个月后，他就捎信给舅舅，让他们来县城拉橡胶管子。春节回家时，他当副局长已经四个多月了，已经不怕跟人说话，有点当官的样子了。

陪阿妈斯炯去宝胜寺看舅舅时，活佛陪着他看架好的橡胶管子如何引来了山上的泉水。舅舅就从大殿旁的水池边直接从橡胶管中接来水给他烧茶。舅舅对阿妈斯炯说，到底啊，到底啊，我们家是要出干部的。我耽误了你，可胆巴真出息了。舅舅又说，想必是那个刘组长真为他的名字挑了好字吧。

阿妈斯炯冷着脸说，我名字的字也是他挑的。

胆巴就提醒舅舅，水开了，还不下茶叶啊。

胆巴没有告诉舅舅和阿妈斯炯，这水管是他用了局里的自行车和电视机指标换来的。

那几年的商业局不是后来市场放开后的景象，什么东西有指标是一个价，

蘑菇圈

没有指标是一个价钱。因为商业局管着这些紧俏商品的指标，胆巴在这县城中就成了一个人物，可以说是一个没有人不知道的人物。

当局长没两年，当初上刘主任家时对他不理不睬的丹雅也常常主动来找他了。而且，还叫他胆巴哥哥。

这时的胆巴不再是那个笨嘴拙舌的乡下孩子了。他说，我怎么当得起让你叫哥哥，不敢当，不敢当啊。

丹雅说，可是老爹让我叫的，你该不会不听他老人家的话了吧。

胆巴说，这么说来，就只好任你叫了，叫吧。你有什么吩咐？

我要买两台电视机。

两台？你一双眼睛要看两台电视？

我要出去旅游。

旅游？那时旅游在这个县城里还是一个很新鲜的词汇。

我从来没有看过大海，我想去看大海。

我也没有看过。

那你就弄四台，我卖了指标，我们一起去看海！

我跟你？不行，我们又没有谈恋爱。

你想跟我谈吗？

胆巴又露出了乡下老实孩子的狗尾巴，低下头摆弄办公桌上的报表，不吭声了。

我不好看吗？

好看。

你不喜欢好看的女青年吗？

你是个不务正业的女青年。

好吧，那就还是只要两台电视机吧。

胆巴就只好写条子给丹雅两台电视机。丹雅就和她的男朋友坐了一天长途汽车去省城，又坐了两天两夜火车去海边。那一趟旅游回来，丹雅在这个小县城里的名声就毁了。她上班的防疫站收到铁路公安通报，她和一起去海边的漂亮男朋友在火车上干了那种事情。这个消息像火焰一样飞快奔窜，使这个沉闷小城的人们兴奋起来。那种事情！而且是在火车上！怎不叫人两眼放光！而且，出了这个事，丹雅的那个男朋友就消失不见。他当官的父亲下文将他调到省城去了。人们说，那个花花公子和丹雅是在文化宫的舞会上认识的。舞会上！才只见了两面！就一起坐火车了，在火车上干下丑事了！

那时候的胆巴和身边很多人一样，还没有见到过真正的火车。

那时，电影院里正好在放映关于火车的电影《卡桑德拉大桥》。电影院里也有漂亮男女在行进的火车上亲热的画面。胆巴在电影院看得热血偾张，人生中第一次，他被强烈的情欲控制住了。他闭上眼睛，想象着丹雅斜靠在他办公室门前说话的样子，不能自已。

自此以后，胆巴总是夜里折腾自己的身体，又因为在县城附近抓蔬菜基地建设，整天在地头做说服农民的工作，他竟日渐消瘦了。

刘主任也消瘦了。他见了胆巴便唏嘘不已。我瘦是因为丹雅，你瘦是工作太辛苦了吗？

胆巴鼓起勇气，我也是因为丹雅。

刘主任脸上露出了惊骇的表情，但他迅即镇静下来，你这个人啊，你不知道她有男朋友吗？不然她也不会在……

我知道。

刘主任脸上显露出痛苦的神情，她名声不好，和她来往，对你的政治前途不利。

不几天，刘主任叫他去家里吃晚饭。丹雅不在家。饭桌上多了一个女青年。女青年是个很持重的小学老师。胆巴明白，这是刘主任给他介绍对象。这姑娘眉眼也端正，就是没有丹雅那种魅惑的味道。饭后，胆巴和那位女老师沿着河堤散了两公里步，但他在夜里折腾自己身体时，还是魅惑万千的丹雅浮现在天花板上。

一个星期天，他回家去看望阿妈斯炯，路上，遇到防疫站设的一个关卡。邻近的草原畜群中爆发了口蹄疫，防疫站的人穿着白大褂背着喷雾器给过往车辆消毒。胆巴坐在吉普车里，一眼就从那些穿白大褂、戴大口罩的人中认出了丹雅。他一眼就看出，她也瘦了。他屏住呼吸，看着丹雅来到了他的车前，围着车子喷洒药液。他看见了她口罩上方和帽子下方那道缝隙露出的那双眼睛忧郁而空洞。他摇下车窗，哑声说，丹雅。

丹雅眼睛里的光聚集起来，认出了他。

胆巴清了清嗓子，丹雅，你瘦了。

丹雅眼里露出骄傲而倔强的神情，没有说话。

司机发动了吉普车，胆巴说，我对刘主任说了。

他恨我不争气。

我对他说，我爱上你了。

丹雅被震住了，站在原地表情漠然。

胆巴又重复了一次，我对你爸爸说，我爱上你了。

车开动了。他看到丹雅眼里泛起了泪光。他对丹雅摇手，来看我吧。他没想到的是，当天下午，他正在家里修理院门，一边跟阿妈斯炯说话，丹雅就出现了。

阿妈斯炯拉住丹雅的手，说，我好像三辈子前就见过你了。

胆巴脱下手套，对丹雅说，进家里喝点热茶吧。

丹雅的身子软软地靠在了胆巴身上。阿妈斯炯手忙脚乱，往茶里添了太多的奶。胆巴就对阿妈斯炯说，也许丹雅想尝点新鲜蘑菇呢。阿妈斯炯便提上柳条筐上山去了。

屋子里静下来，火塘里劈柴上的火苗发出微风吹拂一样的声音。丹雅把头靠在了胆巴的肩上。胆巴一动不动，仿佛天地间有一种巨大的重量全然落下来，把他整个人罩住，使他动弹不得，使他不能抚摸，也不能亲吻身边这个美丽的女青年。

然后，丹雅开始哭泣。

胆巴依然一动不动。

丹雅开始说话，你知道那件事情了？

胆巴点点头。

一回来，全部人都讨厌我，全部人都躲着我。

胆巴想说，我没有躲着你，但他的嘴唇被自己突然变得黏稠的唾沫给粘住了。

你说，我碍着别人什么了。丹雅坐直了身子，她的愤怒开始喷发，我自己的身体，我自己的情感，碍着别人什么了？！

丹雅说到身体的时候，胆巴的身体也开始燃烧起来，他把丹雅揽进怀里，紧紧拥抱。开始丹雅也回应给他热烈的拥抱，但当他的手伸向她胸口的时候，丹雅坚决地推开了他，正色说，你以为我是个可以随便的人吗？

胆巴说，我爱你。

说说你怎么爱我的。

胆巴是老实人，他说，看电影的时候我就爱上你了。我天天晚上都想你。

电影，有火车的电影？《卡桑德拉大桥》？

胆巴点头。

一个耳光落在了他的脸上，你怎么想象的？在火车上，脱掉我的裤子，还是撩起我的裙子？

胆巴捂住脸，是，我每天晚上都想跟你做爱，在火车上，在飞机上，在船上。要知道，那时候的胆巴除了在电影里，还没有真正见到过这三种交通工具。他说，是你的事情让我情不自禁地这么想。

丹雅流着泪冲出了房子，往村外去了。胆巴想追，紧走几步，怕村里人笑话自己，只好吩咐司机追上她，送她回县城。

阿妈斯炯采了蘑菇回来，却不见了客人，我以为你有女人了，带回来给阿妈看看。

胆巴突然觉得很悲伤，我爱她，她看不上我。

阿妈斯炯用新鲜酥油在平底锅里煎蘑菇片给他吃，满屋子满口都是山野中草与树与泥土复杂的芳香。

那时，胆巴一个月挣七十多块钱，每次回家，他都拿个十元二十元给阿妈斯炯。阿妈斯炯告诉他，这些蘑菇拿到六公里外的汽车站上，有些旅客愿意买上两斤三斤，每斤能卖五毛钱。阿妈斯炯说，你不用给我钱了，告诉你吧，我已经有了三个蘑菇圈，今年已经卖了一百多块钱了。

照例，他又带了一柳条篮子的蘑菇给刘主任家。他一进门，丹雅就起身，回到自己房中，砰一声把门关上。刘主任坚持要他去请前次那个女青年来家里吃饭，胆巴推说有大堆财务报表要审，借故离开了。刘主任又急急追到楼下，告诉他，那个小学老师回了话，愿意跟他继续接触。

胆巴对刘主任说，我已经爱上别的人了。

刘主任问，谁？

胆巴说，你的女儿丹雅。

刘主任脸色发白，定在那里，像被雷电击中了一般，你怎么可以？怎么可以……

胆巴想，如此栽培自己的刘主任原来心里瞧不上自己。走在路上，他想，自己再也不会登这一家人的门了。但到了晚上，他青春的身体燃烧起欲望时，那个在黑暗中飘在天花板上的风情万种的形象仍然是丹雅。

有事没事，胆巴都故意在丹雅单位附近的街道上出没，偶尔碰见，丹雅依然对他视而不见。丹雅对他不理不睬。但他依然不能自已，对着那个被周围人刻意孤立的身影充满同情与欲望。

再后来，丹雅身边出现了一个新的漂亮男青年，胆巴心痛一阵，便慢慢恢复了平静。他还是偶尔送点蘑菇给刘主任，但不再去他们家里了。

第二年，阿妈斯炯的蘑菇在那个汽车站卖了两百多元。阿妈斯炯进城来。晚上，阿妈斯炯睡在儿子床上。胆巴睡在钢丝床上。阿妈斯炯说，等到存够一千块钱的时候，她就把钱给他结婚用。胆巴心里算了算，笑着说，那我还得等上三四年啊！

阿妈斯炯也笑，说，我看你自己也不着急嘛。

胆巴没有告诉阿妈斯炯，这段时间，他操心的事情是能不能当上商业局长。他说，我不着急，我等阿妈存够一千块钱。他还告诉阿妈斯炯，下次送蘑菇来，得是三只柳条篮子。

阿妈斯炯心痛了，那我一年要少存几十块钱了。

阿妈斯炯又把这话转述给法海老和尚听。法海老和尚劝妹妹，侄儿是干大事的人，你心痛几篮子蘑菇干什么？！因为胆巴又帮寺院批了几公斤金粉给寺庙大殿的黄铜顶镀金，又弄了十几公斤白银指标打造舍利塔，法海在庙里的地位大大地提高，早年的一个熬茶和尚，差不多是非正式的厨房总管了，长得也有点脑满肠肥的意思了。

阿妈斯炯两年里送了几篮子蘑菇，胆巴就当上了商业局长。

毫无预兆，蘑菇值大钱的时代，人们为蘑菇疯狂的时代就到来了。

不是所有蘑菇都值钱了，而是阿妈斯炯蘑菇圈里长出的那种蘑菇。它们有了一个新名字，松茸。当其他不值钱的蘑菇都还笼统叫作蘑菇的时候，叫作松茸的这种蘑菇一下子就值了大钱。去年，阿妈斯炯在离村子六公里的汽车站上还只卖五毛钱一斤。这一年，一公斤松茸的价钱一下子就上涨到了三四十块。

阿妈斯炯说，佛祖在上，那是多少个五毛钱呀！

胆巴说，是六十个到八十个五毛钱！

阿妈斯炯冷静下来，没有那么多。是三十到四十个五毛钱！公斤，公斤，你晓得吗？一公斤是两个一斤。

是的，公斤这个新的度量衡单位是随着松茸这种蘑菇的新名字一起降临的。出松茸的季节，在机村一带的山里，随海拔高度的不同，有些地方是在夏天的末尾，有些地方是在秋天的开始。让人感到奇怪的是，那些收购蘑菇的商人，他们并没有见过长在山里的松茸，却总是准时出现在每个刚刚长出头一茬松茸的地方。他们开着皮卡车，来到一个村子，打开后车门，推出一台秤来，生意就开张了。那秤不是提在手里滑动秤砣在杆上数星星的杆秤，而是台秤。台秤像是一架真正的仪器。机器的轮廓，钢铁的质感，亮闪闪的表面，称出来的东西的重量都以公斤计算。阿妈斯炯发现，这些商人算账不用算盘，他们用电子计算器。只要按动那些标上了数字与符号的小小按键，一些数字便幽灵一样，在浅灰色的屏幕上跳荡。

一切真是前所未有啊！

三十二朵蘑菇就卖了四百多块钱！

阿妈斯炯真是眉开眼笑。那天，她就坐在村头核桃树的阴凉下，守着商人的摊子，看倾巢出动的山里人奔向山林，去寻找那种得了新名字叫作松茸的蘑菇。阿妈斯炯是一早上山的，现在太阳升起来，慢慢晒干了她被晨间露水打湿的长袍的下摆。脱在一边的靴子也晒干了。这时，有人陆续从山上下来。有人是一二十朵，更多是三朵五朵。

松茸商人就问阿妈斯炯为什么独独是她的蘑菇又多又好。

阿妈斯炯还没张口，就有村里人争着回答，工作组早就教她认识这些蘑菇了！

马上有人出来辩驳，不对，是跳河的吴掌柜！

还有人喊，她儿子是商业局长。

阿妈斯炯就笑了起来。她听得出来，这些话里暗含着些嫉妒的意思。阿妈斯炯心里涌起她与蘑菇的种种故事，心里一时五味杂陈，但她还是喜欢的，喜欢以这样的方式受到众人关注。

这时，一片乌云瞬间就布满了天空，虽然夏天已到了尾声，但还是继续要带来雷阵雨。她站起身来，拍拍袍子上的草屑准备回家，但她刚走出几步，随着隆隆的雷声，硕大的雨滴就噼里啪啦砸了下来。阿妈斯炯又跑回到核桃树下。满世界都是雨声，都是雨水和尘土混合的味道。起初这味道有些呛人，但很快，尘土味便消失了，雨水中混合的是整片土地，所有石头，所有草木被激发出来的清新浓郁的味道了。

阿妈斯炯兴奋得两眼放光，因为聚在树下躲雨的人群中，只有她一个人知道，在山上，栎树林中和栎树林边，那些吸饱了雨水的肥沃森林黑土下，蘑菇们在蘑菇圈开始吱吱有声地欢快生长。这不是想象，阿妈斯炯曾经在雨中的森林里，在她的蘑菇圈中亲眼见识过蘑菇破土而出的情景。夏天，雷阵雨来得猛去得也快。雨脚还没收尽，蘑菇们就开始破土而出了。这里一只，那里一只，真是争先恐后啊！

雨慢慢停了，太阳复又破空而出，村庄上空出现了一弯鲜明的彩虹。人们开始四散开去。

那个蘑菇商人来到阿妈斯炯跟前，问她，大妈，他们说的事情是真的吗？

阿妈斯炯说，没有人叫我大妈，他们都叫我阿妈斯炯。

那么，阿妈斯炯，他们说的事是真的吗？

阿妈斯炯笑了，你问他们说的哪一件事？

他们说你的儿子是商业局长。

阿妈斯炯却说，这时山上又长出了好多蘑菇呢。

不会吧，百十号人刚把林子扫荡了一遍。阿妈斯炯说，那你在这等着我。

说完，阿妈斯炯真的又上山去了。

那个商人抽了一根烟，在这个不大的村子走了一圈，回来坐在车里小睡一会儿，再抽一支烟，又在这个村子里转了一圈。回来，见又被露水湿了衣裳和靴子的阿妈斯炯已站在皮卡车跟前了。

这一回，阿妈斯炯带回来五十三朵蘑菇。其中四十八朵是她从最早的蘑菇圈和后来相继发现的三个蘑菇圈里采来的，剩下几朵则是偶然的零星的遇见。遇见零星的那几朵时，阿妈斯炯还嘀咕来着，你们怎么像是没有家的孩子呢，可怜见的！

看着那些可爱的菌盖紧致，菌柄修长的新蘑菇，那个商人想起了一个成语，雨后春笋，他说，嚯，雨后松茸！

阿妈斯炯当然不知道这个成语，她只说，这会儿，山上又长出好大一群了。

这时已是夕阳衔山时分，雨后色彩鲜艳的森林影调开始变得深沉，松茸商人说，可惜他不能再等了。现在，他要连夜驱车五百公里到省城，明天早上，这些松茸就会坐最早的一班飞机飞到北京，再转飞日本，到明天这个时候，这些蘑菇就出现在东京的餐桌上了。

商人说，在那里考究的晚餐桌上，每人也就吃到两片松茸，一片生吃，一片漂在汤里。商人说，要是日本人不吃，这东西哪里会值到这样的价钱。

围观的机村人就都说日本日本。也有人埋怨，这些日本人为什么不早点吃这东西？

商人便讲了一大通道理。他说了改革开放，说了信息交流，还说了交通建设。他说，要是没有好的公路，没有飞机，不能二十四小时内把松茸送上异国的餐桌，日本人钱再多，也没有这个口福。超过二十四小时，娇嫩的松茸就失去了鲜脆的口感，时间再长一点，它们就烂在路上了。

那一年，机村以及周围的村庄，都因为松茸而疯狂了。

早上，天刚破晓，启明星刚刚升上东方天际，最早醒来的鸟刚刚开始在巢中啼叫，人们就已经起身去往林中，寻找松茸了。不到一个月，林中就已蹚出了一条条小道。阿妈斯炯不会凑这个热闹，她也不用天天上山。她只是在人们都下山了，才起身上山。看到人们在林中踩出一条条小路，她就有些心痛，因为那些踩得板结的地方，再也不会长出蘑菇来了。蘑菇不是植物，不会开花，不会结出种子。但在她想象中，蘑菇也是有某种人看不见的种子的，以人眼看不见的方式四处飘荡，那些枯枝败叶下的松软的森林黑土，正是这些种子落地生根的地方。

阿妈斯炯继续往城里送蘑菇。还是在柳条篮子中铺了松软的跟蘑菇散发着差不多是同样气味的苔藓。一朵朵菌柄修长的松茸整齐地排列。阿妈斯炯对胆巴提出一个问题，松茸的种子是什么样子呢？

胆巴无从回答这个问题。

胆巴说他会去图书馆查找资料，肯定会从书上得到答案。

下个星期，阿妈斯炯再去县城送蘑菇，胆巴告诉她，蘑菇都是有种子的，只是蘑菇的种子不叫作种子，而叫孢子。

孢子是个什么鬼东西？

胆巴打开总是揣在身上的会议记录本，上面有他从图书馆抄来的关于孢子的定义。孢子，就是脱离亲本后能直接或间接发育成新个体的生殖细胞。

阿妈斯炯叹息，胆巴，你现在说的都是我不懂的话。

胆巴合上本子，老实说，这些科学我也不太懂。

阿妈斯炯自己作了总结，反正就是说，蘑菇是有种子的，不然，它们怎么一茬又一茬从地里长出来呢？

说话时，胆巴把篮子里的蘑菇分成了四份。分装在四个塑料泡沫模压的盒子里，他要将这些蘑菇分送给四个人家。即将退休的刘主任、县委书记、县长、组织部长。阿妈斯炯有些不高兴了，你要送给些什么人我不管，但你不尝一点阿妈斯炯亲手采来的蘑菇吗？

胆巴说，我不操心我没有新鲜蘑菇吃，阿妈斯炯现在有了一个新名字了？

嚯，那个老太婆她有新名字了？

她有一个越来越多人知道的新名字了，这个名字叫作蘑菇圈大妈。他们说，别的人找到的，都是迷路的孩子，蘑菇圈大妈找到的才是开会的蘑菇。

阿妈斯炯就拍着腿笑了，开会的蘑菇！说得好！如今不像当年，村长招呼开会，再也聚不起那么多人了。

晚上，阿妈斯炯睡在儿子的大床上，路灯光透过窗帘的缝隙落在枕边，她还在想，开会的蘑菇。

胆巴送了那些蘑菇回来了，在阿妈床边打开钢丝床睡下来，阿妈斯炯禁不住笑出声来。

胆巴问她为什么还没有睡着。

阿妈斯炯干脆大笑起来，开会的蘑菇！

第二天早晨，胆巴送阿妈斯炯到汽车站，迎面碰见了舅舅法海和尚。法海舅舅老了，躬腰驼背，步履蹒跚，看见妹妹和侄儿却满脸放光。

胆巴赶紧把舅舅和跟着他的寺院管家请到街边店里吃早餐。早餐是这个县城的标配，一份牛杂汤，一屉牛肉芹菜馅的包子。每次，舅舅和寺院管家一起出现，就是来提要求，要他帮忙办事。他说，有什么事，说了我还要开会。管家却不着急，掏出一方毛巾擦去和尚头上的汗水，庙里的喇嘛们都常常为您这位大施主祈福呢。

胆巴说，我算什么施主，没有上过一份香火钱。

管家就把这些年他帮过的忙细数一遍，这才是有大功德的施主啊！

胆巴说，你们找到我，不帮也不行啊！

管家便示意法海和尚说话。

法海舅舅便两眼放光，我侄儿有本事，我脸上有光，有光啊！说着，他脸上也放起光来了。

胆巴开口道，就说这回是什么事吧。

管家说，这回是政府鼓励的事，我们要保护寺院四周的山林。胆巴知道，这些年，内地开放了木材市场，收购木材的游商游走山里，村民们便提斧上山，把过去森林工业局大规模采伐后的有用之材再清理一遍。盗伐的情形一年重于一年。管家说，寺院愿意组织僧人，保护寺院四周的山林，想要求得政府的支持。

胆巴笑了，说，这真是好事，便带了两个穿袈裟的老者去见林业局长。

局长听了管家的想法，立即表示支持，当即叫了办公室主任和一位科长来，命他们立即起草一份文件，宝胜寺后山、前山均划为封山育林保护区，宝胜寺僧人组成的巡山队有权将盗伐林木者扭送公安机关。

林业局长说，和尚喇嘛愿意保护自然生态，这是新生事物，我支持新生事物。两个和尚得了文件欢喜而去。

林业局长这才对胆巴说，封山育林的牌子一插，那两座山上的松茸就全归了寺庙，老百姓就不敢染指了。

胆巴说，我怎么没想到这一处来！

林业局长说，我都五十多岁了，看人看事，见不光明处就多了，你年轻，大有前途，有时候，把人事看得简单些反倒是好的。

过些日子，舅舅法海生了病，胆巴便去庙里看望。

胆巴真实的想法，是要看看寺院如何封山。寺院真的在这为松茸激越的季节封了山。他们不但插上了林业局发放的封山育林的牌子，还把年轻体壮的僧侣组成了巡山队，每人一截长棍，把守住每一条上山的小径。除了寺院附近的村民，不准上山。而且，这些村民采来的松茸，都统一销售给寺院，再由寺院转售给松茸游商。寺院在村民那里压价两成，又在出售时加价一成，靠他帮忙得来的封山令又多了一个生财之道。

所以，寺院专门派了细心的小喇嘛侍奉法海和尚这个地位低下的熬茶和尚。

这些年交往下来，胆巴跟寺院的活佛说话已经很随便了。这天，见了活佛他就说，活佛你可以当董事长了。

活佛不以为忤，几百号人呢，没有管理不行，管理不好也不行，没有生财的办法不行，生财的办法少了还是不行。

胆巴不得不承认，这倒也是实话。

活佛收敛了脸上的笑容，我还有一句实话，你舅舅怕是过不了这个冬天了。

胆巴沉默，一时想不起来该说什么样的话。活佛说，我要加派一个和尚去侍候他。

胆巴说，我还是接他去医院吧。

活佛道，命数已定，又何必到医院延宕时日呢。

回到家，胆巴把活佛的话转述给阿妈斯炯。阿妈斯炯深深叹息，那些年月，我本指望家里靠他这个男人来撑着，可他却反要我来照顾。洛卓。阿妈斯炯说，洛卓，你舅舅就是我的洛卓。洛卓这个词，翻成汉语就是宿债。这是按佛教的观点。按佛教的观点，阿妈斯炯这个妹妹和法海哥哥这样的关系，就是因为她的前世欠下了法海前世的债务。这笔债务可能是金钱的，更可能是道德的或情感的。

阿妈斯炯在佛前添了一盏灯，湿了一回眼睛，便平静下来了。

她用额头贴着胆巴的额头，胆巴，我跟你没有洛卓，不然不会让我这么省心。可是，你还欠我的。

胆巴紧贴着阿妈斯炯的额头，我不忍心你一个人住在乡下，搬进城里来和儿子一起吧。

我不能抛下那些蘑菇圈，现在它们那么值钱！阿妈斯炯笑了，再说了，你那么小的房子，要是来一个喜欢你的姑娘，我还能睡在你的床上吗？

这一年下第三场雪的时候，法海这个曾做了好多年机村牧羊人的熬茶和尚走完了他这一生的轮回。

胆巴是事后才得知这个消息的，那是春节回家的时候，阿妈斯炯才告诉他，舅舅已经走了。他走得安详又干净。

安详是指法海临终没有什么痛苦。干净是说，天葬时，他的躯壳都被神鹰打扫干净，作了最后的供养。

那天晚上，胆巴也在佛前给舅舅点了一盏灯。

阿妈斯炯突然发话，你舅舅那样一辈子有意思吗？

胆巴很吃惊，阿妈斯炯会问出这样的话。他说，对相信轮回的人是有意思的吧。

阿妈斯炯接下来的话把她自己也吓着了，要是没有轮回这件事呢？她赶紧说罪过，罪过，一定是魔鬼把我的舌头控制了。

胆巴笑起来，给阿妈斯炯斟一碗加了油和糖的青稞酒，来吧，阿妈。

阿妈斯炯喝下一口酒，突然间眉开眼笑，说，是啊，这就是这一世的人生的味道。

那时，屋子外面开始下雪了。冬天干燥的空气中立时就充满了滋润的干净的水的芬芳。雪还使在风中发出声音的树与草、与尘土都安静下来。

这是一个令人安定满意的新年。阿妈斯炯说，这才是人该有的新年，可她居然活到老了，才得到了这样一个新年。她愿意这个世界上的所有人，一直都有这样的新年。

可是，第二年的新年，整个村子都陷入悲哀的气氛中。因为两个年轻人盗伐了一卡车林木，一个年轻人被警察抓住，一个年轻人开着载重卡车逃跑，最终撞上山崖而丢掉了性命。

第三年的新年，他们家来了一个躲债的年轻人。

这个年轻人不甘心只是把采来的松茸卖给那些收购松茸的商人，他自己收购松茸，结果在村里收了一车价值数万元的松茸却在路上遇到泥石流，结果这些松茸没有乘飞机到达日本，而是眼睁睁地烂在车里，变成了一堆爬满蛆虫的臭烘烘的烂泥。他那些松茸都是从村子里赊来的，这个晚上，村民们都上他家讨债，胆巴见状，便把他带回到自己家里。

第四年，胆巴当上了副县长，还有了女朋友，但他回到家却长吁短叹，因为让他分管的商业系统在新形势下已经难以为继。照道理，市场开放搞活，一直在商业局工作的人应该更会做生意才是，可是，这些人偏偏不会，几乎在所有的方面，都在和那些个体商户的竞争中败下阵来。最后，商业局下属的百货公司，都分成一个一个柜台分租给那些雄心勃勃的个体户了。

第五年新年，是阿妈斯炯不开心，因为她失去了一个蘑菇圈。松茸季节里，她被两个同村人跟踪了。每一次，他们都赶在她的前面采走了新生的松茸。后来，他们和村里的其他人一样，只要松茸商人一出现，就迫不及待地奔上山去，他们都等不及松茸自然生长了。他们采走了她的蘑菇使她心疼，更让她心疼的是，当他们等不及蘑菇自然生长时，便和村里其他人一样，提着六个铁齿的钉耙上山，扒开那些松软的腐殖土，使得那些还没有完全长成的蘑菇显露出来，阿妈斯炯赶上山去时，他们已经带着几十朵小蘑菇下山去了。新年的晚上，阿妈斯炯心疼地对胆巴说，人心成什么样了，人心都成什么样了呀！那些小蘑菇还像是个没有长成脑袋和四肢的胎儿呀！它们连菌柄和菌伞都没有分开，还只是一个混沌的小疙瘩呀！阿妈斯炯哭了，她说，记得吗？你说书上说蘑菇的种子叫孢子，我看到那些孢子了！

阿妈斯炯的确在栎树树中看到了蘑菇圈被六齿钉耙翻掘后的暴行现场，好些白色的菌丝——可以长成蘑菇的孢子的聚合体被从湿土下翻掘到地表，迅速枯萎，或者腐烂，那都是死亡，只是方式不同而已。枯萎的变成黑色被风吹走，腐烂的，变成几滴浊水，渗入泥土。那都是令人心寒与怖畏的人心变坏的直观画面。

那一年，胆巴心里萌生一个想法，在村子里成立一个松茸合作社。一来，集体议价，可以防止游商压级压价；二来，订立保护资源的乡规民约共同遵守。

县长和书记都支持他的想法。

县长说，你的老家机村盛产松茸，也是资源破坏严重的地方，就在那里搞个试点。

那一年，胆巴在五一节结了婚。

不是当年刘主任介绍的那一个姑娘。这个姑娘是胆巴自己在文化宫的舞会上认识的。姑娘的父亲就是县里的副县长。那次舞会上，那个姑娘说，我知道你就要成为我父亲的同事了。一次，他到县里开完这位副县长召集的协调会，散会时，他都走到门口了，副县长发话，胆巴局长请留一下。

副县长端详了他半天，说，我想问你一句不该问的话。

胆巴不言语，等他发话。

副县长说，听说你是一个私生子？

胆巴很平静，说，阿妈斯炯没有告诉过我父亲是谁。

副县长手指轻叩着桌面，说，美中不足，美中不足。好了，我告诉你吧，我家姑娘看上你了。

胆巴便想起了舞会上那个眼光明亮的姑娘。

副县长又说，好吧，你们可以交往交往，不过，你要记住，我们可是规矩人家！

他就开始了和副县长叫作娥玛的女儿的交往。娥玛是组织部的一般干部。第三次见面，就坦率地告诉胆巴，她父亲说，要么自己努力进步，要么找一个进步快的丈夫。她怀着柔情说，我是一个女人，我愿意选择后者。

胆巴很吃惊。吃惊于这个姑娘能将这功利的坦率与似水柔情如此奇妙地集于一身。交往日久，拥吻，缠绵，彼此探索身体时，娥玛对着他的耳朵呢喃，你说我能不能把你脑子里别的女人赶走。

胆巴说，已经只有你了。

娥玛吹气如兰，说，那么，那个你刘叔叔家的丹雅呢？

胆巴很吃惊，你怎么知道我想过她？

娥玛说，她那样的女人，没有女人的男人都想过她。

胆巴便继续向娥玛的身体进攻。到了最关键的环节，娥玛从床上起来，理好衣服，先生，这一步必须等到我确定你是我丈夫那一刻。

胆巴有些尴尬，也有些气恼，你守身如玉，却又这么懂得男人？

娥玛回答，你以为必须跟男人上床才能懂得男人吗？

松茸季降临之前，胆巴结婚了。

已经从县政协退休的刘主任来参加了简单的婚礼。丹雅也来了。刘主任端着酒杯，上来说的却不是祝贺的话，他说，我退休了，闲不住，也想弄弄松茸的生意，我是老机村了，就在机村搞个收购点。

胆巴知道，并不是他想做什么松茸生意，是想做这个生意的丹雅在背后怂恿。胆巴只好告诉他，县里马上要在机村搞个松茸合作社，这样有利于保护资源，并防止恶性竞争。

刘主任当然不高兴，说，你不必在这个时候如此答复我。

胆巴心里当然很过意不去。接下来，他在机村亲自抓的松茸合作社试点失败了。

村中老人对他说，合作社，我们都当过合作社的社员，小子，你还想让我们再饿肚子吗？回家问问你阿妈斯炯，她是怎么成为蘑菇圈大妈的吧。

胆巴还是坚持召集全体村民开了一个会，说明此合作社不是彼合作社。有人假装听懂了，说，好啊，阿妈斯炯的蘑菇圈里的松茸就是我们大家的了。全村平分松茸的钱。

阿妈斯炯可不客气，那你们偷砍树木的钱，做生意挣的大钱都要大家来平分了。

胆巴在村里待了三天，一户一户地说服，也没有什么结果。

这件事情也就黄了。书记和县长都是老干部，见此情形并不为怪，好多事情不是我们想不到，而是确实做不成啊！胆巴这话也是为他们很多半途而废的事情开脱的吧。

胆巴在心里把合作社的事情放下了，带着新媳妇娥玛回家来。阿妈斯炯拿出一套花了将近十万块钱买来的珠宝送给儿媳。阿妈斯炯说，你要看好胆巴，他是个傻瓜，只不过是个善良的傻瓜。是的，是的，我也是个傻瓜，但也不会傻到把钱白分给大家。

娥玛换下一身短打，穿上藏装，戴上阿妈斯炯用松茸钱置办的红珊瑚与黄蜜蜡，脸上的喜气和珠宝相映生辉。

阿妈斯炯因此抹了眼泪，说，这座房子，从来没有这样亮堂过啊！

她温了加了酥油的青稞酒，悄声对娥玛说，就在这座房子里，就在今天晚上，你给我怀一个孙子吧。

那天晚上，临睡时，阿妈斯炯亲手给儿子和媳妇铺了床褥，自己却不睡觉，坐在院子里，身边放了一壶酒，在大月亮下摇晃着身子歌唱。半夜醒来，胆巴听见阿妈斯炯在院中歌唱，正要起身下床，却被娥玛缠住，阿妈可是给了我一个大任务。

胆巴复又倒在床上，老太婆跟你嘀咕什么来着？

老人家要我和你今晚给她造个孙子。

胆巴笑了，不是一直造着的吗？

那就再造一次吧。

那个晚上，他们给阿妈斯炯造孙子真是造得轰轰烈烈。

启明星刚刚升上天际，阿妈斯炯轻手轻脚上了楼，扒开了火，用陶罐煨了块上好的藏香猪肉，然后，上山去了。林子里飘着雾气，阿妈斯炯第三次停下来，倾听后面有没有脚步声，确信身后什么都没有时，她钻进了林子，这时，雾气散开不少，她看到蘑菇圈中已经新出土了十几朵蘑菇，但她并不急于采摘。

阿妈斯炯拂去一些栎树潮湿的枯叶，一块石头在她手下显现。她在这块石头上坐下来，她脸上洋溢着幸福的神情，用甜蜜的声音说，我不着急。她静静地坐下来，袍子的颜色接近栎树树干的颜色，也很接近林下地面的颜色。只有一张脸洋溢着特别的光彩。那光彩使得有轻雾飘荡的、光线黯淡的林中也明亮起来。

她坐下来，听见雾气凝聚成的露珠在树叶上汇聚，滴落。她听见身边某处，泥土在悄然开裂，那是地下的蘑菇在成长，在用力往上，用娇嫩的躯体顶开地表。那是奇妙的一刻。

几片叠在一起的枯叶渐渐分开，叶隙中间，露出了一朵松茸褐色中夹带着白色裂纹的尖顶，那只尖顶渐渐升高，像是下面埋伏有一个人，戴着头盔正在向外面探头探脸。就在一只鸟停止鸣叫，又一只鸟开始啼鸣的间隙，那朵松茸就升上了地面。如果依然比作一个人，那朵松茸的菌伞像一只头盔完全遮住了下面的脸，略微弯曲的菌柄则像是一个支撑起四处张望的脑袋的颈项。

就这样，一朵又一朵松茸依次在阿妈斯炯周围升上了地面。

她看到了新的生命的诞生与成长。

她只从其中采摘了最漂亮的几朵，就起身下山了。

她在平底锅中化开了酥油，用小火煎新鲜蘑菇片的时候，她听到儿子和媳妇起床了。听到媳妇娇媚的说话时，阿妈斯炯真的眉开眼笑了。当他们按城里人的方式完成繁琐的洗漱时，蘑菇也煎好了。她在卧房中换好被露水打湿的衣服时，胆巴和他的新媳妇正吃得眉开眼笑。她看见媳妇把松茸片夹进儿子口中，阿妈斯炯幸福得脸上露出了难过的表情。他们身上还散发着男欢女爱过后留下的味道。

胆巴对妻子说，瞧瞧，阿妈斯炯为你打扮得像过节一样！

媳妇扶着阿妈斯炯坐到小炕桌前，从陶罐中盛了汤，双手奉上。

阿妈斯炯哭了，她咧着的嘴却没有出声，滚烫的泪水哗哗流淌。媳妇也红了眼圈说，胆巴告诉过我，阿妈吃过的苦，阿妈受过的委屈。

阿妈斯炯又笑了，我不是难过，我是幸福。离开干部学校那一天，我就没有指望过，还能过上今天这样的好日子。

胆巴告诉我，宝胜寺恢复那一年，法海舅舅带胆巴去寺院做小和尚，是你连夜走了几十里路把他抢回来的。

哦，那个往生的死鬼！

媳妇小心翼翼挑拣着词汇，你，你，不好的，不顺利的命运都是……

哦，不，胆巴的法海舅舅，他自己就算不得一个真和尚。一个熬茶和尚算什么真和尚？一个有过女人的和尚算什么真和尚？我儿倒能做一个真和尚，但我舍不得他。不说往生的人了。我喜欢你们像现在这样。昨夜，你们俩一起睡在这老房子里，我喜欢得坐在院子里一夜没睡。我希望你们已经种下一个好命的新生命了。

阿妈斯炯还指了指窗口上的那一方青山，说，等有了孙子，我的蘑菇圈换来的钱，才能派上用场。

回城的路上，新婚夫妇回味阿妈斯炯那些话，娥玛倚在胆巴肩上，又哭了一场。她说，我因为什么样的福气，得了这么一个善心的妈妈。

第二年蘑菇季到来前，阿妈斯炯得了一个孙女。

孙女长得像胆巴。大眼睛，高鼻子，紧凑的身板。

阿妈斯炯让胆巴带着她到银行专开了一个存折。上面写了孙女的名字，一个蘑菇季下来，她居然往里面存了两万块钱。

又过些年，松茸的价格涨涨跌跌，但到孙女上小学的时候，存折里已经有了十万块钱。

那时，前工作组长刘元萱已经退休多年了。丹雅也结过两次婚了。后一次离婚时，她索性办了留职停薪的手续。用从后一任做木材商人的丈夫那里分得的钱做本，自己做起了蘑菇商人。

蘑菇生意并不像早年一手钱一手货收进来卖出去那么简单。这个时候的蘑菇生意已经公司化了。那些互为竞争对手的公司小小合作一下，就能把一人游商的发财梦给破了。

丹雅也遭受了这样的命运，那笔离婚得来的钱，随着收上来却出不了手的松茸一起消失了。据说，在一家贸易公司门口，看着腐烂的松茸变成臭烘烘的黑色黏液从车厢缝隙里渗出来，丹雅在那里吐了个天昏地暗。她胃里的食物和胃酸，还有眼泪，以及对以往过错的种种悔恨。

从此以后，她成了另外一个人。即便是她终于取得生意上的成功时，依然没有变回从前那个丹雅。

据说，她在父母家里躺了好几天。第五天，丹雅起了床，宣布说我要从零开始。

退休后无职无权的刘元萱问她，从零开始，你这个零在什么地方？

丹雅承认自己也不知道这个零在什么地方。但她说，你提携过的胆巴都当副县长了，你得让他帮帮我。

刘元萱说，你要找谁帮忙我管不着，唯独不能找他！

丹雅冷笑，当年胆巴追我，你也说这话！不然，我现在是副县长夫人了！

这是一个晴朗的早晨，太阳光斜斜地从东窗上照进来，落在沙发前的地板上。刘元萱受了刺激，脸孔涨得通红，从沙发上站起来，然后就摇摇晃晃地倒下了。他倒在了那方阳光里，张大的眼睛里光芒渐渐涣散。他听见丹雅在打电话叫救护车。他一直在说，用不着了，用不着了。但丹雅没有听见他这些话，只见到一些无意义的白沫从他嘴角溢出来。直到听见了救护车声，丹雅才俯身下来，听见从那些越积越多的白沫中冒出来的微弱的声音。丹雅听到了她父亲最后的那句话，胆巴是你的哥哥，你的亲哥哥。

急救中心的医生冲进屋内，摸摸前工作组长刘元萱的颈子，听听他的心脏，再用小电筒照照他的瞳孔。然后，记下了他的死亡时间。丹雅跌坐在沙发上，欲哭无泪。看着早晨的阳光离开了地面，照到墙边的矮柜上。看到父亲没有了生命的躯体躺在了担架上，蒙上了白布，离开了这个居住了十多年的单元房，上了救护车，往医院的停尸间去了。

在殡仪馆的送别仪式上，县里领导都来了。胆巴也在其中。这时，他已经是常务副县长了。他走到丹雅面前，也像别的领导一样要跟她握手，但是丹雅一下就靠在了他的肩头上哭了起来。这时，还有刻薄的嘴巴悄悄议论，要是当年就嫁给胆巴，她今天就不会这么伤心了。

此情此景，胆巴有些尴尬，说，刘叔叔走了，我也很伤心。

丹雅对他说，爸爸最后留了一句话，他当年不让你追我，因为他也是你的爸爸。

晚上，胆巴眼前浮现出躺在棺材里穿了西服，涂了口红的那张灰白色的脸，心里有种空洞的悲哀。那是一个颇为抽象与空洞的父亲的概念引发的悲哀。娥玛说，好了，我知道刘叔叔对你好，但人都是要走的。

胆巴犹豫半天，还是把丹雅的话告诉了娥玛。

娥玛说，这不会是真的！

娥玛又说，这事情也可能是真的。

我怎么可能知道她的话是真的？

回去问阿妈斯炯。

这种事我怎么问得出口！

那也得问清楚了。

这么多年不清楚不也过来了。

娥玛很老到地说，不是死去的人的问题，是活着的人的问题。

活人的问题？！

是啊，就是你追求过的丹雅。如果阿妈斯炯说不是，那你就躲着她远远的，不必再去理她。如果是，那就是另一回事，她再不争气，也是你妹妹啊！

蘑菇季到来了，阿妈斯炯捎了信来，叫两口子带着孙女去看她。如今，一天天老去的阿妈斯炯不怎么肯出门了。于是，两口子便在一个星期天带了女儿去看乡下奶奶。

路上，娥玛对胆巴说，我们把孩子奶奶接进城里来住吧。

胆巴心思不在这上头，你自己对她说。

机村离县城不远不近，五十多公里，过去，路不好，就显得离县城远。现在，漂亮的柏油路面，中间画着区隔来往车道的飘逸的黄线，靠着河岸的一边，还建起金属护栏，疯狂了十多年的林木盗伐也似乎真的被遏止住了，峡谷中水碧山清。胆巴两口子，因为阿妈斯炯的蘑菇圈，不必存钱为女儿准备学费，率先买了十多万的富康车，办私事时，都不用公车，这在群众中为这位副县长加分不少。别人的乡下母亲都是一个负担，他们的乡下母亲，却每年都为他们攒几万块钱。

娥玛便常常赞叹，胆巴，你怎么有这么好一个妈妈。

胆巴叹息，我的苦命的妈妈。

有时，娥玛便摇晃着阿妈斯炯的肩头，阿妈斯炯，胆巴是什么命，有你这么好个妈妈。

阿妈斯炯叹息之余，又眉开眼笑，可能我上辈子也欠了他的洛卓，这辈子来还。

胆巴说，阿妈斯炯以前你只说，你欠了往生的舅舅的洛卓！

孙女问，什么是洛卓？

阿妈斯炯说，洛卓是前世没还清的债。我欠你死鬼舅爷的是坏洛卓，欠你爸爸的是好洛卓。

胆巴说，要真是如此的话，这辈子我又欠下阿妈斯炯的洛卓了！

那你下辈子还当我儿子吧。

胆巴一句话涌到嘴边，突然意识到不对，又咽了回去。不想，这句话倒被阿妈斯炯说了出来，下辈子我得给你个父亲。

胆巴便说，刘元萱死了。

谁？

当年的刘组长。

阿妈斯炯又挺直了腰背，沉默了一会儿，说，胆巴，这个人就是你父亲。

胆巴说，临死前，他自己也告诉丹雅了。

胆巴以为阿妈斯炯又会说洛卓，会把这一切都归结于宿命和债务。但阿妈斯炯没有这样说。她说的是，这下我不用再因为世上另一个人而不自在了。

这句话出来，娥玛的眼睛就湿了。

胆巴不敢直看阿妈斯炯的眼睛，他看到的是比村子里其他人家整洁的屋子。火塘边擦得锃亮的铜壶，壁橱上整齐排列的瓷器。电视机的屏幕也擦得干干净净。看着看着，胆巴的眼睛也湿了。他第一次以一个男人的视角去想这个女人。她怎样莫名其妙失去了干部身份。她怎样遇到一个本该保护她却需要她去保护的兄长。她怎么独自把一个儿子拉扯成人。她怎样知道儿子的父亲就在身边而隐忍不发。现在，这个人死了，她也只说，这下我不用再因为世上另一个人的存在而不自在了。

娥玛把头靠在阿妈斯炯的肩头上，阿妈斯炯去城里跟我们在一起吧。

阿妈斯炯挺直了的腰背松下来，她说，也许吧，也许吧，可是，我怎么离得开这座房子，还有山上的蘑菇圈。这句话是一个引子，为了引出后面要说的一大段话。她说，这个世界上的很多人，生命是从生下来那一天就开始的。可我的生命是从重新回到机村的那一天开始的。她说，我回来的那一天是个好天气，风吹动着刚刚出土不久的青翠的麦苗，村里人那时还是合作社的社员，他们正在地里锄草。他们都直起腰来看穿着干部衣服的斯炯穿过被风一波波拂动的麦田，走过村里。她说，我在他们的注视下，唯一可以做到的就是不让自己哭出来，不让自己倒下去。知道吗，在工作队里，在干部学校，我学过多少比天还大的道理啊！但是，那些道理都帮不了我。那些道理不能告诉我，为什么法海和尚每天都听见我在山里叫他，他就是忍心不出来。那时我头一回想起那个字眼，洛卓——宿债。我回到家里，一头倒在床上，睡过去了。是胆巴让我醒来的，他动了。肚子里那个小家伙动了。那是胆巴头一次动弹。说到这里，阿妈斯炯对已经四十多岁的儿子伸出手，过来，儿子，过来。胆巴挪动到阿妈斯炯身边。阿妈斯炯伸手揽住了他的脑袋，抱在自己怀中，那时，我就知道，我就是把法海和尚找下山，带回村里，也不能回到干部学校了。我知道，如果我不说出孩子的父亲是谁，那也不能继续穿着好看的干部服了。哦，我在干部学校的皮箱里还有一套崭新的干部服一次都没穿过呢。

年已四十多岁的胆巴鼻子发酸，在阿妈斯炯怀中说出了该在他童年少年时代的艰难时刻就说出的话，我爱你，阿妈，你有没有觉得我也是一个洛卓，一个宿债吧。

不，不，阿妈斯炯猛烈摇头，你在我肚子里的时候，我还没见过你，那时，我只能想，这是我的又一份宿债。真的，我只能那么想。让我怀上你的男人，还有干部学校，都是专讲大道理的，但我知道我肚子里有了一个人的时候，我只知道，我又走上母亲的道路了，她带到这个世界上两个没有父亲的孩子。我只能想，这是我的一份宿债。我的宿债让我也犯这些不该犯的错。我不该让一个有妻子的男人在我身上播种，我不该跑到山上去寻找一个该由警察去寻找的和尚。

一生中第一次，胆巴靠在母亲怀中流下泪来。

好孩子，你哭吧。从知道有了你那一天，我就告诉自己我要坚强，我也一直告诉一天天长大的你，要坚强。现在，你哭吧。

娥玛也挪过身子来，靠在阿妈斯炯怀中，哭了起来。

阿妈斯炯亲吻媳妇的脸，尝到了她潸然而下的泪水的味道。她说，知道吗，我生胆巴的那一夜，他法海舅舅吓坏了，跑到羊圈里和他的羊群待在一起。我把胆巴生下来，我把他抱到床上，自己吃了东西，和他睡在一起。我看见他睁开眼睛看了一眼妈妈。那时，我就知道，我的生命真正开始了。我不能再犯一个错了。不管我有没有欠别人的宿债，我也不会再犯一次错误了。我那些话不是对神佛，对菩萨说的，我是对自己说的。现在我知道，我那些话是对的。我的儿子长大了，给我带回来这么好的媳妇，这么漂亮的孙女。

阿妈斯炯突然转了话头，我死后，这座房子就没人住了，就会一天天塌掉吗？

胆巴说，等我退休了，就回来住在这里。

阿妈斯炯高兴起来，她笑了，我还要把蘑菇圈交给你，我要让我的蘑菇圈认识我的亲儿子。

那天晚饭，阿妈斯炯喝了酒。酒使她更加高兴起来。她突然兀自笑起来，对儿媳妇说，你知道吗？那年胆巴带了刘元萱的女儿来过这座房子。我想，雷要劈树了，当哥哥的想娶妹妹了。我对自己说，上天真要把我变成一个听天由命的老太婆，让我死去时都不能甘心吗？

胆巴说，哦，阿妈斯炯，我那时只是可怜她。那么多人讨厌她，我就想要可怜她。他没有说，他青春的肉体也曾热烈渴望那种人们传说中的放荡风情。

阿妈斯炯挥挥手，阻止胆巴再说下去。她说，我能把蘑菇圈放心地交给你吗？

胆巴说，我不会用耙子去把那些还没长成的蘑菇都耙出来，以致把菌丝床都破坏了。

是啊，那些贪心的人用耙子毁掉了我一个蘑菇圈。

我也不会上山去盗伐林木，让蘑菇圈失去阴凉，让雨水冲走了蘑菇生长的肥沃黑土。

是啊，那些盗伐林木的人毁掉了我第二个蘑菇圈。我担心的不是这个，我担心你的合作社。阿妈斯炯对娥玛说，你知道他想搞一个蘑菇合作社吗？

我知道，那时我刚刚认识他。

你不能让他搞这个蘑菇合作社。

胆巴想说什么，但阿妈斯炯阻止了他。我要你听我说，我不要你现在说话。我知道你的合作社不是以前的合作社。可是，你以为你把我的蘑菇圈献出来人们就会被感动，就会阻止人心的贪婪？不会了。今天就是有人死在大家面前，他们也不会感动的。或者，他们小小感动一下，明天早上起来，就又忘记得干干净净了！人心变好，至少我这辈子是看不到了。也许那一天会到来，但肯定不是现在。我只要我的蘑菇圈留下来，留一个种，等到将来，它们的儿子孙子，又能漫山遍野。

胆巴告诉阿妈斯炯，如今，政府有了新的办法来保护环境，城镇化。这也是真的，胆巴副县长正主抓的工作之一，就是把那些偏僻的和生态严重恶化的村庄的人们往新建的城镇集中。把那些被砍光了树的地方还给树。把那些将被采光蘑菇的地方还给蘑菇去生长。

阿妈斯炯说，我老了，我不想知道你说的这些事。我一辈子都没有弄懂过这个世界上的许多事，我只要你看护好我最后的蘑菇圈。

又过两年，胆巴升职了，他去邻县当了县长。他离家远了，五百公里外，任职的那个县和家乡县中间还隔着一个县。隔一段时间，他都要接母亲来住一段时间。每回，阿妈斯炯都住不长。冬天，她说，天哪，再不回去，这么大的雪要把我院子的栅栏压坏了。春天，她说，再不回去，那些荨麻会长满院子，封住我家门了。更不要说松茸季快到的秋天，天哪，我想它们了。孙女问，奶奶的它们是谁？阿妈斯炯说，奶奶的它们是那些蘑菇，它们高高兴兴长出来，可不想烂在泥巴里，把自己也变成泥巴。

胆巴县长只好派车送她回去。

二〇一三年，胆巴再次升职，这回是另一个自治州的副州长了。这回，中间隔了五个县，一千多公里了。阿妈斯炯说，天哪，你非得隔我越来越远吗？

胆巴说，不是我隔你越来越远，是世界变小了。阿妈斯炯说，哦，那不是越来越拥挤了吗？阿妈斯炯问孙女，就是因为这个缘故，你才嚷嚷着要去美国念书吗？哦，你去吧，一个老太婆怎么拦得住这个变小的世界啊。孙女说，我就是想看这个世界有多大！

阿妈斯炯说，哦，你爸爸可不是这样说的，他说这个世界变小了。

孙女说，爸爸骗你的，世界很大。

哦，他总是胡说什么世界变小了。哦，这一次他没有骗我，我知道，人在变大，只是变大的人不知道该如何放置自己的手脚，怎么对付自己变大的胃口罢了。只是，我跟不上趟，我还要活在自己的世界里。说完这些话，阿妈斯炯起身回家。

是的，这是二〇一三年，气势浩大的夏天将要过去，风已经开始变得凉爽，这是说，初秋，也就是一年一度热闹的松茸季又要来到了。

离村口远远的，阿妈斯炯就下了车，提着她的柳条篮子往村里走。她不想让村里人看见她是坐着官车回来的。她过了桥，手扶着桥上的栏杆时，摸到了温暖的阳光。她走过村里的麦田。现在的麦子不是当年的麦子。这些麦子都是新推广的良种，植株低矮，穗子饱满沉重。没有风。她身上宽大的袍子和手里篮子碰到了那些深深下垂的饱满麦穗，窸窣作响。

在村口的核桃树下，她小坐一阵，她仰脸对着蓝色的深空说，天哪，我爱这个村子。

还没走到家门口，她就闻到了阵阵浓烈的青草的味道。

她熟悉这种味道。那是很久很久以前，没有公路以前的年代，她还是小姑娘的年代。村子里还有驿道穿过，村东头还有条小街和几家店铺的年代。她在吴掌柜家帮佣，替来往的马帮准备饲草。镰刀下的青草散发出来的就是这种味道。还有就是机村那个饥荒年，人们收割没有结穗的麦草时的味道。现在，鼻腔里充满的这种味道让她停下脚步，身子倚在院墙边，阿妈斯炯对自己说，我是不是要死了？

她听见一个声音说，还不到时候呢。

她说，那我怎么闻见了以前的味道？

阿妈斯炯推开院门，见到的是村子里两个野小子，现在却弯腰在她的院子中，挥动镰刀刈除她不在的这一个多月院子里长满的荒草。牛耳大黄、荨麻和苦艾。就是那些被割倒的草，在阳光下散发出强烈的味道。

这两个野小子几次跟踪她，想发现她的蘑菇圈，这会儿，他们直起腰来对着她傻笑。

阿妈斯炯说，坏小子，你们就是替我盖一座房子，我也不会带你们去想去的地方。

这时自己家的楼上有人叫她，阿妈斯炯！是我，我来看你来了！

恍若是当年工作队在时的情形，从楼上窗口，露出一张白花花的脸。上楼的时候，阿妈斯炯嘀咕说，哪有来探望人的人先进了家门！她的头刚升上楼梯口，便手扶栏杆停下来，要看看是谁如此自作主张。那个人已经在屋里生起了火，此时正背着光站在窗口，让阿妈斯炯看不清脸。阿妈斯炯说，主人不在，得是我们家的鬼，才能随便进出这所房子呢。

那人迎上来，说，阿妈斯炯，我们正是一家人啊。

这回，阿妈斯炯看清了，这是个女人。一个松松垮垮的身子，一张紧绷绷亮铮铮的脸，你是谁？

你记不得我了，我跟胆巴哥哥来过你家，我是丹雅！

阿妈斯炯不知道自己脾气为何这般不好，她听见自己没好气地说，哦，那时你可是没把他当成哥哥。

丹雅笑起来，是啊，那时我爸爸都吓坏了。

阿妈斯炯坐下来，口气仍然很冲，这回，你是为我的蘑菇圈来的吧。

丹雅摇摇手，有很多人为了蘑菇圈找你吗？

没有很多人，可来找我的，都是想打蘑菇圈的主意！

丹雅说，我要跟你老人家说说我自己，我不是以前那个男人们白天厌恶，晚上又想得不行的女人了，我现在是自己公司的董事长和总经理。

阿妈斯炯说，哦，我大概知道总经理是干什么的，可董事长是个什么东西？

董事长专门管总经理。

阿妈斯炯笑了，姑娘，你自己管自己？好啊，好啊，女人就得自己管好自己，不是吗？

得了，阿妈斯炯，你老人家就不能对我好一点吗？我是你儿子的亲妹妹！也许你恨我们的爸爸，可他已经死了。

阿妈斯炯沉默，继之以一声叹息，可怜的人，我们都会死的。

你要死了，蘑菇圈怎么办？我知道你会怎么说，交给胆巴照顾。他照顾不了你的蘑菇圈，他的官会越当越大，他会忘记你的蘑菇圈。

阿妈斯炯像被人击中了要害，一时说不出话来。

丹雅说，阿妈斯炯，你知道什么最刺激男人吗？哦，你是个大好人，大好人永远不懂得男人，他们年轻时爱女人，以后爱的就是当官了。你的儿子，我的胆巴哥哥也是一样。

阿妈斯炯生气了，那就让它们在山上吧。以前，我们不认识它们，不懂得拿它们换钱的时候，它们不就是自己好好在山林里的吗？

我的公司正在做一件事情，以后，它们就不光是在山林里自生自灭，我要把它们像庄稼一样种在地里。

丹雅带着阿妈斯炯坐了几十公里车去参观她的食用菌养殖基地。塑料大棚里满是木头架子。木头架子上整齐排列的塑料袋装满了土，还有各种肥料。工人在那些塑料袋上用木签扎孔，把菌种，也就是广口玻璃瓶中的灰色菌丝用新的木签扎进袋子里。

阿妈斯炯说，丹雅，你的孢子颜色好丑啊！

孢子？什么是孢子？

阿妈斯炯带一点厌恶的表情，指着她的菌种瓶，就是这个东西。

这是菌种！我亲哥的妈妈！

孢子，总经理姑娘，它们的名字就是孢子。我的蘑菇圈里，这些孢子雪一样的白，多么洁净啊。

好了，你说看起来干净就行了。

洁净不是干净，洁净比干净还干净。

你真是一个自以为是的老太太。

我都要死的人，还不能自以为是一下？

丹雅说，阿妈斯炯我喜欢你。

哦，可你还没有让我喜欢上你。

在另一个塑料大棚中，阿妈斯炯看到了那些木头架子上的蘑菇。那是一簇一簇的金针菇。看上去，白里微微透着黄，真是漂亮。

可阿妈斯炯并不买账。她说，蘑菇怎么会长成这种奇怪的样子。没有打开时，像一个戴着帽子的小男孩，打开了，像一个打着雨伞的小姑娘，那才是蘑菇的样子。

丹雅带阿妈斯炯到另一个长满香菇的架子跟前，它们像是蘑菇的样子了吧。

哦，腿这么短的小伙子，是不会被姑娘看上的。

封闭的大棚里又热又闷，阿妈斯炯说，好蘑菇怎么能长在这样的鬼地方，我要透不过气来了。

丹雅扶着阿妈斯炯来到大棚外面。棚子外面，一条溪流在柳树丛中欢唱奔流。阿妈斯炯在溪边洗了一把脸，又上车回机村。那天晚上，丹雅就住在了阿妈斯炯家。晚上，丹雅问阿妈斯炯恨不恨爸爸。阿妈斯炯摇头，恨一个死人是罪过。

我是说他活着的时候。

阿妈斯炯犹疑一阵，说，要是恨他，我自己就活不成了。

那你爱过他吗？

阿妈斯炯一点都不犹豫，没有。

那天夜晚，同一个屋顶下的两个女人都没有睡好。早上，丹雅起床的时候，火塘边壶里的茶开着，却没有人。她洗漱化妆，在一面小镜子中端详自己的时候，阿妈斯炯上楼来了。她说，昨晚我梦见新鲜蘑菇长出来了。上山去，它们真的长出来了。阿妈斯炯打开一张驴蹄草翠绿的叶子，露出来这一年最早出土的两朵松茸。修长的柄，头盔样还没有打开的伞。顶上沾着几丝苔藓，脚上沾着一点泥土。

瞧瞧，它们多么漂亮！阿妈斯炯打开这些叶片，亮出她的宝贝时，神情庄重，姿势有点夸张。

丹雅说，知道吗，阿妈斯炯你这样有点像电影里的外国老太婆。

阿妈斯炯听得出来她语含讥讽。她说，我看过电影，看到过有点装腔作势的外国老太婆，姑娘，那是一个人的体面。

几只蘑菇如何让一个人变得体面？

姑娘，不要笑话人。一个人可以自己软弱，看错人，做错事，这没什么，神佛会饶恕，因为犯错的人自己咽下了苦果。可是一个人要是笑话人，轻贱人，那是真正的罪过。乡下老太婆也不全是你电视里看到那种哭哭啼啼，悲苦无告的样子！

丹雅被这几句话震住了，她脸上挂着难堪的笑容，说，真像电影里的人在说话，那些外国老太婆。

中国老太婆就不会说人话？哦，姑娘，你真像是那该死的工作组长，自以为是，目中无人。我看到那个该死的人把这些不好的东西都传到你身上了。

这句话把丹雅震住了。她无话可说，打开化妆盒往脸上刷粉，她停不下手，以至于脸上再也挂不住，都洒落在她衣服前襟和暴露的胸脯上了。

阿妈斯炯开始做早餐，她调上面糊，把新鲜蘑菇切成片，搅和在里面，然后，在化了新鲜酥油的平底锅里滋滋摊开。她说，这是孙女和她一起研究出来的食谱。对，她还是你的亲侄女呢。你的亲侄女说，这叫机村披萨。

我的亲侄女？机村披萨？

别往脸上涂那些东西了。灰尘能遮住什么？风一吹，雨一淋，什么都露出来了。坐下来吃饭吧。

丹雅坐下来，和阿妈斯炯一样细嚼慢咽。然后，她发出了由衷的赞叹。

这一次，丹雅在阿妈斯炯家待了三天。她没有谈生意上的事情，就是吃各种做法的松茸，以及种种不那么值钱的蘑菇。

二〇一四年，新的蘑菇季到来的时候，村里的道路拓宽了，还新铺了硬化的水泥路面。这使得丹雅可以一直把小汽车开到阿妈斯炯院子门口。这回，丹雅还带来了胆巴的继任者，新任的县长。

新县长说，我终于见到名声远扬的蘑菇圈大妈了。

丹雅说，阿妈斯炯，我对县长说过你的机村披萨是如何美味了。

县长说，不知道我有没有这个口福。

阿妈斯炯不知道自己为什么会心里不痛快，她说，这回是不行了，今年雨水少，新鲜蘑菇要迟到了。

丹雅说，我们看到村里已经在收购松茸了。

阿妈斯炯说，那是别人的，着急的人会把没长成的松茸从土里刨出来，反正今年我的松茸是迟到了。

丹雅对县长说，县政府该下个文件，命令蘑菇不准迟到。

县长站起身，既然来了，就四处去看看，看看县政府的文件里该写些什么？

丹雅和新县长下了楼，阿妈斯炯站在窗口，看见院子里已经聚了好多人，这些人是乡政府的干部和村里的干部。一群人跟在县长和丹雅后面，出了院子，穿过村子，上山去了。这些人一直在半山上逛来逛去，中午到了也没有下山。只有丹雅和村干部下山来了。村干部弄了午饭送上山去。丹雅就在阿妈斯炯家休息。她穿着硬邦邦的皮鞋，在山上走得把脚磨破皮了。

阿妈斯炯问丹雅，她弄这么一干人到山上去干什么。

丹雅说，他们来找你的蘑菇圈。

阿妈斯炯弄不准她是认真的，还是只是一句玩笑话。但她心想，我的蘑菇，谁也找不见。她说，我知道，你们就是不肯死心，还要弄那个该死的合作社。

丹雅笑了，你的亲儿子都搞不成的事，我还敢想？我不搞什么合作社，我不搞什么公司加农户，这都是些小打小闹的小生意，我要做的是大生意，大事情。

你真的不是来打我那些蘑菇主意的？

阿妈斯炯啊，你说，你那些蘑菇一年能挣几个钱？

几个钱？两万多块是几个钱？

阿妈斯炯啊，如今我要挣的是一百个两万，我想挣的是一千个两万。

我们这山上哪有你想要的那么多钱。

丹雅很得意，真正的大钱都不是一样一样卖东西挣来的。会挣的，不挣那种辛苦钱。如今发大财的，都不是挣辛苦钱的人。阿妈斯炯，时代不同了！

阿妈斯炯说，时代不同了，时代不同了，从你那个死鬼父亲带着工作组进村算起，没有一个新来的人不说这句话。可我没觉得到底有什么不同了。

丹雅列举种种新事物，从公路到电话，到电视机，到汽车，到松茸和羊肚菌都能卖到以前百倍的价钱，她说，你真的没有看到这些变化吗？

我只想问你，变魔法一样变出这么多新东西，谁能把人变好了？阿妈斯炯说，谁能把人变好，那才是时代真的变了。

丹雅说，这样的时代真的要到来了。电脑，你知道吗，电脑。

阿妈斯炯说，我孙女，那么漂亮的女孩子，先是到别人菜园子里偷菜，后来干脆在上面杀人！

这么跟你说吧，将来把缩小的电脑装在人脑子里，叫他做什么他就做什么，叫他想什么他就想什么！

阿妈斯炯笑起来，你的话有点像那些自诩法力无边的喇嘛了！

那么，还是说说你的蘑菇圈吧。

对了，这才是你，说到底还是在打我蘑菇圈的主意了。

我不要你的蘑菇圈，我要做的这件事，有时需要借用一下你的蘑菇圈。阿妈斯炯，容我把话说完。我只是借你的蘑菇圈用一下，不要你一朵蘑菇。

借用？一个搬不动的蘑菇圈，怎么借用？

我现在还不能告诉你。今年我还用不上。或许，明年我就用得上了。也许，到你死的时候，我还用不上呢。这只是我的一个创意，一个想法。

阿妈斯炯松了口气，那就等我老太婆死了以后吧。

丹雅说，你真想死的话，死前我们娘儿俩得签个协议，你死后，我有蘑菇圈的使用权。

阿妈斯炯说，你们连死人都不肯放过啊！

丹雅说，听胆巴说，你给孙女存了一笔钱，可以告诉我有多少吗？

我不告诉你，反正够她上大学了。

我猜猜，你自己说了，你的蘑菇圈一年能挣两万多块钱，现在有二十万？三十万？你的孙女也是我的侄女，我的亲侄女。她想的是到外国上大学，美国、英国、法国，都是最先进的国家。阿妈斯炯啊，你那点钱，要是在外国，交一年的学费就花光了！你知道在外国念大学要多少年？！

阿妈斯炯说，我不知道。

如果读到博士，要十年！

那她年轻的时候，除了读书，什么都不干？这时，县长一行从山上下来，丹雅便不想再跟阿妈斯炯交谈，要去迎县长了。临走，丹雅还对阿妈斯炯说，想想我说的话。

阿妈斯炯生气了，我不准你打我蘑菇圈的主意。

丹雅也拉下脸来，你的蘑菇圈？阿妈斯炯，山是你的吗？那是国家的。国家真要，你拦得住吗？

这句话弄得阿妈斯炯忧心忡忡。

整个蘑菇季，丹雅没有再出现，国家也没有来宣布这座山的权属。但村子里已经在传说，机村山上盛产松茸的栎树林将要被圈起来。圈起来干什么？机村人当然记得，多年前，宝胜寺在胆巴的帮助下，把寺院后山圈起来，封山育林，寺院靠这个垄断了山上的松茸资源。其实，丹雅的公司要做的是一个机村人和其他人都不太懂的项目。这个项目叫作野生松茸资源保护与人工培植综合体。这些字明明白白写在丹雅公司送给县政府的策划书上。但人们都说不好这个复杂的新词句，自然也无从讨论这件事情。这好比一个人不在场，人们又弄不清她的名字，那么，人们怎么可能聚在一起议论一个人呢？

再者说，这件事情在二〇一四年并未付诸行动。因为这个综合体还只是丹雅公司弄出来的一个策划案。这个方案要得到政府的审批，审批后更需要申请国家农业口的扶持资金，以及银行贷款。这个综合体项目的实施，就算是一切顺利，也要等到二〇一五年或者二〇一六年。或者，永远也不会实现。松茸的人工培植，在世界范围内都还没有实现。在丹雅的设计中，她是要把这个阿妈斯炯的蘑菇圈圈在她的综合体内。二〇一五年或二〇一六年，她就要带着政府和银行的官员来参观正在生长野生松茸的蘑菇圈。那时，她要当场宣布，丹雅公司已经成功在野外条件下人工培植松茸成功，等到技术成熟稳定后，就要进行面对市场的批量化生产。

那时，丹雅公司就不愁筹不到大笔的资金，等这些资金到手，她就可以垄断区域性的松茸市场，不但如此，她还可以把用不完的钱投到更赚钱的生意上面。

阿妈斯炯，以至全机村没人能弄得懂这么复杂的生意经，所以，蘑菇季到来的时候，他们还是按照惯常的方式争先恐后上山采松茸，同时看到政府干部和丹雅公司的人在山上勘测，用仪器测量，划线打桩。

要是把这些标了一个个号码的木桩用铁丝连接起来，几乎把机村能生松茸的地方都包括在内了。

机村人开玩笑说，阿妈斯炯啊，这个蘑菇圈可比你的蘑菇圈大多了！

阿妈斯炯说，我年纪大了，要真满山都种满了松茸，我也就不用上山了。

你上不动山的时候，会把你的蘑菇圈告诉我们吗？

阿妈斯炯坚决摇头，不，等你们把所有蘑菇都糟蹋完了，我的蘑菇圈就是给这座山留下的种。

乡亲们不便反驳，因为他们知道，再这样下去，再过些年，也许满山就只剩下阿妈斯炯的蘑菇圈里还有松茸在生长了。

他们自己解嘲说，我们不操这个心，也许没有了松茸的时候，这山上又有什么别的东西值钱了呢？

阿妈斯炯摇手，那就祈祷老天爷不要让我活到那一天。

蘑菇季快结束的时候，阿妈斯炯拿起手机，她想要给胆巴打个电话。

她要告诉儿子，自己腿不行了，明年不能再上山到自己的蘑菇圈跟前去了。

她发现，这一回，跟她年轻时处于绝望的情境中的情形大不相同。心里有些悲伤，但不全是悲伤。心里有些空洞，却又不全是空洞。

两个小时前，她从山上下来的时候，连摔了几跤。不是在雨后泥泞的倾斜的山道上不小心滑倒，也不是在草坡上被那些纠缠的草棵绊倒，是她的老腿没有力量支撑得住自己的身子而倒下的。倒下后，她也没有力气马上让自己站起身来，或是护住柳条筐中的松茸。她眼睁睁地看着倾倒的筐子中，松茸一只只滚出了筐子，滚下山坡。当她挣扎着站起身来，收捡那些四散开去的松茸时，又一次次感到膝盖发酸发软，终于又瘫倒在地上。阿妈斯炯倒在草地上，她支撑起身子后，雨后的太阳出来了，照耀着近处的栎树和杉树和柳树，照着远山上连成一片的树，满眼苍翠。而在这空蒙的苍翠之上，还横着一条艳丽的彩虹。她听见自己说，斯炯啊，这一天到来了。

阿妈斯炯在山坡上休息了很长时间，然后终于还是把那些失落的松茸捡回到筐子里，回到了家里。她又花了很长时间，才把自己身上弄干净了。这才拿起了手机。

这只手机是胆巴买了专门留给她的。

她从来只是在儿子，或者儿媳，或者孙女打来电话时，在叮叮当当的响亮的音乐声中拿起电话，和他们说话。也就是说，阿妈斯炯不知道怎么用手机往外打电话。夕阳西下时分，她拿着手机出了门，在村道上遇到一个人，她就拿出手机，请帮忙给胆巴打个电话，我要跟他说话。

人家说，阿妈斯炯啊，我们没有胆巴的电话号码。

直到在村委会遇见村长，这才让人家帮着把电话打通了。

她说，胆巴呀，看来我要把蘑菇圈永远留在山上了。

胆巴很焦急，阿妈生病了吗？

阿妈斯炯觉得自己眼睛有些湿润，但她没有哭，她说，我没有病，我好好的，我的腿不行了，明年，我不能去看我的蘑菇圈了。

阿妈斯炯，你不要伤心。

儿子，我不伤心，我坐在山坡上，无可奈何的时候，看见彩虹了。

阿妈斯炯听见胆巴说话都带出了哭声，他说，阿妈斯炯，我的工作任务很重，我离不开我的岗位，不能马上来看你！你到儿子这儿来吧！

阿妈斯炯因此很骄傲，她关掉电话，说，我有个孝顺儿子，我一说我的腿不行了，他就哭了。她从村委会出来，慢慢走回家去，一路上，她遇到了五个人，她都说，我对胆巴说我的腿不行了，胆巴是个孝顺儿子，他都哭起来了。

第二天，丹雅就上门了。

丹雅带了好多好吃的东西，阿妈斯炯，我替胆巴哥哥来看望你老人家来了。胆巴哥哥让我把你送到他那里去。

阿妈斯炯说，我哪里也不去，我只是再也不能去找我的蘑菇圈了。

丹雅说，那么让我替你来照顾那些蘑菇吧。

阿妈斯炯说，你怎么知道如何照顾那些蘑菇？你不会！

丹雅说，我会！不就是坐在它们身边，看它们如何从地下钻出来，就是耐心地看着它们慢慢现身吗？

阿妈斯炯说，哦，你不知道，你怎么可能知道！

丹雅说，我知道，不就是看着它们出土的时候，嘴里不停地喃喃自语吗？

阿妈斯炯说，天哪，你怎么可能知道！

丹雅说，科技，你老人家明白吗？科学技术让我们知道所有我们想知道的事情。

蘑
菇
圈

3007

阿妈斯炯说，你不可能知道。

丹雅问她，你想不想知道自己在蘑菇圈里的样子？

阿妈斯炯没有言语。

丹雅从包里拿出一台小摄像机，放在阿妈斯炯跟前。一按开关，那个监视屏上显出一片幽蓝。然后，阿妈斯炯的蘑菇圈在画面中出现了。先是一些模糊的影像。树，树间晃动的太阳光斑，然后，树下潮润的地面清晰地显现，枯叶，稀疏的草棵，苔藓，盘曲裸露的树根。阿妈斯炯认出来了，这的确是她的蘑菇圈。那块紧靠着最大栎树干的岩石，表面的苔藓因为她常常坐在上面而有些枯黄。现在，那个石头空着。一只鸟停在一只蘑菇上，它啄食几口，又抬起头来警觉地张望四周，又赶紧啄食几口。如是几次，那只鸟振翅飞走了。那只蘑菇的菌伞被啄去了一小半。

丹雅说，阿妈斯炯你眼神不好啊，这么大朵的蘑菇都没有采到。她指着画面，这里，这里，这么多蘑菇都没有看到，留给了野鸟。

阿妈斯炯微笑，那是我留给它们的。山上的东西，人要吃，鸟也要吃。

下一段视频中，阿妈斯炯出现了。那是雨后，树叶湿淋淋的。风吹过，树叶上的水滴簌簌落下。阿妈斯炯坐在石头上，一脸慈爱的表情，在她身子的四周，都是雨后刚出土的松茸。镜头中，阿妈斯炯无声地动着嘴巴，那是她在跟这些蘑菇说话。她说了许久的话，周围的蘑菇更多，更大了。她开始采摘，带着珍重的表情，小心翼翼地下手，把采摘下来的蘑菇轻手轻脚地装进筐里。临走，还用树叶和苔藓把那些刚刚露头的小蘑菇掩盖起来。

看着这些画面，阿妈斯炯出声了，她说，可爱的可爱的，可怜的可怜的这些小东西，这些小精灵。她说，你们这些可怜的可爱的小东西，阿妈斯炯不能再上山去看你们了。

丹雅说，胆巴工作忙，又是维稳，又是牧民定居，他接了你电话马上就让我来看你。

阿妈斯炯回过神来，问，咦！我的蘑菇圈怎么让你看见了？

丹雅并不回答。她也不会告诉阿妈斯炯，公司怎么在阿妈斯炯随身的东西上装了 GPS，定位了她的秘密。她也不会告诉阿妈斯炯，定位后，公司又在蘑菇圈安装了自然保护区用于拍摄野生动物的摄像机，只要有活物出现在镜头范围内，摄像机就会自动开始工作。

阿妈斯炯明白过来，你们找到我的蘑菇圈了，你们找到我的蘑菇圈了！

如今这个世界没有什么是找不到的，阿妈斯炯，我们找到了。

阿妈斯炯心头溅起一点愤怒的火星，但那些火星刚刚闪出一点光亮就熄灭了。接踵而至的情绪也不是悲伤。而是面对一个完全陌生的世界那种空洞的迷茫。她不说话，也说不出什么话来。

只有丹雅在跟她说话。

丹雅说，我的公司不会动你那些蘑菇的，那些蘑菇换来的钱对我们公司没有什么用处。

丹雅说，我的公司只是借用一下你蘑菇圈中的这些影像，让人们看到我们野外培植松茸成功，让他们看到野生状态下我公司种植的松茸在野外怎样生长。

阿妈斯炯抬起头来，她的眼睛里失去了往日的亮光，她问，这是为什么？

丹雅说，阿妈斯炯，为了钱，那些人看到蘑菇如此生长，他们就会给我们很多很多钱。

阿妈斯炯还是固执地问，为什么？

丹雅明白过来，阿妈斯炯是问她为什么一定要打她蘑菇圈的主意。

丹雅的回答依然如故，阿妈斯炯，钱，为了钱，为了很多很多的钱。

阿妈斯炯把手机递到丹雅手上，我要给胆巴打个电话。

丹雅打通了胆巴的电话，阿妈斯炯劈头就说，我的蘑菇圈没有了。我的蘑菇圈没有了。

电话里的胆巴说，过几天，我请假来接你。

过几天，胆巴没有来接她。

胆巴直到冬天，最早的雪下来的时候，才回到机村来接她。离开村子的时候，汽车缓缓开动，车轮压得路上的雪咕咕作响。阿妈斯炯突然开口，我的蘑菇圈没有了。

胆巴搂住母亲的肩头，阿妈斯炯，你不要伤心。

阿妈斯炯说，儿子啊，我老了我不心伤，只是我的蘑菇圈没有了。

原载《收获》2015 年第 3 期

第七届鲁迅文学奖

大乔小乔

——

张悦然

一

上瑜伽课前，许妍接到乔琳的电话。听说她到北京来了，许妍有些惊讶，就约她晚上碰面。电话那边沉默了片刻，乔琳用哀求的声音说，你现在在哪里，我能过去找你吗？

她们两年没见面了。上次是姥姥去世的时候，许妍回了一趟泰安，带走了一些小时候的东西。走的时候乔琳问，你是不是不打算再回来了？许妍说，你可以到北京来看我。乔琳问，我难过的时候能给你打电话吗？当然，许妍说。乔琳总是在晚上打来电话，有时候哭很久。但她最近五个月没有打过电话。

外面的天完全黑了，她们坐进车里。照明灯的光打在乔琳的侧脸上，颧骨和嘴角有两块瘀青。许妍问她想吃什么。她转过头来，冲着许妍露出微笑，辣一点的就行，我嘴里没味儿。她坐直身体，把安全带从肚子上拉起来，说能不系吗，勒得难受。系着吧，许妍说，我刚会开，车还是借的。乔琳向前探了探身子，说开快一点吧，带我兜兜风。

那段路很堵。车子好容易才挪了几百米，停在一个路口。许妍转过头去问，爸妈什么时候走？乔琳说，明天一早。许妍问，你跟他们怎么说的？乔琳说，我说去找高中同学，他们才顾不上呢。许妍说，要是他们问起我，就说我出差了。乔琳点点头，知道，我知道。

车子开入商场的地下车库。许妍按下手刹，告诉乔琳到了。乔琳靠在椅背上，说我都不想动弹了，这个座位还能加热，真舒服啊。她闭着眼睛，好像要睡着了。许妍摇了摇她。她抓起许妍的手，放在自己的肚子上，低声说，孩子，这是你的姨妈乔妍，来，认识一下。

在黑暗中，她的脸上露出微笑。许妍好像真的感觉到什么东西动了一下，像朵浪花，轻轻地撞在她的手心上。她把手抽了回来，对乔琳说，走吧。

许妍搂着肚子蹲在地上。明晃晃的太阳，那些人的腿在摆动，一个个翻越了横杆。跳啊，快跳啊，有人冲着她喊。她用尽全身力气站起来，横杆在眼前，越来越近，有人一把拉住了她……她觉得自己是在车里，乔琳的声音掠过头顶，师傅，开快点。她感到安心，闭上了眼睛。

许妍已经忘记自己曾经姓乔了。其实这个姓一直用了十五年。

办身份证的时候，她改成了姥姥的姓。姥姥说，也许我明年就死了，你还得回去找你爸妈，要是那样，你再改成姓乔吧。从她记事开始，姥姥就总说自己要死了，可她又活了很多年，直到许妍在北京上完大学。

许妍一出生，所有人听到她的啼哭声，都吓坏了。应该是静悄悄的才对，也不用洗，装进小坛子，埋在郊外的山上。地方她爸爸已经选好了，和祖坟隔着一段距离，因为死婴有怨气，会影响风水。

怀孕七个月，他们给她妈妈做了引产。据说是注射一种有毒的药水，穿过羊水打进胎儿的脑袋。可是医生也许打偏了，或者打少了，她生下来是活的，而且哭得特别响。整个医院的孩子加起来，也没有她一个人声大。姥姥说，自己是循着哭声找到她的。手术室没有人，她被搁在操作台上。也许他们对毒药水还抱有幻想，觉得晚一点会起作用，就省得往囟门上再打一针。

姥姥给了护士一些钱，用一张毯子把她裹走了。那是个晴朗的初夏夜晚，天上都是星星。姥姥一路小跑，冲进另一家医院，看着医生把她放进了暖箱。别哭了，你睡一会儿，我也睡一会儿，行吗，姥姥说。她在监护室门外的椅子上，度过了许妍出生后的第一个夜晚。

许妍点了鸳鸯锅，把辣的一面转到乔琳面前。乔琳只吃了一点蘑菇，她的下巴肿得更厉害了，嘴角的瘀青变紫了。

怎么就打起来了呢，许妍问。乔琳说，爸在计生办的办公楼里大吼大叫，保安赶他走，就扭在一块了，不知道谁推了我一把，撞到了门上。许妍叹了口气，你们跑到北京来到底有什么用呢？乔琳说，我只是想来看看你。许妍问，那他们呢，你为什么就不劝一下？乔琳说，来北京一趟，他俩情绪能好点，在家里成天打，爸上回差点把房子点了。而且有个汪律师，对咱们的案子感兴趣，还说帮着联系《法律聚焦》栏目组，看看能不能做个采访。许妍说，采访做得还少吗，有什么用？乔琳说，那个节目影响大，好几个像咱们家这样的案子，后来都解决了。许妍问，你也接受采访吗，挺着个大肚子，不觉得丢人吗？乔琳垂着眼睛，抓起浸在血水里的羊肉扑通扑通扔进锅里。

过了一会儿，乔琳小声问，你在电视台，能找到什么熟人帮着说句话吗？许妍说，我连我们频道的人都认不全，台里最近在裁员，没准明天我就失业了，她看着乔琳，是爸妈让你来的吧？乔琳摇了摇头，我真的只想来看看你。

许妍没说话。越过乔琳的肩膀，她又看到了过去很多年追赶着她的那个噩梦。上访，讨说法。爸爸那双昆虫标本般风干的眼睛，还有妈妈磨得越来越尖的嗓子。当然，许妍没资格嫌弃他们，因为她才是他们的噩梦。

她爸爸乔建斌本来是个中学老师，因为超生被单位开除了。他觉得很冤，老婆王亚珍是上环后意外怀孕，有风湿性心脏病，好几家医院都不敢动手术，推来推去推到七个月，才被中心医院接收。他们去找计生委，希望能恢复乔建斌的工作。计生委说，只要孩子活下来，超生的事实就成立。孩子是活了，可那不是他们让她活的啊。夫妻俩开始上访，找了各种人，送了不少礼，到头来连点抚恤金也没要到。

乔建斌的精神状况越来越糟，喝了酒就砸东西，还伤到自己，必须得有人看着才行。虽然他嚷着回去上班，可是谁都看得出来，他已经是个废人了。王亚珍的父母都是老中医，自己也懂一点医术，就找了个铺面开了间诊所。那是个低矮的二层楼，她在楼下看病，全家人住在楼上，这样她能随时看着乔建斌。乔琳是在那幢房子里长大的。许妍则一直跟着姥姥住。在她心里，乔琳和爸妈是一个完整的家庭，而她是多余的。乔建斌看见她，眼睛里就会有种悲凉的东西。她是他用工作换来的，不仅仅是工作，她毁了他的一切。王亚珍的脸色也不好看，总是有很多怨气，她除了养家，还要忍受奶奶的刁难。奶奶觉得要不是她有心脏病，没法顺利流产，也不会变成这样。每次她来，都会跟王亚珍吵起来。她走了以后，王亚珍又和乔建斌吵。这个家所有人都在互相怨恨。没有人怨乔琳。她是合情合理的存在，而且总在化解其他人之间的恩怨。那些年她做得最多的事，就是劝架和安抚。她在爸妈面前夸许妍聪明懂事，又在许妍这里说爸妈多么惦记她。她一直希望许妍能搬回来住。可是上初中那年，许妍和乔建斌大吵了一架，从此再也没有踏进过家门。

许妍骑着她那辆凤凰牌自行车经过诊所门前的石板路。乔琳从二楼的窗户探出头来，朝她招手。快点蹬，要迟到了，乔琳笑着说。许妍读初中，她读高中，高中离家比较近，所以她总是等看到了许妍才出发。有时候，她会在门口等她，塞给她一个洗干净的苹果。

许妍的手机响了。是沈皓明，他正和几个朋友吃饭，让她一会儿赶过去。许妍挂了电话。面前的火锅沸腾了，羊肉在红汤里翻滚，油星溅在乔琳的手背上。但她毫无知觉，专心地摆弄着碟子里的蘑菇，把它们从一边运到另一边，一片一片挨着摆好。她耐心地调整着位置，让它们不要压到彼此。然后她放下筷子，又露出那种空空的微笑，说刚才是你男朋友吗？许妍"嗯"了一声。乔琳说，你还没跟我说过呢。你什么都不跟我说，从小就这样。他是干什么的？许妍说，公司上班的白领。乔琳又问，对你好吗？许妍说，还行吧，你到底还吃吗？乔琳说，有个人让你惦记着，那种感觉很好吧？

餐厅外面是个热闹的商场。卖冰淇淋的柜台前围着几个高中女生。许妍问，想吃吗？乔琳摸了摸肚子，好像在询问意见。她趴在冰柜前，逐个看着那些冰淇淋桶。覆盆子是种水果吗，她问，你说我要覆盆子的好，还是坚果的好呢？那就都要，许妍说。我不要纸杯，我想要蛋筒，乔琳笑着告诉柜台里的女孩。

那是九月的一个早晨，许妍升入高中的第一天。乔琳撑着伞，站在校门口。见到她就笑着走上来，你怎么不把雨衣的帽子戴上，头发都湿了。她伸出手，撩了一下许妍前额的头发说，真好，咱们在一个学校了，以后每天都能见到。放学以后别走，我带你去吃冰淇淋，香芋味的。

路过童装店，乔琳的脚步慢下来。许妍顺着她的目光望过去，亮晶晶的橱窗里，悬挂着一件白色连衣裙。发光的塔夫绸，胸前有很多刺绣的蓝粉色小花，镶嵌着珍珠，裙摆捏着细小的荷叶边。乔琳把脸贴在玻璃上，说小姑娘的衣服真好看啊。许妍问，你希望是男孩还是女孩？男孩吧，乔琳说，如果是男孩，说不定林涛家里能改变主意。许妍问，他后来又跟你联系过吗？乔琳摇了摇头。

汽车驶出地下车库。商业街灯火通明，橱窗里挂着红色圣诞袜和花花绿绿的礼物盒。街边的树上缠了很多冰蓝色的串灯。广告灯箱里的男明星在微笑，露出白晃晃的牙齿。乔琳指着他问，你觉得他长得像于一鸣吗？许妍问，你这次来联系他了吗？乔琳说，我没有他的手机号码了。许妍沉默了一会儿，说快到了，我给你订了个酒店，离我家不远。乔琳点点头，双手抓着肚子上的安全带。

　　于一鸣走过来，坐在了她和乔琳的对面。他T恤外面的衬衫敞着，兜进来很多雨的气味。空气湿漉漉的，外面的天快黑了。于一鸣抹了一把脸上的水，冲她们笑了。他的下巴上有个好看的小窝。

　　到了酒店门口，乔琳忽然不肯下车。她小心翼翼地蜷缩起身体，好像生怕会把车里的东西弄脏。许妍问，到底怎么了？乔琳用很小的声音说，别让我一个人睡旅馆好吗，我想跟你一起睡……她抬起发红的眼睛，说求你了，好吗？

　　车子开回到大路上。乔琳仍旧蜷缩着身体，不时转过头来看看许妍。她小声问，旅馆的房间还能退吗，他们会罚钱吗？许妍说，我只是觉得住旅馆挺舒服的，早上还有早餐。乔琳说，我知道，我知道，对不起。

　　车窗起雾了，乔琳用手抹了几下，望着外面的霓虹灯，用很小的声音念出广告牌上的字。直到车子开上高架桥，周围黑了下去。她靠在座椅上，拍了拍肚子，说小家伙，以后你到北京来找姨妈好不好？许妍没有说话，她望着前方，挡风玻璃上也起雾了，被近光灯照亮的一小段路，苍白而昏暗。

　　乔琳盯着于一鸣，说你的发型真难看。于一鸣说，我知道你剪得好，可我回去两个月不能不剪头啊。乔琳揽了一下许妍说，来，认识一下，这是我妹妹，亲妹妹。于一鸣对乔琳说，走吧，该回去上晚自习了。乔琳说，你先去，我跟我妹妹坐一会儿，好久没见她了。于一鸣说，咱俩也好久没见了，说好去济南找我也没有去。乔琳笑了，明年暑假吧，我跟我妹妹一起去。于一鸣走了。许妍说，别跟人说我是你妹妹行吗，非得让所有人都知道家里超生的事吗？乔琳垂下眼睛，说知道了。许妍问，你们在谈恋爱？乔琳说没有。许妍说，别骗我了。乔琳说，真的，他来泰安借读，高考完了就走了。许妍说，你也可以走啊。

　　乔琳笑了一下，没说话。

二

　　许妍找到一个空车位，停下了车。刚下来，一辆车横在她们面前，车上走下一个戴着黑框眼镜的男人。他说，又是你，你又停在我的车位上了。许妍认出他就住在自己对门，好像姓汤。有一次他的快递送到了她家，里面是一盒迷你乐高玩具。她晚上送过去，他开门的时候眼睛很红。她瞄了一眼电视，正在放《甜蜜蜜》。张曼玉坐在黎明的后车座上。

许妍说，我不知道这个车位是你的，上面没挂牌子。她要把车开走，男人摆了摆手，说算了，还是我开走吧。他钻进车里发动引擎。

乔琳笑着说，他一定看我是孕妇吧。现在我到哪里都不用排队，一上公交车就有人让座，等孩子生下来，我都不习惯了。

许妍打开公寓的门。她的确没打算把乔琳带回家。房子很大，装修也非常奢侈，就算对北京缺乏了解，恐怕也猜得出这里的租金一般人很难负担。但是乔琳没有露出惊讶，也没有发表评论。她站在客厅中间，低着头眯起眼睛，好像在适应头顶那盏水晶吊灯发出的亮光。

过了一会儿，她回过神来，问许妍，你主持的节目几点播？许妍说，播完了，没什么可看的。乔琳问，有人在街上认出你，让你给他们签名吗？许妍说，一个做菜的节目，谁记得主持人长什么样啊。她找了一件新浴袍，领乔琳来到浴室。乔琳指着巨大的圆形浴缸问，我能试一下吗？许妍说，孕妇不能泡澡。乔琳说，好吧，真想到水里待一会儿啊。她伸起胳膊脱毛衣，露出半张脸笑着说，能把你的节目拷到光盘里，让我带回去吗？放心，不告诉爸妈，我自己偷偷看。

乔琳的毛衣里是一件深蓝色的秋衣，勒出凸起的肚子。圆得简直不可思议。她变了形的身体，那条被生命撑开的曲线，蕴藏着某种神秘的美感。许妍感觉心被什么东西蜇了一下。

电话响了。沈皓明让她快点过去。听说她要出门，乔琳的眼神中流露出恐惧。许妍向她保证一会儿就回来，然后拿起外套出了门。

许妍睁开眼睛，看到自己躺在病房里。墙是白的，桌子是白的，桌上的缸子也是白的。乔琳坐在床边，用一种忧伤的目光看着她。许妍坐起来，问乔琳，告诉我吧，我到底怎么了。乔琳垂下眼睛，说你子宫里长了个瘤子，要动手术。子宫？许妍把手放在肚子上，这个器官在哪里，她从来没有感觉到它的存在。乔琳说，你才十七岁，不该生这个病，医生说是激素的问题，可能和出生时他们给你打的毒针有关。

……医生站在床前，说手术很顺利，但瘤子可能还会长，以后可以考虑割掉子宫，等生完孩子。但你怀孕比较困难。他没说完全不可能，但是许妍知道他就是那个意思。

医生走了，病房里很安静。许妍望着窗外的一棵长歪了的树，岔出去的旁枝被锯掉了。乔琳说，我知道我说什么都没用，可是我以后真的不想生孩子。不知道为什么，想想就觉得可怕。

许妍赶到餐厅的时候，沈皓明已经有点喝多了，正和两个朋友讨论该换什么车。上个月，他开着花重金改装的牧马人去北戴河，半路上轮轴断了，现在虽然修好了，可他表示再也无法信任它了。

他们有个自驾游的车队，每次都是一起出去，十几辆车，浩浩荡荡。许妍跟他们去过一次内蒙古，每天晚上大家都喝得烂醉，在草地上留下一堆五颜六色的垃圾。有一天晚上，许妍和沈皓明没有喝醉，坐在山坡上说了一夜的话。他们两个就是这么认识的。许妍跟所有的人都不熟，是另外一个女孩带她去的，那个女孩跟她也不熟，邀请她或许只是因为车上多一个空座位。到了第五天，许妍坐到了沈皓明的那辆车上，他们一直讲话，后来开错路掉了队。两个人用后备厢里仅剩的烟熏火腿和几根蜡烛，在草原上度过了一个难忘的夜晚。

回北京那天，许妍有些低落，沈皓明把她送回家，她看着车子开走，觉得他不会再联系她了。她知道他是那种有钱人家的孩子，周围有很多漂亮女孩，只是因为旅途寂寞，才会和她在一起。也许是玩得太累了，第二天她发烧了。她躺在床上，觉得自己像一根就要烧断的保险丝，快把床单点着了。她感到一种强烈而不切实际的渴望。帮帮我，在黑暗中她对着天花板说。每次她特别难受的时候，就会这么说。

傍晚她收到了沈皓明的短信，问她要不要一起吃晚饭。她摇摇晃晃地从床上爬起来，化了个妆出门了。那不是一个两人晚餐，还有很多沈皓明的朋友。她烧得迷迷糊糊的，依然微笑着坐在沈皓明的旁边。聚会持续到十二点。回去的路上，她的身体一直发抖。沈皓明摸了摸她的额头，怪她怎么不早说，然后掉头开向医院。在急诊室外面的走廊里，他攥着她的手说，你让我心疼。她笑着说，大家都挺高兴的，这是个高兴的晚上，不是吗？

那个夏天，沈皓明时常带她参加派对。那些派对在郊外的大房子里举行，总有穿着短裙的女孩带着她的外籍男友。直到夏天快过完，她才确定自己成了沈皓明的女朋友。那时她已经学会了自己卷头发，并且添置了好几条短裙。到了九月末，她和几个从前要好的朋友坐在路边的烧烤摊，意识到自己以后也许不会再见他们了。来北京八年，一直在认识新朋友，进入新圈子，那种不断上升、进化的感觉，给她带来一些满足。

你想去莫斯科吗，沈皓明扭过头来看着她，春天的时候咱们开车去莫斯科吧？好啊，许妍说。她想到旷野上的星星，以及那些因为喝醉而感觉自由一点的夜晚。

饭局散了，许妍开车把沈皓明送回他爸妈家。当初租房子的时候，他是准备跟她一起住的。后来觉得上班太远，多数时候就还是住在他爸妈家。那边有好几个保姆伺候，饭菜又可心。他爸妈也不希望他搬出来，好像那样就等于认可了他和许妍的关系。

你表姐安顿好了？沈皓明忽然问，明天我妈让你来家里吃饭，喊她一起吧。许妍说，不用，她自己有安排。沈皓明说，后天律师所没事，我可以陪你带她转转，买买东西。许妍说好。

回到家已经是凌晨一点。乔琳还没睡，正靠在床上看电视。她好像在哭，抹了抹脸，对许妍笑了一下，说你看过这个节目吗，把一个城里的孩子和一个农村的孩子对调，让他俩在对方的家里住几天，结果那个农村孩子把城里的"爸妈"给她买早点的钱都攒下来，想给农村的奶奶买副新拐杖。许妍说，都是假的，节目组安排好的。乔琳说，怎么会呢，那个农村孩子哭得多伤心啊。

许妍换上睡衣，在床边坐下，说你怎么会失眠呢，孕妇不是应该贪睡吗？乔琳说，我每天睁着眼睛到天亮，看什么都是重影的，好像那些东西的魂全跑出来了。许妍问，去医院看过吗？乔琳回答，说是精神压力大，可他们不让吃安定。许妍沉默了一会儿，问你后悔吗，把孩子留下来？乔琳笑着说，怎么会呢，我把衣服都买好了啦，白色的，男女都能用。

半年前乔琳打来电话，说自己怀孕了。男的叫林涛，比乔琳小两岁。和她在同一家商场当售货员。他父母一直告诫他，不能跟乔琳谈恋爱，沾上她爸妈，一辈子都别想安生。得知乔琳怀孕，他吓坏了，休假躲了起来。乔琳厚着脸皮找到他们家，林涛的母亲给了一些钱，让她把孩子打掉。乔琳爸妈说，怎么能打掉，就去林家闹，还跑到商场去找乔琳的领导。乔琳把工作辞了，跟她爸妈说，你们要是再闹，我就死在你们面前。

那段时间，乔琳常常给许妍打电话。她在那边问，为什么我的生活里总是有那么多的纠纷呢？

十月的一个早晨，两个女生在学校门口拦住了她，说你就是乔琳的小跟班吗，最好离那个狐狸精远点，别沾得自己一身骚。许妍不算意外。她已经发现乔琳在学校里非常有名，追她的男生很多，背后说闲话的也很多。

放学后她和乔琳碰面，没有提起这件事。走到大门口，那两个女生又来了。她们低着头，哭丧着脸说，我们说错话了，对不起，你千万别放在心上。乔琳皱着眉头，一言不发。

她们又去了冷饮店。于一鸣很快也来了。乔琳瞪着他，你的眼线挺多啊。于一鸣说，怎么了？乔琳说，别装傻，你让王滨去吓唬李菁菁了？于一鸣说，太嚣张了，不给她们点颜色看看怎么行？乔琳说，你要是真拿王滨当哥们儿，就别让他干这种事。他身上背着两个处分，再有一回就得开除。于一鸣说，我决不允许她们这么败坏你。乔琳笑了笑，我才不在乎呢。

许妍对乔琳说，如果我是你，大概会把孩子打掉。乔琳显得很惊恐，说怎么可能，它是个生命啊。许妍说，这个世界上有很多错误的生命，生下来只会受苦。乔琳说，别说了，我绝对不能那么做。

许妍很清楚，乔琳不能那么做是因为爸妈。他们最初是反对计划生育，后来变成连堕胎也反对。特别是王亚珍，成了这方面的斗士。她经常守在医院门口，拦截去做流产的女人，讲各种怨灵的故事，还去吓唬医生和护士，让他们放下手术刀到寺庙里超度。有那么几个女人听了她的话，没做流产，生下孩子以后拍的满月照片，被王亚珍扩印得很大，拿在手里到处宣传。她还爱讲自己的故事：我的小女儿，当时被他们逼着流掉，又打激素又打毒针，我有心脏病，差点死在手术台上。可孩子不是照样健健康康地活下来了吗？你们现在什么困难都没有，有什么理由不要孩子？她以后一定也会把乔琳当成单亲妈妈的典范。至于乔琳该如何抚养那个孩子，她根本不去想。这几年一直都是乔琳在养家，现在她还没了工作。

她们的不幸，最终都会变成爸妈上访的资本。就像许妍子宫里生瘤，也被他们到处宣扬，无非是为了多要一笔赔偿金。许妍心里的愤怒，如同休眠的火山，这时又燃烧起来。所以或许并不是完全为了乔琳，更多的是想反抗爸妈的意志，给他们沉重一击——她又给乔琳打了电话。乔琳有点受宠若惊，说你从没给我打过电话。许妍说，你最好再考虑一下，留下这个孩子，一生可能都完了。乔琳说，可他是活的啊，在我身体里动，真的很奇妙，那种感觉你不会懂的……许妍冷笑了一声，是啊，那种感觉我不会懂。以后你的事我也不会再管了。

乔琳没有再打来电话。许妍偶尔想起来，会在心里算算月份，想一想孩子还有多久出生。

　　乔琳坐在操场的看台上，咬着一根棒冰，嘴上都是鲜艳的色素。许妍走过去，说你躲到这儿有用吗？乔琳不说话。许妍问，你是不是特别喜欢看男生为了你打架？既然你不想跟他们谈恋爱，为什么还要对他们好，让他们围着你团团转呢？乔琳说，可能害怕孤独吧，她抬起头，咧开橘色的嘴唇笑了，你是不是很讨厌我这样的女孩？

许妍在床上躺下，伸手关掉了台灯。但黑暗不够黑，窗帘的缝隙间夹着一道颤巍巍的光。她正犹豫是否要去消灭那簇光，乔琳的手穿过阻隔在中间的被子，找到了她的手。她说，你还记得吗，从前姥姥生病我把你领回家，咱俩挤在我那张小床上。许妍说，那是很小的时候，上了初中我就没再去过。

　　乔琳握紧了她的手，说我知道上回我说错话了，一直想给你打电话，可是真怕你再劝我把孩子打掉……许妍说，承认吧，你现在后悔了。乔琳说，没有，我想通了，不管我给这个孩子什么，给多给少，他都是奔着他自己的命去的。你小时候受了不少苦，现在不是也过得挺好吗？许妍问，你自己呢，你是奔着什么命去的，干吗非要背那么重的担子呢？乔琳在黑暗中笑了一声，我爱逞能，老觉得没我不行，其实我有什么用啊？她捏了捏许妍的手心，上访的事我早都不抱希望了，就是跟林涛呕一口气。当时他说，你家里要真是讨到了说法，再也不闹了，我就娶你。其实怎么可能啊，人家肯定早交了新女朋友。

　　许妍翻了个身，闭上眼睛。她感受到乔琳滞重的呼吸，如同一艘快要沉没的船。一个显而易见的却一直被她忽略的事实是，她的姐姐过得很糟，而且也许再也不会好了。她能帮她做什么吗？

　　她能。沈皓明自己就是律师，而且热心，爱帮朋友。他爸爸又有很多政府关系。

　　她不能。她根本无法开口。从一开始她就隐瞒了家里的事，说爸爸走了，妈妈死了，她是跟着姥姥长大的。这不是撒谎，她对自己说，只是出于自保。谁能接受一对不停闹事，总是被保安驱逐和扭走的父母呢？不过，既然她一直说乔琳是她的表姐——是不是可以让他们帮一帮这个表姐呢？但是也有风险，她爸妈曾在采访里提到小女儿的名字，还说她现在在北京生活。一旦那些资料被翻出来，她的身份就掩饰不住了。

　　许妍勉强睡了几个小时，天快亮的时候醒了。她感觉到乔琳在耳边呼吸，

大乔小乔

3019

嘴巴里的热气涌到她的脸上。她睁开眼睛，乔琳在曦光中望着自己。她一时想不起来从前什么时候，她也是这样望着自己，用那双圆圆的大眼睛，好像明白了什么重要的事要告诉她。但是她并没有开口。

你看我也是重影的吗？许妍问。

乔琳说，不，我看你看得很清楚。

于一鸣站在她的教室门口。他说乔琳三天没来上课了。许妍说，我爸把腿摔断了，她得照顾他。于一鸣说，你爸妈一有事，她就不能来上课。快考试了，这样下去不行，你带我去找她。

外面下着雪，马路结冰了。他们推着自行车往前走。风很大，雪乱糟糟地降下来，天空像个马蜂窝。于一鸣的头发又长长了，他的脸很白，下巴上有个好看的小窝。他神情凝重地说，帮我劝劝乔琳，让她好好复习，跟我一块儿考到北京。许妍说，她不想走。于一鸣说，她在这里没有出路。许妍问，北京什么样？于一鸣说，北京的马路特别宽，到处都是商店，还有很多咖啡馆。你好好学习，两年以后也考过去。许妍问，我？于一鸣说，是啊，我们在北京等你。

许妍怔怔地看着他。他口中呼出的白汽在空中上升，然后散开了。

三

第二天，许妍录节目到下午五点，然后匆匆忙忙赶去买甜点。那家蛋糕店是从巴黎开过来的，最近上了不少时尚杂志。她每次都为带什么礼物去沈皓明家而伤脑筋。

小巧的纸杯蛋糕陈列在玻璃柜里，上面镶着翻糖做的高跟鞋和花环，像是一件件奢华的珠宝。价格当然也贵得离谱，她最终决定买四个。这时乔琳打来电话，问她什么时候回来。许妍说，冰箱上不是有外卖单吗，你先叫东西吃啊。乔琳说，我不饿，你家门怎么锁，我在屋子里喘不上气，想出去走走。许妍把门锁的密码告诉她。她重复了一遍，说要是我等会儿忘了，能再给你打电话吗？

挂了电话，许妍扫视了一圈玻璃柜，目光落在一个有跳舞小人的纸杯蛋糕上。小人单脚支地，抬起双臂，好像正准备起跳，飞离地面。我要这个，她跟柜台里的女孩说。

许妍听到乔琳在身后喊自己。她追上来，把手里的布袋递给许妍，说裙子我帮你借好了，领子有点大，你别两个别针就行了。许妍说，我真的不想主持。乔琳说，你要是不主持，我就也不跳舞了。晚会咱俩都不参加了。许妍问，干吗要费那么大力气帮我争取呢？乔琳笑了，大乔小乔，要一起出风头才好。当时在学校，已经有很多人都知道她俩是姐妹，并且管她们叫大乔小乔。

　　保姆开了门，要帮许妍拿东西。许妍捧着蛋糕盒说，我自己拿到客厅吧。三个女人坐在客厅的沙发上喝香槟。其中一个短发女人笑盈盈地看着她，对另外两个说，皓明就喜欢这种瘦瘦高高的女孩。旁边披着披肩的女人说，现在的男孩都喜欢这种身材。

　　一个八九岁的男孩跑出来，是沈皓明的弟弟沈皓辰。他手里牵了一只短腿腊肠狗。那只狗穿着蓝色羽绒坎肩，背后有个帽子，跑快一点帽子就扣过来，盖住了它的脸。沈皓辰把狗拽到沙发边，向大家介绍，它叫贝利，有点感冒了。挑高细眉的女人问，你上次那条狗呢？沈皓辰说，送走了，妈妈嫌它老翻垃圾桶。短发女人说，你妈一开始可是爱它爱得不行啊。男孩耸耸肩，我妈妈是个很难捉摸的女人。三个女人笑起来。披着披肩的女人说，皓辰，过来，让阿姨抱抱。男孩勉为其难地向前走了两步，把头转向一边，阿姨，我也感冒了。披着披肩的女人摸了摸他的后脑勺，都那么大了，真是有苗不愁长啊。挑高细眉的女人放下香槟杯说，后悔了吧，当时都劝你跟于岚一起去，还可以做个双胞胎。

　　谁在说我坏话呢，我可是听到了，一个矮胖的女人走进来，穿着深蓝色香云纱裙子，腰部有一朵白色荷花，是沈皓明的妈妈于岚。你儿子，短发女人说，他说你是个很难捉摸的女人。于岚笑起来，对男孩说，宝贝，你昨天不是还说我不用开口，你都知道我要说什么吗？男孩说，我知道你要说什么，但我不知道你在想什么。挑高细眉的女人说，你儿子是个哲学家。

　　男孩抬起头问于岚，我能让许妍姐姐陪我去玩吗？于岚说，好啊。她笑吟吟地朝许妍走过来，说我都没看到你来了。许妍微笑着说，我买了甜点，饭后可以吃。太好了，于岚说，那我就不让大李再去买了。许妍在心里飞快地算了一下，四块蛋糕，自己不吃，刚好她们四个女人一人一块。

　　她跟着沈皓辰来到后院。那里有几簇假山和一个凉亭，前面是一小片结冰的水塘。沈皓辰问，你说贝利能在上面滑冰吗？许妍说，不行，它会掉下去。玩点别的吧，我陪你去插乐高。沈皓辰摇摇头，我想陪着贝利，它太孤单了。许妍说，它感冒了，需要休息。沈皓辰说，都是我妈，非让它睡在花房里。许妍问，为什么不让它到屋子里去？沈皓辰说，我妈说我们还不了解它的脾气，要观察一段时间，惠惠姐姐刚来的时候，她也不让她跟我们一起吃饭，说她嘴巴臭，可能有胃病。

许妍通过这个男孩知道了他们家不少事。包括沈皓明刚和她在一起的时候，于岚还给他介绍一个银行行长的女儿。没准他们见了面，她没问过沈皓明。以后恐怕还有律师的女儿，医生的女儿，她显然不是理想的儿媳，不过他们也没公然反对。有一次沈皓辰说，我妈说哥哥带什么女孩回来都无所谓，谈谈恋爱又不是当真的。许妍相信沈皓辰不至于蠢到不知道这些话不该讲给她，他是故意的，好让她心里难受。他也会把他妈妈讲保姆小惠的话告诉小惠，然后站在门外听小惠在房间里偷偷哭。这是一种什么爱好，许妍不知道，用沈皓明的话来说，他弟弟是个内心阴暗的小孩。

他们相差十八岁，沈皓辰叼着奶嘴的时候，沈皓明已经系着领结跟爸爸去参加慈善晚会了。他对弟弟没太多感情，一开始甚至忘了跟许妍讲。后来有一次随口讲到他，许妍惊讶地问，为什么？什么为什么，沈皓明问。许妍说，为什么能生两个孩子？沈皓明说，哦，我爸妈都入了加拿大籍。其实不入也可以，罚点钱就是了。

沈皓明推门走出来，对许妍说，我到处找你呢。他冲着沈皓辰的屁股拍了两下，别老缠着别人，你就不能自己玩会儿吗？沈皓辰哀求道，我们等会儿出去吃冰淇淋吧。沈皓明没理他，拉着许妍走了。

沈皓明的爸爸沈金松和几个男客坐在偏厅的沙发上。沈皓明带着许妍走过去，把她介绍给两个没见过的客人。他爸爸说，皓明，给你李叔叔拿支雪茄来。走出房间，沈皓明咕哝道，他怎么还有脸来。你说谁？许妍问。沈浩明说，那个戴鸭舌帽的男的，做生意把周围的朋友坑了一个遍，大家都不跟他来往了。沈皓明返回偏厅的时候，许妍拉住他，说笑一下。沈皓明皱着眉头，干什么？许妍说，你的怒气都写在脸上，让别的客人看到不好。沈皓明勉强露出一个微笑。许妍也给他一个微笑，进去吧，我去问问你妈妈那边有什么需要帮忙的。

许妍回到大客厅，发现又来了两个女客人。蛋糕不够分了，她有点不安地盯着桌子上的白盒子。开饭了，于岚对她说，我们过去坐下吧。

这种家宴是沈家的传统，每个星期都有一两回。客人彼此相熟，不会感到拘束。许妍环视四周，低声问沈皓明，高叔叔没来？沈皓明说，他要开会，晚点来。披着披肩的女人问，皓辰呢？于岚说，让他跟保姆吃，那孩子絮絮叨叨的，大人都没法好好说话了。

戴鸭舌帽的男人挨着女人们坐，一直保持沉默，每当那碟花生米转到面前的时候，他都会夹起一颗。你的古董店还开着吗，旁边的女人问他。没有，他回答，停顿了几秒说，不过我正打算重新开起来。女人问，还在原来的地方吗？啊，对，他说。一个男客人笑了笑，你确定吗，那一带盖了新楼，租金涨了四五倍。所有的人都看向戴鸭舌帽的男人，屋子里一时很静。许妍觉得自己所分担的那份尴尬比其他人更多。她理解那个戴鸭舌帽的男人，他一定很渴望成功，只是运气差了点。

饭吃到一半，高叔叔来了。许妍也弄不清这个高叔叔到底在政府做什么工作，只知道他权力很大，帮人铲了不少事。戴鸭舌帽的男人忽然来了精神，一直看着高叔叔，听他跟周围的人讲话。他们笑起来的时候，他也跟着笑了。

晚饭结束后，大家移到偏厅喝茶。沈金松和高叔叔去了另外一个房间，戴着鸭舌帽的男人也跟了进去。沈皓明对许妍说，他肯定有事要让高叔叔帮忙。许妍问，他会帮吗？沈皓明说，不知道，我们去看电影吧？许妍说，早走了你妈妈会不高兴。沈皓明说，管她呢。许妍笑了一下，你可以不管，我不能不管。她拉着沈皓明来到客厅，女人们正坐在那里聊天。沈浩明听到她们都在谈论衣服和包，就说我还是去男士那边吧。

许妍在于岚旁边坐了一会儿，发现桌上的水果叉不够，就起身去拿。让佩佩把甜酒打开，于岚在她身后说。经过走廊，她看到沈金松他们还在那个房间里，好像在说什么房子的事。

她拿着叉子从厨房出来，听到旁边的房间里传来奇怪的声音。好像是干呕，伴随着细小的嘶叫声。她敲了两下，推开门。是沈皓辰，正仰面躺在地上哭。那间屋子长期闲置，空荡荡的，只有一只书柜立在墙边。她蹲下来，说你可真会挑地方。沈皓辰不理她，闭上眼睛继续哭。许妍问，就因为没陪你去吃冰淇淋？沈皓辰抹了把眼泪，说我早就习惯了。许妍问，为什么不叫你的朋友来家里玩呢？沈皓辰说，你要是整天转学，还会有什么朋友吗？他摇了摇头，说这个家里没有一个人真的关心我。许妍说，不要对别人有什么期望，你自己得变得强大起来。沈皓辰撇了一下嘴，我还是个孩子呀。许妍说，孩子怎么了？沈皓辰哀求道，你能让我自己静一会儿吗，我不想回房间，惠惠姐姐像只鹦鹉，一直说个不停。

许妍带上了房间的门。她确实没想过沈皓辰会有什么痛苦。生在这样的家庭，不是应该从梦里笑出声来吗？但是现在看起来，他或许也是一个多余的孩子。他爸妈要他不过是为了装点生活，其实已经没有耐心再陪他长大一遍了。于岚不能放弃太太们的聚会和旅行，沈金松不能放弃打高尔夫和应酬。沈皓辰总是和保姆待在一起。一任又一任保姆。他满意的他妈妈不满意，他妈妈喜欢的他不喜欢。

许妍回到客厅，她的蛋糕盒子打开了，摊在桌上，里面的蛋糕一个也没有动。有两个上面的花蹭在盒子上，变成了一坨红色烂泥，只有立着跳舞小人的那个仍旧完好。小人踮着脚尖，好像正从一堆废墟里往外爬。

戴鸭舌帽的男人出现在门口，咧开嘴冲着于岚笑了笑，说我来跟你说一声，我要走了。于岚点点头，让司机送你一下？男人说，我叫了辆车，司机好像迷路了。于岚说，坐下等一会儿吧。鸭舌帽迟疑了一下，走过来坐在沙发上。许妍把自己那杯没有动的甜酒放到他跟前，对他笑了笑。

快去把你的貂皮大衣拿来！短发女人把手搭在于岚的肩上。还有那个绝版的蜥蜴皮，挑高细眉的女人说。于岚去取了灰蓝色的貂皮大衣，还有几只包。女人们走上前，有的试穿大衣，有的摆弄着包。只有许妍和鸭舌帽坐在沙发上。鸭舌帽探身向前，目光呆滞地盯着茶几上的东西。他忽然伸出手，拿起那个有跳舞小人的纸杯蛋糕，整个塞进了嘴里。

　　　　乔琳走到舞台中央，射灯的光不偏不斜地打在她的脸上。她天生知道光在哪里。她趋着步子，荡着纤长的腿，将裙摆转得飞快。每次她双脚离开地面的时候，许妍都感觉到心里一紧。她不知道自己是在担心，还是在希望发生点什么。直到乔琳平安地弯腰谢幕，她才松了一口气，然后忽然难过起来。她想，很多年后，台下的人不会记得是谁主持了这场晚会，但他们一定记得乔琳跳舞的样子。

十点过后，客人陆续离开。许妍帮保姆收酒杯，被沈皓明堵在厨房门口。他搂了一下许妍的腰，眨眨眼睛，说不如今晚你就睡在这里吧？许妍挣脱开，一脸正色地说，跟我说说，你是从多大开始，留女生在家过夜的？沈皓明耸耸眉毛，十七？你爸妈也答应吗？许妍问。沈皓明笑着说，他们到我房间来了好几次，我估计是想看看有没有准备避孕套。你准备了吗？许妍问。沈皓明收住笑容，神情变得凝重，我想向你坦白一件事……其实我有一个……年轻时候总会犯些错误对吧……他低下头，双手捂住脸。许妍想把他的手拉开，他拼命躲闪，直到迸发出笑声，他一边笑一边摆手，我实在是憋不住了……许妍推了他一下，自己还觉得演得挺像是吧？沈皓明笑着问，要是我真从外面领回来个孩子，你帮我养吗？许妍说，那得看长得好不好看了。沈皓明说，好看，比我还好看。许妍说，养啊，为什么不养，省得自己去生了。沈皓明伸出双手兜住她，不行，你至少还得生两个。许妍望着他，笑了笑。她说，我还是回去吧，表姐一个人在家。沈皓明说，好吧，我明天陪你们，给你们当司机。许妍说，不用，她脾气怪，你在她会很不自在。

许妍穿上外套，拢了一下头发，转过身来问，对了，刚才那个人找高叔叔什么事？沈皓明说，前些年他在郊区找了块地盖房子，当时和乡政府签过合约，但是不作数，现在地要被收走了……许妍问，这事难办吗？沈皓明说，嗯，不过高叔叔去想办法了。许妍说，所以还是会帮他？沈皓明说，不然呢，他住哪里呢？

回去的路上，许妍在心里掂量，是鸭舌帽拆房子的事难办，还是她爸妈的事难办。他既然连那个名声不好的人都愿意帮，是不是也意味着他可以帮她呢？不，不是她，是她的表姐乔琳。再找机会吧，她想，应该多和高叔叔见几面，让他觉得自己是沈家的一员。

许妍回到公寓，发现乔琳坐在楼下大堂的沙发上。她抬起头，抱歉地冲许妍笑了一下，我把密码忘了，你的手机关机。许妍问她坐了多久。她说没多久，我一直在院子里转悠，把开着的小商店都逛了一遍。这里真好，人都很和气，还借给我厕所用。

许妍看着她，乔琳，你能别把自己弄得那么惨兮兮的吗？

乔琳从三轮车上跳下来，笑着对她说，我把写字台给你拉来了，反正我以后再也不用学习啦。许妍打量着那张写字台，桌腿上的贴画已经斑驳，她还记得贴画刚贴上去的时候，上面那张明艳的赵雅芝的脸。她确实觊觎这张书桌很久。姥姥在窗台上搭了块木板，她一直在那上面写作业。

许妍问，成绩出来了？乔琳吐了吐舌头，连那个破烂煤炭学院也没考上。她们把写字台搬下来，乔琳拍了拍手上的灰，说我已经找到工作啦，明天就去华联商场上班，以后你买"美宝莲"都是员工价。她的手指上涂着藕粉色的指甲油，穿着低腰牛仔裤，长头发在胸前甩来甩去。她身上的美丽还在增加，但她好像并不把自己的美丽当回事。那股潇洒的劲特别令男孩着迷。

四

第二天，十点不到她们就出门了。往常的周末，许妍会和沈皓明在床上赖到十一点，然后去吃个早午餐。但是这一天，天刚亮许妍就醒了。失眠大概传染，她就没见乔琳闭过眼睛。但是乔琳坚持说自己睡了一会儿，还做了梦，梦见自己生了个罐子人。罐子人？许妍皱起眉头。对，乔琳说，就是那种马戏团里的小孩，养在罐子里，手脚都萎缩了，只有头特别大。她打了个激灵，跳下床，说我去做早饭了。

厨房里传出葱油的香味。乔琳用平底锅烙了两个葱花饼。这是小时候最熟悉的食物，许妍来北京以后就没有再吃过。要不是再闻到这股味，她已经忘记世界上还有这种食物了。

许妍想带乔琳先去景山，那附近有一段红墙她很喜欢。街上的车不多，她们静静听着广播里的歌。乔琳抿着嘴唇，似乎很悲伤。许妍说，别想了，那只是个梦。乔琳点点头，知道，我知道。没事的，我在等汪律师的电话，他说今天会打给我的。许妍觉得乔琳在把某种压力传递给自己，这令她感到很烦躁。

车子剧烈地震了一下，许妍回过神来，猛踩刹车，可是已经撞上了前面的车。乔琳拱起身体，护住了肚子。前车的女人对着许妍一通抱怨，然后给交警打了电话。交警来了，许妍把车上翻遍了，也没找到行驶证，只好给沈皓明打电话。过了几分钟，沈皓明拨过来，说在家里找到了，上次司机修车取出来，忘记放回去了。沈皓明说，我给你送过去，你在哪里？许妍沉默了几秒钟，说出了自己的位置。

她回到车里。乔琳头靠着车座，双手还放在肚子上。许妍说，我男朋友正赶过来，我跟他说你是我表姐，你不要提爸妈的事。乔琳点点头，知道，我知道。许妍还想交代几句，见她闭上了眼睛，就没有再说。

沈皓明到了，处理完事故，他坐上驾驶座，侧过头来冲乔琳笑了笑，表姐，我开车可稳了，你安心睡会儿吧。

已经过了十一点，沈皓明提议先去吃午饭。他把车开到附近的购物中心。三楼有家粤菜馆，于岚常约人在那吃早茶。沈皓明把菜单交给乔琳，让她看看想吃什么。乔琳看了一下，又把它递给许妍。许妍低头翻菜单，总觉得乔琳在看自己。一屉虾饺上百块，显然不是白领能负担的。乔琳大概早就把她识破了，借来的车，租的房子，一切都充满破绽。她抬起头来的时候，乔琳微笑着说，我吃什么都可以，辣一点就行。

我就知道许妍得撞，沈皓明说，不撞个两三回哪算真会开车？可是车上坐着你，不能有半点马虎。我早就跟她说今天我来给你们当司机……乔琳笑了笑，已经很麻烦你了。沈皓明说，她以前不也常麻烦你吗，她说上高中的时候你很照顾她，给她买雨衣，陪她打吊针……乔琳淡淡地说，那不算什么。沈皓明说，有时候表亲反倒更亲，我和我表姐的感情就比跟我弟好……乔琳问，你有个弟弟？沈皓明说，对啊，一个爱哭鬼，烦死人了。乔琳说，怎么能生第二个孩子呢？沈皓明笑了，你怎么跟许妍问得一模一样，我爸妈拿了加拿大护照。乔琳喃喃地说，哦，外国人……沈皓明说，以后我跟许妍至少生三个，你的小孩不愁没人玩。乔琳点点头，好啊。许妍埋头吃着刚上来的石斑鱼。生三个？她似乎听到乔琳在心里暗笑。

乔琳的手机响了。许妍很怕她会在沈皓明面前接起电话，但她站起来，离开了桌子。许妍对沈皓明说，下午你不用陪了，我就带她在后海逛逛。沈皓明说，我跟任国栋吃晚饭，上次他女儿百天不是没去吗，没事，五点出发就行。

乔琳回来了，脸色凝重，失神地盯着面前的盘子。她不吃，许妍也不劝。直到听到沈皓明说，那我们走吧，她站起来，驱着腿往外走。沈皓明喊住她，把落在椅背上的羽绒服交给她。

乔琳跟在他们后面，双手抓着她的羽绒服。里子朝外，破了个洞，钻出一簇棉絮。许妍简直怀疑她是故意的，想要他们给她买件新大衣。沈皓明说，我是不是应该给任国栋的女儿买点东西？买什么呢？他们绕着商场走了半圈，沈皓明忽然停住脚步，指着橱窗说，就买这个吧。小小的白色纱裙被云彩簇拥着，跟上回许妍和乔琳看到的那件一模一样。应该是连锁店铺，橱窗布置得也一模一样。沈皓明问乔琳，知道你的宝宝是男孩还是女孩吗？乔琳摇摇头。沈皓明说没事，转身进了那家商店。

乔琳立即告诉许妍，汪律师说他接不了这个案子。她咬了咬嘴唇，又说，他去开会了，我等会儿再打个电话求求他。许妍说，别这样，乔琳，你以前不这样。乔琳眼泪涌出来，说我真没用，什么事也办不成。沈浩明拎着纸袋走出来，把其中一只递给乔琳，说我买了个礼盒，里面什么都有，白色的，男女都能穿。乔琳把头扭到一边，抹着脸上的眼泪。沈浩明尴尬地拿着纸袋。过了一会儿，乔琳才回过头来，挤出一个微笑，说谢谢，真的谢谢你。

他们到后海的时候，天已经很阴。空气中零星飘着一点凉丝丝的小雪。河面结着厚实的冰，是青灰色的。沈皓明说，出来走走心情是不是好点了？乔琳点点头，说谢谢你们。许妍转过脸，朝河的方向看去。河中央有一辆鸭子形状的船，冻住了，船身倾斜，鸭头望着天空。

乔琳说，我们那里也有一条河，叫奈河，比这个还宽。沈皓明说，我以为你们那里都是山呢，我还跟许妍说什么时候去爬一次泰山。乔琳说，小时候有一回，我和许妍亲眼看到一个放风筝的小孩掉到水里，淹死了。他妈妈在岸上大哭，围了很多人。许妍说，我不记得了。乔琳说，你站在那里，我怎么拽都不肯走。一直等到人都散了，你用竹竿把那个孩子的风筝挑下来，拿着回家了。沈皓明问，那个小孩是她朋友吗？她想要那个风筝作纪念？乔琳笑了笑，她就是想要那个风筝。许妍盯着乔琳的脸。乔琳没有看她，好像还沉浸在回忆里，说那孩子的妈妈后来每天在岸边哭，抱着经过的人的腿，求他们去救她儿子。再后来岸边的树都砍了，盖起一排楼房。她沉默了一会儿，对沈皓明说，许妍想要什么是不会说的。沈皓明说，对，她什么都憋在心里不说。乔琳说，不要紧，只要你一直在那里，默默支持她就行了。

许妍看着面前的湖。午后的太阳照着水面，淬起一片金光。于一鸣放下桨，让他们的船在水上漂。乔琳忽然开口说，我看见过水怪。有个放风筝的小孩掉到河里，水面上升起一团白烟。那团白烟朝我们这边飘过来，我吓坏了，拉起许妍的手就跑。可她好像定住了似的，站在那里一动不动。我就也没跑，挽住了她的胳膊，心想要是水怪过来，就把我们一块带走吧。乔琳俯身向湖面，撩了几下水说，于一鸣，什么时候教我们游泳吧。

雪越下越大，河显得更灰了，冻住的鸭子船在身后变小，拐了个弯，看不见了。路边有间咖啡馆，他们决定进去坐一会儿。推开门，里面都是人。沈皓明说，嘿，整个后海的人全都躲到这儿来了。许妍付了钱，在等饮料的地方排队。做咖啡的男孩像是新来的，把热牛奶打翻了。沈皓明从背后戳了戳许妍，说你表姐把手机落车上了，我陪她去拿一下。许妍说，等买了咖啡一起去吧。沈皓明说，没事，很近，然后转身走了。

隔着玻璃窗，许妍看到他们朝来的方向走去，乔琳好像在说什么。她烦躁地看着那个做咖啡的男孩，把手中的收据折成小块，又摊开。

乔琳也许是故意的，汪律师不帮她，她就慌了神，觉得沈皓明没准能帮忙，就想跟他说一说。许妍气恨地用力一挣，把收据撕成了两半。

做咖啡的男孩拿过撕碎的收据，仔细辨认着上面写的是什么饮料。你们连基本的培训都没有吗，许妍气呼呼地问。她把咖啡放在桌上，拉开椅子坐下。乔琳会跟沈皓明说什么呢？事情万一败露了，她应该怎么解释呢？她脑袋一片空白，什么说辞也想不出来，只是不断去按手机，看时间的数字变化。

他们终于回来了。乔琳没坐下，她看了许妍一眼，说我再去打个电话。许妍看着沈皓明，想从他的表情里读出一点信息。但他一直在低头看手机。许妍碰碰他的胳膊，拿起桌上的咖啡递给他。他喝了一口，皱起眉头说，真难喝。乔琳回来后，脸色依然凝重，她喝了两口水，捧着杯子发愣。沈皓明看了看外面的雪，对许妍说，你就别开了，我让司机来接你们。

车来了，她们先坐上，沈皓明去取了先前在童装店给乔琳买的东西，让司机放在后备厢。他凑到车窗前对乔琳说，表姐，这两天你要是不走，到我家来玩。乔琳点点头，一直望着沈皓明走过去，钻进车里。他人真好，乔琳对许妍说。

路上她们没有说话。司机拐了个弯去加油。发动机熄灭，广播里的音乐停止了。乔琳望着窗外纷飞的雪说，我明天就回去了。许妍说好。

太阳从头顶移开，风吹着湖面，水的气味升起来。船从午睡中醒了过来，一点点动起来。许妍、乔琳和于一鸣不约而同地向后靠，蜷缩着腿躺下去，仰脸望着天空。也许是在等晚霞出现，但是渐渐地不重要了。许妍合上了眼睛。湖水像一双温暖的手臂环绕着自己。它的脉搏一起一伏，节律微小而有力。船在缓慢地动着，可他们没什么地方要去。不去对岸，也不回去。他们三个好像可以一直那么待着，谁也不会离开。

好像什么都不重要了。许妍松开了眉头。她不再计较他们到底有多么爱彼此。她只是知道她爱他们。那股强烈的感情使她觉得自己并不是多余的。她是他们当中的一员，即便是微不足道，可以被舍弃的，她也不在乎。

她睁开眼睛的时候，晚霞已经来过了。只有几块很小的云彩挂在天边。湖面一片金色，望不到尽头。但只是一瞬间，湖水转眼就开始变灰。当她转过脸去的时候，看到乔琳正望着湖面，似乎已经注视了很久很久，又好像是她的目光使湖面暗了下去。于一鸣还没有睁开眼睛，嘴角带着一丝淡淡的笑意。不要睁开眼睛，许妍在心里这样祝福着他。因为随即他会发现太阳已经落下去，船要往回开了。他们的旅行结束了。

晚饭许妍叫了外卖。乔琳没怎么吃，她说想去床上躺一会儿。许妍吃完看了会儿电视。她到卧室的时候，乔琳正坐在床上发呆。许妍走过去拉窗帘。路灯下，有个穿着羽绒服的男人在遛狗。是对门那个姓汤的邻居。他仰起头看了一会儿月亮，从地上抱起狗，夹在胳膊底下，走进了楼洞。

许妍听到乔琳在身后轻声问，沈皓明能帮上咱们吗？许妍转过身来看着乔琳，说你自己没问他吗，你们两个去拿手机的时候。乔琳摇了摇头，我什么也没跟他说，他问我想不想来北京工作，他可以安排，我说不用了。哦，许妍应了一声。乔琳说，他是律师，又认识挺多人的，没准还能托上政府的关系……许妍问，你怎么知道他是律师的？乔琳说，他自己说的，我真的什么都没问。她低下头，看着拱起的肚子，汪律师不接我的电话了，电视台那边也没回信，我实在没有办法了。这事折腾了那么多年，总得有个了结……许妍笑了一声，你为我考虑过吗？你是不是觉得我想要什么就有什么，过得很容易？你想过几天安稳日子，我不想吗？你小时候至少有个完整的家，我有什么？她的眼圈红了，这么多年了，你们就不能放过我吗？乔琳也哭了，对不起，对不起，我不该来打扰你……她仰起脸，吸了几下眼泪说，你没看到爸妈现在什么样子，爸早晨醒了就喝酒，手抖得已经拿不住筷子，妈整天守着电脑，到各种论坛发帖子求助，隔一会儿发一遍，那些人骂她是疯子，把她踢出去，她就重新注册了再发……我真的管不了了，我的身体垮了，在街上晕倒过好几回……她停住了，定定地看着前方，好像要把什么东西看清楚。

桌上的台灯照着乔琳，但她的脸是暗的，腮颊被阴影削去了。许妍望着她，她容貌的改变令她感到惊讶。那些青春时的光彩消失了，这也许是必然的，可它们好像从来没有存在过。没有人可以通过这张脸，想象出她少女时代的模样。许妍仿佛从二楼教室的窗户里看到那个总是微微扬起脸的长腿姑娘正穿过校园，她从那扇大门走出去，然后消失了。她去了哪里？

许妍走到床边，握住乔琳的手。那只手很烫，热量从指缝间汩汩流出来。乔琳的手指很长，这肯定不是许妍第一次注意到这一点，或许在漫长的青春期的某一天，她偷偷打量过这双手，暗暗惊讶于它们的美。但是现在，她第一次意识到，这双手很适合弹钢琴，要是它们能在童年的时候遇到一个钢琴老师的话，他肯定会这么说。要是那时候遇到一个舞蹈老师，可能也会说她适合跳舞。这具承载着苦难的身体，或许同时蕴藏着某种天赋。但是天赋不重要，对有些人来说，一生中没有任何一个时刻，会有人坐下来讨论一下她的天赋。许妍想起大三的时候，她得到了去电视台实习的机会，后来被留下了，那个频道的主任对她说，我并不觉得你很有当主持人的天赋，知道为什么选你吗？因为你身上有股劲，想从人堆里跳起来，够到高处的东西。

　　许妍握着乔琳的手，坐下来。她感觉自己在靠它取暖。但屋子里很热，地板也是热的，一点都不像十二月。她说，我答应你，我会去问问沈皓明。具体怎么说，我要想一想。我这么做不是为了爸妈，只是为了你，你明白吗？许妍攥了一下她的手说，给我一些时间好吗？乔琳点了点头。

　　十点过后，沈皓明打来电话。他说你猜怎么着，礼物拿错了，给你表姐的那袋才是给任国栋女儿的裙子。许妍夹着手机打开纸袋，解掉奶油色的缎带。那件缀满珍珠的小礼服折叠着，静静地躺在盒子里。要我现在送过去吗，她问。不用，沈皓明说，反正给你表姐买的礼盒任国栋女儿也能用。我打赌你表姐生女儿，他在电话那边笑起来，我买的裙子肯定能派上用场。

五

　　从北京回去不到一个月，乔琳就生下了一个女儿。比预产期早了一个多月，但是孩子很健康。她发过来几张照片，小小的一团，手脚却很长。沈皓明看了两眼说，跟你长得有点像。

　　那个月许妍很忙。台里在筹备一个新节目，过年的时候开播。每天连着录十来个小时，一段话反复说。这期间她去过沈皓明家一次，沈金松没在，只有于岚和几个太太在打麻将。许妍替了几圈，输掉六千块。临走时于岚说，咱们过年再打。许妍想，这倒是个讨于岚开心的法子，于是她说服沈皓明过年不去苏梅岛，而是留下陪他爸妈。到时没准还能在家宴上遇到高叔叔。

　　许妍接到电话的时候是傍晚。还有三天就过年了，下午她和沈皓明去买了一堆烟火。回来的路上有点下雨，据说到了后半夜会转成雪，气温降十度。此前一些天北京都很暖和，让人有一种春天来了的错觉。

　　手机响了，跳动着一个陌生的号码，当时她正站在沈皓明家的花房里，指挥保姆把兰花搬到屋里去。沈皓辰也被喊来帮忙，许妍觉得让他干点体力活有好处，至少没那么多时间胡思乱想。他撇了撇嘴，说这些花可真丑。她双手叉腰看着他，你觉得什么花好看？假花，他回答。她让沈皓辰把面前这一盆搬到客厅，然后接起了电话。

　　是她妈妈，在那边大声号哭，告诉她乔琳自杀了，晚上一个人出门，跳进了城边的那条河。还在抢救吗，还在抢救吗，她连着问了好几遍。她妈妈说是昨天的事，人已经没了。许妍挂断了电话。

周围一片寂静。她搓了搓手上的泥巴，搬起一盆兰花往外走。

天气湿漉漉的，好像已经下雪了，有些凉飕飕的东西，仿佛带着爪子，紧紧地揪住了她的头皮。她伸出手，想触碰到空中的雪花。砰的一声，花盆跌落在地上。瓷片在地上打转。嗡嗡，嗡嗡。

沈皓辰走过来，看着她脚边的花盆。哈哈，他有点得意地说，假花就不会摔成稀巴烂。走开，她冲着他喊，蹲下把兰花从碎瓷片里捡起来。沈皓辰吓坏了，站在那里没有动。许妍敛起兰花磕了磕土，抱着它们走了。

她把花放在旁边的座位上，驶出了别墅区的大门。窗外是呼啸的大风，雪花如同决绝的蛾，砸在挡风玻璃上。她紧握方向盘，浑身发抖。泪水在眼眶里转悠，她蹙着眉头，盯着前面的路。为什么乔琳要这样做？她感到很愤怒，在北京的最后一个晚上，她不是答应得好好的，回去等着她的消息。她为什么就不能等一等呢？

车子冲下高速，擦着一辆卡车开过去，横冲直撞地拐了几个弯，在一片空旷的停车场停住。她狠狠地砸着方向盘，喇叭发出尖锐的鸣响，她不是说会想办法的吗，为什么不相信她呢？她靠在椅背上，大声哭起来。

手机在旁边座椅上响了好几遍，是沈皓明。她坐在黑暗里，等屏幕最终暗下去的时候，才对着它喃喃地说，我姐姐死了。

她没有回去参加追悼会。

除夕夜下着小雪。她站在院子门口，看沈皓明点着了烟花。她仰起头，望着光焰绽放，坠落。天空又黑了下去。几片雪落在她的脸上。

她给家里打了个电话。她妈妈一直在哭，不停地说，乔琳为什么那么狠心抛下我们？那边传来婴儿的啼哭，还有她爸爸的咒骂声，盆碗掉在地上，发出叮叮咣咣的响声。她妈妈问，你到底什么时候回来啊？这好像是她第一次对许妍表达需要。再过几天吧，她回答。你永远都别回来！她爸爸吼了一声，电话挂断了。

许妍一直没有回泰安。她心里有股怒气无法消退。她觉得乔琳不理解她，不相信她，甚至根本不希望她过得好。她这么做是为了让她永远感到内疚。在很长一段时间里，这股怒气有效地抑制了悲伤，使她可以正常入睡。

四月的一天，她去沈皓明家吃晚饭。那天只有他们自己家的人，吃了巴黎运回来的生蚝和新西兰鳌虾。于岚抱怨生蚝没有上次的新鲜。你下个月不就去巴黎了吗，沈金松拿着遥控器换台，屏幕上出现了一个穿白色西装的女主持人。

她看了一眼手中的稿子，抬起头来：

"一九八八年，在泰安的一家医院里，患有风湿性心脏病的王亚珍生下了第二个女儿。她没有一丝做母亲的喜悦，只是感到很恐慌。在她的身旁，那个只有三斤八两的女婴睁开眼睛，好奇地打量着这个世界。那一刻她是否知道，这个世界等待她的不是温暖的祝福，而是无情的责罚呢？手术室的门外，乔建斌坐在长椅上，一夜没有合过眼。在经历了辗转于计生委和医院之间的几个月后，他已经疲倦不堪。然而他们家的厄运才刚刚开始……"

许妍盯着屏幕，一只手攥着毛衣领口，感觉自己就快要窒息。

这个《聚焦时刻》有时候还能看看，沈金松说。于岚说，有什么可看的，不是钉子户就是超生。妈妈，妈妈，沈皓辰问，你算超生吗？

于岚说，宝贝，生了你加拿大政府还给我奖励呢。

"……记者来到乔建斌家。乔建斌被开除以后，全家人就以这家诊所维持生计。现在门口依然挂着'平安'诊所的招牌，但是已经好几年没有来过一个病人了。一楼的诊断床上堆满了各种保健药。有的早已过了保质期，王亚珍就留给家里人吃。她拿起一瓶药给记者看，这个是帮助睡觉的，我大女儿老睡不着，我就让她吃……在过去二十多年里，乔建斌和王亚珍一直通过各种途径寻求帮助，希望单位能恢复乔建斌的工作……"

镜头掠过他们家。角落里的蜘蛛网，桌子上油腻的桌布，泛着黄渍的马桶，最后停在墙上的照片上。那是一张他们全家的合影，可能也是唯一一张。当时许妍大概四五岁，站在最右边，乔琳的手搭在她的肩膀上。

许妍感觉所有人的目光好像都朝这边涌过来。她几乎就要从座位上弹起来，冲出房间了。

随后，主持人讲述了这些年乔建斌家的生活，也讲到那个超生的小女儿，因为早产和用药的原因导致不孕。但她的去向并没有提及。也没有提到乔琳的女儿，只是说乔琳这些年，一直在为这件事奔波，导致恋爱失败，也失掉了工作。两个多月前，有天晚上她像往常一样，哄孩子睡了觉，然后离开家走到河边，跳了下去。

画面切回演播室。女主持人说："就在自杀的前一天，乔琳还给本节目的编导发过一条短信。在短信里，她这样说：'陈老师，我恳求您给我们做一期节目。这不是我们一家人的问题，很多家庭都有类似的遭遇。我相信节目播出以后，一定会引起很大的反响。如果还需要什么材料，您随时找我。给您拜个早年！'"主持人垂下眼睛，停顿了几秒："我们将这期迟到的节目献给乔琳，希望她能安息。同时，我们也希望热心的律师朋友能跟乔建斌一家联系，帮助他们走出困境。感谢您的收看，我们下期再见……"

沈皓明气呼呼地说，这也太操蛋了。于岚看了他一眼，你想干吗，这种案子又不是你管的。沈皓明说，我可以去问问我同学，说不定有人愿意接。沈金松说，犯不着打官司，这种事找对了人，就是一句话的事。于岚说，有捐款电话吗，直接给他们打过去点钱就是了。

保姆端上水果。电视里已经在播连续剧，但许妍不敢去看屏幕，仿佛先前的画面下一秒就会再跳出来。她缩着肩膀，低头盯着面前的盘子，直到听到沈皓明说，我们走吧，就站了起来，跟随他走出大门。

她抱着自己的包坐进车里，身体一直在发抖。你的外套呢，沈皓明问。她才发现忘记穿了，别回去拿了，她几乎用哀求的语气说。车子停了，她走下来，发觉自己在一个空旷的院子里，周围都是深红色的砖墙。她打了个寒战，问这是哪里？沈皓明说，苏寒有个生日派对，我不是跟你说了吗？

屋子里很吵，拼起来的长桌两边坐满了人。除了苏寒，她一个都不认识。沈皓明挨个介绍，她一直点头，却记不住任何一个名字。这是方蕾，沈皓明指着右边的女孩说，她跟我在英国一个学校，也读法律，算是我学妹。女孩笑了，你没念几天就转走了，也好意思自称是学长？沈皓明说，嘿，学校的校友录可是有我。女孩耸耸眉毛，那是为了让你捐钱好吗？沈皓明笑起来。许妍也跟着笑了一下。笑意在她的脸上一点点消失，泪水突然涌出来。

　　乔琳拉着她的手往山上走。许妍说，快下雨了，回去吧。乔琳说，你要去北京了，我得给你求个护身符。许妍说，可是摆摊的都会去了啊。乔琳说，再往上走走看嘛。

　　大雨降下，她们跑进一座庙里。两人抖着身上的雨水，乔琳长头发上的水珠溅在许妍的脸上，她咯咯笑起来。许妍说，严肃点，菩萨会生气的。乔琳收住笑，环视了一圈大殿，低声问，这个庙是求什么的啊？

许妍支起手肘，托住腮悄悄抹去眼泪。沈皓明正在问那个叫方蕾的女孩，你什么时候搬回来的？方蕾耸耸眉毛，你怎么知道我搬回来了呢，我看起来不像是回来度假吗？沈皓明摇了摇头，我才不信你在英国待得下去呢。

　　她们并排站在大殿中央。菩萨的脖子伸进黑暗里，看不见脸，但许妍能感觉到，有一簇白光从上面照下来。

乔琳小声问，你说那么多人来求她，她能帮得过来吗？许妍说，只帮她喜欢的人吧。乔琳笑了，说那她肯定喜欢我。当时我一直盼着妈妈能把你生下来。而且我还说，想要个妹妹。你瞧，菩萨就把你给我了。许妍说，当时你才两岁，就知道求菩萨了？乔琳说，我说不出来，但心里想的东西，菩萨一定能知道。许妍说，你要是知道后来发生的事，当初就不会那么希望了。乔琳说，我还是会那么希望的。我从来都没觉得不该有你，真的，一刹那都没有，我只是经常在心里想，要是我们能合成一个人就好了。她握住了许妍的手。她的手心很烫，仿佛有股热量流出来。

给我们拍张照片好吗？许妍听到有人在喊自己。是苏寒，她正站在方蕾和沈皓明的身后。许妍接过手机。苏寒笑着问沈皓明，还记得吗，那阵子每个周末我们三个都开车到郊外 BBQ。后来过了一个暑假，回来大家都变得很忙，就没有再聚。也可能你们两个聚了，没有叫我。方蕾斜了她一眼，你说对了，我们在瞒着你谈恋爱。沈皓明点点头，后来她把我踹了，我伤心欲绝，就回国了。苏寒笑起来，小心你女朋友当真，回头跟你吵架。沈皓明说，她才不会呢。

大殿里飘过几丝凉黯的风，雨好像停了，有个人靠在门边看着她们。那人穿着一件破袄，逆光里看不到脚，还以为是坐着，后来才发现，脚被袄盖住了，他是个矮人。很老，布满皱纹的脸像一团揉搓起来的废报纸。她们往外走，他在一旁开口说，你们想知道自己的命运吗？她们对望了一眼，没停下脚步。他说，不收钱，我就当给自己解闷。

他走到她们跟前，仰起脸盯着乔琳，说你早运不顺，有一些坎，三十岁以后越来越好。乔琳问，怎么个好法？他回答，儿孙满堂，有人送终。乔琳笑起来，有人送终就算是好吗？矮人没回答，把头转向许妍，你啊，想要什么东西，都得跟别人去争。许妍问，那最后能争赢吗？他摇了摇头，说我不知道。许妍问，你也有不知道的事啊？他点点头，有一些。

苏寒用手指戳了戳沈皓明，说你可得劝劝方蕾，她现在是个愤怒少女，什么都看不惯，整天批判社会。沈皓明说，这叫回国综合征，过一段就好了。方蕾问，就像你吗，坦坦荡荡地做着你的沈家大少爷？沈皓明有点激动，说别把我想得那么麻木不仁好吗，我一直都想做点事啊……

然后他讲起出门前看的电视节目来：有对夫妻意外怀了二胎，按规定应该打掉，忘了为什么拖了好几个月，反正不是他们自己的责任，七个月才去引产，孩子生下竟然活着……苏寒感慨道，命可真大。沈皓明说，可是这算超生，男的丢了工作……讲到乔琳自杀的时候，方蕾摇头，这是我觉得最可悲的，因为上一辈的问题，子女的一生都毁了。苏寒说，这个故事有意思的地方是，合法生的姐姐死了，不合法出生的妹妹倒是活下来了。现在他们不就只有一个孩子了吗，还算超生吗？

许妍离开座位，走进洗手间，反锁上门。

乔琳不是不相信她，而是对世界不抱什么希望了。许妍记得最后一次乔琳打来电话，是一天清晨。她说，我今天出月子了。许妍问，你的奶够吃吗，现在能睡着觉了吗？乔琳没有回答，只是说，都挺好的，我就是跟你说一声，你去忙吧。她的声音淡淡的，没有高兴，也没有悲伤，只是有种解脱的感觉。她好像一直在等这一天。等孩子出生，等她过了满月……她那么迫切地希望解决爸妈的事，不是期盼能过什么新生活，只是希望有一个让自己心安一点的结果。如果没有，她也不能再等了。她已经松开了双手。

外面的人在不耐烦地敲门。许妍拧开水龙头，把脸伸到水柱底下。

外面的声音消失了，好像沉入了河中，耳边只有汩汩的水声。我就是想来看看你，乔琳转过脸来笑着说。那双有点发红的眼睛在黑沉沉的水底望着她。然后熄灭了。

许妍回到座位上，跟沈皓明说自己可能着凉了，想先回去。沈皓明说，我们一起走吧。在车上，他说，方蕾听我讲了新闻里那个事，也挺来气，说她有几个从国外回来的律师朋友，没准有谁愿意接。我回头再给高叔叔打个电话，让他跟泰安那边的人说一下。这事反响很大，不解决一下，他们自己也难交代。许妍怔怔地望着他，这是乔琳拿命换来的，她想，眼泪掉下来。沈皓明很惊讶，这是怎么了？他抓住许妍的手，你不会是当真了吧，以为我和方蕾谈过恋爱？我们在开玩笑啊。许妍摇头，没有，没有，我只是有点感动，你真的心肠很好，她望着沈皓明，伸过手去，摸了摸他的脸颊。他拿下巴蹭了蹭她的手心，笑着说，我忘刮胡子了。

六

五月初，许妍回了一次泰安。学校已经给乔建斌恢复了工作，按照退休教师的待遇发给他工资。据说那期《聚焦时刻》惊动了北京的大人物，出面给计生委打了电话。但是乔建斌和王亚珍对结果并不满意，因为赔偿金的事没有落实。他们还在继续上访。

自从节目播出以后，他们接受了不少采访。乔建斌的口才练得越来越好，见到摄影机镜头，眼睛就放光。他有些得意地告诉许妍，那些记者都挺佩服我，觉得这个社会就缺我这种有点轴的人。王亚珍开了个微博，在上面写这些年他们家的遭遇，被几个有名的记者和学者转发了，很多人在下面留言。王亚珍每条留言都会回复，有的谈得来的，还加了QQ。

这些外界的关注使他们一天到晚都很忙碌，暂时缓解了丧女之痛。但是一旦他们回到眼前的生活，意识到乔琳永远不在了，情绪就会再度崩溃。家里的灯坏了，没有人修。冰箱里臭烘烘的，还放着乔琳买的蛋糕和酸奶。桌上的婴儿奶粉敞着盖子，已经结成了疙瘩。一到天黑，蟑螂就变得猖狂，在桌子上到处爬。于是王亚珍又哭起来。乔建斌的情绪比较两极。有时候安静地坐在那里，对着桌上的酒瓶发呆。有时候会暴跳如雷，大骂乔琳没良心，白白把她养到那么大。王亚珍哭完了，就在那台陈旧的电脑前坐下，开始写微博：

"你们不知道我的大女儿有多好，长得漂亮又懂事，性格活泼，所有的人都喜欢她。我难过的时候，她总是安慰我说，妈妈，都会过去的。这个世界上没有过不去的事……"

她写着写着又哭了起来。许妍走过去坐在她的旁边。她转过身，搂住许妍。许妍轻轻拍着她的背，让她安静下来。电脑发出叮当一声，王亚珍从许妍的怀里坐起来，抹了一把眼泪，有人回复我了，她说，连忙握住鼠标点击了两下。

回来的最初两天，许妍住在附近的旅馆里。第三天晚上，乔琳的孩子有点发烧，她留下来照看她，睡在了乔琳的床上。枕巾没有换过，上面还有乔琳没带走的香波的气味。许妍枕着它，想起小时候的愿望，从未被她承认过的愿望，那就是她可以睡在这张床上，不，不是和乔琳一起，而是她自己。这个破烂不堪的家，对她有一种吸引力，她渴望自己能作为一个合法的女儿，住在这幢房子里。在漫长的童年和青春期，她见过不少优秀的女孩，富有的，美丽的，聪明的，可是她一点也不想成为她们。她只想成为乔琳。她想取代她，占有她所拥有的东西。即便那些东西包含痛苦和不幸，也没有关系。因为她觉得那是本来应该属于自己的东西。如果没有乔琳……她无数次这样想。小时候她和乔琳站在河边，一样的太阳照着她们，可是她感觉到乔琳在阳光里，而自己在阴影里。如果没有乔琳……她可以向右挪两步，走到阳光底下。

小时候的愿望是如此真挚和恐怖，被她一直揣在心里，缓缓向外界释放着毒素。很多年后，它实现了。乔琳不在了。现在她睡在乔琳的床上，作为爸妈唯一的女儿。许妍把脸埋在枕巾里，失声痛哭。她可以撤销那个愿望吗，这一切是否会有不同？乔琳会幸福一点吗，而她是不是能长成另外一个人？乔琳不在了，她并不能走到阳光底下。她将永远留在阴影里。

婴儿发出响亮的啼哭。许妍抱起了她。黑暗中，孩子皎洁的脸上没有泪痕，也没有难过的表情，好像先前发出的哭声只是为了把许妍从痛苦里拉上来。她静静地看着许妍。小巧的眼仁里像是蓄满宽广的海水。许妍想对着它忏悔，但更想把所有的祝福都给它的主人。如果她的祝福也像她童年的愿望一样有法力。她希望她能得到自己和乔琳永远无法得到的幸福。

许妍从于一鸣身旁醒来，时间是凌晨三点钟。旅馆的窗户关不严，寒风钻进来。立冬了，北京很冷。许妍约于一鸣吃了晚饭，然后又去喝酒。快结束的时候，乔琳忽然在他们的谈话中消失了。许妍记得于一鸣怔怔地望着自己。随后的记忆一片模糊。许妍不记得自己说了什么，于一鸣说了什么。他们有没有接吻。她好像有点疼，也可能没有，只是她觉得自己应该有点疼。

她把于一鸣叫醒了。他从床上翻下来，抓起地上的衣服。女朋友还在家里等他，喝醉之前他就强调过这一点。他一边穿衣服，一边对许妍说，我知道是因为你刚来北京，有点想家，过些日子就好了。

走到门口，许妍喊住了他，拿起背包伸进手去掏索。他问怎么了。许妍说，乔琳有个东西让我带给你。他站在那里等了一会儿，她还是没有找到。他说，我真得走了，以后再说吧，然后拉开门走了。

那支钢笔一直放在书包的隔层里，许妍前两回见于一鸣总是忘记给。也许是想有个和他再见面的理由。但是现在，她非常想把那支笔给他。她打开灯，把包里的东西倒在地上。

乔琳的孩子特别安静。在度过最初那段离开母亲的日子之后，她很快适应了新生活。每次喝完奶就睡着了，醒来只是轻轻哭几声，然后静静地等着。许妍抱起她来的时候，孩子把头贴在她的胸口，好像在听她的心跳，脸上露出一丝微笑。每次放下她，她都会嘤嘤地发出两声，许妍心里一紧，又把她抱了起来。

外面已经很暖和，她抱着孩子走到太阳底下。槐花开了，地上落了厚厚的一层花瓣，被风吹着，散了又拢到一起。她走到河边，在石阶上坐下，想让孩子睡一会儿。但是孩子不睡，和她一起注视着面前的河。你闻到你妈妈的味道了吗？她问孩子。孩子笑起来。

孩子叫乔洛琪，名字是乔琳取的，但是好像没有人记得她的名字，爸妈都管她叫孩子。乔琳的孩子。他们好像仍把她看作是乔琳的一部分。她的圆眼睛和乔琳很像。有时候望着它们，许妍会有一种想和乔琳说话的渴望。但她不知道该说什么，她想说的乔琳应该都知道。现在乔琳知道世界上所有的事。知道许妍回来了，知道她和孩子在一起，知道她很想念她。

离开的那天清晨，许妍又抱着孩子出去散步。路过火车站，她对孩子说，这里面有火车，呜呜呜，汽笛拉响，然后哐当哐当开走了。

以后等你长大了，坐着它去找我，好不好？孩子没有笑，静静地看着她。她心里一紧，攥住了孩子的手。她无法想象孩子如何在那样一个破败的家里长大。

回到家，许妍把晾在门口的婴儿衣服叠起来，放在柜子里。她看到了那只纸盒，压在柜子最底下，露出一个角。打开盒子，那件白色连衣裙和她记忆里的样子不一样，塔夫绸没有那么硬，荷叶边也没有那么复杂。她给孩子穿上，把她抱到窗口。阳光照在胸前的那些小珍珠上，像雀跃的音符。你知道你很漂亮吗，她小声对孩子说。孩子软软地趴在她的肩上，用脸蛋蹭着她的脖子。

许妍坐在火车上，听到鸣笛声一阵心悸。她合上眼睛，想睡一会儿，但是耳边都是嗡嗡的噪音。她心烦意乱地拧开水，咕咚咕咚喝下去，然后盯着窗外飞快掠过的树和房屋。她一点点安静下来，并且做了个决定。回去以后，她要把所有的事都告诉沈皓明。他早晚有一天会知道的。她想跟他商量，等孩子大一些，把她接到北京住。要是有可能，她想收养她。

司机在车站等她，接她去吃晚饭。沈皓明订了一间日本餐厅。刚谈恋爱的时候，他们来过一回，从榻榻米包间的玻璃窗望出去，能看到小小的日式园林，但是现在天色太晚，覆盖着青苔的石头都变黑了。喝点酒吧，她跟沈皓明说。我正想说呢，沈皓明拿起酒单翻看。

清酒端上来，盛在圆肚子的蓝色玻璃瓶里。她和沈皓明碰了一下杯子。沈皓明问，片子什么时候播？她怔了一下。沈皓明说，这次出差拍的片子。她说，哦，下个月吧，还不知道剪出来什么样。然后她问沈皓明，你妈妈去巴黎了吗？沈皓明说，没呢，下周走，她们非要坐徐叔叔的私人飞机。许妍说，挺好，她们四个可以在飞机上打麻将。沈皓明撇了撇嘴说，无聊透了。

窗外园林的轮廓被夜色吞噬，只剩下灯光照亮的一角，石头发出幽绿的光。许妍喝了一杯酒，抬起头看着沈皓明，说你知道吗，我一直觉得你身上有很多可贵的品质……她笑了笑，说你知道我不擅长表达，可我真的觉得你特别善良，有正义感……沈皓明问，你干吗要说这个呢？她说，而且你对我很包容，我们的家庭情况不同，生活习惯也不一样，我身上肯定有很多地方让你不舒服……沈皓明打断她，别说这种话行吗？许妍又给自己倒了一杯酒，把发烫的脸贴在杯子上，说我十八岁来到北京，谁也不认识。课余时间我当家教，做导购，帮人主持婚礼，赚了钱给自己买衣服，去西餐厅吃饭。我就是想过体面一点的生活，你明白吗？我小时候家里什么都没有，连写字台也没有，要在窗台上写作业……我特别珍惜现在的生活，珍惜你，所以我一直……许妍哭了起来。沈皓明蹙着眉头望着她，她心里一凛，不知道怎么说下去。

服务员送进来甜点。两人默默吃着。沈皓明给她倒了酒，又把自己那杯添满。许妍喝了一口，鼓起勇气说，我表姐，冬天来北京的那个……沈皓明啪的一下把杯子放在桌上。许妍愣住了。他沉了沉肩膀，说我这两天，在方蕾那里过的夜，嗯，他又倒了一杯酒，说我本来想过几天再说，可是你把我说得那么好，让我很惭愧，我没打算瞒你，你知道我最讨厌骗人的。许妍茫然地点点头。她攥住酒壶，想再倒一杯酒，但是始终没有把它拿起来。瓶壁上有很多细小的水滴，像一种痛苦的分泌物。她盯着它轻声问，你们俩的事是刚开始，还是已经结束了？沈皓明不说话，点了一支烟，白雾从他的指缝里升起来。许妍用手臂支撑着从榻榻米上站起来，说我先走了，等你想清楚了，告诉我你打算怎么办吧。

她拉开门向外走，沈皓明追出来，把外套披在她身上，说你又忘了穿大衣。然后他张开双臂拥抱了她。这是最后的告别吗，她一阵心悸，推开他跑到路边，拦下一辆出租车。

回到家，她发觉自己浑身滚烫，好像在发烧，就设了闹钟，吞了两片药躺下来。帮帮我，她在黑暗中说。外面天空发白的时候，她感觉乔琳来了，背坐在床边，扭过头来望着自己。她的目光并没有应许什么，却使许妍平静下来。

闹钟响了很多遍，她挣扎着坐起来，看了看另外半边床，很平整，没有坐过的痕迹。她洗了个澡，烤了两片面包。手机上跳出一条短信。她没有看，走过去拉开窗帘，外面下雨了。她把杏子酱涂在面包上，慢慢吃起来。吃完才拿起手机，点开短信。

沈皓明：我们还是分手吧，对不起。

她喝光杯子里的牛奶，拿起伞出门了。

请假十天，积压了很多工作，她一口气录了三期节目。中场休息的时候，编导进来跟她聊节目改版的事：活泼一点，别死气沉沉的行吗？要是收视率再这么低，节目就得停播了。许妍说，那我就去主持一档新闻节目。编导朗朗地笑起来，《聚焦时刻》那种吗？真没看出你身上还有社会责任感。

许妍换了一套衣服，坐在镜子前补妆。她问化妆师，你觉得我剪个短发怎么样？化妆师说，嗯，挺好。别再留齐刘海了，挡着额头影响运势。许妍笑了笑说，听你的。

回家的路上，许妍拐进一家美发店。从那里走出来，天已经黑了。

夏天的风吹着脖子，很凉爽。她去便利店买了两个面包，然后往家走。路边有一家酒吧，或许是新开的。她朝里面张望了几下，有很温暖的灯光。她推开门走进去。

酒吧很小，只有一个男人趴在角落里的桌子上。她坐上吧台，点了一杯莫吉托。角落里的那个男人走过来，要添一杯威士忌。是对面那个姓汤的邻居。他冲她点了点头，然后回到自己的座位。

店里放着喑哑的电子乐，像是有什么东西发霉了。喝完第三杯，她觉得自己应该醉一次。她从来没有试过，交过的几个男朋友都很爱喝酒，她必须保持清醒，好把他们送回家。有人在敲桌子。她抬起头来。店主面无表情地说，我要关门了，我女朋友在家等我呢。然后他走到角落里，把她的邻居叫醒，站在那里看着他把口袋里的钱摊在桌上，一张张地数着。

许妍坐在姥姥家门口。明天就要动身去北京，箱子已经装好，还有很多小时候的东西要处理。她把那些纸箱拖到外面，坐在门槛上慢慢挑。乔琳朝这边走过来。风很大，吹起她身上的白裙子。她手里举着两个蛋筒冰淇淋，融化的奶浆往下淌。她走过来，坐在许妍的旁边，把香草的那个递给她。

乔琳说，我买了支钢笔，你帮我送给于一鸣。她们默默吃着冰淇淋。一个住在隔壁院子里的小男孩走过来，约莫十来岁的样子，站在那里看着她们。乔琳指着冰淇淋说，下回我给你买一个，好吗？男孩没说话，仍旧站在那里。地上散着从箱子里拿出来的乱七八糟的玩意儿。装风油精的瓶子，雪花膏的铁皮盒子，一块毛边的碎花布……这些不成为玩具的玩具，曾是许妍童年最心爱的东西。乔琳说，雪花膏盒子好像是我给你的。许妍说，我拿纽扣跟你换的。什么纽扣，乔琳问。许妍说，那是我最喜欢的纽扣，你竟然不记得了。她气呼呼地把蛋筒塞进嘴里，起身进屋洗手，忽然听到背后发出叮咣一声响。

隔壁的小男孩从地上那堆东西里拿起一只风筝，转身就跑。乔琳对她说，走，我们把它抢回来！

男孩到了胡同口，转了个弯，朝大马路跑去。她们给一辆车拦住，等过了马路，落下了很远。但她们还在往前跑。乔琳脚踝上的链子发出丁零零的声响。她的长头发在风里散开了。许妍闻到香波的气味，她伸出手，想抓住一缕飘过来的头发。乔琳笑起来，甩了甩头。小男孩消失在马路的尽头，但她们没有停下。头顶上翻卷着乌云。许妍瞥见了那棵郁郁葱葱的丁香树，恍惚发现这一会儿的工夫，把小时候整天走的那些街都走了一遍，如同是快进的电影画面，一帧帧飞过，停不下来。乔琳忽然拉了她一下，伸手指了指天空。在天空的最远端，一只绿色的风筝，正在一点点升起来。

许妍停下来，和乔琳仰头望着天上。那只风筝垂着两条长长的尾巴，像只真正的燕子。它在大风里探了个身，掠过低处的黑云，又向上飞去。

许妍和她的邻居站在酒吧的屋檐下。邻居说，好像又下雨了。她笑着说，有什么关系呢。邻居说，我希望下雨，这样土能好挖一点。许妍晃了晃她的短发，你说什么？邻居说，我的狗死了，我等会儿去埋它。它现在在哪里，许妍哈哈笑起来，你不会把它冻在冰箱里了吧？邻居的脸抽搐了一下，说我真的不想回家，我们能再喝一杯吗？许妍说，好啊，我家里有酒。邻居问，你男朋友呢？许妍说，分手啦。邻居说，遗憾。对了，什么时候能尝尝你做的饭吗，经常在走廊里闻见，特别香。许妍说，也可能是外卖。邻居说，不是，周围所有的外卖我都吃过。许妍问，你没有女朋友吗？邻居说，我喜欢的都不喜欢我。许妍说，你肯定有很多怪癖。邻居想了想，喜欢在浴缸里泡澡的时候吃橙子算吗？

雨下大了，他们跑起来。许妍踩到一个大水洼，雨水溅了一身。她笑起来。来到屋檐底下，邻居抖了抖身上的雨水，转过头来问，对了，你的表姐怎么样了？她的孩子好吗？许妍不笑了，望着他。

他说，有天晚上我下来遛狗，拿着手电乱扫，结果忽然在灌木丛边看到一个女人，躺在那里跟死了似的。我刚想喊保安，她睁开了眼睛，说没事，我只是晕倒了。我想扶她起来，但她说想再躺一会儿。我也不好意思丢下她，就坐在旁边，陪她聊了一会儿天。许妍问，她都说什么了？邻居说，忘了……哦对，她说，我肚子里的小家伙好像很喜欢北京，不想离开这儿，我就跟他说，你很快会回来的，你以后会在这里长大的……嗯，你表姐还说，让我到时候别忘了带我的狗和她玩……

许妍哭起来。乔琳从未说过要把孩子托付给她。然而她却知道孩子会来北京的，大概是笃信自己和许妍之间的感情，并且因为她了解许妍是什么样的人，也许比许妍自己更了解那颗在掩饰和伪装中裹缠了太多层，连自己都无法看清的心。

许妍看向天空，好让眼泪慢点掉下来。她点点头说，孩子很快会来的，跟你的狗一起玩……

邻居说，狗死了啊，我今晚要去埋它……

许妍喃喃地说，你不知道那孩子有多乖，一点都不吵，你一逗她，她就咯咯笑个不停，是个女孩，很漂亮，眼睛圆圆的，穿着白裙子，像个小公主……

邻居说，哦，那我再养一条狗吧……

雨声淹没了他的话。许妍站在楼檐底下，静静听着外面的雨。她不知道能否照顾好孩子，以后会不会为了前途想要抛弃她。她对自己完全没有把握。可是此刻，她能感觉到手心里的那股热量。有些改变正在她的身上发生，她的耐心比过去多了不少。也许，她想，现在她有机会做另外一个人了。

原载《收获》2017 年第 2 期
2017 汪曾祺华语小说奖

大乔小乔

新中国
70
年优秀文学作品文库

中篇小说卷

鲜花岭上鲜花开

徐贵祥

一

就像许多成功人士一样，毕伽索也遇到了那个绕不过去的问题，挣那么多钱干什么？随着财富和年龄的增长，这个问题越来越是个问题。

毕伽索的事业是从打工子弟小学开始的，然后中学，后来又办了几所职业大学，再回过头来办幼儿园，形成了一个规模较大的民营教育体系。从报表上看到不断刷新的数字，毕伽索突然觉得哪里不对劲。是啊，挣那么多钱干什么？缺钱的时候这不是个问题，钱多了这就是个问题。大约从去年秋天开始，一个念头越来越清晰，他想把钱花出去一部分，为故乡干街做点儿事情。

毕伽索把这个想法对妻子说了，唐多丽以她惯有的思维方式对毕伽索说了三点看法：第一，有钱就烧包，那是诗人。作为一个企业家，理性永远是成功的前提。第二，在家乡做生意，赚了是为富不仁，赔了是搬起石头砸自己的脚。

毕伽索对妻子的观点向来嗤之以鼻，但是他又不得不和她商量。和她商量只是一个程序，并不指望她支持。回答唐多丽的反对，他最经常的一句话就是，不要和成功者唱对台戏，成功者是不应该受到指责的。

但是唐多丽还有第三，这是在毕伽索彻底忽视她的意见之后被迫说出来的——第三，不要以为你有钱了，你就是人物了，其实在干街人的眼里，你永远是一个逃兵的儿子。

唐多丽讲这话是在她动身去美国的头天晚上，这番近乎人身攻击的话语在毕伽索的心头狠狠地插了一刀。要不是她即将背井离乡去给女儿陪读，毕伽索真想给她两耳光。他忍住了。毕伽索说，老子就是要在干街烧一把钱，要让干街人仰起脑袋看看那个逃兵的儿子。

这个夜晚，毕伽索辗转反侧，唐多丽的话对他刺激很大。这么多年来，他毕伽索可以不在乎很多事情，但是干街他不能不在乎。在毕伽索的意识里，即使他混得再体面，如果得不到干街的认可，那种体面就要大打折扣。何况，干街还有个韦梦为呢。

诚然，干街的历史并不是从韦梦为开始的，但是，只要提起干街的历史，就不能不说起韦梦为。从毕伽索记事起，韦梦为这个名字就像星星一样悬挂在他的脑海里。韦家三少爷、中学校长、红军师长、文学翻译家、北上抗日支队司令，这些互不关联的头衔莫名其妙地集中在同一个人的身上，曾经给少年毕伽索带来了无穷的想象。小时候他听大人说，过去的韦家三少，穿西装、喝咖啡都要用外国货，韦家良田遍布三省五县，上海、北平、安庆都有韦家的商号钱庄，号称马行千里不吃别人家的草，人走万里不住别人家的店。民国十六年（1927年），韦家遭遇了一场奇特的变故，刚从俄国留学回来的韦梦为被当地的农民绑架，韦家斥资千金赎票，从此之后家业逐年败落。后来才知道，策划绑架韦梦为的，正是韦梦为本人，他把他们家的钱财都倒腾出去买枪了，拉起了一支队伍开进了西边的山区，那支队伍后来成为声名显赫的红军模范师。模范师师长韦梦为，跟士兵一样穿草鞋吃住草棚，数次抵御了国民党军和军阀的围剿，并且在根据地建立了苏维埃政权和英特纳尔大学城。直到全面抗战爆发前夕，韦梦为的部队北上途中被国民党军伏击，韦梦为本人在激战中牺牲。

在干街，韦梦为的故事流传很广，他作词作曲的一首歌，毕伽索很早就会唱——鲜花岭上鲜花开，花开时节红军来，红军来了为平等，平等世界人是人……会唱这首歌的时候，毕伽索还不大清楚歌的含义，他的问题有两个：一个是"平等世界"是什么，为什么那么重要？第二个是，韦梦为那么大的家业，他为什么要去吃那份苦受那份罪？直到考进师范后，毕伽索读到一本俄国小说《苦难英雄》，他才好像明白了，原来韦梦为要当英雄，韦梦为和韦梦为们，要救天下。那本书的译者，正是韦梦为。这个发现让毕伽索激动得泪花闪烁，那天他甚至把自己想象成了韦梦为，他也要救天下。

当然，很快他就发现，他当不了韦梦为，因为他那时候别说穿西装喝咖啡，这两样东西他连见都没有见过。再往上讲，他的爷爷是韦氏庄园的挑水工，而他的父亲毕启发，在参加新四军之前，也是韦家的挑水工，尽管那时候的韦氏庄园已经败落了十之八九，也仍然是干街的标志性家族。

几十年过去了，毕伽索凭借独特的眼光和智慧，终于成就了一番事业，财富总量甚至超过了当时的韦氏庄园。但是，他还是没有办法跟韦梦为相比，韦梦为的事业天大地大，而他的事业再大，也不过是一个民营企业。他之所以把他的企业注册为梦为集团，感情是非常复杂的。

农历二月上旬，妻弟唐斌在电话里给他讲了一个笑话，前不久退休干部乔大桥回到干街，发了一通牢骚，说街道不能建在公路两边，电线不能架在房顶上，还说希望部分恢复干街过去的光景，在十字街搞一个唐宋村，健全空巢老人和留守儿童的教育和服务设施。副县长韦子玉还为这件事情到干街，要走了唐宋时期的干街图。

乔大桥，毕伽索认识，老县委书记乔如风的儿子，当过军分区司令，过去一直是干街人羡慕的对象，如今也解甲归田了。毕伽索突然在电话里哈哈大笑，对唐斌说，啊，那个乔大桥，站着说话不腰疼啊，你要是见到他，给我带个好，问他愿不愿意到梦为集团工作，给我当工会主席。唐斌似乎吃了一惊，什么？姐夫你说什么？让乔大桥给你打工？毕伽索说，如果他愿意来，我给他开的报酬是他工资的十倍。唐斌说，姐夫你开玩笑，乔大桥，乔司令啊，给你民营企业打工，这不可能。毕伽索说，一切皆有可能，有钱能使鬼推磨，有钱也能让磨推鬼。

当然，这话只是说说，说说就过去了，唐斌没有当真，毕伽索自己也没有当真。

就在跟妻弟通话不久，毕伽索又接到干街小老弟韦子玉的电话，说他近日要到深海市拜访自己。

韦子玉是受县政府委派，专程到深海招商引资的。县里决定在干街兴建文化街，需要钱。韦子玉首站拜访毕伽索，足见毕伽索在干街商人中的地位。老乡见老乡，两眼泪汪汪，那几天，说不完的乡情喝不完的酒，行则同车，卧则邻榻。有一回，两个人醉了之后，又带上一瓶酒到房间喝醒酒，果然越喝越清醒。毕伽索说，我总觉得，咱们的干街就是一座城市，在历史上曾经很风光的。

韦子玉醉眼蒙眬，扯过自己的皮包，找出一张复制的图纸，在毕伽索面前摇晃，老大哥你看，这就是干街的过去，宋朝年间，设州治，文峰州。

毕伽索接过图纸，仔细端详，隐隐约约可见天穿一座尖塔刺破晨曦，一条大河由远及近，河面帆影点点，岸边楼宇鳞次栉比错落有致。近处是一个阔大的庭院，花木葳蕤，绿荫深处，掩映灰楼一角。

看清楚了吧，这就是传说中的韦家大院。韦子玉斜着眼睛，在酒的氤氲中睨视毕伽索。

韦子玉是韦梦为的侄孙,韦氏庄园的传人,毕伽索感觉这个小老弟今天跟他讲干街的历史,隐隐流露出一丝优越感。毕伽索不悦地说,就是说,这就是你们家的老宅。那我们家呢,在哪里?

喏,这里。韦子玉伸出一个指头,戳在照片的一角,这里,你们毕家,在"干"字下面一横的左下边,二十世纪六七十年代,这里叫工农兵成衣店。

毕伽索怔怔地看着韦子玉,酒醒了大半。他回忆起来了,十字街东南角,是成衣店,他的残了一条腿的父亲毕启发是这个成衣店唯一的男性,夹杂在六七个中老年妇女中间,尽管有个技术员的头衔,实际上就是量尺寸剪布。小学四年级那年,有一回放学从成衣店门口过,韦子玉的二哥韦二毛喊了一声,看,毕得宝的爹——那当口,毕伽索的名字还叫毕得宝——毕得宝看见他爹肩膀上搭着一溜蓝布,弯腰哈背正在一个妇女的身上上下丈量,然后一高一低地走到案子前面,拿粉笔在布上左画一道右画一道,那副模样,简直就是一个小丑。毕得宝不知道哪里来的火气,冲上去揪住韦二毛,两个人打得不可开交。韦二毛一边挣扎一边大喊,我又没说你什么,你怎么打人啊!毕得宝一言不发,只是揪住韦二毛不松手,后来还是毕裁缝听到动静,颠着鸡步奔出来,把毕得宝拉开,照他脸上就是一顿老拳,这才把风波平息下来。

多少年打拼在外,什么都有了,但在毕伽索的骨子里,总感觉还缺什么,毕裁缝的名号,是毕家投在他身上的第二道阴影。

如今韦子玉提到工农兵成衣店,让他心里很腻味。毕伽索说,你什么意思?你是提醒我,你们家书香门第,毕家血统低贱是不是?

韦子玉哈哈大笑说,大哥,你想多了,我只是回忆你们家的位置。

毕伽索冷冷地说,我们家住在西头,不住成衣店。

韦子玉说,那是我无知了,我原来以为你们家就是成衣店,成衣店就是你们家。

毕伽索不吭气。韦子玉明白了,讲干街的历史可以,讲干街人的身份地位,对毕伽索来说是个敏感话题。

韦子玉坐起来说,这些年我在县里工作,同政协文史办的人打交道,把干街的历史搞得差不多。原来我们干街,有五大家族,韦、戈、乔、毕、洪,你们毕家排在第四,退回一百五十年前,干街毕家也是方圆百里的望族。

毕伽索吃了一惊,问韦子玉,你说的是真的?

韦子玉揉着眼睛说,早点儿睡吧。

那天夜晚,他没有再问下去,在酒精的作用下,两个人"前仆后继"地进入梦乡，扯着很响的呼噜，嘴角挂着向往的傻笑，很幸福地度过了一个美好的夜晚。

第三天下午，毕伽索安排韦子玉参观他的梦为集团，然后在自己的办公室喝茶。韦子玉感到时机已经成熟了，但是他没有提乔司令回干街的事，也没有说唐宋村的事，只是把县里关于在老街兴建文化街的意向和盘托出，说完之后，就等着毕伽索拍手叫好，慷慨解囊。可是他从毕伽索的脸上没有看出惊喜，而是看到了一种奇怪的表情。毕伽索说，你们搞这些东西有什么意思？

韦子玉说，建设啊，乡村文化建设啊！

毕伽索略微思考了一下，意味深长地说，哦，乡村文化建设，名目很好，可以考虑赞助，十万八万的没问题。

韦子玉怔了一下，冲口说道，毕总，就连乔司令那样拿工资的退休干部，都拿出十八万给老街买变压器，你这么大个老板，只拿十万八万的，说得过去吗？

毕伽索说，你们那个文化街，其实就是个面子工程，没有什么实际意义，我不能把钱扔到水里，老弟你说是不是？

韦子玉说，怎么叫面子工程呢？它有文化价值，也是长远价值。再说，就从眼前看，文化街一建成，就会带动老街的综合发展，改变乡亲们的生活状态。你知道那里还有多少空巢老人和留守儿童吗？

毕伽索说，改善群众生活是你们政府的事，我要是把这个事做了，不是夺你们的饭碗吗？

韦子玉这才发现自己过于天真了，太不了解毕伽索了，他说，毕总你这样说我很难受，社会转型时期，问题太多，政府也不是万能的，有些事情，我们确实需要借助社会力量。

毕伽索一声冷笑，提高嗓门说，借助社会力量？乔大桥回去讲几句大话，你们就当真了。说好听一点儿是书呆子，说白了就是拿个鸡毛当令箭。他乔大桥算什么？他有什么资格对干街指手画脚？

韦子玉没想到毕伽索会发那么大的火，意识到这件事情很复杂。他曾听说，毕伽索因为父辈的原因，与乔司令有些芥蒂，看来不是空穴来风。韦子玉解释说，兴建文化街，不是乔司令的主意，而是县里的规划。乔司令只是说，街道不应该建在马路两边，街道要像街道的样子。

毕伽索从鼻孔里哼出一声，为什么街道不能建在马路两边？

难道建在深山老林就能提高生活质量了？

韦子玉基本上绝望了，怀着最后的希望说，那，我们的文化街，毕总到底支持不支持？毕伽索说，我为什么要支持？我支持了，我能得到什么？

韦子玉盯着毕伽索，克制地问，毕总，你想得到什么？

毕伽索哈哈一笑说，如果你们能把我爹的像挂在文化街上，我可以拿出一个亿来。

韦子玉终于忍无可忍了，提高嗓门说，毕总，我尊重你，但是我也提醒你，文化街是爱国主义教育基地，是文明发展的象征，别说你拿一个亿，你就是拿出一百个亿，我也没有办法把令尊的像挂在文化街上。

毕伽索说，那不就得了嘛，我怎么会拿钱给别人捧臭脚呢？

老弟，恕我直言，这件事情我不能帮忙。不过，我答应给老街赞助十万元，说话算数，明天我就让财务转账。

韦子玉没有吭气。

毕伽索顿了顿又说，这笔钱，你们得用到正处，可不能让它打水漂了……

毕伽索话还没有说完，韦子玉已经站了起来，冷冷地看着毕伽索说，毕总，你那十万元钱给叫花子吧。毕总，请你记住，你也曾经是个穷人。

毕伽索也站了起来，想拦住韦子玉，老弟，你听我说完，我有我的难处……

韦子玉淡淡一笑说，那还说什么呢？没有你的钱，干街照样能过上好日子。

韦子玉说完，扬长而去。

二

直到韦子玉的脚步声消失在楼道里，毕伽索才反应过来，赶紧派人去追。追是追上了，但是韦子玉坚决不回来，挡也挡不住，不由分说地上了出租车。到了晚上八点钟，还是没有找到韦子玉，毕伽索估计，他已经上飞机了。

毕伽索琢磨韦子玉传递的信息，那个文化街，主体工程是名人墙。也就是说，政府更关注的是对红色资源的开发和利用。干街确实是个特殊的集镇，除了韦梦为，在二十世纪抗战时期又出了一个洪文辉，当时是梦为中学的校长，就地拉起了一支队伍，带到新四军，洪文辉担任这个团的团长，二十年后他官至淮上省省长。再往下，就数到于诚志了，于诚志抗战时期是洪文辉手下的连长，是西华山战役赫赫有名的英雄。当然，有了这几个人，又带出一批人，所以说，在干街，最不缺的就是名人，大大小小十几个，就连毕伽索的爹也是，尽管是反面的。

抽了两根烟后，毕伽索给他的中学同学、在淮上做文化生意的戈德福打了电话，让戈德福打探干街文化街的进一步情况。

没过多久，戈德福的电话就回了过来，他告诉毕伽索，这次修建干街文化街，不仅县里和市里高度重视，连省里也很重视，副省长何敏亲自勘察了地形，确定文化街的位置，在韦氏庄园旧址。据说这是整个淮上地区红色旅游战略格局的一部分。

毕伽索这才真正地后悔起来，他觉得今天下午同韦子玉的争论，确实因小失大。为什么他会那么反感呢？原因有两个：一个是家乡建文化街，可能会把一些尘封的往事抖搂出来，这是他极其不愿意看到的。第二就是因为乔大桥。当年他爹毕启发和乔大桥的爹乔如风同时跟随洪文辉参加新四军，在茅坪战斗中还相互配合打死一个鬼子，两个人一道当了排长。可是后来，在西华山战役中，他爹一念之差，当了逃兵，而乔如风则在战斗中，带领最后的三名战士诱敌深入，完成了阵地阻击任务。这以后，两个人的命运天壤之别。二十世纪六七十年代，乔如风是皋唐县的县委书记，而毕启发则终生蒙耻，在干街当个小裁缝，最后连话都不会说了。毕伽索记得，小时候乔大桥从县城回到干街爷爷奶奶家度暑假，穿着海魂衫，让他羡慕极了。那时候他不止一次想过，为什么逃跑的不是乔大桥的爹，或者说，为什么他的爹不是乔如风而是毕启发。

天色渐渐暗了下来，从三十六层楼看出去，身下波光粼粼地闪烁着霓虹灯，这让毕伽索没来由地生出一阵伤感。唐多丽到美国陪女儿去了，这段时间毕伽索享受未婚待遇。直到楼道清洁工从门外闪过，他才想起晚上还没有吃饭。按了一下电铃，那边很快出现亓元的声音，毕总，我在。

他怔了一下，我在？不知道为什么，最近一个时期，这个听了七年的声音常常让他感到陌生。这个像谜一样的女人，居然在他身边坚持了七年。七年啊，窗外的马路变窄了，树木变高了，云彩变少了，可是她还像当初进门那样，不言不语，悄无声息，除了二十五岁变成三十二岁，她简直就没有怎么变化，甚至连男朋友也没有，没有听说过她在感情方面的任何信息。她近乎吝啬地经营着她的美貌，而又近乎挥霍地使用她的才智，她用她的才智保护了她的美貌。她在干什么？难道她想把自己修炼成一个圣女？

三

毕伽索第一次见到亓元，是接受电视采访。当时她即将新闻系硕士毕业，在电视台实习。在断续的访谈中，毕伽索先后四次注意到一个身材高挑的女孩，并看清了她胸牌上的"亓元"两个字。女孩形象端庄，眼睛里始终闪烁一丝平静的微笑，略黑的脸庞泛着健康的光泽，透着自信，看着舒服。离开电视台之前，跟送行的人打过招呼后，毕伽索向跟在后面的亓元大大咧咧地打了个招呼，丫头，你过来。亓元便微笑着向前走了两步。

你这个姓怎么念？

亓，和整齐的齐同音。

几天之后，毕伽索安排副总董华民去电视台找亓元，要聘她到集团工作，暂定担任行政处副处长，年薪三十万起步。董华民当时愕然地问，什么情况都不清楚，就当副处长，还年薪三十万？毕伽索说，要那么清楚干什么？我只关心这个人能不能用。

董华民便不再多嘴，到电视台一谈，没想到亓元并不领情，说，不去，我只想当一个记者。

董华民碰了壁，回来跟毕伽索说了，毕伽索比董华民还要吃惊，瞪着眼睛说，啊，这个世道，还有这么清高的女孩啊，再把工作做深入一点儿，查查她的背景。

不久董华民就向毕伽索报告说，查清楚了，上海人，父亲是考古学家，母亲是中学音乐教师。

毕伽索说，我有点儿明白了，一家书呆子。

董华民第二次约见亓元，亓元一口回绝，只是在电话里说了几句。董华民对亓元说，我们老总看中你了，你开个价，什么条件都可以。

亓元回答，只有一个条件，不去。

董华民说，你先不要挂机，听我把话说完。我知道你担心什么，可我们老总不是那样的人，我们老总真的是怜香惜玉，不，我们老总他是爱才如命……董华民有些语无伦次了，这样的女孩，他还是第一次遇见。

电话那头十分难得地传来轻微的笑声，你们老总根本不了解我，他怎么知道我有才？

董华民说，我们老总他是个天才，他有第三只眼，他的直觉是非常厉害的。你想想，他从一个普通教师，赤手空拳到深海打天下，把学校办得大中小都有，全国各地都有，他不是天才行吗？

电话那头传来含意不明的笑声，也许是讥讽吧。

然后，董华民就把毕伽索的原则、毕伽索的信条、毕伽索艰苦创业的历程，等等，说了足足十分钟。最后说，小亓，你不要马上回答我，你再考虑考虑，三天之后，不，十天之后再回话也行。

电话那头说，现在就回话，不去。

董华民后来向毕伽索大诉其苦，说这回真的见到鬼了，油盐不进，刀枪不入。

毕伽索听了，半天没吭气，抽了一支烟后对董华民说，你说得对，算了。

那个夏天，正是集团大发展的时期，连续在中原两个市开辟了局面，一次性上马七个项目，毕伽索频繁奔波于深海和中原，忙得不可开交，这件事情也就不了了之了。

就在毕伽索决定忘掉亓元的时候，太阳从西边出来了，亓元突然现身，找到董华民说，可以受聘。

毕伽索在他的办公室里听董华民汇报事情的前因后果，盯着窗外的太阳看了大约半分钟，然后问，好马不吃回头草，她为什么改主意了？董华民说，原因不详。毕伽索抖着亓元的求职简历，一挥手说，拒绝，请她另谋高就。

董华民的嘴巴张了张，半天没合拢。拒绝？这是何苦，众里寻他千百度，那人却在……送上门来的，何必……这也太小家子气了吧？

毕伽索一拍桌子说，她以为她是谁？她以为我这是饭店啊？想来就来，想不来就不来。老子……毕伽索正说着，突然闭嘴，他看见亓元就站在门外。还是一身蓝紫色的连衣裙，眉目间已经少了许多冷漠，尽管低眉顺眼，却又不卑不亢。

毕伽索久久地打量着亓元，感觉这个女孩像她的名字一样生僻，周身似乎萦绕着一个神秘的气场，吸引你的目光，又把你的目光挡在咫尺之外。毕伽索不由自主地换了一副腔调说，好啊，承蒙亓小姐看得起，本集团欢迎。我的条件不变，说说你的条件。

亓元说，我只是来找工作，有饭吃就行了，没有条件。

亓元仍然没有接受行政处副处长的职务，也没有接受年薪三十万的待遇。亓元说，我一天班没上，就当副处长，拿那么高的年薪，不合适。

毕伽索说，好，那就从头做起吧。

那一年，亓元二十五岁。这个谜一样的女孩从行政处秘书干起，不动声色地张罗了很多事情，每个月都要给毕伽索提交一份集团内情报告，还要提交一份创新建议。

几年以后，在一次电视访谈中，毕伽索侃侃而谈，访谈结束后他才意识到，亓元到集团之后，实际上暗暗做了一件很大的事，就是改变了毕伽索的形象。每当遇到棘手的事情，毕伽索准备大发雷霆的时候，只要她在场，毕伽索挥舞在空中的手臂就会不自觉地换成一道弧线，骂人的话就会变成"不着急"或者"再商量"。她就像一面镜子一样让毕伽索不断地调整着自己的风度。毕伽索有一次对亓元说，跟你在一起，我发现我越来越像一个好人了。

这七年中间，亓元和毕伽索始终保持着严格意义上的雇佣关系。两千五百多天里，他们至少有一万次面对面。她陪同他出席各种会议、聚会和谈判活动，她始终是一个得体的助手，微笑经常挂在脸上，再也不像七年前那样青涩了，说话委婉了许多。有一天亓元亲自上阵，在电视台做了一个"民营教育的难度与高度"的演讲，历数中外历史民营教育的成功范例，对于当下民营教育的种种障碍和本集团的战略以及前景展望，做了条分缕析的说明。在屏幕上的亓元同平常的亓元判若两人，落落大方侃侃而谈，形象气质远在节目主持人之上。加上她本来就是新闻专业的硕士，在集团工作期间，又读了在职博士，学问滋养自信，自信滋养容颜，益发显得成熟和清高。毕伽索有时候甚至觉得，是亓元的存在，提高了梦为集团和他本人的价值。

她是怎样变化的，为什么变化，谁也说不清楚。或者可以用毕伽索的话来解释，时间可以改变一切。

四

十分钟后，亓元便出现在门口，工装已经换成蓝紫色的连衣裙，亭亭玉立，却又平静得像个蜡像。

毕伽索说，能陪我吃饭吗？

亓元迟疑了半秒钟，平静地说，可以，但我这段时间不能喝酒，我陪你吃西餐。

毕伽索不高兴地说，谁说你这段时间不能喝酒？

亓元说，医生，否则我脸上会长痘的。

毕伽索大手一挥说，嗨，听医生的话得吓死，你看我爹，吃大鱼大肉，喝了一辈子酒，活到八十多岁。

亓元还是站着不动。

毕伽索不耐烦了，怎么，长痘就这么重要，你有男朋友了吧？

亓元说，我们有言在先，不过问个人隐私。

毕伽索顿时觉得无趣，生硬地说，算了，我不要你陪了。又想了想，拉开抽屉，取出一摞资料，扔到老板台的对面，这是我老家一个招商引资项目，你帮我研究一下。

亓元迟疑了一下，接过资料，看着毕伽索说，我还是陪毕总吃饭吧，喝一杯也行。

毕伽索本想说算了，看看亓元的眼睛，很平静，便阴阳怪气地说，那好，谢谢你啊。

毕伽索下楼，亓元已经从地库里把车开上来了。

这天晚上，或许是受到韦子玉和乔大桥的刺激，毕伽索的情绪大起大落，一杯接着一杯喝酒。他还没有拿准该用什么态度对付家乡的招商引资，但是，一个现实的项目却越来越迫切地燃烧着他。

饭后叫了代驾。毕伽索坚持让亓元和他一起坐在后座上，亓元没有拒绝。毕伽索的心中壮怀激烈。

毕伽索对司机说去碧水山庄的时候，亓元只是异样地看了他一眼，但是没有反对。在驶向碧水山庄的途中，他把脑袋靠在她的肩膀上，然后手从坐垫上面向她接近。她还是没有做出激烈的反应，只是略微欠了欠身体。他把这个微小的动作理解为一种姿态，这个姿态甚至让他感觉到鼓励，他闭上眼睛，想象着即将到来的幸福时光……

就在快到高速出口的时候，亓元悄悄地把毕伽索的手向外推了推，低声说，毕总，你今天喝了不少酒，碧水山庄有人照顾你吗？

毕伽索差点儿就说出来，不是有你嘛，但是话没有出口，又咽下去了，他担心亓元会说出让他难堪的话来，毕竟还有代驾坐在前面。他控制了一下情绪说，我没喝多。

亓元说，碧水山庄没有人，要不，我叫小陈过来，也好照应一下，万一夜里要喝水。

毕伽索明白了，庆幸自己没有唐突，口气很冲地说，没事，不用你管。

车子依旧按照原来的路线，但是毕伽索的计划已不是原先的计划。进了碧水山庄门口，亓元下车把毕伽索送上台阶，才反身上车，向毕伽索挥挥手，抛出一个意味深长的微笑，车子拐了一个弯，驶出碧水山庄。

毕伽索没有马上开门，像个傻子一样站在台阶上，看着渐行渐远的小车屁股，一股悲凉油然而生。亓元再一次拒绝了他，好在不算太难堪，没有怎么扫他的面子。

五

第二天上班，亓元到毕伽索办公室送文件，毕伽索为了掩饰尴尬，故意瞪着眼睛看着她，看她的步态，看她的表情。她的脸上居然看不出一点儿痕迹，把文件夹放在他写字台上说，毕总，下周三省政协有个调研会，内容是少数民族地区发展教育意见建议，点名请您参加。

你去，这方面的情况你比我熟。毕伽索不容置疑地说。

对不起，我可能参加不成了，这是我的辞职申请。

亓元说完，从文件夹里拿出辞职报告，放在毕伽索的面前。

毕伽索嘴巴张了半天才合上，一声冷笑说，辞职？为什么？我又没有强迫你。

亓元不说话。

毕伽索愤怒地喊了一声，我不会批准的！

亓元说，批准不批准是您的事，走不走是我的事。我并没有同集团签订卖身契约，这次我真的要走了。

毕伽索冷冷地看着亓元，亓元仍然一脸平静的微笑。毕伽索冲动地说，亓元，你到底想干什么？

我只是想按照我自己的意志生活。

亓元，你摸着良心想想，自从你到集团，亏待过你吗？

为什么要亏待我？我尽职尽责，从来没有给集团添乱。

可是，你对我呢？你把我当作一个老总吗？你表面上毕恭毕敬，关怀体贴，可是你的心呢？我明白了，在心里，你把我当作暴发户，你认为我小人得志，你认为我为富不仁，你认为我浅薄、嚣张、膨胀，你在跟我演戏，你在观察我、取笑我，你看不起我！

亓元的微笑收敛了，毕总，你真的这么认为？

毕伽索直视亓元，难道不是吗？

亓元沉默了片刻说，是有那么一点点儿，我们彼此都有让人看不起的地方。但是，公正地说，和众多的成功人士相比，你的人品还不算太差。

毕伽索在暗中攥紧了拳头，啊，仅仅是人品不算太差，你就这么看我？

你知道，我的原则是，能不说假话，尽量不说假话。我在您面前，尽量说真话。

那我问你，亓元，你爱我吗？

什么？毕总你说什么？

我是说，你爱我吗？或者说，你爱过我吗？

亓元突然变脸，久久地凝视毕伽索，毕总，我们之间，有谈论这个话题的理由吗？

毕伽索说，当然有！你为什么到集团来，我为什么要把你放到这么重要的岗位，你应该心知肚明。

亓元的脸由白变红，嘴唇哆嗦着，控制着语速说，毕总，您想错了，我到集团工作，集团给我很高的地位和待遇，这是我的能力和努力的报偿，这同爱情没有关系。我知道，在当今社会，一个集团老总和他的员工暧昧，甚至发生爱情，是再普遍不过的事情。可是，毕总您也要明白，即使一万个女秘书都和老板上床，但是还有万一，总会有一个人不会。请您不要轻易使用"爱情"这个字眼。

在毕伽索的记忆中，除了会议和访谈，亓元和他单独在一起，说这么多话，是第一次。他觉得他对亓元的了解实在是太浅薄了，实在是太想当然了。这时候他意识到一个危险正像一根针落进大海一样不可挽回。他表面平静，冷汗却无声无息地从发根和脖子上流了下来，衬衣的后背很快就贴在身上。

亓元，毕伽索突然哀婉地喊了一声，亓元，也许我想错了，也许一开始就错了，可是什么还没有开始，让我们重新开始好吗？如果你愿意，我们可以成为真正意义的朋友。你说呢？

亓元站着没动，肩膀轻微地晃了一下，好像有点儿动摇，最终还是笑笑说，不，毕总，请珍惜我们彼此的自尊，这对于你我都很重要。

毕伽索无语了，久久地看着亓元。亓元把脸稍微侧向一边。宽大的落地窗外面，城市的楼群触摸着蓝天。那正是初夏，淡淡的云絮在远处缓缓行走。毕伽索突然挺直了身体，站起来抓过亓元的辞职报告，颤抖地写上了"同意"两个字和自己的名字。

亓元提醒他说，日期。

毕伽索咬紧牙关，写下了日期。在将辞职报告还给亓元的时候，他又缩回手，打开支票夹，快速地签署了一张一百万元人民币的支票，递给亓元，泪花闪烁地说，这，这是集团对你的报答。

亓元接过支票，看了看，又把支票轻轻地放在老板台上，然后转身走了。最初的几步很慢，快到门口的时候，步伐轻盈起来，蓝紫色的连衣裙摆旋动着像一面旗帜，在毕伽索的眼前弥漫成一片紫色的氤氲。

毕伽索卸下千斤重担一般颓然缩回到老板椅里，微微闭上了眼睛。就在这时候，他听见一个奇异的声音，隐隐约约却又实实在在，天哪，那是口哨声，是亓元。亓元的口哨是一段似曾相识的旋律，那声音在毕伽索的办公室里、在楼道里、在毕伽索的心里，经久不息，挥之不去。

六

这个夏天，对于毕伽索来说，是漫长的。他发现他老了，多愁善感了。亓元离开了半个月，他基本上没有做出大的决策。他经常不自觉地站在落地窗前，眺望远处鳞次栉比的高楼大厦，思想无限辽阔。他不知道亓元是否已经离开了这座城市，或许亓元并没有走远，也许就在附近的某一个地方。可是，她是为了什么？毕伽索后悔得要死，他不缺女人，为什么还要一再进攻亓元？这个女人，她是女人吗？不，她简直就是一块砸不烂啃不动的硬骨头。都什么年代了，还有这样不食人间烟火的女人，简直荒唐。

在梦为教育集团，最初同干街发生联系的，的确是亓元。去年接待老家的县委书记弓珲，调研论证马岩湖投资方案，都是亓元参与策划的。在这件事情上，亓元充当了毕伽索的私人秘书。

但是，毕伽索此刻想起亓元，还不仅仅因为这些。

前年年底，毕伽索专门腾出碧水山庄别墅，把父母接到南方过春节。别墅建在近郊，三层小楼，配有厨师两名、保姆两名，每天派专车从本市最大的超市采购新鲜食材和水果。毕伽索还买来两吨茅台酒，当着很多人的面告诉父亲，从此以后，茅台管够，爱怎么喝就怎么喝。这一次，他要补偿对父亲的所有愧疚，要让这个一辈子抬不起头的老裁缝安享晚年。

不可思议的事情发生了，毕启发和他的老伴于兰花在碧水山庄只住了一个晚上，第二天母亲就给儿子打电话，说老爷子犯病了，嚷嚷要回干街。

毕伽索吓了一跳，匆匆赶到，问了半天才明白，老爹在碧水山庄住不下去，原因很简单，用不惯抽水马桶。毕伽索说，这个好办，马上调工程队来，在院子里造一个简易旱厕，限令十二个小时完工。旱厕造好之后，老两口住了两天，母亲又打电话嚷嚷要走，毕伽索问到底是什么原因，母亲说老爷子又犯病了。这次毕伽索带来了亓元。到了碧水山庄，看见老爷子坐在别墅门外的台阶上，嘴里嘟嘟嚷嚷说，鬼子来了，鬼子来了。毕伽索跟母亲聊了一会儿，亓元就明白了，原来老人嫌这里人少，看不见人。

亓元出主意说，淮上会馆人多，而且能听到家乡的口音，住在那里也许老人适应一些。

毕伽索想想，这确实是个好主意，就在淮上会馆旁边租了一套大房子，把老人接过去，情况果然有所好转。

那段时间，按照毕伽索的安排，亓元经常到淮上会馆看望二老，虽然她对毕启发犯病的时候就说"鬼子来了"有点儿好奇，但是并不打听。倒是毕伽索，有一次不高兴地问亓元，你对我父母的事情不感兴趣吗？亓元说，作为一名员工，我没有必要对老总的家事感兴趣。毕伽索说，可是我爹，他犯病的时候老是说"鬼子来了"，你不觉得奇怪？亓元说，是有点儿奇怪，我猜测老人是个抗战老兵。

毕伽索听了这话，愣了好一阵子，问亓元，你真的认为我爹是抗战老兵？

亓元说，要么就是在战争年代受过刺激，可能同抗日有关。

亓元这么一说，毕伽索又是半天没说话。

又过了一些日子，毕伽索对亓元说，你说对了，我爹是个抗战老兵。一九四四年夏天参加茅坪战斗，我爹打死过一个日本鬼子，被提升为排长。一九四五年春天西华山战役前夕，我爹奉命率领一个班征粮，因迷路同主力部队走散，途中被不明炮火袭击，我爹身负重伤，经国军医院抢救，然后就返回干街了。在我爹的档案里，结论是，战前离队。也就是说，组织上认为我爹是个逃兵。

亓元说，毕总告诉我这些情况，需要我做什么吗？

毕伽索说，几十年了，我们毕家都被这件事情压得抬不起头来。我爹他毕竟打过鬼子，立过战功，可就是因为没有参加西华山战斗，就成了逃兵，他在战斗中被打断了一条腿，抚恤金却一分没有。现在，我觉得时机成熟了，我要把这件事情弄清楚。

亓元没有说话。

毕伽索说，你是不是觉得我的想法不靠谱？

亓元说，我理解毕总的心情，但是要搞清这件事情，恐怕不是我力所能及的。

毕伽索说，这件事情，最有可能帮我的就是你，你那么聪明，你都帮不了我，别人就更是不能指望了。

亓元说，毕总，你太抬举我了。不过，从你陈述的情况看，我倒是真的有一个疑点，那就是老人家在同主力失散之后，在西华山战役展开那几天，这段时间他在哪里？做了什么？如果把这些弄清楚，那么，无论是什么结果，后人也只能面对了。

毕伽索说，亓元，你确实聪明，看问题一针见血，直奔要害。你说的那段时间，确实是关键。问题是，那段时间又很复杂，我爹年轻的时候都说不清楚，现在更是胡说八道了，他的话连我都不信。

亓元还是不动声色，问道，那么毕总，我请教您一个问题，您相信您的父亲是逃兵吗？

毕伽索说，这不是我相信不相信的问题，战场上的情况是复杂的。

亓元说，既然这样，毕总，我认为这件事情暂时还是不提为好。

七

在整个童年少年时期，在毕伽索的名字还叫毕得宝的漫长岁月里，他最痛恨的就是父亲，不仅因为他给家庭带来贫穷，更因为他给自己带来屈辱。七岁那年，他亲眼看见干街的"文攻武卫"战斗队把毕启发从成衣店里抓小鸡一样抓走，毕启发挣扎着一瘸一蹦跳，又喊又叫，"鬼子来了，鬼子来了"，不时被挥舞红白棍的"战斗队员"往屁股上戳一下。红白棍戳一下，毕启发就号一声"鬼子来了"，丑态百出。

以后毕伽索回忆这段往事，心里充满了悲哀。他的悲哀不在于他的父亲被批斗，而在于他父亲不是被批斗的主角，而是陪斗。

被批斗的主角是乔如风，这个从干街走出去的老革命，跟毕启发一个年纪，那年都是四十三岁。可是乔如风什么风度啊，即便被揪到台上，也是威风凛凛，上衣兜里别着两支钢笔，脚上还穿着皮鞋，油亮的头发被造反派弄乱了，乔如风站稳后自己挥手把它抚平了。造反派头目、镇文化馆的查林踮着脚尖，想把乔如风的脑袋按下去。乔如风纹丝不动，猛然一甩脑袋，鼻子里狠狠地出了一口气，居高临下地瞥了查林一眼。查林居然被吓住了，再也不敢去按乔如风的脖子，灰溜溜地走向主席台一侧，路过毕启发身边的时候，顺便照他屁股上踢了一脚，毕启发又是一声号叫——鬼子来了！

这一幕成了童年毕伽索——毕得宝——脑海里的彩色电影，一次又一次地播映，画面上的乔如风就像样板戏《红灯记》里的李玉和，大义凛然，而他爹则好比《智取威虎山》里的小炉匠栾平，猥琐不堪。那时候他甚至想，他为什么不是乔如风的儿子，而偏偏是毕启发的儿子呢？

毕得宝读高一那年，老省长洪文辉魂归故里，干街东南方开辟了一块很大的墓地，中学师生到墓地参加安葬仪式。站在毕得宝身旁的韦二毛嘀咕了一声，看，毕得宝好像，好像洪大爷。毕得宝吓了一跳，差点儿又跟韦二毛动手了。可是那天他没动手，只是使劲地看了遗像一眼。这一看，真的感觉自己很像洪大爷。

仪式结束后，学生整队带回之前，他又若无其事地溜到洪文辉遗像前面细看，这次他觉得他更像洪文辉了。

那天夜里，毕得宝做了一个很奇怪的梦，梦见他背着书包到了一座大城市，并且坐上了那种被干街人称为"乌龟壳"的小汽车，进入一个人间仙境一样的庭院。有人给他开门，毕恭毕敬地喊他少爷，同学中最漂亮的女生像喜鹊一样在他身边喳喳叫。

梦里醒来，他发现他还是躺在自家的破床上，黑乎乎的蚊帐上一动不动地蹲着几只蚊子，这些不劳而获的寄生虫，趁他做梦的工夫，穷凶极恶地饱餐他的血肉。

他是被他的老爹打醒的，老爹站在床前，瞪着眼睛，手里的棍子还在他的肚子上一轻一重地戳着。老爹的嘴里嘟囔着，滚去，上、上、学、学、上！

自从毕得宝记事，他爹说话就不利索，只会说出极短的句子，而且把句子组合得奇形怪状，还经常倒装，比如他永远说不好"喝水"这两个字，只能说出"水喝"。最好的情况是，他在费力地说出"水、喝、喝、喝"之后，再用尽最后一丝力气突出一个短促的"水"的音节。这已经成为毕启发特殊的语言风格，别人同他交流十分困难，当然，别人也没有必要同他交流，只有毕伽索的母亲于兰花，能够破译出他的唇语和肢体语言。

美梦被老爹惊醒，让青春期的毕得宝十分恼火。就是那一次，他从床上跳下来，恶狠狠地推了父亲一把，吼了一声，你干什么！有本事跟鬼子干去！

他爹愣住了，哆嗦着盯着他，上半截身体猛地往前斜了几度，两只胳膊一上一下地在胸前摆动，好像随时准备扑上来把他掐住。

毕得宝并没有被他爹的气势汹汹所吓倒，一边套裤子一边嚷嚷，你这个逃兵，把我害惨了！

他爹果然扑上来了，毕得宝一闪身躲过，他爹扑了个空。等毕启发爬起来，一高一低地撵到门外，毕得宝早就远走高飞了。

干街的人都知道毕启发是逃兵，但究竟他是怎么逃的，却又传说不一。毕得宝师范毕业那年做了两件事情，一是把自己的名字改成了毕伽索，第二件就是到县市两级档案馆去查西华山战役，终于把他爹的那段历史查清楚了。当时的新四军团长洪文辉后来在《关于毕启发西华山战役中离队经过和处理意见》上的批示是：茅坪战斗有功，西华山战斗离队，功过相抵，复员回籍。

那次调阅档案，毕伽索虽然接受了他爹的逃兵事实，却也有一个重大发现，洪文辉批示中有一句"茅坪战斗有功"，点燃了他的希望之火。

在西华山战役之前一年，日军偷袭淮上抗日根据地茅坪医院，连长于诚志率领七连二十里急行军增援茅坪。战斗打响后，刚刚入伍不久的乔如风和毕启发跟在班长后面迂回，爆破鬼子火力点。眼看就要接近了，一阵弹雨飞过来，毕启发被吓蒙了，听到乔如风在路边喊，毕启发，卧倒！毕启发不知道往哪里卧，猫着腰找地方。乔如风发现侧面有鬼子包抄过来，调转枪口，一扣扳机，没响，瞎火了。乔如风大喊，毕启发，左侧，开枪！毕启发抱着大枪，躲在一棵树下，战战兢兢地开了一枪，再战战兢兢地开了第二枪。乔如风也从战友身边捡了一支枪，拉开枪栓就打，一边打一边大喊，好！打死一个，再开枪！毕启发一听说打死了一个鬼子，突然跳了起来，大叫，老子打死一个鬼子！老子打死一个鬼子！说完就往前冲，刚冲了十来步，被乔如风从后面扑倒。乔如风说，卧倒打，你不要命了！十多分钟后，排长带着几个人从右翼攻了上去，战斗结束了。

战后评功评奖，要记账，那个鬼子是谁打死的，于诚志让毕启发和乔如风自己说。乔如风说，是毕启发打死的，我亲眼看见的，当时我枪里的子弹瞎火了。毕启发说，我没看见打死鬼子，是听乔如风说的。于诚志哈哈大笑说，好，瞎猫碰只死老鼠，碰得好，既然是碰的，我看这样，见面一半。两个新兵一齐说，好。

为了感谢毕启发分了半个鬼子的功劳，乔如风后来送给毕启发半包洋烟，还为此作诗一首：打虎亲兄弟，上阵父子兵。见面分一半，咱们是乡亲。

让毕伽索不堪回首的是，后来又发生了西华山战役。

西华山战役结束，毕启发被遣送回乡，那时候偶尔还能说几句明白话，说，老子不是逃兵，老子打干街了，老子指挥三个人，打了鬼子四次进攻，守住了东头学校，救了蒋夫人。

显然这是一派胡言，没有任何人当真。好在有洪文辉给干街镇的干部捎回来一句话，说毕启发虽然在西华山战斗中溜号，但是在茅坪战斗中还是有功劳的，功过相抵，不要为难他，让他安度余生吧。这样才给他分配了三亩地、三间房。人民公社时期，又给他安排到大集体企业，当裁缝，量尺寸。

毕得宝十岁那年，毕启发说话开始出现严重障碍，到了毕得宝上中学后，他基本上只会说"鬼子来了"，有时候还加上一句"卧倒"，其他的话语一律颠三倒四。再后来，连裁缝也当不成了，全家就靠他娘卖油条过日子。

西华山战役中乔如风是七连二排长，带人征粮的任务本来是他的。但是连长布置任务的时候，他恰好在解手，连长等了他五分钟，见他没来，就对身边的毕启发说，三排长，干脆你去，弄到多少是多少，晚上到长岗会合。在西华山战役中乔如风跟着连长坚守长岗阵地，连长牺牲后他接替指挥。抗战结束后部队整编为华东野战军，他留在地方当县长，然后是县委书记。中华人民共和国成立初期，乔如风经常回干街看望老人，偶尔还到成衣店里见见毕启发，对当地的人讲毕启发分了半个鬼子算他战果的故事。后来经过几次运动，乔如风就不太讲这个故事了，因为毕启发颠三倒四的，不承认自己是逃兵不说，还经常扯上蒋夫人。别说这事是假的，倘是真的，恐怕更麻烦，那年头跟蒋介石扯上瓜葛可不是什么好事。

二十世纪七十年代末乔如风官复原职，然后当了地区副专员。有一年带着一家老小回干街老宅过年，十六岁的毕得宝远远地看见乔如风的女儿乔乔，个子高高的，穿着黑白格子呢大衣，围着紫色围巾，从街上亭亭走过，好像是一棵移动的杨柳。当时毕得宝产生一个强烈的愿望，就是要当大官，当了大官，首先把查林捆起来打个半死，然后把乔乔娶回家当老婆。可是这两个愿望一个也没有实现。查林后来改行写剧本，剧本写得还不错，七十年代末调到县里去了。而乔乔在毕得宝还没有来得及娶她之前，就已经考上大学走了，后来嫁给一个处长。前几年毕伽索到上海开发业务，拐弯抹角找到乔乔，本来踌躇满志地要实现一下少年时期的抱负，可是临到见面，他很快就取消了计划，这个女人已经胖得让他无从下手了。

八

这些年，随着事业蒸蒸日上，毕伽索对父亲的感情也发生了很大的变化。父亲老了，安静多了，口齿越发不清楚，常常嘟嘟囔囔不知所云。倒是身体还算健朗，饮食不仅正常，而且超常，每顿喝二两茅台是吹牛——毕启发拒绝喝茅台，他只喝老家干街的土酒杂粮烧，每次喝两杯，约二两，标准定量，直到如今还没有减量。

时光荏苒，当年干街的风光人物相继离开人间，毕伽索开始重新审视父亲当逃兵这件事情，并向亓元讲了。那是他心理素质最好的时期。

毕伽索把毕启发接到深海的那一年，亓元被任命为行政处副处长。集团抓住这个未婚未恋的劳动力，最大限度地榨取她的才华。毕伽索对副总董华民说，要一刻不停地使用她，不能让她闲着，要让她迅速成为集团的顶梁柱。

亓元担任副处长不久，向毕伽索提议，要规范工会建设，要让工会确实起到维护员工的福利、保障员工权益的作用。毕伽索半开玩笑问亓元，你是给老总打工，还是给员工打工？亓元回答，我是给集团打工。既然成立集团，那么它就关系到全体员工的利益，只有老总和员工的利益一致，集团才有长久的生命力，集团越做越大，不能搞一锤子买卖。

亓元的观点引起毕伽索的重视，后来他还是同意了亓元的建议，把形同虚设的工会重新整顿了一番，办了一个名为《梦为之声》的杂志，下发各分公司和一线学校。杂志除了报道集团重大活动，还设有《把脉问诊》《对症下药》等栏目，特别让毕伽索感到耳目一新的，是杂志的文学栏目，刊登新人新作，小说、诗歌、散文都有。毕伽索看得眼热，几次产生冲动给亓元投稿。读书人，谁没有文学梦呢？

杂志越办越好，成了毕伽索的必读。有一次他在上面读到了一篇作品，名曰《夏日之晨》，时代背景不详、地理背景不详、人文背景不详，写了一个远离喧嚣的小城镇，城堡巍峨，街衢优美，法制井然，人们淡泊名利，耕读狩猎，相亲相爱，俨然是原始共产主义阶段。小说还配有版画插图，街道建在小河两岸，情窦初开的男女乘坐小船欢声笑语，小船上摆着鲜艳的水果，桌子上是一瓶倒了一半的红酒……看了一半，毕伽索觉得奇怪，回过头来看看作者署名，吓了一跳，作者居然是韦梦为。亓元从哪个故纸堆里找出了这篇小说，他不知道。显然，亓元是欣赏韦梦为的，这个发现让毕伽索有点儿激动，他甚至把这件事情看成是他的原因，是因为他的存在而引起亓元对韦梦为的重视。

就是受那篇文章的触动，毕伽索又赋予亓元一个特殊的任务，写一篇毕启发的抗战事迹。亓元虽然迟疑，还是接受了，用了一个多月的时间，从图书馆和网上查阅了大量的资料，并同毕伽索家乡市里的政协文史办取得联系，终于写成了《茅坪战斗中的毕启发》。毕伽索看了之后大加称赞，说，这就是我爹，我爹就是茅坪战斗的英雄。

毕伽索说这话的时候，亓元没有接茬，只是平静地看着他。

毕伽索非常想让毕启发给集团总部的员工做一次战斗报告，跟亓元商量，能不能让他爹坐在主席台上做个样子，然后由她来做报告。这个意见被亓元委婉地拒绝了。毕伽索也没有为难亓元，因为当时毕启发正在闹着回家，这件事情不了了之。

后来毕启发住到淮上会馆附近，稳定下来之后，有一天毕伽索把亓元叫到他的办公室，再次提出来，要让他爹做一次报告，而且不是讲茅坪战斗，要讲就讲西华山战斗。

毕伽索对亓元说，这件事情我想了很多年，梦里都在想，我爹既然能在茅坪战斗中打死一个鬼子，西华山战役中怎么会当逃兵呢？这太不符合逻辑了。还是你说的话提醒了我，我爹在同主力失散之后，在西华山战役展开那几天，他在哪里？做了什么？

我想啊想啊，终于想明白了——那几天他并没有回干街。但是他在哪儿呢？他干了什么呢？

亓元说，这确实是问题的关键，毕总你查清楚老人家干什么了吗？

毕伽索神秘一笑，从抽屉里取出一张报纸复印件说，你先看看这个。

亓元拿过复印件，那上面的大标题赫然入目——《西华山大战在即，蒋夫人前线劳军》！

亓元说，这个我也查了资料，事实上宋美龄在西华山战役之前并没有去前线，这个报道没有可信度。

毕伽索说，你想啊，我爹在还能说话的时候为什么老是念叨他救了蒋夫人？不是空穴来风啊。我们现在来推理，一定是我爹在同主力失散之后，遇到了一群特殊的人，即便他没有同宋美龄本人见面，也有可能听说那是护送宋美龄的队伍，然后他们和鬼子遭遇了，交火了。在战斗中我爹被打断了一条腿，后来又被国民党的军队救下了，不然的话，为什么我爹后来出现在国民党军队的医院里呢？

亓元静静地听着，再看一遍报纸复印件，然后抬起头来说，毕总，你的想象有一定的合理性，可是，谁能证明呢？

毕伽索说，那次跟我爹去征粮的，还有三个战士，后来都死了，死无对证，只能合理想象了。

亓元的眉头稍微皱了一下。

毕伽索说，如果没有别的解释，我的推理就是对的。亓元，这件事情只有你来做，这篇文章你帮我做。做成了，我回报一百万元，美金。

亓元愣住了，眼皮跳了跳，把那张报纸复印件往毕伽索的老板台上一放，轻轻地说，毕总，你解雇我吧，这件事我做不了。

后来呢？后来发生的事情，毕伽索想想就恨不得给自己一记耳光。后来他还是一意孤行了，他只花了十万元人民币，把查林请来，让他写了一篇八千多字的文章《西华山战役中不为人知的秘密》，文章"合理想象"出毕启发等人在出发前就听说宋美龄要到国军前线劳军的消息，征粮途中巧遇国军转移家眷的队伍，误认为那是宋美龄的车队。后来遇到鬼子偷袭，毕启发等人就地阻击，掩护国军家眷脱身，战斗中三名战士牺牲，毕启发身负重伤，昏迷不醒。战斗结束后，国军打扫战场的收容队发现毕启发，将其救起。经国军医院抢救，毕启发虽然活下来了，但神经受到伤害，丧失记忆。

毕伽索虽然没有解雇亓元，但是至少冷落了她一个多月。亓元应弓珲书记之邀到淮上地区调研，就是那段时间，查林把文章写好了，毕伽索很是得意，等亓元从淮上回来，毕伽索亲自把文章送到亓元的办公室说，看看吧，只要思想不滑坡，办法总比困难多。

亓元看了之后说，我是学新闻的，不会虚构，我不再对这件事情发表意见。

毕伽索说，已经用不着你发表意见了，我让你看看，就是要让你知道，离了张屠夫，不吃带毛猪。

亓元说，毕总，你准备拿这篇文章做什么用？

毕伽索说，那就是我的事了。

亓元说，毕总，我建议你还是冷静一下，等一段时间再拿去发表。

毕伽索没有听从亓元的劝告，不仅准备花钱在报纸买下版面刊登这篇文章，还当真举行了一次抗战老兵英雄事迹报告会。但临门一脚，他想起了亓元的忠告，报告会没有在集团礼堂召开，而是在淮上会馆布置了一个小会场，从下面的学校选来一名女教师，先试讲一次。整个会场不到二十人，他爹多坐在台上，下面坐着查林等老乡，充当听众。

文章写得好，女教师的口才也好，女教师声情并茂地讲述了西华山战役中的一场战斗和战斗中的毕启发。可是谁也没有想到，讲到半截，毕启发突然犯病，口齿清楚地喊了一声，鬼子来了，卧倒！

还没有等人反应过来，毕启发就地出溜到主席台下。

当时毕伽索就在台下，他计划演讲一结束，就把演讲稿和照片拿到报社，哪里想到会出这样的事情？在事情发生的第一时间，是亓元冲到台上，把老爷子架了起来。不知道亓元说了什么，老爷子才慢慢地爬起来，由亓元扶着坐上了轮椅。亓元对毕伽索说，毕总，不要折磨老人家了。

毕伽索表情复杂地看着亓元，嘴巴张了张说，我爹，我爹，他真是烂泥糊不上墙啊，你看这事闹的……

就在这时候，他看见他爹扭头瞪了他一眼，那一眼，不像一个疯子。

洋相还不仅于此。尽管毕伽索采取了封锁措施，但是风声还是走漏了。试讲会搞砸的第二天，网上出现一篇文章——《为富不仁暴发户篡改往事，丑态百出逃兵爹原形毕露》，后面还有很多跟帖，都是讥讽和谴责这件事情的。毕伽索在网上浏览一圈，惊出一身冷汗，叫来亓元，让她尽快处理。万一带出别的什么事来，那真是烧香引出鬼来，后果不堪设想。

亓元当时说了一句什么话，毕伽索记不得了。第二天，网上不仅看不到骂声了，还出现一篇点击率很高的文章——《茅坪战斗中的毕启发》，附有作者亓元的声明：我对我写下的每一个字负责，如有疑义，我可以配合调查。后面是亓元的手机号码和座机号。

毕伽索注意看了跟帖，网友似乎对毕启发宽容了许多，甚至还有人表示了同情。

毕伽索对这个结果十分满意，到亓元的办公室赔礼道歉，动情地说，亓元，你是对的。

亓元似乎也很感动，对毕伽索说，毕总，我理解您，我只是希望您放下这件事情。

毕伽索点点头。直到如今，干街修建文化街，委实给他出了一道难题。这时候他自然想起了亓元，可是，亓元她在哪里呢？

九

亓元走了，查林的位置陡然上升，成了毕伽索的私人顾问。

毕伽索对查林讲了他同韦子玉的争吵，查林很快就揣摩出毕伽索的心思。查林说，老街建文化街，建名人墙，势在必行，老街那些人物势必要重新浮出水面。毕总作为干街最大的成功人士，无论从哪方面讲，都不能袖手旁观。

毕伽索说，我也是这么考虑的，袖手旁观就是任人摆布。

查林笑笑说，其实，以毕总的实力，只要略有表示，他们那个文化街也好，名人墙也好，就不能不考虑毕总的感受。

毕伽索说，感受，什么感受？

查林说，令尊啊，令尊的形象啊，他毕竟在茅坪战斗中打过鬼子。把亓元写的《茅坪战斗中的毕启发》贴在名人墙上，也是一种态度。

毕伽索说，可是，他们会这么做吗？

查林说，他们需要经费，招商引资，总得有回报吧。

毕伽索说，那你说说，我表示多少为宜？

查林说，太多没必要，少了不合适，我看一百万就差不多了。

毕伽索抬起头来，向远处看了看，把手一挥说，不，太少了，我出一亿三千万。

查林吓了一跳，冲口而出，啊！这么多！

毕伽索说，查大哥，你说我要钱干什么？我拿一亿三千万，就是要把这件事情的主动权牢牢地控制在手里。

查林怔怔地半天才说，毕总，这是好事啊。

毕伽索说，可是怎么把这个信息告诉韦子玉呢？我已经同他闹翻了。

查林说，这个我来做工作，那个小老弟，虽然有点儿书生气，毕竟是政府的副县长。

查林给韦子玉打了一个电话，说毕总准备为家乡捐赠一亿三千万。说完了，电话那边并没有查林想象的惊喜。韦子玉只是淡淡地说，现在捐赠文化街的人还真不少，捐赠也不是轻易就能接受的。这样吧，我直接和毕总谈。

韦子玉给毕伽索打来电话，首先对上次不辞而别表示歉意。

毕伽索说，老弟不必计较，说到底还是大哥我缺乏涵养，这段时间我也在反思，确实应该为家乡做点儿实事了。

韦子玉说，梦为集团捐赠的事，我已经向县委汇报了，家乡领导和人民对于这种慷慨解囊支持家乡建设的行为十分感谢，我们将把梦为集团的功德铭记在心上。

毕伽索没有吭气。

韦子玉说，不过有个情况我得说明，文化街第一期工程是名人墙，上墙的名单不仅县里论证，市里和省里都要过问，红色名人墙上只能是对革命有重大贡献的同志，与毕总心里想的恐怕有很大的差距。

毕伽索沉吟了一会儿说，我懂。但是我想知道，名人墙的内容确定了吗？

韦子玉说，基本上确定了，韦梦为、洪文辉、于诚志、乔如风这些人都没有太大的争议，现在又多出一个戈壁山来。

什么？毕伽索冲口喊了一声，戈壁山？那个国民党反动派？

韦子玉说，是的，文化街名人墙的方案公布之后，引起各方关注，戈壁山的问题，省政协和统战部过问了，他是原国民党军的旅长，在西华山战役中抗日有功，省里要求我们认真调查，提出明确意见。

毕伽索说，那就是说，戈壁山很有可能上名人墙？

韦子玉老老实实地回答，是的，从目前掌握的情况看，这种可能性很大。

毕伽索又问，名单里还有谁？

韦子玉说，目前主要的就这些。

同韦子玉通完电话，毕伽索的脸色十分难看。他居然问"名单里还有谁"，这话才出口他就后悔了，还有谁？你希望还有谁？你希望还有你爹？这才是真正的癞蛤蟆想吃天鹅肉，痴心妄想。别说名人墙上的名人数量有限，就是把干街的男男女女都搬到名人墙上，也轮不到他爹。就是把自己搬到名人墙上，也轮不到他爹。

现在，情况越来越明朗了，毕伽索的压抑和愤懑也越来越有了方向，连戈壁山都能上干街名人墙，而一个抗战老兵不仅无缘上墙，而且他的过去极有可能因为这个名人墙而重新成为笑柄。

十

自从亓元离开之后，毕伽索晚上的时间多数都到淮上会馆，他在会馆旁边买了一块地，让他娘种地养鸡，他爹在一旁看。只要老家有人到深海，住在会馆里，吃饭的时候，就让老人出席，啥话也不说，就是看看家乡人。

现在照顾老人的，既不是保姆，也不是司机，而是查林。

查林的爹是干街的修表匠，据说查林出生前后那些年，干街还有不少钟表，可是到了二十世纪六七十年代，钟表越来越少，修钟表的人自然更少。挨饿的事情是经常发生的，有时候为了一块锅巴，一家兄弟姐妹数人打成一锅粥，哭声骂声尖叫声直冲云霄。

那个年代，不要说读书人，干街所有人的日子都过得斯文扫地。倒是查林，始终怀着远大理想，要当作家，要像浩然那样写出《艳阳天》和《金光大道》，所以他在当造反派的时候也写小说、写剧本。二十世纪七十年代，干街的文艺宣传队经常在县里调演拔得头筹，然后代表县里去地区参加调演，在全地区八个县的代表队中，干街宣传队的名次基本是第一。这就给查林带来了很大的声誉，所以早在二十世纪七十年代末，他就被调到县里文化局当了股长。

毕得宝在县城读师范的时候，韦子玉的二哥韦二毛在县城做生意，贩蛤蟆镜赚了钱，有一次请家乡人到城西的小馆子里喝酒，毕得宝被叫去陪同。不知道怎么就谈到那次批斗，毕得宝说，别的都没有什么，我就是想问问，为什么你们把乔如风拉去批斗，却不敢对他怎么样，反而踢了我爹一脚？查林想了半天才想起这件事情，一拍脑门说，嗨，你说这事啊，我跟你说，别看那时候乔如风是走资派，可是瘦死的骆驼也比马大，你看看那气势、那做派，真是老革命风采啊。至于踢了你爹一脚，我记不得了，你说踢了就踢了。因为你爹他是个……嘿嘿，说了你也别在意，不说了。

于兰花的菜地和养鸡场同会馆一墙之隔，其实这个会馆就是毕启发的厅堂，于兰花的菜地就是会馆的后花园。毕启发终于安居乐业了，每天坐在门外的台阶上看老伴种地喂鸡，偶尔还到鸡圈外面看鸡打架，气色越来越好，酒量也有所增加，好几次定量之后还把杯子推到老伴面前。于兰花跟儿子说了，老爷子要求增加一杯，毕伽索坚决地说，不行，他老糊涂了，我不糊涂。

毕伽索对他爹似乎返老还童有点儿意外的惊喜，他琢磨其中的原因，固然是他事业的成功，光宗耀祖，滋养着老人，可能还有一个重要的原因，让爹娘离开干街，逃兵这座压在他爹头上几十年的大山终于被搬掉了，再过一些年，也许他会彻底忘掉。一年前毕伽索把查林接到深海，是因为亓元的拒绝。毕伽索想到了查林，激动得眼泪都快出来了，倒不是因为查林可以完成亓元不愿意完成的任务，而是，在毕伽索的心里，这一次，他终于可以实现童年的梦想了。他要朝查林的屁股上踢一脚，不，踢两脚，不，不是踢在查林的屁股上，而是要踢在查林的心上。他要把查林对毕家的羞辱加倍还给查林。

果然，查林一接到董华民的电话，说毕总要请他到梦为集团当文化顾问，这个刚刚退休的文化官员喜出望外。这些年，家乡人都知道毕伽索在外面发了大财，光皋唐县，就有一百多名教师辞去公职，投靠到毕伽索的门下。查林现在正闲着，写了半辈子剧本、小说也没有写出大名堂，仅限于在皋唐县小有名气。能给毕伽索当文化顾问，还不仅是挣钱的问题，而是面子，面子大了去了。

查林第二天就带上简单的行李南下了，买的是卧铺票。一路上想着即将到来的荣光，那种感觉不亚于金榜题名。到了深海，接站的不是毕伽索，也不是副总董华民，而是一个自称小江的女孩子，把他接到一个小旅馆住下，晚上小江陪他吃自助餐。小江告诉他，毕总在外地开一个重要的会，等两天才能接见他。然后就把一堆资料交给他，说毕总有交代，让他先熟悉情况。查林有点儿失落，却也没有多想。晚上打开那个厚厚的档案袋，都是抗战的资料，其中一篇是打印稿《茅坪战斗中的毕启发》，还有一张旧报纸复印件《西华山大战在即，蒋夫人前线劳军》，上面有一段批注：经查，西华山战役前后，蒋夫人未前往西华山前线，疑为以讹传讹，毕启发在西华山战役中的表现与此无关。但毕启发在战役前夕因征粮同主力部队走散，三名战士牺牲原因不详，毕启发重伤原因不详。仅国军医院出具的出院证明——为战场乱炮误伤。为何误伤？时间、地点、事件均有漏洞。毕启发记忆混乱，战后尚未失去语言功能，但回忆前后矛盾，因此被组织上定性为"战前离队"，复员回乡。毕启发同主力走散的原因、走散后的表现，存疑难查。

这段文字是用毛笔写的，小楷，工工整整，能看出很深的功底。查林细细咂摸，顿时惊出一身冷汗，原来毕伽索的集团不缺文化人，而且有高手，看这一手字，没准儿还是个师爷，那么，他这个文化顾问怎么当呢？

那天夜晚，查林辗转反侧，想到即将接手的任务，看样子同毕启发有关。可是，这件事情还真的难办。"战前离队"是什么意思？是书面语言，是往好听里说，其实就是逃兵。

想到后半夜，查林突然来了灵感，又坐起来看那蝇头小楷，渐渐地把注意力集中在"记忆混乱""漏洞"和"存疑难查"三句话上。第一，既然记忆混乱，那么前言不搭后语和自相矛盾就不能作为否定毕启发回忆的依据；第二，既然国民党医院证明毕启发为乱炮误伤的结论有漏洞，那么毕启发负伤就有另外一种可能，就有可能是战斗致伤；第三，既然存疑难查，说明还有重新调查的空间，难查是因为当事人都已作古，毕启发自己说不清楚，那么换个思路，当事人都不在了……后半夜，查林被"换个思路"的思路燃烧着，他打算明天见到毕伽索，就把这个思路作为见面礼献给毕伽索。

可是第二天早晨他没有见到毕伽索，中午没见到毕伽索，晚上也没有见到毕伽索。查林这才发现小旅馆条件很差，早晨的自助餐还不如本县宾馆的好，心里就有些发凉，隐隐有一种不祥的感觉，委屈渐渐涌上心头。

到了第三天上午还没有见到毕伽索，查林沉不住气了，吃了中午饭，回到房间，悲从中来，在镜子面前看着自己的白发，突然生出一股豪气，对着镜子里的自己念念有词地骂毕伽索，你以为你是谁？一个暴发户而已。就算退休了，老子也是个国家干部，我犯得着来给一个逃兵的儿子当狗腿子吗？算了，此处不留爷，自有留爷处，老子还是回去安度晚年去。

那一阵子，查林当真下了决心，并动手整理行李了。可是整理到一半，又停手了。真的打道回府，还不是那么容易的：一则，他临走时已经把话放出去了，是到深海给毕伽索当文化顾问；二则，梦为集团丰厚的待遇到底还是有诱惑力的。查林怀着复杂的心情，把快要收拾好的行李重新打开，睡了一个忍辱负重的午觉。

一觉醒来，小江已经在外面按门铃了。小江告诉他，毕总从上海回来了，今晚在南湖大酒店设宴给他接风。

查林差点儿热泪盈眶了，他为自己及时地扼制了冲动而感到庆幸，几天来的郁闷一扫而光。他穿上来深海之前斥资两千元买的西服，拿不定主意要不要扎领带。小江微笑着告诉他，不必那么正规。

在前往南湖大酒店的路上，查林问小江，今晚参加宴会的还有什么人。小江告诉他，这个她也不太清楚，老总的事情向来是董副安排的。

到了南湖大酒店，但见大堂金碧辉煌，乘电梯上了三楼一号包间，小江引查林进门，里面已经高朋满座。查林一眼就看见沙发上的毕伽索，穿着样式新潮的衬衣，正在同几个人谈笑风生。

见查林进来，毕伽索欠欠屁股，挥挥手说，来了？我给大家介绍一个老乡，老家的作家。老查，这边来，坐。

查林听毕伽索喊他老查，心里很不是滋味，等毕伽索向他介绍客人，心里就更不是滋味。原来是老家几个县的父母官，其中一个查林认识，是本县的书记弓珲。一见到弓书记，查林愣了一下，尽管他已经退休了，可还是不由自主地上前两步，弯下腰，把双手伸了出去。倒是弓珲很客气，站起来招呼他说，查局长，老前辈，没想到在这里见面了。您请坐。

查林的心里这才好受了一点儿。

介绍完毕，毕伽索说，各位领导有所不知，我这个老乡老查，他原来是我们老家的大笔杆子，七十年代想当浩然，要写出皋唐县的《艳阳天》和《金光大道》。后来写了不少小戏，从县里演到市里，名气大得很，谱也大得很。

查林脸上发烫，手足无措地说，那都是少年轻狂，毕总笑话了。

毕伽索说，老查你不要谦虚，你们文人都有傲骨，有傲骨是好事，有傲骨才能冰清玉洁。你说是不是？不过，李白也有傲骨，可是朝廷一旦召唤，马上就"仰天大笑出门去"，傲骨也是看对谁傲，你说是不是？

查林马上说，是的是的，毕总博览群书，博闻强识。

毕伽索说，老查，你要向李白学习，斗酒诗百篇，今天来的都是家乡的父母官，你一次见到这么多县委书记，也是荣幸，一会儿你可得好好敬酒啊！

查林一听这话，心里一下子凉到了冰窟，天哪，说是为我接风，却原来让我敬酒，真是不拿村长当干部啊！嘴上却说，那是应该的，应该的。再往下，就不知该说什么好了。

说话间，大门洞开，一个身材高挑的女孩子出现在门口，又稍稍侧身，做了个优雅的手势。接着便鱼贯进来五六个人。毕伽索和老家的父母官们纷纷站起。毕伽索介绍说，这是深海市的邱市长、张秘书长、马主任。然后向邱市长等人介绍家乡的县委书记，再向书记们介绍集团副总董华民、财务总监赵虞山、行政处长兀元。毕伽索还特意说，这个兀元，她的姓氏很特别，一般人不认识，字形就像圆周率 π。

邱市长说，这个字我认识，我分管电视台的时候，电视台给我打报告，说这个女孩素质极高，人也漂亮，一定要留在电视台。可是她放弃那么好的工作，跑到你梦为集团来了，可见梦为集团有魅力哦，你毕总有魅力哦！

毕伽索说，市长这是挖苦我了，小兀她到梦为集团来，或许是因为私营企业更自由一些。

张秘书长说，在梦为集团的年薪，比在电视台多十倍，她当然选择在梦为集团。现在的年轻人，更实际了。我这样说，小兀你同意吗？

兀元微笑说，这确实是一种可能。

邱市长打岔说，老张你恐怕还没有说到点子上，小兀到梦为集团，可不是冲着钱去的。这个孩子我知道一些，她的心大得很哦。好，人到齐了没？

毕伽索说，到齐了，就座吧。

兀元注意到毕伽索没有介绍查林，正要提醒，毕伽索却把目光转到邱市长身上说，今天是邱市长接见我家乡的见学团，市长你坐主席吧。

邱市长已经站在一号座的背后了，把椅子往后一拖，一屁股坐了下去才说，我是首席，当仁不让，主席还是你来当。

见邱市长已经落座，毕伽索赶紧招呼弓珲，弓书记你看，几个书记……几个书记一齐推崇弓珲说，老弓，你是毕总家乡父母官，这二把交椅你不坐谁坐啊？

弓珲看着查林说，查局长是刚刚从老家来吧，您是大哥，这个座还是您坐吧。

查林正寒冷着，听弓珲这么一说，心里一热，嘴上却赶紧推辞，弓书记，您就是处分我我也不敢，弓书记，您就坐吧。

弓珲说，那就恭敬不如从命了。然后招呼同行的几个县委书记，基本上按年龄大小排座。

毕伽索招呼董华民、赵虞山和兀元穿插陪同当地和家乡两拨官员。眼看大家都要落座了，只有查林还没有着落，站在一边看别人让座，强作笑颜，脸皮越来越木、越来越僵硬。

毕伽索安排亓元坐在张秘书长的身边，亓元迟迟不落座，走到查林面前说，查局长刚到深海，你往上坐坐吧，我在下面好招呼。

查林的心里五味杂陈，却没有挪步，僵硬的脸上动了动，说了一句，谢谢孩子，我就坐在这里，我是毕总的老大哥，我在这里不是客人。

这句话说完，查林的眼泪都快出来了。亓元说，查局长，您以后就是我的老师了，查老师您往上坐坐吧。

查林还是没动，拿眼看了毕伽索一下。毕伽索这才挥挥手说，老查，你就往上坐坐吧，你跟她一个小字辈客气什么啊！

十一

那顿晚宴，是查林终生难忘的。在宴会开始之后，他暗暗给自己定下三条原则：一是滴酒不沾，就说自己血压高。读书人是有骨气的，他打算以罢酒来表现自己的骨气。第二，绝不主动敬酒，不吃菜不喝酒不说笑不动地方，他将像一根木头杵在那里。第三，酒过三巡就借口肚子疼，开溜。

可是，宴会开始不到三分钟，他就意识到这三条原则一条也兑现不了。毕伽索代表家乡五百万人民感谢深海市对老区的支持、对外地打工劳动者的关爱、为家乡见学团提供方便，提了三杯酒，大家共同敬邱市长。

直到三杯酒喝完，查林才想起他的三条原则，刚才端杯子的时候，他完全忘了。在这种场合，不要说他的手，连他的大脑都不属于他自己了。至于说到敬酒，虽然他坚持了一会儿没有主动，可是当弓珲端着酒杯走到他面前之后，他慌忙站了起来，弯下腰说，弓书记为家乡人民连日奔波，辛苦了，你随意，我喝干。弓书记没有随意，而是一饮而尽。他一激动，接着给自己倒了两杯说，那好，弓书记你喝一杯我喝三杯。等到邱市长等人敬酒，他更是受宠若惊，连续三杯三杯地喝，一口菜没吃就晕乎了。这时候他不能溜，溜不动，也不想溜了。

不过，在最初的半个小时之内，他只是晕乎，还没有完全喝醉，他坚持没给毕伽索敬酒。毕伽索似乎注意到了他有点儿不正常，端着杯子走到他的面前说，老大哥辛苦了，老弟敬你一杯。

查林的心在滴血。你他妈的现在叫我老大哥了，你总算知道给我敬酒了，可是你知道吗？老子不领这个情，老子受够了！

他听见自己的嗓子眼里拼命地往外冒这几句话，可是这些话并没有从嘴巴里冲出来，冲出来的话是，毕总，谢谢你，请毕总多多关照。毕总有事，尽管吩咐。愿为毕总效犬马之劳。

说完这几句话，他抓过酒瓶，干脆把茶杯里的剩茶倒在地上，咕咕咚咚倒了一满茶杯，摇摇晃晃地举到毕伽索的面前，像牛一样往下灌。

毕伽索预感到要出事，赶紧示意亓元把杯子从查林的手里夺下，查林挣扎着又把杯子抓到自己的手里，然后——他威武不屈地向四周看了看，这时候四周在他面前一片波浪，翻滚着，升腾着——他费力地睁开双眼，迈动发软的双腿，走一步突然腿一软，差点儿单腿跪在地上。他昂起头来，瞪着一双茫然的眼睛，再向四周看去，突然笑了一下。然后他端着茶杯，向邱市长走去，向弓书记走去，向张秘书长走去……所有的人都看清楚了，他走一步就要瘸一下，好像一条腿长一条腿短，走起来一高一低，走一步喝一口。

毕伽索的脸顿时白了，厉声吼道，老查，你要干什么？别喝了！

亓元等人赶紧围上去想夺下查林的茶杯，他用胳膊肘挡住了，哈哈大笑说，别夺我的杯子，毕总让我敬酒，我要喝个够，轻伤不下火线，老子绝不当逃兵！

后来的事情一发不可收拾。

查林是在第二天上午醒过来的，当时还在输液。毕伽索就坐在他的床边，等着他醒来。查林感觉哪里不对劲，睁开眼睛，看见毕伽索，癔症了半天，突然从床上翻下来说，毕总，毕总，你怎么在这里？

毕伽索面无表情地说，我倒是要问问你，你说你为什么在这里？

查林说，不知道啊，奇怪啊，我记得昨天晚上咱们在一块儿喝酒，我怎么会到这里？这是哪里？

毕伽索冷冷地说，这是医院。然后又指着输液瓶问查林，知道这是什么吗？

查林怔怔地看着输液瓶说，离得太远，你把它拿下来我看看。

毕伽索还是毫无表情地说，不用了，这是稀释酒精的药，溶剂是生理盐水。可是医院里给醉汉解酒，通常都用葡萄糖。

查林看着毕伽索，一脸无知，突然瞪大了眼睛说，啊，不是给我输葡萄糖吧，我有糖尿病啊。

毕伽索说，这个你放心，你昨天住进来的时候，我就交代过他们，不能给你输葡萄糖。你知道吗？如果一个人想弄死一个人，他有一千条办法，所以他不会采用最愚蠢的办法。

查林倏然睁大了眼睛，惊恐地问，毕总，你这话是什么意思？

毕伽索并不理会查林，两眼望着输液瓶，继续沿着自己的思路说，一个人不想弄死一个人，他也有一千条办法，而且每条办法都是好办法。

查林半天没吭气，好像想起了什么，不安地看着毕伽索说，毕总，我是不是做错了什么，让你不高兴了？

毕伽索说，无所谓，我毕伽索，大丈夫能屈能伸，逃兵的儿子我当了五十年，我还在乎什么？

查林彻底醒了，突然号啕大哭，继而掩面而泣，毕总，我昨天喝多了，出丑了，我对不起毕总的厚爱，刚到深海就给毕总丢脸。毕总，我对不起你啊……

毕伽索面无表情地看着查林，似乎在判断什么。等查林的哭声稍微拉长了节奏，毕伽索说，当然，我也有粗心的地方。老查，我请你来，可不是让你喝醉的，只要你把事情做好，怎么都好商量，钱不是问题。但是，如果你想在我毕伽索面前做点儿什么文章，那后果你是清楚的。

毕伽索说这话的时候，亓元陪同弓珲来看望查林，刚刚走到病房门外，两人不约而同地放慢了脚步。弓珲做了个手势，把亓元引到病房外面说，小亓，昨天晚上喝酒，查林同志好像有点儿不太正常，他和毕总之间到底是什么关系？

亓元想了想说，查老师是毕总请来的。

弓珲见亓元回避，就把话题扯开，关切地问集团的一些情况，还问了一些个人的事情。末了问了一句，去过毕总的家乡吗？

亓元回答，没有，但是很想去，我就是因为毕总的家乡才到毕总的集团上班的。

弓珲惊讶地说，啊，还有这么回事？

亓元说，我在网上百度"梦为集团"，没想到百度出一个"韦梦为"，我把梦为集团和韦梦为联系在一起，所以，就选择了梦为集团。

弓珲意味深长地问，你现在还这么认为吗？

亓元沉默了一阵，避开话头说，那个韦梦为，太让我敬佩了。

弓珲若有所思地说，哦，原来是这样。我代表韦梦为的后人，欢迎你到韦梦为的故乡，也希望你能领略韦梦为的时代。亓元说，我会去的，事实上我已经去了很多次，梦里。我还会唱他写的歌，鲜花岭上鲜花开，平等世界人是人。弓珲不说话了，看着亓元。亓元看着远处。远处是上午的蓝天，水洗一般纯净。蓝天下面堆积着初夏的白云，宛如簇拥的城堡。

作为皋唐县的一把手，弓珲对韦梦为自然不陌生，但他没有想到亓元是因为韦梦为才误打误撞到了梦为集团，毕伽索的事业，沾了"梦为"这个品牌不少光。弓珲说，是啊，这个人，确实不同寻常，一个连咖啡和牙粉都要进口的阔少，把全部家产都交给革命了，天下为公，追求平等，这种境界，非凡夫俗子能够理解的。

亓元说，我很小的时候，奶奶给我讲过一个童话，小动物联合起来战胜老虎的故事，让我非常着迷。后来我研究生毕业，找工作的时候，查询梦为集团资料，引出一个链接，这才知道，那个童话的作者是韦梦为，童话的名字叫《鲜花岭上鲜花开》。我觉得这太神奇了，好像冥冥之中我和这个人有一种联系，必然让我找到他。

弓珲说，是很神奇啊，我没有读过那个童话，但是我知道他写的歌：鲜花岭上鲜花开，花开时节红军来，红军来了为百姓，平等世界人是人。还有他那句名言：一个人幸福是不道德的幸福。

亓元说，我很喜欢他翻译的作品《苦难英雄》，对照了几个版本，包括修订本，还是韦梦为翻译得最好，我感觉其中有他自己的体验。据说，他是最早提倡红军干部读文学作品的。

弓珲说，惭愧，这个情况我还真的不太了解，没想到韦梦为还是个文学家。

亓元说，很多革命家都是文学家，比如陈独秀、毛泽东、瞿秋白、方志敏、沈泽民，这些人让我对中国革命有了新的认识。

弓珲叹道，如今这个世界，还有你这样的年轻人，真是难能可贵。

亓元笑笑说，我喜欢，喜欢就是理由。

弓珲说，听说毕总对他父亲的事情一直没有放下？

亓元说，是的，已有的结论确实有疑点，可是证据不足。

弓珲说，哦，是这样啊，我倒是希望能够弄个水落石出。我们党讲究实事求是。如果亓处长有兴趣，到实地考察一下，也许会有新的发现。

亓元说，等时机吧，我暂时还脱不开身。他们走进查林的病房。

弓珲对查林说，我们在深海的见学任务已经完成，下午就要回皋唐了，特意来向查老师告辞。弓珲交代查林，毕总在为家乡人争光，家乡人要给毕总提供正能量。老家那边请放心，有什么事，组织上会关照的。

那一年的春天，毕伽索的事业进入良性循环状态。毕伽索的办公室里有一幅巨大的中国地图，上面密密麻麻地插着小红旗，标注着集团麾下学校的分布情况。毕伽索在集团中层以上管理人员大会上说，知道我们为什么叫梦为集团吗？因为我的家乡有个韦梦为，田地横跨三省五县，商号遍布大江南北。今天，我毕伽索的梦想，至少在中国，凡是有人的地方，就有梦为集团属下的分公司和学校。

毕伽索的讲话很有煽动性。在这次讲话之后，梦为集团的新人们才知道，梦为集团之所以叫梦为集团，原来有这样一个背景。但是有一点毕伽索没有告诉大家，韦家这庞大的产业，都被韦梦为送给革命了。

那一年亓元认识了弓珲，恰好不久之后因为毕启发的宣传问题同毕伽索闹了点儿意气，弓珲邀请她去皋唐县看看毕伽索的家乡，她就向毕伽索递了请假条。一个意外的收获是，在干街，她遇到了一个人，乔司令的儿子乔梁，小伙子是理科留学生，假期回国，被乔大桥强行派到干街调研西华山战役的历史。更让她意外的是，乔大桥给儿子的任务是，调查毕启发离开队伍那几天的去向。虽然她不知道乔大桥此举的目的，但是这个课题还是吸引了她，两个年轻人很快就达成共识，并且一道考察了西华山战役旧址，果然有了新的发现和线索。不尽如人意的是，后来因为乔梁假期已满，这项调研半途而废了。

亓元在淮上采风的日子，正是查林峰回路转的日子。等他彻底酒醒之后，毕伽索派人把他接到一个去处，这回是个总统套间。

安顿下来之后，小江拿出一份协议书，让查林过目。他一条一条看了，最关心的当然是年薪那一款，还没看完心脏就突突地跳了起来，二十万，天哪，二十万元人民币，这在皋唐县，差不多可以买一套房子了。

且慢，小江告诉他，这只是底薪，毕总有话，如果工作出色，还有额外奖励。

查林睁着一双受惊的眼睛，抠抠眼窝间，可是，到底让我干什么工作？

小江说，毕总说了，他的心思你最懂。

查林不说话了，发了一阵呆，突然站起来对小江说，孩子，你转告毕总，我老查，老骥伏枥，一定不负众望，坚决完成组织上交给我的任务……

查林的声音越来越小，说到最后，小江感觉就像有一只蚊子在她的耳边嗡嗡。

查林果然进入了他一生中创作的泉涌阶段，前十天里，他每天都要把《茅坪战斗中的毕启发》和旧报纸复印件上的批注看上一遍。那时候他知道了，那些漂亮的小楷字不是出自老学究之手，而是亓元写的。他简直不敢相信，觉得那个脸上始终挂着平静的微笑的女孩不是人，简直就是一个狐仙。批注的每一个字都熠熠闪光，每一个字都能幻化成灵感，灵感就像夏天原野上空噼里啪啦的闪电，照亮了他思维世界的天空。终于，在亓元从皋唐县回来之前，他完成了《西华山战役中不为人知的秘密——"逃兵"毕启发九死一生的奇迹》。把稿子发到毕伽索的信箱之后，他决定狠狠地奖励一下自己，独自到街上的小酒馆喝了两瓶啤酒，回到豪华包间，坐在马桶上，眼泪无声无息地流了十几分钟。

第二天下午，毕伽索把他叫到集团的办公室，客气地让他坐下，然后拿出稿子问他，老查，你觉得你写得怎么样？

他忐忑地观察毕伽索的表情，毕伽索没有表情。他的心顿时又慌乱起来，结结巴巴地说，毕总，我水平有限，可是，我是尽心尽力的，我可以改，只要您不满意，我就继续修改，直到您满意为止。

毕伽索站了起来，还是一副公事公办的面孔，是需要改，必须改！

他的心呼啦一下提到了嗓子眼，惶惶地站了起来，毕总，您吩咐，我一定实现您的愿望……

毕伽索看着查林，像看一只奇怪的动物，看了好久才把稿子往桌子上一拍，大喊一声，老查！

查林吓得腿都打战了，冷汗直冒，毕总，我在。

毕伽索走到他面前，拍拍他的肩膀，左一下右一下，拍得查林神情恍惚。毕伽索拍够了，把查林的脸扳起来，看着他的眼睛说，老查，查大哥，你终于开窍了，你终于干了一件正经事情。

记住这个日子吧，这是你创作生涯中最值得纪念的一天。

转眼之间恍若隔世，查林的嘴巴张了几下，什么也没有说出来，只是嘟哝了一句，毕总……

毕伽索说，哈哈，我也不跟你卖关子了，这是一篇非常科学、非常客观、非常艺术的文章。

查林还是不放心，试探着问，毕总，您不是说需要改吗？

毕伽索说，是需要改，只要改一下标题，把"逃兵"两个字去掉就行了。

查林如梦初醒，长长地呼出一口气来。这时候他才明白，毕伽索实在太在意"逃兵"这个字眼了，加上引号也不行。

离开毕伽索的办公室之前，毕伽索扔给他一张支票，三十万元。查林拿着支票的手不禁剧烈地抖动起来，三十万元是个什么概念？这是他几十年笔耕全部稿费的若干倍，如果让他重新回到文化局，恐怕他写到死也挣不来这么多稿费。他眼泪汪汪地说，毕总，您待我真是天高地厚，您指向哪里，我就打向哪里。

不料才过去一个星期，风向大变，先是毕伽索精心组织的试讲会被老爷子搞砸了，幸亏是试讲，洋相仅限于小范围。接着网上出现质疑，毕伽索也很紧张。毕伽索挨骂的第二天早晨，查林就神秘地到银行，把钱转到老伴的账户上，他寻思，万一毕伽索反悔，要收回那三十万，那他就横下心来，要命一条，要钱没有。

好在毕伽索并没有反悔，似乎早就把那三十万忘了。

这件事情发生在一年前，这一年里，毕伽索很少再提"不为人知的秘密"了，而是让他协助亓元办报纸，经常去陪老爷子和老太太吃饭，年薪仍然是二十万元。

十二

这段时间，亓元第二次出走，而且一去不返，《梦为之声》再次由查林负责。集团麾下几千名教师，政治、历史、地理各个专业的人才都有，但是文章写得一般。查林盘算，毕伽索给他年薪二十万，还是合适的，他当这个主编是称职的。自从得到干街要建名人墙的信息，隐藏在他心里的那颗种子又蠢蠢欲动了。毕总待他不薄，毕总的心思他最懂，他要为毕总分忧，要主动作为。所以这一个多月，只要有时间，他就到老爷子家里吃饭。

毕伽索难得回来吃饭，照例要喝一杯。吃过饭，于兰花推着老伴在院子里溜达，毕伽索和查林跟在后面散步。毕伽索说，老查，干街要建文化街的事情你知道了吧？查林说，知道了。毕伽索说，你对这件事情怎么看？查林说，经济发展了，有钱了，各个地方都在搞文化建设，这也是趋势。

毕伽索说，是啊，是好事，可是……毕伽索不说了。

查林说，毕总是考虑名人墙的事吧？

毕伽索看看查林，又抬头看着远处。

查林说，这些天我也在想这件事情，修名人墙，有些往事就会被重新提起，可能会有一些负面的东西。不过，老爷子在茅坪战斗中的表现，组织上是有结论的。可以扬长避短，不提西华山战役，我想当地政府不会不顾及毕总的感受。

毕伽索说，这个我想过，确实存在这种可能，但我心里还是不舒服。茅坪战斗不能说明问题。

查林不语，他知道，毕伽索的心结还是在西华山战役上。

毕伽索说，我就一直不明白，我爹参加新四军之后，很快就在茅坪战斗中立了一功，为什么会在西华山战役之前开小差？不符合逻辑啊。

查林心想，这有什么不符合逻辑的，战场是复杂的，人的心理也是复杂的，什么情况都有可能发生。但是，他只能想一想。

查林说，还是亓处长那句话，关键要搞清楚，老爷子在同主力失散之后，在西华山战役展开那几天，他在哪里？做了什么？

毕伽索说，查大哥，你陪我爹吃了那么多次饭，有没有什么新线索啊？

查林说，毕总，你看老爷子，能吃能喝，就是不能说，他要是能说，不早就说清楚了吗？

毕伽索怔怔地看着查林说，那你说，这件事情就这样了？

查林听出了毕伽索的不快，沉吟片刻才说，毕总，我不是这个意思，我觉得，老爷子在西华山战役中的表现一定另有隐情。

那年你把我调到深海来，我连夜看了那篇报道《西华山大战在即，蒋夫人前线劳军》，还有亓处长写的《茅坪战斗中的毕启发》。那一夜我都没有睡好，一直琢磨亓处长写在文章外面的"记忆混乱""漏洞"和"存疑难查"这三点。

毕伽索来了精神，嗯，你是这么看的？

查林说，关键还是亓处长说的，那几天老爷子在哪里，他既没有回部队，也没有回干街，他总不能到天上转一圈等战斗结束后再下来吧？

毕伽索回忆了一下说，国民党的医院不是有证明嘛，被乱炮误伤。

查林说，亓处长的批注写得明白，国民党医院的证明不足为信啊！

毕伽索皱着眉头说，不要老是被亓元牵着鼻子走，再说，她已经背叛集团了。你就不能换个思路？

查林这次没有退却，以肯定的口气说，不，亓处长说得对，必须把那几天老爷子的行踪搞清楚。

毕伽索说，你是不是有线索了？

查林说，是的，这段时间我一直在做功课，终于发现，我们过去都是被那张旧报纸带到迷雾中了，被老爷子说的"救了蒋夫人"这句话给害了。

毕伽索异样地看了查林一眼。

查林马上改口说，老爷子那个说法，把我们的思路引偏了。

毕总我向你报告，昨天，我的研究有重大突破。

毕伽索吃了一惊，停住步子，侧过脸来，看看查林问，重大突破？

查林说，昨天，我在网上看见一篇文章，西华山战役前期，还发生过一次规模虽小却很激烈的战斗。那是国军家眷转移的途中，被日军一个班和汉奸一个中队追击，在长岗北侧黄庄发生激战。眼看日军快要追上家眷队伍，从敌后传来枪声，打乱鬼子阵脚，国军一个排掩护家眷突围，由国军蜀涧埠阵地派出主力，将家眷接走。

毕伽索问，这同老爷子有什么关系？

查林说，关系重大。敌后，敌人的背后，传来的枪声，是谁打的？完全有可能是老爷子和他的三个战士，因为征粮来到黄庄，遇到鬼子尾随国军家眷，出其不意从背后包抄，从而掩护了国军家眷转移。

毕伽索眯起眼睛想了一会儿说，我爹他说救了蒋夫人，这个怎么解释？

查林说，至于宋美龄到前线劳军，是个谣传，可能是国军旅长戈璧山他们为了鼓舞士气放出的烟幕弹。参战的新四军应该也听到了这个谣传，遇到有女人的队伍，想当然认为这就是宋美龄和她的卫队，所以他们认为救了蒋夫人。

毕伽索说，有点儿道理，可是我爹还说是在干街打的啊！

查林说，这个确实是个疑点，只能解释老爷子在那次战斗之后精神错乱，张冠李戴了。

毕伽索不说话了，看他娘推着他爹从远处缓缓地走过来，然后对查林意味深长地笑笑说，老查，你别急，还是把事情搞清楚。说完，到爹娘面前打个招呼，进门夹起皮包，走了。

查林碰了个软钉子，很是郁闷，回到住处，打开电脑，再去看那篇新出现的文章。这篇文章虽然发在网站上，公开征询信息，可在查林的心里，隐隐感到这篇文章就是为他而发的。

自然，长岗战斗不是西华山战役的全部。查林殚精竭虑，在三十多场大大小小的战斗中，试图找到毕启发的踪迹，但是没有。

恰巧就在这天夜里，查林发现信箱里面出现了一封电子邮件，提示他注意发生在流波的战斗。

流波战斗发生在西华山战役前期，一架美军战斗机被日军击落，飞行员跳伞后被流波民众藏匿，国军派出马彪少校率领一个特务排和翻译黎露女士前往流波寻找，遭遇日军搜查部队。双方在流波基督教堂南侧的林家大院僵持，持续巷战，战斗一昼夜，马彪少校率部救出美军飞行员，获青天白日勋章一枚。

这件事情跟毕启发有什么关系，查林想破脑袋，还是没有想明白。

十三

韦子玉给毕伽索打电话，问他那一亿三千万考虑好了没有。

毕伽索想了想说，再考虑考虑。

韦子玉在电话里说，毕总，前几天选址，我回老街了，老街现在只有一些老人和孩子，稀稀拉拉十几幢破房子，有的还是草顶土墙。西头你家那块，一间房子都没有了，杂草齐腰深，看着凄凉。

毕伽索说，是啊，年轻人都到新街去了，老街很快就彻底消失了。以后，只能回忆了。

韦子玉说，我有个想法，还不成熟……

毕伽索说，咱们兄弟谁跟谁啊，有话尽管说。

电话里传来刺刺啦啦的声音，感觉韦子玉下了很大的决心，才把话说出来。韦子玉说，你在深海老乡中一呼百应，能不能考虑为干街做点儿实事？

毕伽索警觉地说，做什么实事？

我们要在马岩湖建度假村，不就是为干街做实事吗？可是你们不支持。

我打算拿一亿三千万赞助你们的文化街，可是你们连我最起码的要求都不能满足，我还要做什么事？

韦子玉说，实话说，我不是太希望你拿钱赞助文化街，况且文化街也用不了多少钱。我的真实想法……话到此处，韦子玉打住了。

毕伽索静静地等待。

韦子玉说，我有一个梦想，可是我没有能力实现。我的梦想其实也是你的梦想，而且你有能力实现。

毕伽索说，县长老弟，又跟我绕什么弯子？

韦子玉说，在跟你通这个电话的时候，我不是县长，我是你的干街乡亲，是你的街坊老弟。

毕伽索说，你这么一绕我明白了，你还是想搞你的那个唐宋村，解决空巢老人和留守儿童的问题。这不是我力所能及的事情。

韦子玉说，你带个头，就会有更多的企业家开辟这个事业。

毕伽索说，我就算带这个头，也没有人会响应，企业家是要赚钱的。

韦子玉说，金钱本来就是泥土，一切都是泥土。也包括你和我，都将成为一抔黄土。要钱何用？

毕伽索说，要钱没用你还跟我谈什么？

韦子玉说，要钱有用，做有用的事，做有价值的事。

毕伽索说，企业不是慈善机构，你跟一个企业家谈这个问题，合适吗？

韦子玉说，我认为是合适的，因为你是个有长远眼光的人，是个大企业家。

毕伽索说，你是家乡政府的副县长，我认为你应该做的事情，首先是集中精力把文化街建好。

韦子玉的声音突然变了，好像注入了一种叫作情感的东西。毕伽索似乎从韦子玉的声音里看到了他神往的目光。

韦子玉说，憩园，憩园，你知道憩园是什么吗？

毕伽索心里一震，猛地喊了一声，你说什么？亓元，亓元在哪里？

韦子玉说，憩园就在你的家乡，唐宋村就是你的憩园。

毕伽索愣了半天才说，老弟，我看你是走火入魔了。我真的要提醒你，你有今天不容易，你不能跟着乔大桥不着边际了，他已经退休了，你的路还很长。

韦子玉没有理会毕伽索的劝告，仍然沉浸在一种忘我的情绪中，喃喃地说，憩园，不仅是你的憩园，它也是我的憩园。在这个世界里，我们最需要的就是心灵的一块净土。毕大哥，毕总，今天我是鼓足勇气来跟你交流感情的，事实上，我是在帮你，帮你找回一颗爱心，有爱心的企业家才是真正的企业家，而不是商贩。

说完这话，韦子玉把电话挂了。

毕伽索不由自主地把手机举到了眼前，似乎想从屏幕上再把韦子玉拉回来，抓住他的衣领问问他，亓元她到底在哪里？一分钟后再拨韦子玉的号码，韦子玉已经关机了。

这一切来得那么突然，消失得那么彻底，让毕伽索恍若隔世。

愣了半晌，毕伽索把妻弟唐斌的电话拨通了，怎么回事？韦子玉的脾气突然大起来了，是不是受到什么刺激了？

唐斌想了一下说，脾气大了吗？我没怎么觉得，倒是感觉他有点儿消沉了。这兄弟别看当个副县长，还是个书呆子。

毕伽索说，书呆子不错，可是也不至于胡言乱语啊。

唐斌惊讶地问，怎么胡言乱语了？

毕伽索说，我问你，梦为集团的亓元最近有没有出现在干街？

唐斌一头雾水，没有啊，你那个能干的助手我是见过的。

毕伽索说，她已经辞职了。可是，就在刚才，我跟韦子玉通电话，他居然说，我的亓元在干街，干街就是我的亓元，我们大家都需要亓元。这不是胡说八道吗？

唐斌愣了半晌，在电话那边叫起来了，姐夫，我明白了！他说的那个憩园，不是你说的那个亓元，他那个憩园就是他的唐宋村，它不是人，是一个……唉，我也说不清楚它是个啥，反正不是你说的那个亓元。

毕伽索怒吼道，到底怎么回事？一个个都不会说话了，简直中邪了！

唐斌说，前几天韦子玉又去了干街一趟，他听镇长郑弋阳说，省里电视台有人到干街考察，要在老街搞个项目——憩园，主要目的是帮助空巢老人和留守儿童。据说这个项目同当初乔大桥提出的唐宋村有很多相似的地方。自从那次之后，韦子玉就经常跟我们念叨，说这个创意好，名字好，政府给土地和税收方面的优惠政策，吸引成功人士归根，就可以带动老街建立另一种生活方式。

毕伽索这才明白，他说的亓元同韦子玉说的憩园确实是两码事，但是他还是被韦子玉的憩园拨动了一下心弦。他问唐斌，韦子玉到老街干什么？他以为他是乔司令，衣锦还乡啊！

唐斌说，主要是找洪雨声了解老街的历史。那个洪雨声你记得吧？

毕伽索说，有点儿印象，供销社的老职工，一辈子没娶老婆，疯疯癫癫的。

唐斌说，就是他，棺材里放个电话机，说他经常跟韦梦为通电话，韦梦为告诉他，革命就是要让所有的人过上好日子。你听听，韦梦为死了都七十多年了，通个鬼电话啊。上次乔大桥去干街，他又这么说，把乔大桥都吓了一跳。不过老街现在确实像个鬼街，一群黄土埋到脖子的人住在里面，也没有电，夜晚阴森森的，万户萧疏鬼唱歌啊！

毕伽索问，韦子玉就是为这事消沉吗？不至于吧，当今像老街这样的空心街多的是，他一个副县长能管得过来吗？

唐斌说，所以我说他是书呆子呢。那个唐宋村，虽然在招商引资洽谈会上立项了，但是各级政府都把注意力放在文化街上。

韦子玉可能是受乔司令的影响，对所谓的唐宋村偏偏格外上心。

毕伽索说，什么唐宋村，异想天开。

唐斌说，是啊，完全痴人说梦，眼下，各级关注的都是文化街，只有乔大桥和韦子玉，好像得了复古病，偏偏这时候，有人提出要在干街建憩园，同乔大桥和韦子玉不谋而合。

毕伽索怔了半天，说了一句，见鬼了。

放下电话，抽了一支烟，毕伽索习惯地按了一下按钮，说了声，到我办公室来一下。

进来的女孩让毕伽索吃了一惊，是小江。

这时候他才想起来，亓元已经辞职两个多月了。

毕伽索挥挥手，让小江离开了。

直到亓元离开十多天后，毕伽索才从董华民的嘴里知道了亓元当初来到集团的原因。原来在她硕士毕业前夕，市电视台已经非常看好她了，但是程序很复杂，宣传部一位领导暗示她可以帮忙。亓元说，像我这样一直读书的女孩子，钱是没有的，色嘛有一点儿，可是，我有我的原则。

领导说，我不是那个意思，我的意思是，以后你就是我的人了，你得听我的话。

亓元说，那就更不可能了，我不是任何人的人，包括我未来的丈夫。我是我自己的人。

领导还从来没见过这么油盐不进的女孩，有些恼羞成怒，但是最后还是给自己找了一个台阶，说他就喜欢这样有个性的女孩，他会帮助她进电视台的，如果电视台进不了，他分管的所有和文化有关的单位都可以考虑。

亓元说了声谢谢，转身离开，不久就到了梦为集团。

董华民介绍的这个情况，同此前毕伽索分析的可能性八九不离十，但是董华民又讲了另外一件事情，则是毕伽索始料不及的。董华民说，我听小江说，亓元爱上了一个人。

毕伽索问，谁？

董华民说，韦梦为。

毕伽索怔住了，目光空洞地说，爱上了一个死了七十多年的人，这可能吗？

董华民说，当初她之所以选择梦为集团，是因为她在网上查询梦为集团的时候，网页上弹出了"韦梦为"。小江说，她的资料夹里，关于韦梦为的资料，有上千万字。

毕伽索倒吸一口冷气，叹道，这个人，这个人啊，她想干什么？她要考古吗？

一个火花从记忆深处炸开，毕伽索终于想起了一件事情。那是在亓元进入梦为集团不久，有一次他到行政处的办公室，发现亓元的写字台上有一张黑白照片，一个戴着金边眼镜、西服革履的年轻人，从领带样式看，应该是二十世纪初的人物。他当时好像还问了亓元一句，亓元是怎么回答的，他记不清了，应该没有正面回答。以后，他再也没有看见过那张照片了。难道，那是韦梦为？联想到他在《梦为之声》杂志上看到的小说《夏日之晨》，毕伽索的心脏突然一阵悸动，那时候他认为，是因为他的存在而引起亓元对韦梦为的重视，而真相极有可能是，因为她发现了韦梦为，才选择了梦为集团。她到梦为集团是来寻找那个幽灵的。

终于，毕伽索想起来了，亓元辞职离开他办公室的时候，楼道里响起的口哨的旋律——鲜花岭上鲜花开。

十四

这天毕伽索没有回父母那里，而是把查林叫到集团的餐厅，两个人喝酒聊天。毕伽索说，老查，我现在越来越反感名人墙，你知道为什么吗？

查林当然知道毕伽索为什么反感，可那是说不出口的理由啊。

毕伽索说，我知道你想的是什么，但不是这个原因。他们拉的那个名单，都是硬邦邦的。可是，在干街的历史上，名人多了去了。中华文明五千年，谁家没有几个七品官呢？你知道这话是谁说的吗？

查林笑笑说，韦梦为啊，这句话在淮上地区家喻户晓，当年还拿出来作为批判韦梦为的依据。

毕伽索说，对了，这些天我在想，韦梦为他们闹革命的时候，想过要上名人墙了吗？扯淡。韦梦为他们闹革命，就是要与所有人有福同享，有罪同当。可是现在为什么还要分高低贵贱呢？

查林的眼睛瞪得老大，他发现毕伽索好像突然换了一个人，思想境界超凡脱俗，不得了啊！他只是不明白，毕伽索的境界为什么突然间升华了。

但是关于那一亿三千万到底要不要投进去，查林自然不能替毕伽索拿主意。两个人聊了一会儿就散了。

这天夜里，查林辗转反侧，后半夜披衣下床，打开电脑的同时也打开一瓶啤酒，他突然发现，信箱里又出现一封信，就是简单的几句话：时间，时间。空间，空间。

查林稳稳神，开始按照电子邮件提供的链接，打开一篇文章《西华山战役之流波战斗》，上面详细地介绍了马彪少校率领小分队寻找美军飞行员的过程。在这篇文章的下面，还有马彪等人在流波镇基督教堂南侧同日军激战的照片，那是美军飞行员拍摄的。查林对照了一下时间，发现那个时间正是毕启发等人不知去向的时间，也就是说，那几天，毕启发完全有可能出现在流波镇，参加了一场遭遇战，同马彪一起营救美军飞行员。至于国民党的报纸为什么只字不提，只能理解为，马彪贪天之功，据为己有。

查林一个激灵，找出放大镜，开亮了房间所有的灯，撅起屁股去看那张照片，依稀看到一个角落，几个士兵正伏在断墙上射击。他翻来覆去地研究，试图认出其中的一个，果然他成功了，或者说他感觉他成功了，那里面有一个人，他越看越像毕启发，后来他简直认为，那就是毕启发。

那一瞬间，查林差点儿晕了过去，把半瓶啤酒喝完，拿起手机就要给毕伽索打电话，按了两个按键之后，他又把手机挂了。

查林冷静下来，考虑的第一个问题是，谁给他发了这篇文章？他坚信不疑，是亓元，那个来无影去无踪的神秘女子，只有她会这样做。至于她为什么要这样做，他不清楚，也不想清楚，总之，是有原因的。

查林考虑的第二个问题是，最好能找到马彪，但他很快就打消了这个念头，因为从网上查了无数次，里面既有记者的报道，也有马彪等人的回忆文章，但绝口不提关键时刻有人相助，那时候讳莫如深，现在更是死无对证了。第三个问题是，如果说毕启发参加了流波营救美军飞行员的战斗，那为什么毕启发口齿尚清的时候老是说"老子不是逃兵，老子打干街了，老子指挥三个人，打了一天一夜，守住了东头学校，救了蒋夫人"？这是白纸黑字留在档案上的毕启发的自供状，就是因为这句话，所有的人都认为毕启发胡扯。

关于"救了蒋夫人"，查林一直坚持认为，当时确实有宋美龄到西华山国军部队劳军的传说，这个传说新四军的部队应该也有耳闻。甚至，像毕启发这样没有见过世面的人，在前线遇见家眷，把女翻译当成宋美龄，都是有可能的。

现在剩下最后一个问题，那就是毕启发为什么一直强调"老子打干街了"，整个西华山战役，干街并没有发生战斗，毕启发此言从何而来？

直到天亮，查林也没有想明白，他感到自己确实无能为力了。他庆幸自己没有贸然向毕伽索报喜，否则又会遭到鄙视。

一个星期后，毕伽索打电话告诉查林，皋唐县近日要召开"干街镇文化街研讨会"，邀请他参加，他现在有点儿犹豫，请查林也帮他权衡一下。

毕伽索又问查林，最近有没有新的发现？查林老老实实地说，有一线火光，可是很快就熄灭了。然后就一五一十地讲了这段时间得到的信息。尽管他一再强调，还是没有解决老爷子为什么说"老子打干街了"的疑问，但是他能感觉到，毕伽索对这个情况非常重视。

果然，放下电话不到半个小时，毕伽索的汽车就到楼下了。

毕伽索到了查林的房间，二话不说，盯着网上的文章和照片，看着看着眼睛就直了，出气就粗了。

毕伽索惊愕地看到，在一个网页上，干街的老照片和流波的老照片放在了一起，在照片的下面，一个署名"秋水"的人在《迷雾》一文中这样写道：这就是所有的迷雾的根源，也是所有迷雾的答案。

毕伽索怔了一会儿，突然一拍桌子，激动地说，查大哥，你看见了吗？所有的答案都清楚了，都清楚了！

查林却傻傻地看着毕伽索，不知所措。他没有从照片里看出他想看出来的东西。

毕伽索说，我爹他不是逃兵，我爹他确实参加了流波战斗，他同鬼子打了一场遭遇战，他在流波抗击鬼子，协助国军马彪少校营救了美军飞行员。

查林怀疑毕伽索走火入魔了，小心翼翼地说，毕总，你怎么啦？就这两张照片，就能说明问题吗？

毕伽索说，太能说明问题了。你不懂吧？我告诉你，你看这教堂，看看教堂旁边他们战斗的这个建筑，这是学校，这个教堂和学校，跟干街的教堂和学校是一个人设计的。时间，是同一个时间；空间，被误认为同一个空间。我明白了，我明白了，我总算明白了……我明白得太晚了……不，现在明白正是时候……我爹他没有出过远门，他在征粮的途中，在山上，看到了山坳里的教堂和学校，他以为那就是干街，他要回到干街去征粮。可是，就在他前往的途中，遇到鬼子搜寻美军飞行员，在那里展开战斗。营救美军飞行员的，不仅是国民党军马彪少校的部队，还有我爹指挥的小分队啊！

毕伽索语无伦次了，上气不接下气，两眼迷离，泪花闪烁。

查林怔怔地看着满脸通红的毕伽索，不知所措，喃喃地说，毕总，你这样说牵强附会啊！

咚的一声，毕伽索把鼠标扔在桌子上。

查林说，可是，所有的资料、所有的报纸，没有说老爷子参加这场战斗啊！

毕伽索咬牙切齿地说，查林，老查，你查的资料，你查的报纸，都是国民党的。那时候，国民党表面统一抗战，背地里摩擦反共，他能把真相告诉世人吗？他能像我爹那样把打死一个鬼子的功绩分一半给乔如风吗？不可能！

查林怔怔地看着毕伽索，诚惶诚恐地说，毕总，你这么说，我太高兴了，我太……也许，这件事情真的要水落石出了。毕伽索斗志昂扬地说，你等着，我必须回去参加他们的研讨会，不仅我回去，我还要让我爹回去，让我爹站起来告诉他们，他不是逃兵，他是西华山战役流波战斗的英雄。

第二天，查林怀着一颗五味杂陈的心，跟着毕伽索把老爷子推到机场，推上飞机。坐在头等舱里，他才没话找话地问，毕总，你说，是谁帮咱们把事情搞清楚了？

毕伽索说，除了她还有谁？

查林说，可是她，她为什么帮我们？她已经离开了啊。

毕伽索说，你问我，我问谁？

查林说，这太奇怪了。

毕伽索没有马上回答，突然仰起脑袋，望着远处说，一个幽灵，在干街，在西华山，在梦为集团，在我们的头顶上游荡……查林愣住了，他感觉这话有点儿耳熟，可是眼前的毕伽索却让他感到陌生了。

十五

这年的七月七日，皋唐县召开"干街镇文化街研讨会"，参加会议的省市县各级领导和专家共有二百多人。住进宾馆后，毕伽索翻阅会议资料，发现乔大桥也来了，就住在同一楼层。放下会议秩序册，毕伽索的心里五味杂陈，他突然产生一个冲动，按图索骥找到了乔大桥的房间。开门的是一个理着寸头的年轻人，自我介绍是乔大桥的儿子乔梁。问明来意，乔梁高兴地说，你就是毕伽索叔叔啊，我爸爸去干街了，明天才回来。毕伽索心里一动，问，你爸爸去干街干什么？乔梁说，去找洪雨声爷爷，还是为唐宋村的事。说到这里，乔梁神秘一笑说，毕叔叔是大老板，当心哦，你们见了面，我爸爸恐怕要敲诈你。

毕伽索拍了拍乔梁的肩膀说，这小子，你以为你爸是军阀啊？你爸就算是军阀，你毕叔叔也不是财阀，他敲不出多少油水。

乔梁说，那可不一定。我爸爸退休了，他要把你的钱敲出一部分给干街的空巢老人和留守儿童。

毕伽索"哦"了一声，半天才回过神来说，啊，你爸爸还这么看得起我？

乔梁说，我爸爸说，毕叔叔是他的发小，是干大事的人。

毕伽索笑笑说，这小子，你是帮你爸爸忽悠我吧。

乔梁说，哪能呢，我说的是真话。

回到自己的房间，回味乔梁说的几句话，毕伽索觉得心里怪怪的。

第二天早餐过后，毕伽索在宾馆院子里散步，一辆车子缓缓进了大门，在毕伽索的身边停下来。一个头顶闪亮的半大老头冲出车门，大呼小叫地扑过来，毕得宝，毕得宝，你这家伙，三十年没见了，发大财了！毕伽索顿时明白了，这是乔大桥，这家伙，已经老得让他认不出来了。

毕伽索说，乔大桥，乔司令啊，没想到在这里见到你了。

乔大桥说，什么乔司令，我现在是光杆司令了，叫我乔大哥啊，你是我失散三十年的兄弟啊！

毕伽索怔怔地说，失散三十年的兄弟？哈哈，乔司令，乔大哥，你还是那个率领我们在干街走南闯北的胡传魁啊！

乔大桥哈哈大笑。韦子玉凑上来说，乔司令，毕总早就不叫毕得宝了，他现在叫毕伽索。

乔大桥眼睛一瞪说，什么毕伽索，不伦不类的，我就叫他毕得宝。

韦子玉看看毕伽索，不怀好意地说，毕总，你看，你们兄弟之间……

毕伽索说，毕得宝就毕得宝吧，乔司令他是不忘旧情，我听着舒服。

上午无事，毕伽索请乔大桥喝茶，两个人讲了这三十多年各自的经历，然后就进入主题，讲到了"西华山战役中的毕启发"。毕伽索讲得很细，讲得很动感情，讲到了毕启发多年的屈辱，讲到了他调查掌握的证据。最后毕伽索说，说到底，我父亲和你父亲是一起参加革命的，冒昧地说，我们两个的父亲是战友，乔大哥你说是不是？

乔大桥说，这话还用讲吗？我父亲活着的时候，经常给我们讲他和你家老爷子一起打鬼子的事。

毕伽索受到鼓励，神色庄重地说，那我就把话挑明了，你要帮帮我。

乔大桥没有马上搭腔，沉思一会儿才说，老弟，你做这个事情，想达到什么目的呢？

毕伽索说，不同的阶段有不同的目的，我的初衷是改变我父亲的逃兵身份，但是现在，我想的不仅仅是这些了。

乔大桥说，你觉得有把握吗？如果没有把握，我建议你此事还是不提为好。

毕伽索说，原先是没有把握，牵强附会，但是现在，我看到希望了，我掌握了足够的材料。

乔大桥说，那我再问你一句，这件事情如果澄清了，你是不是要把老爷子的像挂到干街的名人墙上？

毕伽索迟疑了一下说，这个，我还没有想好。

乔大桥说，此前我听说，你不遗余力地做这件事情，就是为了这个目的。

毕伽索老老实实地说，是的。可是，就在这两天，我突然有了更多的想法。

乔大桥深沉地看了毕伽索一眼，点点头说，哦，原来是这样，那就再想想，我们都静下心来想一想，我们做这件事情的目的是什么。

乔大桥和毕伽索喝茶的时候，预备会也在紧锣密鼓地进行。

其他的议程都很顺利，但是在名人墙名单上出现了意外。韦子玉宣读了毕伽索来之前提交的意见，他坚持要把毕启发的像挂在名人墙上，这个意见成为预备会的一个笑话。县政协一名常委义愤填膺地宣布，如果皋唐县敢把毕启发的照片挂在名人墙上，他将退出筹备组。

中午饭后，县委书记弓珲安排了一个小小的会谈，专题研究这个情况，请副省长何敏一起听取了毕伽索的理由。最后何敏决定，给毕伽索一个机会，让他讲述"西华山战役中不为人知的秘密——毕启发九死一生的奇迹"。

决定性的时刻到来了。

七月八日下午，在皋唐县小礼堂里，一百多人济济一堂，各自怀着复杂的心情，等着看毕伽索的表演。毕伽索深深地吸了一口气，登上讲台，打开电脑，先放了一段西华山战役的资料片，然后播放流波战斗的推理片。毕伽索娓娓道来，从毕启发奉命征粮离开主力部队讲起，讲到误入流波镇，阴差阳错同国军马彪少校相遇，共同阻击日军，并掩护马彪少校和美军飞行员撤离的全过程。

毕伽索最后说，我爹的悲剧在于他不能准确地表述他的战斗经历，他的关于"在干街打鬼子，救了蒋夫人"等胡言乱语，把我们带到一团迷雾之中。而今天，这个迷雾被太阳驱散了。我爹失踪的那天，他没有逃跑，而是执行征粮任务到了流波，到了那个被他误认为是干街的地方，在那里同日军相遇，阻击了鬼子，掩护马彪少校护送美军飞行员离开了战场。我爹他是个抗日英雄。

毕伽索讲完了，会场一片安静，过了很长时间，才有人小声嘀咕，这是真的吗？这太传奇了。

韦子玉站起来说，毕总，你的推理确实很精彩，可是，推理不等于事实，我们不能把你的推理作为证据。

毕伽索面无表情地说，我不是推理，这就是事实。

韦子玉说，我们尊重事实。你的证据呢？

毕伽索指着屏幕说，证据都在那上面，你们为什么就不能相信我？

韦子玉说，我们只相信证据。

就在这时候，从后排传来一个声音，我这里有证据。

大家愣住了，举目望去，后排站起来一个亭亭玉立的年轻女子。

弓珲站起来介绍说，各位领导，我现在介绍一位专家，亓元同志，她已经受聘为我们干街文化街的文史顾问。请亓元同志为我们介绍她的最新研究成果。

毕伽索愣住了，亓元走过他身边的时候，他控制了自己的情绪，湿润地说了一声，亓元，我读不懂你啊！

亓元笑了笑说，你用不着读懂我，你能读懂这段往事就行了。

亓元走到坐在轮椅上惴惴不安的毕启发的面前问，老人家，您还认识我吗？

毕启发的眼睛突然睁大了，看着亓元，嘴里嘟嘟囔囔不知说些什么。

亓元笑笑，拍拍毕启发的肩膀说，老人家，请你看一样东西。说完，亓元转身，走上讲台，走到电脑旁边，插入U盘，播放了一段视频。画面上出现一个满脸紫斑的外国老人，吃力地向亓元比画着，佝偻着腰蹒跚走向书柜，从里面找出一个相册，取出一摞照片，一张一张地翻检。突然，画面上的亓元将其中的一张照片重新找回来，久久地凝视。亓元又找了几张照片，向美国老人征询意见。

外国老人书写了一段话，交给画面上的亓元。

屏幕下面，现实中的亓元移动鼠标，出现了另一幅画面，在一条"抗战老兵英雄事迹报告试讲会"的横幅下面，毕启发趴在地上，做射击状。

亓元说，这一切要从两年前毕总组织的那次抗战老兵英雄事迹报告试讲会讲起。在讲到流波战斗的时候，老人家突然反常，当时就是这个姿势，这个姿势让我十分震惊。他喊"鬼子来了"，并不是怕鬼子，因为他在喊这一声之后，还有一句"卧倒"，并且是射击的姿势，而没有抱住脑袋。于是我想，在抗日战争时期，在西华山战役中，他作为一名排长，下达的是战斗的命令，卧倒之后是射击。正是因为这个发现，我对毕启发的逃兵身份产生了怀疑。

毕伽索看着侃侃而谈的亓元，百感交集。

电脑旁边的亓元说，此后，我从政协文史资料委员会调出一篇关于流波战斗的回忆文章，顺藤摸瓜找到了原美军飞行员威廉的消息，在弓珲书记的帮助下，我于一周前到美国找到了这位老人。终于，一切迷雾都澄清了，就像毕总推理的那样。

毕伽索望着神情自若的亓元，恍若隔世。

亓元没有顾及毕伽索，又点击了几下鼠标。

屏幕上，照片被不断放大。前面远处，隐隐约约看见钢盔，那是树林里的日本兵。照片上近处的军人，正伏在一截断墙后面射击，枪口处飘着一缕硝烟。他的臂膀被放大了，臂章上面的字迹模糊不清。镜头移动，放大，再放大，虽然那是一张面孔的大半个侧面，但是没有人认识这张面孔。

随着画面移动，出现几行英文笔迹，下面配有中文翻译：就在日军快要追上我们的时候，从右边的树林里冲出来几个士兵，向日军猛烈射击。我亲眼看见领头的士兵，在变换位置的时候腿上中了一枪，他仍然向其他的士兵呼喊什么，同时向日军连续扔了两颗手雷，他的战斗姿势给我留下了极其深刻的印象。当时我问马彪少校，这几个士兵是不是他的下属，马彪少校只是含糊地告诉我，那是友军的士兵。我判断这个"友军"应该是新四军的部队。我不顾马彪少校的催促和阻挠，匍匐到侧面拍下了这一组照片，我希望以后找到这些英勇的士兵。后来在中国军队的一个指挥部里，翻译黎露女士告诉我，那确实是新四军的士兵，带队的是一个排长。此后中国军队打扫战场，发现他们中间已有三人阵亡，排长再次负伤。我委托黎露女士到医院调查，但是迟迟没有消息，后来我就回国了。直到二十年后，黎露女士才从台湾给我寄了一个包裹。

偌大的播映厅里，静悄悄的。亓元移动鼠标，屏幕上的美国老人，用锈迹斑斑的手颤颤巍巍地打开一个箱子，一层一层地打开绸布，里面出现了一个破旧的臂章，正面"新四军"字样清晰可见。镜头旋转，呈现臂章背后的表格，向人们的眼前推出三个字：毕启发。

亓元说，我所了解到的，就是这些了。

大厅里传来轻微的骚动，轮椅上的毕启发嘴里发出含糊不清的声音，用手拍打着轮椅。主持会议的韦子玉站了起来，走到毕启发的面前，毕启发不再作声了，瞪着韦子玉，显然他已经认不出韦子玉了。

韦子玉转过身去，对亓元点点头说，亓元同志，我相信你说的一切。只是，我还有一个小小的问题，你和毕总都坚持说，老爷子误把流波当成干街，所以造成了迷雾，我也接受这个观点，因为这两个地方确实很像，老人家过去没有到过干街以外的集镇，他把二者混为一谈是完全有可能的。我的问题是，你们是如何判断出老人家这个误会的，这是揭开谜底最重要的一个环节。

毕伽索说，这个我来说。我最初的困惑就是，我父亲脱离部队，那三天他在哪里，亓元和查林也被这个问题难住了。直到前不久，有一个神秘的人连续给查林发来了几封邮件，附了两张老集镇的照片，下面的说明文字只有八个字：时间，时间。空间，空间。就是这两张照片和这八个字，让我醍醐灌顶，茅塞顿开——时间，是同一个时间；空间，被误认为同一个空间。这就是问题的症结所在。所以我们得出结论，老爷子嘴里的干街，其实就是流波。

韦子玉说，我完全相信这个判断，可是，到底是谁发来这八个字和两张照片呢？亓元同志，是你最早发现的吗？

亓元说，这是一道十分复杂的方程，不是我能够解开的。也许，乔梁博士能帮我们解开最后的谜底。

亓元说完这句话，大家便都转过头去，只见小礼堂中间靠后的位置，站出来一个理着寸头的年轻人，微笑着走上讲坛。年轻人站定，笑容可掬地说，干街乡亲，我是乔如风的孙子，乔大桥的儿子乔梁，奉我父亲之命，今天来向家乡父老乡亲汇报。关于毕启发爷爷的事情，我爷爷在世的时候一直惦记着，他多次对我父亲说，他不相信毕启发会当逃兵，因为在茅坪战斗之后，两位爷爷又参加过几次战斗，他们互相见证了对方的成长和勇敢。刚才大家看到的毕爷爷臂章上的"毕启发"三个字，就是茅坪战斗之后我爷爷帮毕爷爷写上去的。可是，由于毕爷爷记忆混乱，使得问题越来越复杂，越来越说不清楚，我爷爷也无能为力。爷爷去世前仍然交代我父亲，要关心这件事情。直到有一年假期，父亲让我回到干街，研究这段往事，恰好遇到亓元姐姐。她告诉我，最后的难题就是毕爷爷说的那句"在干街打仗"，无法解释。我后来向我父亲汇报了这个情况，我父亲调来西华山战役资料，在家研究了很长时间，有一天他告诉我，他终于明白了，毕爷爷把流波误认为干街了。我问父亲，他是怎么发现这个奥秘的，父亲告诉我，他是军人，军人对时间和空间比常人更加敏感，正确的时间到达正确的位置，就是胜利。在那场战斗中，毕爷爷没有在指定的时间到达指定的位置，却意外地到达了更需要他的位置。

乔梁说完，会场的空气出现了凝固。在人们期待的目光中，乔大桥站了起来，走到前排，向毕启发走去。在毕启发的面前，乔大桥缓缓地举起右臂，敬了一个礼，庄重地说，毕叔叔，我代表我父亲向你道歉，直到今天才为你恢复名誉。老人家，请看，这是我父亲留给你的最后的礼物。

屏幕上出现了两张照片，一张是乔如风和毕启发的合影，另一张，就是亓元刚刚介绍过的威廉拍摄的战地照片。台下的人们很快发现，原先不认识的那个正在射击的战士，现在认识了，他和乔如风身边的那个人是同一个人——年轻时的毕启发。

不知是谁带的头，一个人站起来了，两个人站起来了，接着，所有的人都站起来了，大家把目光投向毕启发。就在这个时候，出现了意想不到的一幕——毕启发双手撑着轮椅，扭动着，挣扎着，突然站了起来，并且伸出一只手在胸前拼命地舞动，嘴巴一张一合，声音很大，却没有人听得明白。亓元挤到前面，抓住毕启发的手，听了一会儿，直起腰说，老人家，你是说，还有三个，对吗？

毕启发顿时安静下来，混浊的眼睛看着亓元，突然咧嘴笑了，笑着笑着，两行老泪滚滚而下。

十六

毕启发的这个插曲，使得研讨会的方向在不知不觉中发生了变化。但是有一个共识，既然毕启发是抗战英雄，上名人墙应该是顺理成章的，如此，满足了毕伽索的夙愿，毕伽索捐赠的一亿三千万也是水到渠成的。

乔大桥没有参加后来的会议，带着儿子向毕启发父子告别之后，就到干街去了。

组织上委托韦子玉到毕伽索下榻的宾馆去跟毕伽索磋商，毕伽索问韦子玉，你认为这个名人墙能说明什么问题？

韦子玉被他问得愣住了，反问道，你想让它说明什么问题？

毕伽索说，不管它能不能说明什么问题，我都不想花这个钱了。我的钱，也是血汗钱，我得把它用到需要它的地方。

说完这番话的当天下午，毕伽索就带着老爷子离开了皋唐县城，亓元和弓珲一直送到机场。

话别的时候，亓元对毕伽索说，毕总，把那一百万元给我吧。

毕伽索诧异地问，你，亓元，你需要钱？

亓元说，我为什么不需要钱？

毕伽索怔怔地看着亓元，亓元还是不见波澜地微笑，蓝紫色的连衣裙在微风中像一面款款飘动的旗帜。毕伽索点点头说，我明白了，如果我说给你一千万，你不会觉得我是冒犯你吧？

亓元说，我只接受我应该得到的那一部分。

毕伽索抬头看看天，又转头看看亓元说，好的。

亓元说，谢谢。

毕伽索挥挥手，向弓珲和亓元致意，然后推着轮椅过安检了。

一年后，干街文化街建成，不过，远远不是当初设计的规模。名人墙的项目被取消了，只是在韦梦为故居的基础上塑了一尊韦梦为的雕像，建了一块占地五亩的广场，周边安上了路灯，供老人跳广场舞，据说全部预算也就是五十万元。一度成为空巢的干街镇渐渐地又活泛起来了，文化街东西两侧，分别竖起两座门楼。东边是十几幢摩肩接踵的仿古房屋，商铺饭馆茶楼药店戏台手工作坊一应俱全。西边多是一些实用而时尚的建筑，学校医院工厂宾馆超市错落有致。东边的日子逍遥自在，西边的事业红红火火。两年后，干街被省里评为特色集镇，很多在外地打工的年轻人回到了故乡。

原载《人民文学》2017 年第 8 期

入选中国小说学会 2017 年度中国小说排行榜上榜作品